Für Margot,
da sie mir in so selbstloser Weise
bei meinen Recherchen geholfen hat.

Erstes Kapitel

In der Villa des Landgerichtsrats Waldmann herrschte große Aufregung. Wie aufgescheuchte Hühner liefen die Köchin Bertha und das Dienstmädchen Grete hin und her.
„Ogottogott, was sollen wir denn machen?", und „Was soll denn jetzt geschehen?", jammerten sie abwechselnd.
Der Grund für diese Ratlosigkeit war die Tatsache, dass Frau Landgerichtsrat vor wenigen Minuten die Küche betreten und verkündet hatte: „Bei mir haben die Wehen eingesetzt."
Da sie kurz darauf von einer neuen Wehe überrollt worden war, hatte sie sich erschöpft auf den zunächst stehenden Stuhl fallen lassen. Schwer atmend saß sie nun dort und hielt sich den Bauch. Trotz ihrer Schmerzen musste sie innerlich über die Aufregung ihrer beiden Dienstboten lächeln. Kaum war die Wehe abgeklungen, hatte sie wieder alles im Griff: „Aber Kinder, was regt Ihr euch auf? Schließlich mache ich das nicht zum ersten Mal."
„Aber wir", riefen die beiden Angestellten fast gleichzeitig.
„Ein Jammer, dass der gnädige Herr nicht mehr im Hause ist", fügte Bertha hinzu.
„Das ist doch kein Nachteil", erklärte Frau Auguste. „Der könnte jetzt sowieso nicht helfen. Im Gegenteil, das hat sogar sein Gutes: So sind die Kinder wenigstens aus dem Haus. Die könnten wir jetzt wirklich nicht brauchen."
Gleich nach dem Frühstück hatte der Landgerichtsrat mit seinen drei Sprösslingen das Haus verlassen, wie jeden Morgen. Auf seinem Weg zum Justizpalast lieferte er sie immer höchstpersönlich an ihren Schulen ab. Wilhelm, sein ältester, war Schüler des humanistischen Gymnasiums, während Margarethe und Charlotte die höhere Töchterschule besuchten.
Glücklicherweise war Frau Auguste eine resolute Person. Sie wusste genau, was in dieser Situation zu tun war. Schließlich hatte sie das alles bereits viermal durchgemacht. Ihr erstes Kind allerdings – zwei Jahre nach der Hochzeit geboren – war tot zur Welt gekommen. Seitdem sah sie jeder Niederkunft mit einer gewissen Besorgnis entgegen. Deshalb bestand sie darauf, dass außer der Hebamme auch immer ihr Arzt zugegen war.
„Grete, du holst aus dem Kinderzimmer die gepackte

Notfalltasche und bringst sie dem gnädigen Herrn in den Justizpalast. Auf dem Wege dorthin benachrichtigst du die Hebamme und bittest Herrn Sanitätsrat Dr. Bruch her."
Um sicher zu gehen, dass Grete ihren Auftrag verstanden hatte, ließ Frau Waldmann ihn sich wiederholen.
„Sehr gut Grete. Dem gnädigen Herrn lässt du ausrichten, er möge am Mittag die Kinder von der Schule abholen und sie umgehend zu Françoise bringen."
Sofort machte sich das Dienstmädchen mit der Reisetasche, die Nachtzeug für die Kinder und Ersatzkleidung enthielt, auf den Weg. Die genannten Adressen waren Grete bereits bekannt.
Noch bevor die nächste Wehe Frau Waldmanns ganze Kraft forderte, konnte sie der Köchin den Befehl erteilen: „Bertha, setzen Sie große Töpfe mit Wasser auf den Herd. Das wird die Hebamme bald brauchen."
Dieser Aufforderung kam die Köchin unverzüglich nach, heilfroh, endlich etwas tun zu können. Danach bat die Landgerichtsrätin, Bertha möge sie hinauf begleiten ins Schlafgemach. Zum einen mochte sie in dieser Situation nicht allein sein, zum andern hatte sie für die Köchin noch einige Aufträge. Auguste ließ sich von ihr beim Entkleiden helfen und ließ sich ein frisches Nachthemd überziehen. Dann packte Bertha die Kreißende fürsorglich ins Bett. Anschließend räumte sie die Frisierkommode ab und versah sie mit einer frischen Tischdecke. Aus der Abstellkammer schaffte sie eine Waschschüssel, die kleine Badewanne und die Wiege herbei. Diese Gegenstände hatte Frau Auguste vorsorglich bereits vor einigen Tagen von Grete abwaschen lassen. Nun bezog Bertha die kleinen Kissen und schlug die Wiege mit der vorgesehenen Garnitur aus. Sie nahm die Erstlingsausstattung aus dem Schrank und legte sie auf den Waschtisch. Ein Badelaken, Handtücher und Waschlappen in ausreichender Menge stapelte sie daneben. Zum Schluss musste Bertha aus dem Herrenzimmer eine Flasche Schnaps und drei Gläser holen. Erst danach wurde sie wieder in ihre Küche entlassen.

Eine gute Stunde nachdem Frau Waldmann Grete losgeschickt hatte, traf die Hebamme, Frau Mertens ein: „Na, wie geht es, gnädige Frau? Wie dicht sind die Wehen?"

„So etwa alle fünf bis sechs Minuten."
„Nun, dann haben wir noch ein bisschen Zeit. Wie ich Sie kenne, haben Sie schon für warmes Wasser gesorgt."
„Ich konnte mich davon überzeugen, dass Bertha, unsere neue Köchin, die Wassertöpfe auf den Herd gesetzt hat. Ob sie aber daran denkt, Kaffee zu kochen, weiß ich nicht. Sie ist noch nicht lange bei uns und hat auch woanders noch keine Entbindung miterlebt. Meine gute zuverlässige Anna habe ich ja leider nicht mehr."
„Ach nein, hat sie gekündigt?"
„Ja, irgend so ein Dragoner hat sie mir glatt weggeheiratet."
„Ja, ja, das ist das Schicksal vieler Köchinnen. Sie werden von den Männern gerne genommen, da Liebe bekanntlich durch den Magen geht."
Sie lachte laut über ihren eigenen Scherz und auch Auguste schmunzelte: „Da haben Sie Recht, Frau Mertens. Ich stand also da und musste mich nach einer neuen Köchin umsehen. Ich hatte ausgesprochenes Glück. Sowie meine Mutter erfahren hatte, dass ich ohne Köchin dastehe, hat sie mir ihre eigene geschickt. Die sei bereits erprobt, hat sie mir geschrieben. Sie selbst könne sich für eine Weile mit dem sehr geschickten Dienstmädchen behelfen. Aber ich – mit meinem großen Haushalt und den vielen gesellschaftlichen Verpflichtungen – könne doch nicht ohne tüchtige Köchin sein."
„Das ist aber sehr nobel von Ihrer Mutter", sagte die Mertens mit anerkennender Miene.
„Das finde ich auch. Deshalb bin ich ihr auch unendlich dankbar. Noch dazu, wo Bertha – wie ich – aus der Eifel stammt. So habe ich doch Heimatklänge um mich. Sie kommt aus der Nähe von Gerolstein, wo wir Verwandte haben."
„Das ist aber schön für Sie, dass Sie in dieser Gegend Ihre vertraute Sprache hören."
„Nicht nur Bertha, auch unser neues Dienstmädchen stammt aus der Eifel. Bald nachdem Anna uns verlassen hatte, kündigte auch Rosa. Sie wurde nach Hause gerufen, weil ihre Mutter erkrankt war. Da hat Bertha kurzerhand eine Bekannte aus ihrem Heimatdorf nachkommen lassen. Grete ist zwar erst siebzehn, aber sie ist ein liebes, anstelliges Ding. Allerdings hat sie einen kleinen harmlosen Tick."

„Und der wäre?", fragte die Hebamme gespannt.
„Wenn ich mit ihr auf den Markt gehe zum Einkaufen, geht sie nie ohne Hut. Neulich sagte eine Marktfrau zu ihr, es sei nicht schicklich, dass sie als Dienstbote in Begleitung ihrer Herrin einen Hut trage. Da entgegnete meine Grete: ‚Da bin isch aba dran jewöhnt.' Und es blieb bei dem Hut. – Au, au, jetzt kommt es aber heftig!"
„Das ist gut so, da geht es wenigstens voran. Tief einatmen und ausatmen. So ist es richtig."
Während der Unterhaltung hatte die Hebamme die Gebärende bereits gründlich untersucht. Mit der Öffnung des Muttermundes und den Herztönen des Kindes war sie sehr zufrieden. Nachdem die Wehe abgeklungen war, sagte sie: „Im Moment geschieht nichts. Deshalb kann ich mal eben in der Küche nachsehen, ob das Wasser bereit ist. Außerdem muss ich den Kaffee in Auftrag geben. Sie wissen ja, ohne Kaffee keine Entbindung."
„Ja, ja", lachte Frau Waldmann. „Gewisse Regeln müssen eingehalten werden."

„Wer sind Sie?", fragte Bertha misstrauisch, als die Fremde in ihrer Küche auftauchte. Als Frau Mertens sich als Hebamme vorstellte, fiel der Köchin ein Stein vom Herzen: „Gut, dass Sie da sind. Dann kann ja nichts mehr schief gehen. Unsereins kennt sich ja da nicht aus."
„Na, dann sollten Sie mir nachher ein wenig zur Hand gehen, damit Sie was lernen. Man kann nie wissen, wann man so etwas braucht."
Während die Hebamme noch in der Küche weilte, wurde im ersten Stock entschlossen an die Schlafzimmertür geklopft. Auf ein mattes „Ja bitte" hin betrat Sanitätsrat Dr. Bruch mit festen Schritten den Raum. Genau wie Frau Mertens hatte er die Haustüre unverschlossen vorgefunden. Nach Gretes fluchtartigem Abgang hatte Bertha weder die Zeit noch die Gedanken dafür gehabt, sie wieder zu verschließen. Da Dr. Bruch der Weg bestens bekannt war, hatte er sich eigenmächtig in die Belle Etage begeben.
Bei seinem Anblick atmete Frau Auguste erleichtert auf und alle Anspannung wich aus ihren Zügen.

„Gott sei Dank, dass Sie da sind, Herr Sanitätsrat", begrüßte sie ihn. Dr. Bruch, ein untersetzter Herr, Mitte Fünfzig, mit ergrautem Haarkranz – das einzige was von seiner einstigen Lockenpracht geblieben war – ließ seine gewichtige Arzttasche auf einen Stuhl fallen. Dann näherte er sich dem Bett seiner langjährigen Patientin. Er streckte ihr herzlich die Rechte entgegen und sagte in seiner jovialen Art: „Guten Tag, Frau Landgerichtsrat. Was soll's denn diesmal sein?"
„Ein Sohn natürlich. Töchter haben wir ja genug."
„Na, dann wollen wir mal sehen, was sich machen lässt."
Damit schickte er sich an, die Gebärende zu untersuchen. Mit dem Ergebnis war er höchst zufrieden: „Es läuft alles bestens, meine Teuerste. Die Lage des Kindes ist ideal, die Herztöne sind kräftig und der Muttermund öffnet sich bilderbuchmäßig."
In diesem Augenblick betrat Frau Mertens das Schlafzimmer, ein Tablett mit Kaffeegeschirr balancierend.
„Aha, da kommt ja unsere gute Mertens und bringt die richtige Stärkung gleich mit. Kann ich auch ein Tässchen haben?"
Während die Angeredete das Tablett auf der Frisierkommode abstellte, sagte sie: „Aber immer, Herr Sanitätsrat. In weiser Voraussicht habe ich gleich zwei Tassen mitgebracht."
„Na, das nenne ich umsichtig. Nun habe ich endlich eine Erklärung dafür, warum die Hebamme im Volksmund ‚Weise Frau' genannt wird."
Beide brachen in schallendes Lachen aus. Da musste sogar die werdende Mutter lachen. Gleich darauf aber verzog sie schmerzhaft das Gesicht und stöhnte laut. Die nächste Wehe war von großer Heftigkeit. Die „Weise Frau" erfasste sofort die Situation: „Atmen! Gut so! Kräftig weiter atmen!"
Mit einer der bereitliegenden Mullwindeln tupfte sie der Schmerzgeplagten die Schweißtropfen von der Stirn: „So ist es gut. Tief durchatmen! Weiter so!"
Während dieser Zeit trank der Arzt genüsslich seinen Kaffee. In der folgenden Wehenpause sagte er zur Hebamme: „Ich habe Frau Waldmann bereits untersucht, während Sie der – für eine Geburt unerlässlichen – Tätigkeit des Kaffeebesorgens nachgegangen sind."
Wieder lachten alle drei. Das gehörte mit zu Dr. Bruchs Therapie: Gebärende und Hebamme zum Lachen bringen. Das

entkrampfte beide und erleichterte nach seiner Erfahrung die Entbindung. Er teilte der Mertens noch seine Untersuchungsergebnisse mit und schickte sich an zu gehen.
„Wollen Sie nicht hier bleiben, Herr Dr. Bruch?", fragte Frau Waldmann besorgt.
„Ich glaube, da gibt es für mich nicht viel zu tun. Das wird unsere liebe Mertens mal wieder ganz allein hinkriegen."
„Aber es wäre mir eine große Beruhigung, wenn... Es könnten doch bei mir Komplikationen auftreten. Oder das Kind könnte Ihre Hilfe brauchen, zumal es vor dem errechneten Termin kommt."
„Aber gnädige Frau, das sind nur zehn Tage. Das macht überhaupt nichts aus. Im Gegenteil. Es dürfte die Entbindung erleichtern, da das Kind noch nicht so schwer ist. Nicht wahr, Frau Mertens, Sie sehen das doch auch so?"
„Ganz gewiss, Herr Sanitätsrat."
„Übrigens, in ein bis zwei Stunden schaue ich sowieso wieder herein. Bis dahin dürfte es keine Zwischenfälle geben. Jetzt habe ich noch ein paar dringende Patientenbesuche."
In der Folgezeit lief alles wie am Schnürchen. Grete, die ihre Aufträge erledigt hatte, half der Köchin beim Herbeischaffen des Wassers. Dann assistierten beide der Hebamme. Mit einer Mischung aus Entsetzen und Staunen erlebten diese zwei Frauen zum erstenmal das Wunder einer Geburt. Dass ihre Gnädige so hilflos da lag und so leiden musste, nahm beide Dienstboten doch sehr mit und band sie für die Zukunft mit noch mehr Ergebenheit und Treue an die Herrin.
Als endlich die Mertens: „Pressen, pressen!", rief und sich der neue Erdenbürger mit lautem Geschrei den Weg in die Freiheit bahnte, verdrängte eine riesige Freude bei beiden jegliches Entsetzen und alle Angst. Gleichzeitig wurde in ihnen eine innige Zuneigung zu dem kleinen hilflosen Wesen erweckt, die Zeit ihres Lebens bestehen bleiben sollte. Fast zur selben Zeit betrat der Hausarzt wieder das Geburtszimmer. Er strahlte die junge Mutter und die Hebamme an: „Das haben Sie beide mal wieder vortrefflich gemacht."
Dr. Bruch schaute zu, wie Frau Mertens das Kind abnabelte und abwusch. Dann übernahm er den kleinen nackten Frosch und untersuchte ihn sorgfältig: „Alles in Ordnung, Frau Waldmann.

Ein gesundes eigenwilliges Persönchen. An dem werden Sie Ihre Freude haben."
Damit legte er ihr das Menschlein, nackt wie es war, für kurze Zeit in die Arme. Ein zaghaftes Lächeln glitt über das Gesicht der Ermatteten.
Unterdessen huschten die beiden Hausangestellten behutsam hin und her, um das derangierte Zimmer wieder in Ordnung zu bringen.
Während der Arzt seinen wohlverdienten Schnaps trank und mit der Landgerichtsrätin eine Weile Konversation machte, versorgte die Hebamme das Neugeborene. Als wenige Minuten später der Hausherr das Entbindungszimmer betrat, konnte ihm die tüchtige Mertens bereits ein gut verschnürtes schneeweißes Päckchen in die Arme liegen. Forschend betrachtete dieser das rosige verschrumpelte Gesichtchen. Er reichte der Hebamme das Bündel zurück und trat voller Freude an das Wochenbett. Noch ehe er Arzt und Hebamme begrüßte, wollte er seine Frau in die Arme schließen. Er hatte das Bedürfnis, ihr zu ihrer Leistung zu gratulieren und ihr für die überstandene Mühe zu danken. Doch in ihrem Gesicht vermisste er nicht nur ein gewisses Strahlen, sondern er las darin sogar so etwas wie Traurigkeit. Da legte sich auch ein Schatten auf sein Gesicht: „Liebes, geht es dir nicht gut?", fragte er besorgt, indem er vorsichtig ihre Hand nahm.
„Doch, doch", beeilte sie sich ihm zu versichern. „Ich bin nur ein wenig enttäuscht, dass ich dir nicht noch einen Sohn in die Arme legen konnte."
Er lachte erleichtert auf: „Aber Gusti, wenn es weiter nichts ist! Es stört mich keineswegs, dass es wieder ein Mädchen ist. Es wird trotzdem aufgezogen."
Da lachten alle im Raum befindlichen Personen und der Bann war gebrochen. Trotz der Anwesenheit des Personals und der Geburtshelfer umarmte der Landgerichtsrat seine Frau und drückte ihr einen zarten Kuss auf die Lippen. Erst dann wandte er sich um und schüttelte Dr. Bruch und Frau Mertens die Hand. Er bedankte sich herzlich für ihre geburtshilflichen Bemühungen und füllte die bereit stehenden Gläser mit Schnaps. Dann stieß er mit Arzt und Hebamme auf das Wohl der Mutter und die Zukunft des kleinen Mädchens an.

Als die Eheleute endlich in ihrem Schlafzimmer allein waren, galt die Sorge der Mutter ihren anderen Kindern: „Hast du die drei Rangen auch wohlbehalten bei Françoise abgeliefert?"
„Jawohl, Herr Feldwebel! Befehl ausgeführt", scherzte der Major der Reserve und salutierte dabei militärisch. „Du siehst, Auguste, wie gut es war, dass wir rechtzeitig Plan B ausgearbeitet haben. Denn unser Malheurchen hat sich nicht an den Zeitplan gehalten."
„Ja, ja, unser Malheurchen", schmunzelte die Wöchnerin und ihre Gedanken schweiften weit zurück.
Ja, vor einigen Jahren, gleich nach Charlottes Geburt, wäre ihnen ein weiteres Kind recht gewesen. Da sich aber zwei, drei Jahre lang nichts tat, waren sie überein gekommen auf weiteren Kindersegen zu verzichten. Erst recht, als sie auf die vierzig zu ging und die Jüngste bereits aus dem Gröbsten heraus war, hatte Auguste keine weiteren Kinderwünsche mehr. Und plötzlich war es passiert. Da ihre Tage zum zweitenmal ausgeblieben waren, hatte sie Sanitätsrat Bruch aufgesucht. Besorgt hatte sie ihn gefragt: „Sind das etwa schon die Wechseljahre? Oder bin ich gar krank?"
„Aber nein, gnädige Frau. Für die Wechseljahre stehen Sie noch viel zu sehr im Saft, wenn ich das mal botanisch ausdrücken darf. Und krank sind Sie keineswegs. Ganz im Gegenteil, sie sind bumperlgesund – wie man landläufig sagt. Nein, nein, Sie sehen mal wieder Mutterfreuden entgegen. Vermutlich sind Sie im dritten Monat."
Na, Freuden ist gut, hatte sie gedacht, als sie sich von dem gynäkologischen Stuhl erhob. Vor dem langjährigen medizinischen Betreuer der Familie hatte sie sich ihr Erschrecken nicht anmerken lassen. Sie hatte gute Miene zu diesem Spiel gemacht und sich für die Untersuchung bedankt.
„Uns ist ein Malheur passiert," hatte sie am Abend ihren Mann empfangen.
„Was für ein Malheur? Hat Bertha das gute Porzellan zerschlagen? Oder ist Grete die Wäsche im Bach davon geschwommen?"
„Nichts so Banales, Friedrich", hatte die Landgerichtsrätin geantwortet. Dabei hatte sie sich ganz dicht an ihren Gatten geschmiegt.

„Na, wenn du so kommst, muss es ja wirklich etwas Ernstes sein. Heraus mit der Sprache!"
„Ich bin", hatte sie herumgedruckst. „Ich bin wieder guter Hoffnung."
„Im Ernst? Bist du sicher?"
„Ja, ich war heute beim Sanitätsrat. ‚Dritter Monat', sagte er."
Als Friedrich das betretene Gesicht seiner Frau gesehen hatte, hatte er gelacht. Er hatte sie herzlich in die Arme geschlossen und ihr ins Ohr geflüstert: „Nein, ein Malheur nenne ich das nicht. Das ist nur ein Malheurchen."
Da hatte auch Auguste wieder lächeln können: „Wenn du das so siehst, dann werde ich mich an den Gedanken gewöhnen."
Ja, sie hatte sich an den Gedanken gewöhnt, besonders, weil sie fest davon überzeugt gewesen war, noch einmal einen Sohn zu bekommen. Das wäre doch vollkommenes Glück: zwei Söhne – zwei Töchter. Da das Schicksal aber anders entschieden hatte und Friedrich ihr deswegen nicht gram war, würde sie auch diese dritte Tochter lieben.
Nun kam sie wieder auf ihre großen Kinder zurück: „Was haben sie denn gesagt, als du sie so überraschend von der Schule abgeholt hast?"
„Sie waren sehr verwundert und wollten unbedingt den Grund dafür wissen."
„Und – was hast du ihnen erzählt?"
„Ich habe ihnen erklärt, dass sie vorerst nicht nach Hause können, weil dort eine große Überraschung für sie vorbereitet werde."
„Wie haben sie darauf reagiert?"
„Du willst aber alles ganz genau wissen."
„Natürlich. Das muss ich doch. Wenn ich meine Küken schon nicht unter meinen Fittichen habe, will ich wenigstens wissen, was sie treiben."
„Nun, als erstes meinte Margarethe, das sei ein Aprilscherz. Darauf erwiderte Wilhelm, am zweiten April mache man keine Aprilscherze mehr."
„Na, die Drei werden Augen machen, wenn sie unseren Aprilscherz sehen!"
Diese Vorstellung zauberte ein glückliches Lächeln auf Augustes Gesicht. Sie setzte sich auf und Friedrich schüttelte ihr die

Kopfkissen auf, ehe er fortfuhr: „Dann haben sie alles Mögliche geraten. Die Fragen hagelten nur so durcheinander. Deshalb weiß ich nicht mehr, wer was fragte. Sie wollten wissen, ob die Zimmer neu tapeziert würden, ob neue Möbel kämen, ob wir die Oma zu Besuch erwarten oder eine Tante. Schließlich meinte Wilhelm altklug: ‚Wenn ich noch an den Osterhasen glauben würde, dann würde ich sagen, er treibt sein Unwesen in unserem Garten.' Darüber lachten beide Mädchen herzlich, bis Charlotte ganz ernst einwandte: ‚Schade, dass es keinen Osterhasen gibt. Ich fände es schön, wenn er in unserem Garten Eier versteckt.'"

„Ja, Charlotte hat trotz ihrer neun Jahre noch ein sehr kindliches Gemüt", warf Auguste ein. Friedrich erzählte weiter: „Am Bahnhof wurde die ganze Aufmerksamkeit der Kinder von der Droschke in Anspruch genommen. Es dauerte, bis jedes den richtigen Platz innehatte. Nun wollten sie natürlich wissen, wohin die Fahrt gehe. Da ich sagte, zu Françoise auf den Bauernhof, waren sie vor Begeisterung kaum noch zu halten. Sie schnatterten wild durcheinander bis wir in Mundolsheim vor dem Gehöft anhielten."

„Und – wie hast du es dort angetroffen? Meinst du, sie fühlen sich dort wohl?", fragte die besorgte Mutter.

„Und ob!", versicherte der Vater, nicht ohne Stolz. „Kaum, dass die Kutsche hielt, sprangen sie herunter. Mit Geschrei stürmten sie auf Françoise zu, die vor der Haustür stand, als erwarte sie uns bereits. Bald rannten sie zwischen Hühnern, Enten und Gänsen hindurch, als würden sie nichts anderes kennen. Ich kam kaum dazu, Françoise zu begrüßen, ihr die Tasche auszuhändigen und das Notwendigste zu erklären. Schon zerrten die Kinder sie in die Ställe. Man sollte gar nicht meinen, dass sie Stadtkinder sind. Im Nu hatten sie mich vergessen. Also bestieg ich wieder meine Droschke und ließ mich zurückbringen. Ich hatte ja die Absicht, baldmöglichst bei dir zu sein, um dir beistehen zu können. Aber für mich gab es nichts mehr zu tun. Du warst noch schneller als ich."

„Nicht ich war so schnell", verteidigte sich Auguste. „Das war unser Malheurchen. Das hatte es so eilig. Wäre es nach mir gegangen, wäre sowieso alles nach Plan A verlaufen."

Plan A hatte vorgesehen, dass die Landgerichtsratskinder zum

Zeitpunkt der Niederkunft längst in der Eifel weilten. Zum errechneten Geburtstermin wären Osterferien gewesen, welche die Kinder ohnedies bei der geliebten Großmutter verbringen sollten. Für alle Fälle hatten die Waldmanns jedoch mit ihrer langjährigen Haushaltshilfe einen Notfallplan ausgearbeitet. Wie gut das gewesen war, hatte sich nun gezeigt.
Seufzend lehnte sich die Wöchnerin zurück in die Kissen. Ja, bei Françoise wusste sie die Kinder in guten Händen. Die treue Seele, jetzt siebenundvierzig Jahre alt, war absolut zuverlässig. Die kleine energische Person war geschickt und fleißig. Sie konnte prima kochen und wusste sehr gut mit Menschen umzugehen.
Augustes Gedanken schweiften in die Vergangenheit zurück: Es war vor genau fünfzehn Jahren gewesen. Gerade waren die Landgerichtsrats in ihre Villa in Straßburg eingezogen. Da stand die junge Elsässerin vor ihrer Tür und bot ihre Dienste als Aushilfskraft an. Jahre später, als man ihre Qualitäten kannte, und erst recht als die Köchin Anna gekündigt hatte, wollte man ihr eine feste Anstellung geben. Dieses Angebot hatte sie jedoch abgelehnt mit der Begründung, sie werde zu Hause gebraucht.
In dem kleinen Dorf Mundolsheim, nördlich von Straßburg, besaßen ihre Eltern einen stattlichen Bauernhof. Von Kindesbeinen an hatte sie dort mitarbeiten müssen. Das tat sie auch jetzt noch, nachdem der älteste Bruder das Anwesen übernommen hatte. Sie fühlte sich ihm und seiner Familie gegenüber dazu verpflichtet. Um aber finanziell nicht gar zu abhängig von ihm zu sein, war sie froh, diese Aushilfsstelle zu haben. Im Hause Waldmann sprang Françoise jedes Mal ein, wenn Not am Mann war. Das war besonders dann der Fall, wenn Feste gegeben wurden. Dabei ging sie nicht nur in der Küche zur Hand, sie deckte auch die Tafel, half beim Servieren und schaffte die Kinder ins Bett. Nach dem Festmahl besorgte sie stets den großen Abwasch.
Aber auch sonst war sie in diesem großen Haushalt unentbehrlich. Alle vierzehn Tage erschien sie zum Waschtag und zwei Tage später zum Bügeln. Selbst beim Großreinemachen bedurfte man ihrer. Fiel im Garten die Frühjahrsarbeit an oder war Ernte- und Einmachzeit, so rief man nach der Elsässerin. Zum

Zeitpunkt ihrer Geburt war das Elsaß noch Frankreich zugehörig gewesen. Deshalb hatte sie in ihrer Kindheit nur Französisch gesprochen. Nach dem Krieg von 1870/71 – Françoise zählte gerade zehn Jahre – wurde ihre Heimat dem Deutschen Reich zugeschlagen. Deshalb musste sie – wie alle anderen Kinder auch – Deutsch lernen. Sie sprach es heute perfekt, jedoch mit einem entzückenden französischen Akzent. Diese Frau war von solch angenehmer Wesensart, dass jeder im Haus – ob Herrschaft, Personal oder Gast – sie gern hatte. Und die Kinder gar – sie liebten Françoise geradezu.
Mit diesen beruhigenden Gedanken fiel die vierfache Mutter in einen erholsamen Schlaf. Auf Zehenspitzen entfernte sich ihr Gemahl und begab sich in die Küche. Er wollte nachsehen, ob es trotz der heutigen Aufregung im Hause für ihn etwas zu essen gäbe.
Am Abend schaute die Hebamme noch mal herein, um das Neugeborene zu versorgen. Sie legte es auch zum erstenmal an, damit der Milchfluss in Gang käme. Der Köchin und dem Dienstmädchen führte sie vor, wie das Kleine zu wickeln sei. Diese Aufgabe würde ihnen in den nächsten Tagen obliegen. Bevor Frau Mertens sich verabschiedete, sagte sie zu Frau Waldmann: „Ich bin mit Ihnen und dem Säugling sehr zufrieden. Wenn alles weiterhin so problemlos verläuft, werden Sie ihn bald selbst versorgen können."
„Sie werden doch sicher in den nächsten Tagen morgens und abends wieder hereinschauen?"
Die Hebamme nickte und Auguste fügte hinzu: „Das ist eine große Beruhigung für mich. Dann weiß ich doch, dass die Kleine und ich die richtige Pflege haben, bis ich wieder auf dem Damm bin."
„So soll das auch sein. Übrigens, wie soll das kleine Fräulein eigentlich heißen?"
Überrascht schaute die Wöchnerin die Hebamme an: „Das ist eine gute Frage. Darüber haben wir uns noch gar keine Gedanken gemacht. Da dieses Kind wesentlich lebhafter war als meine anderen Töchter, war ich fest davon überzeugt, dass es ein Junge wird. Den hätten wir Oskar genannt, nach einem Bruder meines Mannes."
„Nun ja, Oskarine können Sie die Kleine schlecht nennen. Sie

werden sich nach einem anderen Namen umsehen müssen."
„Allerdings. Das wird jedoch schwierig. Die Namen der Großmütter haben wir bereits aufgebraucht."
„Und wie wäre es mit Ihrem Namen?"
„Auguste? Nein. Das gäbe nur Verwechslungen. Welche Auguste ist gemeint? Senior oder Junior? Deshalb haben wir ja auch unseren Sohn nicht nach dem Vater benannt."
„Haben Sie schon eine Patin für das Mädchen ausgesucht?"
„Nein, auch noch nicht. Aber da käme eigentlich nur die jüngste Schwester meines Mannes in Frage, Amalie. Aber – nein, nein. Mit diesem altmodischen Namen will ich das Kind nicht belasten. Als Zweit- oder Drittnamen können wir ihn anhängen. Aber nicht als Rufnamen. Das soll ein schöner wohlklingender Name sein. „
Die Hebamme überlegte angestrengt: „Wie wäre es mit dem Namen unserer einzigen Kaisertochter, Viktoria Luise?"
„Viktoria Luise", wiederholte Auguste bedächtig. Sie horchte dem Klang ihrer Stimme nach. „Das klingt gut. Der Name gefällt mir. Ich werde darüber mit meinem Mann reden."
Unter anderem war es das, was Frau Waldmann an ihrer Hebamme so schätzte. Sie war nicht nur fachlich hervorragend, sie nahm sich auch immer die Zeit für eine persönliche Beratung.
Am späten Abend betrat Friedrich auf leisen Sohlen das eheliche Schlafzimmer. Er wollte Mutter und Kind nicht stören.
„Du brauchst nicht so zu schleichen", vernahm er aus der Dunkelheit die Stimme seiner Frau. „Ich bin hellwach und muss dringend etwas mit dir besprechen. Übrigens, du kannst ruhig das Licht anknipsen."
„Pst, nicht so laut! Du weckst ja unser Malheurchen auf", flüsterte er besorgt.
„Das ist genau der Punkt, über den ich mit dir reden möchte."
Er schaute sie fragend an.
„Wir können das arme Kind doch nicht bis an sein Lebensende Malheurchen nennen. Es braucht einen Namen."
Friedrich setzte sich zu seiner Frau auf die Bettkante und flüsterte: „Du hast ja Recht. Darüber haben wir noch gar nicht nachgedacht."
„Du brauchst nicht zu flüstern. Ein Neugeborenes hat noch

einen sehr festen Schlaf. Und was den Namen angeht, so hat mir die Hebamme einen guten Vorschlag gemacht."
„Der wäre?"
„Viktoria Luise."
„Hm – Viktoria Luise –", dabei ließ er den Namen regelrecht auf seiner Zunge zergehen. „Ja, der Name gefällt mir. Heißt nicht die Tochter unseres Kaisers so?"
„Genau. Und was hieltest du davon, wenn wir deine Schwester Amalie zur Taufpatin bitten und ihren Namen noch anhängen?"
„In Ordnung. Als Drittname kann man Amalie gerade noch gelten lassen."
Friedrich wollte sich wieder erheben, um sein eigenes Bett aufzusuchen, da hielt Auguste ihn am Ärmel fest: „Moment noch, Friedrich. Nachdem dieses eine Problem gelöst ist, möchte ich noch ein weiteres klären. Wann gedenkst du, unsere Großen wieder nach Hause zu holen? Erstens möchte ich nicht, dass sie in der Schule zuviel versäumen, und zweitens möchte ich auch Françoise nicht zu lange belasten."
„Wenn es dir recht ist, beende ich meinen Dienst morgen etwas früher und hole sie ab. Denn auch ich bin beruhigter, wenn ich meine ganze Familie wieder unter meinem Dach habe."
Bevor Friedrich am nächsten Tag den Personenzug nach Mundolsheim bestieg, gab er zwei Telegramme auf. Eines ging an seine Schwiegermutter, die Apothekerswitwe Margarethe Weber in Neuerburg, das andere an seine Schwester Amalie in Genf.
Die paar Schritte vom Bahnhof in Mundolsheim bis zum Anwesen von Françoises Familie dauerten nur wenige Minuten. Wie vom Blitz getroffen blieb er jedoch am Hoftor stehen. Der Zustand, in dem er seine Sprösslinge antraf, verschlug ihm für Sekunden die Sprache. Wilhelm, sein Ältester, wälzte sich mit einem etwa Gleichaltrigen auf einem immensen Misthaufen, offenbar in einen Zweikampf verwickelt. Margarethe, die ältere Tochter, war gerade damit beschäftigt, sich an einer Ecke des Misthaufens zu erbrechen. Und Charlotte hielt krampfhaft ein schmuddeliges Kleinkind umklammert, dem die Rotznase bis in den Mund lief. Das schreiende und wild zappelnde Bündel bugsierte sie in einen kleinen Leiterwagen, den sie anschließend stolz auf dem Hof umher zog.

Mein Gott, dachte der verzweifelte Vater, wo schreite ich zuerst ein? Gerade hatte er sich entschlossen Margarethe zu Hilfe eilen. Sie schien in der bedauernswertesten Verfassung zu sein. Da sah er, wie sie mit dem linken Kleiderärmel über ihren Mund wischte und fröhlich ihr Hüpfspiel mit einem etwas kleineren Mädel fortsetzte. Dass die Vorderseite ihres Kleides mit Erbrochenem bekleckert war, schien sie nicht im geringsten zu stören.

Zu Friedrichs Erstaunen waren die drei so in ihre Beschäftigungen vertieft, dass sie ihn überhaupt nicht bemerkten. Wie gut, dass ich bereits heute gekommen bin, dachte er. Offenbar ist Françoise dieser Aufgabe doch nicht gewachsen.

Während er auf das Wohngebäude zuschritt, um sie davon in Kenntnis zu setzen, dass er die Kinder abholen wollte, trat sie aus der Scheune. Lachend kam sie auf ihn zu: „Bonjour, 'err Landgerichtsrat. Ist es nicht 'errlisch, wie gut sisch ihre Kinder bei uns amüsieren?"

Umgehend revidierte er seine Meinung: Offensichtlich war Françoise ihrer Aufgabe doch gewachsen. Nur schien man auf dem Lande bei der Kinderbetreuung andere Maßstäbe anzulegen als bei ihnen in der Stadt. Welche von beiden Methoden die bessere war, wollte er mal dahingestellt sein lassen.

„Ja, Françoise, amüsieren tun sie sich gut. Aber so schmutzig darf ich sie nicht nach Hause bringen. Meine Frau würde der Schlag treffen."

„Das ist keine Problem, 'err Landgerichtsrat. Isch werde sie baden und frisch anziehen. Die anderen Sachen wasche ich 'ier und bringe sie nächste Woche mit. Aber nun sagen Sie mal: Wie geht es Madame? Ist das Bébé schon da? Und wie 'eißt es?"

„Oh, Françoise, das sind gleich drei Fragen auf einmal. Also: Madame geht es sehr gut. Ich soll schön von ihr grüßen. Das Bébé war schon da, als ich zu Hause ankam. Viktoria Luise heißt es."

„Oh wie schön! Meine Felicitation! Noch eine kleine Tochter also. Dann 'at Charlotte jetzt etwas zum Üben."

Da die Kinder ihren Vater noch immer nicht entdeckt hatten, pfiff er auf zwei Fingern. Wie die Blitze sausten sie nun von allen Seiten herbei. Sicherlich hätten sie ihn bei ihren ungestümen Umarmungen von oben bis unten beschmutzt. Aber

Françoise hielt die drei Wildfänge geistesgegenwärtig auf: „'alt, 'alt. Nischt so stürmisch! So könnt Ihr eure Papa nischt umarmen. Erst müsst ihr in die Wanne. Das Wasser ist bald warm genug. Isch lege nur noch etwas 'olz nach. „Damit verschwand sie im Waschhaus.
„Hallo, ihr Racker", begrüßte sie der Vater mit freundlichem Winken.
„Hallo, Vater", erscholl es im Chor, begleitet von heftigen Winkbewegungen.
„Die Sau hat zehn Ferkel bekommen. Willst du sie sehen, Vater?", fragte Wilhelm.
„Eigentlich nicht nötig. Ihr seht ja selbst aus wie Ferkel. Und riechen tut ihr auch so. Ein Glück, dass eure Mutter euch so nicht sieht und riecht."
Betreten schauten die drei an sich herunter. Ja, das sahen sie ein, so durften sie ihrem Vater wirklich nicht zu nahe kommen. Zum Ausgleich dafür arbeiteten ihre Plappermäulchen umso intensiver: „Vater, es ist ganz toll hier. – Wir haben soviel Spaß. – Dürfen wir noch hier bleiben? – Wir durften die Kälbchen streicheln. – Auf dem Wagen sind wir mit ins Feld gefahren. – Wir haben neue Freunde gefunden. – Warum ist Mutter nicht mitgekommen? – Kleine Kätzchen gibt es auch. – Willst du die Kühe sehen? – Vater, ich habe..."
„Langsam, langsam, Kinder!", rief der genervte Vater aus. „So viel auf einmal kann ich gar nicht verstehen. Ich bin gekommen, um euch nach Hause zu holen. Unterwegs könnt Ihr mir dann alles erzählen."
Enttäuschung spiegelte sich auf den drei kleinen Gesichtern. Dann wagten sie – wie abgesprochen – noch einen Vorstoß: „Aber Vater, warum sollen wir denn schon weg? Es ist doch sooo schön hier."
„Ja, seid Ihr denn gar nicht neugierig auf die Überraschung?"
Ach ja, die Überraschung! Die hatten sie über all den neuen Eindrücken völlig vergessen.
„Was ist es denn, Vater? – Sag es uns! – Jetzt wollen wir es wissen."
„Nein, nein, ich verrate nichts. Die müsst ihr euch zu Hause selbst anschauen."
Um sie nicht zu sehr zu enttäuschen und um die Wartezeit, bis

das Badewasser bereit war, zu überbrücken, ließ er sich doch herum führen. Er schaute sich die Ferkel an, die Kälbchen, die Kätzchen und sogar die jungen Enten. Aber alles nur aus respektvoller Entfernung, indem er an der Stalltüre stehen blieb. Er staunte nur so, dass seine Großstadtkinder wie selbstverständlich die Ställe betraten und die Tiere streichelten.
Françoise brachte das Wunder zustande, in ganz kurzer Zeit wieder zivilisierte Kinder aus den drei Dreckspatzen zu machen. Nun durften sie ihren Vater umarmen und küssen, ehe die kleine Truppe zur Bahn marschierte.
Kaum hatten sie in einem Abteil Platz genommen, sagte der Landgerichtsrat mit tiefer Stimme und ernster Miene: „Hiermit eröffne ich die Verhandlung gegen Wilhelm Waldmann."
Dieses Spiel hatte sich in seiner Familie eingebürgert und kam immer dann zum Zuge, wenn die kleinen Tunichtgute etwas ausgefressen hatten.
„Wieso?", fragte Wilhelm verdutzt. „Ich bin unschuldig, Herr Vorsitzender."
„Das zu entscheiden, ist Sache des Gerichts. Angeklagter, treten sie vor!"
Sogleich erhob sich der Sohn und stellte sich vor seinen Vater: „Hohes Gericht, was werfen Sie mir vor?"
„Streitigkeiten in aller Öffentlichkeit und Beschmutzung der Kleidung."
„Herr Vorsitzender, darf ich korrigieren: Es waren keine Streitigkeiten."
„Wie belieben der Herr Angeklagte das denn zu nennen?"
„Es war eine freundschaftliche Rauferei zum Messen der Kräfte."
„Und warum musste das ausgerechnet auf dem Misthaufen stattfinden?", wollte der gestrenge Richter wissen.
„Das ist doch ganz klar: Da ist es wesentlich weicher als auf dem gepflasterten Hof. Dort tut es nicht so weh, wenn man zu Boden geht und man verletzt sich nicht so leicht."
Da musste der Vater herzhaft lachen: „Also gut, Freispruch mangels Beweises."
Während Wilhelm wieder Platz nahm, sagte der Landgerichtsrat: „Zur Verhandlung kommt die Sache Margarethe Waldmann."

Sogleich sprang das kleine Persönchen von seinem Sitz, pflanzte sich vor dem Vater auf und sagte keck: „Ich bin unschuldig, hohes Gericht."

„Wie können Sie das behaupten, Angeklagte? Sie wissen ja noch gar nicht, was ich Ihnen zur Last lege."

„Egal, was es ist, ich bin unschuldig", beharrte Margarethe.

„Na, das wollen wir doch mal sehen. Sie werden hiermit beschuldigt, sich in aller Öffentlichkeit erbrochen und dabei Ihr Kleid beschmutzt zu haben."

„Einspruch, Herr Vorsitzender. Daran bin ich völlig unschuldig. Schuld daran war die Bohnensuppe und der viele frische Hefekuchen hinterher. Und natürlich noch das Hüpfen. Das hat mein Magen nicht vertragen."

Wieder musste der Richter lachen: „Angeklagte, wenn Sie davon überzeugt sind, dass die Suppe und der Kuchen und das Hüpfen schuld sind, dann muss ich Sie wohl freisprechen, wegen erwiesener Unschuld."

Ehe sich Margarethe setzte, schaute sie sich stolz nach allen Seiten um, so als stehe sie in einem veritablen Gerichtssaal und wolle der neugierigen Zuschauermenge zeigen, wie jemand aussieht, der wegen erwiesener Unschuld freigesprochen wurde.

„Zum Aufruf kommt die Sache Charlotte Waldmann gegen unbekannt."

Wie ihre Geschwister schnellte Charlotte hoch und stellte sich erhobenen Hauptes vor den Vater hin: „Wieso gegen unbekannt?", piepste sie. „Das kleine Mädchen kenne ich sehr gut. Es heißt Marie und ist die Schwester von Nicole, die mit Margarethe gehüpft hat."

„Also gut. Meinetwegen", räumte der Landgerichtsrat ein. „Zum Aufruf kommt die Sache Charlotte Waldmann gegen Marie, die Schwester von Nicole."

„Hohes Gericht", zwitscherte Charlotte nun. „Ich bin auch unschuldig."

„So so! Das wollen wir doch erst mal sehen", sprach der Richter mit tiefer Stimme. „Hiermit beschuldige ich Sie der Freiheitsberaubung in Tateinheit mit Körperverletzung."

„Verzeihung, Herr Richter, ich habe nichts verstanden."

Der Richter schmunzelte. Ihm war bewusst, dass er eine

Neunjährige vor sich hatte. Aber es gehörte zu seinem Erziehungsprogramm, seinen Kindern schon frühzeitig Begriffe aus dem Juristendeutsch nahe zu bringen.
„Also gut, Angeklagte. Sie haben ein kleines wehrloses Kind in Ihre Gewalt gebracht. Das ist Freiheitsberaubung. Dann haben Sie ihm weh getan, indem Sie es an sich pressten, indem Sie es in ein Leiterwägelchen zwängten und indem Sie es auf dem holprigen Hof hin- und herzogen. Das ist sogar mehrfache Körperverletzung."
„Hohes Gericht", hub nun Charlotte ihr Plädoyer an. „Das sehen Sie ganz falsch. Ich habe keine Freiheitsberaubung und keine Körperverletzung und keine Tateinheit begangen."
„Ach so? Wie belieben Sie das denn zu nennen, was Sie getan haben?"
„Herr Vorsitzender, das war so: Nicole sollte auf Marie aufpassen. Sie wollte aber lieber mit Margarethe hüpfen. Da kroch das Kind ganz alleine im Dreck 'rum und wollte alles in den Mund stecken, was es auf dem Boden fand. Da dachte ich, ich passe auf es auf, damit ihm nichts passiert. Außerdem kann ich damit für meinen späteren Beruf üben. Denn Sie wissen ja, ich möchte Säuglingsschwester werden. Da kann man nicht früh genug mit dem Üben anfangen. Mutter sagt auch immer, früh übt sich."
Der Landgerichtsrat erinnerte sich. Seit vor einem Jahr in der Nachbarvilla bei Fabrikdirektor Neumann der kleine Gustav zur Welt gekommen war, sprach Charlotte immer wieder davon, Säuglingsschwester zu werden. Sie ließ keine Gelegenheit aus, zuzuschauen, wie der Kleine gewickelt, gebadet oder gefüttert wurde. Allzu gerne hätte sie diese Tätigkeiten auch selbst mal ausgeführt. Aber man bot ihr dazu keine Gelegenheit. Na, die würde sie im eigenen Hause bald bekommen.
Er besann sich wieder auf seine richterliche Aufgabe und sagte streng: „Das ist an sich sehr löblich, Angeklagte. Aber mussten Sie das arme Kind mit solcher Gewalt behandeln?"
„Die dumme Göre ist doch selber schuld, dass ich ihr weh getan habe", entrüstete sich die angehende Säuglingsschwester. „Sie hätte eben nicht so zappeln sollen. Ich habe es doch nur gut gemeint."
„Aha. Da haben wir also zwei neue Tatbestände: die Schuldigen

sind Nicole und Marie, Nicole wegen Verletzung der Aufsichtspflicht und Marie wegen Widerstandes gegen eine selbstlose Betreuerin."

„Das verstehe ich nicht ganz, hohes Gericht, aber ich bin unschuldig."

Der Richter beugte sich vor, tätschelte ihr den Kopf und sagte gnädig: „Also gut, Angeklagte. Wir wollen Ihnen zugute halten, dass Sie bei Ausführung ihrer Tat die besten Absichten hatten. Deshalb wird das Verfahren wegen Geringfügigkeit eingestellt."

Ebenso stolz wie ihre Schwester nickte Charlotte nach allen Seiten dem unsichtbaren Publikum zu. Sie war freigesprochen! Das stand fest. Ob wegen erwiesener Unschuld oder wegen Geringfügigkeit – den Unterschied verstand sie ohnedies nicht – war ihr egal.

Kaum hatten Vater und Kinder die Waldmannsche Villa erreicht, wollten letztere mit lautem Gebrüll ins Innere stürmen. Der Vater hielt sie zurück, legte seinen Zeigefinger auf den Mund und flüsterte: „Pst, Kinder, nicht so stürmisch. Eure Mutter ist krank. Sie liegt in ihrem Bett. Wir müssen ganz leise hinauf schleichen."

„Ist das die Überraschung?", fragte Charlotte.

„Das ist aber keine schöne Überraschung", äußerte sich Margarethe.

„Auf so eine Überraschung kann ich verzichten", verkündete Wilhelm.

„Nein, nein. Das ist sie nicht. Die Überraschung werdet Ihr in Mutters Zimmer finden.

Frau Auguste saß aufrecht in ihrem Bett und breitete die Arme aus, als die drei hintereinander ins Zimmer trippelten.

„Ah, meine Süßen! Das seid Ihr ja. Ich habe euch so vermisst."

Ganz verstört ließ sich eines nach dem andern von ihr umarmen. Zu sagen wagten sie nichts. Zum einen wegen des väterlichen Gebots, leise zu sein, zum andern wegen des ungewohnten Anblicks. Sie hatten noch nie erlebt, dass ihre Mutter krank zu Bette lag.

„Na, was ist? Hat es euch die Sprache verschlagen?", fragte die Mutter. Als erster fasste sich Wilhelm: „Wo ist denn die Überraschung?"

„Dreht euch nur um. Dort in der Wiege liegt sie", sagte die Mutter. Der Vater stand beobachtend dabei.
„Oh, eine Puppe", rief Margarethe erfreut.
„Das ist keine Puppe", korrigierte der große Bruder. „Das ist ein Bébé, wie Françoise sagen würde."
„Quatsch, das ist ein Säugling", konstatierte fachmännisch die „Säuglingsschwester".
„Das ist euer neues Schwesterchen, Viktoria Luise Amalie", klärte der Vater endlich seine großen Kinder auf.
„Wie kommt es hierher?", wollte nun Charlotte wissen.
„Während Ihr in Mundolsheim wart, hat der Storch es uns gebracht", antwortete der Vater.
„Der hat sich aber einen schlechten Zeitpunkt ausgesucht", stellte Wilhelm fest. „Musste das ausgerechnet jetzt sein, wo Mutter krank ist? Nun kann sie sich gar nicht um den kleinen Wurm kümmern. „
„Das braucht Mutter auch nicht", rief Charlotte begeistert. „Das kann ich ja tun. Ich hab' bei Gustav gut achtgegeben und hab' ja auch heute schon geübt. „Schon wollte sie in die Wiege greifen, um das Schwesterchen herauszunehmen. Das konnte der Vater im letzten Moment noch verhindern: „Oh nein, Charlotte, jetzt noch nicht. Es ist müde. Es muss schlafen. Erst wenn es von selbst aufwacht, darf man es herauszunehmen. Das dürfen aber vorerst nur Bertha und Grete. Die werden dir genau zeigen, wie man das Kleine wickelt. Dann darfst du es selbst mal versuchen."
Enttäuscht zog Charlotte eine Schnute und ging zur Mutter. Die nahm ihre entthronte Jüngste tröstend in den Arm: „Nicht traurig sein, mein Charlotte-Mädchen. Vater hat Recht. Mit einem so kleinen Wesen muss man ganz behutsam umgehen. Das wirst du bald lernen und dann kannst du es selbst versorgen." Da verschwand die dunkle Wolke aus Charlottes Gesicht. Zu ihrem Sohn gewandt, erklärte die Mutter: „Schau, Wilhelm, gerade jetzt, wo ich im Bett liegen muss, habe ich die beste Zeit, mich um das neue Kindchen zu kümmern. Ich bin nicht allzu krank. Wenn man es mir herreicht, kann ich es nähren und wickeln. So gewöhnen wir uns beide ganz schnell aneinander. Wenn ich erst wieder herumlaufen darf, gibt es sehr viele andere Aufgaben für mich. Dann kann ich mich gar nicht so intensiv

mit unserer Kleinen befassen."
Das leuchtete ihm ein. Margarethe hatte die ganze Zeit nur schweigend dabei gestanden. In Gedanken versunken sagte sie nur: „Wir haben ein Bébé, ein richtiges Bébé. Aber es sieht aus wie eine Puppe."
Endlich meldete sich auch der Vater zu Wort: „Noch eine gute Nachricht habe ich für euch: Am Ostermontag ist Taufe. Dazu haben wir Oma eingeladen und Tante Amalie."
„Oh prima! Fein! Herrlich!", jubelten die Geschwister durcheinander. Sie liebten ihre Oma über alles und hingen auch mit großer Zärtlichkeit an Tante Amalie. Leider sahen sie letztere nicht oft. Diese lebte seit Jahren in Genf, wo sie mit einem wohlhabenden Kaufmann verheiratet war. Sie hatte ihn während ihrer Schweizer Pensionatszeit kennen gelernt. Bei jedem ihrer Besuche brachte sie großzügige Geschenke mit.
In den nächsten Tagen trafen von Großmutter und von Tante Amalie Depeschen ein. Darin teilten sie ihre Ankunftszeit in Straßburg mit. Großmutter wollte bereits am Karfreitag eintreffen, am Nachmittag kurz nach drei Uhr.
Fein herausgeputzt – Wilhelm im Matrosenanzug, die Mädchen in Matrosenkleidern mit kleinen Strohhüten auf dem Kopf – durften die Kinder an diesem Tage ihren Vater zum Bahnhof begleiten. Unruhig liefen sie auf dem Bahnsteig auf und ab, bis der Zug pfeifend und dampfend einlief. Zwischen den vielen Reisenden, die ankamen und abfuhren, war es gar nicht so einfach, die geliebte Großmutter zu entdecken. Endlich standen sie vor ihr. Trotz ihrer fünfundsechzig Jahre war sie noch immer eine stolze Erscheinung. Auf ihrem fast weißen, duftig hochgesteckten Haar trug sie einen breitkrempigen Hut in einem kräftigen Braunton. Er war üppig garniert mit Frühlingsblumen. Unter ihrem ebenfalls braunen Tuchcape lugte ein Miederrock in Beige hervor und eine cremefarbene Bluse. Diese war reichlich mit Biesen und Spitzen verziert und hatte einen durch Fischbeinstäbchen versteiften Stehkragen.
Das verlieh ihr ein geradezu aristokratisches Aussehen. Ungestüm drängten sich alle drei Enkel gleichzeitig an sie heran. Sie breitete die Arme weit aus und drückte sie an sich. Dabei legte sich ihr Cape um die Kinder, so dass sie wie eine große Henne aussah, die schützend ihre Flügel über ihre

Küchlein breitet. Erst danach konnte sie den Schwiegersohn begrüßen. Ein Dienstmann kümmerte sich um das Reisegepäck. Deshalb konnte Friedrich – ganz Kavalier – seiner Schwiegermutter den rechten Arm anbieten. In den hängte sie sich bereitwillig mit der linken Hand ein. Mit der rechten Hand benutzte sie ihren Sonnenschirm wie einen Spazierstock. Die kleine Enkelschar trottete wohlerzogen hinterdrein.
Auf dem Bahnhofsvorplatz half Friedrich seiner Schwiegermutter galant in die Droschke, auf deren Rückseite der Dienstmann das Gepäck bereits verstaut hatte. Innerhalb der Droschke wurde der Sitzplatz aufgrund Großmutters ausladender Persönlichkeit etwas eng. Deshalb durfte Wilhelm auf dem Kutschbock neben dem Droschkenlenker Platz nehmen. Das genoss der Junge außerordentlich.
Natürlich fuhr die Kutsche an diesem herrlichen Frühlingstag offen. Obwohl man erst den achtzehnten April schrieb, brannte die Sonne schon ordentlich hernieder. Deshalb öffnete Großmutter ihren Sonnenschirm, um ihren zarten Teint zu schützen.
Am nächsten Tag wiederholte sich die Abholungsszene ziemlich genau. Nur dass die Hauptdarstellerin eine andere war. Wieder trabte der Landgerichtsrat mit seiner kleinen Schar zum Bahnhof. Wieder das ungeduldige Warten auf dem Bahnsteig. Wieder das Suchen nach der abzuholenden Person im Menschengewühl. Allerdings war die Dame, die diesmal dem Zug entstieg, wesentlich jünger und noch eleganter als die gestrige. Tante Amalie, siebenunddreißig Jahre alt, war nach neuestem Pariser Chic gekleidet. Das leichte resedafarbene Reisekostüm kontrastierte vortrefflich zu ihrem kastanienbraunen Haar. Dieses trug sie sorgfältig onduliert und hochgesteckt. Ein voluminöser Hut, ebenfalls resedafarben, reichlich mit weißen Straußenfedern besteckt, schien geradezu darüber zu schweben.
Tante Amalie begrüßte erst die Kinder auf ihre herzliche Art, dann kann der Bruder an die Reihe. Wieder reichte Friedrich der Dame galant den Arm, während sich der Dienstmann um das Gepäck kümmerte. Wieder wurde der Platz in der Kutsche etwas eng. Bereitwillig wollte Wilhelm erneut neben dem Kutscher Platz nehmen. Da erhob sich ein zweistimmiges

Gezeter: „Wilhelm durfte gestern auf dem Kutschbock sitzen, Vater. Heute will ich vorne sitzen"
Das sah der Vater ein: „In Ordnung, also ist heute Margarethe dran."
„Und wann komme ich dran?", protestierte Charlotte. „Morgen holen wir keinen mehr ab."
Der gutmütige Kutscher wandte sich um: „Wenn Sie nichts dagegen haben, gnädiger Herr, so könnten beide Fräuleins auf dem Kutschbock sitzen. Es sind ja schmale Persönchen."
Daher nahmen die beiden – stolz wie Oskar – neben dem Kutscher Platz. Als sie auf einer geraden Straße auch noch die Zügel halten durften, war ihr Glück vollkommen.
Nach der Ankunft im Hause Waldmann wurden die Kinder in ihre Zimmer geschickt, während Friedrich seine Schwester in den Salon führte. Hier begrüßte Amalie ihre Schwägerin – die längst wieder auf den Beinen war – und deren Mutter sehr herzlich. Dann bat sie darum, ihr Zimmer aufsuchen zu dürfen, um den Reisestaub abzuschütteln. Grete wurde mit geschickt, damit sie der gnädigen Frau Schwester zur Hand gehe. Als erstes musste sie die großen Nadeln, die den Hut an der richtigen Stelle gehalten hatten, herausziehen. Dann hob sie das kostbare Gebilde vorsichtig von Amalies Kopf und legte es in die riesige Hutschachtel. Beim Ablegen des Reisekostüms und beim Anlegen eines bequemeren himmelblauen Hauskleides war das Mädchen ebenfalls behilflich. Anschließend ordnete es der gnädigen Frau noch ein wenig die Frisur, die vom Tragen des Hutes etwas derangiert war.
Amalie ließ es sich nicht nehmen, die Geschenke für die Nichten und den Neffen eigenhändig aus einem Koffer hervor zu kramen. Dann überließ sie es Grete, die Koffer weiter auszupakken, während sie sich zu den Kinderzimmern begab. Dort herrschte großer Jubel über die Schweizer Schokolade. So etwas bekamen sie schließlich nicht alle Tage. Aber auch über die Bücher freuten sie sich. Statt der üblichen Spielsachen hatte die Tante diesmal Lektüre ausgewählt. Sie seien ja nun schon groß und könnten bereits so gut lesen, dass sie sicher gerne auf diese Weise ihr Wissen vermehren möchten. Für Wilhelm hatte Amalie ein Buch von Karl May, „Winnetou" Band eins, mitgebracht und für die Mädchen Bücher von Johanna Spyri.

Margarethe bekam „Heidis Lehr- und Wanderjahre" und Charlotte „Gritlis Kinder".
„Das Schöne an diesen Büchern ist", erklärte die Tante, „dass es Fortsetzungen gibt. Wenn Euch die Bücher gefallen, schreibt es mir. Dann werde ich jedem von Euch beim nächsten Mal den zweiten Band mitbringen. „Jedes der Kinder bedankte sich artig und vertiefte sich sogleich in sein Buch.
„Was hast du mit den Kindern gemacht?", fragte Friedrich, als Amalie wieder den Salon betrat. „Sie sind mit einem Male so still."
„Keine Sorge, lieber Bruder. Ich habe nur jedem ein Buch in die Hand gedrückt."
„Ah, das ist gut. Dann sind wir ja eine Weile vor ihnen sicher und können dir ungestört unser Mal..." ...heurchen hatte er sagen wollen. Doch in diesem Moment traf ihn der verweisende Blick seiner Frau. Deshalb schluckte er kurz und korrigierte sich mitten im Wort: „...chen vorführen."
„Wie – Malchen? Ihr ruft das Kind also doch nach mir? Das finde ich reizend. Vielen Dank Ihr beiden. Damit macht Ihr mir eine große Freude. Aus eurem Telegramm hatte ich geschlossen, dass Ihr das Kind Viktoria ruft oder Viktoria Luise. Da mein Name erst an dritter Stelle stand, hatte ich mich schon damit abgefunden, dass er nur ein Schattendasein führen würde auf amtlichen Papieren."
„Wir haben es uns eben anders überlegt", sagte Friedrich völlig überzeugend. Seine Frau nickte zustimmend und fügte hinzu: „Nach einigen Tagen haben wir herausgefunden, dass dieser Name besser zu ihr passt; sie sieht dir sehr ähnlich."
„Nicht nur das", ergänzte Friedrich. „Es machen sich bei Malchen auch schon erste Wesenszüge von dir bemerkbar."
„Ach, geh, Friedrich, bei einem Kind, das erst sechzehn Tage alt ist, kann man so etwas noch nicht sagen."
„Doch, ich kann das. Schließlich war ich bei deiner Geburt schon acht Jahre alt und kann mich noch sehr gut an deine ersten Lebenswochen erinnern. Unser Malchen hat die gleiche energische Stimme und die gleiche lebhafte Art."
„Aber Bruderherz, das wird bei allen Säuglingen gleich sein."
„Das stimmt nicht", mischte sich Auguste wieder ein. „Bei unseren anderen Kindern war das völlig anders. Sie hatten

weder diese Lebhaftigkeit, noch diese energische Stimme."
Unter dessen hatte man das Schlafzimmer erreicht.
„Amalie, mein Malchen", flüsterte die Tante ganz gerührt, als sie an der Wiege stand. Kurz darauf ließ die kleine Viktoria ihre kräftige Stimme ertönen. Da fragte Amalie: „Darf ich sie mal auf den Arm nehmen?"
Beide Ehegatten nickten. Die Tante nahm ihr Patenkind ganz behutsam aus der Wiege, drückte es zärtlich an ihre Wange und schmatzte ihm einen Kuss auf die Stirn. „Mein Herzenskind", sagte sie innig. „Ihr wisst gar nicht, welch riesige Freude Ihr mir damit macht. Denn ich muss leider auf eigene Kinder verzichten."
Das war das erste Mal, dass Amalie über dieses Thema sprach. Überrascht sahen Bruder und Schwägerin sie an. Sie waren immer der Ansicht gewesen, dass Amalies Kinderlosigkeit eine selbstgewählte sei. Beide hatten geglaubt, Amalie und ihr Mann seien so selbstsüchtig, dass sie sich durch Kinder nicht einschränken lassen wollten, weder finanziell noch in ihrer Freiheit. Jedes Jahr machten sie eine weite Reise oder einen mondänen Badeurlaub. Das war für Familie Waldmann daran erkennbar, dass alljährlich kolorierte Ansichtskarten aus aller Herren Länder ins Haus flatterten. Sie selbst konnten sich solchen Luxus nicht leisten.
„Ach", versuchte Auguste nun der Schwägerin Hoffnung zu machen. „Die Kinder können noch kommen. Mit siebenunddreißig bist du noch nicht zu alt zum Kinderkriegen. Sieh nur, ich habe noch mit vierzig eines zur Welt gebracht."
„Nein, nein, Auguste, gib dir keine Mühe. Nach siebzehn Ehejahren glaube ich nicht mehr daran. In der ersten Zeit fand ich es ja ganz angenehm, noch so ungebunden zu sein. Aber nachdem sich drei Jahre nichts getan hatte, bin ich von Arzt zu Arzt gepilgert, von Badekur zu Badekur gefahren – ohne Erfolg. Für mich ist der Zug abgefahren. Nun bin ich froh, dass wenigstens dieses kleine Wesen meinen Namen trägt und etwas von mir in ihm weiterlebt." Damit legte sie das hungrig suchende Mäulchen in die Arme seiner Mutter, die es sogleich stillte. Ganz ergriffen beobachtete sie die Szene, während Friedrich sich diskret entfernte.
„Es muss ein herrliches Gefühl sein, ein eigenes Kind im Arm zu

halten und es selbst zu nähren", sagte Amalie mit feuchten Augen. Nun war Auguste erst recht glücklich, dass sie den Schwindel mit dem Namen mitgemacht hatte.
Bisher hatten sie nicht die geringste Ahnung gehabt, wie es um die jüngste Schwester ihres Mannes stand. Daher war es nicht Feingefühl gewesen, weshalb sie ihren Mann daran gehindert hatte, das Wort Malheurchen auszusprechen. Bloßer Selbstschutz steckte dahinter. Sie war der Meinung gewesen, Außenstehende ginge ihrer beider Einstellung zu diesem vierten Kind nichts an. Außerdem war sie nicht gewillt gewesen, Erklärungen abzugeben. Und nun hatte sie mit dieser scheuen Zurückhaltung ihre Schwägerin sogar ein wenig glücklich machen können.
Ja, jetzt – da sie um die Situation ihrer Schwägerin wusste – schämte sie sich ihrer anfänglichen Einstellung zu diesem Kind. Wie hatte sie es ein Malheur nennen können, wo doch offensichtlich ein Kind für andere das größte Glück bedeutete. Erst jetzt wurde ihr bewusst, wie gut es das Schicksal mit ihr gemeint hatte. Viermal hatte sie die große Freude erleben dürfen, ein eigenes Kind in den Armen zu wiegen. Sie war sicher, ihr Mann sah das nun auch so. Viktoria Luise würden sie in Zukunft also Amalie nennen, wenn es auch anders in den Papieren stand.
Was sie zu diesem Zeitpunkt noch nicht ahnen konnten: Dieser kleine Namensschwindel hatte Amalie so sehr für die kleine Viktoria eingenommen, dass es ihren Lebensweg entscheidend beeinflussen sollte.

Zweites Kapitel

So wuchs das kleine Mädchen heran, umhegt und geliebt von Eltern, Geschwistern und dem Dienstpersonal. Damit waren ihm die besten Voraussetzungen gegeben, die ein Menschenkind beim Start ins Leben haben kann. Meist wurde es liebevoll Malchen oder Mali genannt.

An ihrem sechsten Geburtstag lagen auf dem Gabentisch ein funkelnagelneuer Lederranzen, eine Schiefertafel und eine Griffeldose mit allem, was dazu gehört. In Kürze würde auch für sie der Ernst des Lebens beginnen. Bald hieße es Abschied nehmen von der vielen unbeschwert verbrachten Zeit. Viele Stunden des Tages würde sie in dem großen finsteren Schulgebäude verbringen müssen. Im Gegensatz zu vielen anderen Kindern, empfand Mali den bevorstehenden Schulbesuch jedoch nicht als furchterregende Angelegenheit.

Nein, sie erwartete den Tag mit Freude und Neugier. Endlich würde ihr unbändiger Wissenshunger Nahrung bekommen. Sie hatte schon deshalb keine Angst vor der Schule, weil sie den Weg dorthin an der Hand der älteren Schwestern zurücklegen durfte. Und nicht zuletzt gab es dort viele gleichaltrige Mädchen, mit denen sie spielen und Freundschaft schließen konnte. In ihrer Nachbarschaft war nämlich der gesellschaftliche Umgang für sie immer spärlicher geworden. Vor zwei Jahren schon war Agnes, die Tochter von Kommerzienrat Severin, in die Schule gekommen. Ein Jahr später hatte dieses Schicksal deren Bruder Adolf ereilt, sowie Freund Gustav, den Sohn von Fabrikdirektor Neumann. Seitdem hatte Mali vormittags fürlieb nehmen müssen mit der um ein Jahr jüngeren Clara, der Schwester Gustavs. Die beiden Nachkömmlinge des Apothekers, die Zwillinge Friederike und Heinrich, kamen für Mali als Spielkameraden noch nicht in Frage. Sie waren erst zwei Jahre alt.

Zu dieser Zeit brauten sich über Europa dunkle Wolken zusammen, die Vorboten eines großen Krieges. Doch das kümmerte Mali wenig. Sie hatte andere Sorgen: Unter ihren Geburtstagsgaben vermisste sie das am sehnlichsten erwünschte Geschenk. Sicher, ihr gefielen der Ranzen und die anderen Sachen. Sie packte auch sofort alles hinein, setzte ihn auf und

marschierte stolz damit durch den Salon. Das waren aber alles nur nützliche Sachen, die sie sowieso brauchte. Ihr einziger Herzenswunsch war nicht erfüllt worden. Dies war nichts Geringeres als ein „Holländer". Ein Holländer war ein zur damaligen Zeit sehr beliebtes Fahrzeug für kleine Jungen. Es bestand aus einer Lattenpritsche mit vier Rädern darunter. An der Vorderseite befand sich eine Art kurze Deichsel. Wenn man auf der Pritsche saß und die Deichsel mit beiden Händen vor- und zurückbewegte, fuhr der Holländer, wie von Geisterhand gezogen. So einen Traum zu besitzen, war der Inbegriff des Glücks für des Landgerichtsrats Jüngste. Gustav besaß ein solches Fahrzeug. Wenn er gut gelaunt war und auch seine Schwester Clara keinen Anspruch darauf erhob, durfte Mali damit fahren. Welche Seligkeit! Das kam allerdings nur selten vor. Deshalb hatte Mali diesen Wunsch den Eltern wieder und wieder vorgetragen. Bis zu ihrem Geburtstage war sie sicher, man werde ihr diesen Wunsch erfüllen. Wie groß war nun ihre Enttäuschung!
Als Mali fragte, warum man ihr diesen Wunsch nicht erfüllt habe, erklärte ihr der Vater, zum Geburtstag dürfe man keine so großen Geschenke erwarten. Außerdem sei ein Holländer nur etwas für Jungens.
Von dieser Aussage ließ sich die kleine Tochter jedoch nicht entmutigen. Bald war ja Ostern! Mit der ganzen Inbrunst ihres Herzens wünschte sie sich ein solches Gefährt vom Osterhasen. Als aber auch dieser ihrem Wunsch nicht nachkam, war ihr Glaube an ihn stark erschüttert. Er schwand vollends dahin, als sie später von aufgeklärten Mitschülerinnen erfuhr, dass es ihn gar nicht gebe. Aber das war erst einige Tage nach Schulbeginn.
Die Einschulung selbst war für Mali eine aufregende Sache. An der Hand ihrer Mutter trippelte sie in ihrem schicksten Kleidchen, mit dem Ranzen auf dem Rücken und einer großen Schultüte im Arm zur Schule. Während die Mütter draußen warten mussten, begaben sich die schüchternen und die kecken kleinen Mädchen in einen Raum, in dem lauter lange Bänke standen. Dort drängten sie sich hinein.
Das Fräulein vorne am Katheder sagte: „Ich lese nun den Namen einer jeden von euch vor. Diese erhebt sich dann, damit

ich sehe, ob sie da ist. Auf diese Weise lernt Ihr Euch auch schon ein bisschen kennen."
Das klappte vorzüglich. Als die Lehrerin jedoch vorlas: Viktoria Waldmann, stand keines der Mädchen auf. „Sonderbar", sagte die Lehrerin zu sich selbst. „Das Kind ist doch angemeldet worden." Sicherheitshalber las sie den Namen noch mal vor, in erweiterter Fassung: Viktoria Luise Amalie Waldmann."
Keines der kleinen Mädchen erhob sich. Kopfschüttelnd fuhr die Lehrerin in ihrer Liste fort. Am Schluss fragte sie freundlich: „Ist vielleicht ein Kind da, dessen Name ich vergessen habe vorzulesen?"
„Ja, ich", krähte Mali aus der dritten Bank.
„Ach ja? Wie heißt du denn?" „Mali Waldmann!" „Und wo wohnst du?"
Fehlerlos sagte Mali ihren Straßennamen und die Hausnummer auf.
„Ach, dann bist du also das gesuchte Persönchen. Du bist Viktoria Waldmann."
„Nein, ich bin Mali Waldmann."
„Für mich bist du die Viktoria Waldmann. So steht es in deinen Papieren."
„Nein, nein, das bin ich nicht", beharrte das Kind. „Ich bin Mali, das weiß ich ganz gewiss. Die Mutter nennt mich so und der Vater und auch mein Bruder und meine Schwestern und Bertha und Grete."
„Das mag sein. Zu Hause verwendet man sicher diesen Kosenamen. Aber hier in der Schule werde ich mich an das halten, was in den Papieren steht. Für uns bist du Viktoria."
Voller Empörung erzählte Mali ihrer Mutter auf dem Heimweg diese Ungeheuerlichkeit. Die Lehrerin wolle aus ihr eine andere machen als sie in Wirklichkeit sei. Verständnisvoll lächelte die Mutter: „Du hast Recht und die Lehrerin hat auch Recht. Sobald du lesen kannst, werde ich dir die Papiere zeigen. Darin steht wirklich Viktoria Luise Amalie. Den letzten Namen hast du nach deiner Patentante bekommen, weil wir ihr eine Freude machen wollten. Da du ihr als Säugling auch noch ähnlich gesehen hast, haben wir dich mit ihrem Namen gerufen. Nur haben wir statt Amalie die Koseform Malchen oder Mali gewählt."
„Nun ja," zeigte sich Mali versöhnlich, „wenn das der Lehrerin

Freude macht, soll sie mich ruhig Viktoria nennen. Die Hauptsache ist, ich bleibe eure Mali."
Begeistert ging Mali fortan zur Schule. Das Lernen fiel ihr leicht. Auch ihre Hausaufgaben erledigte sie schnell und ordentlich. So blieb am Nachmittag genügend freie Zeit, um auf der Straße umherzutollen. Dabei hatte es ihr nach wie vor der Holländer von Gustav angetan. Aber auch Fangen- und Versteckspielen und das Spiel „Räuber und Gendarm" gehörten zu ihren Lieblingsbeschäftigungen. Wenn sie mit den größeren Jungen herum tollen, auf Bäume klettern, durch Hecken und Zäune kriechen und über Gräben springen konnte, war sie in ihrem Element. Des weiteren liebte sie Ballspiele, Murmelspielen, Seilspringen und Reifenspiele. Im Winter mussten es natürlich Schneeballschlachten, Schneemannbauen und Schlittenfahren sein.
Mutter Auguste war von Anfang an darüber enttäuscht gewesen, dass Mali keinerlei Interesse an Puppen zeigte und nie mit ihnen spielte. Von den großen Schwestern waren noch so schöne Exemplare vorhanden, die man der Kleinen nach und nach vererbte. Das war womöglich nicht das Richtige. Vielleicht wollte Mali eine neue, eine eigene Puppe. Darüber unterhielt sich Auguste mit ihrer Mutter, als sie in den Sommerferien mit den Kindern bei ihr in Neuerburg weilte.
„Natürlich, Kind", sagte die Großmutter zu Auguste. „Das Kind will etwas Eigenes haben, eine schöne neue Puppe und nicht immer die abgelegten zerzausten von den großen Schwestern."
„Ach Mutter, zerzaust sind diese keineswegs. Sie sehen noch sehr gut aus und manches andere Mädchen würde sich glücklich schätzen mit einer solchen Puppe."
„Lass mich nur machen. Zu Weihnachten bekommt das Kind von mir eine Puppe."
Tatsächlich, zu Weihnachten reiste Großmama an, mit einem großen geheimnisvollen Karton im Gepäck. Diesen fand Mali unter dem Weihnachtsbaum vor. Heraus kam ein Traum von einer Puppe. Sie hatte blaue Schlafaugen mit langen dunklen Wimpern. Sie hatte echtes blondes Haar, dass man kämmen und flechten konnte. Sie war bekleidet mit einem wunderschönen kaiserblauen Kleid nach der neuesten Mode. Eine solche Puppe hätte jedes andere Mädchenherz höher schlagen lassen.

Nicht aber das von Mali. Nach einem kurzen Dankeschön an die Großmutter, ließ Mali das Prachtstück von Puppe unbeachtet in der Ecke liegen. Stattdessen kriegte sie blanke Augen, als sie die Skier sah, die der achtzehnjährige Wilhelm bekommen hatte und die Schlittschuhe der beiden Schwestern.
„Ich möchte auch Schlittschuhe haben", verkündete sie. „Warum habe ich keine Skier oder Schlittschuhe bekommen?"
„Du bist noch zu klein für solche Sportarten", belehrten sie die Geschwister. „Wenn du ein paar Jahre älter bist, kriegst du auch Skier oder Schlittschuhe."
Während dieser Szene zuckte Frau Auguste die Schultern, sah ihren Mann und ihre Mutter verzweifelt an und sagte: „Siehst du nun, Mutter! Es lag nicht an den alten Puppen. Auch die schöne neue würdigt sie keines Blickes. Und nun will sie gar Skier und Schlittschuhe haben!"
„Sei nicht verzweifelt, Auguste", tröstete nun Großmama. „Lass das Kind nur, es ist so pläsierlich."
Vater Waldmann fügte mit verhaltenem Stolz hinzu: „An ihr ist halt ein Junge verlorengegangen. Ich fürchte, mit ihr werden wir noch einige Überraschungen erleben."
Zu Malis achtem Geburtstag traf ein kleines flaches Päckchen ein. Es war von der Patentante aus der fernen Schweiz. Voller Neugier öffnete das Geburtstagskind. Ein wunderschönes, in echtes Rindsleder gebundenes Poesiealbum kam zum Vorschein. Es hatte sogar ein kleines Schloss mit einem dazugehörigen winzigen Schlüssel.
„Was macht man mit einem Poesiealbum?", war Malis erste Frage.
„Man lässt von Verwandten und Freunden kleine Gedichte hineinschreiben", belehrte die Mutter sie. „Und wenn du alt geworden bist, kannst du darin blättern und dich an die lieben Menschen erinnern."
Zum Beweis holte sie ihr eigenes Album hervor und zeigte es dem staunenden Kind. Besonderen Eindruck auf Mali machten die bunten eingeklebten Bilder. Daneben befanden sich auch entzückende handgemalte Bilder in dem Album oder üppige Blumenranken rahmten die Gedichte ein.
„Oh, wie herrlich!", jauchzte Mali. „Wer schreibt als erster in mein Album?"

„Ich", erbot sich der Vater. „Aber habe ein bisschen Geduld. Ich will nicht einen der vorgefertigten Sprüche abschreiben. Ich möchte dir ein eigenes Gedicht verfassen."
Nach einigen Tagen prangte es in ihrem Album:

Zwei Töchter hatten Waldmanns schon
außer Wilhelm, ihrem Sohn.
Doch guter Dinge sind stets drei,
Drum brachte der Storch noch Mali vorbei.

Er brachte sie, obwohl nicht bestellt,
auf diese alte bucklige Welt.
Nun ist sie Mutters ganzer Stolz,
weil sie geschnitzt aus gleichem Holz.

Sie gleicht der Mutter bis aufs Haar
mit ihrem blauen Augenpaar
und mit den goldenblonden Zöpfchen.
Sie ist ein wirkliches süßes Tröpfchen.

Doch ist sie wie ein Junge wild,
das passt so gar nicht in das Bild,
das man sich macht von einem Mädchen,
ob auf dem Lande oder Städtchen.

Und dennoch haben wir sie lieb,
unsern kleinen Herzensdieb,
stahl auch das Herz von Großmama
und das von Tante Amalia.

In Liebe, Dein Vater.

In der Tat war Mali ein Mutterkindchen. Um keines ihrer Kinder machte sich die Landgerichtsrätin so viele Sorgen wie um ihr Nesthäkchen. Und keines ihrer Kinder hatte sie so gern um sich wie dieses.
„Für uns hast du nie soviel Zeit gehabt." – „Für uns hast du nie soviel Verständnis aufgebracht." – „Die darf viel mehr als wir", hatte es immer wieder geheißen.

„Lasst sie nur. Sie ist noch so klein“, verteidigte sie ihr Küken. „Wir waren auch mal so klein.“ – „Wir durften uns auch nicht alles erlauben.“ – „Wir mussten immer vernünftig sein“, waren die Antworten der Großen.
Immer ergriff die Mutter Malis Partei. Für alle ihre Streiche fand Mutter Entschuldigungen. Oft lächelte sie nachsichtig: „Ich habe das Gefühl, dieses Kind ist etwas ganz Besonderes.“ Oder sie sagte: „Lasst mir doch meine Freude an diesem spätgeborenen Kind. Es wird noch um mich sein, wenn Ihr anderen längst aus dem Haus seid.“
Das sollte sich schon bald bewahrheiten. Wilhelm verließ das Haus, als Mali sieben Jahre alt war, um in Bonn Pharmazie zu studieren. Zwei Jahre später würde Margarethe ebenfalls ein Studium beginnen. Und es war abzusehen, dass auch Charlottes Abschiedsstunde bald schlagen würde. Als Kind hatte Charlotte immer Säuglingsschwester werden wollen. Doch als sie fünfzehn Lenze zählte, war keine Rede mehr davon. Sängerin wollte sie nun werden; sie hatte ihre Stimme entdeckt. In Straßburg war alsbald ein Lehrer gefunden, bei dem sie Gesangsstunden nahm. Sogar einen Künstlernamen hatte sie schon. „Lotte Lantana“ wollte sie sich nennen, wenn sie erst mal auf der Bühne stand. Bis dahin war es jedoch noch ein weiter Weg.
Im Sommer 1916 wohnten die drei Schwestern allerdings noch zu Hause. An einem wunderschönen Samstagnachmittag hatte sich Vater mit zwei Kollegen zu einer Vogesenwanderung verabredet. Charlotte war zum Gesangsunterricht gegangen und Margarethe machte mit einer Freundin einen Ausflug. Mutter Auguste saß in ihrem Boudoir und schrieb Briefe. Ihr Nesthäkchen – wie könnte es anders sein – spielte auf der Straße. Mit von der Partie waren Gustav und Clara, die Kinder des Fabrikdirektors, sowie Adolf und Agnes, die Kinder des Kommerzienrats.
Zunächst fuhr man abwechselnd mit dem Holländer. Bald jedoch brach – kein Wunder bei so vielen Fahrinteressenten – Streit aus. Deshalb wurde der Holländer kurzerhand von Frau Fabrikdirektor konfisziert. Nun spielten die Kinder einträchtig miteinander Hüpfen. Mit einem aus der Schule stibitzten Stück Kreide hatten sie ein Hüpfkästchen auf das Pflaster gemalt.

Gerade war Mali an der Reihe. Mit hochroten Bäckchen hüpfte sie auf ihrem linken Bein rechts herum. Das kostete sie besonders viel Konzentration und Anstrengung. Just in diesem Augenblicke kam Willi, der Sohn des Totengräbers, des Weges. Er war bereits zwölf Jahre alt, schon ziemlich groß und kräftig und galt als böse. Er passte weder von seinem Alter, noch von seiner Statur, noch von seiner Herkunft oder seinem Benehmen her zu diesen Kindern. Ihnen allen war bekannt, dass Willi kein Umgang für sie war. Willi wusste das ebenfalls. Aber gerade das reizte ihn. Er trat ganz nah an das aufgemalte Kästchen heran, so dass Mali dicht an ihm vorbei hüpfen musste. Als sie sich auf gleicher Höhe mit ihm befand, gab er ihr mit dem Ellenbogen einen leichten Schubs. Sie verlor das Gleichgewicht, und um nicht umzufallen, setzte sie blitzschnell den rechten Fuß auf. Damit war sie „ab". Das ärgerte sie maßlos. Sie giftete Willi an: „Du blöder Kerl! Das hast du extra gemacht! Ich hätte die Runde sonst leicht geschafft."
Was tat Willi? Er verzog sein Gesicht zu einem breiten Grinsen. Dann öffnete er seinen Hosenlatz. Wie gebannt starrte Mali dorthin. So etwas hatte sie noch nie gesehen. Da zog doch dieser freche Kerl seelenruhig etwas aus seiner dreckigen Unterhose. Damit zielte er haargenau auf das verdutzte Kind. Starr vor Schreck vermochte es weder etwas zu sagen noch wegzulaufen.
Erst als der warme Strahl die Schürze, das Kleid und sogar die Unterwäsche durchnässt hatte, kam Leben in Mali. Schreiend rannte sie durch den Garten, durch die Eingangshalle, stürzte die Treppe hinauf und landete atemlos in Mutters Boudoir. Schluchzend blieb sie vor ihrem Sekretär stehen.
Beim Anblick des Kindes fiel Auguste vor Schreck der Federhalter aus der Hand. „Aber Kind, was ist passiert? Wie siehst du nur aus?"
Vor Wut und Entsetzen brachte Mali kein Wort hervor. Sie wurde nur von heftigem Weinen geschüttelt. Erst als die Mutter begütigend den Arm um ihre Schultern legte, schluchzte das Kind: „Ich bin nass."
„Das sehe ich. Aber wovon?"
„Willi hat mich nass gemacht."
„Aber Mali! Du weißt doch, dass du nicht mit ihm spielen sollst!"

„Ich hab' ja auch gar nicht mit ihm gespielt", beteuerte die Kleine. „Deshalb war er ja so böse und hat mich nass gemacht."
„Na, das ist nicht so schlimm. Komm, wir ziehen das nasse Zeug aus."
Während Mutter die Schürze aufband, verzog sie die Nase: „Wie riechst du denn? – Sag mal, womit hatte Willi dich nass gemacht?"
Unter neuen heftigen Schluchzern brachte Mali hervor: „Willi – hat – so einen – ekligen weißen Wurm – aus der Hose – geholt. – Damit hat er Pipi – auf mich – gemacht."
Diese Auskunft entsetzte die Mutter dermaßen, dass sie das nasse Kind einfach stehen ließ. Auch vergaß sie, dass sie eine Dame war und wie sich eine solche verhält. So wie sie war, stürzte sie aus dem Haus.
Willi war natürlich längst verschwunden. Die anderen Kinder sahen nur noch, wie die sonst so würdig schreitende Frau Landgerichtsrat mit wehenden Röcken zum Haus des Totengräbers rannte. Dort sprudelte sie mit vor Zorn sich überschlagender Stimme heraus, was Mali ihr berichtet hatte. Die Eltern des Übeltäters hatten kaum ein Wort von Augustes Redeschwall verstanden. Der Totengräber bat, die gnädige Frau möge sich doch beruhigen und alles noch mal ganz deutlich erzählen. Nachdem sie dieser Aufforderung nachgekommen war, reagierten die braven Leute sichtlich empört. Sie versicherten, dass sie sich den Taugenichts vorknöpfen und ihm eine ordentliche Tracht Prügel verabreichen würden. Obendrein versprachen sie, so etwas werde nie wieder vorkommen.
Das nasse Kind hatte sich unterdessen in die Küche zur Köchin geflüchtet. Bertha befreite es von den nassen Sachen, füllte die kleine Wanne mit warmem Wasser und setzte das Kind hinein. So traf die Mutter es an, als sie – nach Atem ringend – wieder zu Hause ankam.

In dem Winter, der dieser aufregenden Geschichte folgte, sollte Mali sich zum ersten Mal verlieben. Sie hatte zwar ihren Freund Gustav, den sie sehr mochte und Adolf, mit dem sie ebenfalls gerne spielte. Aber die zählten nicht. Das waren ja nur kleine Buben. Mit Fritz, dem großen Sohn des Apothekers, war

es etwas ganz anderes. Fritz verursachte ihr Herzklopfen, und Fritz war es, bei dessen Anblick sie errötete. Er war ein richtiger Mann. Er war immerhin schon siebzehn!
Begonnen hatte das so: An der Haustüre hatte es geläutet. Da Mali flinker war als Bertha und Grete, erreichte sie als erste die Tür und öffnete. Da stand er vor ihr: groß, blond, schön und lachte sie an.
„Du bist wohl die Mali?“, fragte er mit angenehmer Stimme. Da war es um sie geschehen. Plötzlich hatte sie ein eigenartiges Kribbeln im Bauch und einen Kloß im Hals. Daher brachte sie kein Wort hervor. Sie nickte nur stumm.
„Ich möchte deine Schwester Charlotte sprechen.“
Vor Verlegenheit und vor Enttäuschung darüber, dass sein Interesse nicht ihr galt, brachte Mali nur stockend hervor: „Die... die ist... nicht da.“
„Dann sei so lieb, Mali und richte ihr aus, dass ich morgen Nachmittag um vier Uhr mit ihr in der Orangerie Eis laufen möchte. Sie soll vor unserer Haustür auf mich warten. Hast du das verstanden?“
„Natürlich habe ich das verstanden.“ Dabei nickte sie tapfer, obwohl sie spürte, wie sie bis hinter die Ohren rot anlief und ihr kleines Herzchen ganz heftig bumperte. Natürlich richtete sie der Schwester die Botschaft aus.
Nun bedauerte sie zutiefst, dass sie noch immer keine Schlittschuhe besaß. Dadurch war ihr jede Chance genommen, die Schwester zur Orangerie zu begleiten. Ab sofort gab sie keine Ruhe mehr. Jeden Tag erzählte sie der Mutter, dass sie sich zu Weihnachten Schlittschuhe wünsche.
„Du bist doch erst acht Jahre alt“, versuchte die Mutter, sie zu vertrösten. „Damit bist du noch viel zu jung zum Schlittschuhlaufen. Du wirst dauernd auf deinen Popo plumpsen oder gar auf deine schöne Nase.“
„Ich bin nicht zu jung“, beharrte Mali. „Außerdem bin ich geschickt im Laufen, Springen und Klettern. Da werde ich das bisschen Eislaufen auch schnell erlernen.“
„Aber deine Geschwister haben erst mit zwölf Jahren begonnen“, wagte Frau Auguste einen letzten Einwand.
„Dann beginne ich eben mit acht.“
„In Gottes Namen“, sagte die Mutter.

Tatsächlich – unterm Weihnachtsbaum lagen sie, die so heiß ersehnten silbernen Kufen. Nun quengelte Mali so lange, bis ihre Schwestern sie zur Orangerie mitnahmen und ihr das Eislaufen beibrachten. Sie machte wirklich rasche Fortschritte. Bald glitt sie so geschmeidig und so elegant über das Eis dahin, dass sie besser lief als ihre Lehrmeisterinnen. Die standen staunend am Rande der Eisfläche und bewunderten die kleine Schwester. Deren Bewunderung aber war Mali nicht wichtig. Viel wichtiger waren ihr die bewundernden Blicke von Schwarm Fritz.
Die Eislaufsaison ging zu Ende. Aber Malis Liebe war noch immer nicht erloschen. Sie wusste, dass Fritz von einem der Fenster seines Elternhauses aus den Weg vom Gartentor bis zum Eingang der Villa Waldmann überblicken konnte. Sie wusste auch, dass er manchmal dort Posten bezog. Dabei war ihr klar, dass seine Aufmerksamkeit nicht ihr galt. Es war Charlotte, die er am Gartentor abzufangen hoffte, um sich mit ihr zu verabreden.
Dennoch, Malis Herzchen klopfte mächtig, wenn sie vermutete, der Angebetete könne sie sehen. Sie errötete selbst dann, wenn er gar nicht dort stand. Während sie vom Gartentor auf die Villa zulief, konnte sie nämlich nicht sehen, ob er auf seinem Beobachtungsposten war.
Es sei denn, sie hätte sich umgedreht. Aber gerade das wollte sie unter allen Umständen vermeiden. Ihr heimlicher Schwarm durfte auf keinen Fall sehen, dass ihr kleines Gesicht bei seinem Anblick jedes Mal feuerrot anlief. Das hätte ihm womöglich ihre Gefühle für ihn verraten.
Um sich unnötiges Erröten zu ersparen, brauchte Mali eine Verbündete. Diese fand sie in der ihr ergebenen Grete. Mit ihr machte sie ein Geheimzeichen aus. Sobald Grete auf Malis Klingeln hin die Haustür öffnete, warf sie erst mal einen Blick zu dem bewussten Fenster. War es besetzt, so nickte sie ihr diskret zu. War dagegen „die Luft rein“, schüttelte Grete merklich den Kopf. So wusste Mali immer, woran sie war.
Wie so viele Lieben, verblasste auch diese eines Tages. Es gab ja so viele wichtigere Ereignisse, von denen Mali in Anspruch genommen wurde. Ihre Freundinnen wurden immer zahlreicher und die Freundschaften intensiver. Manchmal kam Tante Amalie

zu Besuch und unternahm mit ihrem Patenkind aufregende Sachen: Sie besuchten gemeinsam den Zoo, das Marionettentheater oder gar einen Zirkus.
Auch wenn die geliebte Großmama kam, war das stets eine willkommene Abwechslung. In letzter Zeit ganz besonders. Denn seit Großmutter nicht mehr allein reisen mochte, brachte sie immer ihr Dienstmädchen Emma mit. Emma konnte so tolle Spukgeschichten erzählen, von denen sie behauptete, sie seien wahr.
Ein anderes herausragendes Ereignis in Malis Leben war es, wenn die Näherin ins Haus kam. Fräulein Staudermann lebte in Lipsheim einem kleinen Dorf südlich von Straßburg. Sie hatte ihr ganzes Leben zu Hause verbracht. Nach dem Tode des Vaters, eines kleinen Bahnbeamten, hatte sie mit der Mutter von einer bescheidenen Rente gelebt. Als die Mutter starb, zählte Hedwig Staudermann siebenundvierzig Jahre. Abgesehen davon, dass sie in dem Häuschen, das ihr die Eltern hinterlassen hatten, mietfrei wohnen konnte, stand sie völlig unversorgt da. Ihr Glück war es, dass ihre Mutter einen gewissen Weitblick bewiesen hatte.
Nach Verlassen der Volksschule hatte Mutter Staudermann ihr einziges Kind für einige Jahre zur Dorfschneiderin in die Lehre geschickt. Obwohl Hedwig nie eine Prüfung abgelegt hatte, beherrschte sie ihr Handwerk so, dass sie sich nun ihren Lebensunterhalt damit verdienen konnte. Wenn sie ins Haus kam, blieb sie immer mehrere Wochen und brachte alles in Ordnung, was im Laufe des Jahres reparaturbedürftig geworden war: Bettwäsche, Kleidung, Gardinen, Tischdecken, Schürzen. Sie fertigte aber auch Neues an.
Vor Jahren war sie auf Empfehlung in das Haus des Landgerichtsrats gekommen. Mittlerweile war sie eine ältliche dürre Jungfer von nahezu sechzig Jahren. Von den Hausfrauen wurde Fräulein Staudermann nicht nur ob ihrer Nähkünste geschätzt. Da sie in viele Häuser kam, wusste sie ihnen allerlei Neuigkeiten aus der Umgebung zu berichten, ohne jedoch indiskret zu sein. Darüber hinaus war sie bei den Kindern sehr beliebt. Sie war nämlich sehr humorvoll und machte mit ihnen gerne Späße, besonders abends nach vollbrachtem Tagewerk. Sie „gickelten" so herum, dass der Vater manchmal fragte: „Na, Ihr albernen Hühner, was habt ihr wieder zu gackern?"

Normalerweise reiste Fräulein Staudermann mit der Bahn an. Deshalb arbeitete sie vorzugsweise bei Leuten, die entlang der Bahnlinie wohnten. Sie arbeitete jedoch auch bei Herrschaften, die abseits der Bahnstrecke wohnten, vorausgesetzt, diese hatten ein Automobil. Mit diesem musste man sie abholen und wieder heim bringen. Wenn Hedwig von solchen Autofahrten berichtete, lauschte Mali immer mit hochroten Bäckchen. Ja, einmal in einem Automobil zu fahren, das musste himmlisch sein.
Es waren aber nicht nur angenehme Dinge, die in Malis Leben zu dieser Zeit für Abwechslung sorgten. Der Krieg über Europa tobte nun schon den dritten Winter, und die Lebensmittel wurden knapp. Vater und Mutter machten oft sorgenvolle Gesichter, was den Kindern nicht verborgen blieb. Auch im Hause Waldmann musste kürzer getreten werden. Dass es nicht zu einem wirklichen Versorgungsengpass kam, wie in vielen anderen deutschen Familien, dankten sie der Fürsorge der treuen Françoise. Immer wieder gelang es ihr, vom heimischen Hof Nahrungsmittel beizusteuern, unabhängig von Lebensmittelkarten. Mal war es ein Laib Brot, mal eine Welle Butter, mal ein Dutzend Eier oder eine Wurst. So musste keiner im Hause wirklich Hunger leiden. Niemand war gezwungen, Steckrüben zu essen, was das Los vieler Menschen in dieser Zeit war.
Kurz nach Malis neuntem Geburtstag verließ Margarethe das Elternhaus. Sie hatte die Absicht, Sozialwissenschaften und Politologie zu studieren mit dem Ziel, Fürsorgerin zu werden. Dieser neue Frauenberuf schien ihr genau das Richtige, um den Menschen helfen zu können. Natürlich ging auch sie nach Bonn. Dort konnte der große Bruder sie ein wenig unter seine Fittiche nehmen. Das war nicht nur ihr selbst, das war auch den Eltern eine große Beruhigung.
Während Wilhelm ein möbliertes Zimmer in einem Privathaus bewohnte, zog Margarethe in ein Mädchenwohnheim ein. So lebten sie zwar räumlich getrennt, aber er war für sie da, wenn sie männlichen Schutzes bedurfte. Umgekehrt profitierte auch er von ihr. In seiner Studentenverbindung gab es immer wieder Bälle oder sonstige Festlichkeiten, bei denen Damenbegleitung erwünscht war. Nicht ohne Stolz präsentierte er bei diesen Gelegenheiten seine hübsche Schwester. Schnell scharten sich

jedes Mal eifrige Verehrer um Margarethe. Sie genoss die Verehrung, zeigte allen gegenüber ein freundliches Gesicht, blieb aber distanziert.
Einen jungen Mann gab es jedoch in Wilhelms Bekanntenkreis, den konnte man nicht zu Margarethes Verehrern zählen. Er war groß, sehr schlank und von auffallender Blässe. Stets hielt er sich bescheiden im Hintergrund.
Hatte er kein Interesse an ihr? Oder resignierte er nur, weil er dachte, gegen eine solche Konkurrenz käme er nicht an? Seiner Meinung nach besaß er keine nennenswerten Vorzüge: Er sah weder blendend aus, noch verfügte er über die Gabe brillanter Beredsamkeit. Er hatte weder imponierende Taten vollbracht, noch konnte er mit einer besonders angesehenen Familie aufwarten. Und wohlhabend war er auch nicht.
Margarethe indessen interessierte sich ausgerechnet für diesen jungen Mann mehr als für jeden anderen. Geschickt fragte sie ihren Bruder nach ihm aus. Er heiße Alfred Jäger, sei fleißig und ehrgeizig und wohne in derselben Pension wie er.
Bei den gemeinsamen Mahlzeiten hatte Wilhelm sich mit dem um zwei Jahre älteren Medizinstudenten angefreundet. Alfred hatte seine Eltern bereits früh verloren. Der Vater hatte sich für einige Jahre nach Deutsch-Südwestafrika als Arzt verpflichtet gehabt. Dort waren er und seine Frau bei dem Hottentottenaufstand im Jahre 1906 umgekommen. Den Sohn hatten sie in einem angesehenen Internat in der Heimat zurückgelassen. Zum einen, weil sie ihm die Strapazen der Reise und des tropischen Klimas ersparen wollten, zum anderen um ihm eine kontinuierliche Schulbildung zu ermöglichen. Zum Glück war der Vater vorausschauend genug gewesen, seinen Sohn finanziell abzusichern. Seit dem Tode der Eltern bezog er eine bescheidene Rente, die es ihm erlaubt hatte, bis zum Ablegen der Reifeprüfung in dem Internat zu verbleiben. Auch ermöglichte sie ihm nun das Studium.
Ein Onkel, Bruder seines Vaters, der in Mainz ein Juweliergeschäft innehatte, war zum Vormund und zum Vermögensverwalter bestellt gewesen. Er hatte sich kaum um den Jungen gekümmert, aber erwartet, dass der nach Ablegen des Abiturs in sein Geschäft einsteige. Alfred hatte das abgelehnt, weil er lieber Arzt werden wollte. Dafür hatte der Onkel kein

Verständnis. Deshalb hatte er – als der Neffe volljährig geworden war und seine finanziellen Angelegenheiten selbst regeln durfte – jeglichen Kontakt zu ihm abgebrochen. Dieses Schicksal rührte Margarethe und fachte ihr Interesse für ihn noch mehr an.
Wieder mal besuchte sie mit ihrem Bruder einen Studentenball. Als Damenwahl angekündigt wurde, fasste sie sich ein Herz. Sie forderte den schüchternen jungen Mann auf. Der war völlig überrascht, folgte ihr aber willig auf die Tanzfläche. Schweigend drehte er mit ihr einige Runden. In der Tanzpause fragte er: „Warum haben Sie ausgerechnet mich gewählt? Das gnädige Fräulein haben doch soo viele Verehrer."
„Das stimmt", gab Margarethe zu. „Aber was will ich mit denen? Diese verstehen es, schöne Augen zu machen und galante Worte zu sagen. Aber ein ernsthaftes Gespräch ist mit ihnen nicht möglich."
„Und mit mir, meinen Sie, wäre das möglich?"
„Davon bin ich überzeugt. Sie machen nicht nur einen seriösen Eindruck, Sie haben auch charakterliche Qualitäten."
„Ach, wie kommen Sie darauf?"
„Das weiß ich von meinem Bruder."
Nach dem Tanz begleitete Alfred die junge Dame zurück zu ihrem Tisch und nahm neben ihr Platz, um sich weiter mit ihr unterhalten zu können. Beim Abschied verspürten beide das Bedürfnis nach einem baldigen Wiedersehen.
Voller Ungeduld sah Mali stets dem Tage entgegen, an dem die beiden Studenten aus Bonn zurückkamen, um ihre Semesterferien im Elternhause zu verbringen. Wenn diese dann von ihren Erlebnissen berichteten, lauschte Mali mit fiebrig glänzenden Augen. Außer Studieren gab es in Bonn offensichtlich jede Menge an Studentenverbindungen und Bällen, an Feiern und Festlichkeiten. Deshalb beschloss die Neunjährige, sie wolle auch Studentin werden, natürlich ebenfalls in Bonn.
Hingerissen folgte sie den Berichten im allgemeinen und denen über einen gewissen Alfred Jäger im besonderen. Bevor die beiden Großen abreisten, luden die Eltern Alfred für das kommende Weihnachtsfest ein.
„Da er so allein in der Welt steht", sagte die Mutter, „muss es für ihn an Weihnachten besonders schlimm sein, wenn alle

nach Hause fahren und er kein Zuhause hat. Es ist kaum zu sagen, wer glücklicher über diese Einladung war, Margarethe oder Wilhelm oder Mali.
Auch nach Margarethes und Wilhelms Abreise lief das Leben nicht in normalen Bahnen weiter. Über allem schwebte die Angst. Waren Kriege bisher nur an der Front ausgetragen worden und hatte nur für das Leben von Soldaten Gefahr bestanden, so war neuerdings auch die Zivilbevölkerung bedroht.
Nachdem deutsche Flugzeuge London und Paris angegriffen hatten, flogen ab Anfang Oktober feindliche Streitkräfte Angriffe auf mehrere deutsche Städte. Man hörte von Bombenabwürfen auf Dortmund, Frankfurt und Stuttgart. Als die Einschläge näher kamen, Bomben über Rastatt, Baden-Baden und Tübingen fielen, fragte man sich: Wann ist Straßburg an der Reihe? Man erwog ernstlich zu flüchten. Aber wohin? Es schien, als sei man nirgends mehr sicher. Die Flugzeuge kamen überallhin und konnten überall Tod und Vernichtung bringen. Also verwarf man den Gedanken wieder. Zumal Friedrich Waldmann hier sein Brot verdiente und die beiden Jüngsten die Schule besuchten. Außerdem besaß man hier das Haus.

Bald bedrohte eine weitere Gefahr die Familie. Je länger sich der Krieg hinzog, desto mehr Soldaten wurden gebraucht. Wann würde es soweit sein, dass auch Wilhelm zu den Waffen gerufen wurde?
Erleichtert atmete Auguste auf, als ihre Bonner Kinder kurz vor Weihnachten mit ihrem Gast zu Hause eintrafen. Der stille ernste Alfred Jäger machte auf alle den besten Eindruck. Er wurde von der ganzen Familie herzlich aufgenommen.
Da Françoise zum Fest wieder einiges an zusätzlichen Lebensmitteln herbeigeschafft hatte, war Auguste in der glücklichen Lage, den drei hungrigen Studenten etwas besonders Nahrhaftes vorsetzen zu lassen.
So verlebte man den Heiligabend in schönster Harmonie, und alle gaben sich für kurze Zeit dem trügerischen Gefühl hin, dass Friede auf Erden sei. Alle? Nein, zwei Menschen, die dieses Weihnachtsfest scheinbar unbeschwert im Kreise der anderen mitfeierten, kamen von ihren trüben Gedanken nicht los.

Am nächsten Tag, nach dem gemeinsamen Besuch des Weihnachtsgottesdienstes, fasste sich Alfred endlich ein Herz. Er bat den Landgerichtsrat um ein Gespräch unter vier Augen. Überrascht willigte der Hausherr ein und zog sich mit dem Freund seines Sohnes in die Bibliothek zurück.

„Herr Landgerichtsrat", eröffnete Alfred das Gespräch. „Verzeihen Sie bitte, dass ich so aufdringlich bin und bereits eine große Bitte an Sie richte, obwohl Sie mich noch kaum kennen. Bitte halten Sie mich deswegen nicht für unverschämt."

„Sie machen es aber spannend, junger Freund. Schießen Sie los! Was haben Sie auf dem Herzen?"

Alfred gab sich einen Ruck, nahm all seinen Mut zusammen und sagte: „Herr Landgerichtsrat, hiermit bitte ich Sie um die Hand ihrer Tochter Margarethe."

Da musste sich Friedrich erst mal setzen. Alles hatte er erwartet, nur das nicht. Als er den ersten Schreck überwunden hatte, fragte er: „Kommt das nicht ein bisschen plötzlich? Sie beide kennen sich doch kaum ein halbes Jahr?"

„Das stimmt, Herr Landgerichtsrat. Ich hätte es nie gewagt, bereits nach drei Tagen Gastrecht, das mir in Ihrem Haus vergönnt war, mit einer solchen Bitte vor sie hinzutreten – wenn normale Zeiten wären."

„Nun bin ich aber neugierig. Wie meinen Sie das?"

Friedrich bedeutete seinem Gast ebenfalls Platz zu nehmen. Es schien eine längere Unterredung zu werden.

„Zunächst möchte ich vorausschicken, dass Ihr Fräulein Tochter und ich uns im letzten halben Jahr häufig gesehen und gedanklich vortrefflich ausgetauscht haben. Dadurch haben wir beide eine tiefe Zuneigung zueinander gewonnen. Wenn aber – wie gesagt – normale Zeiten wären, hätte ich mir mit einer Werbung die schickliche Zeit gelassen. Ich wäre nicht eher vor sie hingetreten, bis ich meine Studien beendet, den Doktor der Medizin in der Tasche und eine sichere Anstellung gehabt hätte. Nun aber scheint es fraglich, ob mir noch die Zeit bleibt, mein Studium zu beenden."

„Was wollen Sie damit sagen, junger Freund?"

„Vor einer Woche habe ich meinen Gestellungsbefehl erhalten. Am zweiten Januar muss ich einrücken. Was das bedeutet, können Sie sich anhand der Kriegsmeldungen selbst ausmalen. So

viele unserer Soldaten sind schon gefallen, dass sie ständig Nachschub rekrutieren und auch nicht mehr vor den Hochschulen Halt machen.
„Ja, ja", seufzte Friedrich. „Auch wir haben uns schon Sorgen gemacht, wann dieses Schicksal Wilhelm ereilen wird. Eines verstehe ich allerdings nicht: Ist es nicht leichtsinnig von Ihnen, in der Stunde einer solchen Gefahr ein junges Mädchen an sich zu binden? Ihm Hoffnung auf eine Zukunft zu machen, die – verzeihen Sie mir – schon bald vom Schicksal zunichte gemacht werden könnte?"
„Diese Gedanken habe ich sehr wohl abgewogen und mit Ihrem Fräulein Tochter besprochen."
„Margarethe weiß also um ihre Werbung und von dem drohenden Schicksal, das vor Ihnen liegt?"
„Ja. Sie weiß es nicht nur, sie hat mich darin bestärkt, diesen Schritt zu wagen. Für ihr Alter zeigt sie eine erstaunliche Reife und außerordentlichen seelischen Tiefgang. Seit sie in mein Leben getreten ist, weiß ich erst, was Leben ist. Ich musste ohne die Liebe einer Mutter und ohne die Geborgenheit eines Elternhauses aufwachsen. Durch Margarethe habe ich beides gewonnen: Liebe und Geborgenheit."
Der Vater war stolz und gerührt ob solcher Worte. Doch er meldete Bedenken an: „Das freut mich für Sie. Mir ist jedoch nicht klar, was eine Verlobung zu diesem Zeitpunkt bringen soll."
„Ja, sehen Sie, ich stehe völlig allein auf der Welt. Dieser Krieg ist so sinnlos wie alle Kriege. Von machthungrigen Herrschern wird unzähligen Menschen Leid angetan, alles unter dem Deckmäntelchen des Vaterlandverteidigens. Bis jetzt wusste ich nicht, wen oder was ich hätte verteidigen sollen. Gegen diesen unseligen Gestellungsbefehl kann ich mich nicht wehren. Ich muss ins Feld ziehen, ob ich will oder nicht. Ich werde Menschen töten müssen oder werde selbst getötet. Dabei hatte ich mich für den Beruf des Arztes entschieden, um Menschen helfen, um Menschenleben retten zu können. Es ist alles so unsinnig und deprimierend. Wenn ich aber da draußen im Felde liege und weiß, in der Heimat gibt es ein Mädchen, meine Braut, die zu mir gehört, dann weiß ich doch wenigstens, wen ich verteidigen soll. Dann weiß ich, wohin ich meine Gedanken lenken kann, wenn ich abends in der Unterkunft liege oder

wenn es mir im Schützengraben dreckig geht. Im Ernstfall werde ich eher die Kraft haben, durchzuhalten, wenn ich weiß, dass ich zu Hause erwartet werde. Wenn ich weiß, es gibt jemanden, der um mich bangt, der für mich betet, der meine Heimkehr ersehnt, das wird mir Kraft geben."

Diese lange Rede des bisher als sehr schweigsam erlebten jungen Mannes beeindruckte den reifen Mann sehr: „Wenn Sie das so sehen, will ich eurer Verbindung meinen Segen geben. Dann weiß ich meine Margarethe in guten Händen. Seien Sie versichert, junger Freund, wenn Sie zu Felde ziehen, wird es nicht nur einen Menschen geben, der für Sie betet und der Ihre glückliche Heimkehr ersehnt. Dann wird es eine ganze Familie sein, die das tut. Von heute an werden Sie nicht mehr heimatlos sein. Ab heute haben Sie eine Familie. Ich bin sicher, meine Frau und unsere Kinder werden es genauso sehen. Ab heute sind wir Ihre Familie."

Alfred sprang auf, trat auf den Älteren zu, reichte ihm die Hand und sagte: „Vielen, vielen Dank, Herr Landgerichtsrat. Vielen Dank für Ihre Worte, für Ihr Einverständnis zur Verlobung und für die wunderbare Versicherung, dass ich mich ab heute zu Ihrer Familie zählen darauf."

„Na, dann wollen wir mit dem Familiären gleich mal beginnen. Ab sofort bin ich nicht mehr der Landgerichtsrat für Sie, sondern der Vater, wie für meine übrigen Kinder auch. „Damit erhob sich Friedrich, umarmte den Schwiegersohn in spe und drückte ihn an seine Brust. Der junge Mann war so gerührt, dass ihm die Tränen kamen.

„Verzeihung. Ich bin sonst nicht so weinerlich. Aber diese herzliche Aufnahme überwältigt mich", sagte Alfred, eine direkte Anrede vermeidend, da ihm das Wort Vater nicht so schnell über die Lippen kam.

„Du brauchst dich deiner Tränen nicht zu schämen, Alfred. Diese Regung macht dich noch sympathischer. Aber nun wird es Zeit, dass wir die gute Nachricht deiner Braut überbringen. – Nein warte! Darf ich dich noch um ein kleines bisschen Geduld bitten? Ein bisschen feierlich wollen wir es doch machen. Wenn auch ernste Zeiten sind. Ich denke, wenn ich eure Verlobung beim weihnachtlichen Festessen bekannt gebe, macht es doch mehr her."

Alfred war nicht nur einverstanden, er fand die Idee sogar ausgezeichnet. Ehe sie sich in den Salon begaben, fügte Friedrich hinzu: „Wie ich meine Frau kenne, wird sie für heute Abend sogar eine kleine Verlobungsfeier aus der Erde stampfen."
Beim Eintritt der beiden Herren in den Salon, richteten sich aller Blicke fragend auf sie. Mit der gleichgültigsten Miene der Welt sagte Friedrich zu seiner Frau: „Ich denke, jetzt wird das Essen wohl bald serviert werden?"
„Ja, in zehn Minuten können wir zu Tisch", antwortete diese. Dabei entging ihr weder der verstohlene Blick, den Alfred Margarethe zuwarf, noch sein kaum merkliches Kopfnicken, noch das Strahlen, das daraufhin in die Augen ihrer Tochter trat.
Beim Essen der Suppe sprach kaum jemand ein Wort. Selbst das kleine Plappermaul Mali löffelte sie schweigend. Es lag eine ungeheure Spannung über dem Raum, die selbst der Hausherr nicht mehr aushielt. Deshalb bat er Grete, sie möge mit dem Auftragen des Hauptganges noch warten. Er erhob sich und klopfte an sein Glas. Das wäre gar nicht notwendig gewesen, denn aller Augen waren ohnedies auf ihn gerichtet. Jeder schien den Atem anzuhalten. Friedrich räusperte sich, ehe er begann: „Meine liebe Frau, meine lieben Kinder, lieber Gast. Normalerweise halte ich beim Weihnachtsessen keine Ansprache. Aber heute ist ein ganz besonderer Anlass. Dieser junge Mann hier, Alfred Jäger, hat soeben um Margarethes Hand angehalten – und ich habe Ja gesagt."
Die beiden jungen Leute sprangen auf und liefen aufeinander zu. Sie stürzten einander in die Arme, wobei Margarethe die Tränen aus den Augen liefen.
Charlotte reagierte als erste auf diese Neuigkeit: „Da bin ich aber platt. Das ist vielleicht eine Überraschung!"
Wilhelms Kommentar: „Ich habe so etwas geahnt."
Die Mutter bekannte: „Ich habe es vermutet."
Zu guter Letzt verkündete das Nesthäkchen: „Ich habe es gewusst. Margarethe hat immer so ein Leuchten in den Augen gehabt, wenn sie von Alfred gesprochen hat. Wird er nun mein Schwager?"
Alle lachten über ihre Naseweisheit. Jeder trat auf das Brautpaar zu, gratulierte herzlich und umarmte die beiden.

Danach wurde Mali in die Küche beordert, das Essen könne nun serviert werden. Umgehend erschienen Bertha und Grete im Salon und setzten die dampfenden Schüsseln auf den Tisch. Mit Tränen in den Augen gingen sie auf Margarethe zu und schüttelten ihr die Hand. Dann sprachen sie auch dem Bräutigam ihre Glückwünsche aus. Die kleine Plaudertasche hatte also die Neuigkeit bereits verbreitet.
Wie Friedrich vermutet hatte, setzte Auguste in den nächsten Stunden alle Hebel in Bewegung, um für den Abend eine Verlobungsfeier zu arrangieren. Im Keller fanden sich noch zwei Flaschen Champagner. In der Speisekammer hingen noch ein Schinken und eine Dauerwurst. Brot war auch noch genügend vorhanden. Bertha öffnete eines von den Gläsern Gurken, die sie im Herbst mit Françoise eingemacht hatte. Mali wurde mit einer vom Hausherrn eigenhändig geschriebenen Karte von Haus zu Haus geschickt: Zu Apothekers, zu Kommerzienrats und zu Fabrikdirektors.

Landgerichtsrat Waldmann und seine Frau geben sich die Ehre,
Sie für heute Abend um sieben Uhr
zur überraschenden Verlobungsfeier
ihrer Tochter Margarethe mit stud. med. Alfred Jäger
einzuladen.

Dieser Einladung folgte man nicht nur bereitwillig, man brachte sogar Geschenke mit. Die hatte man noch in aller Eile aus seinem Fundus herausgesucht. Der Apotheker überreichte eine große Flasche Kölnisch Wasser, eine Rarität in dieser Zeit. Der Fabrikdirektor hatte drei Flaschen alten Weines aus seinem Keller ans Tageslicht gefördert. Frau Kommerzienrat überreichte der Braut eine Tischdecke, die sie während ihrer Verlobungszeit eigenhändig bestickt hatte. „Ich habe sie noch nie benutzt", erklärte sie dabei. „Ich hoffe, dass sie dir Freude macht, mein Kind."
So wurde es denn bei Wein, Champagner und belegten Broten eine gemütliche kleine Verlobungsfeier. Von dieser würde das Brautpaar in den kommenden schweren Monaten noch oft zehren. Mit Fortschreiten des Jahres 1918 wurde im Deutschen Reich der Hunger immer größer und der Ruf nach Frieden immer

lauter. Nach dem Abschluss des Friedensvertrages von Brest-Litowsk mit Sowjetrussland am dritten März glaubte man zunächst, aufatmen zu können. An der Westfront jedoch tobte der Kampf bald um so stärker weiter, und der Bedarf an Soldaten wurde immer größer. Daher erhielt auch Wilhelm Ende Juni seinen Gestellungsbefehl. Am ersten Juli musste er einrücken und seinen Vorbereitungsdienst antreten.
Am achten August brach die Westfront zusammen; das deutsche Heer wurde unablässig zurückgedrängt. In dieser Zeit wurde es für Familie Waldmann in Straßburg brenzlig. Nicht nur, dass weitere Bomben über Deutschland abgeworfen wurden. Nicht nur, dass man befürchten musste, die Front könne bis Straßburg zurückgedrängt werden. Es schwebte eine weitere Gefahr über ihnen. Nach dem Friedensprogramm des amerikanischen Präsidenten Wilson vom achten Januar sollte Deutschland, falls es den Krieg verlor, das Gebiet Elsaß-Lothringen wieder an Frankreich zurückgeben müssen. Dass diese Situation eintreffen würde, wurde von Tag zu Tag wahrscheinlicher. In diesem Falle würden alle Beschäftigten, die nach 1871 aus dem Deutschen Reiche ins Elsaß eingewandert waren, ausgewiesen werden. Das hatte ein Kollege Friedrichs, gebürtiger Straßburger, ihm rechtzeitig gesteckt. Nun war rasches Handeln geboten. Ehe er sich ausweisen ließ, wollte Friedrich lieber freiwillig die Stadt verlassen, die ihm und seiner Familie zur Heimat geworden war. Wenn er schnell handelte, so hoffte er, ließe sich noch einiges retten. Bei einer freiwilligen Rückkehr ins Deutsche Reich waren seine Aussichten, dort wieder beruflich Fuß fassen zu können, ungleich höher. Außerdem bestand jetzt noch eine Chance, sein Eigentum in Sicherheit zu bringen. In aller Eile packte man das Wichtigste zusammen. Man gab es als Frachtgut auf an die Adresse der Neuerburger Großmutter.
Für Auguste war es selbstverständlich, dass Friedrich bei seiner „Flucht" auch schon die beiden Töchter mitnehme. Sie selbst wollte mit dem Dienstpersonal so lange ausharren, bis die Möbel verladen waren.
Charlotte, die bereits im März ihr Abitur gemacht hatte, hatte noch kein Studium angetreten. Vorerst wollte sie ihren geliebten Gesangsunterricht nicht aufgeben. Das war den Eltern ganz recht gewesen. In diesen unsicheren Zeiten wollten sie nicht

noch ein Kind in dem weit entfernten Bonn wissen. Denn dass es auch Bonn sein musste, stand fest, wenn ihr auch noch nicht klar war, was sie studieren sollte. Darum hatte sie sich dieses Pausensemester gegönnt.
In der jetzigen Situation war die Mutter heilfroh, Charlotte zu Hause zu haben, damit sie den Vater und die kleine Schwester auf ihrem schweren Weg begleiten konnte.
Mali erzählte man erst im letzten Moment, dass sie mit Vater und Schwester vermutlich für immer verreisen werde. Man hatte befürchtet, die Kleine werde zu viel herumerzählen. Durch eine Indiskretion aber konnte der ganze Fluchtplan gefährdet werden. Auch wollte man dem Kind möglichst lange die seelische Erschütterung ersparen.
Mali war aber keineswegs erschüttert. Im Gegenteil, sie war allem Neuen gegenüber so aufgeschlossen, dass sie sich auf dieses Abenteuer geradezu freute. Ihr blieb gerade noch so viel Zeit, dass sie sich von ihren Freunden Gustav und Klara verabschieden konnte. Über Malis Abreise waren beide traurig. Um ihr noch etwas Liebes zum Abschied zu tun, umarmte die neunjährige Klara ihre Freundin und drückte ihr einen Kuss auf beide Wangen. Nun erwartete Mali von Gustav eine eben solch herzliche Verabschiedung. Sie wurde aber bitter enttäuscht. Als sie auf ihn zuging, ihm die Hand zum Abschied reichte und ihre Wange darbot, weigerte der Elfjährige sich entschieden, sie zu küssen.
„Dann eben nicht“, sagte Mali und zog von dannen.
Da die Flucht in die Sommerferien fiel, war es gar nichts Auffallendes, dass der Landgerichtsrat sich mit seinen jüngeren Töchtern zum Bahnhof begab. Ihre Reise führte von Straßburg über Saarbrücken nach Trier. Dort machte man eine Nacht Station bei Verwandten. Helma und Henny, die beiden ledigen Schwestern von Auguste, bewohnten gemeinsam eine Wohnung in der Marienstraße. Sie hatten genügend Platz, um den Schwager und die Nichten zu beherbergen.
Die beiden ältlichen Jungfern verdienten sich ihren Lebensunterhalt als Lehrerinnen an zwei verschiedenen Schulen in der Stadt, während eine Zugehfrau ihren Haushalt besorgte. Die Tanten waren sehr erfreut, ihre Nichten mal wiederzusehen, wenn auch unter solch unglücklichen Umständen.

Am nächsten Tag setzte man die Reise per Bahn und Bus fort bis Neuerburg. Großmutter war in heller Aufregung, dass „so etwas" passieren musste. Vor allem machte sie sich Sorgen, dass Friedrich ihre Tochter allein in „Feindesland" zurückgelassen hatte. Ja, sie fand es unverantwortlich von ihm. Erst nach einiger Zeit gelang es ihm, sie zu beruhigen und ihr begreiflich zu machen, dass Auguste gar nicht gefährdet war. Nur für ihn – als Inhaber eines öffentlichen Amtes – bestand Gefahr. Außerdem sei es Augustes eigene Entscheidung gewesen, in ihrem Hause zu verbleiben. Sie wolle versuchen die Möbel zu retten und das Haus zu verkaufen. Bei einem so überstürzten Verkauf sei natürlich kein guter Preis zu erzielen. Aber man hatte keine Wahl.
Schon am nächsten Tag begab sich Friedrich wieder nach Trier. Er wollte versuchen, am dortigen Gericht unterzukommen und mietete sich ein möbliertes Zimmer.
Die beiden Mädchen genossen ihre Ferien bei Großmutter, wie sie das früher auch schon öfters getan hatten. Während Charlotte sich im Haushalt nützlich machte, versuchte Mali, mit der einheimischen Jugend Kontakt zu kriegen. Mit gleichaltrigen Jungen stieg sie über Hecken und Zäune und baute im Bach Dämme mit ihnen. Sie kletterte mit ihnen auf Bäume, um Pflaumen und Äpfel zu mopsen. Das hätte sie gar nicht nötig gehabt, denn in Großmamas Garten wuchs genügend Obst. Mali reizte aber das Abenteuer.
Charlotte half unterdessen beim Einmachen der Sommerfrüchte. Denn noch war ungewiss, wie lange der Krieg andauern würde. Die Versorgungslage war schlechter als zuvor. Man hatte bessere Überlebenschancen, wenn man für den Winter aus dem eigenen Garten beisteuern konnte. Außerdem, sobald Mutter hier einzog, war der Bedarf an Lebensmitteln noch größer. Während der gemeinsamen Küchenarbeiten – das Dienstmädchen Emma leistete die Hauptarbeit – versuchte Großmama herauszufinden, wo Charlottes Interessen lagen. Diese hatte inzwischen selbst herausgefunden, dass Gesang für sie keine ernstzunehmenden Berufsaussichten bot.
„Du hast doch als Kind immer Säuglingsschwester werden wollen", griff Großmutter das Thema behutsam auf.
„Ach, Großmama, das ist lange her. Nein, nein, diesen

Gedanken habe ich aufgegeben. Ich möchte mich nicht auf Dauer mit kleinen Schreihälsen befassen."
„Aber was gibt es denn sonst, das dir Spaß macht? Irgend etwas musst du doch lernen. Es ist heute nicht mehr üblich, dass ein Mädchen zu Hause herumsitzt und nichts tut."
„Ich weiß, Großmama. Ich will ja auch was tun. Aber ich habe das Richtige noch nicht gefunden."
„Willst du nicht, wie Margarethe, Fürsorgerin werden? Das soll ein schöner Frauenberuf sein, in dem du viel Not lindern kannst."
„Ach nein", seufzte Charlotte. „Für Margarethe mag es das Richtige sein. Sie ist so fürsorglich und so sozial eingestellt. Ich bin es nicht. Ich stünde da auf falschem Posten."
Die Großmutter wagte einen neuen Vorschlag: „Willst du vielleicht Lehrerin werden?"
„Du meinst so, wie Tante Helma und Tante Henny? Oh nein, das ist auch nichts für mich. Da müsste ich mich ja auch mit Kindern herumärgern. Nur, dass diese etwas älter wären."
Großmutter sah etwas ratlos aus. Vorwurfsvoll fragte sie: „Meinst du vielleicht, du könntest zu Hause sitzen und warten, bis ein Mann kommt und dich heiratet?"
„Nein, nein, keineswegs Großmama. Das schon gar nicht. Mir ist klar, dass für Mädchen meiner Generation die Heiratsaussichten äußerst gering sind. Hunderttausende von jungen Männern sind im Krieg gefallen. Wo sollte da ein Heiratskandidat für mich herkommen? Siehst du, Großmutter, gerade weil ich damit rechne, keinen Ehemann zu finden, muss ich einen Beruf haben, der mich ernährt. Wenn ich aber ein Leben lang berufstätig sein muss, dann soll es auch ein Beruf sein, der mir Spaß macht."
„Diese Einstellung ist sehr vernünftig, mein Kind."
Damit blieb Charlottes Berufsfrage weiterhin offen.
Wenn Mali abends verdreckt, mit zerschundenen Knien oder verkratzten Armen nach Hause kam, schalt die große Schwester. Sie fühlte sich nun, da die Mutter fern weilte, dazu berufen, die Jüngere zu erziehen. Mali verstand deren Aufregung meist gar nicht: „Ich habe so viel Spaß gehabt beim Klettern und Springen. Da stören mich doch diese paar Schrammen nicht."

„Hörst du, Großmutter, Mali findet das noch nicht mal schlimm, dass sie herumsaust wie ein Junge."
„Ach, lass sie nur", erwiderte die Großmutter dann, „das Kind ist so pläsierlich."
Nach einer guten Woche waren für Mali die Ferien zu Ende.
„Wieso denn das?", maulte sie. „In Straßburg dauern die Ferien viel länger."
„Hier ist es eben so, dass die Sommerferien kürzer sind. Dafür bekommen die Kinder Ende September noch mal zwei Wochen Kartoffelferien, damit sie ihren Eltern bei der Ernte helfen können", erklärte die Großmutter.
Das leuchtete dem Kind ein. Demnach wurden ihr die Ferienwochen nicht gestohlen, sondern nur verschoben. So schlimm konnte das mit der Schule auch gar nicht werden. In ihrer Klasse würde sie die neuen Spielkameraden alle wieder treffen.

Am ersten Schultag begleitete Charlotte die jüngere Schwester zur Schule und meldete sie an. Die Lehrerin, Fräulein Weckmüller, gefiel Mali gar nicht. Sie war groß und hager und trug ihre grauen Haare streng zurückgekämmt. Am Hinterkopf hatte sie diese zu einem unordentlichen Dutt zusammengesteckt. Auf ihrer Hakennase saß eine dicke Brille, durch die sie die Schüler sehr streng anblickte. Sie trug immer graue Kleider und darüber eine große schwarze Schürze. Sie nannte alle Kinder beim Familiennamen. Nur zu Mali sagte sie Luise.
Diese fasste sich eines Tages – trotz des strengen Blickes der Lehrerin – ein Herz und sagte: „Ich heiße Viktoria, aber man nennt mich Mali."
Darauf sagte Fräulein Weckmüller mit Bestimmtheit: „Für mich bist du die Luise."
Dabei blieb es. Das störte Mali sehr. Es gab aber noch weitere Gründe, warum Mali nicht gern in diese Schule ging. Von diesen wollten jedoch weder die Großmutter noch Charlotte etwas wissen und bestanden darauf, dass Mali jeden Tag ihre Schritte dorthin lenkte.
Mali sann auf einen Ausweg. Nur eine konnte ihr helfen: ihre geliebte Mutter. Die hatte immer Verständnis gezeigt für all ihre Probleme. Deshalb schrieb Mali ihr eine Karte:

„Geliebte Mama!
Nimm mich bitte bald aus dieser Schule raus. Ich lerne hier überhaupt nichts. Außerdem haben alle Kinder Läuse. Ich auch. Vor mir sitzt Rosa Becker. Bei der wimmelt es nur so auf dem Kopf. Liebe Grüße und Küsse, Deine Dich liebende Mali."

Das wirkte. Die Landgerichtsrätin war schockiert. Umgehend schrieb sie an ihren Mann:

„Lieber Friedrich!
Achte bitte darauf, dass Mali keine offenen Postkarten mehr schreibt. Wir könnten dadurch große Unannehmlichkeiten bekommen. Außerdem scheint ihre jetzige Schule tatsächlich nicht die für sie angemessene Bildungseinrichtung zu sein. Hole das Kind um Gottes willen sofort da heraus, sonst verlottert es noch vollkommen. Nimm es mit nach Trier und melde es dort auf einer höheren Lehranstalt an. Wie mir meine Schwestern Helma und Henny schrieben, soll die Auguste-Viktoria-Schule jetzt – nachdem der Konfessionsstreit beigelegt ist – einen vorzüglichen Ruf haben. Dort wird Mali nicht nur die nötige Bildung erhalten, sondern auch den ihr gemäßen Umgang haben.
Noch immer bin ich bemüht, von unserer Habe soviel zu retten, wie möglich. Nur fürchte ich, das Haus werden wir nicht behalten können. Ich hoffe sehr, dass bald alles geregelt ist und ich nachkommen kann. Sonst verlottert Ihr alle noch vollends.
Ergebene Grüße an meine Mutter und die beiden Mädchen, in Liebe, Deine Auguste."

So schnell, wie sich seine Frau und seine Tochter das mit dem Schulwechsel vorstellten, ging es jedoch nicht. Er hatte zwar eine Anstellung erhalten beim Landgericht in Trier, aber er wohnte nach wie vor in seinem möblierten Zimmer. Von dort aus musste er sich erst mal auf Wohnungssuche begeben. Deshalb beließ er Mali weiterhin in ihrer Volksschule. Damit sie aber den Anschluss auf dem Gymnasium leichter schaffe, ließ er ihr von einer ortsansässigen Lehrerin, die das Examen für Lehrerinnen an höheren Lehranstalten besaß, Privatunterricht in Französisch und Mathematik erteilen. An den Wochenenden gab er selbst dem Kind Lateinunterricht.

Endlich war es so weit. Friedrich hatte eine passende Wohnung in der Nordallee gefunden, und Auguste war es gelungen, die Möbel aus Straßburg freizubekommen. Diese hatte sie mit einer Spedition unter Begleitung des Dienstmädchens Grete nach Trier geschickt. So stand der Einrichtung der Wohnung nichts mehr im Wege.
Auguste selbst war in Straßburg geblieben, weil sie noch immer hoffte, die Villa verkaufen zu können. Das heißt, mit Bertha hatte sie Unterschlupf gefunden im Hause von Françoises Familie. Es war nicht mehr möglich, sich in ihrem leergeräumten Haus aufzuhalten.
Während Bertha sich in dem Bauernhaus nützlich machte, fuhr Auguste fast täglich nach Straßburg hinein. Entweder machte sie Behördengänge oder sie führte Interessenten durch ihre Villa. Aber alle Mühe war vergebens. Wer wollte oder wer konnte sich in diesen schlechten Zeiten schon solch ein Anwesen leisten?
Damit das Kind bis zum Schulwechsel lausfrei war, beschäftigte sich allabendlich Emma mit seinem Kopf. Dazu legte sie ein weißes Tuch auf den Tisch. Das Kind musste sich darüber beugen, und Emma kämmte mit einem sogenannten Läusekamm gründlich Malis Haar. Alle Läuse, die dabei auf das Tuch fielen, zerknackte sie mit einer gewissen Wonne zwischen Zeigefinger- und Daumennagel.
Großmutter schwor auf ein anderes Rezept. Eine Mischung aus Salbei und Petroleum, die sie Petrosal nannte, trug sie innerhalb einiger Tage mehrmals auf Malis Kopf auf. Ob es nun das eifrige Läuseknacken von Emma war oder der den Läusen unsympathische Sud der Großmutter, war nicht auszumachen. Jedenfalls galt Mali als läusefrei, als Charlotte mit ihr zur Volksschule ging, um sie dort abzumelden. Ganz Dame, dankte die Neunzehnjährige der Lehrerin für ihre Mühe und erklärte ihr, dass Mali morgen nach Trier reise und dort die Auguste-Viktoria- Schule besuchen werde.
„Oh ja, das ist eine gute Lehranstalt. In letzter Zeit habe ich nur Lobenswertes darüber vernommen“, bemerkte Fräulein Weckmüller.
In diesem Moment erstarrte Charlotte vor Entsetzen. Da erdreistete sich doch eine Laus, von rechts nach links quer über Malis

Stirn zu wandern. Und Mali tat noch nicht mal etwas dagegen. Schnell stotterte Charlotte etwas von: „Alles Gute für die Zukunft, wir sind in Eile“, und zerrte das verdutzte Kind mit hinaus. „Ich bin fast vor Scham in den Boden gesunken. Hast du denn nicht bemerkt, dass dir eine Laus über die Stirn gelaufen ist?“

„Nein“, antwortete Mali mit unschuldigem Blick. „Wo ist sie denn hingelaufen?“

„Das ist unwichtig. Ich hoffe nur, dass Fräulein Weckmüller sie nicht gesehen hat.“

In aller Herrgottsfrühe wanderten Charlotte und Mali am nächsten Morgen mit leichtem Gepäck zur Bushaltestelle. In Bitburg stiegen sie um in die Eisenbahn, welche die beiden Schwestern wohlbehalten zum Hauptbahnhof in Trier brachte. Dort stand der Vater auf dem Bahnsteig und umarmte überglücklich seine beiden Töchter.

Hatte Mali nun gehofft, ein paar freie Tage bei ihrem Vater im neuen Heim zu verbringen und die ungewohnte Umgebung erkunden zu können, so wurde sie enttäuscht.

Bereits um sechs Uhr am nächsten Morgen weckte Grete und um sieben Uhr saß sie bereits mit Vater am Frühstückstisch. Zwanzig Minuten später setzten sich Vater und Tochter in Bewegung. Sie erreichten ein großes gelbes Barockgebäude. Die Fenster des Erdgeschosses waren mit kunstvoller Schmiedearbeit vergittert. An das Gebäude schloss sich ein großer Hof, der mit einer hohen Mauer umgeben war.

Gefängnis, schoss es Mali durch den Kopf. Das ist der Ort, wo Vater immer die Verurteilten hinschickt. Während er mit ihr geradewegs auf das große Portal zuschritt, begann sich ein starkes Interesse in ihr zu regen. Ich darf mit ins Gefängnis? Ich darf sehen, wie es den Menschen ergeht, die Vater verurteilt hat? Das ist aber interessant.

Sie schritten durch lange Flure mit vielen Türen, von der jede eine Nummer trug. Dahinter sitzen sie, die armen Gefangenen, dachte das Kind. Was mögen sie wohl verbrochen haben? Und was mag sie zu diesen Verbrechen getrieben haben? Waren es Hunger und Armut? Oder waren es Habgier und Mordlust? Ein Schauder lief Mali über den Rücken. Erstaunt war sie nur, dass keine Wächter vor den Türen standen. Die ganze Situation, die

langen dunklen Flure, die ausgetretene geschwungene Steintreppe, das alles war so beängstigend, dass die sonst nimmermüde kleine Plapperschnute es nicht wagte, Fragen zu stellen. Endlich blieb Vater vor einer Tür stehen, auf der das Schild „Sekretariat" prangte. Entschlossen klopfte er an und trat ohne Aufforderung ein. Hinter einer Art Theke saß ein Mädchen an einer Schreibmaschine. Ein solches Gerät hatte Mali mal in Straßburg in Vaters Gericht gesehen.
Der Vater sagte zu dem Mädchen: „Ich bin für halb acht bei Frau Direktorin angemeldet."
Nach einem kurzen Blick auf den Terminkalender säuselte das Fräulein verbindlich: „Jawohl, Herr Landgerichtsrat, sofort, Herr Landgerichtsrat. Wenn Sie mir bitte folgen wollen, Herr Landgerichtsrat."
Während die Person um die Theke herum kam, auf eine Seitentür zustolzierte und Vater ihr folgte, blieb Mali nur noch Zeit zu denken: Ach, dieses Gefängnis hat eine Frau als Direktor. Dann ist es wohl das Frauengefängnis.
Schon befanden sie sich in dem gemütlich eingerichteten Raum. An der linken Wand stand eine Biedermeiergruppe, bestehend aus einem Sofa, zwei Sesseln und einem niedrigen Tisch. Zwischen den beiden Fenstern stand ein Sekretär. Vor dem saß eine Frau mit grauen Haaren, die zu einem strengen glatten Knoten aufgesteckt waren.
„Frau Direktorin, Herr Landgerichtsrat Waldmann mit Tochter."
Sogleich erhob sich der strenge Knoten, und ein freundliches Gesicht wandte sich ihnen zu.
„Willkommen, Herr Landgerichtsrat", begrüßte ihn die Direktorin. Dabei streckte sie ihm liebenswürdig ihre Hand entgegen. Dann reichte sie auch Mali die Hand und sagte: „Es ehrt uns, dass Sie uns Ihr Töchterchen anvertrauen wollen. Bitte nehmen Sie doch Platz."
Während Mali artig die Hand entgegenstreckte und einen formvollendeten Knicks machte, fuhr es ihr durch den Kopf: Wieso vertraut er mich einer Gefängnisdirektorin an?
Blitzschnell ging sie ihre kleinen Vergehen der letzten Wochen durch. Hatten Großmutter und Charlotte gepetzt? Darüber war sie so erschüttert, dass sie nicht mal Fragen stellen konnte.
Wenig später war sie heilfroh, dass sie nichts gefragt hatte. Sie

hätte sich ja bis auf die Knochen blamiert. Im Verlaufe des Gesprächs zwischen Vater und dieser Direktorin kam Mali dahinter, dass dies kein Gefängnis war. Es musste sich um eine höhere Mädchenschule handeln, in der sie künftig ihr Wissen erweitern sollte. Man sprach nämlich vom Stundenplan, von ihren Vorbereitungen in Latein, Französisch und Mathematik.
Nicht lange, nachdem Mali auf der „Augusta" eingeschult war, kam für alle die erlösende Nachricht: Der Krieg ist aus. Am elften November 1918 war das Waffenstillstandsabkommen zwischen Deutschland und den alliierten Mächten in Compiègne unterzeichnet worden.
Bald danach traf die Mutter mit ihrer getreuen Bertha in Trier ein. Sie war glücklich, nach so langer Zeit wieder bei ihren Lieben zu sein. Dennoch lag ein Schatten über der Wiedersehensfreude. Wahrscheinlich war das Haus in Straßburg verloren. Es war zu befürchten, dass es im Zuge der Reparationen, die Deutschland an Frankreich zu leisten hatte, an die Franzosen fallen würde.
Aber das war nur ein materieller Schaden. Die Hauptsache war, die Familie war wieder glücklich vereint und unverletzt. Denn zu ihrer aller Freude tauchte Wilhelm bereits Ende November wieder auf. Mit vielen anderen, die man frisch zum Kriegsdienst einberufen hatte, war er zur Grundausbildung nach Schlesien geschickt worden. Als dort durchgesickert war, dass Anfang August die Westfront zusammengebrochen war, sahen die jungen Männer keinen Sinn mehr darin, noch zu den Waffen zu greifen. Entweder sie würden auf dem Felde gleich abgeschlachtet oder sie würden in Kriegsgefangenschaft geraten, was vielleicht noch schrecklicher war. Eine Weile hatten sie sich still verhalten und heimlich Pläne gemacht.
Am vierundzwanzigsten August desertierten mit einem Schlag Tausende von ihnen. Bei dem Chaos, das in Deutschland herrschte, war es unmöglich, sie zu verfolgen, geschweige denn der Deserteure habhaft zu werden. Wichtig war nur, dass man so lange untergetaucht blieb, bis der Krieg wirklich zu Ende war. Das war für Wilhelm kein Problem gewesen. Überall auf dem Lande hatte er hilfsbereite Menschen gefunden, die ihm Unterschlupf gewährt hatten, gegen Mithilfe bei der Feldarbeit. Ja, die Bevölkerung hatte es geradezu begrüßt, dass

diese beherzten Männer auf ihre Weise zu einer schnelleren Beendigung des Krieges beitrugen. Kaum hatte Wilhelm von der Unterzeichnung des Waffenstillstandsvertrages gehört, hatte er sich zu seiner Großmutter nach Neuerburg durchgeschlagen. Denn nach den Meldungen, die er vernommen hatte, war ihm klar gewesen, dass er in Straßburg kein Elternhaus mehr hatte.

Überglücklich hatte er von Großmama erfahren, dass die Familie in Trier in Sicherheit war.

Die einzige, die an der allgemeinen Wiedersehensfreude nicht ungetrübt teilnehmen konnte, war Margarethe. Nach dem Zusammenbruch war sie aus Bonn herbeigeeilt, um einige Tage im Schoße der wiedervereinten Familie zu verbringen. Von ihrem Verlobten hatte sie seit Februar kein Lebenszeichen mehr erhalten.

„Keine Nachricht ist eine gute Nachricht", versuchte die Mutter sie zu trösten. „So lange du keine Mitteilung bekommen hast, dass Alfred gefallen ist, kannst du weiter hoffen. Bestimmt ist er in Kriegsgefangenschaft geraten. In dem allgemeinen Chaos wird es jetzt dauern, bis Post von dort durchkommt."

An diese Hoffnung klammerte sich die junge Braut.

Drittes Kapitel

Der 22. Juni 1922 war für Familie Waldmann ein ganz besonderer Tag. Mali hatte sich inzwischen zu einem niedlichen Backfisch entwickelt. Heute durfte sie zum ersten Mal in ihrem Leben Brautjungfer sein. Die Wunden des Krieges waren noch nicht alle verheilt, aber das Leben lief wieder in geordneten Bahnen. Zu Beginn des Jahres 1919 hatte Margarethe endlich die erlösende Nachricht bekommen. Sie war zwar schon ein halbes Jahr alt, aber immerhin.

„Liebe Margarethe! Bin in russischer Kriegsgefangenschaft. Ich denke immer an Dich. Bitte schreib mir bald. In Liebe, Dein Alfred." 8. 6. 1918

Glücklich über dieses Lebenszeichen, hatte sie umgehend geantwortet. Wieder hatte es ein halbes Jahr gedauert, bis sie eine weitere knappe Postkarte erhalten hatte.

„Liebste! Herzlichen Dank für Deine lieben Worte. Sie erhalten mich aufrecht. Habe große Sehnsucht nach Dir. Dein Dich liebender Alfred."

Nach weiteren ähnlich spärlichen Nachrichten, erreichte Margarethe im August 1920 endlich ein Brief ihres Verlobten. Zu ihrer Überraschung war dieser in Deutschland abgestempelt worden.

Breslau, den 2. August 1920

„Geliebte Margarethe!
Ganz herzlichen Dank für Deine lieben langen Briefe. Wie glücklich bin ich, Dir endlich ausführlicher antworten zu dürfen. Solange ich mich in Gefangenschaft – in der Nähe von Nowosibirsk – befand, waren nur zwanzig Wörter pro Karte erlaubt. Schon in den ersten Tagen meines Fronteinsatzes – ich war als Sanitäter abkommandiert – bin ich am zwanzigsten Februar bei Mogilew verwundet worden. Den Rest des Krieges verbrachte ich also im Lazarett. Die anschließende Kriegsgefangenschaft – die unmenschlichen Zustände, die dort herrschten, will ich Dir

nicht beschreiben – überlebte ich nur dadurch, dass ich immer Dein Bild vor Augen hatte und daran dachte, dass ich Dich wiedersehen muss. Bald wurde unser Los etwas gelindert durch die schwedische Krankenschwester Elsa Brandström. Mit einigen anderen Rot-Kreuz-Schwestern setzte sie sich selbstlos für uns ein. Sie ist eine großartige Frau. Ihr ist es auch zu danken, dass ich jetzt im Westen und in Freiheit bin. Mich und die wenigen meiner Kameraden, die das Lagerdasein überlebt haben, führte sie in einem Invalidentransport im Juni aus Sibirien heraus.
Nun bin ich in Sicherheit. Ich werde aber noch einige Monate im hiesigen Krankenhaus verbringen müssen, bis ich wieder vollständig hergestellt bin. So Gott will, ist die Zeit nicht mehr fern, dass ich Dich, mein geliebtes Mädchen, wieder umarmen kann.
Bitte ganz liebe und ergebene Grüße an Deine Eltern und Geschwister.
Sei herzlich gegrüßt und geküsst von Deinem Dich über alles liebenden Alfred."

Sieben Monate später war das Wunder Wirklichkeit geworden. In ihrem Bonner Mädchenwohnheim stand der Heimkehrer plötzlich – scheinbar unversehrt – vor ihr. Am liebsten wäre sie ihm spontan um den Hals gefallen. Aber nicht nur ihre gute Erziehung, auch sein ungeheuer ernster Gesichtsausdruck und seine unnahbare Haltung hinderten sie daran.
„Was ist dir, Alfred", fragte sie beunruhigt. „Freust du dich nicht, mich wiederzusehen?"
„Doch, doch", versicherte er. „Aber wollen wir uns nicht erst setzen?"
Sie setzte sich auf das Sofa, in der Erwartung, er werde neben ihr Platz nehmen. Er wählte jedoch einen Sessel. Dann presste er mühsam hervor: „Ich kann dich nicht heiraten, Margarethe. Ich bin gekommen, um dir dein Wort zurückzugeben."
In diesem Augenblick wich alle Farbe aus ihrem Gesicht. Wenn sie nicht gesessen hätte, sie wäre bestimmt umgefallen. Haltsuchend griff sie nach der Sofalehne.
„Was – was ist passiert Alfred? Liebst du mich nicht mehr?"
„Doch, doch! Das ist es ja gerade, was für mich die Situation so schwer macht."

In Margarethe keimte ein Hoffnungsschimmer auf. Die Farbe kehrte in ihr Gesicht zurück, während sie lebhaft sagte: „Wenn du mich so sehr liebst, wie ich dich liebe, dann kann es eigentlich nichts geben, das uns am Heiraten hindern könnte."

„Doch, Margarethe. Ich habe im Krieg eine Verwundung davongetragen, die es unverantwortlich erscheinen ließe, jetzt noch dein junges Leben an das meine zu binden."

Verständnislos schüttelte sie den Kopf und sagte: „Das kann ich nicht glauben, Alfred. Ich sehe doch, du hast noch beide Beine und beide Arme, und dein Kopf scheint auch noch in Ordnung zu sein."

Mit verzweifeltem Gesichtsausdruck brachte Alfred hervor: „Margarethe, nicht nur Arme und Beine sind wichtig, wenn man ein glückliches Eheleben führen will."

„Ich verstehe kein Wort, Alfred. Ich denke, es ist an der Zeit, dass du mir das näher erklärst."

„Ach, Margarethe, es fällt mir so schwer, gerade dir das zu erklären."

„Versuchs Alfred. Ich bin schließlich kein Backfisch mehr. Ich werde dich sicher verstehen."

Alfred druckste weiterhin herum: „Ja, wenn du Medizinstudentin wärest, dann wäre es sicher leichter. Dann könnte ich es dir auf Latein erklären."

„Versuche es ruhig auf Deutsch, Alfred. Was du mir zu sagen hast, lässt sich sicher auch auf Deutsch erklären."

Alfred schluckte mehrmals. Innerlich gab er sich einen Ruck, ehe er sprach: „Ich habe dir geschrieben, dass ich verwundet worden bin. Eine feindliche Handgranate war direkt vor mir explodiert. Abgesehen von einer größeren Bauchwunde, die man im Lazarett umgehend operiert hat, war mein Körper über und über mit Splittern übersät gewesen. Eine ganze Menge davon hat man nach und nach operativ entfernt. Viele aber sitzen so tief, dass man nicht drankommt. Einige davon sind bereits in den letzten zwei Jahren herausgeeitert. Weitere werden folgen. Einige aber gibt es, die wandern nach innen. Es ist möglich, dass eines Tages einer davon das Herz erreicht oder die Lunge. Dann ist es aus mit mir."

Seine Braut hatte aufmerksam zugehört: „Das ist aber nicht sicher, ob das passieren wird?"

„Nein, sicher ist das nicht."
„Na also. Wegen einer so unsicheren Gefahr gebe ich dich nicht auf. Vielleicht geschieht es gar nicht und vielleicht erst in vielen Jahren. Drum lass uns diese gemeinsam verbringen."
„Ja, Margarethe, wenn es das nur wäre! Dann würde ich bedenkenlos mein Leben an deines binden. Ich habe noch eine weitere Verwunderung. Von dieser war mir bis vor wenigen Tagen selbst nichts bekannt."
„Alfred, was ist es? Du musst es mir sagen."
„Nun denn – ich bin – bei mir wurden", druckste er herum. „Also – ich werde niemals Kinder zeugen können."
Da erhob sich Margarethe, kniete sich vor ihn hin und legte ihre Arme um seinen Hals: „Und deshalb hast du dich so gequält? Ist das wirklich der einzige Grund, warum du mich nicht heiraten willst?"
„Ja, Margarethe. Ich denke, ich kann von dir nicht verlangen, dass du meinetwegen auf Kinder verzichtet."
„Aber Alfred, wenn das alles ist! Wir werden auch ohne Kinder glücklich sein. Hauptsache, wir haben uns."
„Meinst du das wirklich? Kannst du dir eine Ehe ohne Kinder vorstellen?"
„Natürlich. Es gibt viele Ehepaare, denen Kindersegen versagt bleibt, aus welchen Gründen auch immer. Sie leben ihr Leben auch. Schau nur, meine Tante Amalie ist trotz ihrer Kinderlosigkeit glücklich mit ihrem Mann."
„Ich dachte immer, weil du aus einer kinderreichen Familie kommst, würden dir Kinder alles bedeuten und du würdest im Aufziehen von Kindern den Sinn deines Lebens sehen."
„Zugegeben, so war das auch. Aber man muss umdenken. Der Krieg hat viele Menschen gelehrt, umzudenken. Vielleicht werden wir eines Tages Nichten und Neffen haben und uns an denen erfreuen. Das tut meine Tante Amalie auch. Ich werde jedenfalls in Zukunft den Sinn des Lebens darin sehen, dir zur Seite zu stehen, dich beruflich zu unterstützen und dich glücklich zu machen."
„Ist das wirklich wahr, Margarethe?" fragte er mit einem Strahlen in den Augen. „Dass ich so einen Menschen wie dich gefunden habe! Jetzt scheint mir das Leben wieder lebenswert. Nun werde ich mit Eifer meine Studien fortsetzen. Dann will ich

erneut um deine Hand anhalten."
Erst jetzt konnte er seinen Gefühlen freien Lauf lassen. Er umschlang seine Braut mit beiden Armen, neigte sein Gesicht dem ihren zu und küsste sie mit einer Inbrunst, als würde er an ihren Lippen Genesung finden. Als er sie wieder freigab und sich beide heftig atmend in einen engen Sessel quetschten, sagte Margarethe: „Und auf diese Freuden hättest du freiwillig verzichtet? Du siehst, man kann sich in der Ehe so viel Zärtlichkeit geben, ohne ... ohne ..."
Sittsam, wie sie erzogen war, brachte sie das Wort nicht über die Lippen. Da lächelte er nachsichtig: „Du meinst, ohne Geschlechtsverkehr. Oh mein Liebling, daran wird es nicht fehlen. Problemlos werde ich meinen ehelichen Pflichten nachkommen können. Nur Kinder kann ich nicht zeugen, die Splitter haben die Samenleiter durchtrennt."

Heute war nun der Tag, an dem diese Liebe ihre Krönung erfahren sollte. Der frischgebackene Dr. med. Jäger führte seine strahlende Margarethe zum Altar der wunderschönen Barockkirche Sankt Paulin zu Trier. Mali und Charlotte waren zwei reizende Brautjungfern. Sie sahen entzückend aus in den alten Vorkriegskleidern ihrer Mutter. Die neue, sehr geschickte Hausschneiderin hatte sie auf raffinierte Weise modernisiert.
Noch vor dem Ende der einfachen Hochzeitsfeier reiste das junge Paar mit dem Zug nach Mainz. Die Hochzeitsnacht wollten sie in ihrer eigenen neu eingerichteten Wohnung in ihrem künftigen Wohnort verbringen. Alfred hatte im Städtischen Krankenhaus eine Stelle als Assistenzarzt gefunden, und Margarethe arbeitete bereits seit einem Jahr in Mainz als Fürsorgerin. Ihr oblag es, dafür zu sorgen, dass die Prostituierten regelmäßig zur ärztlichen Untersuchung kamen. Als sich Margarethe für diesen Beruf entschied, hatte ihr weiß Gott ein anderes Betätigungsfeld vorgeschwebt. Aber in dieser Zeit der großen Arbeitslosigkeit blieb ihr keine Wahl. Man musste froh sein, überhaupt unterzukommen. So lange Alfred Assistenzarzt war, wollte sie mitverdienen, da sein Einkommen noch sehr gering war.
„Nun haben wir unsere Große also unter der Haube", stellte der Vater in fröhlichem Tonfall fest. Damit versuchte er, seine

Familie wieder ein bisschen aufzumuntern, die offensichtlich unter Abschiedsschmerz litt.
„Ja", verkündete Mali. „Und als nächste ist Charlotte dran."
„Damit würde ich an eurer Stelle nicht rechnen", empfahl diese. „Ich habe endlich den Beruf gefunden, der mich glüklich macht und der mich ernährt. Warum sollte ich mich da in das Gerangel um die wenigen Männer stürzen, die der Krieg übriggelassen hat?"
„Das ist ein Standpunkt", bemerkte der Vater. „Wir wollen mal sehen, wie lange du dabei bleibst."
„Was willst du damit sagen, Vater?"
„Nun, ich erinnere daran, dass du zuerst Säuglingsschwester werden wolltest und dann Sängerin."
„Aber Vater, da war ich doch ein Kind. Das zählt nicht. Da war ich noch in der Berufsfindungsphase. Seit ich aber die höhere Handelsschule besucht habe und diese gutbezahlte Stelle auf dem Amt bekleide, weiß ich, wohin ich gehöre."
„Na ja, bis dir der Richtige über den Weg läuft", prophezeite die Mutter.
„Die Gefahr ist nicht sehr groß. Der Krieg hat wirklich nicht viel an Männern übriggelassen, die altersmäßig zu mir passen würden."
Mali hatte dieses Gespräch mit größtem Interesse verfolgt, enthielt sich aber der Stimme. Aha, dachte sie nur. Einen Mann zu erringen ist nicht die einzige Möglichkeit, die man auf der Welt hat. Es kann auch ein Beruf sein, der einen ausfüllen kann. Aber welcher das für sie sein könnte, davon hatte sie keinen Schimmer. Für sie waren erst mal die Schule wichtig – das Lernen fiel ihr leicht – und ihre Freundinnen. Das waren hauptsächlich Ilse, Johanna, Marlene und Katharina.
Der Mutter fiel auf, dass Mali seit einiger Zeit von der Schule recht spät nach Hause kam.
„Wo treibst du dich so lange herum?", stellte sie deshalb die Tochter zur Rede, als die wieder mal mit hochroten Wangen ins Haus zu huschen versuchte.
„Ich begleite Ilse immer nach Hause", antwortete sie spontan.
Eine Zeitlang gab sich die Mutter damit zufrieden. Bald kamen ihr erneut Zweifel. Dieser Sache musste sie auf den Grund gehen. An einem der nächsten Vormittage begab sie sich zu

Ilses Mutter. Diese war sehr erstaunt, über den ungewohnten Besuch und erst recht über die eigenartige Frage.
„Das ist ja interessant", antwortete sie. „Ilse kommt in letzter Zeit auch immer so spät von der Schule. Sie behauptet allerdings, sie begleite Mali nach Hause."
„Da muss etwas dahinter stecken!", mutmaßte die Landgerichtsrätin. „Ob die beiden vielleicht schon Jungengeschichten haben?"
„Aber Frau Landgerichtsrat! Die beiden sind doch erst vierzehn!"
„Sagen wir lieber: schon vierzehn. Genauer gesagt, beide sind schon vierzehneinhalb. Da ist es gar nicht so ungewöhnlich, dass man bereits nach Jungens schaut."
„Ja? Befürchten Sie das wirklich?"
„Ich habe so eine Vermutung. Womöglich verbringen die beiden ihre Zeit mit Katharina, der Tochter des Fabrikanten Erlmann."
„Was wäre daran so Besorgnis erregend?"
„Katharina hat zwei attraktive Brüder, die beide das Friedrich Wilhelm Gymnasium besuchen. Einer ist in der Unterprima, der andere in der Oberprima."
„Vielen Dank für den Hinweis, Frau Landgerichtsrat. In Zukunft werde ich ein Auge darauf haben."
„Nichts zu danken, Frau Pharmazierat. Das ist doch meine Pflicht. Wir Mütter müssen zusammenhalten, wenn wir unsere Töchter vor Argem bewahren wollen."
Mit noch größerer Aufmerksamkeit beobachtete Auguste hinfort ihre Jüngste. Diese kam zwar nicht mehr oft zu spät nach Hause und wenn, war es nicht erheblich, aber immerhin.
Eines Abends bot sich eine Möglichkeit, die Tochter auf unverfängliche Weise zu testen: In Trier standen Kommunalwahlen an. Wie zufällig ließ Auguste die Kandidatenliste auf dem Esstisch liegen. Kaum hatte Mali diese entdeckt, ging sie neugierig die Namen und Berufe der Kandidaten durch. Unauffällig beobachtete die Mutter sie dabei. Unter anderem war auch der Name: Erlmann, Ludwig, Fabrikant, aufgeführt.
Als die Tochter an diesen Namen kam, konnte die Mutter nicht die geringste Regung bei ihr entdecken. Erst als Mali an die Stelle kam: Ternes, Karl, Bordellbesitzer, schaute Mali hoch und

fragte unbefangen: „Mutter, was ist ein Bordell?"
Auguste war die Sache äußerst peinlich. Sie errötete und antwortete ausweichend: „Wir haben jetzt keine Zeit. Wir müssen ins Theater. Ich erkläre es dir eine anderes Mal."
Damit gab sich Mali für den Moment zufrieden. Zu sehr freute sie sich auf den Theaterbesuch. Heute wurde „Oberon, König der Elfen" von Carl Maria von Weber gegeben.
Ganz hingerissen war sie von der Vorstellung und vergaß darüber völlig ihre Frage. Erst als sie wieder zu Hause waren, kam das Mädchen auf seine Frage zurück: „Mutter, was ist ein Bordell?"
Inzwischen hatte Auguste die Zeit genutzt, darüber nachzudenken, wie sie das ihrem Kinde erklären sollte. Obgleich ihr dieses Gespräch peinlich war, sah sie darin eine ausgezeichnete Möglichkeit, die Tochter vor den sittlichen Gefahren zu warnen, die allenthalben lauerten.
„Du weißt doch, Mali, es gibt Männer und Frauen."
„Aber sicher, Mutter. Das weiß doch jedes kleine Kind", lachte Mali.
„Siehst du, es ist ganz natürlich und gottgewollt, dass Männer eines Tages Frauen heiraten und mit diesen Kinder bekommen."
„Ja, Mutter."
„Damit sie aber Kinder bekommen können, müssen sich Mann und Frau vereinigen. Das macht vor allem dem Mann viel Freude. Verstehst du das?"
„Ja, ich glaube", sagte das Mädchen unsicher.
„Nun gibt es Männer, die wollen nur diese Freude haben, aber sie wollen keine Verantwortung übernehmen. Sie wollen nicht heiraten und erst recht nicht Kinder bekommen. Deshalb gehen sie in ein Bordell. Das ist ein Haus, in dem sitzen gefallene Mädchen. Die verkaufen für ein paar Mark ihren Körper."
„Was sind gefallene Mädchen?"
Auguste war sehr zufrieden mit sich. Mali hatte genau das Wort aufgeschnappt, das sie als Köder hingeworfen hatte, um mit ihr folgendes sehr ernste Thema besprechen zu können:
„Siehst du, Mali, es gibt Jungen und Mädchen. Diese sollen eines Tages Männer und Frauen werden. Nun gibt es aber Jungen, die wollen nicht so lange warten, bis sie ein Mann

geworden sind und einen ordentlichen Beruf haben, mit dem sie eine Frau und Kinder ernähren können. Sie wollen die Freude, mit einer Frau vereint zu sein, schon viel früher genießen. Deshalb schmeicheln sie einem unschuldigen Mädchen, machen ihm schöne Augen, sagen ihm leichtfertige Komplimente und verführen es. Solch eine Verführung bleibt meist nicht ohne Folgen. Das Mädchen bekommt ein Kind und weiß vor Schande nicht, wohin damit. Manche bringen das Kind heimlich um, andere legen es bei einem Kloster oder beim Pfarrhaus vor die Tür. Findelkinder nennt man diese dann. Was aber wird aus solch einem entehrten Mädchen? Einen Ehemann zu finden, ist für diese aussichtslos. Manche gehen ins Wasser, weil sie die Schande nicht ertragen. Andere melden sich auf dubiose Anzeigen, die ihnen eine Zukunft in ihrer schwierigen Situation versprechen. Dahinter steckt dann nichts anderes als ein Bordellbesitzer. Der bietet diesen gefallenen Mädchen ein Dach über dem Kopf und gewährt ihnen Verpflegung. Dafür müssen sie ihren Körper jedwedem Freier hingeben. Das dafür erhaltene Geld aber müssen sie dem Bordellbesitzer abliefern. Häufig werden diese Mädchen krank, altern vorzeitig und sterben früh. – Deshalb hüte dich vor allen Schmeichlern, vor allen Verführern! Lass dich auf keine Männer und Jungen ein! Versprichst du mir das?"
Mali versprach es. Trotz sehr aufmerksamen Zuhörens, hatte sie fast nichts verstanden. Sie hatte keine klare Vorstellung davon, was Mutter mit ihren wohlgesetzten Worten meinte. Mutter war abwechselnd errötet und erblasst, hatte immer wieder gestockt und nach passenden Wörter gesucht. Daher ging Mali davon aus, der Mutter sei das Gespräch ohnedies äußerst peinlich gewesen. Offensichtlich hatte sie sich nicht getraut, das alles mit verständlichen Wörtern zu erklären. Um der Mutter weitere Qualen ersparen, unterließ Mali es, Fragen zu stellen. Wie dem auch sein mochte, das alles war ihr nicht wichtig. Sie hatte andere Interessen. Diese teilte sie mit ihrer Freundin Ilse.
Eine Weile gab sich Frau Auguste mit Malis Versprechen zufrieden. Bald aber nagten neue Zweifel an ihr. Wenn sie ihrem Mann davon sprach, lächelte der nur und sagte: „Du siehst Gespenster, liebe Frau. Mali ist doch noch ein Kind."
„Nein, nein", entgegnete sie. „Ein Mutterauge sieht weiter."

Von dieser Seite war also keine Hilfe zu erwarten. Sie musste selbst einen Weg finden, hinter das Geheimnis der Tochter zu kommen. Sie würde nicht eher ruhen, bis sie wusste, was hinter den häufigen Verspätungen steckte. Ihr kam eine Idee. Sie borgte sich – sehr zu Berthas Erstaunen – deren gutes schwarzes Kleid aus. Das passte ihr ausgezeichnet. Dann setzte sie den Beerdigungshut ihrer Mutter auf. Der dichte Schleier daran verdeckte ihr Gesicht fast völlig. So gewandet begab sie sich kurz vor Schulschluss in die Nähe des schmiedeeisernen Hoftores der Schule.
Kaum hatte die Glocke das Schlusssignal gegeben, stürmten die jüngeren Mädchen aus dem Gebäude und die älteren schritten würdevoll hinterdrein. Bald erschienen auch die Freundinnen Mali und Ilse, Arm in Arm. Sie waren so in ein Gespräch vertieft, dass sie die fremde Frau gar nicht wahrnahmen.
Was musste Auguste erkennen? Die Mädchen schlugen weder die Richtung von Malis Wohnung ein, noch die von Ilses. In respektvollem Abstand folgte Auguste ihnen. Auch nicht zum Friedrich Wilhelm Gymnasium lenkten sie ihre Schritte – sondern zum Theater!
Am Bühnenausgang machten sie Halt. Sie wisperten etwas miteinander, warfen einen verstohlenen Blick zur Tür und promenierten auf und ab. Immer wieder ging die Tür auf. Musiker, Sänger und Schauspieler quollen ins Freie. Aber die Mädels würdigten sie keines Blickes. Selbst als der gutaussehende Tenor das Theater verließ, nahmen die Mädchen keine Notiz von ihm. Auf einmal aber kam Leben in die beiden. Sie stießen sich an, und in ihre Gesichter trat ein Leuchten. Sie starrten eine Frau von etwa dreißig Jahren an, die aus der Bühnenpforte trat und nach rechts davoneilte. Erst als sie ihren Blicken entschwunden war, verabschiedeten sich Ilse und Mali voneinander, und jede strebte in Richtung ihres Zuhause.
Die Mutter auf ihrem Beobachtungsposten konnte kaum glauben, was sie soeben beobachtet hatte. Was mochte das bedeuten? Wie sollte sie mit ihrer Entdeckung umgehen? Erst mit ihrem Mann darüber sprechen? Oder sollte sie Mali zur Rede stellen? Sicher ist es besser, ich spreche erst mit Friedrich darüber. Womöglich sehe ich Gespenster? Vielleicht sollte ich das Mädchen noch genauer beobachten?

Am Abend im ehelichen Gemach – ihr Gesicht in tiefe Falten gelegt – eröffnete sie das Gespräch: „Du Friedrich, ich habe heute Mali nachspioniert."
„Was du nicht sagst! Meisterdetektiv Sherlock Holmes! Und was hast du herausgefunden?"
Auguste beschrieb ihm die kleine Szene, die sie hinter dem Theater beobachtet hatte.
„Und – was schließt meine kleine Detektivin daraus?"
„Ich fürchte – ich fürchte – Mali könnte lesbisch sein."
„Aber geh", lachte Friedrich. „Nur weil sie für eine Sängerin oder Schauspielerin schwärmt, muss sie doch nicht gleich lesbisch sein."
„Es ist ja nicht nur das. Es ist ja auch, wie sehr sie mit dieser Ilse zusammenhängt und dass sie sich für Jungens überhaupt nicht interessiert."
„Jetzt verstehe ich dich überhaupt nicht mehr. Erst machst du dir Sorgen, weil du glaubst, sie interessiert sich für Jungens, und nun machst du dir Sorgen, weil sie sich nicht dafür interessiert. Was – um Gottes willen – soll das arme Kind denn machen?"
„Ach Friedrich, das weiß ich doch auch nicht. Deshalb bespreche ich das ja mit dir."
„Mein Vorschlag wäre – ehe du mir völlig in Panik gerätst und ehe wir vielleicht etwas Verkehrtes tun – selbst wieder mal ins Theater zu gehen. Schauen wir uns diese Person doch einfach mal an. Du wirst sie doch wieder erkennen?"
„Auf der Straße ja – aber auf der Bühne? Geschminkt und verkleidet?"
„Du musst eben herausfinden, wie diese Person heißt und in welchen Rollen sie auftritt."
„Und wie bitte?", fragte Auguste unsicher.
„Das herauszufinden überlasse ich natürlich meinem Meisterdetektiv", lachte Friedrich.
In der Tat fand Auguste dies sehr schnell heraus. Bereits am nächsten Mittag, kurz vor ein Uhr, begab sie sich zur Loge des Theaterportiers. Sie bestach ihn mit einer guten Flasche Wein. Dafür durfte sie sich still in ein Eckchen seiner Loge setzen. Von dort aus hatte sie den vollen Überblick über die herausströmenden Künstler, ohne selbst gesehen zu werden.
Als die Erwartete endlich auftauchte, stupste sie den Portier

kurz am Arm. Daher raunte er ihr, nachdem die Künstlerin das Haus verlassen hatte, zu: „Das ist unsere neue Altistin, die Yolanda York. Sie spielt heute Abend in Wagners 'Lohengrin' einen der Edelknaben."
Ohne langes Zaudern erstand Frau Landgerichtsrat an der Kasse drei Theaterbilletts. Außer ihrem Mann sollte auch Mali mit ins Theater gehen. Dann konnten sie auch gleich deren Reaktion auf Yolanda beobachten.
„Ist sie nicht himmlisch!" war das einzige, was Mali während der Vorstellung heraus rutschte. Schon hatte Auguste einen Beweis für ihre Theorie. Friedrich dagegen ging die Sache gelassener an. Nachdem er gesehen hatte, dass die Altistin in einer Hosenrolle auftrat, schaute er sich den ganzen Spielplan sehr genau an. Demnach musste Mali sie als einen der drei Knaben in der 'Zauberflöte' gesehen haben, als Puck in 'Oberon' und als Page der Herodias in 'Salome' von Richard Strauss.
In plötzlichem Erkennen lachte er auf: „Ach, Mutter, deine Sorgen sind völlig unbegründet. Mali entdeckt ganz zaghaft ihre Liebe zum anderen Geschlecht. Dass sie dabei für eine Frau schwärmt, liegt daran, dass diese auf der Bühne so ideale, gutaussehende Männer verkörpert, wie sie in Malis Umkreis gar nicht vorkommen."
„Meinst du das wirklich? Du meinst, indem Mali diese Altistin anschwärmt, drückt das nur ihr Interesse an Jungens aus?"
„Da bin ich ganz sicher."
„O Gott! Dieses Kind stürzt uns von einer Aufregung in die andere. Erst denken wir, sie läuft einem von Katharinas Brüdern nach. Das ist uns nicht recht. Dann schwärmt sie für eine Frau, was uns wieder nicht recht ist. Und jetzt, wo hinter ihrer Verehrung für eine Frau doch Interesse an Männern steckt, passt es uns auch wieder nicht!"
„Du meinst, dir, meine Liebe. Du musst in der Ich- Form sprechen. Du meinst, dir passt es nicht."
„Willst du etwa damit sagen, dir passt das?"
„Ob es uns passt oder nicht, wir müssen uns an den Gedanken gewöhnen. Mir scheint, es stört dich, dass dein Nesthäkchen erwachsen wird."
„Ist es denn mit knapp fünfzehn nicht noch ein bisschen zu früh dazu?"

„Was heißt zu früh? Haben sich unsere anderen Kinder nicht auch schon mit fünfzehn für das andere Geschlecht interessiert? Ich glaube, bei Mali bist du besonders ängstlich. Als unsere anderen Kinder im Backfischalter waren, hast du dir weniger Sorgen gemacht."
„Das ist auch kein Wunder. Sie waren immer so vernünftig. Aber Mali steckt voller Überraschungen. Sie alleine sorgt für mehr Aufregungen als die anderen drei zusammen."
„Na, nun übertreib mal nicht. Als die anderen in dem Alter waren, hattest du nicht so viel Zeit, dich drum zu kümmern. Da war Krieg. Da war die Sorge ums Überleben, und da war das Kleinkind Mali zu versorgen. Auf sie war schon immer dein besonderes Augenmerk gerichtet. Da du jetzt keine anderen Probleme hast, konzentrierst du dich völlig auf sie. Schade, dass wir nicht noch mal einen Nachkömmling haben können, dann kämst du auf andere Gedanken."
Dabei nahm er sie zärtlich in die Arme und küsste die Überraschte auf den Mund.
„Ach, geh", wehrte sie ihn halbherzig ab und errötete sanft. „Zum Glück ist dieser Zug längst abgefahren."
„Da muss ich dir Recht geben. Ich bin selbst froh, dass wir nicht noch mehr Kinder haben. In diesen schlechten Zeiten ist es schon schwierig genug, vier Kindern eine anständige Ausbildung zu ermöglichen. Aber ich habe eine gute Idee, wie ich dich auf andere Gedanken bringe. Was hieltest du davon, wenn wir im Sommer eine große Reise machten? Du und ich, wir beide ganz allein."
„Das wäre himmlisch. – Aber es geht nicht."
„Wieso? Ich habe eigens einen Betrag dafür gespart."
„Und was ist mit Mali während dieser Zeit?"
„Sie geht natürlich zu deiner Mutter, wie all die Jahre."
„Meinst du nicht, dass Mutter mittlerweile mit dieser Aufgabe überfordert ist? Sie ist auch älter geworden. Vielleicht ist sie der schwierigen Aufgabe, einen Backfisch zu beaufsichtigen, nicht mehr gewachsen."
„Mach dir um deine Mutter keine Sorgen. Sie ist schon mit ganz anderen Aufgaben fertig geworden."
Nun war Auguste begeistert: „Wohin soll die Reise gehen? An die See? Oder ins Gebirge?"

„Weder noch."
„Weder noch? Was gibt es denn sonst noch?", fragte Auguste irritiert.
„Ich habe doch gesagt, eine große Reise."
„Eine große Reise? Meinst du etwa ins Ausland?" Ja, meine Liebe. Was ist denn schon seit langem dein Herzenswunsch?", fragte Friedrich.
„Nach Venedig. Wirklich? Meinst du nach Venedig?"
„Ja, meine Liebe. Das meine ich wirklich."
Da vergaß sie ihr Alter und dass sie eine distinguierte Person war. Sie fiel dem Landgerichtsrat um den Hals wie ein verliebtes junges Mädchen: „Das ist ja großartig, Friedrich. Können wir uns das wirklich leisten?"
„Natürlich, meine Liebe. Wir leisten uns das. Ich gebe das Geld doch lieber für diese Reise aus, als dass ich es von der Inflation auffressen lasse."
Noch bevor das Ehepaar Waldmann die große Reise antrat, fädelte Frau Auguste folgendes Mutter-Tochter-Gespräch ein: „Schau mal, was für ein bildschöner Mann der Tenor vom Städtischen Theater ist." Dabei zeigte sie auf sein Foto im Programmheft. „Hätte ich in meiner Jugend ein Theater so nah gehabt wie du, ich hätte bestimmt für ihn geschwärmt."
„Wirklich Mutter, das hättest du getan? In meiner Klasse sind fast alle ganz verrückt nach ihm. Einige schauen sich manche Opern sogar zweimal an."
„Und dir, gefällt er dir nicht?"
„Mir und Ilse gefällt die neue Altistin besser. Sie singt zwar keine bedeutenden Rollen, aber sie ist apart. Außerdem wollen wir uns von der Masse abheben. Manchmal versuchen wir nach dem Unterricht, am Bühnenausgang einen Blick auf sie zu erhaschen."
„Ach, könnte es damit zusammenhängen, dass du manchmal so spät nach Hause kommst?"
„Natürlich!"
„Warum hast du das nicht eher gesagt?"
„Ich dachte, du würdest mich auslachen. Aber jetzt, wo du mir gesagt hast, dass du auch für Künstler geschwärmt hättest, wenn Ihr denn welche in eurem Ort gehabt hättet, denke ich, du hast Verständnis für mich."

„Aber selbstverständlich, mein Liebes, mir kannst du doch alles erzählen."
Schon bald würde Mali ihre Mutter beim Wort nehmen. Als sie Anfang Mai von der Schule nach Hause kam, platzte sie ganz aufgeregt heraus: „Du Mutter, ich muss heute Nachmittag unbedingt in die Stadt."
„Was ist denn los?", wollte Auguste wissen.
„Stell dir vor, ich habe die einmalige Gelegenheit, Yolanda York kennen zulernen."
„Wieso denn das?"
„Stell dir vor, Ilse weiß, wo sie nachmittags ihren Kaffee trinkt."
„Nein, wirklich? Wo denn?"
„Im Café Bley auf der Simeonstraße."
„Woher weiß sie das?"
„Ihre Mutter hat Yolanda dort gesehen."
Also begaben Mali und Ilse sich schon kurz vor vier Uhr am Nachmittag gemeinsam in die Simeonstraße. Vor dem Café Bley marschierten die beiden auf und ab. Mal gingen sie in Richtung Porta Nigra, mal in Richtung Hauptmarkt. In immer kürzeren Abständen patrouillierten sie am Eingang des „Drei-Königen-Hauses", in dem sich das Café befand, vorbei. Je später es wurde, desto größer war die Wahrscheinlichkeit, dass die Angebetete das Café verließ. Diesen Augenblick durften sie auf keinen Fall versäumen. Als sie wieder mal vor der Tür angelangt waren, öffnete sich diese mit Schwung. Ein großer breitschultriger Mann mit schwarzen Haaren und schwarzem Umhang schritt heraus. Die beiden Mädchen starrten ihn an.
„Ihr dummen Gänse! Macht, dass Ihr verschwindet! Und lasst euch hier nicht wieder blicken! Es ziemt sich nicht, anständigen Leuten aufzulauern."
Nach dem ersten Schreck sagte Mali selbstsicher: „Wir haben doch nicht Ihnen aufgelauert. Wir warten auf jemand ganz anderen."
„Ich weiß. Deshalb passe ich ja auf. Lasst die Dame also gefälligst in Ruhe."
Scheinbar reumütig entfernten sich die beiden in Richtung Porta Nigra. Vorsichtig schauten sie sich um und sahen, dass der schwarze Umhang in Richtung Marktplatz verschwand.
„Wer war denn das?", fragte Mali.

„Das muss der 'Ständige Begleiter' sein, von dem mir meine Mutter erzählt hat."
„Ständiger Begleiter? Was ist denn das?"
„Das ist ein hartnäckiger Verehrer von ihr. Der bildet sich ein, sie würde ihn mal heiraten", klärte Ilse die Freundin auf.
„Wenn sie das täte, wäre sie schön blöd. Dann müsste sie ja am Theater aufhören."
„Eben. Deshalb ist er nicht ihr Ehemann, sondern nur der ständige Begleiter."
Während dieses tiefschürfenden Gespräches hatten sie sich abwechselnd immer wieder verstohlen umgeschaut, um zu sehen, ob der Begleiter nicht wieder zurückkomme. Als er ihren Blicken endgültig entschwunden war, drehten sich beide wie auf Kommando um. Im Schnellschritt näherten sie sich wieder dem zu observierenden Haus. Da – ihnen stockte fast der Atem – trat die Hochverehrte aus der Tür. Unschlüssig sah sie sich um.
„Was sagst du eigentlich zu ihr?", fragte Mali leise.
„Ich? Wieso ich? Ich sage überhaupt nichts. Ich traue mich nicht", antwortete Ilse.
„So ein Blödsinn", zischte ihr nun Mali zu. „Das war doch deine Idee. Du bist doch sonst nicht so schüchtern."
„Aber jetzt schon. Ich bin zu aufgeregt", flüsterte Ilse.
Aber gesagt werden musste etwas, deshalb zischte Mali ihr zu: „Was soll ich denn sagen?"
„Dir wird schon was einfallen", flüsterte Ilse erneut.
Die Altistin hatte sich unterdessen entschlossen, in Richtung der Mädchen zu gehen. Wir können doch eine so günstige Gelegenheit nicht ungenutzt lassen, dachte Mali, nur weil Ilse auf einmal zu aufgeregt ist und ich nicht weiß, was ich sagen soll. Schon befand sich Yolanda York dicht vor ihnen. Jetzt oder nie, ermunterte Mali sich selbst. Sie nahm all ihren Mut zusammen und trat direkt vor den Gegenstand ihrer Verehrung hin: „Verzeihung, gnädiges Fräulein. Wir kennen Sie aus dem Theater."
„Ach, das ist aber nett. Ihr seid wohl Verehrerinnen von mir?"
„Ja, das sind wir", sagten beide wie aus einem Munde und strahlten sie an.
„In welcher Rolle habt Ihr mich denn gesehen?"
„Wir haben Sie als Puck im ‚Oberon' , gesehen", antwortete Mali.

„Und als Page in ‚Salome'", fügte Ilse hinzu.
„Und als Edelknabe im 'Lohengrin'", ergänzte Mali.
„Dann seid Ihr wohl eifrige Theaterbesucherinnen?"
„Das sind wir", bestätigte Ilse.
„Wir sind so begeistert von Ihnen, dass wir in jede Oper gehen, bei der Sie mitspielen", schwärmte Mali.
„Ja", pflichtete ihr Ilse nun bei. „Sie singen so schön, dass wir gar nicht genug davon hören können."
„Ja und Sie spielen so schön. Das wirkt immer so echt. Es muss doch wunderschön sein, wenn man eine Opernsängerin ist."
„Ja, der Beruf als solcher ist sehr schön. Aber leider achten mich nicht alle Menschen so, wie Ihr das tut. Besonders die Stadtväter wissen nicht, was sie einer Künstlerin wie mir schuldig sind. Die haben mich in einem so scheußlichen Loch von Wohnung untergebracht, als sei ich eine dahergelaufene Person. Ich fühle mich überhaupt nicht wohl dort. Eigentlich ist das nur ein Bretterverschlag. Dazu dunkel und stickig. Am liebsten würde ich zur Stadtverwaltung gehen und den zuständigen Herren mal so richtig in den Arsch tappen."
Das hätte die verehrte Künstlerin nicht sagen dürfen! Von Stund' an war es aus mit Malis und Ilses Verehrung für sie. Eine halbe Göttin hatten sie in ihr gesehen. Mit diesem Ausspruch hatte sie sich selbst von dem Sockel heruntergestoßen, auf den die beiden Mädchen sie gestellt hatten. Nie wieder lauerte Mali ihr – sehr zur Erleichterung ihrer Mutter – auf.
Ehe man sich versah, gab es Sommerferien und Mali reiste nach Neuerburg. Kaum befand sie sich bei ihrer Großmutter, tauchte auch Cousin Ewald auf. Er war der Sohn von Augustes älterem Bruder, der auch Ewald hieß und als praktischer Arzt in Wittlich tätig war. Diesen Cousin mochte Mali besonders gern. In den letzten Jahren war er schon öfters bei der Großmutter zu Besuch gewesen, wenn Mali dort weilte. Daher hatten sie schon so manches Abenteuer unternommen und das Städtchen unsicher gemacht. Ewald hatte eine Schwester, Jette, die war drei Jahre jünger als Mali. Diese sah sie aber seltener.
In Gerolstein gab es auch noch Cousinen und Cousins, nämlich die Kinder von Augustes jüngstem Bruder, Gangolf. Er hatte Pharmazie studiert und bei der hübschen Apothekerstochter Susanne eingeheiratet. Mali kannte und mochte

auch diesen Teil der Verwandtschaft, dem man bei Familienfeiern immer wieder begegnete.
In der Vergangenheit hatte Großmutter es immer gerne gesehen, wenn Enkelkinder aus unterschiedlichen Familien gleichzeitig bei ihr weilten. Nach ihrer Meinung festigte das nicht nur die verwandtschaftlichen Bande, es bewahrte ein Kind auch vor Langeweile. Ein Kind, das sich langweilte, würde womöglich Kinder des Ortes herziehen. Darauf konnte sie in ihrem gepflegten Garten verzichten. Es schützte auch davor, dass sich ein Enkelkind ins Städtchen begab, mit unstandesgemäßen Spielkameraden zusammen war und sich ihrer Aufsicht entzog. Daher war Großmama zu Anfang über das Auftauchen Ewalds erfreut gewesen.
Nach einigen Tagen aber wirkte sie eher besorgt. Ihr war aufgefallen, dass Mali kein Kind mehr war und dass Ewald sich anschickte, ein junger Mann zu werden. Er war bereits siebzehn und verhielt sich seiner Cousine gegenüber gar nicht mehr cousinhaft. Ja, er spielte ganz den Kavalier. Das schien Mali auch noch zu beeindrucken.
Großmama gab sich in den nächsten Tagen die größte Mühe, die beiden nicht allein beieinander zu lassen; ihr wurde das Risiko allmählich zu groß. Sie atmete auf, als Malis letzter Urlaubstag zu Ende ging. Emma musste sie zur Bushaltestelle geleiten. Ihr selbst war der Weg mittlerweile zu mühsam geworden. Am selben Tag verabschiedete sich auch Ewald. Er habe noch wichtige Dinge für die Schule vorzubereiten. Am Abend des nämlichen Tages setzte sich Großmutter an ihren Sekretär und schrieb ihrer Tochter:

Neuerburg, den 15. August 1923

Liebe Auguste!

Ich hoffe, Ihr seid gut zurückgekommen und habt einen erholsamen Urlaub gehabt. Für mich war diese Zeit sehr anstrengend. Denn nicht nur Mali war drei Wochen hier, sondern auch ihr Cousin Ewald. Ich bin nicht mehr bereit, für Mali die Verantwortung zu tragen. Die Kinder sind inzwischen keine Kinder mehr! Sie sind bereits so erwachsen, dass leicht ein

Malheur passieren könnte. Obwohl ich Mali noch immer sehr pläsierlich finde, ist es mir lieber, wenn sie vorerst überhaupt nicht mehr kommt. Ich weiß nämlich nicht, wie es zugeht, kaum, dass Mali hier ist, taucht auch Ewald auf. Obwohl ich ihn gar nicht eingeladen habe.
Viele liebe Grüße, auch an Friedrich,
Deine Mutter.

„Was habe ich dir gesagt?“, fragte Auguste, mit einem Anflug von Triumph in der Stimme, als sie diesen Brief gelesen hatte. „Mutter wird es zuviel, sich um Mali zu kümmern“. „Na und wenn schon. Diesen Urlaub haben wir wenigstens gehabt. Den kann uns keiner mehr nehmen. Er war doch wunderschön. Das musst du zugeben.“
„Das stimmt. Er war herrlich. Ich habe ihn unbeschwert genossen, da ich Mali in guten Händen glaubte.“
„Eben. Und passiert ist ja wohl – dank Großmutters wachsamem Adlerauge – nichts.“
„Du Friedrich“, richtete Auguste nach einer Weile des Schweigens das Wort wieder an ihren Ehemann. „Im September wird Mali schon fünfzehneinhalb. Da wird es Zeit, dass sie gesellschaftlichen Schliff bekommt.“
„Was willst du damit andeuten, meine kleine Diplomatin?“
„Nun, wir werden sie für Anfang September zum Tanzkränzchen anmelden.“
„Ach, geht das schon wieder los? Ich dachte, wir hätten gerade erst die anderen drei hindurchgeschleust.“
Am Abend des zehnten September schritt Mali stolz am Arm ihres Vaters zur Tanzschule hin. Genau um zehn Uhr holte er sie wieder ab.
„Wie war's, meine Liebe?“, fragte er väterlich interessiert.
„Oh prima war's. Die Katharina, die Stephanie, die Sophie und die Mathilde aus meiner Klasse sind auch da. Dabei habe ich es nur von Katharina gewusst.“
„Und – hast du schon etwas gelernt?“
„Ja – wie man blitzschnell die Füße wegzieht, damit einem nicht dauernd einer drauf tritt.“
In der Folgezeit ging sie jeden Montag allein zum Tanzkränzchen. Aber immer, wenn es zehn Uhr schlug, war der

Vater zur Stelle und holte sie ab. Daher konnte sie jedem Jüngling, der ihr anbot, sie nach Hause zu begleiten, stolz sagen: „Danke, nicht nötig. Mein Vater holt mich ab."
Nur, als nach Wochen endlich derjenige, auf den sie schon in der ersten Tanzstunde ein Auge geworfen hatte, ihr dieses Angebot machte, sagte sie es unter größtem Bedauern. Er bedauerte das noch mehr und klagte: „Oh wie schade, Fräulein Mali. Ich hätte Ihnen so viel zu sagen."
„Herr Baltes, wenn es das nur ist, das können Sie mir auch beim Tanzen sagen. Sie müssen mich nur öfters auffordern."
Über diese Auszeichnung war er sehr glücklich und befolgte ihren Rat nur zu gerne. Im Laufe der nächsten Wochen erfuhr Mali so allerlei über ihn. Rudolf hieß er mit Vornamen. Er war vierundzwanzig Jahre alt. Seine Eltern besaßen ein ansehnliches Weingut an der Mosel. Von dort kam er immer mit der Moseltalbahn nach Trier, um die Weinbauschule zu besuchen. Dort sollte er das Rüstzeug erhalten, um eines Tages den elterlichen Betrieb übernehmen zu können. Außer ihm hatten die Eltern noch drei Töchter. Die wollte man in andere Betriebe einheiraten lassen.
Rudolf erfuhr, dass Malis Vater Landgerichtsrat war. Das flößte ihm großen Respekt ein. Mit ihm, so sagte er, solle man möglichst nichts zu tun kriegen. Ihre zwei älteren Schwestern nahm er gelassen zur Kenntnis, aber die Tatsache, dass ihr Bruder, jetzt fertiger Apotheker in Berlin, als Student in einer schlagenden Verbindung gewesen war, beeindruckte ihn gewaltig.
Nach drei Monaten ging die Tanzstundenzeit mit dem Abschlussball zu Ende. Das bedauerten viele der Tanzschüler. Ganz besonders aber bedauerte es Rudolf Baltes: „Ach, Fräulein Mali, es bricht mir fast das Herz, wenn ich daran denke, dass ich Sie hinfort montagabends nicht mehr sehen kann."
„Herr Baltes, machen Sie sich deswegen keine Sorgen. Ich habe schon einen Weg gefunden, wie wir uns auch in Zukunft regelmäßig sehen können."
„Wirklich?", strahlte er sie an. „Oh Fräulein Mali, betrachten Sie sich als von mir geküsst. In echt wage ich es natürlich nicht. Ich habe Angst, Ihr Herr Vater oder Ihr Herr Bruder könnten mich zum Duell fordern, um Ihre Ehre wiederherzustellen."
Das hatte er so drollig gesagt, dass Mali nicht sicher war,

ob das ein Scherz sein sollte oder ob er es im Ernst meinte.
Nach Malis Plan holte er sie am Donnerstagabend von der Geigenstunde ab. Sie begleitete ihn zur Kleinbahnstation. Dabei wählten sie den engen dunklen Weg, der hinter dem Gaskessel vorbeiführte. Hier hatte man die beste Gelegenheit zu einem unbeobachteten Kuss. Mit Enttäuschung musste Mali erkennen, dass es Rudolfs Ernst gewesen war, als er gesagt hatte, er wage es nicht, sie zu küssen. Es benötigte einiger Überredungskunst von ihrer Seite, seine Bedenken zu zerstreuen. Von da an holte er das Küssen jeden Donnerstag ausgiebig nach.

Ein knappes halbes Jahr später nahm das Schicksal seinen Lauf. Der Mutter war aufgefallen, dass Mali den bisher so verhassten Geigenunterricht auf einmal so begeistert besuchte. Auch schien es ihr, dass sie für den Nachhauseweg außergewöhnlich lange brauchte. Auguste schwante Schlimmes. Mali hatte sich doch nicht etwa in den Geigenlehrer verliebt?
Wieder einmal führte Auguste ein ernstes Gespräch mit ihrem Mann. Er teilte zwar ihre Besorgnis nicht, erklärte sich aber bereit, seinen Heimweg am kommenden Donnerstag so zu legen, dass er am Hause des Geigenlehrers vorbeiführte.
Schon als er in die Nähe des Hauses kam, gewahrte er einen Jüngling, der nervös vor dem Hause auf- und abschritt. Deshalb hielt Friedrich sich in respektvoller Entfernung. Als sich die beobachtete Tür öffnete – genau um die Zeit, da der Geigenunterricht planmäßig zu Ende war – drückte sich der Herr Landgerichtsrat wie ein Dieb in eine Türnische. Er glaubte seinen Augen nicht zu trauen. Keck spazierte sein Töchterchen auf den Fremden zu, drückte ihm die Geige in die Hand und hakte sich in den freien Arm ein.
In gebührendem Abstand folgte der Vater dem munter plaudernden Pärchen in Richtung Bahnhof. Als sie nach rechts in die kleine Gasse hinter dem Gaskessel abbogen, interessierte ihn das besonders. Die Art, wie der junge Mann Mali in die Arme schloss und küsste, ließ darauf schließen, dass die beiden bereits Übung darin hatten. Friedrich verschlug es die Sprache. Er hatte genug gesehen.
Zu Hause erstattete er seiner entsetzt lauschenden Gattin

Bericht. Als bald darauf Mali die Szene betrat, munter wie immer, ließen sich die Eltern nichts anmerken. Sie wollten erst in aller Ruhe beraten, wie vorzugehen sei.
Am nächsten Tag hatten sie die Lösung. Am Abend knöpfte sich der Vater die Tochter vor. Die fiel aus allen Wolken, als er so direkt fragte: „Sag mal, was war das für ein Jüngling, den du gestern Abend zum Bahnhof begleitet hast?"
„Das war – das ist...", stotterte sie, nach Fassung ringend, „Rudolf Baltes aus Mehring."
„Aha, und woher kennst du ihn?"
„Aus dem Tanzkränzchen."
„So lange geht das schon?"
„Ja", und nun bäumte sich Trotz in ihr auf. Wenn der Vater schon so viel wusste, sollte er auch alles erfahren: „Er ist meine große Liebe und er liebt mich auch."
„Davon konnte ich mich hinterm Gaskessel überzeugen."
Krebsrot lief die arme Mali an. Also auch das hatte der Vater gesehen. Nun half nur noch die Flucht nach vorn: „Das ist aber nicht nett, Liebende zu bespitzeln."
„Mir blieb nichts anderes übrig. Da du ein so großes Geheimnis aus deiner Liebe gemacht hast, mussten wir, als deine Erziehungsberechtigten, eben sehen, wie wir an Informationen kommen. Schließlich bist du noch nicht mal ganz sechzehn."
„Aber in zwei Wochen werde ich es."
„Das tut nichts zur Sache. Selbst dann bist du noch entschieden zu jung, um eine feste Bindung einzugehen. Es liegen noch drei Jahre Schule vor dir. Und einen Beruf willst du sicher auch erlernen."
„Natürlich will ich das. Rudolf wird eben so lange warten, bis ich alt genug bin und bis ich ausgelernt habe."
„Mein liebes Kind, glaube mir, eine Liebe, die man auf eine so lange Bank schiebt, führt entweder in die Katastrophe oder sie kühlt ab."
Von beidem wollte die verliebte Mali nichts wissen. Deshalb fragte der Vater, wie alt der junge Mann sei und aus was für Verhältnissen er stamme. Anschließend begann Friedrich ganz behutsam auf seine Tochter einzureden: „Sieh mal, Mali. Wenn der junge Mann schon vierundzwanzig ist und zu Hause den Winzerbetrieb übernehmen soll, wird er bald heiraten wollen.

Wärest du wirklich die geeignete Frau dazu?"
„Das kann man alles lernen", beharrte sie trotzig.
Nach vielem weiteren Hin und Her merkte der Vater, dass er bei Mali auf Granit biss. Er würde sich also den jungen Mann vornehmen müssen. Aber selbst, wenn dieser Einsicht zeigen sollte, würden sie Mutters Vorschlag realisieren müssen. Dem Kind sollte keine Gelegenheit bleiben, das Feuer wieder heimlich anzufachen.
Am Donnerstag der folgenden Woche ließen die Waldmanns ihre Tochter nicht zum Geigenunterricht gehen. Stattdessen fand sich um achtzehn Uhr der besorgte Vater vor dem Hause des Geigenlehrers ein. Erwartungsfroh wanderte der Liebhaber bereits auf und ab. Friedrich nahm seinen ganzen Mut zusammen und trat auf ihn zu: „Entschuldigen Sie bitte, Sie erwarten sicher Fräulein Mali?"
Vor Schreck erstarrte der Angesprochene. Er brachte kein Wort hervor.
„Ich bin Friedrich Waldmann, Malis Vater", sagte er freundlich, um dem jungen Mann über seine Verlegenheit hinwegzuhelfen. Das verschreckte ihn aber noch mehr. Oh Gott, der Landgerichtsrat, dachte er. Endlich brachte er stockend hervor: „Sind Sie – sind Sie gekommen, um sich mit mir zu duellieren?"
Friedrich musste herzhaft lachen: „Aber nein, keine Angst. Ich will Ihnen nichts tun. Ich möchte mich nur von Mann zu Mann mit Ihnen unterhalten. Dies scheint mir jedoch nicht der geeignete Ort. Gehen wir zum „Christoffel", dort lässt es sich ungestört sprechen. Sie haben sicher noch ein bisschen Zeit bis zur Abfahrt Ihres Zuges?"
„Ja, ja", versicherte der andere. „Notfalls kann ich auch einen späteren Zug nehmen."
Als beide bei einem Bier saßen, versicherte Rudolf dem Landgerichtsrat auf dessen behutsame Fragen hin, dass noch nichts weiter vorgefallen sei als ein paar harmlose Küsse. Dann beteuerte er, dass er Mali über alles liebe und sich eine gemeinsame Zukunft mit ihr gut vorstellen könne. Friedrich gab ihm zu bedenken: „Glauben Sie wirklich, dass Mali für Ihren Betrieb die richtige Frau ist? Sie kann weder kochen noch putzen. Sie kann nicht nähen und flicken. Sie kann nicht wirtschaften, und vom Weinbau versteht sie erst recht nichts."

„Sie ist noch sehr jung. Das sind alles Dinge, die sich lernen lassen", wagte Rudolf einen schüchternen Einwurf.
„Das glaube ich nicht. Bis jetzt zeigt sie nicht das geringste Interesse an hausfraulichen Dingen. Sie wird noch drei Jahre lang das Gymnasium besuchen und sich ein Wissen erwerben, das ihr auf einem Weingut nicht den geringsten Nutzen bringt. Das, was Ihre Familie in vielen Generationen aufgebaut hat, kann eine unfähige Hausfrau in wenigen Jahren zugrunde richten."
Diese Worte stimmten den jungen Winzerssohn nachdenklich. Deshalb setzte Friedrich noch eins drauf: „Was Sie benötigen, ist eine Frau, die wie Sie ebenfalls auf einem Weingut aufgewachsen ist. Sie brauchen ein Mädchen, das von Kindesbeinen an mit all diesen Arbeiten vertraut ist. Ihre Frau muss Liebe zum Weinbau mitbringen und den Ehrgeiz, eine alte Tradition fortzusetzen. Als einziger Sohn haben Sie all Ihren Vorfahren und dem Land gegenüber, das sie bebauen, eine heilige Verpflichtung. Dazu brauchen Sie eine Frau, die Sie in jeder Weise unterstützt."
Diese Worte waren auf fruchtbaren Boden gefallen.
„Sie haben Recht", sagte Rudolf nachdenklich. „Ich danke Ihnen für Ihre offenen Worte. Ich werde mich von Ihrem Fräulein Tochter zurückziehen."
Zum Abschied klopfte Friedrich dem jungen Mann kameradschaftlich auf die Schulter und wünschte ihm viel Glück für seine Zukunft.
Fürs erste atmete der Vater befreit auf. Eine weitere schwierige Aufgabe stand ihm noch bevor. Er musste seiner Tochter von dem Ergebnis dieses Gespräches berichten.
Als Mali erfuhr, dass der von ihr so geliebte Mann ohne um sie zu kämpfen, auf sie verzichtete, wollte sie das einfach nicht glauben. Da Vater ihr auch noch eröffnete, dass sie ihn nie mehr wiedersehen sollte, brach es ihr fast das Herz und sie den Geigenunterricht ab. Sofort sann sie über Mittel und Wege nach, wie sie mit Rudolf in Kontakt treten könne.
In der Zwischenzeit war Mutter Auguste nicht untätig gewesen. Bei einer Pensionatsfreundin aus ihrer Weimarer Zeit hatte sie brieflich angefragt, ob das Pensionat der ehrenwerten Frau Borgmann noch bestehe. Dort hatte sie vor Jahren selbst ihre

standesgemäße Bildung erhalten. Falls es nicht mehr existiere, solle sie ihr ein oder zwei Adressen anderer Pensionate von ausgezeichnetem Rufe schicken. Die Freundin hatte umgehend geantwortet:

Weimar, den 31. März 1924

Liebste Auguste!

Wie war ich erfreut, von Dir mal wieder ein Lebenszeichen zu erhalten. Ich bin überglücklich, dass Du Dein Töchterchen ausgerechnet nach Weimar ins Pensionat schicken willst. Gleichwohl bin ich befremdet, dass Du es überhaupt tust. Da Du in Trier wohnst, was ja eine Stadt von ansehnlicher Größe ist, gehe ich davon aus, dass es dort angemessene Bildungseinrichtungen für Deine Tochter gäbe. Dessen ungeachtet, nehme ich an, dass Du Deine wohlerwogenen Gründe für den Dir vorschwebenden Schritt hast. Zu Deiner großen Beruhigung kann ich Dir mitteilen, das Pensionat von Frau Lydia Borgmann befindet sich noch immer in deren großem herrschaftlichen Haus. Es erfreut sich außerordentlicher Beliebtheit. Unsere gute alte Lydia steht ihm zwar nicht mehr vor – sie hat sich vor fünf Jahren aus Altersgründen, sie ist mittlerweile achtundsiebzig – aus der Leitung zurückgezogen. Aber sie lebt noch im Hause und nimmt regen Anteil am Wohlergehen ihrer Zöglinge. Sie hat Frau Josefine Meurer – diese ist eine gute Freundin von ihr und fünfzehn Jahre jünger – mit den Aufgaben einer Vorsteherin betraut. Auch diese erfreut sich eines ausgezeichneten Rufes.
Sofort nach Erhalt Deines Briefes hatte ich mich zu ihr begeben und ihr von Deinem Anliegen gesprochen. Als ich erwähnte, dass wir beide dort selbst vor nahezu vierzig Jahren eine vorzügliche Erziehung genossen haben, war sie sogleich zugänglich. Sie war sofort bereit, für Deine Tochter einen Platz zu reservieren. Nun liegt es an Dir, dass Du umgehend schreibst und die Anmeldung bestätigst. Dann steht dort dem baldigen Einzug Deiner Jüngsten nichts mehr im Wege. Frau Meurer hatte sogar die Liebenswürdigkeit, mich unserer alten Vorsteherin Lydia vorzustellen. Als ich ihr unser beider

Mädchennamen nannte, erinnerte sie sich unserer sogar. Sie sagte: 'Ach, Auguste Weber und Eugenie Lehmann, die beiden Lachtauben.' Sie wollte wissen, was aus Dir geworden ist und war erfreut darüber, dass Du beabsichtigst, Deine Jüngste ihrem Hause anzuvertrauen. Dann trug sie mir herzliche Grüße für Dich auf. Sie versprach, trotz ihres Alters, ein Auge auf Deine Tochter zu haben. Nun hoffe ich sehr, dass Du dieselbe höchstpersönlich nach Weimar begleitest und für einige Tage mein Gast bist. Wir haben uns bestimmt viel zu erzählen – aus früheren Tagen und vor allem aus der Zeit, wo wir uns nicht gesehen haben.
Grüße bitte Deinen Gemahl unbekannterweise von mir und natürlich Deine Tochter Viktoria Luise. Ich freue mich sehr, sie kennen zu lernen. Von meinem Mann – meine Kinder sind bereits alle aus dem Haus (davon erzähle ich Dir bei mir) – soll ich auch unbekannterweise herzlich grüßen. Und nun sei ganz herzlich gegrüßt und umarmt,
Deine Eugenie.

Mit dieser Antwort war Frau Auguste mehr als zufrieden. Noch ehe sie Gelegenheit fand, sie ihrem Mann vorzulegen, setzte sie das Antwortschreiben auf. In diesem teilte sie ihre genaue Ankunftszeit in Weimar mit.
Wer nicht so zufrieden war mit dieser rasanten Entwicklung der Dinge, war Mali. Sie war aber klug genug, zu wissen, dass ihr ein Aufbegehren nichts nützen würde. Sie gab sich jedoch keineswegs geschlagen. Nahmen ihr die Eltern durch ihren vermeintlich klugen Schachzug schon jede Möglichkeit, sich heimlich mit Rudolf zu treffen, so musste sie neue Wege finden. Scheinbar fügte sie sich in ihr Schicksal. In Weimar, so hoffte sie, lasse sich vielleicht über eine externe Mitschülerin ein Briefkontakt aufbauen…
Nachdem ihr Plan so weit gereift war, fand sie diese „Strafversetzung" gar nicht mehr so schlimm. Dennoch nahm sie mit einer gewissen Wehmut Abschied von ihren Trierer Freundinnen und der inzwischen liebgewordenen Stadt. Sie würde das Theater vermissen und all die alten Römerbauten und natürlich die Mosel.
Andererseits war sie neugierig auf Weimar, die Stadt Goethes

und Schillers. Also bestieg sie frohgemut am Ende der Osterferien mit ihrer Mutter den Zug, der sie einer neuen Zukunft entgegenbrachte.
Eugenie Lichter, geborene Lehmann, stand erwartungsfroh auf dem Bahnsteig. Unter all den reisenden Damen, die dem Zug entquollen, erkannte sie sogleich die Erwarteten. Aber nicht an der Pensionatsfreundin, die sie seit fast vier Jahrzehnten nicht gesehen hatte, sondern an deren Tochter. Diese sah der jungen Auguste so ähnlich, dass Eugenie sich in ihre Jugendzeit zurückversetzt glaubte. Fast hätte sie das junge Mädchen umarmt und gesagt: Auguste, du bist überhaupt nicht älter geworden. Sie wurde sich jedoch rechtzeitig ihres Irrtums bewusst. Beherzt trat sie auf die Damen zu und sagte: „Nein, diese Ähnlichkeit! Es ist frappierend!"
„Dann musst du Eugenie sein", vermutete nun die vollschlanke Dame in dem eleganten, dunkelgrünen Reisekostüm. Die beiden Freundinnen fielen sich in die Arme. Mali schaute staunend zu.
Den ersten Abend in Weimar verbrachte sie mit der Mutter im Hause des Apothekers Helmut Lichter. Er war Anfang sechzig, nicht mehr ganz schlank und hatte gelichtetes Haar. Er war ein angenehmer Unterhalter und sehr humorvoll. Mali erfuhr, dass er damals als Provisor in der väterlichen Apotheke tätig gewesen war, wohin die Pensionatsschülerinnen scharenweise kamen, um schwarze Lakritze zu kaufen. Wenn man ihm glauben durfte, so hatten ihm viele von ihnen schöne Augen gemacht. Sein Herz war aber erst entflammt, als er Eugenies ansichtig geworden war. Sie stammte aus dem Weinort Piesport an der Mosel, wo es weit und breit keine Möglichkeit für sie gab, eine höhere Töchterschule zu besuchen. Der Vater, Besitzer eines renommierten Weingutes, wollte seiner geliebten Eugenie eine Bildung ermöglichen, wie es einer Tochter aus besserem Hause geziemte. Sie sollte sich ihren zwei Brüdern gegenüber nicht benachteiligt fühlen. Deshalb hatte er sie nach Weimar geschickt.
Was er natürlich nicht vorausgesehen hatte, war, dass sie ihr Herz bald an einen Einheimischen verlieren und dort bleiben würde.
Mit halbherzigem Interesse war Mali den Jugenderinnerungen des Apothekers gefolgt. Um wirklich Anteil daran zu nehmen,

krankte ihr Herz noch zu sehr an der unerfüllten Liebe zu Rudolf. Bei den Wörtern Weindorf und Winzer wurde sie allerdings hellhörig. Wenn eine Winzerstochter einen Apotheker heiraten konnte, und das bereits Ende des 19. Jahrhunderts, dann konnte auch die Tochter eines Landgerichtsrats einen Winzer heiraten. Noch dazu in den aufgeklärten zwanziger Jahren des zwanzigsten Jahrhunderts.
Die Mutter indes bedrückten bei der Auffrischung von Herrn Lichters Jugenderlebnissen andere Sorgen: Sie hatte ihre Jüngste eigens so weit von zu Hause weggebracht, damit sie auf dem Weg der Tugend bleibe. Nun drohten ihr hier offensichtlich die gleichen Gefahren.
Was, wenn sie sich – wie einst ihre Schulfreundin – auch in Weimar verlieben würde? Aber nein, beschwichtigte sie sich selbst. Das musste ja nicht gleich passieren und wenn, dann vielleicht in einen standesgemäßen Jüngling. Von denen wimmelte es hier nur so. Jedenfalls war das zu ihrer Jugendzeit so gewesen. Warum sollte es heute anders sein? Außerdem, dachte sie, ist Mali gegen neue Herzattacken gefeit, so lange die alte Wunde nicht vernarbt ist. Und letztlich – diesen Punkt musste sie morgen bei der Vorsteherin zur Sprache bringen, wenn sie mit dieser unter vier Augen war – sollte sie Mali in dieser Hinsicht besonders streng überwachen.

Viertes Kapitel

Die Landgerichtsrätin reiste nach drei Tagen einigermaßen beruhigt nach Hause, nachdem sie ihre Tochter der gestrengen Josefine Meurer überantwortet hatte. Diese hatte ihr zugesichert, die Zöglinge dürften niemals alleine ausgehen. Einmal in der Woche würde man geschlossen ins Theater gehen und einmal pro Woche ins Kino. Selbstverständlich nur in sorgfältig ausgewählte Filme. Auch durften die Mädchen sich nur in der Stadt ergehen mit einer Aufsichtsperson. Dass die Korrespondenz überwacht wurde, verstand sich von selbst. Sowohl die ankommenden als auch die abgehenden Briefe würden alle durch ihre Hände gehen. Besonders dieser Punkt beruhigte Auguste ungemein.

Üblicherweise wurden die Pensionatsschülerinnen im Hause unterwiesen. Dazu hatte man eigens Fächer zusammengestellt, die geeignet erschienen, ihnen die Bildung zu vermitteln, die man zukünftig von ihnen in der gehobenen Gesellschaftsschicht erwartete. Hierzu kamen die Lehrpersonen des nahegelegenen Gymnasiums und die Geistlichen herüber.

Mali sollte aber nur an den Stunden für Gymnastik, gutes Benehmen und Musik teilnehmen. In der übrigen Zeit würde sie freigestellt sein, damit sie das Lyzeum besuchen konnte. Sie sollte auf jeden Fall das Abitur machen, damit sie anschließend studieren könne.

Nach Mutters Abschied beschlich Mali schon ein Gefühl der Beklommenheit. Das wich aber schnell, als eines der Stubenmädchen sie auf ihr Zimmer begleitete. Dieses war schlicht ausgestattet mit einfachen weißlackierten Möbeln. Es gab einen viertürigen Kleiderschrank, eine Kommode mit vier Schubladen und zwei Betten mit je einem Nachttisch. Die beiden Fenster, verhängt mit gerafften weißen Stores und schweren weinroten Übergardinen, gaben den Blick frei in einen sorgfältig gepflegten Garten von großem Ausmaße.

Nachdem Mali sich von dem herrlichen Ausblick losgerissen hatte, fragte sie: „Wieso zwei Betten?"

„Sie werden hier nicht allein wohnen, gnädiges Fräulein. Das andere Bett ist für Ihre Zimmergenossin, die heute noch einziehen wird. Sie ist die Tochter eines Gutsbesitzers aus

Ostpreußen", klärte das Mädchen sie auf, indem es begann, Malis Koffer auszupacken.
„Oh Gott", entfuhr es Mali, die bisher nur Umgang mit Stadtmädchen gewohnt war. „Das wird eine rechte Gans sein."
„Oh nein, gnädiges Fräulein", korrigierte das Dienstmädchen schlagfertig, „Gänse kommen bei uns nicht ins Bett, sondern in die Bratröhre."
Über diese feinfühlige Zurechtweisung musste Mali herzhaft lachen. Durch seine schlagfertige Antwort hatte das Mädchen in Mali eine Freundin gewonnen. Sie erkannte, dass das Mädchen Verstand, Takt und Herzensbildung besaß. Von da an sah die Landgerichtsratstochter in der anderen nicht mehr nur einen anonymen dienstbaren Geist, sondern einen gleichwertigen Menschen. Sie fragte nach ihrem Namen und nach ihrer Stellung hier im Hause. Käthe stammte aus dem kleinen Ort Wolferstädt, nicht allzu weit von Weimar entfernt. Ihre Eltern waren einfache Bauern und hatten die Tochter hierher zur Ausbildung geschickt. Käthe war zwei Jahre älter als Mali und arbeitete bereits seit einem Jahr im Pensionat. Auf diese Weise erfuhr Mali ganz nebenbei, dass es hier im Hause zwei Klassen von Mädchen gab. Die einen waren die höheren Töchter. Deren Eltern bezahlten einen Haufen Geld, damit sie so edle Künste erlernten wie Literatur, feine Handarbeiten, Musik, Französisch, Kunstgeschichte, Lebenskunde, Tennis, Gymnastik, Gesellschaftstanz, Religion und gutes Benehmen. Alles Dinge, die sie befähigen sollten, auf jedem Parkett, auf das ein gutsituierter Gemahl sie einst führen würde, mitreden zu können.
Die anderen Mädchen dagegen stammten aus einfachen Verhältnissen, kleinen Landwirtschaften, Handwerksbetrieben oder Einzelhandelsgeschäften. Sie waren hier, um die praktischen Dinge des Lebens zu erlernen: Kochen, Waschen, Bügeln, Bettenmachen, Stopfen und Flicken. Ihre Eltern brauchten nichts zu bezahlen, die Mädchen erhielten aber auch keinen Lohn. Als Entschädigung für ihre Arbeit bekamen sie im Hause Kost und Logis. Ihre Mahlzeiten fielen natürlich bescheidener aus als die der zahlenden Gäste. Auch die Unterbringung war bescheidener. Sie schliefen in Drei- oder Vierbettzimmern oben unterm Dach. Dennoch waren diese Stellen sehr begehrt. Die Mädchen aus der näheren oder ferneren Umgebung rissen sich

geradezu darum. So litt Frau Josefine keineswegs unter Personalmangel.
Das Ziel dieser Mädchen war es, nach der zwei- bis dreijährigen Ausbildungszeit eine Stelle als Köchin in einem vornehmen Haushalt zu erlangen oder gar die einer Haushälterin. Das mindeste aber, was sie sich erhofften, war eine Stelle als Stubenmädchen in einer Villa oder einem eleganten Hotel. Eine solche Tätigkeit würde ihre Heiratschancen erheblich erhöhen. Gerade in diesem Falle würde man die erlernten „Künste" gut brauchen können.
Während Käthe das alles erzählte, hatten ihre geschickten Hände Malis ganze Habe im Kleiderschrank, in den beiden oberen Kommodenschubladen und im Nachttisch verstaut.
„Sie haben jetzt bis zum Mittagessen Zeit, gnädiges Fräulein", informierte Käthe sie.
„Ach, was, ich bin kein gnädiges Fräulein", sagte Mali . „Nenne mich einfach Viktoria, wie es die Vorsteherin auch tut.
„Nein!", wehrte das Mädchen erschrocken ab. „Das darf ich nicht. Das verstößt gegen die Regeln. Wenn das einer hörte, würde ich sogleich entlassen."
„Ach, das tut mir leid. Das will ich natürlich nicht. Ich wollte dir damit nur sagen, dass ich dich mag und dass ich nicht denke, dass ich etwas Besseres bin, weil meine Eltern etwas für meine Erziehung bezahlen können und die deinen nicht."
„Oh, vielen Dank, gnädiges Fräulein, vielen Dank. Ich werde mich immer gütig an Ihre Worte erinnern. Aber nun muss ich gehen. Wenn der Gong ertönt, begeben Sie sich bitte in den Speisesaal."
Der große Tisch im Speisesaal war mit zehn Mädchen nur zur Hälfte besetzt. Die übrigen wurden erst am Nachmittag erwartet. Einige waren – wie Mali – neu hier. Andere verbrachten hier bereits ihr zweites oder drittes Jahr. So gern hätte Mali die ihr zunächst Sitzenden ausgefragt, woher sie kamen, warum sie hier waren, wie es sich hier so lebe. Aber das Sprechen bei Tisch war bis auf das Notwendigste, zum Beispiel ‚Dürfte ich mal das Salz haben?', untersagt.
Nach dem Essen durfte man sich in kleinen Gruppen im Garten ergehen. Das ließ sich Mali nicht zweimal sagen. Eine lebhafte Brünette mit fein geschnittenen Gesichtszügen und auffallend

langen schmalen Fingern gesellte sich zu ihr und klärte sie auf: „Ich bin Henni mit i am Ende. Henni Forster."
Sie sei siebzehn Jahre alt, stamme aus Mecklenburg und lebe bereits seit drei Jahren hier. Mit dem Pensionatsleben sei sie durchaus zufrieden. Vermutlich müsse sie noch einige Jahre hier verbringen. Das sei auch gut so. Zu Hause gefalle es ihr sowieso nicht.
„Keine Atmosphäre, kein Familienleben. Hier habe ich wenigstens Geborgenheit. Manchmal fahre ich in den Ferien auch mit Hilde nach Hause. Sie kommt aus Altstädt. Das ist nicht weit von hier. In ihrer Familie fühle ich mich sehr wohl. Da ist immer etwas los. Die Eltern sind so herzlich zu mir, wie ich mir meine Eltern gewünscht hätte. Auch ihr Bruder und ihre Schwester behandeln mich, als gehörte ich zur Familie. Ich besuche hier die Musikschule und werde wohl noch zwei bis drei Jahre brauchen, bis ich als Konzertpianistin auftreten kann. Sollten meine Fähigkeiten dafür nicht ausreichen, werde ich versuchen, an einem Theater als Korrepetitor unterzukommen. Vielleicht gehe ich aber auch als Klavierlehrerin an eine Musikschule."
Mali war erstaunt über Hennis genaue berufliche Vorstellungen. Sie hatte sich über ihre eigene Zukunft noch gar keine Gedanken gemacht. Dazu kam sie auch jetzt nicht, denn die angehende Pianistin fuhr fort in ihrem Redeschwall: „Die meisten Mädchen hier wollen sich natürlich nur eine gute Allgemeinbildung aneignen, um sich damit einen wohlhabenden oder angesehenen Ehemann einzufangen. Daran bin ich keineswegs interessiert. Ich will für meine Musik leben und von meiner Musik. Wenn ich damit so viel verdiene, dass ich davon leben kann, habe ich es nicht nötig, mich einem Ehemann unterzuordnen. Aber sag mal, weshalb bist du eigentlich hier? Du hast noch gar nichts erzählt."
„Wie sollte ich? Du lässt mich ja nicht zu Wort kommen."
„Ach, ja. Entschuldige bitte. Da ist wieder mal mein Plappermaul mit mir durchgegangen." Dabei schlug sie sich mit der flachen Hand auf den Mund. Das war für ihre Zuhörerin das Signal, dass Henni jetzt still sein werde und sie reden könne.
„Ich bin sechzehn Jahre alt und heiße Viktoria Luise Amalie..."
Zu mehr kam sie nicht, denn schon wieder sprudelte Henni los: „Ach, dann bist du ja hier in guter Gesellschaft. Weißt du, dass

in dieser Stadt die Herzogin Anna Amalia von 1759 bis 1775 sehr erfolgreich regiert und der Stadt den kulturellen Aufschwung gebracht hat?"
„Bis jetzt wusste ich es nicht, aber ich werde es mir merken. Von mir darfst du jedoch keinen kulturellen Aufschwung erwarten. Ich spiele nur mittelmäßig Geige."
„Oh wie herrlich! Bist du etwa auch hergekommen, um Musik zu studieren?"
„Nein, nein", wehrte Mali entschieden ab. „Nach dem Wunsche meiner Eltern soll ich aufs Lyzeum gehen und das Abitur machen. Das liegt mir auch, ehrlich gesagt, mehr. Denn, wie gesagt, ich spiele nur mittelmäßig."
„Dennoch wirst du unser Orchester bereichern. Sicher reichen deine Fähigkeiten aus, dass wir beide mal als Duo auftreten."
„Da muss ich erst noch fleißig üben."
„Das wirst du schon schaffen. Übrigens, Gudrun besucht auch das Lyzeum. Aber vermutlich ist sie schon eine Klasse weiter als du, sie ist siebzehn."
Unterdessen hatten die beiden das Ende des Gartens erreicht. Auf einer Bank unter einem Holunderstrauch trafen sie ein lesendes Mädchen an. Es schaute hoch, reichte Mali die Hand und sagte: „Ich bin Henny mit y am Ende. Ich komme aus Sangerhausen und bin siebzehn Jahre alt. Sonst noch Fragen?"
„Ja, was liest du da?"
„'Das Schweigen im Walde' von Ludwig Ganghofer."
„Und – ist es gut? „
„Ja, sehr. Wenn du willst, leihe ich es dir."
„Aber gerne."
Dann setzten Mali und Henni ihre Wanderung durch den Garten fort. Dabei erfuhr Mali noch allerlei Wissenswertes über die Mitschülerinnen, die Erzieherinnen, das Hauspersonal und über die Stadt.
Als Mali ihre Stube wieder betrat, war die Zimmergenossin bereits eingezogen. Neugierig betrachtete Mali sie. Die Neue war etwas größer als Mali und etwas breiter in den Schultern. Ihre frische Gesichtsfarbe ließ darauf schließen, dass sie sich oft im Freien aufhielt. Ihre Kleidung wirkte ein bisschen aus der Mode gekommen. Auch die Haare trug sie noch recht altmodisch. Die schweren mittelbraunen Zöpfe waren zu einer

Gretchenfrisur aufgesteckt.
„Ich bin Olga Ehrenwald und komme aus Ostpreußen, aus der Nähe von Insterburg“, stellte sie sich vor. Mit einem gewinnenden Lächeln streckte sie Mali die rechte Hand hin.
Mali besann sich auf ihre gute Erziehung und reichte Olga ebenfalls die Hand: „Ich bin Viktoria Luise Amalie Waldmann und komme aus Trier. Aber du kannst Mali zu mehr sagen. Das tun zu Hause auch alle.“
„Ich freue mich, Mali, dass du meine Zimmergefährtin bist. Ich hoffe, wir werden uns gut verstehen.“
„Das hoffe ich auch“, sagte Mali schlicht.
„Weißt du, Mali, ich freue mich riesig, dass ich hier sein darf. Endlich mal mit gleichaltrigen Mädchen zusammen.“
Mali schaute sie erstaunt an: „Wieso mit gleichaltrigen Mädchen zusammen? Waren in deiner Schule keine gleichaltrigen Mädchen? Oder hast du etwa eine Knabenschule besucht?“
„Weder – noch. Ich habe überhaupt keine Schule besucht.“
„Das gibt es doch nicht! Du hast keine Schule besucht? Wie ist das möglich? Ich denke, seit dem vorigen Jahrhundert existiert im ganzen Deutschen Reich die Schulpflicht. „
„Das mag sein. Aber es gibt auch Ausnahmen. Wir wohnten so weit weg von dem nächsten Ort mit Schule, dass wir den Weg dahin gar nicht geschafft hätten.“
Mali machte große runde Augen: „Wie – Ihr habt nichts lernen müssen? Ihr seid einfach dumm geblieben?“
Olga lächelte nachsichtig: „Nein, nein. Dumm geblieben sind wir nicht. Unsere Eltern hatten einen Hauslehrer engagiert. Der wohnte jahrelang mit uns im Haus.“
„So etwas gibt es? Das ist ja wie bei Königskindern.“
„Zumindest so ähnlich. Nur, die können sich für jedes Fach einen eigenen Lehrer leisten. Wir dagegen hatten einen Lehrer, der musste von jedem Fach etwas verstehen.“
Mali war begierig, noch mehr zu erfahren: „Und wie viele Kinder wart ihr zu Hause?“
„Wir waren drei. Mein ältester Bruder, Michael, hatte zuerst alleine Unterricht. Bruno und ich durften während dieser Zeit noch spielen. Als für Bruno die Unterrichtszeit begann, wurde es für mich langweilig. Deshalb bettelte ich so lange, bis ich auch an den Stunden teilnehmen durfte. Da war ich erst fünf

und er war sieben. Aber wir lernten alles gemeinsam. Da Michael sehr begabt war, empfahl der Lehrer, ihn aufs Gymnasium nach Tilsit zu schicken. Das war meinen Eltern ganz recht. Denn er legte ohnedies wenig Interesse für die Landwirtschaft an den Tag, Bruno dafür umso mehr.
„Und wie ist er nach Tilsit gekommen? Ich denke, das war zu weit weg."
„Er musste in Tilsit wohnen. Mit elf Jahren war er schon alt genug dazu. Er wohnte bei einer jungen Witwe, die noch fünf anderen Jungen Haus und Heimat bot. Einmal habe ich ihn dort mit meiner Mutter besucht. Es ging dort recht lustig zu. Als die Jungens heranwuchsen und der Krieg ausbrach, wurden sie von dem, was ihnen die Wirtin auf den Tisch stellte, nicht satt. Deshalb schickte meine Mutter immer wieder Fresspakete. Denn bei uns auf dem Lande klappte das mit der Ernährung noch wesentlich besser als in der Stadt. Einmal allerdings wäre beinah etwas Schreckliches passiert. Die Knaben wollten die Würstchen aus dem Paket über einem Talglicht garen. Da klopfte die Wirtin an die Tür. Befürchteten die Freunde, diese wolle etwas von ihren geheimen Vorräten abbekommen oder war es ihnen verboten, Kerzen anzuzünden? Jedenfalls reagierten sie völlig falsch. Einer schnappte die Würstchen und steckte sie ins Bett, ein anderer schob das brennende Talglicht unter den Kleiderschrank. Der kohlte natürlich an, was die Vermieterin zum Glück gleich roch. Durch ihr beherztes Eingreifen konnte großer Schaden verhindert werden. Aber das anschließende Donnerwetter war gewaltig."
„Das kann ich mir vorstellen. Auf was für Ideen Knaben aber auch kommen!"
Der Gong ertönte und rief alle zum Abendessen. Diesmal war der Tisch voll besetzt. Selbst die beiden Erzieherinnen und die Vorsteherin nahmen an der Mahlzeit teilen. Zuvor aber erhob sie sich, groß, hager, grauhaarig, mit einem geflochtenen Knoten im Nacken. Bekleidet war sie mit einer fülligen gestärkten Bluse von strahlendem Weiß und einem schmalen braunen Tuchrock. Sie hob ihr Lorgnon vor die Augen, musterte die Mädchen der Reihe nach und sprach: „Willkommen, meine lieben Mädels! Nun sind wir wieder vollzählig beisammen. Ich hoffe, dass diejenigen von Ihnen, die bereits seit längerem

unsere Gäste sind, zu Hause oder sonst wo erholsame Ferien verbracht haben. Diejenigen, die neu hier sind, begrüße ich ganz besonders herzlich und wünsche eine angenehme Zeit in unserem Kreise. Ich wünsche Ihnen eifriges Lernen, ausgefüllte Freizeit und viele neue Perspektiven. Mögen Sie neue Freundinnen finden und die Geselligkeit in unserem Hause genießen, damit das Heimweh erst gar keinen Einzug hält. Einige sind von weit her gekommen, andere aus der näheren Umgebung, Stadtmädchen sind unter uns und Landmädchen. Das ist eine gute Voraussetzung für regen Austausch, der eine jede von Ihnen bereichern wird. Die eine oder andere von Ihnen wird sich bereits mit einigen neuen oder ‚Alteingesessenen' bekannt gemacht haben. Die anderen werden das in den nächsten Tagen nachholen. Erfahrungsgemäß geht das zu Schuljahresbeginn immer sehr schnell, dass alte und neue Schülerinnen zu einer homogenen Gemeinschaft zusammenwachsen. Meine Mitarbeiterinnen, Fräulein Norek und Fräulein Vossem", – bei Nennung der Namen deutete sie auf die jeweilige, die sich artig erhob und mit leichtem Kopfnicken in die Runde grüßte – „und ich werden alles daran setzen, dabei mitzuwirken. Außerdem sind wir bestrebt, Ihnen an Bildung und Erziehung das Beste zu bieten, was junge Damen in Ihrem Stande brauchen. Daneben werden jedoch Frohsinn und Erholung nicht zu kurz kommen. Das verspreche ich Ihnen."
Wie oft mag sie diese Rede schon gehalten haben?, ging es Mali durch den Kopf, ehe sie sich an dem lebhaften Beifallklatschen der Mitbewohnerinnen beteiligte.
Nach der Mahlzeit durfte man sich noch eine Stunde im Garten ergehen. Nun spielte Mali bereits die Kundige. Sie führte Olga an all die schönen Plätze, die sie am Nachmittag kennen gelernt hatte. Olga war entzückt über soviel Gepflegtheit: „Bei uns zu Hause sieht das ganz anders aus. Da sind die Hecken nicht zierlich gestutzt und statt Rasen haben wir Wiesen. Niemand hat bei uns Zeit für solche Dinge. Da wächst alles so natürlich, wie es will. Das Gras wird nur zweimal im Sommer gemäht, damit man im Winter Viehfutter hat."
„Bitte Olga, erzähle mir noch mehr von deiner Familie. Ist dein Bruder noch auf dem Gymnasium in Tilsit?"
„Aber Mali, er wäre jetzt dreiundzwanzig. Da hätte er ja

mehrmals sitzen bleiben müssen."
„Wieso sagst du ‚wäre' und nicht ‚ist'?"
„Ja, Mali, das ist eine traurige Geschichte. Wie alle anderen haben auch wir dem Krieg unseren Tribut zahlen müssen. Dabei wäre es gar nicht notwendig gewesen. In patriotischem Überschwang hat er sich im letzten Kriegsjahr freiwillig zur Armee gemeldet und ist am zwölften August 1918 an der Somme in Frankreich gefallen."
„Das tut mir leid, Olga. Da hatte mein Bruder mehr Glück. Er wurde zwar im letzten Kriegsjahr noch eingezogen, kam aber nicht mehr zum Fronteinsatz."
„Da habt Ihr wirklich Glück gehabt. Für meine Eltern war es ganz furchtbar, ihren Erstgeborenen zu verlieren. Sie hatten so viele Hoffnungen auf ihn gesetzt. Nun konzentriert sich ihre ganze Liebe auf Bruno und mich.
„Was macht Bruno?"
„Bis zum Sommer 1918 haben er und ich noch Unterricht gehabt. Dann wurde auch der Hauslehrer eingezogen. ‚Aus Büchern habt Ihr nun genug gelernt', sagte mein Vater. ‚Nun geht es in die Praxis.' Von da an half ich im Haushalt und Bruno in der Landwirtschaft. Zu dieser Zeit wurde wirklich jede Hand gebraucht. Die Knechte, bis auf einen ganz alten, waren alle eingezogen. Nur mit Mägden musste Vater das ganze Gut bewirtschaften. Dabei wurden Bruno und ich schnell erwachsen. Hatten wir vorher nur mal aus Spaß auf einem Pferd gesessen, so mussten wir nun ernsthaft Reiten lernen. Vater bestand darauf, dass ich darin ebenso gut ausgebildet wurde wie mein Bruder. ‚Man weiß nie, was kommt, und so große Ländereien lassen sich nur per Pferd kontrollieren'."
„Aha. Jetzt ist mir auch klar, warum du so eine gesunde Hautfarbe hast. Du reitest viel."
„Klar, du kleine Detektivin. Außerdem arbeitete ich oft im Nutzgarten und half bei der Ernte, wenn Not am Mann war und ich nicht gerade für alle kochen musste."
„Wer hat dir das Kochen beigebracht? Deine Mutter etwa?"
„Meine Mutter? Oh nein. Die kann das ja selbst nicht. Sie stammt aus einem vornehmen Haus. Ihr Vater war ein Freiherr. Man hatte sie verstoßen, nachdem sie es gewagt hatte, sich in einen Bürgerlichen zu verlieben. Außer Musizieren und feinen

Handarbeiten hatte sie nichts gelernt. Sie hatte es ja auch nicht nötig. Mein Vater hatte Personal genug, so dass sie vom Haushalt unbelastet blieb. Sie konnte sich ihren Neigungen widmen und der Erziehung der Kinder. Aber sie hat es immer bedauert, dass sie so unfähig war. Als der Krieg unser geordnetes Leben über den Haufen geworfen hatte, packte sie zwar überall mit an, aber mit wenig Erfolg. Deshalb legte sie so großen Wert darauf, dass ich alles ordentlich lernte. Wir hatten eine sehr tüchtige Küchenmagd. Die brachte mir nicht nur Kochen und Backen bei und Putzen und Waschen. Von ihr lernte ich auch Buttern und Einmachen und alle Arten von textilen Tätigkeiten, sogar Spinnen und Weben. Von anderen Mägden lernte ich die verschiedenen Gartenarbeiten und alles, was man im Stall können muss."

Malis Augen wurden vor Staunen immer größer. Abgesehen davon, dass sie manche dieser Tätigkeiten nur vom Hörensagen kannte, staunte sie darüber, dass ein einzelner Mensch diese alle beherrschen konnte. Noch dazu, wo dieser noch so jung war wie Olga, nur zwei Jahre älter als sie selbst.

„Wenn du bereits so viele Dinge kannst, warum bist du dann hierher gekommen?"

„Das ist einfach zu erklären. Die Verhältnisse haben sich wieder normalisiert. Auf unserem Hof gibt es wieder genügend Knechte. Man ist auf meine Arbeitskraft nicht mehr angewiesen. Deshalb hat meine Mutter zu mir gesagt: ‚Olga, du hast dir ein Bücherwissen erworben wie ein Herr; du hast Hausarbeiten erlernt wie eine Magd; du beherrschst Stall- und Feldarbeiten wie ein Knecht. Nun solltest du auch das lernen, was eine Dame können muss. Was hieltest du davon, wenn wir dich in ein Pensionat geben?'. Ich war natürlich begeistert."

„Und warum bist du ausgerechnet nach Weimar gegangen?"

„Weil meine Mutter bereits ihre Bildung hier bekommen hat, genau in diesem Hause."

„Ach, das ist ja lustig. Meine Mutter hat ebenfalls zwei Jahre in diesem Haus verbracht."

„Nein! Was für ein Zufall! Womöglich kennen sich unsere Mütter sogar."

Eifrig rechneten die beiden Schülerinnen nach und stellten fest, dass sich die Mütter nicht begegnet sein können. Malis Mutter

hatte das Pensionat bereits verlassen, als Olgas Mutter in dieses eintrat.
„Aber, sag mal", fragte Olga, „wieso bist du eigentlich hier? Du willst doch das Lyzeum besuchen. Dazu hättest du doch sicher in Trier Gelegenheit."
„Das stimmt. Aber darüber möchte ich nicht sprechen – noch nicht."
Aufmerksam blickte Olga ihre Zimmergefährtin an, der sogleich die Röte ins Gesicht schoss.
„Steckt vielleicht eine traurige Liebesgeschichte dahinter?"
„Wie kommst du denn darauf?", entfuhr es Mali.
„Ach, wenn junge Mädchen ein Geheimnis aus etwas machen, dann steckt immer eine unglückliche Liebe dahinter."
„Weißt du das aus Erfahrung?"
„Nein, dazu hatte ich noch keine Gelegenheit. Aber das steht in vielen Romanen."
„Hast du denn schon viele gelesen?"
„Aber sicher. Meine Mutter hat eine große Bibliothek. In den letzten zwei Jahren musste ich nicht mehr ganz so viel Arbeiten. Da habe ich abends oft gelesen. – Ich liege also richtig?"
„Ja... ich... ich", stotterte Mali hilflos. „Es... es tut noch so weh. Ich kann noch nicht darüber sprechen. Vielleicht später einmal."
„In Ordnung, Mali. Ich muss es auch nicht wissen. Wenn du aber das Bedürfnis hast, darüber zu reden, werde ich dir zuhören. Sich etwas von der Seele reden, kann sehr hilfreich sein."
„Danke Olga. Und du? Du hast also keine unglückliche Liebe gehabt? Heißt das, du hast eine glückliche Liebe?"
„Nein, Mali. Auch das nicht. Wie du weißt, lebte ich bisher sehr abgeschieden, und Männer gab es in den letzten Jahren so gut wie keine auf dem Hof. Um gesellschaftlichen Verkehr mit Nachbarhöfen zu pflegen, blieb kaum Zeit. Und selbst wenn, dort gibt es auch keine Männer in passendem Alter. Entweder sie sind im Krieg gefallen oder schon verheiratet. Mein Vater hält aber schon seit geraumer Zeit Ausschau nach einem geeigneten Heiratskandidaten. Es soll einer mit eigenem Gutshof sein, bei dem ich einheiraten kann."
„Du willst einen Mann heiraten, den dir dein Vater aussucht?" Ungläubiges Staunen trat in die Augen der Jüngeren. „Wir

leben doch nicht mehr im Mittelalter. Heute sucht man sich den Mann doch selbst aus."
„Wie sollte ich denn? Bei uns gibt es weit und breit keine Gelegenheit. Und wenn? Nach welchen Gesichtspunkten sollte ich ihn aussuchen? Ich habe doch keinerlei Erfahrung. Ich wüsste gar nicht, worauf ich achten sollte. Da verlasse ich mich lieber auf meinen Vater. Der wird schon wissen, was für mich gut ist."
Ob so viel Schicksalsergebenheit konnte Mali nur den Kopf schütteln. Sie war überzeugt davon, ihr Vater war bestimmt nicht die geeignete Person, um für sie einen Ehemann auszusuchen.
Am nächsten Tag begab sich Mali unter Gudruns Fittichen zum Lyzeum. Sie wurde in der neuen Klasse herzlich aufgenommen. Nach dem Unterricht hieß es für die Pensionatsschülerinnen, zügig nach Hause gehen, wenn man noch sein Mittagessen haben wollte. Es konnte sich keine erlauben, lange in der Stadt herum zu strolchen. Hungrig war man nach dem Unterricht allemal und so kurz nach der Inflation war die Ernährungslage noch nicht so üppig, dass man freiwillig eine Mahlzeit ausfallen ließ. Ja, um den kargen Küchenzettel etwas aufzubessern, durften einmal in der Woche zwei Schülerinnen mit zwei großen Kannen zum Metzger gehen und Wurstsuppe holen. Die Wurstsuppe war aber nicht nur wegen ihrer Nahrhaftigkeit beliebt. Allein das Holen als solches stand hoch im Kurs. Und das nicht nur, weil für die beiden Holerinnen in der Metzgerei meist ein Wurstzipfelchen abfiel. Diese Tätigkeit war vor allem deshalb begehrt, weil man ohne Aufsichtsperson durch die Stadt gehen durfte. Dabei kam man auch am Theater vorbei. Meist konnten die beiden Glücklichen nachher ihren aufmerksam lauschenden Mitschülerinnen berichten, welche Schauspieler sie in der Stadt gesehen hatten.
Zu Beginn eines jeden Schuljahres nahm eine „alte" Schülerin eine neue mit, damit diese den Weg kennen lernte. Es dauerte also zehn Wochen, bis jede der neuen Schülerinnen mal dran gewesen war. Danach konnte der Suppenholdienst beliebig zusammengesetzt werden. Diejenigen, die mehr Durchsetzungsvermögen hatten als andere, kamen häufiger zum Zuge. Es kam auch vor, dass eine Schülerin eine andere bestach,

um deren Platz einnehmen zu können. Nach sieben Wochen durfte Mali zum ersten Mal diese begehrte Aufgabe übernehmen. Dabei kundschaftete sie aus, wo das Postamt lag. Sie überlegte, ob sie wohl mal mit Olga diesen Weg machen könne. Inzwischen erschien ihr diese verschwiegen genug. Vielleicht ließ sich heimlich ein Brief aufgeben und ebenso heimlich ein postlagernder Brief abholen.

Mali und Olga waren inzwischen richtige Freundinnen geworden. Sie waren bereits so vertraut miteinander, dass Olga die ganze traurige Liebesgeschichte von Mali kannte. Um ihr darüber hinwegzuhelfen, erzählte diese ihr viele Begebenheiten aus ihrer Heimat. Sie beschrieb ihr Land und Leute und wie man auf einem Gutshof lebte. Daher sagte Mali eines Tages: „Das muss ja paradiesisch bei dir zu Hause sein. Am liebsten würde ich deine Heimat mal kennenlernen."

„Wirklich? Du würdest gerne mal auf Gut Ehrenwalde sein?"

Mali nickte.

„Das lässt sich bestimmt einrichten. Ich frage bei meinen Eltern an, ob du die Sommerferien bei uns verbringen darfst. Und du fragst deine Eltern, ob sie das erlauben."

Von dieser Idee war Mali begeistert. Umgehend schrieb Mali ihren Eltern einen ausführlichen Brief, worin sie ihre Bitte vortrug.

Die Eltern waren von diesem Wunsch überrascht und gleichzeitig zwiegespalten. Enttäuscht waren sie, dass ihr Nesthäkchen keine Sehnsucht nach Hause hatte, erfreut waren sie, dass Mali diesen Rudolf anscheinend vergessen hatte. Sonst hätte sie doch sicher nach Trier gewollt, um mit ihm Kontakt aufnehmen zu können.

In sämtlichen Briefen hatte Mali mit so viel Begeisterung über Olga geschrieben, dass sie ihnen längst keine Fremde mehr war. Nach reiflicher Überlegung und ausführlicher Diskussion mit ihrem Mann schrieb Auguste an ihre Jüngste: „Wir bedauern es zwar sehr, dass wir dich während der Ferien nicht bei uns haben können. Aber Vater und ich sind der Ansicht, dass wir dir diese schöne Gelegenheit, für eine Weile auf einem ostpreußischen Gutshof leben zu können, nicht vorenthalten dürfen."

Sie machte noch den Vorschlag, dass im Gegenzuge dafür Olga im nächsten Jahre die Sommerferien in Trier verbringen solle. So

könne diese auch mal das Stadtleben kennen lernen. Für sie werde es sicher interessant sein, auf den Spuren der Römer zu wandeln.
Mit gleicher Post schickte Frau Waldmann ein Schreiben an die Vorsteherin. Sie seien damit einverstanden, dass Viktoria in den Sommerferien nicht nach Hause sondern nach Insterburg fahre.
Natürlich interessierte Mali sich für Ostpreußen und das Leben auf Gut Ehrenwalde. Gleichzeitig hatte sie einen Hintergedanken. Von Ostpreußen aus einen Brief nach Mehring zu schicken, ließe sich sicher leichter bewerkstelligen als von Trier aus. Vor allem würde es leichter sein, dort einen Brief unkontrolliert in Empfang zu nehmen. Von dieser Idee sagte sie selbst Olga nichts. Diese war immer so vernünftig. Die würde womöglich versuchen, ihr das auszureden oder gar den Antwortbrief abfangen, in der gutgemeinten Absicht, sie vor Schaden zu bewahren. Aber sie selbst wusste schließlich am besten, was für sie gut war.
Am letzten Schultag schwirrte im Pensionat alles durcheinander. Es herrschte ein so hektisches Treiben und Summen wie in einem Bienenstaat kurz bevor die alte Königin mit einem Teil ihres Volkes den Korb verlässt. Kofferpacken, Reisetaschen packen, Adressen austauschen, „gute Reise", „viel Glück", „erhol dich gut", „auf freudiges Wiedersehen" – und schon stoben sie in alle Himmelsrichtungen auseinander.
Während der langen Bahnfahrt kam bei den beiden Freundinnen keine Langeweile auf. Entweder schauten sie aus dem Fenster und Olga erklärte die Landschaft oder sie lasen oder sie plauderten über ihre Mitschülerinnen oder jede hing ihren Gedanken nach. In Königsberg mussten sie umsteigen, und in Insterburg war Endstation für sie. Am Bahnhof stand die Kutsche von Gut Ehrenwalde schon bereit. Der Vater hatte es sich nicht nehmen lassen, seine einzige Tochter höchstpersönlich abzuholen.
Freundlich begrüßte er ihren Gast und verstaute das Gepäck der Mädchen im Wagen. Dann half er ihnen – ganz Kavalier – in die Kutsche und setzte sich auf den Bock. Wie im Traum erschien es Mali, als sie so durch die Weite dahinfuhren. Auf dem Gute wurde Mali von Frau Ehrenwald und Olgas Bruder ebenfalls herzlich begrüßt. Daher fühlte sie sich auf Anhieb wohl. Man

wies ihr ein Gästezimmer an, wo sie sich für das Abendessen umzog.
Nach dem Essen betonte sie, wie müde sie sei und zog sich sogleich zurück. Zu Bett ging sie aber noch lange nicht. Sie schrieb eifrig Briefe: einen an ihre Eltern, einen an Tante Amalie, einen an ihre Freundin Ilse und einen...

Gut Ehrenwalde, den 14. Juli 1924

Liebster Rudolf!

Endlich, endlich habe ich Gelegenheit, Dir zu schreiben. Sicher hast Du schon gedacht, ich hätte Dich vergessen. Aber wie könnte ich! Nachdem mein Vater mit Dir gesprochen hatte, hat man mich in die Verbannung nach Weimar geschickt. Ach, wie gerne hätte ich Dir von dort geschrieben! Aber es war unmöglich! Wir werden dort strenger bewacht als Strafgefangene. Ich hatte nicht die geringste Chance, einen Brief aus dem Internat zu schmuggeln. Und die Chance, einen Brief von Dir empfangen zu können, war noch geringer.
Nun befinde ich mich bei einer Freundin in Ostpreußen. Dahin kannst Du mir unbesorgt schreiben. Kürze Deinen Vornamen auf dem Absender aber ab, damit niemand merkt, dass ein Mann mir schreibt. Mit dieser Post gebe ich mehrere Briefe auf, damit es nicht auffällt, wenn ich mehrere Antworten bekomme.
Oh mein Rudolf! Ich liebe Dich noch immer so sehr und meine Sehnsucht ist so groß! Aber eines Tages wird die Verbannung vorbei sein. Dann werden wir uns wiedersehen. Wenn meine Eltern glauben, durch diese Trennung könnten sie Dich aus meinem Herzen reißen, so irren Sie sich gewaltig. In Gedanken bin ich immer bei Dir.
Viele liebe Grüße und Küsse, Deine Dich immer liebende
Mali.

Erst als ihr die Sonne hell ins Gesicht schien, kroch Mali aus den Federn.
„Na, du Langschläferin", begrüßte Olga sie am Frühstückstisch. „Ich habe schon einen Ausritt über die Felder gemacht, weil ich nicht ohne dich frühstücken wollte."

„Das ist sehr lieb von dir. Aber gar so lange, wie du meinst, habe ich gar nicht geschlafen. Ich habe bereits einige Briefe geschrieben. Wenn ich in den Ferien schon nicht heimfahre, muss ich wenigstens meinen Eltern meine glückliche Ankunft mitteilen. Auch wollte ich einigen Freundinnen anzeigen, wo sie mich brieflich erreichen können. Gibt es heute eine Gelegenheit, zu einem Postamt zu gelangen?"
„Das ist nicht nötig. Gegen Mittag kommt der Briefträger. Der nimmt auch immer alle abgehende Post mit."
Das hörte Mali gern. Sie händigte ihm ihre vier Briefe persönlich aus, nebst dem notwendigen Portogeld. Endlich konnte sie aufatmen. Erst jetzt konnte sie sich unbeschwert dem Gefühl von Ferien und Freiheit hingeben. Olgas schleifte sie begeistert durch Ställe und Scheunen.
Während der Nachmittagshitze pflegten die beiden Mädchen mit einem Buch unter schattigen Baumkronen in Hängematten zu liegen.
Die begeisterte Reiterin Olga fühlte sich am wohlsten auf dem Rücken ihres Pferdes. Sie wollte jedoch die Freundin nicht so oft allein lassen, wie ihr nach Ausreiten zumute war. Deshalb erbot sie sich, dieser das Reiten beizubringen.
„Oh nein, Olga, gib dir keine Mühe. Reiten ist nicht meine Fortbewegungsart. Pferde sind mir nicht geheuer. Sie sind so groß und unhandlich, haben gefährliche Hufe und können einen leicht abwerfen. Nein, mach dir um mich keine Gedanken. Wenn du reiten willst, tu das. Ich werde in dieser Zeit in eurer Bibliothek stöbern. Da wird es mir schon nicht langweilig."
Es gab auch Tage, da war herrliches Badewetter. Olga wäre sehr gerne zu einem See geritten, um sich in den kühlen Fluten zu erfrischen. Mit Rücksicht auf die Freundin verzichtete sie eine Zeitlang auf dieses Vergnügen. Endlich kam ihr eine Idee. Sie fragte den Vater, ob sie die kleine Kutsche anspannen und mit Mali zum See hinaus fahren dürfe. Der Vater hatte Bedenken. Zwei Backfische allein mit einem Pferd unterwegs – das hielt er für keine gute Idee. Zum einen sorgte er sich um die Mädchen, zum anderen um sein Pferd. Während die Mädchen im Wasser seien, müsse das Pferd stundenlang in der Hitze stehen.
Olga verstand es, die Bedenken des Vaters zu zerstreuen. Sie

werde das Pferd abschirren und an einen Baum binden, wo es genügend Schatten und Gras finde. Für alle Fälle werde sie auch einen Fresssack und einen Eimer mitnehmen. Herr Ehrenwald konnte seiner einzigen Tochter selten eine Bitte abschlagen. Also überließ er ihr ganz allein eines seiner wertvollen Pferde. Es versteht sich, dass er ihr Ermahnungen mit auf den Weg gab und die Anleitung, wie Pferd und Kutsche zu handhaben seien.

Olga führte die Zügel. Sie war sehr zuverlässig und umsichtig. So klappte es prima. Allein die Kutschfahrt mit der Freundin war schon ein wundervolles Erlebnis für das Stadtkind Mali. Und dann erst das Planschen in dem glasklaren See!

Während die beiden Badenixen sich im Wasser tummelten oder am Strand auf ihrem Laken ein Sonnenbad nahmen, graste der Braune alles ab, was er in seinem Umkreis erreichte. Später band ihm Olga den Fresssack mit Hafer um und tränkte ihn mehrmals mit Wasser aus dem See. So blieb er friedlich stehen und brachte abends seine junge Fracht wohlbehalten nach Hause.

Der Vater war mit ihnen zufrieden und erlaubte weitere Badeausflüge. Nachdem Mali so einige Male miterlebt hatte, wie sich das Pferd scheinbar leicht lenken ließ, bat sie die Freundin, ob sie auch einmal die Zügel übernehmen dürfe. Olga wollte nicht so recht – schließlich hatte der Vater ihr das Pferd anvertraut und sie trug die Verantwortung. Mali quengelte aber so lange, bis die Freundin nachgab.

Kaum hielt Mali die Zügel in der Hand, schnalzte sie mit der Zunge und berührte das Pferd leicht mit der Peitsche. Schon raste es los. Olga durchfuhr ein Schreck, aber Mali jauchzte vor Vergnügen. Das war doch mal was anderes, dieses Dahinfliegen. Das machte wesentlich mehr Spaß, als das bisherige langsame Dahinzockeln. Bald aber bekam auch sie Angst. Der Weg wurde leicht abschüssig und der Wagen drückte dem Pferd in die „Kniekehlen". Deshalb rannte es immer schneller. Die Mädchen wurden leichenblass und hielten sich aneinander fest. Sie wussten nicht, wie sie das Gefährt wieder zum Stehen bringen sollten. Schon sahen sie ihr letztes Stündlein schlagen. Der Wagen konnte jeden Moment umstürzen und sie beide unter sich begraben.

Plötzlich, wie durch ein Wunder, wurde das Gefährt langsamer. Da die Straße nicht mehr bergab ging, sondern eher ein wenig anstieg, spürte das Pferd keinen Druck mehr in den Kniekehlen und verfiel in eine normale Gangart. Das war Rettung in letzter Minute gewesen. Von dem langen Laufen ziemlich erschöpft, trottete das Pferd nun ganz gemächlich dahin. Es trottete in den heimatlichen Hof ein, als sei nichts gewesen.
Erleichtert sprangen die Mädchen von der Kutsche. Sie dachten, niemand bemerke etwas von ihrem Abenteuer. Der Knecht aber, der den Braunen in Empfang nahm und beim Abschirren liebevoll tätschelte, fragte streng: „Was habt Ihr mit dem Pferd gemacht?"
„Nichts", riefen die beiden wie aus der Pistole geschossen. „Wir waren nur am See und haben gebadet."
„Erzählt mir keine Märchen. Das Pferd muss über längere Zeit gerannt sein. Es ist ja nass geschwitzt."
Olga flehte ihn an, er möge sie nicht verraten und gestand ihm das ganze Abenteuer. Gleichzeitig versprach sie, so etwas werde nie wieder vorkommen. Mali nickte dazu eifrig und machte ein zerknirschtes Gesicht. Der gutmütige Knecht machte sich daran, das Pferd trocken zu reiben, damit es keinen Schaden nehme und der Herr nichts bemerke. Die beiden Übeltäterinnen verzogen sich auf Malis Zimmer. Vom Kutschenlenken war Mali jedenfalls völlig kuriert. Sie versprach ihrer Freundin hoch und heilig, nie wieder einen Zügel in die Hand zu nehmen
In den folgenden Tagen verzichteten die Mädchen unter dem Vorwand, es sei kühler geworden, auf das Badevergnügen. In Wirklichkeit aber wollten sie nicht mehr Kutsche fahren, weil der Schock noch zu tief in ihnen saß.
Die ersten Äpfel wurden reif und die ersten Pflaumen auch. So konnte Mali einer Betätigung nachgehen, von der sie etwas verstand. Es machte ihr riesigen Spaß, mal wieder auf Bäumen herumzuklettern. Von einem Apfelbaum aus, der in einiger Entfernung vor dem Haupthaus stand, hatte sie einen ausgezeichneten Blick über den Weg, der zum Gutshof führte. Von diesem Beobachtungsposten aus sah sie kurz nach dem Mittagessen den Briefträger herannahen. Bisher hatte er ihr schon zweimal einen Brief gebracht. Der eine war von ihren

Eltern, der andere von der Patentante gewesen. Der Brief jedoch, auf den sie am sehnsüchtigsten wartete, war noch immer nicht angekommen.
Eilig kletterte sie von ihrem Hochsitz herunter und ging dem Postboten entgegen.
„Für Sie ist auch etwas dabei", rief er ihr freudig zu. Er händigte ihr den Postsack jedoch nicht aus. Wie gewohnt strebte er der Haustür zu, wo der mitzunehmende Postsack bereits am Haken hing. Er tauschte die beiden Säcke aus und verabschiedete sich freundlich von Mali.
Ungeduldig ergriff sie den Postsack und stürmte damit in die gute Stube, wo Frau Ehrenwald am Tisch saß. Diese kippte den Inhalt auf den Tisch. Ein paar Zeitungen kamen zum Vorschein, Rechnungen, zwei Briefe an sie selbst – und zwei für Mali. Mit einem Blick erkannte Mali, dass diese weder die Handschrift der Eltern, noch die der Tante trugen. Ganz nervös verschwand sie damit auf ihr Zimmer, um sie ungestört lesen zu können. Sie drehte die Briefe um. Der eine trug als Absender den Namen ihrer Freundin Ilse, der andere war ohne Absenderangabe. Mali wurde noch nervöser. Mit zitternden Fingern öffnete sie Ilses Brief. Das Beste wollte sie sich bis zum Schluss aufheben. Es war nichts Weltbewegendes, was ihr die Freundin schrieb. Dennoch freute sie sich, dass Ilse sie nicht vergessen hatte.
Als Mali zum zweiten Brief griff, um ihn zu öffnen, klopfte ihr Herz bis zum Halse. Endlich – endlich würde sie von dem fernen Geliebten hören!
Aber – was war das? Es kam kein säuberlich beschriebener Briefbogen aus dem Couvert. Er enthielt lediglich eine Doppelkarte aus feinstem Büttenpapier.
„Ihre Verlobung beehren sich anzuzeigen", stand auf der ersten Seite.
Gespannt klappte Mali die Karte auf. Dann erstarrte sie. Die Buchstaben begannen vor ihren Augen zu tanzen. Das konnte einfach nicht wahr sein! Das war ein Irrtum! Eine optische Täuschung! Unbemerkt entglitt die Karte ihren Händen. Mali starrte ins Leere. Sie wusste nicht, wie lange sie so verharrte, während ihre Gedanken wild durcheinander purzelten. Endlich hob sie die Karte vom Boden auf. Nein, es war kein Irrtum und auch kein Traum. Da stand es schwarz auf weiß:

Rudolf Baltes
Winzermeister aus Mehring
Renate Clüsserath
Winzerstochter aus Piesport

Mehring, den 12. Juli 1924

„So ein Verräter", presste Mali hervor. Sie legte die Karte auf den Nachttisch und warf sich auf das Bett. Ihre Erstarrung löste sich und Tränen überströmten ihr Gesicht. Heiße Tränen der Enttäuschung, der Trauer, der Wut. Sie schluchzte hemmungslos in ihre Kissen.
Olga, die sich wunderte, wo ihre Freundin so lange blieb, klopfte zaghaft an die Zimmertür. Da sie keine Antwort bekam, aber die gedämpften Schluchzlaute vernahm, öffnete sie besorgt. Sie sah ein Bündel Elend auf dem Bette liegen. Vorsichtig trat sie heran, um Mali nach dem Grunde ihres Kummers zu fragen. Noch ehe sie dazu kam, entdeckte sie die aufgeklappte Karte auf dem Nachttisch. Obwohl sie nur den Vornamen von Malis heimlicher Liebe kannte, war ihr sofort alles klar. Sie setzte sich auf die Bettkante, legte eine Hand auf Malis Rücken und sagte: „Das ist natürlich eine große Enttäuschung für dich."
„Ja", stieß Mali unter Schluchzen hervor. „Während ich an die große Liebe glaubte und mich vor Sehnsucht nach ihm verzehrte, tröstete er sich so schnell mit einer anderen."
Olga wusste nicht recht, was sie antworten sollte. Jedes Wort, ob ein tröstendes oder ein schimpfendes, schien ihr fehl am Platze. Instinktiv tat sie das einzig Richtige. Sie blieb stumm neben der Freundin sitzen, ließ ihre Hand auf deren Rücken liegen und zeigte ihr damit, du bist nicht allein, ich bin für dich da. Allmählich ließ das Schluchzen nach. Mali richtete sich auf, bat um ein Taschentuch und schneuzte kräftig hinein. Dann setzte sie sich neben die Freundin. Behutsam legte Olga ihren rechten Arm um sie, um ihr Geborgenheit zu vermitteln. Aufschluchzend warf sich Mali in ihre Arme: „Ach, Olga, ich bin ja sooo unglücklich. Ich habe geglaubt, er liebt mich genau so sehr wie ich ihn. Und nun schickt er mir kommentarlos diese Karte."
„Was hätte er denn sonst tun sollen? Meinst du, wenn er noch

ein paar bedauernde Zeilen dazu geschrieben hätte, wäre es für dich weniger schmerzlich?"
„Da hast du Recht, Olga. Ich glaube, das täte mir noch weher. Aber dass er einfach so eiskalt diese Karte schickt..."
„Nun weißt du doch wenigstens, woran du bist. Wenn er sich gar nicht gemeldet hätte, würdest du weiter in der Ungewissheit leben und auch leiden."
„Ja, jetzt weiß ich wenigstens, dass ich diese Hoffnung begraben kann. Aber es tut sooo weh! Und ich habe ihm noch glühende Liebesworte geschrieben! Der macht sich jetzt bestimmt lustig über mich dumme Gans. Womöglich zeigt er den Brief noch seiner Braut."
„Das glaube ich nicht. Es wird ihm schmeicheln, dass du ihn noch immer liebst. Entweder wird er den Brief vor fremden Blicken schützen und wie einen Schatz hüten oder er hat ihn bereits in tausend Schnipsel zerrissen, um euer Geheimnis zu bewahren."
Diese Worte taten Mali wohl.
„Ach, Olga! Du bist eine wirkliche Freundin. Wie gut, dass ich dich habe. Ich wüsste sonst nicht, wie ich diese Situation überleben sollte."
Dann machte sich der Kummer erneut in ihrem Herzen breit: „Statt der Karte hätte er mir doch ein paar persönliche Worte schicken können. Er hätte schreiben können, dass es ihm leid tut, dass er mich trotz allem nicht vergessen kann..."
„Aber Mali. Das würde doch an der Tatsache nichts ändern. Du würdest genauso leiden. Und seiner Braut gegenüber wäre es auch nicht recht. Du weißt ja noch nicht einmal, wie er zu ihr steht. Womöglich ist es eine, die sein Vater für ihn ausgesucht hat. Dein Vater hat ihm damals aufgezeigt, wie aussichtslos es ist, dich zu erringen. Deshalb hat er jetzt möglicherweise nach der Vernunft gehandelt. Dass er sich lange darüber Gedanken gemacht hat, wie er dir das beibringen soll, ersiehst du schon daran, dass er die Karte nicht sofort geschickt hat. Die Verlobung liegt ja schon einige Wochen zurück. Bestimmt hatte er tagelang überlegt, auf welche Weise er dir seinen Schritt am besten mitteilen kann."
In den nächsten Tagen war Olga eine unentbehrliche Stütze für die Freundin. Alle im Hause wunderten sich über Malis verän-

dertes Wesen. Kein Herumtollen mehr, kein Singen, kein Pfeifen. Selbst auf Bäume kletterte sie nicht mehr. Dafür gab es stundenlange Spaziergänge am frühen Morgen und am späten Nachmittag. Nur während der Mittagshitze ruhten die Freundinnen in ihren Hängematten und versuchten zu lesen.
Niemand stellte Fragen an Mali. Ob sie alle so feinfühlend waren? Oder ob Olga ihre Familie kurz aufgeklärt hatte? Das war Mali letztlich egal. Hauptsache, man ließ sie in Ruhe. Bald würde sie wieder abreisen und würde diesen Menschen nicht mehr begegnen. Sie war nur froh, dass sie im Pensionat mit niemandem über ihre unglückliche Liebe gesprochen hatte. Und Olga war verschwiegen. Dessen war sie sich sicher.

Das Leben in Weimar ging seinen gewohnten Gang. In dem Maße, wie Malis Herzschmerzen schwächer wurden, wuchs ihre Lebensfreude und ihr Interesse an anderen Dingen. Endlich hatte sie den Kopf frei genug, um die Gemeinschaft mit den Mädchen zu genießen. Vorher waren alle anderen Gedanken blockiert gewesen durch ihr Sinnen und Trachten, wie sie mit dem fernen Geliebten Kontakt aufnehmen könne.
Im Jahre 1925 gab es ein herausragendes Ereignis in Weimar: Goethes Gartenhaus wurde als Museum wiedereröffnet. An dieser Feier durften alle Schülerinnen und Schüler der Stadt teilnehmen. Jede Schule und jedes Pensionat führte seine Schüler in geschlossener Formation auf den freien Platz vor das Gartenhaus. In dem weiträumigen Park bekam jede Gruppe ihren festen Platz zugewiesen.
Mali hätte gleich zweimal antreten können: einmal mit ihrer Schulklasse, einmal mit den Pensionatszöglingen. Sie entschied sich für letztere, damit sie an Olgas Seite stehen konnte. Für die meisten Schülerinnen war es hoch interessant, die Schüler von den Knabenschulen zu sehen. Eifrige Blicke schwirrten hinüber und herüber. Aber zu irgendwelchen verbalen oder gar körperlichen Annäherungen blieb keine Gelegenheit. Geduldig ließ man die feierlichen Reden über sich ergehen. Immer in der stillen Hoffnung, nachher bei dem Gedränge im Museum könne man doch noch auf Tuchfühlung kommen. Man erwartete es besonders deshalb, weil dem Gartenhaus etwas Geheimnisvolles und Romantisches anhaftete. Das war zwar in

keiner Rede erwähnt worden, aber in Schülerkreisen hatte man sich zugeflüstert, dass sich hier der geheime Rat Goethe heimlich mit seiner Christiane getroffen habe.
Das kleine Gartenhaus wäre jedoch einem solchen Ansturm von Besuchern nicht gewachsen gewesen. Deshalb durften es heute nur die Honoratioren der Stadt betreten. Die Schülergruppen wurden auf spätere Termine vertröstet. Enttäuscht zogen sie von dannen, wieder in strenger Formation, immer zwei und zwei... Mali gehörte zu den wenigen, die nicht enttäuscht waren. Ihr Herz war noch immer so wund, dass sie keinem neuen Liebesgeplänkel zugänglich gewesen wäre.

Die Weihnachts- und Osterferien verbrachten Mali und Olga jeweils im Schoße ihrer Familie. Bei diesen Gelegenheiten sah Mali auch immer die geliebte Großmutter wieder. Durch die Inflation im November 1923 hatte diese fast ihr gesamtes Vermögen verloren. Über Nacht war ihr Bankguthaben zu Nichts zusammengeschrumpft. Anfangs konnte sie es gar nicht fassen, dass sie nun eine arme Frau war. Sie, die ihr ganzes Leben lang aus dem Vollen geschöpft und ein großes Haus geführt hatte, war nun auf die Unterstützung durch ihre Kinder angewiesen.
Selbst nach dem allzu frühen Tod ihres Mannes, des angesehenen Apothekers Ewald Weber, war ihre finanzielle Situation noch eine rosige gewesen. Die Apotheke hatte sie gut verkaufen und das Geld zu ansehnlichen Zinsen festlegen können. Davon hatte sie bequem – mitsamt dem Dienstpersonal – in ihrer Villa gelebt. Mit einem Schlag hatte sich ihre Situation total verändert. Das einzige, das ihr geblieben war, war ihre Villa. Aber ohne Einkünfte konnte sie ihr gewohntes Leben darin nicht fortführen. Völlig gebrochen und hilflos hatte sie abgewartet, welche Lösung ihre Kinder und Schwiegerkinder für sie finden würden.
Zunächst einmal hatten diese es für notwendig erachtet, die erste Etage des Hauses zu vermieten, damit sie Einnahmen habe. Ein glücklicher Zufall führte ihnen in kurzer Zeit einen solventen Mieter zu. Ein neuer Amtsrichter war nach Neuerburg gekommen, der eine repräsentative Wohnung brauchte.
Die unteren Räume, in denen bisher die Dienstboten gewohnt

hatten, behielt Großmutter für sich. Sie wollte wenigstens im Sommer für einige Wochen ihren Garten genießen. Da sie sich fortan kein eigenes Personal mehr leisten konnte, lebte sie abwechselnd bei ihren Kindern Auguste, Ewald und Gangolf. Bei ihren ledigen Töchtern Helma und Henny konnte oder wollte sie nicht leben. Dass sie bei Tochter Sophie, der Ordensschwester, nicht leben konnte, verstand sich von selbst.
Großmamas liebster Aufenthaltsort war natürlich Augustes Wohnung, besonders wenn Mali im Hause weilte. Sie hörte es immer so gerne, wenn Mali von ihren Erlebnissen in Weimar und Ostpreußen berichtete. Noch im Nachhinein stand die alte Dame Todesängste aus, wenn Mali von der abenteuerlichen Kutschfahrt berichtete.
Was Mali aber mit keiner Silbe zu Hause erwähnte, selbst der geliebten Großmutter gegenüber nicht, war die Verlobungsanzeige von Rudolf. Die Großmutter wusste ohnehin nichts von Malis Liebesgeschichte, und die Eltern stellten keine Fragen, aus Angst, sie könnten damit ein erloschenes Feuer wieder anfachen. Da ihre Tochter dieses Thema von sich aus nicht berührte, glaubten sie, sie sei längst darüber hinweg. Kein Verdacht kam ihnen, dass Mali hinter ihrem Rücken versucht hatte, Kontakt mit Rudolf aufzunehmen und eine solche Demütigung erlitten hatte.

Die folgenden Sommerferien verbrachte Olga, wie geplant, mit Mali in Trier. Hier spielte die Jüngere stolz die Fremdenführerin. Olga war beeindruckt von der altehrwürdigen Stadt. Sie bestiegen die Porta Nigra, krochen in den Kaiserthermen herum, bestaunten das Amphitheater und besuchten die Konstantinsbasilika.
Selbstverständlich schauten sie gemeinsam auch viele der anderen bedeutenden Kirchen an, machten Ausflüge auf den Kockelsberg, den Petersberg und durchstreiften einige Museen. Olga war ganz hingerissen von so viel Historie und Kultur. Die Wochen in Trier waren für sie so abwechslungsreich, dass sie gar nicht die Zeit hatte, an Heimweh zu denken oder Sehnsucht nach ihrem Pferd zu haben.
In ihren Briefen nach Hause schwärmte sie nur so von Trier. In einem der Antwortbriefe schrieb ihr Vater deshalb: „Es scheint,

dass Du dich in die Stadt Trier verliebt hast. Hoffentlich verliebst Du Dich dort nicht noch in einen Mann, sonst bleibst Du am Ende gar dort und Dein armer alter Vater sieht Dich nie wieder."
„Keine Bange ‚liebes altes Väterchen,'" schrieb sie in ihrem nächsten Brief. „Noch mehr als Trier liebe ich meine Heimat und das weite Land. Hier stehen mir die Häuser doch gar zu dicht beieinander. Auch würde ich auf die Dauer mein Pferd vermissen und die täglichen Ausritte. Sei ganz beruhigt, ich komme ganz bestimmt wieder zurück."
Bei ihrem Aufenthalt in Trier lernte Olga Malis ganze Familie kennen. Da Ferienzeit war, kam jedes der Waldmannschen Kinder – zu unterschiedlichen Zeiten – für zwei Wochen nach Hause. Auguste genoss es sichtlich, wieder die Glucke sein zu können. Auch Großmutter genoss es, „das Kind" mal wieder um sich zu haben und seinen lebhaften Erzählungen zu lauschen. Sie fand auch Olga sehr sympathisch und ließ sich viel über das Leben in Ostpreußen erzählen.
Als die jungen Damen abgereist waren, weinte Großmama und fragte: „Warum muss denn das Kind wieder so weit weg? Es ist so pläsierlich, dass ich es am liebsten immer um mich haben möchte. Ohne es ist das Haus leer, und ich fühle mich einsam."
„Es ist ja nicht mehr für lange", tröstete Auguste sie, ohne weitere Erklärungen abzugeben.
Nach den Weihnachtsferien spielte sich eine ähnliche Szene ab. Diese rührte Auguste zutiefst. Von Mitleid getrieben, setzte sie sich hin und schrieb:

Trier, den 27. Januar 1926

Geliebtes Kind!
Wie schwer ist uns auch diesmal wieder der Abschied von Dir geworden. Noch mehr aber als wir leidet Deine Großmutter darunter. Jedes Mal nach Deiner Abreise weint sie zwei Tage lang. Deshalb möchten wir Dir folgenden Vorschlag machen: Du bringst dieses Semester noch in Weimar zu Ende und besuchst dann wieder Deine alte Schule in Trier. Du stehst ja in allen Fächern so gut, dass dir ein erneuter Schulwechsel nichts ausmachen wird. Schreibe mir bitte recht bald deine Meinung dazu, damit ich Großmutter damit trösten kann, dass du bald wieder ganz hier im Hause wohnst."

Sie fügte noch die üblichen kleinen Klatsch- und Tratschgeschichten an und die vielen Grüße. Den eigentlichen Grund aber, warum die „Verbannung" aufgehoben wurde, verschwieg sie ihrer Tochter. Sie wollte deren Gefühle nicht verletzen. Am Vortag hatte sie der Zeitung entnommen, dass ein gewisser Rudolf Baltes eine Winzerstochter geheiratet hatte. Nun – da keine Gefahr mehr für die Tochter bestand – konnte sie ja ruhig ihrer alten Mutter und sich selbst die Freude machen, das Kind wieder nach Hause zu holen.
Wenige Tage später traf Malis Antwort ein:

Weimar, den 31.1.1926

Liebe Eltern!
Gerne folge ich Eurem Vorschlage und gerne mache ich der Großmama die Freude und komme nach Trier zurück. Hier gibt es auch nichts mehr, was mich hält. Olga wird mit Abschluss des Schuljahres ebenfalls Weimar verlassen. Und ich habe keine Lust, mich an eine neue Zimmergefährtin zu gewöhnen. Von Goethe und Schiller habe ich auch schon die Nase voll; es gibt nichts Neues mehr zu entdecken.
Eine Sache muss ich Euch allerdings noch erzählen: Stellt Euch vor, kurz nach den Weihnachtsferien hat es einen großen Wirbel im Pensionat gegeben. Eine Mitschülerin war verschwunden, und zwar Sigrid, die jüngste von drei Schwestern, die gleichzeitig mit mir hier eingezogen sind. Siglinde, Sigrun und Sigrid stammen von einem großen Bauernhof in der Lüneburger Heide. Bei ihrer Ankunft waren sie siebzehn, sechzehn und fünfzehn Jahre alt. Die jüngste nun, Sigrid, kehrte eines Abends nicht ins Pensionat zurück. Es herrschte helle Aufregung im ganzen Haus. Überall wurde gesucht, jede wurde befragt. Kleine Gruppen von uns mussten die Stadt durchkämmen und überall nachschauen, wo sich auch nur ein Mensch aufhalten kann: im Theater, im Kino, in Gaststätten, im Goethehaus, im Schillerhaus, in Goethes Gartenhaus. Ja, den ganzen Park suchten wir ab und schauten hinter jeden Busch. Die Vorsteherin war nur noch ein Nervenbündel. Dass so etwas passieren konnte! Wo sie doch alles so streng organisiert hat! Kurz vor dem Abendessen rief sie uns im Speisesaal zusammen.

Sie sagte, sie wisse sich nun nicht mehr zu helfen. Sie werde die Polizei einschalten. Da endlich rückte eine mit ihrem Wissen heraus. Sigrid sei mit dem Sohn des Metzgers durchgebrannt. Eine Nachfrage dort ergab, dass der tatsächlich auch verschwunden war. Am nächsten Tag nun hat man das Pärchen in der Wohnung eines Freundes aufgestöbert.
Die Vorsteherin verlangte, dass der junge Metzger sofort mit Sigrid in die Heide fahre und um die Hand der Tochter anhalte. Das tat der mit Vergnügen. Es war genau das, was die beiden hatten erreichen wollen. Sie möchten sobald wie möglich heiraten, um immer beisammen bleiben zu können. Sie lieben sich wirklich sehr. Die Wut des alten Metzgers ist inzwischen auch verraucht. Er ist stolz darauf, eine so hübsche gebildete Schwiegertochter zu kriegen, die zudem eine anständige Mitgift einbringt. Sigrids Eltern sind sowieso glücklich, denn der Metzger ist auch keine schlechte Partie. So ist wenigstens schon mal eine von den drei Töchtern unter der Haube. Wie das Ganze angefangen hatte, interessierte uns natürlich brennend. So nach und nach sickerte es durch. Schon als Sigrid zum erstenmal zum Wurstsuppeholen mitgegangen war, haben die beiden jungen Leute Feuer gefangen. Normalerweise wäre Sigrid nur alle zehn Wochen zum Suppeholen dran gewesen. Sie hatte es aber verstanden, sich vorzudrängen, andere zu bestechen oder zu überreden, dass sie statt ihrer gehen durfte. Dabei müssen heimlich Briefe zugesteckt worden sein. In den Weihnachtsferien war dann per postlagernder Briefe der Plan geschmiedet worden, durchzubrennen."
Nachdem die Landgerichtsrätin den Brief bis hierher gelesen hatte, fiel sie beinah in Ohnmacht. Der Gedanke, dieses Schicksal hätte genauso gut ihre Tochter treffen können, verursachte ihr nahezu körperliche Pein. Zumal sie die Tochter in Weimar so sehr in Sicherheit gewähnt hatte. Es war ein Glück, dass sie Mali bereits zur Heimkehr bewogen hatte. Ein Glück war es auch, dass diese von sich aus den Wunsch hatte heimzukehren.
Die Pensionate waren auch nicht mehr das, was sie mal waren. Aber halt, damals hatte ja schon ihre Freundin Eugenie hinter dem Rücken der Pensionatsleitung ein Techtelmechtel mit dem Apothekerssohn angefangen.

Mali hatte diese Geschichte nicht ohne Absicht in solcher Ausführlichkeit geschildert. Sie hatte den Eltern einen Schreck einjagen wollen, als Strafe dafür, dass sie ihr so übel mitgespielt hatten.

Fünftes Kapitel

Das Kapitel Weimar war also endgültig abgeschlossen. Mali war glücklich, wieder in Trier zu sein und mit ihren alten Klassenkameradinnen die Schulbank zu drücken. Großmama war glücklich, das Kind wieder um sich zu haben. Sie dehnte die Wochen ihres Aufenthaltes in Trier immer weiter aus, obgleich sie auch Sehnsucht nach den andern Enkeln hatte.
Eingedenk dessen, was Mali im Tanzkränzchen erlebt hatte, eingedenk dessen, was dem Heidekind Sigrid widerfahren war und nicht zuletzt deshalb, weil Mali bereits achtzehn Lenze zählte, musste etwas geschehen.
Da sie kein Kind mehr war, wurde es allerhöchste Zeit, sie mit standesgemäßen Männern zusammenzuführen. Wer weiß, wen die Unberechenbare sonst noch aufgabelte.
Bruder Wilhelm hatte längst von seiner Berliner Apotheke in eine Kölner Apotheke übergewechselt und war seiner Studentenverbindung stets treu geblieben. Diese veranstaltete jedes Jahr zum ersten Mai einen Ball an wechselnden Orten. Wie der Zufall es wollte, fand er dieses Jahr in Trier statt, im Hotel „Porta Nigra".
Da seiner Mutter bekannt war, dass Wilhelm noch immer keine feste Herzensdame hatte, fragte sie bei ihm an, ob er zu diesem Ball nicht seine kleine Schwester ausführen wolle. Ihr war noch in bester Erinnerung, dass ihre Älteste auf einem Ball von Wilhelms Verbindung einen so trefflichen Ehemann gefunden hatte. Begeistert sagte Wilhelm zu. Mali war von der Idee ebenfalls entzückt. Das hatte sie sich schon lange gewünscht, mal auf einen richtigen Ball zu gehen. Das Gehüpfe im Pensionat – nur mit Mädchen – war stinklangweilig gewesen. Und dass sie einmal im Jahr mit den Jünglingen des Gymnasiums tanzen durften – im hauseigenen Festsaal unter den Augen der Vorsteherin – war auch nicht viel besser gewesen.
Das Problem war nur, was sollte sie anziehen? In ihrem Schrank hingen nur die braven Mädchenkleider. Für die Schule und einen Stadtbummel reichten sie aus. Aber auf diesem Maiball, einem Ball, auf dem die Crème de la Crème verkehrte, konnte man so nicht erscheinen. Allerdings, so kurz nach der Inflation, war das Geld knapp. Außerdem wollte der Vater für einen ein-

zigen Ballabend nicht so tief in die Tasche greifen. Charlotte wusste Rat. Sie borgte ihrer Schwester ihr schwarzes Chiffonkleid, auf das sie so stolz war. Es stammte noch aus wohlhabenderen Tagen. Nun fehlten noch die passenden Schuhe dazu. Das sah der Vater ein. Er gab Mutter Geld, und sie zog mit Mali durch sämtliche Schuhläden der Stadt. Es dauerte lange, bis sie das Richtige gefunden hatten. Dafür war es aber auch ein Traum von einem Paar Schuhe. Es waren elegante hochhackige schwarze Wildlederschuhe. Sie waren so schön, dass Mali am liebsten mit ihnen ins Bett gegangen wäre .
Am Abend des Balles half die gute alte Grete Mali in das Chiffonkleid. Es war von schmaler Silhouette und saß, als sei es eigens für Mali geschneidert worden. Ihre wohlproportionierte Figur kam dadurch voll zur Geltung. Es hatte kleine gebauschte Ärmel und einen tiefen Ausschnitt. Damit kam sich Mali aber so unanständig vor. Deshalb suchte Grete im Fundus der gnädigen Frau – mit deren Erlaubnis, versteht sich – nach etwas, womit sie den Ausschnitt etwas kaschieren konnte. Grete fand eine blutrote Seidenrose und befestigte diese mit ein paar Stichen an der tiefsten Stelle des Dekolletés. Nun war Mali mit ihrem Aussehen zufrieden. Stolz stöckelte sie – mit den neuen Wildlederschuhen – am Arm des Bruders aus dem Haus.
„Nun geht sie dahin, unsere Kleine", sagte der Vater wehmütig. „Ob ihr dort der richtige Mann begegnen wird?"
Männer begegneten ihr dort genug, und sie amüsierte sich prächtig. Keinen Tanz ließ sie aus, und von allen Seiten wurde ihr der Hof gemacht. Wilhelm musste sich sogar Vorwürfe anhören: „Dass du uns eine so zauberhafte Schwester so lange vorenthalten hast!" – „Ich wusste gar nicht, dass du noch eine Schwester hast. Warum hast du sie so lange versteckt?" – „Jetzt hat der Kerl eine so entzückende Schwester und enthält sie uns so lange vor!"
Diese Reden gefielen Mali. Die vielen Komplimente, die man ihr beim Tanzen ins Ohr flüsterte, erfüllten sie mit Stolz. Der eine oder andere versuchte sogar, ein Rendezvous mit ihr auszumachen. Da aber bei nicht einem von ihnen ihr Herz höher schlug, sagte sie jedes Mal geheimnisvoll: „Das würde ich an Ihrer Stelle nicht wagen. Passen Sie nur auf, dass mein Bruder das nicht hört. Der ist glatt imstande und fordert Sie zu einem Duell. Es

ist Ihnen doch sicher bekannt, wie gut er mit dem Degen umzugehen weiß."
Als Mali in den frühen Morgenstunden nach Hause kam, saß die Landgerichtsrätin noch im Salon auf dem Diwan mit einem Buch in der Hand. Vor lauter Sorge um ihr Nesthäkchen hätte sie ohnehin kein Auge zu tun können. Friedrich dagegen war in seinem Sessel eingenickt. Er wurde jedoch hellwach, als Bruder und Schwester den Salon betraten.
Ob Malis hochrote Wangen und ihre strahlenden Augen darauf schließen ließen, dass sie den Mann fürs Leben gefunden hatte? Wenn dem so war, verriet sie sich mit keinem Wort, obwohl sie noch lange beisammen saßen. Denn zum Schlafen waren sie alle viel zu aufgekratzt.
Auch am nächsten Tag war aus Mali diesbezüglich nichts herauszubekommen. Direkt fragen mochte Frau Auguste auch nicht. Ob sie sich gut amüsiert hätten, fragte sie schließlich ihren Sohn, als sie ihn nach dem Frühstück mal allein erwischte. Oh ja, Mali habe so viele Verehrer gehabt, dass ihr nicht ein einziger Tanz für ihren Bruder übriggeblieben wäre.
„Und du? Wie hat es dir gefallen?"
„Du meinst, ob ich ein Mädchen kennen gelernt habe, das einen tieferen Eindruck auf mich gemacht hat? Da muss ich dich enttäuschen Mutter. Ich habe zwar auch viel getanzt und geflirtet, aber die Richtige war nicht dabei."
Auguste seufzte. Sie sah schon einen alten Hagestolz aus ihm werden. Ihr gefiel es gar nicht, dass er so fern von zu Hause ein verlottertes Junggesellenleben führte. Wenn ein Mann auf die Dreißig zuging, so ihre Devise, dann wurde es Zeit für ihn, eine Familie zu gründen. Aber es sollte noch schlimmer kommen.
Noch vor dem Mittagessen bat Wilhelm den Vater um eine Unterredung unter vier Augen. Später erfuhr die staunende Familie, dass Wilhelm zum Sommersemester ein Zweitstudium beginnen werde. Er habe gemerkt, dass es ihm nicht liege, nur Pillen zu verkaufen. Er wolle Medizin studieren, um so direkt am Menschen arbeiten und heilen zu können.
„Und du hast ihm das erlaubt?", fragte Auguste entsetzt. „Er ist doch schon dreißig!"
„Damit ist er noch jung genug, um Student zu sein."
„Ja, wenn er im letzten Semester wäre! Aber er will ja erst

anfangen. Da werden noch Jahre drauf gehen, bis er endlich eine Familie ernähren kann."
„Aha, daher weht der Wind. Mir scheint, du möchtest bald Großmutter werden", vermutete Friedrich lachend.
„Natürlich. Ich will endlich mal Enkel haben. Ich bin immerhin alt genug dazu. Zumal von Margarethe und offensichtlich von Charlotte auch keine zu erwarten sind."
„Und was ist mit mir?", mischte sich Mali ein. „Hättet Ihr mich damals Rudolf heiraten lassen, dann hättet Ihr möglicherweise schon zwei Enkelkinder."
Für einen Augenblick verschlug es Frau Auguste die Sprache, gleichzeitig verspürte sie einen Stich ins Herz. Auch der Vater hob erstaunt die Augenbrauen.
„Wir dachten, den hättest du längst vergessen", seufzte die Mutter.
„Vergessen nicht, nur verdrängt."
Für die Eltern stand nun fest, sie mussten Mali weitere Abwechslungen bieten. Wie sonst sollte das Mädchen auf andere Gedanken kommen? Sie mussten in den sauren Apfel beißen und in der nächsten Zeit alle anfallenden Bälle besuchen, egal ob ihnen der Sinn danach stand oder nicht. Leider hatten sie keine große Auswahl. Ihre Festlichkeiten konnten keineswegs mit denen verglichen werden, die Wilhelm zu besuchen pflegte. Kurz nachdem Friedrich Waldmann seinerzeit in Trier Wohnung genommen hatte, war er dem „Katholischen Bürgerverein" beigetreten. Der lud seine Mitglieder regelmäßig zu geselligen Veranstaltungen ein. Die Mitglieder waren allerdings überwiegend Leute in gesetztem Alter. Die ganze Hoffnung von Malis Eltern war nun, dass auch andere Eltern ihre Nachkommen zu den Tanzveranstaltungen mitbringen würden, in der Absicht, ihnen einen standesgemäßen Heiratsmarkt zu bieten.
Dann gab es noch die Militärbälle. Zu denen wurde Friedrich, als Major der Reserve, stets eingeladen. Aber Waldmanns waren seit langem nicht mehr dort gewesen. Nun galt es, auch diese Gelegenheiten wahrzunehmen.
Der nächste Ball, der bevorstand, war das Frühlingsfest des Bürgervereins. Um Mali dieses Ereignis recht schmackhaft zu machen, ließ man ihr eigens bei der Schneiderin ein duftiges helles Sommerkleid arbeiten.

Es war für diesen Anlass genau passend, und Mali sah darin aus wie eine Elfe. Deshalb ging sie auch mit einer gewissen Begeisterung hin. Diese legte sich jedoch sehr schnell, obwohl sich die wenigen jungen Männer um die hübsche Tänzerin rissen. Die meisten von ihnen waren nämlich linkische Tölpel. Sie verstanden weder Komplimente zu machen, noch zu flirten. Mali langweilte sich maßlos.
Daher setzten sowohl die Eltern als auch Mali große Hoffnungen auf den nächsten Militärball. Er sollte am Pfingstsamstag stattfinden. Hier wäre das Sommerkleidchen nicht so angebracht, meinte die Mutter. Also musste Charlotte wieder mit ihrem Chiffonkleid aushelfen.
„Dafür musst du mir aber auch mal deine schwarzen Wildlederschuhe ausleihen, wenn ich einen Ball besuche."
„Aber selbstverständlich, Schwesterherz, das ist doch Ehrensache."

„Das war kein Militärball", konstatierte Mali um Mitternacht auf dem Heimweg. „Das war ein Veteranenball."
Sehr zu ihrem Leidwesen mussten die Eltern ihrer Tochter Recht geben. Dennoch hatte sich Mali köstlich amüsiert. Allerdings nicht so, wie ihre Eltern das erhofft hatten.
Schon beim Betreten des Saales hatte Auguste ein ungutes Gefühl beschlichen. Und je mehr der Abend fortgeschritten war, desto mehr war sie zusammengesackt. Am liebsten hätte sie sich unter dem Tisch verkrochen. Die wenigen jungen Offiziere, die da waren, konnte man an einer Hand abzählen. Zudem kamen sie kaum an Mali heran. Die alten Herren, die in ihrer Nähe saßen, waren noch erstaunlich flink. Kaum dass die Musik einsetzte, sprangen vier, fünf von ihnen auf, schlugen vor Mali die Hacken zusammen und verbeugten sich formvollendet. Diese drückte jedes Mal ihr Bedauern aus, dass sie immer nur den ihr am nächsten stehenden auf die Tanzfläche begleiten konnte. Die betagten Kavaliere machten ihrer jungen Tänzerin so reizende Komplimente und flirteten so unverhohlen mit ihr, dass sie ihren wahren Spaß daran hatte.
Auguste aber war das alles furchtbar peinlich. Besonders, da ihr die sitzengebliebenen Ehegattinnen missbilligende Blicke zuwarfen. Außerdem – sie suchte für ihre jüngste Tochter nicht

einen flotten Tänzer, sondern einen gutsituierten Ehemann.
Als Ehepaar Waldmann endlich in seinem Gemach allein war, sagte Auguste: „Das war wohl keine gute Idee, das mit den Militärbällen."
„Ja", antwortete Friedrich zerknirscht. „Ich hätte vorher daran denken können, viele der potentiellen Heiratskandidaten sind im Krieg gefallen. Und die wenigen, die da waren, hatten nicht mal eine Chance, in Malis Nähe zu gelangen. Und nur, weil diese alten Trottel alle einmal etwas Junges im Arm halten wollten. Anschließend meinte noch jeder, er müsse mir Komplimente machen, ob meiner hübschen Tochter. Der Gipfel ist, dass sich noch jeder einbildete, mir damit eine Ehre erwiesen zu haben, dass er mit ihr getanzt hatte. Dabei haben sie ihr doch nur die letzten Freier vergrault. Ich sollte sie deswegen alle zum Duell fordern."
Beide lachten über seinen Scherz und der Groll war verraucht.
Wenige Tage nach diesem Reinfall kam der Vater mit einer interessanten Neuigkeit nach Hause: „Stellt euch vor, heute hat sich bei mir eine junge Dame vorgestellt, die möchte Assessorin bei Gericht werden."
„Das wird ja immer bunter", entrüstete sich die Mutter. „Müssen sich die Frauen denn nun überall hineindrängen? Würden sie zu Hause bleiben und ihre Kinder großziehen, das wäre vernünftiger."
„Nun, nun, Auguste, so krass darfst du das auch nicht ausdrücken. Wer im Glashaus sitzt, sollte nicht mit Steinen werfen. Bedenke nur, unsere Charlotte möchte auch lieber berufstätig sein, als Kinder großziehen. Außerdem stehen für gewisse Jahrgänge die Heiratsaussichten sehr schlecht, wie du ja weißt."
„Das ist richtig. Aber bei Charlotte ist das doch etwas anderes. Sie übt einen typischen Frauenberuf aus und dringt nicht in eine Männerdomäne ein."
Während dieses Gespräches hatte Mali schweigend und scheinbar desinteressiert weiterhin an ihrer Suppe gelöffelt. Aber niemand hätte der Unterhaltung der Eltern aufmerksamer folgen können, als sie es getan hatte. Nun wusste sie endlich, was sie werden wollte: Richterin. Das stand fest. Darüber verlor sie aber nicht ein Wort.

Kurz nach Pfingsten war Großmutter zu ihrem Sohn Ewald nach Wittlich gereist. Sie blieb dort, bis die Sommerferien von Mali begannen. Dann ließ sie sich von Ewald mit dem Automobil – seit kurzem war er stolzer Besitzer eines solchen – nach Neuerburg kutschieren.
Am selben Tag traf dort Auguste ein in Begleitung von Mali und Grete. Letztere begann sofort damit, die Wohnung vom Winterstaub zu befreien. Frau Auguste und Mali nutzten diese Zeit, um einen langen Spaziergang durch das Städtchen zu machen. Hier und da grüßte man oder man blieb auf ein paar freundliche Worte stehen.
Großmutter hatte es vorgezogen, sich in einem Liegestuhl unter einem Baum auszuruhen.
Am Abend hatte sie für die Heimkehrenden eine gute Nachricht. Sie hatte ihren Mieter, den Amtsgerichtsrat Buchwald, für Sonntag zum Mittagessen eingeladen.
„Wenn wir schon gemeinsam unter einem Dach wohnen, sollt Ihr ihn wenigstens kennen lernen", begründete sie diese Einladung.
Mit dem Glockenschlag zwölf erschien am Sonntag der Gast. Er überreichte der Großmutter ein paar Blümchen und begrüßte sie und Frau Auguste mit einem formvollendeten Handkuss. Mali reichte er nur die Hand, wobei er sanft errötete.
Im Laufe des Mahles legte sich jedoch seine Schüchternheit. Man plauderte unbefangen über alltägliche Themen. Dann fragte Mali ihn nach seiner beruflichen Tätigkeit, worüber er freudig berichtete. Mutter und Großmutter hatten ebenfalls ihre Freude, weil sie sahen, dass sich die jungen Leute so prächtig verstanden.
Nach dem Mokka wäre Herr Buchwald am liebsten noch geblieben, um die geistreiche Unterhaltung mit Mali fortzusetzen. Er wusste aber sehr wohl, dass es sich nicht schickte, diesen ersten Besuch über Gebühr auszudehnen. Und unangenehm auffallen wollte er unter keinen Umständen. Also dankte er wie ein wohlerzogener junger Mann für die Einladung und das köstliche Mahl. Er ließ der „Köchin" sein Kompliment ausrichten und verabschiedete sich. Dabei bedachte er die reiferen Damen wieder mit einem Handkuss und die junge Dame mit einem kräftigen Händedruck.

„Wie hat er dir gefallen?", wollte Großmama von Mali wissen, kaum dass der Gast nach oben entschwunden war.
„Wie er mir gefällt, ist wohl nicht so wichtig, Hauptsache er zahlt seine Miete pünktlich."
„Das tut er", sagte Großmutter lachend. „Nein, ist das Kind pläsierlich."
Über diese Wendung des Gesprächs war Auguste enttäuscht. Insgeheim hatte sie sich über diese Frage ihrer Mutter gefreut und auf eine positive Antwort von Malis Seite gehofft.
In den folgenden Wochen hatte Grete alle Hände voll zu tun. Die Schätze, die der Garten schenkte, mussten für den Winter konserviert werden. Auguste ging ihr dabei, so gut sie es konnte, zur Hand. Beim Einwecken, Marmeladekochen und Entsaften war Mali keine Hilfe. Aber sie kroch zwischen Büschen und Sträuchern herum, um Erdbeeren, Stachelbeeren und Johannisbeeren zu pflücken. Am liebsten aber kletterte sie auf die Bäume und erntete Sauerkirschen, Mirabellen und Pflaumen.
Manchmal, wenn Herr Buchwald von seinem Dienst nach Hause kam, traf er Mali im Garten an. Er blieb immer auf ein paar Sätze bei ihr stehen. Mutter und Großmutter beobachteten das stets mit Wohlgefallen.
Viel zu schnell waren die unbeschwerten Ferienwochen vergangen. Am Tag der Abreise erschien wieder Onkel Ewald mit seinem Automobil. In dieses lud man mit vereinten Kräften etwa ein Drittel des Eingemachten, das Grete vorher in Holzkisten verstaut hatte. Der Onkel brachte die Ladung zur Bahn und gab sie als Frachtgut an die Waldmannsche Adresse auf.
Von dem im Hause verbliebenen Rest des Eingemachten lud der Onkel etwa die Hälfte in sein Automobil und fuhr damit nach Hause. Das restliche Drittel stellte man säuberlich auf den Küchentisch. Das würde sich in den nächsten Wochen Onkel Gangolf mit seinem eigenen Automobil abholen, wenn sie längst abgereist waren.
Diese gleichmäßige Aufteilung der Wintervorräte nahm Großmutter nicht nur deshalb vor, um ihre verheirateten Kinder an den Früchten ihres Gartens teilhaben zu lassen. In erster Linie war es Eigennutz. Sie legte größten Wert darauf, an jedem Orte, wo sie zu wohnen pflegte, selbst davon genießen zu können.

Kaum hatte für Mali die Schule wieder begonnen, sickerte durch, man werde in den nächsten Tagen einen Aufsatz über die Igeler Säule schreiben. Ehrgeizig, wie Mali und ihre Freundin Johanna waren, beschlossen sie, am nächsten Tag mit dem Fahrrad nach Igel zu fahren. Sie wollten die berühmte Säule an Ort und Stelle gründlich in Augenschein nehmen. Mali besaß aber kein eigenes Fahrrad. Deshalb bat sie Charlotte, ob sie das ihre nehmen dürfe.
„Ja –", sagte diese zögernd. „Aber pass gut auf, dass nichts drankommt."
„Na klar passe ich auf. Du weißt doch, dass ich gut Rad fahren kann."
„Ja, in der Stadt. Auf den Asphaltstraßen ist das keine Kunst. Aber auf dem Lande sind die Wege zum Teil nur geschottert. Da musst du vorsichtig fahren, damit du nicht wegrutschst."
„Ich werde schon aufpassen."
So fuhren denn die eifrigen Primanerinnen am nächsten Tag sofort nach dem Mittagessen los. Es ging moselaufwärts in das etwa zehn Kilometer entfernt liegende Igel. Die rote Sandsteinsäule aus dem dritten nachchristlichen Jahrhundert hatten sie bald gefunden. Da sie wussten, dass dies das einzige erhaltene römische Grabdenkmal dieser Art in Deutschland war, betrachteten sie es mit Ehrfurcht. Sie schauten sich die Säule von allen Seiten an und machten eifrig Notizen.
Sehr zufrieden mit sich traten sie die Heimfahrt an. Nichts Böses ahnend, radelten sie – munter plaudernd – vor sich hin. In der letzten Kurve, bevor sie in Konz die Saarbrücke erreichten, kam ihnen ein Motorrad entgegen. Dann ging alles so schnell, dass später keiner der Beteiligten den Tathergang zu beschreiben vermocht hätte. War der Motorradfahrer für den Schotterbelag zu schnell in die Kurve gegangen? Oder hatte er einen Moment weggesehen? Jedenfalls rutschte sein Fahrzeug weg und geriet in Sekundenschnelle auf die Gegenfahrbahn. Dort kollidierte es mit Malis Fahrrad. Diese flog in hohem Bogen durch die Luft und landete mit dem rechten Knie auf einem Schotterhaufen. Der lag da, damit man immer wieder die entstehenden Schlaglöcher ausbessern konnte.
Nach den ersten Schrecksekunden schrie Mali mordsmörderisch

auf. Der Motorradfahrer brummte nur: „Blöde Kuh“, klopfte sich die Steinchen von der Beinkleidung, bestieg sein unbeschädigtes Rad und fuhr davon.
Zum Glück hörte man das Geschrei des Mädchens bis zu einem einzelstehenden Haus in beträchtlicher Entfernung. Geistesgegenwärtig kamen dessen Bewohner – ein Mann und eine Frau – herbeigerannt. Die Frau betrachtete sich Malis Knie und schüttelte den Kopf.
„Das sieht nicht gut aus“, sagte sie. Im Krieg war sie als Rote-Kreuz-Schwester tätig gewesen und verstand etwas davon. Johanna, die zwar keinen Schaden genommen hatte, war so geschockt, dass sie hilflos dabei stand.
Während das Ehepaar die Verletzte zu seinem Haus trug, jammerte diese nur: „Das Fahrrad! Das Fahrrad! Nehmt auch das Fahrrad mit.“
„Darum wird sich mein Mann später kümmern. Sie müssen jetzt erst mal ins Krankenhaus.“
Fürsorglich betteten sie Mali auf das Kanapee. Zu Johanna gewandt, die geistesabwesend mit ihrem Rad gefolgt war, sagte die Frau: „Setzen Sie sich auch gleich mal hin, Frolleinchen. Sonst fallen Sie uns auch noch um. Sie sehen ja so bleich aus wie der Tod.“
Es war Malis Glück, dass diese Leute bereits ein Telefon besaßen. Der Mann rief in einem Trierer Krankenhaus an und bestellte einen Krankenwagen. Unterdessen brühte die Frau einen Kaffee auf, reichte Johanna eine Tasse und forderte sie auf: „Trinken Sie das, Frolleinchen. Das bringt sie wieder auf die Beine.“ Zu Mali gewandt sagte sie: „Ihnen gebe ich mal nichts. Womöglich müssen sie operiert werden. Da wäre es schlecht, wenn Sie jetzt noch was trinken.“
Nachdem man Mali abtransportiert hatte, war Johanna wieder so weit hergestellt, dass sie allein nach Trier fahren konnte. Sie begab sich direkt zu Malis Familie, um Bescheid zu geben. Die Eltern und Charlotte, die gerade Feierabend hatte, erschraken zutiefst. Umgehend begaben sie sich zum Krankenhaus Sankt Irminen.
Dr. Gerten, der Vater Katharinas, einer anderen Freundin von Mali, kam gerade aus dem Krankenzimmer: „Ah, Herr Landgerichtsrat, gut, dass ich Sie treffe. Ich habe mir die

Verletzung gerade angesehen. Leider müssen wir operieren. Die Kniescheibe ist gebrochen und wahrscheinlich ist der Meniskus verletzt."
„Kriegen Sie das wieder hin?", fragte Auguste besorgt.
„Das wollen wir hoffen, gnädige Frau. Aber das wird ein Weilchen dauern. Mit sechs Wochen Gips ist es nicht getan."
„Wann werden Sie operieren?", wollte Friedrich wissen.
„Heute nicht mehr. Da ihre Tochter vor etwa vier Stunden zu Mittag gegessen hat, sind wir lieber vorsichtig, wegen der Narkose. Nur bei Lebensgefahr würden wir ein solches Risiko eingehen. Morgen früh geht es dann in den Operationssaal. Jetzt war das Vordringlichste, ihr eine Tetanusspritze zu geben."
Gemeinsam betraten Eltern und Charlotte das Krankenzimmer, in dem noch eine weitere Patientin lag. Kaum wurde Mali ihrer Schwester ansichtig, sprudelte sie – trotz ihrer Schmerzen – los: „Das Fahrrad wird repariert. Stell dir vor, welches Glück im Unglück: Herr Nickel, mein Retter, hat eine Reparaturwerkstatt."
„Ach, Mali, das ist jetzt nicht so wichtig. Hauptsache du wirst wieder gesund."
„Ich konnte wirklich nichts dafür. Der Motorradfahrer krachte plötzlich mit mir zusammen, obwohl ich auf der richtigen Seite fuhr", verteidigte die Verletzte sich aufgeregt.
„Nun beruhige dich doch", sagte die Mutter, indem sie begütigend ihre Hand auf Malis Arm legte. „Das wissen wir doch längst. Johanna hat uns alles erzählt."
„Niemand macht dir Vorwürfe, Mali", bestätigte nun auch der Vater. „Wir sind froh, dass es nicht schlimmer gekommen ist. Du hättest ja auch mit dem Kopf aufschlagen können."
Als es für die Eltern an der Zeit war, sich zu verabschieden, ließ bei Mali offensichtlich der Schock nach. Sie begann am ganzen Körper zu zittern. Deshalb erlaubte der Arzt, dass Charlotte die Nacht über bei ihr blieb.
Nach der Operation eilten die Eltern wieder herbei. Dr. Gerten war mit dem Ergebnis zufrieden: „Sie wird wieder laufen und klettern können wie vorher, aber es wird, wie gesagt, sehr lange dauern."
Kaum, dass die Patientin wieder ansprechbar war, sagte sie zu ihrem Vater: „So ein Mist. Jetzt kann ich den Aufsatz über die

Igeler Säule nicht mitschreiben. Hoffentlich beeinträchtigt das meine Abiturnote nicht zu sehr."

„Das Abitur wirst du jetzt sowieso nicht machen können," klärte der Vater sie auf. „Dr. Gerten hat gesagt, dass deine Genesung sehr viel Zeit braucht. Dadurch wirst du etliche Monate in der Schule fehlen. Aber das ist nicht schlimm. Dann machst du es eben ein Jahr später."

„Das kommt gar nicht in Frage", sagte Mali entschieden. „Alles, was die in der Schule durchnehmen, kann ich auch hier lernen. Ich werde Johanna bitten, dass sie jeden Tag den neuen Stoff mit mir durchgeht. Ihr müsst mir nur morgen meine Bücher mitbringen."

Das mit dem Lernen klappte vorzüglich. Wenn Johanna verhindert war, lernte eine andere Mitschülerin mit Mali.

Erst Anfang November wurde Mali entlassen. Obwohl der Arzt mit den Heilungsfortschritten zufrieden war, bestand er darauf, dass Mali das Bein nicht belastete. Deshalb brachten ihr die Mitschülerinnen die Hausaufgaben nun nach Hause.

Neben dem Lernen blieb Mali genügend Zeit für eine rege Korrespondenz. Schon unmittelbar nach ihrer Weimarer Zeit hatte sie den Kontakt mit einigen Gefährtinnen brieflich aufrecht erhalten. Man wollte doch wissen, wie der Lebensweg der Freundinnen sich weiter entwickelte. Die wichtigste Brieffreundin war selbstverständlich Olga. Aber auch mit einigen anderen wechselte sie regelmäßig Briefe, vor allem mit Henni, der angehenden Künstlerin oder Musikpädagogin – es war noch immer keine Entscheidung gefallen.

Kurz vor Weihnachten erhielt Mali von Olga die Nachricht, ihr Bruder Bruno, sei an Krebs erkrankt, Knochenkrebs. Mali konnte es kaum fassen. Sie hatte ihn als tüchtigen Landwirt voller Kraft und Energie kennen gelernt. Was musste das für ein Schlag für die Eltern sein. Es bestanden ja so gut wie keine Heilungschancen bei dieser Krankheit. Es fiel Mali sehr schwer, für den Antwortbrief die rechten Worte zu finden.

Charlotte hatte ebenfalls kurz vor Weihnachten Post erhalten. Es war eine Einladung zu einem Silvesterball. Was sie dazu anziehen würde, war ihr sofort klar: das gute schwarze Chiffonkleid. Aber zu diesem fehlte ihr die angemessene

Fußbekleidung. Deshalb bat sie Mali, ob sie ihr die eleganten Wildlederschuhe ausleihen würde.
„Aber sicher. Vorerst werde ich sowieso nicht tanzen können. Außerdem schulde ich dir noch etwas. Du hast mir bereits zweimal dein Kleid geliehen. Ich bin froh, dass ich mich revanchieren kann."
Aber wie sahen die geliebten Schuhe nach dem Ball aus! Sie waren nicht wieder zu erkennen. Sie waren so ramponiert, dass Mali hätte heulen können. Nun mochte sie diese Schuhe überhaupt nicht mehr: „Sie sehen aus, als hätten deine Verehrer beim Tanzen mehr auf deinen Füßen gestanden als sonst wo", stellte Mali fest.
„Tut mir leid, Schwesterherz", sagte die Ältere bedauernd. „Aber ich konnte meine Füße meist nicht schnell genug wegziehen."
„Macht nichts", sagte Mali. „Ich hatte dein Fahrrad schließlich auch ramponiert. Nun sind wir quitt."
„Ich werde mal sehen, ob Grete sie wieder hinkriegt", sagte Charlotte.
„Von mir aus. Du darfst sie behalten. Bis ich wieder einen Ball besuchen kann, sind sie längst aus der Mode."
Kurz nach Neujahr betrat der Landgerichtsrat mit wichtiger Miene das Krankenzimmer seiner Tochter. Er rückte einen Stuhl neben ihr Bett und ließ sich darauf nieder: „Na, mein Mädchen, wie geht es dir?"
„Bestens, Vater. Ich hoffe, dass ich nach den Weihnachtsferien wieder zur Schule darf."
„Ja, das denke ich auch. Dein Doktor ist mit dir äußerst zufrieden. Und da du die ganze Zeit so fleißig gelernt hast, wirst du den Anschluss bestimmt schaffen. Dann dürfte das mit dem Abitur tatsächlich klappen."
„Davon gehe ich aus, Vater."
„Mali, du weißt, heutzutage muss ein Mädchen auch einen Beruf erlernen. Man weiß ja nie, was das Schicksal bringt."
„Das ist mir völlig klar, Vater."
„Bei deiner Berufswahl sollten wir drei Punkte beachten: der Beruf sollte ein gewisses Ansehen genießen, er sollte dich ernähren können, und das Erlernte sollte dir auch nach einer Eheschließung noch von Nutzen sein."

„Du hast dir also bereits Gedanken gemacht, Vater? Sicher hast du auch schon einen Vorschlag?"
„Ja, den habe ich in der Tat. Ich denke, du solltest Lehrerin werden."
„Nein, ausgeschlossen! Das liegt mir nicht! „Diese Äußerung kam so spontan und so entschieden, dass es dem Vater für Sekunden die Sprache verschlug.
„Wie kannst du so etwas behaupten?", fragte er schließlich. „Du hast es doch noch nicht ausprobiert."
„Das brauche ich nicht auszuprobieren, Vater. Das spüre ich, das ist nichts für mich. Ich fühle mich in keiner Weise zu kleinen frechen Rotznasen hingezogen."
„Aber Mali! Du weißt nicht, wovon du redest. Der Lehrberuf ist doch ein sehr schöner. Schau doch nur deine Tanten Helma und Henny an. Die haben ihn immer gerne ausgeübt." „Das stimmt nicht ganz. Sie sind nur Lehrerinnen geworden, weil es damals noch keine anderen Möglichkeiten für Frauen gab. Über dieses Thema habe ich mich zufällig mit ihnen unterhalten, als sie mich vorige Woche besuchten. Was gab es denn 1883 schon an Bildungsmöglichkeiten für Frauen? Die Tanten sind nur deshalb in Saarburg auf die Lehrerinnenbildungsanstalt gegangen, um sich eine standesgemäße Bildung anzueignen. Ursprünglich hatten sie nie vor, in diesem Beruf zu arbeiten. Erst nach dem Studium seien sie auf den Geschmack gekommen, hat mir Tante Helma anvertraut. Bei älteren Kolleginnen habe sie beobachtet, dass der Beruf finanziell unabhängig macht und man nicht darauf angewiesen sei, sich einen Mann zu angeln."
„Nanana! Was sind das für lose Reden, die Tante Helma führt! Das hätte ich von dem alten Mädchen nicht gedacht. Wie dem auch sei. Sie sind also nach dem Studium auf den Geschmack gekommen. Warum sollte das bei dir nicht auch der Fall sein?"
„Weil ich andere Pläne habe."
„Und die wären?"
„Ich will Richterin werden."
Dem Landgerichtsrat verschlug es erneut die Sprache.
„Richterin?", fragte er nach einer Pause. Wie stellst du dir das vor? Eine Frau auf dem Richterstuhl?"
„Warum nicht? Du hast doch neulich erzählt, dass ihr nun eine Assessorin im Amt habt."

„Eine Assessorin, ja. Aber sie ist noch lange nicht Richterin. Ob es jemals soweit kommt, bezweifle ich."
„Es wird soweit kommen, da bin ich ganz sicher. Frauen sind auf dem Vormarsch. Sie sind nicht mehr aufzuhalten."
„Aber Mali, ich bin entsetzt. Woher hast du bloß solch aufrührerisches Gedankengut?"
„Nun, wir leben im zwanzigsten Jahrhundert. Es gibt Zeitungen und es gibt den Rundfunk. Und selber denken kann ich auch."
Der Vater rang die Hände und blickte gen Himmel: „Wo soll das nur hinführen? Jetzt muss man sich im eigenen Haus schon solche Reden anhören. Nein, Mali, schlag dir das aus dem Kopf! Frauen haben in Männerberufen nichts zu suchen."
„Ach, auf einmal? Und wie war es im Krieg? Mussten da nicht Frauen in noch viel schwereren Berufen ihren Mann stehen? Jetzt, wo man sie nicht mehr braucht, da will man ihnen einen Tritt geben. Nein, nein, Vater. Der Zug ist schon im Rollen. Er ist nicht mehr aufzuhalten. Ich werde Richterin. Das steht fest."
„Aber Mali, das geht doch nicht", beschwor er sie nun regelrecht. „Wie soll ich das bezahlen?"
Nun war es Mali, die ihn befremdet anschaute: „Vater, wie soll ich das verstehen? Als meine Geschwister studieren wollten, hast du das Geld doch auch aufgebracht. Und nun, wo ich studieren will, soll es auf einmal nicht mehr reichen."
„Sieh mal, Kind, durch den Krieg haben wir in Straßburg unser Haus verloren. Und durch die Inflation sind unsere Ersparnisse weg. Das musst du doch verstehen, Mali."
„Nein, das verstehe ich nicht", beharrte sie. „Du hast doch noch dein geregeltes Einkommen."
Auf einmal schlug der Vater einen anderen Ton an: „Mali, du musst vernünftig sein, für zwei Studenten reicht mein Geld einfach nicht."
„Aha, daher weht der Wind. Wilhelm hat doch bereits ein Studium abgeschlossen und hatte in Köln eine sichere gutbezahlte Stellung. Nur, weil er jetzt aus einer Laune heraus, umsatteln will, soll ich auf mein Studium verzichten. Findest du das gerecht?"
Friedrich seufzte: „Mali, du siehst das völlig falsch. Wilhelm ist ein Mann. Ein Mann braucht einen Beruf, der ihm gefällt, weil er ihn ein Leben lang ausüben muss."

„Ach? Sind Frauen Menschen zweiter Klasse? Wer sagt denn, dass ich meinen Beruf nicht auch ein Leben lang ausüben muss?"
„Aber Mali! Frauen heiraten über kurz oder lang und widmen sich dann der Familie."
„So war das bisher. Aber die Zeiten haben sich geändert. Schau dir nur deine Tochter Charlotte an! Sie ist schon fast achtundzwanzig und noch immer ledig. Es ist zu bezweifeln, ob sie jemals heiraten wird. Der Krieg hat für diese Frauengeneration ja kaum passende Männer übriggelassen. Deshalb war es ihr wichtig einen Beruf zu ergreifen, der ihr liegt."
„Mali, Mali! Du machst es mir wirklich schwer. Heute muss ja noch keine Entscheidung fallen. Überleg dir das noch mal gründlich mit der Lehrerin und führe dir die Vorteile dieses Berufes vor Augen. Bis zu deinem Abitur sind es ja noch ein paar Monate."
Nach diesem Gespräch war Mali sehr aufgewühlt. Sie wusste genau, was diese Verzögerungstaktik ihres Vaters bedeutete. Kaum würde sie das Abitur haben, dann hieße es: Du hattest Zeit genug, dich an den Gedanken zu gewöhnen. Ab mit dir auf die Lehrerinnenbildungsanstalt.
Nicht mit mir, dachte die Tochter, nahm einen Briefbogen und begann zu schreiben.
Nach den Weihnachtsferien konnte Mali die Schule wieder besuchen. Aber sie durfte das Knie noch nicht belasten. Für lange Zeit musste sie sich mit zwei Krücken abstützen. Deshalb musste ihr noch wochenlang jemand die Mappe zur Schule tragen.
Bei den ersten Klassenarbeiten zeigte sich, dass Mali keine Lücken aufwies. So bestand sie denn ihr Abitur mit Glanz und Gloria. Mit hochroten Wangen kam sie nach Hause und schwenkte stolz ihr Zeugnis. Sie hatte sogar als eine der besten abgeschnitten. Zur Feier des Tages wurde eine Flasche Sekt geöffnet und auf das Wohl der frischgebackenen Abiturientin angestoßen.
Wie Mali erwartet hatte, schnitt der Vater im Beisein der Mutter bald das bewusste Thema an: „Nun, Mali, wie hast du dich entschieden? Du wirst doch sicher zur Ausbildung nach Saarburg gehen? Dann kannst du weiterhin zu Hause wohnen und wirst in zwei Jahren auf eigenen Füßen stehen."

„Ich denke gar nicht daran", war die Antwort der Tochter. „Mein Entschluss steht fest, ich werde Richterin und ich studiere in Bonn."
Ob so viel Renitenz schnappten Herr und Frau Landgerichtsrat erst mal nach Luft. Dann sagte der Vater in gestrengem Ton: „Du weißt, dass ich dieses Studium nicht finanzieren kann?"
„Macht euch darüber keine Sorgen. Mein Studium wird euch keinen Pfennig kosten."
„Wie das? Du glaubst doch nicht etwa, dass du bei meinem Einkommen auf ein Stipendium rechnen kannst?"
„Nein, Vater, darauf spekuliere ich nicht. Es gibt jemanden, der bereitwillig mein Studium finanziert, damit ich das werden kann, was ich gerne möchte."
Fragend blickten die Eltern erst sich an und dann die Tochter.
„Tante Amalie wird für mein Studium aufkommen. Sie hat sich spontan dazu bereit erklärt, nachdem ich ihr geschrieben habe, dass ihr dazu nicht in der Lage seid."
„Das hast du getan? Hinter unserem Rücken?"
„Was hätte ich denn sonst tun sollen?", fragte Mali mit Achselzucken. „Mir blieb keine Wahl. Und Tante Amalie ist glücklich, dass sie für ihren kleinen Liebling etwas tun kann."
Später, als das Ehepaar Waldmann allein war, sagte Friedrich: „Auguste, was sagst du nun dazu?"
„Ach, Friedrich, Mali war schon immer für eine Überraschung gut."
Als Großmutter von Malis Plänen erfuhr, schlug sie entsetzt die Hände zusammen: „Grundgütiger Himmel! Jetzt sag mir einer: Wozu muss das Kind studieren? Es hat ein hübsches Gesicht und ist von angenehmer Gestalt, da müsste sich doch ein adäquater Ehemann finden lassen."
Zu Mali selbst sagte sie: „Heirate, das ist vernünftiger. Studieren ist doch nur etwas für Männer. Studieren macht alt und hässlich."
Diese Worte beeindruckten Mali nicht im geringsten.
Trotz aller Widerstände wurde sie, nachdem sie sich bei Tante Amalie in der Schweiz einen ausgedehnten Urlaub gegönnt hatte, eine begeisterte Studentin. Das freie und selbständige Leben in Bonn gefiel ihr. Ihre Studien vernachlässigte sie deswegen keineswegs.

Die Sommerferien verbrachte man in Neuerburg auf gewohnte Weise. Es bürgerte sich ein, dass Richter Buchwald jeden Sonntagnachmittag zum Kaffee eingeladen wurde. Danach unternahm er immer einen ausgedehnten Spaziergang mit Mali. Jedes Mal wählte er eine andere Richtung und jedes Mal erklärte ihm Mali mit Begeisterung, dass sie hier als Kind gespielt habe und was sie alles über die Örtlichkeit wusste.
„Wie lehrreich sind doch diese Spaziergänge mit Ihnen", sagte er anerkennend. „Schon über drei Jahre lebe ich hier. Aber durch Sie lerne ich die Stadt erst richtig kennen."
Wer diese Spaziergänge mit noch größerem Wohlgefallen beobachtete, waren ihre Mutter und Großmutter. Endlich hatte das Kind einen standesgemäßen Umgang. Und nicht nur das. Dieser junge Mann würde auch in der Lage sein, dem Kind endlich diese unnützen Flausen aus dem Kopf zu treiben, von wegen Studieren. Auch malte sich Großmutter schon aus, dass auf diese Weise ihr Haus in der Familie bliebe, was ein sehr tröstlicher Gedanke für sie war.
Aber der Sommer ging dahin, ohne dass Herr Buchwald sich erklärt hatte. Um eines hatte er allerdings gebeten – das verriet Mali weder ihrer Mutter, noch ihrer Großmutter – um ihre Adresse. Sie gab ihm diese, nicht ohne den Hinweis, dass sie nicht oft schreiben könne. Sie nehme nämlich ihr Studium sehr ernst.
In Bonn fand Mali folgenden Brief vor:

Ehrenwalde, den 19. Oktober 1927

Liebe Mali!

Entschuldige bitte, dass ich Dir nicht eher geschrieben habe. Aber während der Sommerferien wusste ich Dich in der Eifel und danach ging es bei uns so traurig und turbulent zu, dass ich nicht zum Schreiben kam. Der Zustand meines Bruders hatte sich täglich verschlechtert. Bald brauchte er Tag und Nacht Pflege. Und das während der Erntezeit! In allem unterstützte ich meine Eltern so gut ich konnte. Am neunzehnten September ist mein armer Bruder endlich von seinen Qualen erlöst worden. Für meine Eltern fingen sie aber in diesem Augenblick erst recht an. Kein Wunder, dass meine Mutter

zusammenbrach, nachdem sie ihren zweiten Sohn verloren hatte. Auch mein Vater, der bis zum letzten Atemzug Brunos die Hoffnung nicht aufgegeben hatte, war einem Zusammenbruch nahe. Sein ganzes Lebenswerk sah er seinen Händen entgleiten. Dass ich auch noch da war, bemerkte er in seinem Schmerz zunächst nicht.
Erst am Tage der Beerdigung keimte neue Hoffnung in ihm auf. Alle Gutsbesitzer der Umgebung waren gekommen. Ja, sogar solche, die weit weg wohnten und die er noch aus seiner Militärzeit kannte, hatten den Weg nicht gescheut. Ihre Anteilnahme tat ihm gut. Nun weiß ich nicht, ob ihm selber diese Idee kam oder ob ihn einer seiner Freunde darauf gebracht hatte. Jedenfalls wirkte er nach dem Beerdigungsmahl getröstet und sah wieder eine Zukunft für sich und unser Gut. In der Vergangenheit hatte er verschiedene Bemühungen unternommen, um für mich eine gute Einheirat zu finden. Am Beerdigungstag jedoch begann er damit, bei seinen Freunden einen nachgeborenen Sohn zu suchen, der bereit wäre, bei uns einzuheiraten.
Nun scheint es so, als sei er bereits fündig geworden. Aus der Nähe von Braunswalde, nicht weit von Marienburg in Westpreußen, war sein Freund Otto Friedewald gekommen. Dieser besitzt drei stattliche Söhne. Der älteste, der auch Otto heißt und bereits verheiratet ist, soll das Gut Friedewalde übernehmen. Der zweite, Heinrich, ist verlobt mit Anna, der Schwester von Ottos Frau. Er wird also auf deren Gut einheiraten, das Hermannshof heißt und im Memelland liegt. Der jüngste aber, Erich, ist dreiundzwanzig Jahre alt und noch auf Brautschau. Ihm wolle er von mir erzählen. Er könne sich durchaus vorstellen, dass der nicht abgeneigt sei, mich und unseren Hof zu übernehmen. Um bei seinem Sohn leichter Interesse zu erwekken, nahm er ein Foto von mir mit. Du kannst Dir vorstellen, dass ich nun sehr gespannt bin, ob dieser Jüngling Interesse zeigt. Ich habe natürlich keine Ahnung, wie er aussieht. Sollte er nach seinem Vater kommen, kann ich zufrieden sein.
Ich hoffe, dass es Euch allen gut geht, dass Du weiterhin Freude an Deinem Studium hast und gute Fortschritte machst. Ganz liebe Grüße,
Deine Olga.

Mali schüttelte den Kopf. Mit Olga konnten sie so etwas machen. Aber mit ihr nicht. Sie würde sich unter keinen Umständen so verschachern lassen.
Nach zwei Semestern in Bonn wechselte Mali mit einer Kommilitonin zur Universität Freiburg. In ihrem erwählten Beruf sei es wichtig, sich immer wieder einen anderen Wind um die Nase wehen lassen, hatte die Bekannte gemeint. Nun genoss Mali die neue Stadt und die wunderschöne Umgebung. Mit der Studienkollegin unternahm sie sonntags ausgedehnte Wanderungen durch den Schwarzwald. Von hier aus war es auch nicht weit zur Schweiz. Daher besuchte sie ab und an Tante Amalie, ihre Wohltäterin. Bald schon traf in Freiburg eine Verlobungsanzeige ein. Olga hatte sich tatsächlich mit Erich Friedewald verlobt.
Den Sommer verbrachte man – wie könnte es anders sein – mit Großmutter in Neuerburg. Wieder unternahm Mali, sehr zur Freude ihrer alten Damen, ausgedehnte Spaziergänge an der Seite ihres jungen Verehrers. Als sich der Urlaub dem Ende näherte, es war ein warmer Augustsonntag, stiegen sie wieder einmal zur Burg hinauf.
„Ich weiß nicht", begann Mali zu schwärmen. „Jetzt bin ich schon so oft hier oben gewesen, aber immer wieder fasziniert mich dieser Blick über das Städtchen."
„Fräulein Mali, wenn Sie gestatten, möchte ich Ihnen diesen Anblick und mein Herz für immer zu Füßen legen."
Diese Worte lösten bei Mali ein gewisses Unbehagen aus. Obgleich ihr sofort klar war, was er damit ausdrücken wollte, spielte sie die Naive: „Was meinen Sie damit, Herr Buchwald?"
„Aber, Fräulein Mali, das müssen Sie doch längst bemerkt haben. Ich empfinde eine tiefe Zuneigung zu Ihnen. Bei jedem ihrer Besuche ist sie intensiver geworden. Ja, ich möchte behaupten, ich liebe Sie. Deshalb möchte ich Sie fragen: Wollen Sie meine Amtsgerichtsrätin werden?" Dabei blickte er ihr so tief in die Augen, dass sie heftig errötete. Verlegen senkte sie den Blick. Das sah er als gutes Zeichen an. Umso befremdender waren ihre Worte für ihn: „Herr Amtsgerichtsrat, Ihr Antrag ehrt mich. Leider kann ich ihn nicht annehmen. Denn, wie Sie wissen, studiere ich Jura und möchte eines Tages selbst Richterin werden."

Völlig verdutzt schaute er drein. Mit einem solchen Ausgang des Gespräches hatte er nicht gerechnet. Aber noch gab er die Schlacht nicht verloren: „Aber, Fräulein Mali, warum wollen Sie Ihren hübschen kleinen Kopf mit Paragraphen voll stopfen? Das ist doch nichts für eine Frau. Eine Frau sollte einen liebenden Gatten umsorgen und mit ihm süße Kinder aufziehen. Das ist ihre Bestimmung."

„Einspruch, Herr Vorsitzender! Die Zeiten sind vorbei. Heute kann eine Frau selbst entscheiden, ob sie das eine will oder das andere. Und ich habe mich für das andere entschieden."

„Ach, Fräulein Mali," seufzte er abgrundtief. „Sie enttäuschen mich ungemein. Als Sie vor zwei Jahren in mein Leben getreten sind, da dachte ich, das ist eine Fügung des Himmels. Sie sind hübsch, Sie sind gebildet, Sie haben Interesse für meinen Beruf gezeigt. Da dachte ich, das ist die richtige Frau für dich. Denn, glauben Sie mir, hier in dieser Kleinstadt eine standesgemäße Frau zu finden, ist gar nicht so einfach. Zugegeben, Chancen hätte ich genug. Es gab einige Krämerstöchter und Bauernmädchen, die ihre Fänge nach mir ausgestreckt haben. Aber was will ich mit denen? Ich brauche eine Frau an meiner Seite, die repräsentieren kann und die mir geistige Anregung gibt."

„Das kann ich durchaus verstehen, Herr Buchwald. Aber das muss nicht unbedingt ich sein."

Da Mali an diesem Sonntag früher als sonst nach Hause kam und ein anderes Gesicht machte als üblicherweise, fragten Mutter und Großmutter besorgt: „Ist etwas geschehen, Kind?"

„Ja. – Herr Buchwald hat mir einen Heiratsantrag gemacht."

„Endlich!", jubelte die Großmutter.

„Das ist ja großartig!", frohlockte die Mutter.

„Gar nichts ist großartig", entgegnete Mali. „Ich habe abgelehnt."

„Du hast was?", riefen beide Damen entsetzt aus. Das schlimme Wort „abgelehnt" wollte ihnen gar nicht über die Lippen gehen.

„Ihr habt richtig gehört: Ich habe abgelehnt."

- „Das ist doch nicht möglich!"
- „Wie konntest du so etwas tun?"
- „Das glaube ich einfach nicht!"

- „So ein feiner gebildeter Mensch!"
- „Was hast du dir eigentlich dabei gedacht?"
- „Ein Amtsgerichtsrat läuft einem doch nicht alle Tage über den Weg", schwirrte es durcheinander.
Endlich gelang es der „Angeklagten", auch einmal ein Wort zu sagen: „Ihr wisst sehr wohl, dass ich Jura studiere, um selbst Richterin zu werden."
„Aber, Kind", beschwor sie die Großmutter. „Das sind doch alles Flausen. Du brauchst nicht studieren, um Richterin zu werden. Heirate Herrn Buchwald, dann bist du auch Richterin. Das ist doch eine viel bequemere Art, es zu werden. Auguste, sag doch auch mal was!"
„Ich verstehe nicht, wie du einen solchen Heiratsantrag ausschlagen konntest. Das ist doch eine ganz große Ehre für dich. Andere Mädchen würden sich alle zehn Finger abschlecken nach so einem Mann."
„Ich bin aber nicht andere Mädchen."
„Ja, weiß Gott! Du hattest schon immer deinen eigenen Kopf."
„Was hast du eigentlich gegen Herrn Buchwald?", wollte nun die Großmutter wissen.
„Ich liebe ihn nicht."
„Ach, das ist doch dummes Zeug. Liebe vergeht. Was zählt, sind grundfeste Tatsachen. Herr Buchwald ist ein angesehener Mann, er verdient gut, er stammt aus guter Familie und wohnt bereits in meinem Haus. Du könntest also gleich hier einziehen und für immer in Neuerburg wohnen."
„Aber gerade das will ich nicht", bekannte Mali.
„Ich denke, du liebst Neuerburg und bist sehr gerne hier."
„Für ein paar Ferienwochen, ja. Das finde ich reizvoll. Aber für immer? Nein, danke. Dann käme ich mir ja lebendig begraben vor. Inzwischen habe ich einige Städte kennen gelernt und festgestellt, dass ich eher ein Großstadtmensch bin."
„Ach, Auguste, was hast du nur an diesem Kind falsch gemacht?", jammerte die Großmutter.
„Nichts, Mutter, gar nichts. Mali kam bereits so eigenwillig auf die Welt. Trotz größter Mühe habe ich es bis heute nicht geschafft, an ihrem Charakter etwas zu ändern."
Nach zwei Semestern in Freiburg wechselte Mali erneut die Hochschule. Diesmal ging sie nach München. Hier gefiel es ihr

noch besser als in Bonn oder Freiburg. Einige Wochen vor Ostern bekam Mali eine gedruckte Heiratsanzeige von Olga. Handschriftlich war die Bitte angefügt, Mali möchte eine ihrer Brautjungfern werden. Sie habe den Hochzeitstermin extra so gelegt, dass er in ihre Osterferien falle. Und wenn sie schon eine so weite Reise mache, solle sie gleich einen Urlaub einplanen.
Von Tante Amalies reich bemessenem Unterhaltsgeld kaufte sich Mali einen Seidenstoff in zartem Blau. Daraus ließ sie sich ein entzückendes Brautjungfernkleid nähen. Einige Tage vor der Hochzeit fielen sich die beiden Freundinnen am Bahnhof von Insterburg glücklich um den Hals. Immerhin hatte man sich zwei Jahre lang nicht gesehen. Man war jedoch wieder so vertraut miteinander, als habe es überhaupt keine Trennung gegeben. Olgas Eltern begegneten Mali sehr herzlich. Dennoch sah sie ihren Gesichtern den Kummer an. Ihre Haare waren schlohweiß geworden, so dass man den Eindruck hatte, sie seien um viele Jahre gealtert.
Gerne hätte sich Mali bei den Hochzeitsvorbereitungen nützlich gemacht. Aber sie verstand weder etwas von der Küchenarbeit, noch vom Dekorieren. Wenn jemand sie angeleitet hätte, hätte sie sicher einiges zu Wege gebracht. Da aber jeder darauf bedacht war, seine Arbeit schnell und gut zu erledigen, nahm sich niemand die Zeit dazu. Deshalb kam sie sich in all der Hektik recht überflüssig vor. Feinfühlig, wie Olga war, bemerkte sie das. Sie übertrug der Freundin eine Aufgabe, von der sie sicher war, sie sei ihr gewachsen: „Mali, würdest du bitte die Tischkärtchen schreiben? Du hast doch sicher in der Schule Kunstschrift gelernt."
„Aber gerne, Olga, wenn ich das nötige Material bekomme."
„Lass es dir von Mutter geben und die Gästeliste gleich dazu."
Wie stolz würde Mali später an der Hochzeitstafel sitzen in dem beglückenden Gefühl, auch etwas zum Gelingen der Feier beigetragen zu haben.
Olga war eine stolze schöne Braut. Der Bräutigam stand ihr an Würde und im äußeren Erscheinungsbild in nichts nach. Er schien ein ruhiger, verlässlicher Mensch zu sein. Mit dem würde Olga sicher gut auskommen, dessen war Mali nun sicher. Dennoch fand sie es in ihrem romantischen Herzen schade, dass es bei beiden nicht die große Liebe war, die sie zusammenge-

führt hatte. Mali lernte auch Erichs Eltern kennen, seine Brüder und deren Frauen. Alles sehr sympathische Menschen.
Einige junge Gutsbesitzerssöhne, die noch auf Brautschau waren, machten der Brautjungfer, die in ihrem blauen Seidenkleid entzückend aussah, eifrig den Hof. Ob sie es sich vorstellen könne, für immer in Ostpreußen zu wohnen, ob sie es sich vorstellen könne, einem Gutshof als Herrin vorzustehen, fragten einige unverhohlen.
Nein, sagte Mali, sie könne sich weder das eine, noch das andere vorstellen. Ihre Interessen gingen in eine ganz andere Richtung. Sie studiere Jura mit dem Ziel, Richterin zu werden.
„Oh, ein Fräulein Blaustrumpf", spottete man. „Da müssen wir uns aber in Acht nehmen."
Nachdem das Brautpaar zu einer kurzen Hochzeitsreise abgefahren war, konnte sich Mali wirklich nützlich machen. In Malis munterer Gesellschaft verkraftete Frau Ehrenwald es viel leichter, dass ihr einzig verbliebenes Kind für eine Woche unterwegs war. Diese eine Woche hatte sich das junge Paar gegönnt, um einander näher kennen zu lernen, ehe die Pflichten des Alltags von ihnen Besitz ergriffen.

Der neue Sommer nahte, aber Malis Großmutter fühlte sich nicht wohl genug, um nach Neuerburg zu reisen. Das bereitete Mali ernste Sorgen. Gleichzeitig war sie aber erleichtert. So brauchte sie Richter Buchwald nicht zu begegnen. Es bewahrte sie vor einem weiteren Annäherungsversuch seinerseits, und ihm ersparte es einen weiteren Korb von ihrer Seite.
Die Kunde, dass Großmutter auf ihren gewohnten Sommeraufenthalt verzichtete, löste bei ihren Kindern und Enkeln große Besorgnis aus. So kam denn einer nach dem andern im Hause Waldmann zu Besuch, was die alte Dame sichtlich genoss. Da man inzwischen Telefon hatte, konnten die Besucher wenigstens vorher anfragen, wann ihr Besuch genehm sei. Auf diese Weise vermied man es, dass alle gleichzeitig um das Lager der alten Frau standen.
Auch Helma und Henny kamen, obwohl ihnen selbst große Veränderungen ins Haus standen. Sie waren nun fünfundsechzig, beziehungsweise vierundsechzig Jahre alt. Deshalb hatten sie nicht nur einen Antrag auf Pensionierung gestellt, sie

wollten auch ihr Domizil wechseln. In dem nahegelegenen Böhmerklösterchen hatten sie rechtzeitig um Aufnahme nachgesucht. Dieses von Franziskanerinnen geleitete Haus schien ihnen für einen beschaulichen Lebensabend sehr geeignet. Da jede von ihnen in dem Heim nur ein einziges Zimmer bewohnen würde, hätte nicht alles Platz, was sich im Laufe der Jahre bei ihnen angesammelt hatte. Deshalb durften sich Mali und ihre Geschwister an Mobiliar, Büchern, Wäsche und Porzellan einiges aussuchen.
Schweren Herzens reiste Mali zu Beginn des Wintersemesters nach München zurück. Sie hegte die Befürchtung, dass sie die geliebte Großmutter bei ihrem nächsten Besuch in Trier nicht mehr lebend antreffen werde. Aber die alte Dame hatte ein Einsehen. Es schien, als habe sie nur darauf gewartet, Mali noch einmal zu sehen. Kurz vor Weihnachten schloss sie ganz friedlich in Anwesenheit von Mali, Charlotte und deren Eltern die Augen.
„Man kann nicht klagen", stellte Mali tapfer fest. „Immerhin ist sie fünfundachtzig geworden. Das ist ein schönes Alter, und sie hat, alles in allem, soweit ich das beurteilen kann, ein erfülltes Leben gehabt."
„So ist es", bestätigte die Mutter und schneuzte in ihr Taschentuch.
Großmutter hatte ein Testament hinterlassen. In diesem hatte sie das Neuerburger Haus zu je einem Drittel an ihre verheirateten Kinder vererbt. Auguste, Ewald und Gangolf waren sich einig, dass keiner von ihnen das Haus übernehmen wollte. Das Vernünftigste war es also, es so schnell wie möglich zu verkaufen. Da Richter Buchwald bereits darin wohnte, bot man es höflichkeitshalber ihm zuerst an. Alle Beteiligten waren überrascht, dass er ohne lange Bedenkzeit zusagte. Die Erklärung dafür gab er ihnen selbst. Er hatte inzwischen um die Hand einer hübschen Kohlenhändlerstochter angehalten und ihr Jawort bekommen. Sie brachte nicht nur eine vortreffliche Bildung mit – die hatte sich ihr Vater in einem Schweizer Internat einiges kosten lassen – sondern auch eine ansehnliche Mitgift. So war der Hauskauf für ihn kein Problem.
Wie Mali Jahre später erfahren sollte, muss er sehr glücklich mit ihr geworden sein. Denn innerhalb von zehn Jahren brachten

sie es auf die stolze Anzahl von fünf Kindern. Beim Kauf des großen Hauses hatte der Mann also Weitblick bewiesen. Malis Kommentar, als sie von der stattlichen Kinderzahl hörte: „Was für ein Glück, dass ich den nicht genommen habe!"
Nach den beiden Münchener Semestern wechselte Mali nach Düsseldorf. Irgend jemand hatte ihr zugeflüstert, für eine angehende Richterin sei es äußerst vorteilhaft, das juristische Examen in Düsseldorf abzulegen. Deshalb hielt sie es für ratsam, auch die beiden Semester unmittelbar davor auf derselben Universität zu absolvieren.

Sechstes Kapitel

Das folgende Jahr hielt für Familie Waldmann tiefgreifende Veränderungen bereit. Dass Friedrich Anfang Juni seinen wohlverdienten Ruhestand antreten würde, war hinlänglich bekannt. Alles andere dagegen kam überraschend.

Ende März war aus Mainz, der Geburtsstadt Friedrichs, eine Todesanzeige eingetroffen. Onkel Georg, der jüngste Bruder seines Vaters, war gestorben. Selbstverständlich fuhr Friedrich zur Beerdigung. Wenige Wochen später erhielt er eine amtliche Mitteilung, er habe in der Innenstadt von Mainz ein mehrstökkiges Haus geerbt. In dieser Angelegenheit solle er den Notar Braun in der Bahnhofstraße aufsuchen.

Sobald es ihnen möglich war, fuhren Friedrich und Auguste nach Mainz, um sich ihr Erbe anzuschauen. Die langjährige Haushälterin des Onkels, Frau Werum, führte sie bereitwillig durch das ganze Haus. Im Erdgeschoss befand sich ein Lebensmittelladen, der sichere Miete einbrachte. In der ersten Etage hatte der Onkel selbst gewohnt, die zweite Etage stand leer. Im Dachgeschoss bewohnte Frau Werum eines der Dienstbotenzimmer.

Nach der Besichtigung fragte Friedrich zaghaft bei seiner Frau an, ob ihr das Haus gefalle und ob sie sich vorstellen könne, in Mainz zu leben.

„Worauf willst du hinaus, Friedrich?", fragte sie ebenso vorsichtig.

„Nun ja, in dieser Zeit wird es nicht leicht sein, ein solches Haus zu verkaufen."

„Ach, Friedrich, sag es doch gerade heraus: Du möchtest nach Mainz ziehen?"

„Ja, aber nur, wenn es dir hier gefällt."

„Friedrich, ich war in Straßburg mit dir glücklich. Ich war in Trier mit dir glücklich. Warum sollte ich in Mainz nicht glücklich mit dir sein?"

„Gusti, ist das dein Ernst? Dafür hast du einen Kuss verdient."Bei diesen Worten packte er sie und drückte der Verdutzten einen herzhaften Kuss auf den Mund.

Nach dem Mittagessen, das sie in einem gemütlichen Restaurant in der Nähe ihres Hauses eingenommen hatten,

begaben Waldmanns sich zu der angegebenen Kanzlei. Die Gehilfin führte sie in das kleine, geschmackvoll eingerichtete Wartezimmer. Nach wenigen Minuten bat sie die Herrschaften in das Besprechungszimmer des Notars. Der war ein Herr Mitte sechzig, mit graumeliertem schütterem Haar, groß und hager. Er saß über eine Akte gebeugt an seinem Schreibtisch. Beim Gruß der Eintretenden blickte er hoch. Aufmerksam forschten seine Augen in Friedrichs Gesicht: „Sag bloß, du bist es wirklich?", rief er erfreut aus. Verblüfft schaute Friedrich ihn an: „Wer soll ich sein?"
„Friedrich Waldmann, der Streber aus der letzten Bank."
Die Stimme, die Physiognomie, die Größe – bei Friedrich begann es zu dämmern: „Dann bist du Ferdinand Braun, der Streber aus der vorletzten Bank."
Noch ehe Auguste und die Gehilfin begriffen hatten, lagen sich die ehemaligen Schulkameraden in den Armen. Gegenseitig klopften sie sich freundschaftlich auf den Rücken. Schmunzelnd beobachteten die beiden Frauen diese Szene. Erst nachdem sich die Freunde voneinander gelöst hatten, gewahrte der Notar Auguste: „Oh entschuldigen Sie bitte vielmals, gnädige Frau. Es ist unverzeihlich von mir, dass ich Sie nicht zuerst begrüßt habe." Damit ergriff er ihre Rechte und führte sie formvollendet an seine Lippen.
„Das macht gar nichts", beruhigte ihn Auguste. „Ihre Wiedersehensfreude nach so vielen Jahren ist verständlich."
„Ja", erklärte Ferdinand nun. „Als ich in der Akte den Namen Friedrich Waldmann las, dachte ich, das wird doch nicht gerade mein alter Kumpel sein. Deshalb hatte ich bei Ihrem Eintritt nur Augen für Ihren Herrn Gemahl."
„Ist schon in Ordnung, Herr Braun. Dafür habe ich vollstes Verständnis."
Ferdinand Braun begab sich wieder hinter seinen Schreibtisch und bat seine Klienten, auf den Stühlen vor dem Schreibtisch Platz zu nehmen.
„Ja, wieso bist du denn Notar?", fragte Friedrich erstaunt. „So viel ich mich erinnere, wolltest du doch Pauker werden und hast ein Studium in Latein und Germanistik begonnen."
„Stimmt. Auf Wunsch meines alten Herrn, der, wie du weißt, auch Pauker war. Aber nach zwei Semestern habe ich das

Handtuch geworfen. Ich habe gedacht, mich ein Leben lang mit fremden Kindern herumzuärgern, das ist nichts für mich. Lieber befasse ich mich mit Paragraphen und den Erbangelegenheiten anderer Leute. Und eine solche hat dich ja heute zu mir geführt."

Nachdem das Amtliche abgewickelt war, sagte Ferdinand: „Mensch Friedrich! Dass ich dich wiedergetroffen habe! Wir dürfen uns nicht wieder aus den Augen verlieren. Weißt du was, ich rufe meine Frau an und sage ihr, dass Ihr heute Abend zum Essen kommt. Dann können wir über alte Zeiten reden."

Auguste und Friedrich waren einverstanden. Bis zum Dienstschluss des Notars schlenderten sie durch die Stadt. Dabei spielte Friedrich stolz den Fremdenführer. Für Auguste war alles neu; sie war zum ersten Mal in ihrem Leben in Mainz. Am Abend, kurz nach sechs Uhr, holten sie Ferdinand von seiner Kanzlei ab. Am Hauptbahnhof bestiegen sie den Zug in Richtung Alzey, der sie hinaus brachte nach Gonsenheim. Dort besaßen die Brauns ein schmuckes villenartiges Haus. Frau Nora begrüßte die beiden Trierer auf das herzlichste. Von ihrer Köchin, Frau Becker, hatte sie ein nettes kleines Abendessen bereiten lassen.

Nach dem Mahle zogen sich die beiden Freunde in die Bibliothek zurück, während die Gastgeberin Frau Waldmann in ihr Boudoir führte: „Die Männer haben sich so viel von früher zu erzählen, das dürfte für uns beide langweilig werden. Wir unterhalten uns lieber bei einem Tässchen Mokka über die Gegenwart."

Das war genau in Augustes Sinn. Nachdem die Köchin den Mokka in zierlichen Porzellantassen serviert hatte, erzählte Auguste voller Begeisterung von ihren Kindern, deren Studien und beruflichen Plänen.

„Mir ist von meinen vier Kindern leider nur eines geblieben", seufzte Frau Braun." Unser ältester Sohn, Ferdinand, fiel 1917 in Rußland. Man hatte ihn 1915 gleich nach dem Abitur eingezogen."

„Ja, dieser leidige Krieg. Da haben wir mehr Glück gehabt." Auguste berichtete davon, dass man Wilhelm zwar eingezogen hatte, er aber nicht mehr zum Einsatz gekommen war.

Frau Braun fuhr fort: „Im Jahre 1906 habe ich Zwillinge zur

Welt gebracht, zwei Mädchen. Das eine war so schwach, dass es bereits wenige Minuten nach der Geburt verstarb. Das andere, Brunhilde, wuchs munter heran und machte uns viel Freude. Ein tragischer Unfall hat sie, als sie kaum achtzehn war, aus unserer Mitte gerissen."
An dieser Stelle versagte Frau Braun die Stimme und Tränen traten ihr in die Augen. Verständnisvoll legte Auguste ihre Hand auf Noras Unterarm und sagte: „Das tut mir furchtbar leid. Es muss schlimm sein, wenn man ein Kind verliert, dass schon so alt ist. Mein erstes Kind wurde tot geboren, selbst das war schlimm für mich. Sie müssen davon nicht weitersprechen, wenn es zu viele traurige Erinnerungen weckt."
„Doch", sagte die andere entschlossen. Sie schneuzte sich und tupfte sich die Tränen ab.
„Ich möchte darüber sprechen. In den Momenten, wo ich über unsere Tochter rede, ist sie gegenwärtig für mich. Alle meinen immer, sie müssten mich schonen und schweigen Brunhilde tot. Das finde ich noch viel schlimmer."
„Auch das kann ich verstehen. Bitte erzählen Sie mir: Auf welche Weise haben Sie Brunhilde verloren?"
Frau Nora schneuzte sich noch einmal in ihr rosa Taschentuch, nahm ein Schlückchen von dem Mokka und begann: „Es war im März 1924, einer der ersten sonnigen Tage nach dem langen Winter. Mein Mann, Brunhilde und ich machten einen Spaziergang. Ich sehe es noch, als wäre es gestern gewesen. Da ein ziemlicher Wind wehte, trugen wir trotz des Sonnenscheins noch unsere Wintermäntel. Brunhilde, erst von einer Halsentzündung genesen, hatte einen langen Wollschal derart um den Hals geschlungen, dass ein Ende nach vorne herunterhing, das andere hinten. Wir befanden uns auf dem Bürgersteig links der Straße. Er war zu schmal für drei Personen nebeneinander. Deshalb ging ich hinter den beiden. Mein Mann befand sich an der Häuserseite, Brunhilde auf der Seite zur Fahrbahn hin. Mit ziemlicher Geschwindigkeit kam uns ein Auto entgegen. Ehe wir begreifen konnten, was geschah, erfasste es den flatternden Schal. Jede Hilfe kam zu spät. Das Mädchen wurde vor unseren Augen regelrecht stranguliert. Bei diesem Anblick wurde ich ohnmächtig. Als ich aus der Bewusstlosigkeit erwachte, dachte ich zunächst, ich hätte nur einen fürchter-

lichen Traum gehabt. Dann brach die furchtbare Wahrheit wie eine Lawine über mich herein. Ich schrie und weinte dermaßen, dass der herbeigerufene Arzt es für notwendig hielt, mir eine Beruhigungsspritze zu geben." Wieder stockte ihre Stimme. Erneut tupfte sie sich Tränen von ihren Wangen.
„Ach, Frau Braun. Da haben Sie das Schwerste durchgemacht, das einer Mutter passieren kann. Das tut mir unendlich leid für Sie." Mitfühlend streichelte sie die Hände der Weinenden. Nach einer Weile sagte Auguste: „Aber wenigstens haben Sie noch Ihren zweiten Sohn. Möchten Sie mir von dem erzählen?"
Wieder nippte Frau Nora an ihrem Mokka, und Frau Auguste tat es ihr gleich.
„Ach, Frau Waldmann! Auch der hat uns Kummer gemacht. Aber es ist ihm – gottlob – nichts passiert. Kaum hatte er sein Abitur bestanden, das war 1917, meldete er sich freiwillig zum Militär. Durch nichts konnten wir ihn davon abhalten. Offizier wollte er werden und hat seinen Kopf durchgesetzt. Zum Glück war der Krieg aus, ehe er zu einem gefährlichen Einsatz kam. Man hatte jedoch bereits seine besonderen Fähigkeiten erkannt und behielt ihn nach dem Krieg in der Reichswehr."
„Alle Achtung! Da muss er wirklich Außerordentliches gezeigt haben. Denn so viel mir bekannt ist, war die Stärke der Reichswehr auf 100.000 Mann beschränkt."
„Ja. Aber glauben Sie mir, ich war nicht stolz darauf. Ständig lebte ich in der Angst, es könne wieder zu einem Krieg kommen und er müsse als einer der ersten dem Feind entgegentreten. Meine Sorge legte sich erst, als er eine neue Aufgabe übernahm. Nach einigen Jahren hatte er einen Kameraden namens Adolf Hitler wiedergetroffen. Dieser war mit ihm nach Kriegsende ebenfalls in der Reichswehr verblieben. Hitler hatte diese allerdings 1921 verlassen, um den Vorsitz der NSDAP zu übernehmen. Es scheint so, dass dieser Mann eine große politische Laufbahn vor sich hat. Jedenfalls brauchte er zuverlässige Leute um sich, zum Schutze seiner Person und der anderer Parteifunktionäre. Er berief Arno 1925 in eine Sonderorganisation, die so genannte Schutzstaffel, kurz SS genannt, da ihm dessen hohe Qualifikation aus seiner Militärzeit noch bestens in Erinnerung war."
„Dann können Sie ja jetzt ganz beruhigt sein", meinte Auguste,

die sich um politische Dinge nicht viel kümmerte.
„Ja, das bin ich auch", antwortete Frau Braun. „Das einzige, das mir jetzt noch Kummer bereitet, ist, dass er ob seines beruflichen Ehrgeizes gar nicht dazu kommt, sich nach einer Frau umzusehen. Wenn ich ihn darauf anspreche, lacht er nur und sagt: ‚Mutter, was willst du? Ich bin doch erst zweiunddreißig und habe zum Heiraten noch Zeit genug. „Aber ich bin doch schon dreiundsechzig und möchte endlich Enkelkinder haben."
„Ja, ja, so sind die jungen Männer von heute. Mir geht es wie Ihnen, Frau Braun. Ich bin auch schon zweiundsechzig und sehne mich nach Enkeln. Aber mein Sohn macht sich mit dem Heiraten nicht das geringste Geschick. Unsere Margarethe bleibt kinderlos aufgrund einer Kriegsverletzung ihres Mannes. Unsere Charlotte ist mit ihren Beruf verheiratet und unsere Jüngste", hierbei seufzte Auguste hörbar „ist zweiundzwanzig und hat sich in den Kopf gesetzt, Richterin zu werden. Deshalb hat sie bis jetzt allen Männern die kalte Schulter gezeigt."
„Da würde ich mir noch keine Sorgen machen", versuchte Nora Auguste zu trösten. „Da wird der Richtige noch kommen. Sie ist ja noch jung. Und für Mädchen ihres Alters sieht der Heiratsmarkt wieder entschieden rosig aus."
Noch auf viele andere Themen kamen die beiden Frauen an diesem Abend zu sprechen. Sie stellten fest, dass sie nicht nur gemeinsame Interessen hatten, sondern auch in ihren Ansichten häufig übereinstimmten. Beim Abschied, der beiden viel zu schnell kam, hatten sie das Gefühl, eine neue Freundin gewonnen zu haben. Man versprach einander, man wolle sich – sobald Waldmanns nach Mainz übergesiedelt seien – recht oft besuchen.
Das hörten die beiden Ehemänner gern. Sie hatten bereits beschlossen, die alte Freundschaft nicht nur aufzufrischen, sondern zu intensivieren.
Zu Bett gingen die Waldmanns an diesem Abend noch lange nicht. Sie waren zu aufgewühlt von all dem Neuen, das heute auf sie eingestürmt war. Friedrich war noch immer besorgt, seine Frau könne ihren Entschluss, nach Mainz zu ziehen, bereuen. Er fürchtete, sie werde einen Rückzieher machen, wenn sie sich erst darüber klar würde, dass sie mit ihrem Umzug ihren ganzen Bekanntenkreis verlor. Vorbeugend sagte

er: „Wie mir Ferdinand versicherte, unterhält er in und um Mainz noch eine ganze Reihe von Kontakten zu Klassenkameraden. In diese Kreise will er uns auch einführen. Du brauchst also keine Angst zu haben, dass wir hier gesellschaftlich vereinsamen."

„Davor habe ich sowieso keine Angst. Ich muss dir nämlich gestehen, Friedrich, ich habe mich nicht nur deinetwegen für Mainz entschieden."

„Nein? Da bin ich aber enttäuscht", tat er beleidigt.

„Hinter meiner Bereitwilligkeit, nach Mainz zu ziehen, stecken sehr egoistische Motive."

„Und die wären?"

„Aber Friedrich, ich wundere mich, dass du noch nicht selbst darauf gekommen bist. Als ich die schöne große Wohnung in der zweite Etage unbewohnt sah, dachte ich sofort, das wäre doch etwas für unsere Margarethe. Dann braucht sie nicht mehr bei Fremden zur Miete wohnen, und wir haben sie wieder ganz in unserer Nähe."

Friedrich schlug sich mit der flachen Hand vor die Stirn und sagte: „Das ist ja auch wahr. Darauf hätte ich selber kommen können. Das ist wirklich ein guter Grund, nach Mainz zu ziehen." Bei diesen Worten nahm Friedrich seine Auguste in die Arme und küsste sie erneut. Dann sagte er: „Du bist und bleibst eben doch bis an dein Lebensende eine Glucke."

„Du bist also einverstanden, dass Margarethe bei uns wohnt?", jubelte sie." Dann werden wir ihr das gleich morgen bei unserem Besuch anbieten. Und für Charlotte können wir eine Wohnung im Dachgeschoss herrichten, denn Frau Werum will ja zu ihrer Tochter ziehen. Charlotte liebäugelt ja schon lange mit dem Gedanken, nach Mainz zu ziehen."

„Und da wir gerade bei der Familienzusammenführung sind: Vielleicht gelingt es uns sogar, Mali auf Dauer nach Mainz zu locken."

Auguste entging nicht das schelmische Flackern in seinen Augen.

„Du denkst doch nicht etwa dasselbe, das ich denke?", fragte sie mit einem Augenzwinkern. „Wer weiß?", antwortete er mit einem vielsagenden Schulterzucken.

„Spielst du etwa auf Ferdinands Sohn an?", fragte sie.

„Genau das meine ich", antwortete er.
„Demnach hast du auch schon Zukunftspläne geschmiedet?"
„Nun ja", sagte Friedrich, „Ferdinand hat ihn in den leuchtendsten Farben geschildert. Demnach muss sein Bengel nicht nur blendend aussehen – wofür Mali eine Schwäche hat – er scheint auch eine großartige berufliche Karriere vor sich zu haben. Man sollte ihn also zumindest Mali mal vorstellen. Vielleicht beißt sie bei ihm endlich an."
„Wir müssen aber sehr subtil vorgehen, Friedrich. Sie darf nicht ahnen, dass wir sie verkuppeln wollen. Und wie ich von Frau Braun heraushören konnte, ist ihr Filius auf diesem Gebiet ebenfalls sehr empfindlich."
„Nun ja, Gusti. Wenn wir erst mal in Mainz wohnen, wird sich schon eine Gelegenheit ergeben."
„Und wenn nicht, muss man eben ein bisschen nachhelfen", ergänzte Auguste.
In Gonsenheim wurden in dieser Nacht ähnliche Heiratspläne geschmiedet.
Ende November desselben Jahres war der Umzug beendet. Selbst Kisten und Kasten waren ausgepackt und alles an seinem endgültigen Platz. Das war vor allem das Verdienst der zuverlässigen Grete, welche mitgezogen war. Bertha war nicht mitgekommen. Sie hatte um ihre Entlassung gebeten. Sie sei nun siebzig Jahre alt und wolle nicht noch einmal einen Umzug mitmachen. Sie wolle sich bei ihrer Familie in der Eifel zur Ruhe setzen. Das gestand man der treuen Seele gerne zu. Deshalb übernahm Grete in Mainz auch das Amt der Köchin.
Schon für den zweiten Weihnachtstag war von Brauns eine Einladung an Waldmanns ergangen: Man werde sich freuen, sie mit ihren beiden jüngeren Töchtern zum Kaffee begrüßen zu dürfen.
Als sie zu viert mit der Bahn ihrem Ziel entgegen fuhren, war Auguste innerlich ganz aufgeregt. Im Geiste sah sie schon, wie sich ihre Träume erfüllten. Äußerlich ließ sie sich jedoch nichts anmerken, um ihre Pläne nicht zu gefährden.
Doch welch herbe Enttäuschung harrte ihrer!
An der Kaffeetafel teilte ihnen Frau Nora unter größtem Bedauern mit, ihr Sohn habe heute Morgen einen wichtigen Anruf erhalten und sofort abreisen müssen. Dennoch wurde es

für die nichtsahnenden jungen Damen ein vergnüglicher Nachmittag. Der charmante Notar wusste recht angenehm zu plaudern und verstand es auch, ihnen zu zuhören. Während alle dem Weihnachtsgebäck und dem ausgezeichneten Kaffee zusprachen, berichtete Auguste von ihrem Umzug nach Mainz und dem Abschied von den Trierer Freunden. Friedrich betonte, was für ein Glücksfall es für ihn gewesen sei, dass er zum richtigen Zeitpunkt pensioniert worden war.

„So gut wie du müsste man es auch haben", lachte Ferdinand „Aber ich bin ja selbst schuld. Hätte ich damals auf meinen alten Herrn gehört, könnte ich jetzt auch von meiner Pension leben. Aber als Selbstständiger muss ich wohl noch ein paar Jährchen weitermachen."

„Das ist wohl wahr", entgegnete der Freund. „Schade, dass dein Sohn nicht ins Geschäft einsteigen wollte. Sonst könntest du dich so nach und nach daraus zurückziehen."

„Ja, leider. Das war immer mein Wunsch gewesen. Den musste ich leider bald aufgeben. Aber darf ich klagen? Ich habe ja selbst nicht den Weg eingeschlagen, den mein Vater für mich vorgesehen hatte. So ist das nun mal mit Kindern. Man muss sich damit abfinden, dass sie ihren eigenen Kopf haben."

„Wem sagst du das?", seufzte Friedrich abgrundtief.

Die nächste Begegnung fand im Hause Waldmann statt. Auguste hatte mit Grete alles auf das Sorgfältigste vorbereitet. Damit für die beiden jungen Leute, um die es ging, alles möglichst unauffällig aussehe, hatte man nicht nur Charlotte dazu gebeten, sondern auch Margarethe und ihren Ehemann. Statt der erwarteten Mali traf am Vorabend nur ein Telegramm von ihr ein: Sie bedauere, nicht kommen zu können, sie stecke mitten im Examen. Arme Auguste!

Als Nora kam, war sie ebenso enttäuscht, wie es Auguste am zweiten Weihnachtstag gewesen war. Diesmal war nämlich ihr Sohn mitgekommen. Waldmanns waren von ihm sehr angetan. Seine stattliche Erscheinung, sein schneidiges Auftreten, seine guten Manieren – das alles nahm Auguste sehr für ihn ein. Friedrich war beeindruckt von der Art, wie er sich auszudrükken wusste, von seinem vielseitigen Wissen und von seiner beruflichen Position.

Als die beiden Mütter mal allein waren, konnte Auguste sich

nicht mehr zurückhalten: „Ach, Frau Braun, Sie glauben gar nicht, wie leid es mir tut, dass meine Tochter Mali nicht kommen konnte."
„Und mir erst", beteuerte die andere. „Schon damals bei uns habe ich es außerordentlich bedauert, dass mein Sohn abgereist war, noch ehe er die Gelegenheit hatte, Ihre überaus entzückende Tochter kennen zu lernen."
Da wussten die beiden Damen, sie saßen im selben Boot. Nun konnten sie sich ungeniert gegenseitig ihre Wünsche und Hoffnungen anvertrauen. In Zukunft würden sie alles daran setzen, damit es endlich zu einer Begegnung zwischen diesen beiden jungen Menschen käme.
Natürlich werde man sehr behutsam vorgehen müssen, darüber war man sich einig.
Aber wie das Schicksal so spielte, in der nächsten Zeit sollten alle Versuche fehlgeschlagen. Egal, wo man sich traf, ob bei Brauns oder bei Waldmanns, bei Bekannten oder zu offiziellen Anlässen, immer fehlte eines von beiden. Meist aus beruflichen Gründen.
„Ob das Schicksal wohl dagegen ist?", fragte Frau Braun eines Tages resignierend Auguste.
„Ach, das glaube ich nicht. Die Zeit ist einfach noch nicht reif. Was kommen soll, das kommt. Wir müssen nur Geduld haben."

Ehrenwalde, den 29.8.1931

Liebe Mali!

Es freut mich, dass Du Dein Examen so glänzend bestanden hast. Meine herzlichsten Glückwünsche dazu! Nun bist Du also ein frischgebackener cand. jur. Damit wäre die erste Hürde zu Deinem Berufsziel genommen. Wie ich Dich kenne, wirst Du die anderen auch noch schaffen. Dazu wünsche ich Dir erst mal, dass Du bald eine Dir angenehme Stelle findest, wo Du den ersten Teil Deiner Referendarzeit ableisten kannst.
Von uns gibt es leider nur Trauriges zu berichten. Vor acht Wochen ist meine Mutter gestorben. An gebrochenem Herzen, sagte der Arzt. Sie ist niemals über den Verlust ihrer beiden Söhne hinweggekommen. Eine Weile hat sie noch die

Hoffnung auf einen Enkel aufrechterhalten. Da sich jedoch bis heute nichts getan hat, hat sie wohl resigniert. Nach Mutters Tod ist Vater noch rascher verfallen, so dass wir ihn vor zwei Wochen zu Grabe tragen mussten. Nun stehe ich allein da mit dem großen Gut. Ein Glück, dass ich Erich an meiner Seite habe! Er ist fleißig, zuverlässig und rücksichtsvoll. Unter unserer Kinderlosigkeit leidet er genauso wie ich. Wir waren beide schon beim Arzt. Der sagt, wir seien rundum gesund und müssten Geduld haben. Aber wie konnte ich das, angesichts der täglichen forschenden Blicke meiner Mutter? Wir seien doch noch sehr jung und wenn wir nicht so verkrampft wären, würde sich der Kindersegen schon noch einstellen, meinte der Arzt. Gebe Gott, dass er Recht hat, auch wenn es dann für meine armen Eltern zu spät ist. Für Erich und mich wäre es ein großes Glück, endlich Kinderlachen um uns zu haben. Wir beide sind nicht nur sehr kinderlieb, wir möchten auch die Gewissheit haben, dass nach uns ein leiblicher Erbe das Gut weiterführt.
Soviel für heute, die Pflicht ruft. Wie Du weißt, würde ich mich riesig freuen, Dich endlich mal wieder zu sehen. Vielleicht geschieht doch noch ein Wunder und Du lädst mich eines Tages zu Deiner Hochzeit ein. Wenn nicht, so weißt Du, Du bist bei uns jederzeit willkommen.
Ganz herzliche Grüße an Dich und Deine Familie, auch von Erich, Deine Olga.

Da kannst du lange warten, Olga, bis ich zur Hochzeit einlade, dachte Mali. Der Zug ist abgefahren. Ich habe doch nicht dieses lange Studium gemacht, um mich hinterm Kochherd zu verkriechen.
Unmittelbar nach dem bestandenen Examen hatte Mali sich beim Oberlandesgericht um eine Referendarstelle beworben. Schon bald erfuhr sie, dass sie dem Landgerichtsbezirk Ludwigshafen zugeteilt war. Dort sagte man ihr, sie solle sich beim Amtsgericht in Speyer melden.
Mit Begeisterung trat sie am ersten September ihre Stelle an. Das erste halbe Jahr verbrachte sie in der Zivilstation. Dort ging es um bürgerliches Recht, was sie sehr interessierte. Ihre Arbeit füllte sie so aus, dass sie keinerlei Bedürfnis nach privaten Beziehungen verspürte.

Wieder einmal durfte Mali die Rolle einer Brautjungfer übernehmen. Das war zu Beginn des Jahres 1933.Während Hitler in Deutschland die Macht ergriff, ergriff ihr Bruder die Hand seiner Dorothee. An Weihnachten hatte er sich – sehr zur Freude seiner Eltern – mit Fräulein Salm verlobt. Dorothee war vierzehn Jahre jünger als er und stammte aus der Nähe von Bad Dürkheim. Er war ihr dort begegnet, als er für einige Wochen die Vertretung des alten Landarztes übernommen hatte. Sie war eine seiner ersten Patientinnen gewesen. Auf den ersten Blick hatten sie sich ineinander verliebt, als er ihren verstauchten Fuß behandelte. Die Verstauchung hatte sie sich beim Sprung von einem Leiterwagen zugezogen.
Deshalb hatte er lange Zeit geglaubt, sie sei eine arme Bauerntochter, die schwer auf den Feldern ihres Vaters mitarbeiten müsse. In diesem Irrtum hatte sie ihn nur zu gern belassen. In Wirklichkeit brauchte sie zu Hause keinen Finger zu rühren und war nur aus Langeweile auf dem Wagen der Nachbarn mitgefahren. Als verwöhnter und verhätschelter Nachkömmling eines wohlhabenden Weinhändlers verfügte sie über eine stattliche Verehrerzahl. Dorothee plagten jedoch stets Zweifel, ob die Männer hinter ihr oder hinter ihrem Vermögen her waren. Das hatte sie bis jetzt zögern lassen, Herz und Hand zu verschenken. Bei dem jungen Landarzt aber, der ihre Verhältnisse nicht kannte, war sie sicher, dass er sie selbst meinte, als er von Liebe sprach. Erst als Wilhelm bei ihrem Vater um ihre Hand anhielt, erfuhr er, dass dieser ein begüterter Mann war. Diese Erkenntnis störte den Bräutigam jedoch keineswegs. Die ansehnliche Mitgift nahm er gerne „in Kauf". Damit richtete er sich später in Bad Dürkheim eine eigene Praxis ein.
Nicht nur bei Wilhelms Eltern herrschte eitel Freude über seinen Heiratsentschluss. Auch die Eltern der Braut waren begeistert, ihre wählerische Tochter unter die Haube zu kriegen, zumal sie sich einen veritablen Arzt eingefangen hatte. Sie hatten also nicht umsonst in die teure Ausbildung investiert.
Begeistert war man übereingekommen, die Hochzeit in großem Rahmen zu feiern. Schließlich konnte man es sich leisten! Es war selbstverständlich, dass die Feierlichkeiten im Hause der Braut stattfanden. Dazu waren nicht nur alle Verwandten von Braut und Bräutigam eingeladen worden, sondern auch viele

Freunde. Und alle, alle waren gekommen. Selbst die ältlichen Tanten Henny und Helma. Sie hatten die Geborgenheit ihres Klösterchens verlassen und die Strapazen der umständlichen Reise auf sich genommen, weil sie die Hochzeit ihres Lieblingsneffen auf keinen Fall versäumen wollten.
Dorothee war eine strahlende Braut. Der Bräutigam strahlte nicht minder. Brautjungfer Mali, diesmal in seegrünem Abendkleid, sah ebenfalls bezaubernd aus. So drängten sich, nachdem das Brautpaar den Tanz eröffnet hatte, viele der ledigen Männer um Mali. Mit gewohnter Gelassenheit nahm sie das zur Kenntnis. Sie tanzte mit jedem und war gegen jeden liebenswürdig. Diesmal vermied sie es allerdings, sich als Juristin auszugeben. Sie wollte nicht noch einmal als Blaustrumpf tituliert werden.
Es gab nur einen einzigen aus der ganzen Verehrerschar, der Eindruck auf sie machte. Das war ein hochgewachsener, nicht mehr ganz junger Mann, mit weizenblonden Haaren und saphirblauen Augen. Er genoss sichtlich die Aufmerksamkeit, mit der sie ihn bedachte.
Er konnte allerdings nicht ahnen, dass er diese nur einer auffallenden Ähnlichkeit mit jemandem verdankte, den Mali noch immer nicht vergessen hatte. Er müsste etwa im gleichen Alter sein, überlegte sie. So könnte er inzwischen aussehen. In Gedanken zurücksinkend bis in ihre Tanzkränzchenzeit, schwebte sie selig am Arm des ihr Unbekannten dahin.
Als er sie in der Tanzpause ansprach, zerplatzte der schöne Traum. Nein, das war nicht Rudolfs Stimme. Das war auch nicht die Art, wie er mit ihr zu sprechen gepflegt hatte.
Dennoch, als die Musik wieder einsetzte, schloss sie die Augen und gab sich erneut der schönen Illusionen hin. Er führte sehr sicher und mit ihm zu tanzen, war ebenso wunderbar, wie seinerzeit mit ihrer Jugendliebe.
Erst nach der dritten Aufforderung zum Tanz stellte er sich vor: „Arno Braun".
„Ach! – Sie sind das! – Der Sohn von Vaters Freund Ferdinand."
Dabei betrachtete sie ihn von oben bis unten, was er lachend zur Kenntnis nahm. „Dass ich eine Schwester des Bräutigams bin, haben Sie wohl längst mitbekommen?"
„Natürlich! Sie haben ihn ja so entzückend zum Altar geleitet."

„Ja, mittlerweile habe ich Übung darin. Immerhin bekleide ich das Amt einer Brautjungfer bereits zum dritten Mal."
„Dann wird es allmählich Zeit, dass Sie sich selbst zum Altar führen lassen."
„Damit hat es keine Eile. Erst will ich mal meine Unabhängigkeit genießen. Ob ich überhaupt jemals heirate, das ist noch die Frage."
„Da haben Sie Recht, Fräulein Waldmann, damit liegen Sie ganz auf meiner Linie."
Das war endlich mal eine Frau nach seinem Geschmack. Sie sah nicht nur bezaubernd aus, sie war auch geistreich und humorvoll – und vor allem, sie war nicht eine von jenen, die einen gleich zum Altar schleppen wollen. Mit ihr konnte man ungeniert flirten, ohne dass einem sofort Fesseln angelegt wurden.
Mali purzelten beim Tanzen ähnliche Gedanken durch den Kopf: Endlich mal ein Mann nach meinem Herzen. Er sieht umwerfend gut aus. Er versteht es, witzig zu plaudern. Er ist ein hervorragender Tänzer. Und vor allem – er will mich nicht gleich heiraten. Mit so einem Mann machte das Flirten Spaß. Mit so einem Mann konnte man sogar eine Freundschaft pflegen, ohne befürchten zu müssen, dass gleich eine Ehe daraus wurde. Der würde womöglich akzeptieren, dass sie ihrem Beruf lebte und dass man sich gelegentlich traf zum Plaudern, zum Tanzen oder einem Theaterbesuch.
Dass die beiden so häufig miteinander tanzten und sich offenbar blendend verstanden, war nicht unbeobachtet geblieben. Wie von ungefähr saßen Nora und Auguste auf einmal nebeneinander.
„Unser Traum scheint doch noch in Erfüllung zu gehen", raunte Auguste Nora zu.
„Ja, endlich", wisperte diese zurück. „Ich hatte schon fast die Hoffnung aufgegeben. Sie hatten ganz Recht, gut Ding will Weile haben."

Einige Wochen später – Mali war inzwischen der Abteilung Verwaltungsrecht zugeteilt worden – herrschte dort große Aufregung, als sie am Morgen das Dienstzimmer betrat. Aus dem Stimmengewirr, das ihr entgegenschlug, schnappte sie einige Fragen auf:

– „Haben Sie das gelesen?"
– „Was sagen Sie dazu?"
– „Was soll man davon halten?"
– „Was sind das für Zeiten, die da auf uns zukommen?"
– „Wo soll das hinführen?"

Es dauerte geraume Zeit, bis Mali sich endlich ein Bild machen konnte. Demnach hatten sich im Laufe des Monats März zu verschiedenen Zeiten an unterschiedlichen Orten im Deutschen Reich ungeheure Dinge ereignet. Jüdische Richter, Rechtsanwälte, Notare und Staatsanwälte waren so mir nichts – dir nichts von NSDAP-Leuten auf unbestimmte Zeit aus dem Dienst entfernt worden. Dass es sich hierbei um eine himmelschreiende Ungerechtigkeit handelte, war ihr sofort klar. Gleichzeitig wurde ihr aber bewusst, dass sie als kleine Referendarin nichts dagegen unternehmen konnte, wo selbst Richter und Staatsanwälte machtlos waren. Sie würde darüber mit Arno Braun reden. Er hatte doch so gute Beziehungen zu Hitler.

Das erste Mal, dass sie Arno nach der Hochzeit ihres Bruders wiedertraf, war am zweiten Ostertag im Braunschen Hause. Weil das Wetter so herrlich war, unternahmen beide Familien gemeinsam einen Spaziergang im Gonsenheimer Wald.

Mali blieb absichtlich mit Arno hinter den anderen zurück. Sie nutzte diese Gelegenheit, um ihn zu fragen, ob er von den ungeheuerlichen Vorfällen wisse, die sich im März in deutschen Gerichten zugetragen hatten. Seine Reaktion auf ihre Frage verblüffte sie.

„So ein Blödsinn!", schimpfte er. „Wie hat die Presse davon Wind bekommen? Diese Säuberungsaktion sollte doch vorläufig geheim bleiben."

„Ich... ich verstehe nicht ganz", stotterte Mali.

Da merkte er wohl, dass er über das Ziel hinausgeschossen war. „Bitte, Fräulein Mali, verstehen Sie mich nicht falsch", versuchte er sie zu beschwichtigen.

„Es gibt Dinge, über die ich nicht reden darf, noch nicht reden darf. Bringen Sie mich also bitte nicht mehr in Verlegenheit mit solchen Fragen. Einen wohlgemeinten Rat gebe ich Ihnen noch: Reden Sie auch mit anderen nicht darüber. Es würde niemandem nutzen, aber Ihnen würde es schaden. Was immer Sie in den nächsten Monaten hören oder lesen werden, das Sie befremdet, behalten Sie es für sich. Zu niemandem ein Wort darüber, Sie können nie wissen, wer ein Spitzel ist."

Mali wurde es sehr beklommen bei dieser Aussage. Sie zog es vor, keine Einwände mehr zu machen. Eine Weile gingen sie schweigend nebeneinander her. Mali überlegte gerade, ob es nicht besser war, ihm in Zukunft aus dem Weg zu gehen. Da blieb er – als ob er ihre Gedanken erraten hätte – mit einem Ruck stehen, wandte ihr sein Gesicht zu und sagte: „Entschuldigen Sie bitte, Fräulein Mali, dass ich Sie erschreckt habe. Ich hoffe, dass Sie mich trotzdem wiedersehen wollen und dass wir Freunde bleiben können. In Zukunft werden wir alles Berufliche ausklammern. Es gibt ja viele andere Dinge, über die man reden kann. Einverstanden?"

„Einverstanden", sagte sie mit erzwungenem Lächeln, froh darüber, dass das Gespräch diese Wendung genommen hatte. Denn es gab etwas an ihm, das sie unbewusst anzog, obwohl seine ganze Geheimnistuerei sie abstieß, ja ihr sogar unheimlich war.

Erstaunlicherweise vermochten Mali und Arno es neuerdings einzurichten, bei allen anfallenden Familienfeiern anwesend zu sein. Darüber freuten sich die beiderseitigen Eltern, besonders die Mütter. Bei diesen Anlässen erwähnte die angehende Juristin jedoch nie wieder ein Wort von dem, was sie an nationalsozialistischen Neuerungen dem Justizblatt entnahm.

Über ein Jahr lang begegneten sich Mali und Arno immer nur im Kreise der Familie. Dann machte er ihr, als sie mal unbelauscht waren, den Vorschlag, sie solle sich heimlich mit ihm treffen.

„Und wozu sollte das gut sein?", fragte sie unbefangen.

„Wir könnten beispielsweise in das leerstehende Sommerhaus meines Freundes fahren, um ein Wochenende miteinander zu verbringen."

Mali schaute ihn erstaunt mit ihren großen blauen Augen an: „Und was versprechen Sie sich davon?"

„Aber, Fräulein Mali, so naiv können Sie doch gar nicht sein. Wir sind zwei erwachsene Menschen und wollen ein bisschen Spaß miteinander haben. Sie haben doch selbst gesagt, dass Sie Ihre Unabhängigkeit genießen wollen."

Entsetzt wich sie einen Schritt zurück: „Da müssen Sie mich

missverstanden haben, Herr Braun. Anscheinend verstehen Sie unter Unabhängigkeit genießen etwas anderes als ich. Finanziell möchte ich unabhängig sein. Frei möchte ich sein, niemandem Rechenschaft schuldig. Ungehindert möchte ich meinen Wunschberuf ausüben können. Ich will mich weder einem Mann unterordnen müssen, noch Kinder am Rockzipfel hängen haben. Jedenfalls vorerst nicht."

Arno schwieg lange. In seinem Inneren rangen Enttäuschung, Staunen und Achtung miteinander. Enttäuscht war er, dass ihm diese – wie er geglaubt hatte – so leicht zu machende Beute, entwischt war. Erstaunt war er, dass er Mali völlig falsch eingeschätzt hatte und Achtung zeigte er vor ihrer Haltung. Ihm war noch nie ein solches Mädchen untergekommen, so hübsch, so begabt, so selbstbewusst und... so anständig.

Aufmerksam beobachtete sie sein Mienenspiel: „Unter diesen Umständen können wir wohl nicht mehr Freunde sein?"

„So will ich das nicht sagen", entgegnete Arno. „Aber ich werde meine Einstellung Ihnen gegenüber revidieren müssen. Sie sind also doch nicht so fortschrittlich, wie ich Ihrer damaligen Aussage entnommen hatte."

„Fortschrittlich bin ich schon", verteidigte Mali aufgebracht ihre Haltung. „Nur eben in einem anderen Sinne als Sie zu verstehen geruhten. Ich nenne das schon fortschrittlich, wenn eine Frau nicht nur heiratet, um versorgt zu sein. Eine Frau, die sich selbst einen Platz im Leben erkämpft und sich nicht von einem Mann ernähren lässt, ist sogar sehr fortschrittlich."

„Sie haben ja Recht, Fräulein Mali", beschwichtigte er sie nun. „Es tut mir leid, dass ich mich in Ihnen geirrt habe. Wir können dennoch Freunde bleiben. Vergessen Sie einfach, was ich Ihnen zu Beginn gesagt habe."

Man traf sich also weiterhin auf Festen und Feiern, wenn es auch – angeblich berufsbedingt – wieder seltener wurde. Meist schlug man einen unverbindlichen Plauderton an.

Zwei Jahre später warteten die Mütter noch immer vergeblich auf eine Verlobung. Doch Mali hatte Wichtigeres zu tun. Sie hatte ihr Referendariat abgeschlossen und ihr zweites Examen vor dem Justizprüfungsamt mit Auszeichnung bestanden. Dadurch war sie zum Assessor jur. aufgestiegen und konnte ihre Bewerbung beim Justizministerium einreichen. Wenig später erhielt sie eine Einladung zu einem Vorstellungsgespräch. Neben ihrem juristischen Wissen machte sie durch ihre Schlagfertigkeit und ihren Mutterwitz bei den Verantwortlichen einen positiven Eindruck. Auf Anhieb bekam sie eine Stelle im Amtsgericht Frankenthal. Dort würde sie die nächsten drei Jahre verbringen. Deshalb suchte sie sorgfältigst unter den angebotenen Pensionen aus und landete bei einer netten rundlichen Kriegerwitwe. Das Zimmer war ordentlich und die Beköstigung gut.

Die junge Assessorin, von ihrem Chef mit Arbeit reichlich eingedeckt, kam nun noch seltener nach Hause. Aber weiterhin begegnete sie Arno freundschaftlich, wenn man sich bei geselligen Anlässen traf.

Wieder einmal verbrachten die Brauns den Silvesterabend im Hause Waldmann. Außer Mali und Charlotte waren auch Margarethe und ihr Ehemann anwesend. Um Mitternacht perlte der Sekt in den Gläsern. Man stieß an auf das Jahr 1937 und jeder reichte jedem die Hand, um seine Glückwünsche auszusprechen. Es herrschte eine gelöste, fröhliche Stimmung.

Auf einmal klopfte Frau Braun mit ihrem Ehering an ihr Glas, dass es hell erklang. Alle Blicke wandten sich ihr zu. Sie schluckte, errötete vor Verlegenheit und öffnete ihren Mund: „Ich weiß, Ihr seid es nicht gewohnt, dass ich eine Rede halte. Aber heute ist mir eben danach. Liebe Familie Waldmann, wir kennen uns nun seit fast sieben Jahren, die Männer natürlich schon viel länger. In dieser Zeit seid Ihr uns die liebsten und treuesten Freunde geworden. Was hieltet Ihr davon, wenn wir uns ab sofort alle duzen?"

„Das ist eine famose Idee", ergriff Friedrich als erster das Wort. „Dieser Akt war längst fällig. Es war für mich immer ganz schön verwirrend, einen Teil der Familie zu duzen und den anderen zu siezen." Damit ging er auf Frau Nora zu. Er verhakte seinen rechten Arm mit dem ihren und sie tranken umständlich – wie es der Brauch erforderte – jeder aus seinem eigenen Glas. Dann küssten sie sich gegenseitig auf beide Wangen. Ferdinand folgte seinem guten Beispiel und trank auf gleiche Weise mit Auguste auf Du. Anschließend traten die beiden Frauen zur gleichen Zeremonie an: „Oh Nora, wie freue ich mich, dass du auf diesen glänzenden Einfall gekommen bist", bekannte

Auguste aus übervollem Herzen." Du bist seit langem meine liebste Freundin."
Nach dem obligatorischen Wangenkuss umarmten sich die beiden Frauen in großer Herzlichkeit. Mitten in diesen Gefühlsausbruch hinein fragte Arno: „Gilt dieses Angebot auch für die Kinder?"
„Selbstverständlich, mein Junge", lachte Friedrich. „Jetzt heißt es zugreifen."
So wurde denn der restliche Inhalt der Sektgläser dazu verwendet, Brüderschaft untereinander zu schließen mit Küsschen hier und Küsschen da.
Waren nicht die Küsse von Arno an Mali intensiver gewesen als bei den anderen?, fragte sich Nora, die deren Umarmung aufmerksam beobachtet hatte. Jedenfalls wäre sie mit sich und der Welt zufrieden gewesen, wenn sie nicht wieder diese undefinierbaren Schmerzen in der Magengegend verspürt hätte.
Beim Abschied flüsterte ihr Auguste zu: „Ich weiß nicht, du wirkst heute so angegriffen."
Nora nahm die neue Duzfreundin beiseite und sagte leise zu ihr: „Das hast du richtig beobachtet. Ich habe immer wieder Momente, wo ich mich nicht wohl fühle. Irgend etwas stimmt mit meinem Magen nicht."
Voller Besorgnis schaute Auguste sie an: „Damit solltest du nicht spaßen. Du solltest baldmöglichst einen Arzt aufsuchen."
„Das werde ich tun", versprach Nora.
Nach einigen Tagen erhielt Auguste – mittlerweile hatten sie sich einen Fernsprechapparat installieren lassen – einen Anruf von Nora. Ihre Stimme klang besorgniserregend. Deshalb kam Auguste umgehend deren Bitte um einen Besuch nach.
„Gut, dass du da bist", sagte Nora erleichtert, als Auguste schon bald bei ihr eintrat. Dabei fiel sie ihr weinend um den Hals.
„Oh mein Gott! Was ist passiert, Nora?"
„Ich habe heute mein Todesurteil erhalten."
Fassungslos starrte Auguste die Freundin an. Sie wusste nicht, was sie sagen sollte.
„Auf dein Anraten habe ich unsern alten Hausarzt aufgesucht", brachte Nora mühsam hervor.
„Und?"

„Der hat mich sofort zum Röntgen überwiesen. Heute bekam ich die Diagnose: Magenkrebs."
„Ach Nora, das ist ja furchtbar."
Wieder hielten sich beide Frauen eine Weile umschlungen und ließen ihren Tränen freien Lauf. Nach geraumer Zeit erwachte Augustes Kampfgeist. Sie drückte die Freundin in einen Sessel und nahm ihr gegenüber Platz: „Zugegeben, Nora, das ist ein Schock. Aber es ist kein Todesurteil. So viel ich gehört habe, macht man heute schon Operationen, bei denen der kranke Teil des Magens entfernt wird, und der gesunde Rest arbeitet einwandfrei weiter. Mit einem so verkleinerten Magen kann man zwar keine großen Portionen mehr essen. Dafür isst man eben öfters kleine Happen."
Erfreut registrierte Auguste, dass ein Hoffnungsschimmer in Noras Antlitz trat und dass sie der Operation mit Zuversicht entgegensah. Diese erfolgte bereits einige Tage später. Nach drei Wochen durfte die Kranke wieder nach Hause. Sie erholte sich zusehends. Bald konnte sie in Augustes Begleitung schon kleine Spaziergänge unternehmen.
Unterdessen neigte sich Malis Assessorenzeit ihrem Ende zu. Aus diesem Grunde studierte sie im Justizblatt eifrig alle Angebote von vakanten Stellen. Eines Tages wurde sie dabei von ihrem Chef, dem Amtsgerichtsdirektor Neuhauser, überrascht: „Was machen Sie denn da, Fräulein Waldmann? Sie studieren doch nicht etwa die Stellenanzeigen?"
„Na, Sie sind gut. In einem halben Jahr setzen Sie mich vor die Tür. Da muss ich doch sehen, wo ich bleibe. Es wird höchste Zeit, mich auf freie Planstellen zu bewerben."
„Das können Sie sich sparen."
Ungläubig schaute Mali ihn an: „Machen Sie keine Witze, Herr Amtsgerichtsdirektor. Ich kann doch nicht ewig Assessorin bleiben."
„Aber Richterin können Sie auch nicht werden."
Entgeistert schaute Mali ihn an: „Wieso? Ich habe doch ausgezeichnete Beurteilungen, und auch Sie waren immer zufrieden mit mir."
Dem Amtsgerichtsdirektor war offensichtlich nicht nach Scherzen. Völlig ernst fuhr er fort: „Das tut nichts zur Sache. Frauen werden als Richter nicht mehr eingestellt."

„Das will ich doch mal sehen. Ich werde sogleich einige Bewerbungen loslassen."
„Diese Mühe können Sie sich wirklich sparen. Auch wenn Sie sich die Finger blutig schreiben, Sie werden Ihre Papiere jedes Mal zurückkriegen mit der Bemerkung: Tut uns leid, die Stelle ist anderweitig vergeben."
Fassungslos schaute Mali ihren Vorgesetzten an. Sie war sich noch immer nicht sicher, ob er das ernst meinte, oder ob er sie auf diese Weise testen wollte: „Aber wieso, um alles in der Welt, sollte ich bei meinen glänzenden Zeugnissen keine Stelle finden?"
„Nun, das verdanken Sie einem Ausspruch unseres geliebten Führers, Adolf Hitler. Er hat gesagt, er wolle Frauen weder vor noch hinter dem Richtertisch sehen. Glauben Sie mir, das ist ernst gemeint. Kein deutsches Gericht wird es wagen, Sie anzustellen."
Völlig gebrochen saß Mali vor ihrem Chef: „Und was soll ich jetzt machen? Wozu habe ich nun zehn Jahre lang studiert?"
„Das beste ist, Sie heiraten und ziehen ein paar blonde Kinder groß", empfahl ihr Herr Neuhauser mit ernstem Gesicht. „Das ist es, was der Führer von Ihnen erwartet."
„Da kann er lange warten. Auch seine Ära wird nicht ewig dauern. Dann wird meine Stunde kommen."
Bei diesen Worten zuckte der Direktor zusammen und schaute sich ängstlich um: „Nicht so laut, Fräulein Waldmann! Wenn Sie einer hört! Das könnte uns beiden Kopf und Kragen kosten."
„So schlimm steht es bereits um uns?", fragte sie mit gedämpfter Stimme. „Haben wir dafür Jura studiert, dass das Recht nun mit Füßen getreten wird?"
„Es tut mir furchtbar leid, dass Ihre schöne Lebensplanung so über den Haufen geworfen wird. Aber bei Ihrer Geradlinigkeit hätten Sie es sicher nicht lange als Richterin ausgehalten. Hier, schauen Sie sich an, was inzwischen vom Reichsjuristenführer, Hans Frank, verkündet worden ist."
Mit Entsetzen las Mali, dass bereits im Januar 1936 neue Richtlinien für Richter herausgegeben worden waren. Demnach war die nationalsozialistische Weltanschauung die Grundlage zur Auslegung aller Rechtsquellen. Einige Monate später war dieser Frank noch weiter gegangen. Auf dem Juristentag in Leipzig

hatte er verkündet, dass es keine Gewaltenteilung mehr gebe. Alle Macht im Staate liege in der Hand des Führers Adolf Hitler.
„Oh armes Deutschland!", stöhnte Mali auf. „Warum haben Sie mir diese Informationen bisher vorenthalten?"
„Zu Ihrem eigenen Schutz. Sie waren so voller Idealismus, dass ich Ihren Geist nicht mit solchen Auswüchsen vergiften wollte. Insgeheim hoffte ich, dass, bis Sie Ihre Assessorenzeit beendet hätten, dieser böse Spuk längst vorbei wäre. Außerdem hatte ich von Anfang an geglaubt, dass Sie der Juristerei nicht lange erhalten bleiben würden. Bei Ihrem Aussehen rechnete ich damit, dass bald jemand kommen und Sie uns wegschnappen würde. Ich ahnte ja nicht, wie beharrlich Sie sind und dass Sie das, was Sie sich in Ihren hübschen Kopf gesetzt haben, auch ausführen bis zum Ende."
„Ja", gestand Mali „weggeschnappt hätte mich der eine oder andere schon gerne. Aber, wie Sie richtig erkannten, was ich mir in den Kopf gesetzt habe, führe ich auch aus. Sie werden sehen, eines Tages werde ich doch Richterin sein."
„Unter uns gesagt, davon bin ich auch überzeugt. Aber im Moment ist es ein Glück für Sie, dass Sie es nicht werden können. Mit Ihrem Gerechtigkeitssinn würden Sie bald mit den neuen Richtlinien anecken und in Teufels Küche kommen."
„Und Sie? Was ist mit Ihnen?", fragte Mali in ehrlicher Besorgnis. „Da Sie so offen mit mir über alles reden, muss ich annehmen, dass Ihnen die neue Linie auch nicht behagt."
„Mein liebes Kind", sagte der alte Richter in väterlichem Ton. „Da haben Sie Recht. Gott sei Dank, habe ich nur noch anderthalb Jahre bis zur Pensionierung. Ich hoffe, dass ich diese überstehe, indem ich Zurückhaltung übe."
Erleichtert sagte Mali: „Das scheint unter den neuen Gegebenheiten das einzig Vernünftige. – Aber was mache ich? Zehn Jahre Studium für die Katz! Ich stehe vor dem wirtschaftlichen Ruin, abgesehen davon, dass mein schöner Traum zerplatzt ist wie eine Seifenblase."
Man sah dem alten Richter an, dass er mit seiner Assessorin litt: „Ich kann Ihre Enttäuschung verstehen. Leider kann ich nichts für Sie tun. Ich kann Ihnen lediglich einen freundschaftlichen Rat geben: Auf Ämtern und in Verwaltungen braucht man auch Juristen. Bemühen Sie sich um eine solche Stelle."

So kam es, dass Mali nach Beendigung ihrer Assessorenzeit nicht auf einem Richterstuhl, sondern auf einem Bürosessel landete. Und zwar im Landratsamt Calw. Wenigstens bezog sie dort das Gehalt eines Regierungsrates. Damit war sie endlich finanziell unabhängig, auch von der guten Tante Amalie, zu der sie nach wie vor ein herzliches Verhältnis hatte.
Malis Aufgabengebiet befriedigte sie keineswegs. Sie, Stadtkind und Volljuristin, musste von Dorf zu Dorf reisen und den Bauern Vorträge halten über Dinge, von denen sie selbst keine Ahnung hatte. Diese vorgegebenen Texte hätte jeder andere, der nicht gerade ein Analphabet war, ebenso gut ablesen können.
In Calw war Mali ebenfalls bei einer Kriegerwitwe untergekommen. Frau Debus war sehr nett, sie kochte ebenfalls gut und Mali fühlte sich rundum geborgen. Allerdings hatte sie nun einen noch weiteren Heimweg als bisher und kam noch seltener nach Mainz.

Ein Jahr nach Noras Operation verschlechterte sich ihr Zustand rapide. Die Ärzte sahen keine Möglichkeit mehr, ihr zu helfen. Nun erwies sich Auguste erst recht als treue Freundin. Vorübergehend verlegte sie ihren Wohnsitz nach Gonsenheim und verbrachte viele Stunden am Bett der Kranken. Eigentlich konnte sie nicht viel für sie tun. Das taten die geschickte Haushälterin, Frau Becker, und eine eigens engagierte Krankenschwester. Für Nora aber war es wichtig, dass jemand an ihrem Bette saß, mit dem sie über alles reden oder auch schweigen konnte. Als sie merkte, dass es zu Ende ging, sagte sie zu Auguste: „Ich bin so froh, dass wir uns noch begegnet sind. Ich habe so viele angenehme Stunden in deiner Gesellschaft erleben dürfen. Dafür danke ich dir. Kümmere dich ein bisschen um meinen Mann und meinen Sohn, wenn ich nicht mehr da bin. Leider ist mein letzter Wunsch nicht mehr in Erfüllung gegangen. Ich werde niemals eigene Enkel haben und schon gar nicht gemeinsame mit dir."
„Natürlich werde ich mich um deine Männer kümmern, Nora. Das verspreche ich dir. Und was die Enkel angeht, so wirst du bestimmt eines Tages welche haben. Da bin ich ganz sicher. Vielleicht werden es sogar noch gemeinsame von uns. Jedenfalls werde ich alles dazu tun, was mir möglich ist."

„Danke Auguste, für diese Worte. Wenn du so zuversichtlich bist, will ich es auch sein. Du hast schon in so vielen Dingen Recht behalten."
Erschöpft schloss die Kranke die Augen. Sie tat ein paar tiefe Atemzüge. Danach regte sie sich nicht mehr. Auguste blieb noch eine Weile ruhig sitzen. Dann legte sie ihre Hand auf die der Freundin, wie bei ihrer ersten Begegnung: „Du hast es geschafft, Nora. Uns anderen steht dieser Schritt noch bevor."

Nach der Beerdigung drängte Arno sich in Malis Nähe. Ihm war es, als könne er in ihrer Gegenwart Trost finden. Mit ihr konnte er über seine Mutter sprechen, sich über gemeinsame Erlebnisse austauschen. Besonders über den letzten gemeinsam verbrachten Abend wollte er reden: „Wie waren wir noch alle so munter und unbeschwert am vorletzten Silvesterabend. Ob Mutter damals schon geahnt hat, was ihr bevorstand? Diese Geste, dass wir uns auf einmal alle verbrüdern sollten, meinst du nicht, dass sie damit eine tiefere Absicht verband?"
„Sicherlich", erwiderte Mali im Brustton der Überzeugung. „Sie wollte damit zum Ausdruck bringen, wie nah sie meinen Eltern stand, ganz besonders meiner Mutter. Vielleicht fühlte sie tatsächlich schon ihr Ende kommen und wollte sich für die letzten Monate einer treuen Freundin vergewissern."
„Nein, Mali. Das meine ich nicht. Willst du mich nicht verstehen oder verstehst du mich wirklich nicht?"
„Worauf willst du hinaus?", fragte Mali verhalten.
Arno rutschte auf seinem Stuhl nervös hin und her: „Glaubst du nicht, dass meine Mutter uns beide durch die Duz- und Kussszene einander näher bringen wollte? Meinst du nicht, dass dies ein Vermächtnis von ihr war?"
Obwohl Mali genau das Gleiche dachte, sagte sie kurz angebunden: „Das kann ich mir nicht vorstellen." Dann entzog sie sich seiner Gesellschaft. Sie begab sich zu ihren Eltern, die sich um den völlig gebrochen wirkenden Ferdinand bemühten.
„Wir werden immer für dich da sein, wenn du uns brauchst", hörte sie ihren Vater sagen.
„Wenigstens bist du nicht unversorgt, du hast noch deine tüchtige Haushälterin", sagte Mutter.
„Sei froh, dass du noch deine Arbeit hast, die wird dich ablen-

ken und dir Kraft geben", fügte der Vater hinzu.
„Ja, zum Glück habe ich die noch. Wenn ich jetzt den ganzen Tag allein in meinem Haus sitzen müsste, ich glaube, ich würde verrückt."
Nur wenige Wochen nach Noras Beerdigung erhielt Mali in Calw einen Brief, der sie ein wenig aus dem Gleichgewicht brachte.

Berlin, den 14.5.1938

Liebe Mali!

Du wirst erstaunt sein, von mir einen Brief zu bekommen. Aber seit dem Tode meiner Mutter fühle ich mich sehr verlassen, trotz der vielen Menschen, die täglich um mich herum sind. Es ist nämlich niemand dabei, dem ich mein Herz ausschütten und mit dem ich mich wirklich unterhalten kann. Von Dir weiß ich, Du hast nicht nur ein mitfühlendes Herz, Du hast auch einen klaren Verstand. Sicher könntest Du mir vor manch schwieriger Entscheidung einen brauchbaren Rat geben. Vielleicht lässt es sich einrichten, dass Du genau die Wochenenden in Mainz verbringst, an denen auch ich dort bin – so weit das bei meinen Aufgaben planbar ist. Hab keine Angst, ich werde Dir nie wieder einen unsittlichen Antrag machen. Ich will nur mit Dir zusammen sein, weil ich Deine Freundschaft und Deine Meinung hoch schätze.
In der Hoffnung, bald eine positive Antwort von Dir zu erhalten, grüße ich Dich ganz herzlich,
Dein alter Freund Arno.
Heil Hitler!

Und ob ich erstaunt bin!, dachte Mali. Sie fühlte sich sehr geschmeichelt, während eine warme Welle von Mitleid für ihn ihr Herz durchströmte. Ohne langes Zögern setzte sie sich hin zu einem Antwortbrief.
Schon am darauffolgenden Wochenende promenierten die beiden in Mainz gemeinsam am Rhein entlang. Nach dem Austausch von Höflichkeitsformeln, sprach man über Arnos verstorbene Mutter und darüber, wie der trauernde Witwer nun zurechtkomme. Danach ging man zu allgemeineren Themen

über. Eingedenk seiner Worte von damals, unterließ Mali es, ihn nach seiner beruflichen Situation zu fragen. Ebenso vermied sie es, auch nur ein einziges Wort über die ihre zu verlieren. Deshalb war sie völlig überrascht, als er unvermittelt sagte: „Nun bist du also doch nicht Richterin geworden, wie du dir das in deinen hübschen Kopf gesetzt hattest."

Ärgerlich platzte sie heraus: „Das habe ich doch nur deinem lieben Freund Hitler zu verdanken. Aber warte nur ab. Eines Tages wird man auch mich zulassen. Sein ‚Tausendjähriges Reich' wird nicht ewig dauern."

„Pst, Mali!", beschwor Arno sie im Flüsterton. Dabei schaute er sich erschrocken nach allen Seiten um. „Sag so etwas nie wieder! Wenn dich einer hört! Dann ist es aus mit dir! Dann kann selbst ich dir nicht mehr helfen."

„Du hast doch dieses Thema angeschnitten", ereiferte sich Mali, nun mit gedämpfter Stimme. „Übrigens, das ist mir ein schöner Führer, bei dem man noch nicht einmal sagen darf, was man denkt. Seit der Abdankung des Kaisers hat schon so mancher versucht, diesen Staat zu lenken. Glaube mir, auch dein Hitler wird sich nicht lange halten."

„Dann wird es einen Nachfolger geben, der im selben Geiste weitermacht. Denn das System ist gut. Alles ist straff organisiert, alles funktioniert wie ein Uhrwerk. Es wird ein Großdeutsches Reich geben mit einem gesunden glücklichen Volk, rein arischen Blutes."

„Wie wollt Ihr denn das bewerkstelligen?", fragte Mali spöttisch.

„Das lässt sich natürlich nicht von heute auf morgen verwirklichen. Um eine neue Generation heranzuzüchten, braucht man etwa dreißig Jahre. Das ist ein so überschaubarer Zeitraum, dass wir den Erfolg noch miterleben werden. Wir können dann stolz darauf sein, daran mitgewirkt zu haben."

„Aber Arno, das ist doch alles verrückt. So etwas wird nicht funktionieren. Menschen kann man nicht züchten wie Kaninchen."

„Doch, meine Liebe, man kann. Was ich dir jetzt anvertraue, darfst du aber absolut niemandem erzählen. Es könnte für uns beide den Tod bedeuten. „Beschwörend sah er Mali dabei an. Eigentlich war sie geneigt, zu sagen, dann wolle sie es gar nicht

wissen. Aber die Neugier in ihr behielt die Oberhand.
„Ich werde schweigen wie ein Grab", versicherte sie.
„Nun denn, alles ist bestens durchdacht und genauestens vorbereitet: Minderwertige Elemente werden ausgemerzt, blutsmäßig hochwertige Menschen werden zur Steigerung der Geburtenrate herangezogen."
„Das hört sich nicht nur verrückt an, das ist auch verrückt. In der Realität lässt sich das nicht durchführen. Es ist hinreichend bekannt, dass Menschen sich begegnen, ineinander verlieben, heiraten und Kinder kriegen. Dabei fragen sie nicht, ob der andere hochwertiges Blut hat."
„Dem wird ganz einfach ein Riegel vorgeschoben. Es dürfen nur noch solche Paare heiraten, die beide guten Blutes sind."
„Und wie wollt Ihr das bei jedem einzelnen feststellen?"
„Dazu haben wir zwei Möglichkeiten. Zum einen gibt es eindeutige äußere Unterscheidungsmerkmale, zum anderen haben wir die Ahnenforschung, die das zweifelsfrei untermauert. Es werden nur noch Menschen heiraten dürfen, die einen Ariernachweis erbringen können."
„Und nach welchen Gesichtspunkten habt Ihr das eingeteilt: hochwertig – minderwertig?"
„Hochwertig sind die arische und ihr artverwandte Rassen. Minderwertig sind die jüdische und ihr artverwandte Rassen."
„Wieso ist das Arierblut hochwertig und das jüdische minderwertig?", wunderte sich Mali. „Könnte es nicht auch umgekehrt sein? Oder könnte es nicht sein, dass beide gleichwertig sind und jedes auf seine eigene Weise wertvoll?"
„Davon verstehst du nichts", brauste er auf. „Das haben sich Köpfe erdacht, die klüger sind als wir beide zusammen. Das wurde erforscht und belegt mit unzähligen Beispielen aus der Geschichte. Das ist nun mal so, und so müssen wir das hinnehmen."
„Schon gut, schon gut. Reg dich nur nicht auf", lenkte Mali ein. „Verrate mir nur noch, wie Ihr das rein äußerlich unterscheiden könnt."
„Das ist ganz einfach: Die germanische Rasse besteht aus hochgewachsenen nordischen Menschen mit blauen Augen und blonden Haaren, Menschen also, die aussehen wie du und ich. Die Juden dagegen und ihr artverwandte minderwertige Rassen süd-

lichen Typs sind kleinwüchsig, dunkelhaarig und braunäugig."
„Dass ich nicht lache! Solchen Schwachsinn kann dein Führer gar nicht propagiert haben. Damit würde er sich selbst der Rasse minderwertigen Blutes zurechnen, so dunkelhaarig wie der ist."
Wieder spähte Arno ängstlich nach allen Seiten, ehe er entgegnete: „So darfst du das nicht sehen, Mali. Es geht um die Fortpflanzung. Rein äußerlich mag unser Führer diesem Idealbild nicht entsprechen, von seinem Innersten her aber ist er ein Arier. Dass er es war, der erkannt hat, dass die arische Rasse die beste ist, das ist entscheidend. Offenbar verzichtet er mit Rücksicht auf sein vom Idealbild abweichenden Äußeren darauf, sich fortzupflanzen. Deshalb ist sein Gedanke vom Aufbau eines arischen Herrenvolkes – als ein selbstloser – umso höher zu bewerten."
„Und was versteht Ihr unter Herrenvolk?"
„Nun, das ist ein Volk von Germanen, das eines Tages die ganze Welt beherrschen wird. Diese Beherrschung wird von deutschem Boden ausgehen. Die Vorbereitungen dazu laufen auf Hochtouren. Seit Adolf Hitler im März 1935 die Wiedereinführung der Wehrpflicht proklamiert hat, wird tatkräftig aufgerüstet. Ich selbst bin seit anderthalb Jahren in wichtiger Position bei der Wehrmacht eingesetzt. Ich kenne alle Pläne. Es wird nur noch zwei Jahre dauern, dann ist die deutsche Armee einsatzfähig, und die deutsche Wirtschaft wird kriegsfähig sein."
„Krieg, Arno?", erschrak Mali. „Warum muss es wieder Krieg geben? Die Wunden des letzten Krieges sind noch nicht verheilt."
„Krieg muss es geben", verteidigte Arno seinen Standpunkt. „Wir müssen unsere Feinde ausrotten. Ringsum lauern sie nur darauf, uns zu vernichten. Dem müssen wir zuvorkommen. Außerdem brauchen wir Raum. Das große deutsche arische Herrenvolk braucht Platz zum Leben. Dazu müssen wir das Land zurückerobern, dass man uns nach dem letzten Krieg gestohlen hat. Des weiteren müssen wir für das Land, das uns an Kolonien verlorengegangen ist, Ersatz schaffen. Darüber hinaus haben wir die Pflicht, unserem Reich weiteres Land einzuverleiben. Ein großes Volk braucht großen Raum."

„Das sind große Worte Arno, und sie künden viel Blutvergießen an. Niemand wird sich sein Land so ohne Weiteres wegnehmen lassen."
„Deshalb müssen wir zuerst zuschlagen. Wir müssen die bessere Ausrüstung haben und die besser ausgebildeten Soldaten. Aber bitte, zu niemandem darüber ein Wort! Das ist noch alles streng geheim. Sonst werde ich standrechtlich erschossen."
„Ach, Arno", seufzte Mali. „Mit deinen Reden machst du mir Angst. Ich hoffe nur, dass alles ist ein böser Traum, aus dem ich bald erwache. Wenn es so gefährlich für dich ist, darüber zu sprechen, warum tust du es dann?"
„Von all dem Großartigen ist mein Herz zum Überlaufen voll", gestand er. „Deshalb muss ich einfach mal mit jemandem darüber reden. Warum nicht mit dir, meiner besten Freundin? Ich kenne deine Verschwiegenheit und schätze deinen Rat."
„Mir scheint, du willst gar keinen Rat von mir, du erwartest nur Zustimmung. Die aber kann ich dir nicht geben. Mein ganzes Empfinden sträubt sich gegen all das Entsetzliche, das die neuen Machthaber hervorbringen. Seien es die Gesetze gegen die Juden oder gegen die Frauen, seien es die Aufrüstungsbestrebungen oder der Rassezuchtgedanke. Übrigens, zur Rassezucht: Das mit dem Menschenzüchten wird nicht funktionieren. So werden sich die Menschen nicht manipulieren lassen, dass sie sich nach Vorschrift vermehren."
„Und ob sie das tun!", trumpfte Arno auf. „Auf welchem Planeten lebst du eigentlich? Hast du nicht mitbekommen, dass der Umdenkungsprozess im deutschen Volk bereits begonnen hat? Seit Mitte 1933 wird den preußischen Schülern der Rassegesichtspunkt im Geschichtsunterricht systematisch nahegebracht. Im Jahre 1935 wurde das Ganze durch den Erlass ‚Vererbungslehre und Rassekunde in Schulen', untermauert und als Pflichtfach auf das gesamte Reich ausgedehnt. Unser Führer hat klar erkannt, dass man dieses Gedankengut nicht früh genug in die Herzen der Schüler – den zukünftigen Eltern – einpflanzen kann."
„Bis diese Schüler sich fortpflanzen, vergehen noch einige Jahre", gab Mali zu bedenken.
„Das hat unser Führer ebenfalls bedacht. Um Menschen im heiratsfähigen Alter einen Anreiz zur Familiengründung zu bieten

und ihnen diesen Schritt zu erleichtern, werden seit Juni 1933 Ehestandsdarlehen an arische Brautleute vergeben. Davon wurde bereits rege Gebrauch gemacht. Allein im Juli desselben Jahres traten in Berlin fünfzig Paare – allesamt Angehörige der NSDAP – gemeinsam vor den Traualtar. Für weitere Aufklärung des Volkes sorgte die Ausstellung ‚Wunder des Lebens', in Berlin. Den Besuchern wurde in anschaulicher Weise dargestellt, welcher Bedrohung die Herrenrasse durch die minderwertigen Rassen ausgesetzt ist. Nur durch die Stärkung der eigenen Rasse können wir uns dagegen wehren. Das bedeutet, die Geburtenrate bei erbgesunden hochwertigen Menschen muss gesteigert werden und die bei minderwertigen oder erbkranken Menschen muss unterdrückt werden."
An dieser Stelle unterbrach Mali das Dozieren Arnos: „Abgesehen davon, dass nicht jeder Deutsche die Ausstellung in Berlin besuchen konnte, wie wollt Ihr Erbkranke oder Minderwertige daran hindern, sich fortzupflanzen?"
„Auch das hat unser Führer bedacht. Ein Gesetz vom Juli 1933 erlaubt die Sterilisierung solcher Menschen. Seit seinem Inkrafttreten wird es rege angewandt."
Schweigend gingen sie nebeneinander her. Mali dachte über all das Gehörte nach. Dann sagte sie: „Eines verstehe ich bei dem Ganzen aber nicht."
„Und das wäre?"
„Nach deiner eigenen Aussage entsprichst du dem arischen Menschenbild voll und ganz. Zudem bist du von der Idee des Menschenzüchtens völlig überzeugt und nicht zuletzt bist du ein Vertrauter, um nicht zu sagen, Freund Hitlers. Du bist jetzt vierzig Jahre alt. Da wäre es doch allmählich Zeit, eine arische Frau zu heiraten und Kinder gesunden Blutes in die Welt zu setzen. Du aber entziehst dich dieser Aufgabe."
Arno schluckte. Sein Adamsapfel ruckte mehrmals auf und ab. Sein Gesicht nahm einen äußerst entschlossenen Ausdruck an. Dann sagte er mit gedämpfter Stimme: „Ich entziehe mich meiner Aufgabe nicht. Im Gegenteil, ich nehme sie mit größter Gewissenhaftigkeit wahr. Bei der äußerst hohen Qualität meines Blutes käme es einer Verschwendung gleich, wollte ich es mit einer Ehefrau bewenden lassen. Mit ihr könnte ich doch höchstens ein Kind pro Jahr zeugen." Seine Stimme wurde

noch eine Idee leiser: „Auch hierbei handelt es sich um einen geheimen Auftrag. Er ist von sehr delikater Natur. Darüber wollte ich mit dir eigentlich nicht reden, um dein Moralgefühl nicht zu verletzen. Da du mich aber so direkt fragst, will ich dir eine direkte Antwort geben."
„Du machst mich neugierig."
„Nun, wie bereits erwähnt, verzichtet der Führer darauf, selbst Nachkommen zu zeugen. Von allen Menschen hochwertigen Blutes erwartet er dieses jedoch. Aber wie ich dir bereits sagte, er erwartet es nicht nur, er unterstützt sie auch in großzügiger Weise. Das ist bereits an der ungeheuren Anzahl von Ehestandsdarlehen erkennbar. Allein von 1933 bis 1935 wurden 523.000 Darlehen vergeben. Das bedeutet pro Jahr etwa die gleiche Anzahl von Kindern, zumindest über einen Zeitraum von vier Jahren."
„Glaubst du wirklich, nur weil Hitler es will, bekommen die Frauen jedes Jahr ein Kind?"
„Diese Eltern werden sich auf jeden Fall darum bemühen. Denn bei der Geburt jeden Kindes wird ihnen ein Viertel des Betrages erlassen. Dies sind also Kinder, die zusätzlich zu den üblicherweise in diesem Zeitraum geborenen, anfallen."
„Anscheinend hat der Führer nicht bedacht, dass es auch unfruchtbare Ehen gibt."
„Doch, das hat er. Eine Scheidung ist seit vorigem Jahr auf Antrag möglich, wenn ein Ehepartner unfruchtbar ist oder sich weigert, Kinder zu bekommen."
„Ach ja? Und was sagt die katholische Kirche dazu?"
„Die wird nicht gefragt. Es ist doch allgemein bekannt, dass die noch in mittelalterlichen Anschauungen verharrt."
Es gab Mali einen Stich, dass er so von ihrer Kirche sprach. Wie gut, dass seine arme Mutter das nicht mehr erlebte. Arno sprach weiter: „Das ist ein sehr gutes und vernünftiges Gesetz. So hat der fruchtbare, beziehungsweise kinderwillige Ehepartner die Chance, eine neue Ehe einzugehen, die ihm die Erfüllung bringt."
Mali vermochte nur noch verständnislos den Kopf zu schütteln. Arno dozierte weiter: „Die Geburtenrate des deutschen Volkes reicht dennoch nicht aus für die hochgesteckten Ziele. Um die großartige Idee von der Weltherrschaft der arischen Rasse zu

verwirklichen, müssen die letzten Reserven mobilisiert werden. Durch den Verlust an wertvollen Männern im letzten Kriege kommen aber viele Mädchen guten Blutes nicht zum Heiraten. Ihr gesundes Erbgut würde also nicht weitergereicht und wäre somit dem Volke verloren. Daher hat der Führer diese Mädchen aufgerufen, ihm ein Kind zu schenken."

„Sonderbar, von diesem Aufruf habe ich gar nichts vernommen", gestand Mali errötend.

„Konntest du auch nicht. Das sind keine öffentlichen Aufrufe. Man fürchtet, dass sich das noch mittelalterliche Moralempfinden der Mehrheit darüber empören würde. Auf Ausflügen und Tanzveranstaltungen des BDM wird sehr diskret dazu aufgefordert. Diese Mädchen sollen aber nicht von irgendeinem ein Kind bekommen, dessen Hochwertigkeit nicht überprüfbar ist. Sie sollen ein Kind empfangen von einem Mann mit ausgesucht gutem Erbmaterial, von nordrassischer Schönheit, gesundem Körper und gestähltem Willen. Deshalb hat der Führer seine besten SS-Offiziere angewiesen, diesen Nachwuchs zu zeugen. Ich bin stolz darauf, mit zu dieser elitären Gruppe zu gehören."

„Das darf doch nicht wahr sein!", empörte sich Mali. „Es wird ja immer schlimmer. Jetzt werdet Ihr von Eurem geliebten Führer auch noch als Zuchthengste herangezogen."

„Ich warne dich, Mali!", zischte Arno ihr wütend zu, wobei sich seine Augen beängstigend verengten. „Sage so etwas nie wieder!"

„Tut mir leid, Arno. Entschuldige bitte. Das soll nie wieder vorkommen. Aber eins möchte ich noch wissen: Was geschieht mit den Mädchen, wenn sie ein Kind erwarten? Sie können sich doch nirgendwo mehr sehen lassen."

„Doch, können sie. Sie können sogar stolz darauf sein, dem Führer ein Kind schenken zu dürfen, ein Elite-Kind. Denn glaube mir, Kinder so hochwertiger Mütter mit so ausgesuchten Vätern müssen erbbiologisch gesehen Prachtexemplare werden. Aber unser Volk ist noch nicht reif dafür. Deshalb hat der Führer durch den Reichsführer SS, Heinrich Himmler, eigene Heime schaffen lassen. ‚Lebensborn' heißen sie, weil sie der Born des neuen wertvollen deutschen Lebens sind. Das dritte dieser Art ist bereits im Herbst 1937 eröffnet worden. Dort können die Mädchen in aller Abgeschiedenheit der Zeit ihrer Niederkunft entgegensehen und das Kind unter fachkundiger Hand zur Welt bringen. Niemand in der Öffentlichkeit erfährt etwas davon, denn den Heimen sind eigene Standesämter angegliedert, welche die Geburten registrieren. Sie melden diese aber nicht an das Heimatstandesamt des Mädchens weiter. Das Mädchen kehrt an seinen Arbeitsplatz zurück, als sei nichts gewesen. Bis es sich entschließt, dem Führer ein weiteres Kind zu schenken."

„Willst du damit sagen, du setzt jede Menge Kinder in die Welt und trägst dafür weder die moralische noch die finanzielle Verantwortung?"

„Doch, meine Liebe, die Verantwortung trage ich voll und ganz. Eine bessere Familie und Erziehung als das Heim sie bietet, kann es für ein Kind gar nicht geben. Es wird unter optimalen Bedingungen gepflegt und gefördert. Die finanzielle Verantwortung trage ich selbstverständlich auch. Ganz gleich, ob und wie viele Kinder ich zeuge, als hauptamtlicher SS Angehöriger bin ich zur Mitgliedschaft im Lebensborn verpflichtet. Damit werden mir automatisch jeden Monat 7,75 Prozent meines Bruttogehaltes abgezogen."

„Nun, das ist immerhin etwas. Damit wären diese Fragen beantwortet. Ich habe aber noch weitere: Was versteht Ihr unter Ausmerzen von unpassenden Elementen? Wollt Ihr Juden und andere Nichtarier etwa umbringen?"

Arno zeigte ein entsetztes Gesicht: „Aber Mali, wie kommst du denn auf so was? Natürlich nicht. Nur Zeitgenossen, die sich volksverhetzend verhalten oder sonst wie unangenehm auffallen, werden abgeschoben, kommen in Schutzhaft oder werden liquidiert. Die Juden werden lediglich von den gehobenen Berufen, in die sie sich widerrechtlich hineingedrängt haben, ausgeschlossen. Damit werden diese Stellen frei für Menschen arischen und artverwandten Blutes. Wenn es ihnen allerdings bei uns nicht passt, können sie ja auswandern. Sollen sich andere Länder mit ihnen herumschlagen."

„Ich kann mich des Eindrucks nicht erwehren, dass jeder, der eine eigene Meinung hat, von euch in diese Kategorie eingestuft wird, obwohl die meisten von ihnen brave Leute sind, die nie etwas Unrechtes getan haben."

„Das musst du unserem Führer überlassen, zu entscheiden, was Unrecht oder Recht ist."
„Interessant, bisher haben das immer die Gerichte getan", dachte Mali laut.
„Der Führer hat einen messerscharfen Verstand, er braucht keine Gerichte dazu. Im übrigen solltest du vorsichtiger sein mit deinen Äußerungen."
Malis Magengegend zog sich zusammen. Was war nur in diesen wenigen Jahren aus ihrem geliebten Vaterland geworden? Ihr Chef in Frankenthal hatte Recht gehabt: Es war gut, dass sie in diesen Zeiten nicht auf einem Richterstuhl saß. Bei ihrer Haltung hätte sie diesen Platz wahrscheinlich längst mit einer Pritsche in einer Gefängniszelle vertauschen müssen.
Nach diesem Gespräch fand Mali für lange Zeit Vorwände, um sich nicht mit Arno treffen zu können. Offenbar wollte Arno jedoch den Kontakt zu ihr nicht abreißen lassen. Immer wieder trafen in Calw in unregelmäßigen Abständen kurze nichtssagende Briefe von ihm ein, an deren Ende er Mali stets seiner Freundschaft versicherte. Sie ließ immer mehrere Tage verstreichen, ehe sie ihm ebenso kurze nichtssagende Antworten sandte. Nachdem auf diese Weise fast ein halbes Jahr ins Land gegangen war, erreichte Mali folgender Brief:

Mainz, den 5. November 1938

Liebe Mali !

Vielen Dank für deinen Brief vom 29. Oktober. Leider vermisse ich auch in diesem wieder einen Hinweis darauf, wann wir uns in Mainz treffen könnten. Bilde ich mir das nur ein, oder gehst Du mir tatsächlich seit unserer letzten Begegnung aus dem Weg? Es täte mir sehr leid, wenn ich Dich durch meine Offenheit verschreckt hätte. Aber ich kann Dich verstehen. Beruflich gesehen leben wir eben in zwei verschiedenen Welten. Daneben gibt es jedoch noch eine andere Ebene, auf der wir uns treffen könnten – die private. Wir könnten mal wieder einen Spaziergang machen oder zum Tanzen gehen oder ins Theater. Mein Vater würde Dich auch gerne wiedersehen. Er spricht häufig von Dir und fragt oft, wann Du uns wieder mal

besuchst. Vielleicht tust Du es ihm zuliebe recht bald. Ich mache mir nämlich Sorgen um ihn. Seit Mutters Tod hat er sich noch mehr in die Arbeit gestürzt als vorher. Ich fürchte, er könnte sich übernehmen. Dir würde es sicher gelingen, ihn ein bisschen abzulenken und auf andere Gedanken zu bringen. Wie wäre es? Willst Du nicht das Weihnachtsfest mit uns zwei alten einsamen Männern verbringen? Dies ist eine ganz offizielle Einladung! Vater lässt Dich vielmals grüßen.
Ich selbst verbleibe mit den herzlichsten Grüßen einer Deiner ergebensten und treuesten Freunde.
Dein Arno
Heil Hitler!

Wieder einmal war Mali gerührt. Zumal Arno auch noch seinen alten Vater ins Feld geführt hatte. Umgehend setzte sie sich an ihren Schreibtisch und nahm die Feder zur Hand:

Calw, den 8. November 1938

Lieber Arno!

Habe Dank für Deinen Brief vom 5. November. Ja, Du hast das richtig empfunden: Ich war verschreckt durch Deine ausführlichen Enthüllungen. Ich brauchte Wochen, um das alles zu verarbeiten. Das war es aber nicht allein, warum ich keine Zeit für ein Treffen hatte. Ich war beruflich sehr stark in Anspruch genommen. Die vielen Fahrten zu den entfernt liegenden Dörfern mit öffentlichen Verkehrsmitteln kosten viel Zeit. Oft kam ich erst spät in der Nacht nach Hause. Die Wochenenden brauchte ich, um mich zu regenerieren. Daneben wollte ich aber auch meine anderen Kontakte nicht vernachlässigen. Mit einigen Freundinnen aus meiner Weimarer Zeit korrespondiere ich noch regelmäßig. Auch habe ich im Sommer wieder viele Verwandtenbesuche gemacht. Zuerst besuchte ich meinen Bruder in Bad Dürkheim. Dort ist inzwischen das zweite Kind angekommen – Renate – dessen Patin ich geworden bin. Das erste Kind – Katharina – ist schon fast drei Jahre alt. In der Eifel habe ich meine beiden Onkel besucht und in Trier meine beiden Tanten. Sogar in der Schweiz bin ich gewesen, um meine Patentante zu besuchen.

Und stell Dir vor, welch verrückte Idee ich gehabt habe! Als ich nach meinem Urlaub wieder nach Calw zurückkam, meldete ich mich in einer Fahrschule an! Ich wollte die Fahrprüfung machen und mir einen Volkswagen kaufen. Wie Du weißt, kann man einen solchen relativ preiswert erwerben. Das ist mal etwas sehr Gutes, das Dein Freund Hitler da gemacht hat.
Mit dem Auto würde ich wesentlich schneller und bequemer in meine Dörfer gelangen, unabhängig von jedem Fahrplan. Du kannst Dir nicht vorstellen, welch erhebendes Gefühl es für mich war, als ich zum erstenmal in meinem Leben ein Automobil bestieg. Noch dazu, da ich gleich auf dem Fahrersitz Platz nehmen durfte. Der Fahrlehrer saß auf dem Beifahrersitz. Und schon ging es los. Obwohl die vielen Hebel und Knöpfe verwirrend waren, machte mir das Autofahren Spaß. Dennoch brach ich den Fahrunterricht nach wenigen Wochen wieder ab. Der Fahrlehrer hatte mich zu sehr geärgert. Nach seiner Meinung gab ich immer zu rasant Gas. Er sagte doch tatsächlich zu mir: ‚Mein liebes Fräulein, so schnell dürfen Sie erst fahren, wenn Sie mal fahren können. Für eine Anfängerin ist das viel zu gefährlich.' Das kränkte mich dermaßen, dass ich nicht mehr zum Unterricht ging. Das war auch besser so. Denn danach tat ich das, was meine Eltern seit langer Zeit von mir erwarten: Ich bewarb mich auf eine Stelle in Mainz. Darüber sind sie sehr glücklich, denn ich werde wieder zu Hause wohnen. So kann ich mich ein bisschen um sie kümmern; schließlich werden sie auch nicht jünger. Für mich bringt es, abgesehen davon, dass ich mir die Strapazen erspare, weiterhin auf die Dörfer zu fahren, auch beachtliche finanzielle Vorteile: Ich spare das Geld für ein Auto, die Kosten für die Heimfahrten und die Miete. Dabei werde ich das gleiche Gehalt beziehen wie in Calw. Und wenn Du so willst – es gibt noch einen weiteren Vorteil: Wenn Du Besuch in Mainz machst, kannst Du mich sehen, ohne dass wir lange vorher Termine abstimmen müssen. Kurz vor Weihnachten werde ich meine Zelte hier abbrechen, weil ich bereits am zweiten Januar meinen Dienst bei der Stadtverwaltung in Mainz antrete. Hier bedauert man mein Ausscheiden sehr. Aber man hat volles Verständnis dafür, dass ich in der Nähe meiner betagten Eltern sein möchte.
Für Eure freundliche Einladung zum Weihnachtsfest verbind-

lichen Dank. Aber was hieltet Ihr davon, wenn Ihr bei uns mitfeiert? Meine Mutter hat mir bereits geschrieben, dass sie Euch einladen will. In unserem Hause ist das doch leichter vorzubereiten als in Eurem Männerhaushalt. Sind das nicht mal gute Nachrichten von meiner Seite?
Viele liebe Grüße, auch an Deinen Vater,
Deine Freundin Mali.

Ende Januar erreichte Familie Waldmann eine weitere traurige Nachricht: Ferdinand Braun war überraschend gestorben. In seiner Kanzlei war er vor den Augen eines Klienten an seinem Schreibtisch in sich zusammengesackt. Der sofort herbeigerufene Arzt konnte nur noch den Tod, infolge eines Hirnschlages, feststellen. Die Büroangestellte hatte umgehend die Haushälterin der Familie Braun angerufen. In ihrer Hilflosigkeit hatte diese Waldmanns benachrichtigt, ehe sie ein Telegramm an Arno aufgab.
Friedrich und Auguste eilten sofort nach Gonsenheim, um Frau Becker bei den Beerdigungsformalitäten beizustehen. Daher war alles Notwendige bereits in die Wege geleitet, als Arno spätabends in seinem Elternhaus eintraf.
Die Beerdigung fand an einem Samstagnachmittag statt. Es waren sehr viele Menschen gekommen, obwohl es so gut wie keine Verwandten der Familie Braun mehr gab. Die Nachbarn waren stark vertreten, die Familien der Schulfreunde von Ferdinand, viele seiner Klienten und natürlich zahlreiche Kollegen. Nachdem der Sarg in die Gruft hinabgelassen war, sahen sich viele genötigt, Arno die Hand zu schütteln und ihm ein paar trostreiche Worte zu sagen. Anschließend begab er sich mit Waldmanns und einigen anderen engen Freunden seines Vaters zu einer nahegelegenen Gaststätte zum Leichenschmaus. Auf diesem Wege sagte Arno zu Mali: „Was bin ich froh, dass diese lästige Prozedur vorbei ist. Lange hätte ich das nicht mehr durchgestanden."
„Sie haben es gut gemeint", verteidigte Mali die Kondolenten. „Außerdem ist es Sitte."
„Sitte hin, Sitte her. Was soll das? Lauter hohles Zeug, das ich mir anhören musste. Wirklich helfen kann mir doch keiner. Wie froh bin ich, dass ich euch habe. Ihr habt mir echt beigestan-

den. Ich weiß gar nicht, wie ich ohne euch zurechtgekommen wäre. Aber ich brauche noch mehr Zuspruch. Darf ich dich morgen abholen? Sagen wir um zwei Uhr?"
Mali war das recht. Sie verstand nur zu gut, dass er nun, nachdem er auch den Vater verloren hatte, das Gespräch mit einem vertrauten Menschen suchte.

Wieder einmal gingen Mali und Arno am Rheinufer spazieren. Diesmal war es ein frostig kalter Wintertag. Beim Sprechen bildeten sich kleine weiße Wölkchen vor ihren Mündern. Die Pfützen auf der Promenade waren hart gefroren und vom Ufer her wuchs das Eis allmählich in den Strom hinein. Den beiden jungen Menschen konnte die Kälte jedoch nichts anhaben. In warme Mäntel, Mützen und Handschuhe gehüllt, schritten sie kräftig aus. Weit und breit war keine Menschenseele zu sehen. Mit einem Male blieb Arno stehen. Ehe Mali wusste, wie ihr geschah, hatte er beide Arme um sie geschlungen. Er presste sie an sich und drückte ihr einen leidenschaftlichen Kuss auf den vor Schreck halb geöffneten Mund. Lag es an der Kälte, dass Mali wie gelähmt war? Oder lag es daran, dass sie überrumpelt worden war? Gleichviel, sie war selbst erstaunt darüber, dass sie sich nicht wehrte. Noch erstaunter war sie darüber, dass sie diesen überraschenden, drängenden Kuss als äußerst wohltuend empfand, obwohl sie Arno gar nicht liebte. Es war ihr, als wäre sie in einen geheimnisvollen Zauber gehüllt. Sie spürte, wie sie sich selbst immer mehr entglitt. Hingebungsvoll hatte sie die Augen geschlossen. Im Geiste sah sie sich in Rudolfs Armen. Sie war wieder jung, sie war wieder verliebt. Dennoch war es ganz anders als damals. Dieser Kuss war heiß, war fordernd, war mitreißend. Dagegen waren sämtliche Küsse von Rudolf brave Kinderküsse gewesen.
Unvermittelt stiegen Bilder anderer Art vor Malis geistigem Auge auf. Es waren Bilder, die sie zutiefst verletzten. Sie sah Arno in den Armen anderer Frauen liegen. Es waren blonde blauäugige arische Frauen, die er mit eben solcher Leidenschaft küsste. Diese Vision ernüchterte sie schlagartig. Sie wurde wieder sie selbst und befreite sich mit einem Ruck aus Arnos Umklammerung. Sie zupfte ihre Mütze und ihren Kragen zurecht und sagte in verweisendem Ton: „Arno, was soll das?"

„Aber Mali! Tu doch nicht so, als ob dir das nicht gefallen hätte."
„Das ist eine andere Sache. Wir haben doch eine klare Abmachung."
„Ach die –", sagte er mit wegwerfender Handbewegung. „Die ist doch längst verjährt. Außerdem hat sich die Situation grundlegend geändert. Damals war ich noch ein Bruder Leichtfuß und suchte nur das schnelle Abenteuer. Mittlerweile weiß ich, dass du dazu zu schade bist. Ich habe dich als einen aufrechten Charakter kennen und schätzen gelernt. Heute habe ich ernste Absichten. Deshalb frage ich dich jetzt in aller Form: Willst du meine Frau werden?"
Vor lauter Überraschung wusste Mali darauf keine Antwort. Sie wusste nicht, ob sie lachen oder weinen sollte. Um Zeit zu gewinnen zog sie sich mit einer Gegenfrage aus der Affäre: „Woher dieser plötzliche Sinneswandel?"
„Ach, Mali. Ich liebe dich schon lange. Es war mir nur nicht bewusst."
„Das sind ja ganz neue Töne. Sie passen so gar nicht zu dir, dem eisernen Junggesellen, der sein Leben in vollen Zügen genießen möchte. Wieso willst du mit einem Male deine Freiheit aufgeben?"
„Schau Mali, jetzt, wo ich allein auf der Welt stehe, brauche ich einen Menschen, der zu mir gehört. Außerdem – auch in diesem Punkt will ich ganz ehrlich zu dir sein – man erwartet von mir, dass ich eine Familie gründe. Andernfalls habe ich keine Beförderungsaussichten mehr. Wie jeder andere SS-Mann bin ich gehalten, mir eine mindestens gleichwertige, möglichst sogar rassisch höherwertige Frau zu suchen. Da wüsste ich keine, die besser zu mir passt, als du. Du bist schön, du bist klug, du bist guten Blutes und du hast einen stahlharten Willen. Das sind alles Eigenschaften, die ich an meine zukünftigen Kinder weitergegeben wissen möchte."
Am liebsten hätte Mali laut gelacht. Aber eingedenk dessen, dass er seinerzeit so heftig reagiert hatte, als sie seine Ausführungen nicht ernstgenommen hatte, unterdrückte sie es. Aber sie konnte sich folgender Bemerkung nicht enthalten: „Das verstehe ich nicht. Du hast doch schon so viele schöne willensstarke Arierkinder gezeugt. Genügt dir das nicht?"
Hatte er ihren spöttischem Unterton nicht bemerkt? Jedenfalls

ging er weder darauf ein, noch reagierte er abwehrend. Ernst und sachlich fuhr er fort: „Es stimmt, ich habe dem Führer mehrere Kinder geschenkt. Aber nun möchte ich eigene Kinder haben. Jetzt, wo ich reifer geworden bin, jetzt, wo meine Eltern nicht mehr leben, jetzt habe ich erkannt, dass ich der Letzte meines Stammes bin. Nun möchte ich Erben haben, in denen ich weiterlebe. Ich wünsche mir Kinder, die ich selbst erziehen kann, Nachkommen, denen ich meine Wertvorstellungen selbst vermitteln kann."

„So ist das also? Und in diesem Zusammenhang besinnst du dich auf die gute alte Mali. Nachdem du mir jahrelang untreu gewesen bist, soll ich mit dir eine heile solide Familie gründen."

„Ich bin dir nie untreu gewesen", brauste er auf. „Ich habe nur meine Pflicht erfüllt, meine Pflicht gegenüber dem Führer und dem Reich."

„Das müssen aber sehr unangenehme Pflichten gewesen sein, alle blond und blauäugig", spottete Mali.

Plötzlich änderte Arno seine Taktik: „Höre ich da so etwas wie Eifersucht heraus?"

Mali senkte verlegen die Augen. Hatte er vielleicht Recht? War sie eifersüchtig auf all die anderen Frauen, mit denen er ein Verhältnis gehabt hatte? Irgend eine Antwort musste sie ihm nun geben: „Nenne es, wie du willst, meinetwegen auch Eifersucht. Aber der Gedanke hat nichts Verlockendes für mich, einen Ehemann zu bekommen, der sich unter dem Deckmäntelchen von Pflicht sein Vergnügen suchte, wo immer es sich ihm bot"

„Diese deine Bedenken verstehe ich durchaus. Aber ich verspreche dir, sobald wir verheiratet sind, bin ich dir absolut treu. Ja, wenn du darauf bestehst, ab sofort. Du wirst dich nicht über mich zu beklagen haben. Ich werde der treueste Ehemann, den du dir vorstellen kannst. Was ist? Sag endlich ja!"

„Das kann ich nicht, Arno. Heute noch nicht. Lass mir ein paar Tage Zeit. Das kam so überraschend. Ich muss erst über alles nachdenken."

„Gut, das verstehe ich. Morgen muss ich wieder nach Berlin. Wenn ich zurückkomme, erwarte ich eine klare Antwort."

„Die sollst du haben, das verspreche ich dir."

Zum Abschied zog Arno sie noch einmal in die Arme. Wieder

küsste er sie voller Leidenschaft. Wieder spürte sie diesen eigenartigen Zauber und dieses Kribbeln im Bauch. Es war unheimlich und schön zugleich. Da sie spürte, dass er damit Macht über sie gewann und dass er dadurch ihre Entscheidungsfreiheit ausschalten würde, riss sie sich abrupt los und lief davon.
Nach Arnos Abreise blieb in Mainz eine völlig verwirrte Mali zurück. Wenn ich doch nur jemanden hätte, mit dem ich über meine Empfindungen sprechen könnte, dachte sie. Die Gedanken und Gefühle so allein zu ordnen, war furchtbar schwer. Ihre Eltern brauchte sie nicht um Rat fragen. Das war ihr völlig klar. Hätten diese von Arnos Heiratsantrag gewusst, sie würden ihr zureden wie einem kranken Pferd. Ob sie mit ihren Schwestern darüber reden sollte? Aber was würde das bringen? Sie wusste jetzt schon, wie das ausgehen würde. Margarethe, die Ehefrau, würde ihr mit allen Mitteln zur Ehe raten. Charlotte dagegen, die eiserne Jungfrau, würde ihr dringend abraten. Dann war sie wieder genauso klug wie vorher.
Ja, wenn ihre beiden Freundinnen, Olga und Henni, nicht so weit weg wohnten! Mit denen könnte man vielleicht dieses Problem besprechen. Aber nein, die konnten ihr auch nicht helfen. Was würde Olga ihr schon raten? Da sie selbst einen Mann geheiratet hatte, den sie nicht liebte, würde sie ihr mit Sicherheit die Ehe empfehlen. Und Henni, die Pianistin, deren Talent für eine Solistenlaufbahn nicht gereicht hatte? Als überzeugte Junggesellin würde sie ihr bestimmt von der Ehe abraten. Dann stünde es für Mali wieder unentschieden. Also konnte sie auf diese Gespräche auch verzichten. Olga hatte für sich wohl richtig entschieden. Das Gut brauchte einen Verwalter. Und Henni hatte für sich sicher auch das Richtige gefunden. Sie war glücklich in ihrem Beruf, wenn man ihren Briefen glauben durfte. Seitdem sie das Pensionat verlassen hatte, unterrichtete sie in Weimar an der Musikschule.
„Musik zu machen und musikalisches Können weiterzugeben sind mir wichtiger als jeder Mann“, hatte sie ihr vor einiger Zeit geschrieben.
Ja, mir wäre mein Beruf auch wichtiger als ein Mann, wenn ich mein Ziel erreicht hätte, dachte die verhinderte Richterin. Was nun, da man es ihr verwehrt hatte? Wie sollte sie sich entscheiden, da bei all ihrem Optimismus nicht abzusehen war, ob sie

dieses Ziel jemals erreichen würde? Was würde ihr auf Dauer mehr zusagen: eine Ersatzbeschäftigung oder eine eigene Familie?
Mit diesen Gedanken schlief die junge Juristin ein und mit diesen Gedanken wachte sie auf. Zum Glück war sie tagsüber durch ihre Arbeit so abgelenkt, dass sie nicht zum Grübeln kam. An manchen Tagen war Mali ganz sicher, dass sie Arno heiraten würde. An anderen Tagen war sie wieder ganz sicher, dass sie dies auf keinen Fall täte. So rückte der Tag der Entscheidung immer näher. Zu ihrem einunddreißigsten Geburtstag wollte Arno wieder in Mainz sein.
Da der zweite April diesmal auf einen Sonntag fiel, hatte Auguste alle ihre Töchter nebst Alfred und Arno für drei Uhr zum Kaffee eingeladen. Arno erschien pünktlich, wie es seine Art war und überreichte dem Geburtstagskind einunddreißig rote Rosen. Dieser Geste maß Auguste ungeheure Bedeutung bei. Aber wieder einmal wurde sie enttäuscht. Nach dem festlichen Kaffeetrinken erhoben sich die jungen Leute und Mali sagte lapidar: „Wir wollen noch ein bisschen am Rhein spazieren gehen."
Diesem Moment des Alleinseins fieberte Arno schon seit Tagen entgegen.
„Und...?" fragte er voller Ungeduld mit siegessicherer Miene. „Wie hast du dich entschieden?" Unwillkürlich legten sich dabei seine Finger auf die linke Tasche seiner Uniformjacke. Es war, als wolle er sich versichern, dass das wertvolle Schächtelchen noch an seinem Platze war.
„Arno, es tut mir leid, ich kann dich nicht heiraten."
Das Siegerlächeln auf seinem Gesicht erstarb: „Und warum nicht?"
„Sobald ich heirate, müsste ich meinen Beruf aufgeben."
Erleichtert lachte er auf: „Gott sei Dank! Wenn es nur das ist! Ich hatte schon befürchtet, es wäre etwas Ernstes. Traust du mir vielleicht nicht zu, dass ich dich ernähren kann?"
„Doch, doch. Aber ich bin kein bisschen eine Hausfrau. Ich kann weder kochen, noch backen, von allem anderen ganz zu schweigen."
„Mach dir deswegen keine Sorgen. Für ein Dienstmädchen reicht mein Gehalt auch noch Außerdem wirst du mit der Zeit

alles lernen, wenn du ihm fleißig auf die Finger schaust."
„Aber ich habe doch nicht zehn Jahre Jura studiert, um das Heimchen am Herd zu spielen."
„Nun, da du deinen Wunschberuf ohnedies nicht ausüben darfst, wäre Heimchen am Herd immer noch besser als deine jetzige Tätigkeit."
„Sag das nicht. Die jetzige ist jedenfalls hundertmal besser als die vorherige. Aber darüber hinaus habe ich mein Ziel noch nicht aus den Augen verloren. Mein Tag wird noch kommen."
„Das ist doch dummes Zeug, Mali. Eine Frau gehört weder auf einen Richterstuhl noch auf einen Bürosessel. Eine Frau wie du, mit deinem germanischen Aussehen, mit deinem hochwertigen Blut, ist dazu geschaffen, einen Mann glücklich zu machen und wunderschöne erbgesunde Kinder zu gebären."
„Siehst du, das ist der nächste Grund, warum ich nicht heiraten kann. Ich glaube nicht, dass ich dazu geeignet bin, Mutter zu sein."
„Aber Mali! Wie kommst du auf solch einen Unsinn?"
„Als Kind mochte ich schon nicht mit Puppen spielen. An Kindern habe ich nicht das geringste Interesse. Deshalb bin ich auch nicht – wie meine Eltern das gewünscht hatten – Lehrerin geworden. Ich fürchte, wenn ich eigene Kinder hätte, die würden sich bei mir nicht wohlfühlen."
„Diese Sorgen, Mali, sind völlig unbegründet", versuchte er, ihre Bedenken zu zerstreuen. „Jede Frau hat natürliche mütterliche Gefühle und Instinkte. Sie werden in dem Moment geweckt, wenn die Frau den Höhepunkt ihres Daseins erlebt, die Geburt des eigenen Kindes."
„Wo hast du denn dieses fundierte Wissen her?", fragte sie spöttisch.
„Das sind Worte unseres hochverehrten Führers."
„Aha, und woher weiß der das so genau?"
„Der hat natürlich seine Berater und Beraterinnen, verdiente Väter und Mütter, wie zum Beispiel unsere Reichsfrauenführerin Gertrud Scholtz-Klink oder Magda Goebbels. Beide sind Mütter von mehreren prächtigen Kindern."
„Trotzdem, ich kann es nicht glauben, dass mütterliche Gefühle urplötzlich auftreten. Und wenn schon – ich kann darauf verzichten. Ich suche meine Erfüllung im Beruf."
Arno gab nicht auf. Immer schwerere Geschütze fuhr er auf,

um die störrische Juristin dahin zu bringen, wohin er sie haben wollte: „Mali, du weißt nicht, was du da sagst. Allein Ehe und Mutterschaft sind die der Frau gemäße Lebensweise. Die Verweigerung der Mutterschaft ist Verrat an unserem Volke. Eine Frau, die sich dieser ureigensten Aufgabe entzieht, handelt ebenso verwerflich, wie ein Soldat, der Fahnenflucht begeht."

„Was für hochtrabende Worte! Glaubst du das eigentlich selbst alles, Arno?"

„Natürlich glaube ich das", versicherte er mit todernstem Gesicht. „Abgesehen davon, gibt es auch einen ganz privaten Grund für uns, gemeinsame Kinder zu kriegen."

„Was du nicht sagst! Und der wäre?"

„Wie mir mein Vater kurz vor seinem Tode anvertraut hat, war es der sehnlichste Wunsch meiner Mutter, dass wir beide ein Paar werden und ihr Enkel schenken. Deine Mutter hat ihr am Sterbebett versprochen, dass sie beide gemeinsame Enkel haben werden."

„Das glaube ich nicht, dass meine Mutter das so gesagt hat. Und selbst wenn, ich fühle mich nicht verpflichtet, ein Versprechen einzulösen, dass ich nicht gegeben habe. Das wäre ja noch schöner, wenn einer Versprechungen macht, die ein anderer halten muss."

„Nun ja, wie der genaue Wortlaut war, weiß ich nicht mehr. Jedenfalls hat deine Mutter von diesem Gespräch meinem Vater erzählt und der hat es mir erzählt. Es wäre doch schön, wenn unsere Mütter gemeinsame Enkel bekämen, wo sie doch so sehr darauf gewartet haben. Und überlege mal, wie schön müsste es erst für unsere Väter seien. Sie waren seit ihrem zehnten Lebensjahr eng miteinander befreundet..."

„Mit einer Unterbrechung von fünfundvierzig Jahren", fiel Mali ihm ins Wort.

„Ach, das zählt nicht. In dieser Zeit hat die Freundschaft nur geruht. Dafür flammte sie nachher um so intensiver auf. Es wäre doch die Krönung für diese Freundschaft, wenn ihr jetzt noch gemeinsame Enkel entsprießen würden."

„Arno, spar dir deine Worte. Was auch immer du an Gründen vorbringst, ich kann dich nicht heiraten."

„Was sollte dich daran hindern?"

„Ich liebe dich nicht."

„Aber Mali", sagte er lachend, „da habe ich einen ganz anderen Eindruck gewonnen. Auf der Hochzeit deines Bruders hast du mich ganz offensichtlich allen anderen vorgezogen."
„Das stimmt. Aber das war aus einem Grund, der nichts mit deiner Person zu tun hat."
„Da bin ich aber neugierig. Das musst du mir erklären."
„Dass ich dich damals bevorzugt behandelt habe, verdankst du der Tatsache, dass du jemandem auffallend ähnlich siehst, den ich sehr geliebt habe."
„Sehr interessant, und was ist aus dieser Liebe geworden?"
„Meine Eltern haben sie hintertrieben. Sie haben uns gewaltsam auseinandergerissen, weil er nicht in unsere Kreise passte oder ich nicht in seine. Wie auch immer..."
„Wann soll denn das gewesen sein? So lange ich dich kenne – das sind nun über fünf Jahre – habe ich nie gehört oder gesehen, dass du einen Freund gehabt hättest. Du galtest allgemein als unnahbar und so kamst du mir auch vor."
„Das stimmt. Meine Unnahbarkeit resultierte daraus, dass man mir vor fünfzehn Jahren meine große Liebe genommen hat."
„Große Liebe! Was für pathetische Worte! Du warst doch damals noch ein Kind. Was weiß ein Kind schon von Liebe? Du warst allenfalls ein bisschen verliebt."
„Oh nein. Um zu wissen, was Liebe ist, braucht man nicht ein bestimmtes Alter. Ich habe diesen Mann über alles geliebt. Ich hätte ihn bestimmt geheiratet, wenn er auf mich gewartet hätte. Zu der Trauer darüber, dass meine Eltern uns räumlich getrennt haben, kam noch die Enttäuschung, dass er mich so schnell vergessen konnte. Darüber bin ich nie hinweg gekommen. Deshalb hat mich kein Mann mehr interessiert. Meine ganze Energie verwandte ich von da an aufs Studium. Mein Sinnen und Trachten kannte nur noch ein Ziel, Richterin zu werden."
„Daraus ist ja nun nichts geworden. Jetzt musst du eben umdenken. Um dir dabei zu helfen, bin ich genau der Richtige. In den vergangenen Jahren sind wir doch wirklich gute Freunde geworden."
„Das sagst du richtig: Freunde. Mehr aber auch nicht. Das reicht für eine Ehe nicht aus. Bei einer Ehe sollte auch Liebe im Spiel sein."
„Daran scheint es dir nicht zu mangeln. Davon haben mich

bereits deine ersten Küsse überzeugt."
Obwohl Mali bei seinen Worten spürte, wie ihr das Blut ins Gesicht schoss, sagte sie tapfer: „Das darfst du nicht missdeuten. Das war nur eine hormonelle Entgleisung. Mit Liebe hatte das nichts zu tun."
„Die Sache wird für mich immer günstiger. Wenn ich schon dazu in der Lage bin, durch ein paar harmlose Küsse deine Hormone in Aufruhr zu bringen, dann wird die Liebe eines Tages ganz von selbst kommen."
„Mach dir da keine zu großen Hoffnungen. Ich glaube nicht, dass ich jemals wieder jemanden lieben kann. Auf deine Umarmung reagierte ich nur deshalb so, weil mich das alles an damals erinnerte."
Arno weidete sich an ihrer Verlegenheit. Dann erwiderte er: „Erinnert oder nicht, was soll's? Das Feuer, dass ich bei dir spürte, hat mich ganz schön erwärmt."
Wenn es überhaupt möglich war, so stieg Mali noch mehr Röte ins Gesicht, während sie sagte: „Aber Arno, das kann ich doch nicht machen. Es wäre ungerecht von mir, in deinen Armen zu liegen und dabei an einen Verflossenen zu denken."
„Das würde mich nicht stören", grinste er süffisant. „Ich könnte damit sehr gut leben, dass ein anderer die Glut in dir anfacht, die ich löschen darf. Also, zier dich nicht länger und sag endlich Ja."
Mali wollte nicht noch einmal nein sagen. Sie befürchtete einen Wutausbruch seinerseits oder ein ständiges Weiter-auf-sie-einreden. Deshalb wich sie diplomatisch aus: „Lass mir noch ein paar Tage Zeit zum Nachdenken. Es stürmt alles so plötzlich auf mich ein. Immerhin ist es ein schwerer Entschluss für mich, von meinem Beruf endgültig Abschied zu nehmen."
Ihre wahren Gedanken und den wirklichen Grund für ihre Ablehnung wagte sie ihm erst recht nicht zu sagen. Sie war sich jetzt ganz sicher, mit diesem Mann konnte sie unmöglich zusammenleben. So sehr sie sich auch körperlich von ihm angezogen fühlte, in noch stärkerem Maße wurde sie von seiner Gesinnung abgestoßen.
Ehe sie für heute auseinander gingen, ließ sie sich seine stürmische Umarmung noch einmal gefallen. Noch einmal genoss sie den Rausch und das prickelnde Gefühl, in das sein Kuss sie versetzte.

Das war's dann wohl, dachte sie. In Zukunft werde ich ihm wieder aus dem Weg gehen. Eines Tages wird er begreifen, dass er mit mir nicht rechnen kann. In Berlin werden ihm genügend blonde Arierinnen über den Weg laufen, mit denen er sich trösten kann.

Eine Woche nach diesem Gespräch – es war der Ostermontag – erschien Arno mit einem Strauß Freesien im Hause Waldmann. Grete führte ihn ins Empfangszimmer und meldete ihn bei der Gnädigen an. Hochbeglückt betrat Auguste das Zimmer. Arno schlug zackig die Hacken zusammen, hob seine Rechte und grüßte: „Heil Hitler."

„Mein lieber Arno! Was für eine Überraschung! „Damit umging sie diesen neuartigen Gruß, der ihr nur schwer über die Lippen kam. Sie streckte dem Besucher beide Hände entgegen und sagte bedauernd: „Leider ist Mali nicht zu Hause."

„Ich weiß, sie wollte heute einen Ausflug mit einer Kollegin machen."

Fragend schaute Auguste auf seine Blumen.

„Ah", sagte er nun mit einem Blick auf die Freesien. „Die habe ich für dich mitgebracht, als Zeichen meiner Verehrung." Damit überreichte er ihr den Strauß.

„Oh, die schönen Blumen", sagte Auguste und nahm das Gebinde entgegen. „Vielen, vielen Dank, Arno."

Sie läutete dem Mädchen. Noch ehe es den Raum betrat, erklärte Arno: „Mein Besuch gilt heute Friedrich. Er ist doch zu sprechen?"

„Aber gewiss, Arno, für dich immer." Sie übergab der eintretenden Grete die Blumen: „Stell' sie bitte in eine Vase und melde dem gnädigen Herrn, Herr Braun möchte ihm seine Aufwartung machen."

„Arno, mein lieber Junge", empfing ihn dieser wenig später im Herrenzimmer. Auch er umging auf diese Weise das „Heil Hitler", ohne dass es auffiel.

„Dieser Besuch muss gefeiert werden." Friedrich öffnete seinen „Raritätenschrank" und entnahm ihm eine Flasche alten Cognacs nebst zwei Gläsern. Letztere stellte er auf den quadratischen Rauchtisch, der sich zwischen zwei Clubsesseln befand. Er entkorkte die Flasche und füllte die Gläser: „Prost, mein Junge, auf unsere Freundschaft."

Sie stießen mit den Gläsern an, nahmen den ersten Schluck und ließen ihn genießerisch auf der Zunge zergehen: „Ja, das ist noch Qualität. Das ist die letzte Flasche, die ich damals aus Straßburg retten konnte."
„Ein guter Tropfen", stimmte Arno zu.
„Bitte setz dich", sagte Friedrich, auf einen der Sessel deutend. Er selbst nahm auf dem anderen Sessel Platz. „Was verschafft mir die Ehre deines Besuches?"
Arno räusperte sich, ehe er sagte: „Ich komme heute mit einer Bitte zu dir."
„Wenn es in meiner Macht liegt, ist sie bereits erfüllt."
„Nun denn", hierbei erhob sich Arno, räusperte sich noch einmal und trat feierlich vor Friedrich hin: „Hiermit bitte ich dich um die Hand deiner Tochter Mali."
Ein Leuchten trat in das Gesicht des alten Herrn: „Ihr seid euch also einig?"
„Nun – ja", druckste Arno herum. „Noch nicht so ganz."
„Zu gut deutsch: Du willst heiraten und sie will nicht."
„Genau so ist es."
„Ja, ich fürchte, das steht nicht in meiner Macht, da etwas zu tun."
„Aber als Vater kannst du es ihr doch befehlen."
Friedrich schmunzelte, legte die Stirn in sorgenvolle Falten und rieb sich das Kinn: „Das eben kann ich nicht. Sie ist bereits einunddreißig, wie du weißt. Hast du dir mit einunddreißig von deinem Vater noch etwas befehlen lassen?"
„Natürlich nicht. Das ist doch etwas ganz anderes. Ich bin schließlich ein Mann."
„Das sieht Mali aber anders. Für sie sind Männer und Frauen gleichwertig. Sie beansprucht gleiche Rechte. Noch bevor sie von diesen modernen Emanzipationsbestrebungen gehört hat, dachte sie so. Denn sie hat – wie du schon bemerkt haben wirst – ihren eigenen Kopf. Sie hat sich von mir noch nie etwas befehlen lassen."
Wieder nahm jeder der Herrn genießerisch einen kleinen Schluck aus seinem Glas.
„Ja, was soll ich denn jetzt machen?"
Hilflos sah er aus, dieser sonst so selbstbewusste starke Herr Offizier, der es gewöhnt war, über ganze Regimenter zu befeh-

ligen. Aber vor einer einzigen schwachen Frau musste er kapitulieren.

„Lass mich überlegen", sagte Friedrich. Seine Gedanken arbeiteten fieberhaft. Nicht nur, weil er seinem jungen Freund zu seinem Lebensglück verhelfen wollte, sondern auch aus eigennützigen Motiven. Mit dieser Heirat würde endlich sein und Augustes langjähriger Wunsch in Erfüllung gehen. Er versprach sich davon Ruhe und Zufriedenheit, wenn dieses eigenwillige Kind endlich unter der Haube war. Durch Fragen tastete er sich an das Problem heran: „Aus welchem Grund will Mali dich nicht heiraten?"

„Sie hatte gleich eine ganze Liste von Gründen: erstens, sie will ihren Beruf nicht aufgeben. Zweitens, sie sei keine gute Hausfrau. drittens sie möge Kinder nicht und viertens...", hier stockte Arno.

„Was ist viertens?", fragte Friedrich, hellhörig geworden.

„Sie behauptet, dass sie mich nicht liebt." Hier räusperte sich Arno wieder. „Sie liebe noch immer einen Mann, von dem man sie vor fünfzehn Jahren gewaltsam getrennt habe."

Bei diesen Worten zeigte der alte Vater ein sehr betroffenes Gesicht. „Sie hat ihn also nicht vergessen? Und ich hatte geglaubt, sie sei so leicht darüber hinweggekommen. Dann war das Wohl der Grund dafür, dass sie danach allen Männern die kalte Schulter gezeigt hat." Das sagte er mehr zu sich selbst, als zu seinem Gast.

„Ja, das hat sie jedenfalls behauptet."

Wieder dachte der alte Herr angestrengt nach: „Verstehe mich bitte nicht falsch, Arno. Ich frage nicht aus Neugier. Wie reagierte sie auf zärtliche Annäherungsversuche?"

„Da kann ich nicht klagen", sagte er mit einem breiten Grinsen. „Bei jedem Kuss – leider waren es bisher nur wenige – registrierte ich eine leidenschaftliche Erwiderung."

„Hm", schmunzelte Friedrich. „Eine körperliche Abneigung scheint demnach nicht zu bestehen."

„Das gab sie auch unverhohlen zu. Sie behauptete jedoch, das sei nur, weil sie dabei an den anderen denke."

„Und – stört dich das?"

„Mich? – Nicht im geringsten. Sie behauptet jedoch, sie könne mir das nicht antun"

Wieder herrschte Schweigen zwischen den beiden Männern. Jeder nahm den letzten Schluck aus seinem Glas. Endlich schien es, als habe Friedrich die richtige Strategie gefunden: „Mali ist wie eine Festung. Sie ist schwer zu erobern. Da hilft nur eine Kriegslist. Hör mir gut zu Arno: Anfang Juni werde ich fünfundsiebzig. Das gedenke ich groß zu feiern. Aber nicht hier im Hause, sondern in Nierstein. Dort besitzt mein Freund Richard Aßmann ein großes Weingut. Er war ein Klassenkamerad von deinem Vater und mir. Bei unserem letzten Klassentreffen – dein Vater war noch dabei – hat er uns allen angeboten, dass wir unsern Fünfundsiebzigsten bei ihm feiern können. Außer den wenigen noch lebenden Mitschülern werden wir dazu alle unsere Verwandten und Bekannten einladen. Dich natürlich auch, Arno.

Schon zum Empfang wird es Sekt geben. Und wie ich Richard kenne, wird anschließend der Wein in Strömen fließen. Alkohol löst bekanntlich Hemmungen. Dazu eine laue Juninacht und ein Spaziergang im Mondschein... Mensch Arno, da sollte es einem Mann mit deinem Aussehen und deiner Wirkung auf Frauen doch gelingen, die Widerspenstige so weit zu bringen, dass sie nicht mehr zurück kann. Ich traue dir genug Erfahrung zu und brauche dir bestimmt nicht zu erklären, wie man ein Mädchen schwach macht."

Mit leuchtenden Augen hatte der Jüngere zugehört: „Friedrich, ist das dein Ernst? Du würdest mir das nicht übel nehmen?"

„Aber wieso denn? Eine Frau wie Mali muss man zu ihrem Glück zwingen. Meinen Segen dazu hast du jedenfalls."

Der dritte Juni war ein Samstag. Trotz der angespannten Lage in Berlin, hatte man es Arno erlaubt, nach Mainz zu fahren. Ob seiner Andeutung, er gedenke sich zu verloben, hatte man ihm das freie Wochenende bewilligt. Ehe er das Aßmannsche Anwesen betrat, vergewisserte er sich noch einmal, ob das kleine Paketchen noch an seinem Platze war.

Mit dem Wetter hatten Waldmanns riesiges Glück. Es war ein warmer sonniger Tag. Deshalb fand der Empfang in dem geräumigen Hofel statt. Am frühen Abend, kurz nach sechs Uhr, betrat Arno diesen, wo bereits lebhaftes Treiben herrschte. Er steuerte direkt auf das Geburtstagskind zu. Er reichte ihm die

Hand und sprach seine Glückwünsche aus. Erst danach begrüßte er Auguste. Sie strahlte ihn dermaßen an, dass Arno sicher war, Friedrich habe sie in seinen Plan eingeweiht. Als sie Arnos suchenden Blick bemerkte, flüsterte sie ihm zu: „Mali ist eben mit ihrem Patenkind zur Toilette gegangen."
„Aha", sagte Arno erleichtert. „Das ist sehr erfreulich, dass sie bereits Interesse an Kindern entwickelt."
Sein Aufatmen und diese Äußerung registrierte Auguste mit großem Wohlgefallen.
Richards drei Enkelinnen, hübsche Mädchen von fünfzehn, siebzehn und achtzehn Jahren, in schmucken Winzerinnenkleidern, reichten Tabletts mit Sektgläsern herum. Mali kam gerade rechtzeitig zurück, um noch ein Glas zu ergattern, ehe Richard eine Ansprache auf den Jubilar hielt. Am Ende der Rede forderte er die Gäste auf, auf das Wohl des Geburtstagskindes zu trinken. Mit einem „Prost Friedrich!", klangen die Gläser hell aneinander.
Überall standen kleine Gruppen plaudernder Menschen beisammen. Mali bewegte sich zwischen ihnen hindurch, begrüßte hier jemanden, wechselte dort ein paar freundliche Worte, und lachte über witzige Bemerkungen. Es schien, als habe sie Arno noch gar nicht bemerkt. Der seinerseits verfolgte sie überallhin mit den Augen.
Nach etwa einer Stunde wurde zu Tisch gebeten. In einem rustikalen Raum, der schon viele feuchtfröhliche Winzerfeste erlebt hatte, war eine riesige Tafel festlich gedeckt. Weinlaub zierte den Tisch, und die Wände waren malerisch mit Erntekränzen und Gegenständen aus Winzerei und Landwirtschaft dekoriert. Mit Unbehagen bemerkte Mali, dass man sie neben Arno platziert hatte. Nun ja, beschwichtigte sie sich selbst, in dieser großen Menschenmenge kann er mir nicht zu nahe treten.
Bald wurden herzhafte, für die Region typische Winzergerichte aufgetragen. Zu jedem Gang wurde ein anderer edler Tropfen aus Aßmanns Weinkeller gereicht. Immer wieder brachte jemand einen Toast auf das Geburtstagskind aus, wobei auf sein Wohl getrunken wurde. Auch das Wohl des Führers kam nicht zu kurz. Jeder hängte seiner Rede noch an: „Und auf unseren verehrten Führer, Adolf Hitler." Dabei musste natürlich wieder jeder mittrinken, um nicht unangenehm aufzufallen.

Daher hatte Mali, die an Alkohol wenig gewöhnt war, bald einen Schwips.
Nach dem Festmahl, es war gegen zehn Uhr, eröffnete der Jubilar mit seiner Frau den Tanz. Wenig später führte Arno seine Tischdame auf die Tanzfläche. Eifrige wirbelte er sie im Walzertakt herum. Sie, die sonst von diesem Tanz nie genug bekommen konnte, bat nach kurzer Zeit: „Ich möchte nach draußen, Arno. Vor meinen Augen dreht sich alles."
Ganz Kavalier, begleitete er sie ins Freie. Hinter dem Festraum erstreckte sich ein Ziergarten mit üppigen Blumenrabatten, Stauden und halberblühten Rosenstöcken. Der Garten ging über in eine sehr gepflegte parkähnliche Anlage, mit sorgfältig gestutztem Rasen, mit alten Bäumen, zahlreichen Büschen und blühenden Sträuchern. Daran schloss sich, ein wenig versteckt, ein großer wohlbestellter Nutzgarten. Überallhin führten sorgfältig angelegte Wege. Immer wieder gab es eine Ruhebank, die zum Verweilen einlud. Schweigend schritten Arno und Mali eine Zeitlang dahin.
„Die leben ja hier wie die Fürsten", sagte Mali in die Stille hinein.
„Ja, ich bin auch erstaunt. Eine solche Anlage hätte ich hinter dem schlicht gehaltenen Hoftor nicht erwartet."
Plaudernd gingen sie weiter. Offensichtlich hatten auch andere Festgäste das Bedürfnis nach frischer Luft. Oder sie hatten den Wunsch, sich nach dem opulenten Mahl und dem langen Sitzen die Füße zu vertreten. Daher begegneten ihnen immer wieder einzelne Personen, Paare oder kleine Gruppen, die sich eifrig unterhielten.
Daher merkte Mali gar nicht, dass sie sich immer weiter vom Haus entfernten. Sie bemerkte auch nicht, dass der Garten zu Ende war und der Weg nun sanft bergan stieg. Erst als die Steigung stärker wurde, nahm sie erstaunt zur Kenntnis, dass sie nicht mehr von einem Garten umgeben waren, sondern von zahllosen Weinstöcken. Der Mond hatte zwar seine vollste Phase schon überschritten, schien aber immer noch so hell, dass er sogar Schatten warf.
So entdeckten sie bald ein kleines Gebäude, mit quadratischer Grundfläche. Es sah aus wie ein Turm, denn oben waren deutlich Zinnen zu erkennen.

„Was ist denn das?", fragte Mali wissbegierig.
„Das ist ein Wingerts- oder Weinbergshäuschen.."
„Und wozu dient das?"
Arno erklärte ihr, dass ab Anfang September die Weinberge von Wingertschützen bewacht werden, damit die Stare nicht sämtliche Trauben auffressen.
„Erschießt er die Stare?", fragte sie naiv.
„Nein, natürlich nicht", lachte Arno. „Von diesem Turm aus beobachtet er rundum das Gelände. Nähert sich ein Vogelschwarm, so schießt er mit einer Schreckschusspistole in die Luft. Im Nu stiebt dann der Schwarm auseinander, und der Schütze hat für eine Weile Ruhe."
Interessiert umrundete Mali den Turm. Dabei entdeckte sie eine Eisentreppe, die nach oben führte. Neugierig stieg sie hinauf, gefolgt von Arno.
„Welch wunderbaren Blick man von hier aus hat! Selbst jetzt im Mondschein. Wie weit mag man erst bei Tageslicht sehen!"
„Der Turm ist mit Bedacht so angelegt, damit der Schütze die Stare schon früh genug ausmachen kann."
Nach dem Abstieg setzte Mali ihre Erkundungen fort. Hinter der Treppe entdeckte sie eine Holztür. Unwillkürlich drückte sie auf die Klinke. Zu ihrer Überraschung gab diese nach. Sie schob die Tür so weit auf, dass sie eintreten konnte.
„Was ist denn das?", fragte sie ihren Begleiter, der ihr gefolgt war.
„Dieser Raum dient dem Schützen als Unterstand bei schlechtem Wetter. Aber auch sonst setzt er sich zwischendurch hierher. Er kann ja nicht den ganzen Tag auf dem Turm stehen."
Dieses leuchtete sogar dem Stadtmädchen ein. Das fahle Mondlicht flutete durch das kleine Fenster herein. Es erhellte den Raum so weit, dass man einzelne Gegenstände schemenhaft erkennen konnte.
„Ach, guck mal! Der hat es ja richtig gemütlich hier. Einen Tisch, zwei Stühle und einen Schrank. Sogar ein Ofen ist da. Wozu braucht er denn den?"
„Nun, manchmal ist es im Herbst schon empfindlich kalt. Dann wärmt er sich hier drinnen auf. Außerdem kann er sich mal einen Kaffee kochen oder eine Suppe oder sogar eine richtige Mahlzeit."
Während Arno diese Erklärungen gab, stieß er unbemerkt mit

dem Fuß die Tür zu und klemmte einen Stuhl so unter die Klinke, dass sie von außen nicht mehr zu öffnen war.
„Guck mal", rief Mali überrascht. „Hier steht sogar ein richtiges Bett."
„Natürlich. Der Schütze bleibt oft über Nacht hier, damit er gleich im Morgengrauen auf seinem Posten ist."
Nun wurde es Mali doch etwas mulmig zumute. Sie wandte sich um und wollte in Richtung Ausgang. Das war der Moment, auf den Arno gewartet hatte. Wie eine Spinne hatte er auf seine Beute gelauert. Besitzergreifend schlang er seine Arme um die Überraschte und riss sie an sich. Sie hatte keine Möglichkeit mehr, sich zu entziehen. Kraftvoll drückte er seinen Mund auf den ihren. Willig öffnete sie die Lippen und erwiderte den Kuss mit gleicher Intensität. Alles um sie her versank. Aller Widerstand erlosch. Es gab nur noch das berauschende Gefühl, das stärker war als sie selbst. Trunken vom Wein und von Leidenschaft ließ sie alles mit sich geschehen. Sie wehrte sich nicht, als er ihre Bluse öffnete; sie wehrte sich nicht, als er ihren Rock hob. Willenlos ließ sie sich zum Bett führen. Sie ließ sich mit ihm darauf nieder gleiten, obwohl ihr klar war, was geschehen würde. Sie hatte nicht mehr den Willen, sich dagegen zu wehren. Im Gegenteil, ihr ganzer Körper, alle ihre Sinne drängten diesem Manne entgegen.
Später, als beide erschöpft auf der Lagerstatt des Weinbergschützen ruhten, flüsterte Arno ihr ins Ohr: „Mali, willst du nun meine Frau werden?"
„Ja", hauchte sie nur.
Da griff er in seine Jackentasche und förderte ein Schächtelchen zutage. Behutsam öffnete er es. Darin lag ein schlichter goldener Ring. Als einzige Verzierung trug er einen kleinen Brillanten. Während Arno ihr diesen Goldreif über den linken Ringfinger streifte, flüsterte er: „Nun bist du meine Braut."
Kurz vor Mitternacht betrat das heimliche Brautpaar wieder den Saal und mischte sich unter die Tanzenden. Als sie an der Musikkapelle vorbei schwebten, raunte Arno dem Dirigenten etwas zu.
Genau um Mitternacht spielte die Musik einen Tusch. Da packte Arno die verdatterte Mali an der Hand und zog sie mit sich aufs Musikpodium. Erwartungsvoll richteten sich alle Augen auf das

Paar. Arno ergriff das Wort: „Liebe Auguste, lieber Friedrich, liebe Anwesende! Am frühen Abend sind bereits einige Festreden auf unser verehrtes Geburtstagskind gehalten worden. Es ist nicht meine Absicht, diesen eine weitere hinzuzufügen. Dass ich das Wort ergreife, hat eine andere Ursache. Es gibt nämlich noch einen weiteren Grund zum Feiern." – Es war so still im Saal, dass man eine Stecknadel hätte fallen hören. Alle Blicke hingen wie gebannt an dem Redner und seiner Begleiterin. – „Ich habe die große Freude, Ihnen meine Verlobung mit Fräulein Viktoria Luise Amalie Waldmann bekannt zu geben."
Von einer Sekunde auf die andere wandelte sich die Stille in tosenden Applaus. Mali war so verwirrt, dass sie gar nicht wusste, wie ihr geschah. Sie nahm die Hochrufe, den Beifall, das Gläserklingen und die Gratulationen nur wie durch einen Nebelschleier wahr.
Das bin gar nicht ich, dachte sie. Ich träume das nur. Bald wache ich auf.
„Mein liebes Kind", schluchzte Auguste, als sie mit Tränen in den Augen ihre Jüngste an ihre mütterliche Brust drückte. „Dass ich das noch erleben darf! Ach, hätten Nora und Ferdinand das auch noch erleben dürfen!" Dann tupfte sie sich mit ihrem Spitzentaschentuch die Tränen von ihren Wangen.
Am folgenden Morgen erwachte Mali mit einem gehörigen Kater. Nur dunkel erinnerte sie sich an die Geschehnisse der Nacht. Anfangs dachte sie, sie hätte das alles nur geträumt. Doch dann bemerkte sie den Ring an ihrem Finger. Es ist also wahr, dachte sie. Oh mein Gott, was habe ich getan? Wie konnte ich mich so vergessen? Nun bin ich ihm ausgeliefert.
Zu weiteren Selbstvorwürfen kam sie jedoch nicht. Sie musste sich mit ihrer Morgentoilette beeilen. Es wurde höchste Zeit für den Kirchgang. Wie an jedem Sonntag begab sich auch heute die Familie geschlossen zur Kirche Sankt Quintin.
Auch nach dem Gottesdienst blieb Mali nicht viel Zeit zur Besinnung. Schon stand Arno im Empfangszimmer, zwei zierliche Rosensträuße in der Hand. Die gelben Rosen überreichte er Auguste, die roten seiner Braut. So, als ob es ganz selbstverständlich wäre, drückte er Mali im Beisein der Mutter einen zarten Kuss auf die Lippen. Danach bat er um eine Unterredung mit Friedrich. Dieser empfing ihn strahlender Laune und so, als

ob er seinen Besuch erwartet habe. Im Herrenzimmer besprachen Friedrich und Arno die Formalitäten für die bevorstehende Hochzeit. Die Frauen begaben sich in die Küche. Auguste nutzte die Gunst der Stunde zu einem Mutter-Tochter-Gespräch. Denn Grete war gerade mit Bettenmachen beschäftigt. Während Auguste die Blumen eigenhändig in zwei Kristallvasen ordnete, forschte sie: „Du musst doch jetzt sehr glücklich sein, Kind?"

„Muss ich das?", fragte Mali ziemlich abwesend.

„Na hör mal! Was für eine Frage! Du bekommst einen der besten Männer, die Mainz zu bieten hat, seit Gonsenheim eingemeindet ist. Er sieht nicht nur blendend aus, er hat nicht nur eine ausgezeichnete Bildung und beste Manieren, er hat auch eine traumhafte Position. Dutzende von Mädchen würden sich alle zehn Finger nach ihm abschlecken. Und du weißt nicht, ob du überglücklich sein musst! Nicht zuletzt besitzt Arno in Gonsenheims bester Lage ein herrschaftliches Haus. Alles fix und fertig eingerichtet. In Frau Becker steht dir sogar eine erfahrene Haushälterin zur Verfügung. Du brauchst dich nur ins gemachte Nest setzen. Du wirst ein Leben führen wie eine Prinzessin."

„Du hast ja Recht Mutter", antwortete die Tochter matt. Ihr gingen ganz andere Gedanken durch den Kopf: Jetzt bin ich ein gefallenes Mädchen. Jetzt bin ich genau das, wovor mich meine Mutter schon im Alter von dreizehn Jahren gewarnt hat. Jetzt bin ich eine von denen, auf die die Leute mit Fingern zeigen würden, wenn sie es wüssten. Mir bleibt wirklich nur der Ausweg, Arno so bald wie möglich zu heiraten. Nun hat er mich in der Hand.

In diesem Moment bat der Vater die beiden Damen ins Herrenzimmer.

„Arno und ich haben beschlossen, dass die standesamtliche Trauung am Freitag, dem dreißigsten Juni stattfinden soll", eröffnete er die Mitteilungen. „Bis dahin sind es noch fast vier Wochen. Arno ist sicher, dass er bis dahin alle Heiratspapiere beisammen hat. Bis zu diesem Zeitpunkt werde ich es ebenfalls schaffen, alle notwendigen Dokumente für Mali, nebst Ariernachweis, beizubringen. Gleich morgen werde ich mich dahinter klemmen. Wenn Arno Glück hat, kann er außer den ihm zustehenden zwei Tagen Heiratsurlaub noch einige Tage seines Jahresurlaubs anhängen. Dann reicht es wenigstens für einige Flittertage."

Ergänzend fügte Arno hinzu: „Mali muss natürlich sofort ihren Dienst aufkündigen. Dann klappt das mit der Freistellung noch bis zum Ende des Monats."

„Und wann findet die kirchliche Trauung statt?", erkundigte sich Auguste.

„Darüber haben wir noch gar nicht gesprochen", gestand Friedrich.

„Ach", sagte Arno leichthin. „Diese ist nicht nötig. Das ist doch nicht mehr zeitgemäß."

Mit diesem Ausspruch heimste er sich bei Auguste einige Minuspunkte ein. Sie ließ es sich jedoch nicht anmerken und sagte beharrlich: „Ob zeitgemäß oder nicht, ich will meine Tochter im weißen Kleid am Altar sehen. Für mich gehört eine feierliche kirchliche Hochzeit dazu. Das haben wir bei unseren anderen Kindern auch so gehalten. Abgesehen von dem religiösen Wert – die Ehe ist immerhin ein Sakrament – das Auge will auch etwas haben. Außerdem würden die Verwandten dumm gucken, wenn wir ihnen dieses Fest vorenthalten."

„Aber natürlich, liebe Schwiegermutter", lenkte Arno schnell ein. „Wenn du das wünschst, an mir soll es nicht liegen. Ich wollte euch nur die großen Ausgaben ersparen."

„Auf die kommt es nicht an", erklärte Auguste kategorisch. „Wir haben eigens für diesen Anlass gespart. Da wollen wir uns und unserer Familie dieses Fest auch gönnen."

Man einigte sich darauf, die kirchliche Trauung auf den anschließenden Samstag, den ersten Juli, zu legen. Friedrich erklärte sich bereit, in dieser Angelegenheit mit dem Pfarrer zu reden. Während des ganzen Gespräches hatte Mali stumm dabeigesessen. Auch das noch, dachte sie. Nun soll ich auch noch im weißen Kleid am Altar stehen und bin dessen gar nicht würdig. Mir würde eine standesamtliche Heirat völlig genügen, die wäre nicht so endgültig. Dann bliebe mir ein Hintertürchen offen.

Auch die Wohnungsfrage regelten die beiden Männer über Malis Kopf hinweg. Sie sollte allein mit der Haushälterin in Arnos Elternhaus wohnen, da Arno dienstlich in Berlin gebun-

den war. Vorerst würden sie also eine Wochenendehe führen. Arno wolle aber versuchen, so bald wie möglich eine adäquate Position im Raume Mainz oder Wiesbaden zu bekommen. Falls das in absehbarer Zeit nicht möglich wäre, wolle er sich in Berlin nach einer standesgemäßen Wohnung umsehen, um seine Frau nachkommen zu lassen. Zur Zeit bewohnte er nämlich nur ein möbliertes Zimmer bei einer Kriegerwitwe.
Wie Arno es vorgeschlagen hatte, kündigte Mali am nächsten Morgen bei ihrem Dienststellenleiter. Dieser sah Mali mit Bedauern gehen, erklärte aber, er habe das schon lange erwartet. Bei einer hübschen jungen Dame müsse man von vorneherein damit rechnen, sie durch Heirat zu verlieren. Mali bat auch gleich noch um Urlaub für den nächsten Tag, weil ihre Mutter mit ihr die Brautausstattung kaufen wolle. Auch der wurde großzügig bewilligt. Am Dienstagvormittag zogen also die beiden Damen durch sämtliche Stoffgeschäfte der Stadt. Es dauerte lange, bis Auguste das ihr Zusagende gefunden hatte. Die Accessoires wählte sie ebenso sorgfältig aus. Am Nachmittag suchte man die Schneiderin auf und ließ sich einige Modehefte vorlegen. Auguste blätterte eifrig darin, während Mali dabeistand, als ginge sie das Ganze nichts an. Wäre die Mutter nicht gar so beschäftigt gewesen, hätte ihr auffallen müssen, dass sich ihre Tochter anders verhielt als üblicherweise. Endlich glaubte Auguste, das Richtige gefunden zu haben: „Schau mal, Mali. Ist das nicht ein Traum von einem Kleid?"
„Ja, ja", nickte diese gleichgültig. Also gab Mutter dieses Modell in Auftrag. Die Schneiderin nahm Maß an der Braut und sagte, sie könne am Samstag zur ersten Anprobe kommen.

Die folgenden Tage vergingen für Auguste in großer Geschäftigkeit. Unter allen Restaurants der Innenstadt erschien ihr das „Heilig Geist" am geeignetsten. Es war dem Anlass angemessen vornehm genug, es war weder zu weit von ihrem Hause entfernt, noch zu weit von der Kirche St. Quintin. Mit dem Koch dieses Restaurants stellte sie ein erlesenes Menü zusammen. Dann bestellte sie die Tischdekoration sowie den Brautstrauß und ließ doppelseitige Einladungskarten drucken auf feinstem Büttenpapier:

Herr und Frau Landgerichtsrat Friedrich Waldmann
geben hocherfreut die Vermählung ihrer Tochter

Viktoria Luise Amalie
mit Herrn Oberstleutnant
Arno Heinrich Braun
bekannt.

Mainz, den 1. Juli 1939

Hiermit beehre ich mich
Meine Vermählung mit Fräulein
Viktoria Luise Amalie Waldmann
anzuzeigen

Arno Heinrich Braun
Oberstleutnant

Mainz-Gonsenheim, den 1. Juli 1939

Friedrichs Aufgabe war es, nachdem er alles Terminliche in die Wege geleitet und Malis Heiratspapiere angefordert hatte, die Einladungskarten in die Couverts zu stecken und diese zu beschriften. Dazu hatte er sich von Mali und von Arno die Adressenlisten ihrer Freunde erbeten. Als er dabei war, den Umschlag für Olga zu beschriften, fragte er seine Tochter, ob sie ihrer Freundin nicht eine persönliche Einladung dazu schreiben wolle.
Mali nahm den Umschlag und verschwand damit auf ihr Zimmer. Lange rang sie mit sich, was sie schreiben solle. Ihr die ganze Wahrheit zu schreiben, das würde zu lange dauern. Sie aber nur kurz und formell einzuladen, erschien ihr nicht schicklich. Endlich fand sie einen Kompromiss. Auf die Rückseite der Karte schrieb sie:

Liebe Olga!
Zu meiner Hochzeit möchte ich Dich und Erich ganz herzlich einladen. Wie Du siehst, hat es mich nun auch erwischt. Es ist eine lange Geschichte. Die erzähle ich Dir, wenn Ihr hier seid. In

aller Eile ganz liebe Grüße Euch beiden, in alter Freundschaft, Deine Mali.

Nach knapp zwei Wochen kam Olgas Antwort:

Ehrenwalde, den 23. Juni 1939

Liebe Mali!

Dir und Deinem Bräutigam wünschen wir für den gemeinsamen Lebensweg alles erdenklich Gute. Es freut mich sehr, dass Du doch noch den Richtigen gefunden hast. Leider können wir nicht kommen. Wir stecken mitten in der Heuernte. Ich hoffe, dass Du Verständnis dafür hast. In Gedanken werde ich jedoch bei Deinem Fest dabei sein. Und sicher gibt es das eine oder andere Foto, das Du mir schicken kannst. Vielleicht kommst Du ja mal mit Deinem frischgebackenen Ehemann bei uns vorbei und erzählst mir alles. Jedenfalls seid Ihr bei uns jederzeit herzlich willkommen.
Viele liebe Grüße an Deine Eltern und Geschwister und an Deinen Ehemann.
Sei selbst herzlich gegrüßt und umarmt von Deiner treuen Freundin Olga.

Von dieser Absage war Mali zunächst enttäuscht. Wie gerne hätte sie ihre Freundin an diesem schicksalsschweren Tag um sich gehabt. Vielleicht aber ist es besser so, dachte sie dann. Denn ein Freudentag wird es bestimmt nicht.
Zwei Tage vor dem Termin auf dem Standesamt klopfte es im zweiten Stock an Margarethes Wohnzimmertür.
„Nanu?" Margarethe blickte erstaunt hoch, als auf ihr freundliches „Herein", ihre jüngste Schwester zaghaft eintrat.
„Mali, was ist los mit dir? So schüchtern kenne ich dich sonst gar nicht. Was führt dich zu mir?" Während sie dies sagte, hielt die Ältere mit der feinen Stickarbeit inne.
„Darf ich mich setzen?"
„Aber sicher. Komm, setz dich auf diesen Sessel. Dann können wir uns am besten unterhalten. Ist es etwa der Brautstand, der dich so verändert hat?"
Ohne auf die Frage der Schwester einzugehen, fragte Mali:

„Margarethe, woran erkennt man, dass man ein Kind erwartet?"
„Das fragst du ausgerechnet mich? Woher sollte ich das wissen?"
„Nun – ich dachte – vielleicht – weil dein Mann Mediziner ist – hast du von seinem Wissen profitiert", druckste sie herum.
„Na – ja, dass man es am Ausbleiben der Tage erkennt, ist ja allgemein bekannt. Das ist aber nicht das einzige Anzeichen und zudem sehr unsicher. Es soll Frauen geben, die sind guter Hoffnung und haben noch monatelang ihre Tage. Andererseits soll es Frauen geben, bei denen bleiben die Tage aus, und sie erwarten gar kein Kind. Zu diesem Thema befragst du besser Mutter. Sie ist sicher die kompetentere Person."
„Nein, nein!", wehrte Mali erschrocken ab. „Mutter darf ich auf keinen Fall damit kommen. Sie würde sofort Verdacht schöpfen. Sie darf auf keinen Fall erfahren, dass ich..."
„Aber Mali, du wirkst ja völlig verstört. Sag mal, besteht denn...", tastete sich die große Schwester nun vorsichtig an das heikle Thema heran, "... irgendwie die Möglichkeit – ich meine, hast du einen begründeten Verdacht – dass bei dir eine solche Situation eingetreten sein könnte?"
Mali erhob sich, warf sich ihrer Schwester in die Arme und schluchzte los: „Ja, Margarethe, ja. Ich habe einen Fehltritt getan. Der belastet mich seit drei Wochen und drückt mir die Luft ab. Ich bin froh, dass ich es endlich mal jemandem erzählen kann."
Lange Zeit hielt Margarethe die „kleine Schwester"umfangen. Mali blieb immer die kleine Schwester, obwohl sie inzwischen Margarethe und auch Charlotte um einige Zentimeter überragte. Als die junge Braut ruhiger geworden war, nahmen beide Schwestern nebeneinander auf dem Sofa Platz. Nun redete sich Mali ihre unglückliche Liebesgeschichte von der Seele. Insbesondere schilderte sie die abendliche Verführungsszene im Häuschen des Weinbergschützen.
Dass sie ihrer Schwester jetzt nicht mit moralischen Vorhaltungen kommen durfte, war Margarethe klar. Mali hatte sich durch ihre wochenlangen Gewissensbisse und Selbstvorwürfe schon genügend gestraft. Das einzig Tröstliche, das Margarethe einfiel, war: „Ein Glück, dass Arno ein Ehrenmann ist und du übermorgen schon heiratest. Damit bist du aller Sorgen enthoben. Niemand wird sich etwas dabei denken –

falls du wirklich ein Kind bekommst – wenn es drei oder vier Wochen zu früh geboren wird. Es wird auf jeden Fall legitim sein."

„Du verstehst mein Problem nicht, Margarethe. Nicht das macht mir Sorge, ob das Kind legitim oder illegitim ist. Meine Sorge ist, dass ich diesen Menschen heiraten muss, weil er mich entehrt hat, ja, dass ich ihm jetzt noch dankbar sein muss."

„Das verstehe ich wirklich nicht", sagte die große Schwester. „So ein gutaussehender, gebildeter, wohlhabender Mensch! Du musst dich glücklich schätzen, dass ein solcher Mann dich zur Frau begehrt."

„Aber ich liebe ihn doch nicht."

„Das ist mir unverständlich", entgegnete Margarethe kopfschüttelnd. „Da kannst du lange suchen, bis du einen Menschen mit so vielen Vorzügen findest."

„Das ist richtig, Margarethe. Aber das sind nur äußere Vorzüge. Was will ich mit denen? Mir fehlen bei ihm die inneren Vorzüge. Gerade von dir hätte ich da mehr Verständnis erwartet. Deinen Mann hast du doch wegen seiner inneren Werte genommen, denn an äußeren hatte er nicht viel aufzuweisen."

„Das stimmt, Mali. Bei anderen beurteilt man das immer anders als bei sich selbst. Dennoch, einen Vorzug hat dein Zukünftiger, um den ich dich beneide."

Fragend schaute Mali die große Schwester an.

„Wie es scheint, wirst du Kinder mit ihm haben. Ich gäbe viel darum, wenn ich ein Kind haben dürfte."

„Und für mich ist das eine Schreckensvision. Ich und ein Kind! Nein, das kann ich mir nicht vorstellen. Ich liebe meinen Beruf und hoffte bis jetzt, dass ich ihn eines Tages doch noch ausüben dürfte. Und nun dies! Nun kann ich alle Hoffnungen begraben."

„Mach dir nur nicht zu viele Sorgen, Mali. Wenn das kleine Wesen erst mal da ist, wirst du es lieb haben und alles andere ist vergessen."

„Vielleicht hast du ja Recht", sagte Mali resignierend. „Aber bitte, zu niemandem ein Wort! Und schon gar nicht zu Mutter. Was würde die von mir denken!"

„Versprochen, kleine Schwester. Ich werde schweigen wie ein Grab."

Am nächsten Tag, alle äußern Dinge waren soweit geregelt, suchte Auguste wieder das Gespräch mit ihrer Tochter.
„Mali", begann sie vorsichtig. „Es ist üblich, dass man vor einem so entscheidenden Schritt, wie es eine Heirat darstellt, eine Lebensbeichte abgelegt."
„Das brauchst du mir nicht zu sagen, Mutter", antwortete Mali. „Das habe ich ohnedies vor. So habe ich das im Religionsunterricht gelernt."
Ihr kam nicht der geringste Verdacht, warum Mutter ihr diese Empfehlung gab. Auguste atmete sichtlich auf. Diese Hürde war leichter genommen, als sie befürchtet hatte. In der Tat hatte Mali sich bereits vorgenommen, zwischen der standesamtlichen und der kirchlichen Trauung eine Generalbeichte abzulegen. Wenn sie das weiße Hochzeitskleid, das Zeichen für Unberührtheit, schon nicht mehr zu recht tragen würde, so wollte sie ihre Seele wenigstens von der Bürde der Sünde befreien. Das Geschehene konnte sie zwar nicht mehr ungeschehen machen. Aber sie war sicher, Gott würde ihr diese Tat verzeihen, weil er sah, wie sehr sie diese bereute. Zu diesem Zwecke würde sie aber nicht den Pfarrer ihrer Gemeinde aufsuchen. Der Gedanke wäre ihr unerträglich, wenn der am Altar bei der Trauungszeremonie denken würde: Aha, sie heiratet im weißen Kleid, obwohl es ihr nicht mehr gebührt.
Nein, nein, sie würde in den Dom gehen, zu einem der vielen anonymen Beichtväter als anonymes Beichtkind und ihre schwere Verfehlung eingestehen. Dann konnte sie das weiße Kleid doch mit einer gewissen Berechtigung tragen.
Die Trauung auf dem Standesamt lief ab wie am Fließband. Vor ihnen verließ ein Paar das Trauzimmer und nach ihnen drängte das nächste Paar hinein. Nur die engsten Familienangehörigen waren anwesend: Vater, Mutter und die beiden Schwestern. Letztere fungierten als Trauzeugen, da weder Margarethes Mann, noch ihr Bruder sich für diesen Anlass von ihren beruflichen Pflichten freimachen konnten. Am Samstag aber, bei der kirchlichen Trauung, würden Alfred und Wilhelm als Zeugen zur Stelle sein. Die Eltern der Braut und der Bräutigam strahlten um die Wette, als endlich das Ja beider Brautleute gesagt war und die Unterschriften im Trauregister geleistet waren.
Damit man dieses Ereignis schon ein wenig feiern konnte, hatte

Grete auf Augustes Geheiß ein etwas festlicheres Mahl, als es normalerweise an einem Freitag üblich war, bereitet.
Munter plaudernd versammelte sich die kleine Schar um den Esstisch im Waldmannschen Hause. Niemand nahm Notiz davon, dass die Braut auffallend blass und einsilbig war. Fast niemand. Margarethe beobachtete sie insgeheim mit Besorgnis. Nach dem Kaffeetrinken verschwand Mali auf eine Stunde. Sie müsse frische Luft schnappen und dabei ihre Gedanken ordnen, sagte sie. Nur dadurch konnte sie Arno davon abhalten, sie zu begleiten. In Wirklichkeit begab sie sich in den Dom zum Beichten.
Am Samstagmorgen – die Sonne strahlte warm vom blauen Himmel – herrschte rege Geschäftigkeit im Hause Waldmann. Die Schneiderin legte Mali den Brautstaat an und heftete mit zierlichen Stichen Myrthen an das Kleid. Auguste und Charlotte huschten herum, gaben Grete und Friedrich Anweisungen und ordneten hier und dort.
In der oberen Wohnung herrschte das gleiche hektische Treiben. Wilhelm war mit seiner Familie hier einquartiert worden und alle machten sich schön für die Hochzeit. Die anderen Verwandten, Freunde und Nachbarn hatte man gleich zur Kirche bestellt. Das Wohnhaus wäre sonst aus allen Nähten geplatzt.
Der Bräutigam und seine Freunde würden die Braut ebenfalls an der Kirche erwarten.
Gegen halb elf setzte sich der Brautzug in Bewegung. Am Straßenrand blieben die Leute stehen, um sich die festlich gekleideten Menschen anzuschauen. Auch auf dem Platz vor der Kirche hatten sich viele Schaulustige eingefunden. So manch bewundernder Frauenblick war auf den stattlichen Offizier in der schneidigen Uniform gerichtet. Der aber hatte nur Augen für seine Braut. Strahlend ging er auf sie zu, um sie aus den Händen ihres Vaters am Kirchenportal in Empfang zu nehmen.
Unter Orgelbrausen zog man feierlich ein. Wilhelms Töchter, Katharina und Renate, streuten aus ihren kleinen Umhängekörbchen fleißig Blumen auf den Weg des Brautpaares. Auf den mit rotem Samt gepolsterten Kniebänken ließen Mali und Arno sich nieder, während sich die beiden Trauzeugen rechts und links

von ihnen aufstellten. Die Familie nahm in den reservierten vorderen Bänken Platz. In die Bänke dahinter begaben sich Freunde, Verwandte und zahlreiche Schaulustige. Der Pfarrer eröffnete das Brautamt mit einer kurzen, zu Herzen gehenden Ansprache. Es folgten einige Gebete und Gesänge. Dann schritt er zur eigentlichen Trauung. Während Arno alle drei Fragen mit einem kräftigen Ja beantwortete, hörte Mali gar nicht richtig zu. Erst als sich der Priester an sie wandte, wachte sie aus ihrer Lethargie auf.
„Viktoria Luise Amalie, bist du frei und ungezwungen hierher gekommen, um mit diesem deinem Bräutigam, Arno Heinrich Braun, die Ehe einzugehen? So antworte mit Ja."
Bin ich frei und ungezwungen hierher gekommen?, schoss es ihr durch den Kopf. Eigentlich schon. Gezwungen hat mich niemand.
„Ja", antwortete sie zaghaft.
„Bist du gewillt, die Kinder, die Gott euch schenken wird, anzunehmen und sie zu erziehen, wie es Pflicht einer katholischen Mutter ist? So antworte mit Ja."
Mir wird ja nichts anderes übrigbleiben, dachte sie und hauchte ihr zweites Ja.
„Bist du bereit, diesen deinen Bräutigam zu lieben und ihm zu dienen, bis dass der Tod euch scheidet? So antworte mit Ja."
„Nein", sagte sie leise aber bestimmt.
„Wie bitte?", fragte der Priester irritiert. Er glaubte, sich verhört zu haben.
Da wiederholte sie laut und deutlich – so dass weder dem Priester, noch den Trauzeugen, noch den in der Kirche versammelten ein Zweifel bleiben konnte – : „Nein!"
Der Bräutigam riss den Kopf zu ihr herum und öffnete den Mund. Aber noch ehe er etwas sagen konnte, sprang die Braut auf, raffte ihre Röcke hoch und rannte aus der Kirche.
Wie gelähmt verharrten alle auf ihren Plätzen. Nur Margarethe ergriff geistesgegenwärtig ihre Handtasche und eilte ihrer Schwester nach.
„Geht es dir nicht gut?", fragte sie teilnahmsvoll, als sie Mali endlich vor der Kirchtüre eingeholt hatte.
„Doch, doch. Mir ist es lange nicht mehr so gut gegangen. Jetzt weiß ich endlich, was ich will." Dabei lachte sie hell auf.
„Was ist in dich gefahren?", fragte Margarethe besorgt.

„Komm sofort wieder in die Kirche. Du kannst deine Gäste nicht so lange warten lassen."
„Nein, in die Kirche gehe ich nicht mehr. Ich kann diesen Menschen nicht heiraten. Nein, ich kann es wirklich nicht", sagte Mali mit Entschlossenheit.
„Sei nicht so egoistisch", tadelte Margarethe. „Wenn du schon nicht an deine Gäste denkst, so denke wenigstens an dein Kind."
„Es ist ja noch nicht erwiesen, ob ich wirklich eines erwarte. Und wenn – ich ziehe es lieber allein groß, als dass ich mich und das Kind diesem Menschen ausliefere. Ich möchte unter keinen Umständen, dass er es in seiner kranken überspannten Ideologie erzieht. Oder ich schenke es dir."
„Ist das dein Ernst?"
„Ja."
Ohne dass sie es abgesprochen hatten, waren sie während dieses Gespräches in Richtung ihres Elternhauses gegangen.
„Was hast du jetzt vor?", fragte Margarethe, als sie zur ersten Etage hinauf stiegen.
„Hilf mir erst mal aus diesem Kleid. Und dann bring mir einen großen Koffer."
Während Margarethe sich auf die Suche nach einem Koffer begab, zerrte Mali einige Kleidungsstücke und Wäsche aus dem Schrank. Dann stopfte sie ihre Papiere und ihr gesamtes Bargeld, das sie im Hause hatte, in ihre Handtasche. Als Margarethe mit dem Koffer erschien, warf Mali alles hastig hinein und klappte ihn zu.
„Ich werde irgendwohin fahren und abwarten, ob ich wirklich in anderen Umständen bin. Wenn ja, werde ich das Kind heimlich zur Welt bringen. Das ist ja heutzutage kein Problem."
„Und – würdest du es dann wirklich mir geben?"
„Natürlich. Liebend gern. Bei dir wüsste ich es in guten Händen. Du wirst eine tausendmal bessere Mutter sein als ich."
Sie nahm ihren Wintermantel über den Arm und sagte: „Sicherheitshalber. Es kann sein, dass ich über Winter wegbleibe."
Wie selbstverständlich – ohne dass Mali sie dazu aufgefordert hatte – trug Margarethe den Koffer zu ihrem Volkswagen. Den hatte Alfred erst vor wenigen Monaten erstanden. Und Marga-

rethes Führerschein war erst drei Wochen alt. Vor dem Hauptbahnhof hielt Margarethe an und trug Malis Koffer in die Schalterhalle.
„Wo willst du nun hin?", fragte sie besorgt.
„Das verrate ich selbst dir nicht. Erstens kann dich dann niemand unter Druck setzen und zweitens kannst du dich nicht verplappern. Sobald ich am Ziel bin, werde ich mich bei euch melden und dir verschlüsselt mitteilen, ob ich wirklich etwas erwarte."
„Was soll ich Arno sagen?", war Margarethes nächste Sorge.
„Sag ihm, er solle noch etwas Geduld mit mir haben. Ich würde noch ein paar Tage Bedenkzeit benötigen."
„Was sage ich unseren Eltern? Und was mache ich mit der Hochzeitsgesellschaft?"
„Sie sollen sich einen schönen Tag machen. Das Mahl ist schließlich bestellt und die Kuchen sind gebacken. Sie können ja die standesamtliche Hochzeit feiern."
Nach der kurzen herzlichen Abschiedsumarmung kramte Margarethe in ihrer Handtasche und förderte Malis funkelnagelneues Familienbuch zutage. Sie hatte es für die beiden Trauzeugen in Verwahrung genommen, damit es zur Hand sei, wenn der Pfarrer den Traueintrag mache.
„Hier – nimm das mit. Womöglich wirst du es bald brauchen."
Kaum war Margarethe außer Sichtweite, löste Mali ein einfaches Billett nach Weimar.

Nachdem der Pfarrer am Altar einige Minuten vergeblich auf die Rückkehr der Braut gewartet hatte, verkündete er: „Wir wollen schon mal die Brautmesse fortsetzen. Die Trauung können wir gegebenenfalls danach zu Ende führen."
Wenn nicht gerade die Orgel spielte, herrschte in der Kirche eine andächtige Stille. Jeder schien hinaus zu lauschen. Jeder erwartete, das Portal werde sich öffnen und die Braut werde zu ihrem Bräutigam zurückkehren. Dieser fühlte sich sehr unbehaglich, so dicht vor dem Altar und so ganz allein. Auguste wisperte ihrem Ehemann zu: „Es wird ihr doch nicht schlecht geworden sein?"
„Man kann es nicht wissen", wisperte dieser zurück.
Gerade wollte der Priester den Schlusssegen erteilen, da hörte

man das Knarren des Hauptportals. Ruckartig wendeten sich alle Köpfe nach hinten. Dort stand aber nur Margarethe und zuckte die Schultern. Nach dem Segen schritt sie mutig nach vorne. Sie stellte sich auf die erste Stufe und drehte sich zur Gemeinde um. Mit vor Aufregung zitternder Stimme verkündete sie: „Von Mali soll ich euch alle herzlich grüßen. Ihr sollt das Fest so feiern, wie es geplant war. Immerhin hat die standesamtliche Trauung ja schon stattgefunden. Die Kuchen sind gebacken und das Mastkalb ist geschlachtet."
Alle applaudierten und der Bann war gebrochen. Man strömte aus der Kirche und bewegte sich eifrig schnatternd auf das „Heilig Geist" zu. Nur Auguste, Friedrich und Arno blieben zurück. Von allen Seiten bestürmten sie Margarethe mit Fragen. Zunächst übermittelte diese die an Arno gerichtete Botschaft.
„Was soll das bedeuten?", brauste er auf. Zu seinem Schwiegervater gewandt fragte er:
„Was soll ich nun machen? Ich bin doch blamiert bis auf die Knochen."
„Gewiss – ja. – Es ist ein bisschen peinlich. Für uns noch mehr als für dich. Aber wir wollen das Beste daraus machen. Rechtmäßig verheiratet seid Ihr beide ja durch das Jawort auf dem Standesamt. Deshalb können wir ruhig feiern. Die Gäste sind nun mal zusammengekommen – und bezahlt werden muss das Essen sowieso."
Während Auguste und Margarethe vorausgingen, versuchte erstere aus ihrer Tochter an Informationen so viel wie möglich herauszukriegen. Nun war diese wahrlich froh, dass sie nichts über das Reiseziel ihrer Schwester wusste.
„Bestimmt ist sie zu ihrer Lieblingstante gefahren", mutmaßte Auguste. „Die hat das Kind immer verwöhnt."
„Ich weiß es nicht."
Von dem zu erwartenden Kind sagte Margarethe wohlweißlich nichts. Schon aus eigenem Interesse. Sie wollte nichts gefährden. Wüsste man, dass Mali ein Kind erwartet, würde man sie womöglich zur Heirat zwingen und sie, Margarethe ginge leer aus. Der Gedanke, bald ein Kind zu haben, noch dazu aus eigenem Fleisch und Blut – wenn auch nicht selbst geboren – gefiel ihr zusehends besser. Ja, sie hoffte bereits inständig, dass sich Malis Verdacht bewahrheiten möge.

Schwiegervater und Schwiegersohn hielten sich absichtlich etwas hinter den Damen zurück. Sie wollten ein Männergespräch führen.
„Friedrich, du bist der Vater. Sag mir, was ich davon halten soll! Ich verstehe das nicht. Deine Tochter und ich, wir waren uns doch einig. Sag mir, was ich tun soll."
„Ja, mein Junge, ich verstehe deinen Kummer voll und ganz. Niemand bedauert mehr als ich, was heute vorgefallen ist. Aber es besteht kein Grund zur Verzweiflung. Bei Frauen kommt es manchmal vor – selbst bei solchen, die unbedingt heiraten wollen – dass sie kurz vor der Hochzeit einen Brautkoller bekommen. Es ist die Angst vor dem Unbekannten, vor dem endgültigen Ja, vor dem Abschied von der Mädchenzeit. Um wie viel stärker mag dieses Angstgefühl bei einer Frau wie Mali, ausgeprägt sein. Bei ihr, die so selbständig war, die so selbstbewusst ist und eigentlich gar nicht heiraten wollte."
Aufmerksam hatte Arno zugehört und sich geradezu an Friedrichs Worte geklammert.
„Und" – fragte er. „Pflegt so ein Brautkoller vorüber zu gehen oder ist das eine lebenslängliche Erscheinung?"
„Bis jetzt sind alle mir bekannt gewordenen Fälle dieser Art wieder vergangen. Die betreffenden Mädchen sind allesamt glückliche Ehefrauen geworden."
Diese Aussage des alten Herrn machte dem Bräutigam wirklich wieder Hoffnung. Dennoch fragte er bange: „Und wie lange dauert so etwas an?"
„Das ist unterschiedlich. Bei einigen Mädchen vergeht der Koller nach wenigen Stunden, bei anderen nach einigen Tagen. Es hat aber auch Fälle gegeben, wo dieser Zustand mehrere Wochen bis Monate anhielt."
„Das sind ja schöne Aussichten."
Obwohl ihm selbst äußerst unbehaglich zumute war, versuchte Friedrich bei seinem Schwiegersohn einen optimistischen Eindruck zu machen: „Nun, Arno, nimm es nicht so schwer. Jetzt folgen wir erst mal den anderen zum Hochzeitsmahl und feiern mit unseren Freunden und Verwandten. Dann trinken wir ein gutes Glas Wein auf euer Wohl. Danach sehen wir weiter."
„Das ist ja alles gut und schön, lieber Schwiegervater. Aber was ist mit meiner Hochzeitsnacht? Die muss ich wohl allein ver-

bringen? Die hatte ich mir, weiß Gott, anders vorgestellt."
Friedrich schmunzelte, gab Arno einen freundschaftlichen Rippenstoß und sagte mit einem Augenzwinkern: „Seien wir mal ehrlich, die hast du doch bestimmt mit Erfolg vorgezogen. Denn sonst hättest du Mali nie zum Standesamt gekriegt."
Da schmunzelte auch Arno vielsagend.

Siebtes Kapitel

Es war Samstagabend. Henni Forster war erschöpft von der Musikschule nach Hause gekommen. Sie bereitete sich ein bescheidenes Abendbrot und verzehrte es mit gesundem Appetit. Dann setzte sie sich ans Klavier, um sich nach des Tages Mühen ein wenig zu entspannen. Gerade spielte sie die Mondscheinsonate von Beethoven, als sie das Schrillen der Türglocke aus ihrer verträumten Stimmung riss. Wer mochte so spät noch stören?
Unlustig erhob sie sich und ging zur Wohnungstür. Sie öffnete nur eine handbreit und schaute vorsichtig hinaus.
„Mali, du?", fragte sie ungläubig, als sie ihren späten Gast erblickte. Dann riss sie die Tür vollends auf, und die beiden Freundinnen fielen sich in die Arme. Seit ihrer Pensionatszeit hatten sie sich nicht mehr gesehen: „Komm rein! Was führt dich nach Weimar?" Dabei ergriff Henni den großen Koffer, der neben Mali stand und trug ihn voraus ins Wohnzimmer.
„Henni, kann ich ein paar Tage bei dir wohnen?"
„Aber selbstverständlich. Was für eine Frage! Du, ich freue mich riesig, dass ich dich wiedersehe. Wie lange ist das her? Zehn Jahre, zwölf Jahre oder noch mehr? Wir haben uns bestimmt viel zu erzählen. Hast du Hunger? Du warst doch bestimmt lange unterwegs."
Mali nickte. Erst jetzt wurde sie sich dessen bewusst, dass sie seit dem spärlichen Frühstück nichts mehr gegessen hatte. Das üppige Hochzeitsmahl hatte sie sich ja entgehen lassen.
„Leider habe ich nicht viel im Haus. Auf Besuch bin ich nicht eingestellt. Aber für ein Butterbrot reicht es allemal. Dazu mache ich uns einen Tee." Mali aß mit Heißhunger und ließ die Freundin reden. Auch nach dem Essen sprach sie nicht viel. Sie war zu erschöpft dazu. Außerdem mochte sie sich vorerst nicht an diese leidige Geschichte erinnern. Ihre Freundin war feinfühlig genug, keine Fragen zu stellen. Wenn Mali das Bedürfnis hatte, zu reden, würde sie von selbst damit anfangen, dachte Henni. Dass etwas vorgefallen war, sah man ihr an. Auch der große Koffer deutete darauf hin. Nicht zuletzt ließ die Tatsache, dass sie so unangemeldet gekommen war und gleich mehrere Tage bleiben wollte, darauf schließen.

Am folgenden Tag erfuhr Henni von dem Nein am Altar. Was sich im Weinbergshäuschen zugetragen hatte, erwähnte Mali allerdings nicht. Demzufolge äußerte sie sich erst recht nicht darüber, welche Befürchtung sie hegte. An diesem Tag schrieb Mali außerdem fleißig Briefe. Der erste ging an Freundin Olga. Der zweite war an ihre Patentante gerichtet. In diesen schloss sie einen dritten Brief ein, der die Anschrift ihrer Eltern trug.

Weimar, den 2. 7. 1939

Liebe Tante Amalie!

Zunächst eine Bitte: Frankiere beiliegenden Brief und gib ihn umgehend auf. Ich wähle diesen umständlichen Weg der Zustellung, weil ich vermeiden möchte, dass meine Eltern durch den Poststempel auf meine Fährte kommen. Wie du weißt, sollte gestern mein Hochzeitstag sein. Zuerst war ich sehr enttäuscht darüber, dass du nicht kommen konntest. Ich hatte jedoch vollstes Verständnis dafür, dass Dir die weite Reise zu beschwerlich geworden wäre. Nun aber bin ich heilfroh, dass Du nicht gekommen bist. Dadurch ist Dir, meiner geliebten Tante, der Schock erspart geblieben, den die anderen Hochzeitsgäste wohl erlitten haben. Ich bin nämlich vom Altar weggelaufen, und sie mussten ohne Braut feiern. Für heute nur soviel: Ich brachte es nicht fertig, einen Mann zu heiraten, den ich von seiner Gesinnung her ablehne. Später, wenn sich mein Leben wieder normalisiert hat, werde ich Dich besuchen und Dir alles ausführlich berichten. Bis sich die Wogen geglättet haben, werde ich mich eine Zeitlang vor meiner Familie verstecken. Zu gegebener Zeit werde ich Dir mitteilen, wo ich untergetaucht bin.

Da ich während dieser Zeit nichts verdiene, meine Barschaft bald aufgezehrt sein wird und ich von etwas leben muss, habe ich eine große Bitte an Dich: Du hattest mir doch eine gewisse Summe als Hochzeitsgeschenk zugedacht. Würdest Du mir diese trotzdem schicken, obwohl die Hochzeit nicht stattgefunden hat? Aber schicke mir das Geld erst, wenn ich Dir meine neue Adresse mitgeteilt habe. Ich weiß nämlich noch nicht, wie lange ich in Weimar bleibe. Sollten meine Eltern nach mir forschen oder gar mein Bräutigam bei Dir auftauchen, so weißt du

von nichts. Schon mal vielen, vielen Dank im voraus. Ich weiß, dass ich mich auf Dich verlassen kann. Du warst ja schon immer mein Schutzengel.
Tausend liebe Grüße,
Deine Mali.

Der Brief an die Eltern war sehr kurz. Neben einer Entschuldigung für die „verpatzte" Hochzeit enthielt er die Bitte, nicht nach ihr zu suchen. Es gehe ihr gut, sie müsse sich aber erst über ihre Gefühle klar werden. Sie werde sich von Zeit zu Zeit über Tante Amalie bei ihnen melden. Dorthin möchten sie bitte auch etwaige Antwortschreiben schicken.

Olgas Antwort kam sehr schnell.

Ehrenwalde, den 6. Juli 1939

Liebe Mali!

So sehr mich Dein Brief gefreut hat und so sehr ich mich darauf freue, dass Du uns besuchen willst, so sehr mache ich mir aber auch Sorgen um Dich. Kann es nicht sein, dass es eine große Torheit war, vom Traualtar wegzulaufen? Vielleicht hast Du es in der Zwischenzeit längst bereut und bist zu Deinem Bräutigam zurückgekehrt. Falls ja, hat er Dir hoffentlich Dein Verhalten verziehen und Dich in Gnaden aufgenommen. Falls nicht, steht Dir mein Haus jederzeit offen. Du kannst so lange bleiben, wie Du es für nötig erachtest. Schicke einfach ein Telegramm, damit ich mit dem Wagen rechtzeitig am Bahnhof sein kann. Erich lässt Dich herzlich grüßen. Er freut sich ebenfalls auf Deinen Besuch. Grüße bitte auch Henni von mir.
Mit den herzlichsten Grüßen,
Deine Olga.

Das war genau die Antwort, die Mali erwartet hatte. Sie schickte Olga das erbetene Telegramm, packte ihren Koffer, dankte Henni für die Gastfreundschaft und setzte sich am nächsten Morgen in den Zug. Dieser entführte sie gleichmäßig ratternd immer weiter nach Osten.
Wie versprochen stand Olga mit der Kutsche am Bahnhof.

Ohne viele Worte umarmten die beiden Freundinnen sich herzlich, ehe sie die Kutsche bestiegen. Unterwegs fragte Olga neckend: „Na, Mali, willst du nicht wieder mal die Zügel nehmen?"
„Nein, nein", wehrte diese lachend ab. „Ich habe noch vom letzten Mal genug."
„Das dachte ich mir. Sonst hätte ich dir dieses Angebot nicht gemacht. Auch ich habe keine Lust auf eine Wiederholung unseres Abenteuers."
Die Fahrt führte durch reifende Getreidefelder, abgemähte Wiesen, blühende Kartoffeläcker und ausgedehnte Wälder. Unterwegs sprachen sie nur von früher, so als hätten sie das verabredet. Vieles, was sie unterwegs sahen, weckte in Mali angenehme Erinnerungen.
Auch beim Abendessen, das Erich gemeinsam mit ihnen einnahm, übte jeder scheue Zurückhaltung. Anschließend fragte Olga die Freundin, ob sie sich zurückziehen wolle. Mali nahm das Angebot dankbar an.
Der geeignete Zeitpunkt für Malis Bekenntnis war am nächsten Morgen nach dem Frühstück. Erich war bereits auf die Felder geritten. So waren die Frauen unter sich. Man saß auf der Terrasse in Liegestühlen und genoss die milde Morgensonne.
„Du bist also nicht zu deinem Bräutigam zurückgekehrt?", eröffnete Olga das Gespräch.
„Nein, das Kapitel ist für mich endgültig abgeschlossen."
„Wenn du glaubst, dass es so besser für dich ist, dann akzeptiere ich das."
Nun erzählte Mali in aller Ausführlichkeit, wie sie Arno kennen gelernt hatte, von ihren Gesprächen, von seiner Gesinnung, von seinem Liebeswerben und dem Heiratsantrag, den sie nicht angenommen hatte. Ehe sie von der Verführungsszene im Weinbergshäuschen sprach, bat sie um einen Schluck Wasser. Vom vielen Reden – oder war es von der Erinnerung an die pikante Situation? – war ihr Mund wie ausgetrocknet.
Dann beichtete sie stockend die Ereignisse jener Nacht, einschließlich der überstürzten Bekanntgabe der Verlobung. Sie schilderte der Freundin, in welch schrecklicher seelischer Verfassung sie sich während der Hochzeitsvorbereitungen befunden hatte. Nachdem sie Olga die Szene in der Kirche

beschrieben hatte, schüttelte diese den Kopf und sagte: „Für alles habe ich Verständnis. Nur eines kann ich nicht verstehen: Wieso hast du erst am Altare gemerkt, dass Arno nicht der Richtige für Dich ist?"
„Das lag wohl daran, dass ich die ganze Zeit wie betäubt gewesen war. Erst bei der dritten Frage des Priesters wachte ich auf. Bis dahin hatte mich eine gefährliche Mischung aus unterschiedlichen Gefühlen beherrscht: Ob meines Fehltritts plagten mich Schuld- und Schamgefühle. Und meinen Eltern gegenüber empfand ich Pflichtgefühle. Durch diese Heirat, dachte ich, könne ich alles wieder gutmachen. Darüber hinaus übte Arno eine starke körperliche Anziehung auf mich aus. Die würde mich seine charakterlichen Fehler vergessen lassen, glaubte ich. Bei der dritten, der schrecklichen Frage des Priesters jedoch setzte mein Verstand wieder ein. Nein, so kann und will und werde ich nicht leben, sagte ich mir in diesem Augenblick."
Olga, die aufmerksam zugehört hatte, richtete sich halb auf und schaute die Freundin erwartungsvoll an: „Ja, was hat denn der Pfarrer gefragt? Meine Hochzeit liegt schon so weit zurück, dass ich mich gar nicht mehr daran erinnern kann."
Mali antwortete mit der Frage, die sich bei ihr eingeprägt hatte: „Bist du bereit, deinen Bräutigam zu lieben und ihm zu dienen, bis der Tod euch scheidet?"
„Und was ist daran so schrecklich?"
„Ich liebe meinen Bräutigam nicht. Sollte ich am Altar – vor Gottes Angesicht – lügen? Mein Leben lang hätte ich mich vor mir selber schämen müssen. Das hätte alle körperliche Lust, die Arno mir bereiten würde, nicht ausgleichen können. Und ihm dienen? Nein. Das will ich erst recht nicht."
„Aber Mali! Wie kannst du so reden? Dienen müssen wir doch alle – auf irgendeine Weise. Dazu sind wir auf Erden. Dem darfst du dich nicht entziehen."
„Das will ich auch gar nicht. Nur ihm will ich nicht dienen, nicht diesem Mann. Das habe ich in der Sekunde vor dem Altar klar erkannt. Dienen will ich natürlich. Vielen Menschen möchte ich dienen. Dazu fühle ich mich berufen. Dazu habe ich jahrelang studiert. Mein Platz ist auf einem Richterstuhl. Dessen bin ich mir nun ganz sicher, wenn ich diesen Beruf auch vorerst nicht ausüben darf. Aber ich weiß, meine Zeit wird kommen. Ich

muss nur abwarten. Ein solches Regime, das die Menschenwürde mit Füßen tritt und das Recht missbraucht, kann nicht ewig dauern."

Ängstlich schaute sich Mali dabei um, wie man das in den letzten Jahren gelernt hatte. „Bei dir kann ich doch hoffentlich meine Meinung frei äußern?", fragte sie leise.

„Aber selbstverständlich. Ich bin ganz auf deiner Linie. Auch Erich denkt wie ich. Bei unseren Angestellten solltest du dich allerdings vorsehen. Bei ihnen weiß man nie, wie sie denken."

„Ja, es ist ein Jammer. Immer dieses Versteckspiel, weil man kaum noch jemandem trauen kann."

„Mali, halte mich nicht für aufdringlich. Aber ich möchte noch mal auf deine verpatzte Hochzeit zu sprechen kommen. Du sagst, du liebst deinen Bräutigam nicht. Dennoch findest du ihn körperlich sehr anziehend. Und in der bewussten Nacht hatte er dir ein wundervolles Erlebnis geboten. Damit hast du mir einiges voraus. Wie du weißt, bin ich in die Ehe gegangen, ohne meinen Mann zu lieben. Und körperlich – was soll ich sagen? Ich lasse es hin und wieder über mich ergehen, da wir die Hoffnung auf einen Hoferben noch immer nicht aufgegeben haben. Aber ich bin zufrieden mit meinem Leben. Wir achten und ehren uns. Er ist ein guter Kamerad. Er ist fleißig und rücksichtsvoll. Was will man mehr?"

„Olga, du kannst uns beide nicht miteinander vergleichen. Wir beide stellen ganz unterschiedliche Ansprüche an das Leben. Du bist die geborene Gutsherrin und brauchst einen zuverlässigen Gutsherrn an deiner Seite. Wenn es bei euch beiden auch keine große Liebe war und du körperlich nicht viel von der Ehe hast, so seid Ihr doch wenigstens der gleichen Gesinnung. Das ist sehr wichtig für ein harmonisches Zusammenleben. Eine solche Harmonie würde es zwischen Arno und mir nie geben. Abgesehen davon, dass ich politisch und weltanschaulich auf einer ganz anderen Ebene lebe als er, bin ich die geborene Junggesellin. Ich kann und will mich keinem Mann unterordnen."

„Ja, es scheint mir, dass du Recht hast. Jeder muss so leben, wie er es für richtig hält. Was gedenkst du jetzt zu tun? Wenn ich dich richtig verstanden habe, bist du gesetzlich richtiggehend verheiratet. Willst du das annullieren lassen?"

„Das ist leider nicht möglich."
„Wieso? Eure Ehe ist doch nicht vollzogen worden. Oder zählt das mit, was vorher war?"
„Das nicht. Aber laut Gesetz ist es egal, ob die Ehe vollzogen wurde oder nicht. Es ist nur die katholische Kirche, die in diesem Punkte nachfragt. Da die kirchliche Trauung jedoch nicht zu Ende geführt wurde, ist auch keine Annullierung vonnöten. Nein – wenn ich von Arno loskommen will, brauche ich eine regelrechte Scheidung."
„Du wirst dich also umgehend scheiden lassen?"
„Das kann ich leider nicht. Er hat mir ja keinen Scheidungsgrund geliefert. Ich hoffe jedoch, dass er über meine Flucht und mein Versteckspiel so erzürnt ist, dass er von sich aus die Scheidung einreicht."
„Und das möchtest du bei uns in aller Ruhe abwarten?"
„Nicht nur das." Mali legte eine kleine Pause ein und seufzte abgrundtief. „Es gibt einen weiteren Grund, warum ich für alle eine Weile unerreichbar sein möchte."
„Du machst mich neugierig."
Mali räusperte sich, lief rot an und brachte endlich hervor: „Ich vermute, dass die Nacht im Weinbergshäuschen nicht ohne Folgen geblieben ist."
„Wie? Was?" Vor Staunen riss Olga Mund und Augen auf.
„Ich befürchte, ich erwarte ein Kind."
„Du befürchtest das? – Weißt du überhaupt, was du da sagst? – Weißt du, dass ich dich – sollte sich dein Verdacht bestätigen – haltlos beneide? – Für mich wäre ein Kind das höchste Glück auf Erden. Und du sprichst davon, als sei es eine lästige Sache."
„Nun Olga, in diesem Falle bleibt mir nichts anderes übrig, als noch mal zu betonen, dass wir beide von sehr unterschiedlicher Wesensart sind."
„Ich verstehe das Schicksal nicht", beklagte sich Olga. „Warum behandelt es uns so ungerecht? Seit elf Jahren bemühen wir uns – und nichts geschieht. Du dagegen erlebst eine einzige Liebesnacht und schon bist du guter Hoffnung."
„Ob diese Hoffnung so gut für mich ist, wage ich zu bezweifeln. Lieber wäre es mir, mein Verdacht würde sich als Fehlalarm erweisen. Aber was sollte das Ausbleiben meiner Tage sonst bedeuten?"

„Obwohl du vermutest, dass du ein Kind erwartest, hast du am Altar nein gesagt? Das verstehe ich nicht. Wie konntest du das tun trotz dieses Verdachtes? Das nenne ich mutig! Oder leichtsinnig. Oder gar egoistisch. Du kannst doch deinem Kind nicht einfach den Vater vorenthalten. Und andererseits hat auch Arno ein Anrecht auf sein Kind."
„Nein!", wehrte Mali erschrocken ab. „Weder er noch meine Eltern dürfen je etwas davon erfahren. Sie würden mich sonst glatt zwingen, mit ihm zusammen zu leben, damit ich Hausfrau und Mutter spiele. Es wäre nur ein Spielen. Aus Überzeugung übernähme ich diese Rolle nicht. Ich habe mir vorgenommen, mich nie wieder von irgend jemandem zu irgendetwas zwingen zu lassen. Ich will mein Leben selbst in die Hand nehmen und es so gestalten, wie ich es für richtig halte."
„Aber was wird mit dem Kind? Stell dir das nicht zu leicht vor, ein Kind allein aufzuziehen. Noch dazu, wenn du berufstätig sein wirst."
„Ich will es ja gar nicht aufziehen. Ich werde es verschenken."
„Verschenken!?" Blankes Entsetzen trat in Olgas Züge. „Wie kann man ein Kind verschenken wollen? Etwas das in einem aufgewachsen ist, das man geboren und genährt hat, etwas das ein Stück von einem selbst ist?"
„Ich kann das. Dieses Kind wird nie ein Stück von mir sein. In ihm würde ich immer Arno sehen, also etwas, das von mir Besitz ergriffen hat gegen meinen Willen."
„Oh mein Gott, das arme Kind!"
Mit einem Male wandelte sich Olgas Gesichtsausdruck. Das Entsetzen wich einem freudigen Aufleuchten: „Wenn du das Kind wirklich nicht behalten willst, dann schenke es mir."
„Das geht leider nicht", sagte Mali mit bedauerndem Schulterzucken. „Ich habe es bereits meiner Schwester Margarethe versprochen. Wie du weißt, kann sie von ihrem Mann keine Kinder bekommen. Dabei ist sie so kinderlieb."
Trotz ihrer Enttäuschung sagte Olga: „Da bin ich aber beruhigt. Bei ihr ist es bestimmt in guten Händen. – Aber", gab sie nach kurzer Zeit zu bedenken, „wenn deine Schwester das Kind adoptierten will, das dürfte nicht so leicht zu bewerkstelligen sein, wie du dir das denkst. Da sind endlose Formulare auszufüllen. Es sind unzählige Fragen zu beantworten. Man wird sich

für die Herkunft des Kindes interessieren. Notgedrungen wird man dabei auf den Vater des Kindes zu sprechen kommen. Dann wird es nicht mehr zu vermeiden sein, dass er davon erfährt. Mit Sicherheit wird er sein Veto einlegen und was dann?"

„Du hast Recht Olga. Das würde er auf jeden Fall tun. Er legt ja den größten Wert auf ein eigenes Kind arischen Blutes, das seinen Namen trägt. Sobald er von dem Kind erführe, würde er mich zwingen, eine Ehe mit ihm zu führen und das Kind selbst aufzuziehen. Außerdem würde er noch weitere Kinder haben wollen, um sie alle in seinem schwachsinnigen nationalsozialistischen Geiste zu erziehen. Das kann ich auf gar keinen Fall zulassen."

„Wäre es nicht besser, du lässt das Kind einfach bei mir, ohne Adoption, einfach als Pflegekind? Damit wärest du der ganzen leidigen Nachforschungen enthoben."

„Der Gedanke ist nicht schlecht", überlegte Mali. „Aber ich habe es Margarethe doch versprochen. Ich brächte es nicht fertig, sie so zu enttäuschen."

„Nun, Mali, es wird sich sicher eine Lösung finden. Ehe wir jedoch weitreichende Pläne machen, solltest du dich vergewissern, ob du wirklich ein Kind erwartest. Im nächsten Dorf gibt es eine alte Hebamme, die mich und meine Brüder ans Licht der Welt geholt hat. Wenn es dir recht ist, spannen wir in den nächsten Tagen an und fahren mal hin."

„Danke, Olga. Du hast immer so praktische Vorschläge."

Die alte Hebamme freute sich über Olgas Erscheinen: „Na, mein Marjellchen, ist es endlich so weit? Ich warte schon seit Jahren auf deinen Besuch."

„Leider nein, Adusze. Ich muss dich enttäuschen. Bei mir tut sich noch immer nichts. Aber bei meiner Freundin. Sie hat mehr Glück als ich. Erst vor einigen Wochen geheiratet und schon bleiben die Tage aus."

Nach dieser schönfärbenden Einleitung verflog Malis Gefühl von Peinlichkeit schnell. Mit geübter Hand untersuchte die alte Adusze die junge Frau und verkündete strahlend: „Jau, Madamchen. Da kann man nur gratuliern. Da hat der junge Vater aber gleich richtig zugeschlagen. Sie sehen Mutterfreuden entgegen."

Mali bedankte sich lächelnd, obwohl ihr eher nach Weinen zumute war. Sie beglich die niedrige Rechnung und verabschiedete sich von der „Weisen Frau".

„Jetzt weißt du wenigstens, woran du bist", sagte Olga während der Heimfahrt. „Du kannst in aller Ruhe bei uns dein Kind kriegen, und ich werde alles so miterleben, als ob es mein eigenes wäre."

„Olga, ich weiß gar nicht, wie ich dir danken soll. Es ist großartig von dir, dass du mich für so lange Zeit aufnehmen willst. Finanziell werde ich dir nicht zur Last fallen. Dafür wird Tante Amalie sorgen. Aber ich werde nutzlos herumhängen und deine Zeit in Anspruch nehmen. Denn – wie du weißt – ich kann ja nichts."

„Zerbrich dir deswegen nicht den Kopf. Du bist mir keine Last. Im Gegenteil. Es ist eine Bereicherung für unser Leben, dass du bei uns wohnen wirst. Wir haben sehr wenig gesellschaftlichen Umgang und sehr wenig Zerstreuung. Deshalb freue ich mich richtig auf die vielen Gespräche, die wir miteinander haben werden."

„Aber irgend etwas Produktives möchte ich auch tun. Ich möchte nicht wie eine Drohne in eurem kleinen Staat 'rumhängen."

„Du kannst ja schon Jäckchen und Mützchen für deinen Nachwuchs stricken."

„Ach, Olga, selbst das kann ich nicht. Ich habe zwar in meinen ersten Schuljahren Handarbeitsunterricht gehabt. Dabei habe ich mich aber so dusselig angestellt, dass die Lehrerin es mit mir bald aufgegeben hat."

„Mach dir darüber keine Sorgen. Auf unserem Speicher steht eine große Truhe, darin sind alle Sachen aufbewahrt die man für einen Säugling braucht. Ich bin richtig froh, dass sie wieder zu Ehren kommen. Das meiste davon hat meine Mutter liebevoll gearbeitet."

„Das ist ja großartig, Olga. So erspare ich mir sogar die Ausgaben für die Säuglingsausstattung. Ist vielleicht auch noch ein Bettchen da?"

„Ja klar, unsere alte Familienwiege."

„Und einen Kinderwagen, habt Ihr den etwa auch noch?"

„Leider nein. Aber das ist kein Problem. In unserer Nachbarschaft gibt es einen kleinen Jungen. Der wird seinem

Kinderwagen im nächsten Jahr entwachsen sein. Den können wir bestimmt ausleihen. Weißt du was, gleich wenn wir nach Hause kommen, stöbern wir auf dem Dachboden in der großen Truhe. Oh Mali, ich freue mich schon richtig auf dein Kind."
Diese Freude wirkte auf Mali richtig ansteckend. Sie vermochte schon wieder zu lachen.
„So gefällst du mir, Mali. Es ist wichtig, dass du in den nächsten Monaten froh bist. Dann wird auch dein Kind ein fröhliches."
„Wenn das so ist, werde ich mir die größte Mühe geben. Dennoch bedrückt es mich, dass ich so gar nichts Nützliches in eurem Hause tun kann."
Plötzlich ging ein Leuchten über Olgas Gesicht: „Doch, das kannst du. Ich habe eine Idee."
„Wirklich? Lass hören!"
„Du hast doch Lesen und Schreiben gelernt? Und außer mit Paragraphen kannst du sicher auch mit Zahlen umgehen?"
„Aber sicher. In aller Bescheidenheit könnte ich mich als mathematisches Genie ausgeben."
Über diesen Scherz lachten beide herzlich.
„Im Ernst, Mali – würdest du dir zutrauen, unsere Buchführung zu übernehmen?"
„Und ob – wenn mir jemand vorher erklärt, was dabei zu beachten ist."
„Das versteht sich von selbst", versicherte Olga mit Eifer. „Wenn du die Buchführung übernähmst, würdest du Erich eine riesige Freude machen. Er stöhnt immer, dass er so lange über den Büchern sitzen muss. Dadurch bleibt ihm zu wenig Zeit, sich um Wald und Flur zu kümmern."
Am Abend dieses Tages schrieb Mali einen Brief an ihre älteste Schwester, via Tante Amalie:

14. 7. 1939

Liebe Margarethe!

Ich hoffe, dass sich bei Euch die Wogen ein wenig geglättet haben. Vielleicht nimmst Du Dir ja die Zeit und gibst mir einen ausführlichen Lagebericht. Denn der Brief, der von den Eltern herübergekommen ist, war mehr als dürftig. Außer Vorwürfen über mein Verhalten enthielt er nur den Befehl, ich möge

umgehend nach Hause kommen. Es wird noch eine anständige Zeit dauern, bis ich wieder in den Schoß der Familie zurückkehre. Dafür bringe ich Dir dann auch das versprochene Geschenk mit! Sonst geht es mir sehr gut. Ich bereue meinen Entschluss nicht im geringsten. Finanziell werde ich von Tante Amalie unterstützt, so dass ich mir diese berufliche Ruhepause durchaus leisten kann. Nochmals ganz herzlichen Dank für die „Fluchthilfe!"
In schwesterlicher Umarmung, mit den besten Grüßen,
Deine Mali.

Nach einer reichlichen Woche traf Margarethes Antwortschreiben ein.

Mainz, den 19. 7. 1939

Liebste Mali!

Vielen Dank für Deine gute Nachricht. Wie freue ich mich! Endlich wird mein größter Wunsch in Erfüllung gehen. Ich kann es kaum noch erwarten. Alfred ist genauso begeistert wie ich. Und hier nun der erbetene „Lagebericht": Als ich nach Deiner Abreise zur Kirche kam, war das Brautamt gerade zu Ende. In Deinem Auftrag lud ich alle zum Festmahl ein, was mit Begeisterung aufgenommen wurde. Die Verwandten und Freunde taten den köstlichen Speisen und dem guten Wein alle Ehre an. Zwischendurch ließen sie immer wieder das Brautpaar hochleben. Denn jeder einzelne von ihnen war überzeugt, dass dies nur eine vorübergehende Flause von Dir sei und Du bald zu Deinem Halbangetrauten zurückkehren würdest.
Dieser selbst machte gute Miene zum bösen Spiel, nachdem er ein langes Gespräch mit Vater geführt hatte. Um sich zu trösten, sprach er dem Wein eifrig zu. Deshalb hielt Alfred es für angebracht, ihn spätabends nach Hause zu fahren und ihn der Obhut seiner Haushälterin zu übergeben. Am Nachmittag des folgenden Tages erschien er bei unseren Eltern, in der Hoffnung, Du seiest inzwischen reumütig zurückgekehrt. Mit größtem Bedauern mussten diese ihm eingestehen, dass dem nicht so war. Wo Du denn sein könntest, wollte er wissen. ‚Vermutlich ist sie bei ihrer Patentante in der Schweiz. Die hat

sie schon immer in ihren Launen unterstützt', sagte Mutter. ,Ich würde ja sofort hinfahren und sie zurückholen' erklärte Arno. ,Aber erstens ist es nicht sicher, dass sie wirklich dort ist und zweitens schaffe ich das zeitlich nicht mehr. Heute Morgen ist ein Telegramm aus Berlin gekommen. Ich muss schon morgen zurück. Große Dinge sind da im Gange. Mehr darf ich leider nicht verraten. Ich hinterlasse euch meine Anschrift, dann könnt ihr mich in Bezug auf Mali auf dem Laufenden halten. Teilt mir bitte umgehend ihre Adresse mit, sobald ihr sie habt.'
Nachdem Dein Brief bei uns eingetroffen war, hat Mutter Arno mitgeteilt, dass Du nicht in Genf seiest. Du würdest Deine Korrespondenz aber über Genf führen. Deshalb gab sie ihm, für den Fall, dass er Dir schreiben wolle, Tante Amalies Adresse. Wundere Dich also nicht, wenn Du eines Tages Post von ihm erhältst. Mutter schrieb ihm auch noch, es sei gut gewesen, dass er sich den Weg in die Schweiz erspart habe.
Nun wünsche ich Dir alles, alles Gute. Pass gut auf Dich auf, wo immer Du bist und lass bald wieder etwas von Dir hören.
Es umarmt Euch beide herzlich,
Deine Schwester Margarethe.

Mali gab diesen Brief ihrer Freundin zu lesen: „Ich weiß ja, welchen Anteil du an meinem Schicksal nimmst. Lies selbst. Dann brauche ich dir nicht alles zu erzählen, was in der Heimat geschieht."
Nach dem Lesen reichte Olga den Brief nachdenklich an Mali zurück: „Es sieht wirklich so aus, dass Margarethe sich sehr auf dein Kind freut. Ich bin überzeugt davon, bei ihr ist es gut aufgehoben. Außerdem hast du dann Gelegenheit, es so oft zu sehen, wie du willst. Ich kann mir vorstellen, dass du – wenn du es auch nicht selbst aufziehen willst – an seiner Entwicklung interessiert bist."
„Und ob! Ich werde regelmäßig nachschauen, ob es ihm gut geht. Als liebe Tante. Die Tantenrolle habe ich schon drauf. Die konnte ich bereits bei den Kindern meines Bruders einüben."
„Allmählich sollten wir uns überlegen, wie du das mit der Adoption hinkriegst, ohne dass Arno davon erfährt", schlug Olga vor. Eine Weile dachten beide Frauen angestrengt nach.
„Ich hab's", verkündete Mali erfreut. „Wir behaupten einfach,

es sei das Kind einer Magd – Vater unbekannt – die es zur Adoption freigäbe."
Ohne lange Überlegung schüttelte Olga den Kopf: „Das geht nicht. Das Kind einer Magd müsste von der Hebamme auf dem Standesamt angemeldet werden. Dazu ist sie bei einem ledigen Kind verpflichtet. Dabei müsste sie zumindest den Namen der Mutter angeben. Ob da unsere gute Adusze mitspielt, bezweifle ich. Außerdem möchte ich ein solches Ansinnen erst gar nicht an sie stellen."
Erstaunt schaute Mali sie an: „Wieso kennst du dich auf diesem Gebiet so gut aus?"
„Vor einigen Jahren ist ein solcher Fall auf unserem Hof vorgekommen."
Mali sann auf eine neue Möglichkeit: „Wenn das nicht geht, behaupten wir einfach, es sei ein Findelkind. Es hätte eines Morgens vor der Haustür gelegen. Dann bräuchten wir weder Angaben zur Mutter machen, noch zum Vater."
„Und wie willst du entbinden? Willst du das etwa ganz allein machen? Oder sollten wir doch unsere Hebamme hinzuziehen?"
„Mit Hebamme natürlich. Allein wäre es mir doch zu gefährlich."
„Siehst du. Wenn aber eine Hebamme dabei ist, haben wir eine Mitwisserin. Selbst wenn sie dir zuliebe den Mund halten möchte, sie kann sich das nicht erlauben. Deinen Zustand wird man dir bald ansehen. Damit weiß jede Magd und jeder Knecht auf dem Hof, dass du die Mutter des Kindes bist, und die verschwiegene Hebamme käme in Teufels Küche."
„Ich sehe ein, so geht es nicht", seufzte Mali bedauernd. Wieder dachten beide Frauen nach.
„Vielleicht bleibt uns nichts anderes übrig, als dass ich meiner Schwester das Kind nur in Pflege gebe, ohne Adoption", sagte Mali resignierend.
„Das hilft dir nicht viel weiter. Einen Geburtseintrag braucht es trotzdem. Und diesen muss das Standesamt, bei dem die Anmeldung erfolgt, dem Heimatstandesamt der Eltern mitteilen. Auf diese Weise könnte Arno es dann doch erfahren."
„Das glaube ich kaum. Warum sollte er auf die Idee kommen, auf dem Standesamt in Mainz nachzufragen? Er hat doch nicht

die geringste Ahnung, dass er legitimen Nachwuchs erwartet."
„Das ist wahr. Wenn deine Schwester sich darauf einlässt, wäre das vielleicht die Lösung."
Damit war das Thema für diesen Tag erledigt. Man wandte sich anderen Dingen zu.

Die Tage gingen dahin. Alles spielte sich so ein, als habe Mali schon immer zum Gute gehört. Olga ging ihren Hausfrauenpflichten nach und Erich seinen Aufgaben in Stall und Flur. Er war sehr dankbar, dass er sich um die Buchführung nicht mehr zu kümmern brauchte. Diese erledigte Mali mit solcher Gewissenhaftigkeit, als habe sie nie etwas anderes getan.
Anfang August saßen die Freundinnen wieder einmal nach dem Frühstück gemütlich auf der Terrasse.
„Olga, ich habe mir das alles noch mal durch den Kopf gehen lassen", begann Mali. „Das mit der Benachrichtigung an das heimatliche Standesamt beunruhigt mich doch. Wer weiß, vielleicht im Zuge der Scheidung oder eines anderen Ereignisses braucht Arno doch mal einen Auszug aus dem Familienregister. Dann käme die Sache heraus. Vielleicht würde er allein durch die Tatsache, dass meine Schwester kurz nach meinem Auftauchen einen Säugling hat, misstrauisch. Es könnten aber auch meine Eltern sein, die ihn auf diese Fährte bringen. Wenn ihnen meine Schwester nach meiner neunmonatigen Abwesenheit ein Kind präsentiert, würden sie sicher stutzig werden. Mit Sicherheit gäben sie ihrem lieben Schwiegersohn einen Wink, mal ins Stammbuch Einblick zu nehmen."
Olga nickte zustimmend: „Das ist gut möglich. Aber was kannst du dagegen tun?"
„Es ist etwas ganz Absonderliches. Lach mich bitte nicht aus. Arno hat mir erzählt. Hitler und seine Mannen seien daran interessiert, dass möglichst viel arisch hochwertiger Nachwuchs produziert wird. Ich weiß – das Wort klingt schrecklich – aber anders kann man das nicht nennen. Aus diesem Grund wurden Heime eingerichtet, in denen Mädchen, die dem Führer ein Kind guten Blutes schenken wollen, diskret entbinden können. Als ich davon hörte, habe ich darüber gelacht, nicht ahnend, dass ich vielleicht selbst einmal davon Gebrauch machen könnte. Dort soll es eigene Standesämter geben, in denen die

Geburten registriert werden, von denen das Heimatstandesamt jedoch keine Mitteilung erhält."
„Ja – und?"
„Leider habe ich keine Ahnung, wo es ein solches Heim gibt. Margarethe müsste das aber herausfinden können. Sie hat lange genug als Fürsorgerin gearbeitet, um noch gute Kontakte zum Jugendamt zu haben. Dort wird sie bestimmt die notwendigen Auskünfte erhalten. Wenn ich rechtzeitig in ein solches Heim ginge – wenn ich dort das Kind zur Welt brächte – dann erführe niemand etwas davon. Margarethe könnte es von dort ganz legal adoptieren."
„Die Idee als solche ist nicht schlecht", gab Olga zu. „Aber – was ist mit uns? Wenn du wirklich in solch einem Heim entbinden willst, würdest du uns schon bald verlassen. Ich würde weder etwas von der wichtigen vorgeburtlichen Phase miterleben, noch die Niederkunft selbst. Dabei hatte ich mich schon so darauf gefreut. Und was du Erich erst antust!", sagte sie in gespielt vorwurfsvollem Ton. „Er steckt jetzt mitten in der Getreideernte und kann sich wirklich nicht um die Buchführung kümmern."
Mali lachte: „Aber Olga, das meinst du doch nicht im Ernst? Früher seid Ihr doch auch ohne mich zurechtgekommen."
„Das stimmt. Aber an Erleichterungen gewöhnt man sich schnell, und es fällt einem schwer, sie rückgängig zu machen."
„Deswegen brauchst du nicht gleich in Panik zu geraten. Eine Weile bleibe ich euch noch erhalten. Bis dahin ist das Getreide eingebracht."
„Dann kommen die Kartoffeln und die Rüben."
„Ich denke, die schaffe ich auch noch, wenn ich mich geschickt kleide."
Beide mussten herzhaft lachen.
„Abgesehen von der Buchführung, hatte ich mich schon auf die langen Winterabende mit dir gefreut", sagte Olga. „Aber nun mal im Ernst: Ich sehe ein, ich darf in dieser Sache nicht egoistisch sein. Einzig wichtig ist das, was für dich und das Kind am besten ist. Dennoch kommen mir solche Heime suspekt vor."
„Wenn ich ehrlich sein soll, mir auch. Aber es scheint mir die einzige Möglichkeit, die Geburt vor Arno und meinen Eltern geheim zu halten. Außerdem – wenn ich wirklich bei euch entbinden

würde – würde sich dann deine Hebamme nicht wundern, dass ich nicht nach Hause gefahren bin zu meinem Ehemann?"
„Das stimmt. Wie gehen wir also vor?"
„Ich werde Margarethe bitten, mir einige Adressen von solchen Heimen mitzuteilen. Dann werde ich um Aufnahme in demjenigen bitten, das am weitesten von zu Hause weg ist, damit mich nur ja niemand Bekanntes dort entdeckt."
Bis die von Mali erbetenen Auskünfte eintrafen, war Mitte August vorbei. Die Getreideernte ging ihrem Ende entgegen, die ersten Äpfel wurden reif und die Tage begannen merklich kürzer zu werden. Laut Margarethes Nachforschungen gab es solche geheimen Entbindungsanstalten in Steinhöring, in Klosterheide, in Werningerode, in Hohenhorst und in Wiesbaden. Olga schleppte ihren alten Atlas herbei, damit sie nachschauen konnten, wo diese Orte lagen. Wiesbaden schied von vorneherein aus; das lag zu nah bei Mainz.
Steinhöring bei München und Hohenhorst bei Bremen schienen Mali gleichermaßen geeignet. Es fiel ihr schwer, sich für eines von beiden zu entscheiden, deshalb sagte sie: „Am besten schreibe ich beide an. Es ist ja nicht gesagt, dass mich gleich das erste Heim aufnehmen kann. Aber damit warte ich noch ein paar Tage. Es eilt ja nicht."
Olga und Erich waren bereits seit Wochen durch gewisse Zeitungsmeldungen beunruhigt. Olga bestand aber darauf, dass man vor Mali nicht darüber spreche, um alle Aufregungen von ihr fern zu halten. Erst in seinem Schlafzimmer unterhielt sich das Ehepaar über seine Befürchtungen. Meist wollte Olga die düsteren Prognosen ihres Mannes nicht wahrhaben: „Du siehst das alles viel zu schwarz, Erich. Niemand kann ernstlich einen Krieg wollen. Zu schmerzlich haften die Schrecken des letzten Krieges noch in den Gemütern der Menschen."
In der letzten Augustwoche äußerte Erich sich wieder mal sehr beunruhigt: „Es wird Krieg geben, Olga. Jeden Tag kann es losgehen."
„Meinst du das wirklich?", fragte diese mit sorgenvoller Miene. „Glaubst du, die Politiker sind so dumm?"
„Und ob! Sie haben nichts dazu gelernt. Nur um Macht und Stärke zu demonstrieren, lassen sie unzählige Soldaten hinschlachten und geben Frauen und Kinder dem Elend preis.

Glaube mir, heute bin ich direkt froh darüber, dass wir keine Kinder haben."

„Aber Erich, noch kann ich das nicht glauben. In den Zeitungen wird doch immer wieder von Nichtangriffspakten berichtet."

„Genau das ist es, was mich beunruhigt. Das einfache Volk soll durch solche Meldungen eingelullt und die Nachbarstaaten in Sicherheit gewiegt werden, damit man ungestört aufrüsten kann."

„Aber niemand wird es wagen, mit dem Krieg zu beginnen", sagte sie geradezu beschwörend.

„Oh doch! Unser lieber Adolf zum Beispiel. Was meinst du, wozu er Autobahnen gebaut hat und den Westwall? Das sind eindeutig Kriegsvorbereitungen."

„Könnten das nicht auch friedenssichernde Maßnahmen sein?", fragte Olga mit einem Rest von Hoffnung.

„Nehmen wir mal an, es wäre so. Wie würdest du aber das auslegen, dass die Bevölkerung Luftschutzmaßnahmen durchführen soll und in einigen Städten Verdunkelungsanordnungen getroffen wurden?"

„Wir müssen uns doch gegen eventuelle Bedrohungen von außen schützen"

„Und die Friedensappelle vom Papst und von Präsident Roosevelt – wie legst du die aus?"

„Diese Aufrufe zum Frieden sind doch an alle Nationen gerichtet. Auf zwei solch hochstehende Persönlichkeiten wird die Welt doch hören."

„Aber Olga, verstehst du nicht? Wenn der Papst und der amerikanische Präsident es für nötig erachten, zum Frieden zu mahnen, dann ist es bereits brenzlig auf der Welt. Es ist eine Minute vor zwölf."

Olga gab sich geschlagen. Durch die Zeitungsmeldungen war sie selbst schon beunruhigt gewesen. Gegen besseres Wissen hatte sie ihrem Mann widersprochen, wie ein Ertrinkender, der sich noch an einen Strohhalm klammert: „Ich fürchte, du hast Recht. Aber wo wird es losgehen? Deutschland hat so viele Nachbarn."

„Ich befürchte, der Krieg wird ganz in unserer Nähe beginnen. Die ganze Pressehetze gegen Polen, das Gezänk um Danzig, der Einmarsch der SS-Reichswehr – das alles deutet darauf hin.

Hitler baut das Feindbild Polen systematisch auf. Er schürt Hass auf dieses Land in unserer Bevölkerung und demonstriert dem Ausland, wie gefährlich Polen ist. Er wird den ersten Schlag gegen dieses Land führen und behaupten, er habe nur zurückgeschlagen."
Wie bald sich seine Prognose bewahrheiten würde, konnte Erich an diesem Tag nicht ahnen.
Nicht einmal eine ganze Woche später vernahm das Ehepaar Friedewald abends aus dem Rundfunk Hitlers Stimme: „…Polen hat nun heute Nacht zum erstenmal auf unserem eigenen Territorium auch durch reguläre Soldaten geschossen. Seit 5:45 Uhr wird jetzt zurückgeschossen. Und von jetzt ab wird Bombe mit Bombe vergolten…"
„Oh mein, Gott! Erich, wie Recht du hattest. Er hat es gewagt. Und er verdreht die Tatsachen, genau so, wie du es befürchtet hast."
Bald war die Kunde, dass sich Deutschland im Kriegszustand befand, auch vor Mali nicht mehr geheim zuhalten. Sie blieb jedoch erstaunlich gelassen: „Ich denke, hier leben wir sicherer als sonst wo. Feld und Wald sind nicht das, was den Feind interessiert. Die großen Städte sind es und Industrieanlagen, auf die sie Bomben werfen. Das war schon im letzten Krieg so."
Wenige Tage später erreichte Mali ein Brief von Margarethe.

Mainz, den 3. 9. 1939

Liebe Mali!

Auch Du wirst wissen, dass sich unser Land im Kriegszustand befindet. Wir machen uns große Sorgen um Dich. Bitte gib uns umgehend ein Lebenszeichen. Von Arno ist Folgendes zu berichten: Am 31. 8. erhielten wir ein Telegramm von ihm mit dem Inhalt:
‚Vaterland ruft. Erbitte neue Nachrichten an Feldpostnummer... Heil Hitler! Arno.'
Sicher brauche ich Dir nicht zu erklären, was das bedeutet.

Nach einigen belanglosen Neuigkeiten folgten die üblichen Grüße. Mali antwortete umgehend und versicherte ihrer Familie, dass sie in einer Region lebe, in der es mit Sicherheit

ungefährlicher sei als im Mainzer Raum. Der nächste Brief von Margarethe kam am sehsundzwanzigsten September an. Beigelegt war ihm ein amtliches Schreiben, mit Hakenkreuzstempel darunter. Nachdem Mali es gelesen hatte, starrte sie nur auf das Papier.
„Was ist?", fragte Olga, die in der Zwischenzeit ihre eigene Post durchgegangen war. „Hast du schlechte Nachrichten von zu Hause bekommen?"
Es musste etwas vorgefallen sein. So regungslos hatte sie die Freundin noch nie erlebt.
„Mali, was ist los? Du bist ja ganz blass geworden." Sie trat auf die Freundin zu, fasste sie unter einem Arm und zog sie hoch. Widerstandslos ließ sie sich von Olga zum Sofa führen und darauf betten. Dann hob Olga das Schreiben auf, das bei dieser Aktion zu Boden gefallen war. Nicht aus Neugier, nur aus großer Besorgnis begann sie zu lesen.

Berlin, im September 1939

Sehr geehrte Frau Braun!

Uns obliegt die traurige Pflicht, Ihnen folgende Mitteilung zu machen: Für Führer, Volk und Vaterland fiel am 9. September 1939 bei Lublin Herr Arno Braun, Oberstleutnant, und langjähriges Mitglied der Waffen SS im Alter von 41 Jahren.
Hiermit sprechen wir Ihnen unser tiefes Mitgefühl aus. Beiliegend übersenden wir Ihnen seine persönliche Habe: Erkennungsmarke, Fotos, Personalpapiere, Uhr und Trauring. Er starb für die gute Sache. Der Dank des Vaterlandes ist Ihnen gewiss.
Heil Hitler!
gez. Von Westernhagen, Bataillonskommandeur.

Jetzt war es an Olga, sprachlos zu werden. Sie ließ sich in einen Sessel gleiten und las das Schreiben noch einmal aufmerksam durch. Dann war sie wieder Herr der Lage. Aus der Küche holte sie ein Glas Wasser und setzte es der halb aufgerichteten Mali an die Lippen. Folgsam wie ein Kind trank diese Schluck um Schluck. Allmählich kehrte wieder Farbe in ihr Gesicht: „Habe ich das geträumt?"

„Nein, Mali. Das war kein Traum. Hier steht es Schwarz auf Weiß. Lies es dir noch einmal durch."
Mali gehorchte. Aber noch immer schien ihr das Gelesene nicht in den Kopf zu gehen.
„Weißt du, was das bedeutet?", fragte Olga schließlich. „Du bist frei, Mali. Frei! Du brauchst keine Scheidung mehr. Du brauchst dich auch nicht mehr in einem Heim für ledige Mütter zu verstecken."
„Der arme Arno", sagte Mali wie aus weiter Ferne. „Das habe ich auch nicht gewollt."
„Natürlich nicht. Und du kannst auch nichts dafür. Es war sein eigener Entschluss, Offizier zu werden. Und er ist für die Sache gefallen, die ihm im Leben alles bedeutet hat."
„Das ist richtig, Olga. Aber irgendwie tut er mir leid, wenn ich ihn auch nicht geliebt habe."
„Unter den jetzigen Umständen bin ich froh, dass du ihn nicht geliebt hast. Es wäre für dich schrecklich, wenn du so bald nach der Hochzeit einen geliebten Gatten verloren hättest."
„Das ist wahr, Olga. Aber sein Tod erschüttert mich dennoch. Er hat so gerne gelebt, war voller Ideen und Pläne und hatte so hohe Ziele."
„Nun hat Gott das große Amen gesprochen. Sicher wird der Krieg noch viele Opfer fordern, unschuldige Opfer. Aber mit Arno – da bin ich sicher – hat Gott einen der Rädelsführer beseitigt, die unser Volk in den Untergang führen würden, wenn Gott es zu ließe."
Mali staunte über diese Rede von Olga, von dieser sonst so sanftmütigen, friedliebenden Person. Obwohl sie ihr im Innern Recht geben musste, belastete sie der so jähe Abschied von dem ihr gesetzlich angetrauten Mann.
„Wenn ich ihn hätte lieben können, ob dann sein Leben anders verlaufen wäre?", fragte sie mehr sich selbst als die Freundin.
„Es ist müßig, darüber nachzudenken. Wir erleben immer nur die eine Möglichkeit und nicht die andere. Es war Gottes Wille, das alles so kommt, füg dich darein."
Mali ließ diese Worte eine Weile auf sich wirken. Dann bekannte sie: „Mich in etwas zu fügen, ist mir stets schwergefallen. Ich habe immer meinen Kopf durchgesetzt. Fast immer. Vielleicht habe ich das aber auch nur geglaubt. Vielleicht war auch das

Fügung, dass ich immer alles durchzusetzen versuchte."
Erst nach einigen Tagen hatte Mali richtig begriffen, was Arnos Tod für sie bedeutete. Sie war frei. Sie konnte auf Gut Ehrenwalde unbesorgt der Geburt ihres Kindes entgegensehen. Sie brauchte die forschenden Blicke der Hebamme nicht zu fürchten, wenn es so weit war. Im Gegenteil. Diese würde vor Mitleid zerfließen, wenn sie erfuhr, dass die junge Mutter so schnell Witwe und das Ungeborene vaterlos geworden war. Sie würde es für selbstverständlich erachten, dass man sie auf Gut Ehrenwalde zurückbehalten hatte, jetzt, wo sie schutzlos auf der Welt stand.
Olga war glücklich – trotz der ernsten Zeiten. Von dem Krieg bekam man hier – wie Mali richtig vermutet hatte – nichts mit. Nur aus der Zeitung und aus dem Radio erfuhr man, dass immer mehr Mächte in den Krieg eintraten. Olga freute sich, dass sie nun an der Freundin all das erleben durfte, was ihr das Schicksal versagt hatte. Rechtzeitig hatte sie auf dem Speicher Kisten und Kästen durchkramt und alles zutage gefördert, was ein neuer Erdenbürger braucht. Mali musste tatsächlich nichts Neues anschaffen. Das war nicht nur deshalb erfreulich, weil es ihr Budget schonte, sondern auch deshalb, weil man seit Kriegsbeginn Bezugsscheine für alles brauchte.

Am frühen Morgen des ersten März spannte Olga den Braunen vor die Kutsche und fuhr in einem für sie ungewöhnlich hohen Tempo zum nächsten Dorf. Vor der Haustüre der Hebamme hielt sie an. Olga hatte Glück. Die alte Frau saß bereits in der Küche vor ihrer dampfenden Kaffeetasse.
„Guten Morgen, Adusze, du musst sofort mitkommen. Bei meiner Freundin haben um sechs Uhr die Wehen eingesetzt."
„Nur mal langsam, mein Marjellchen. Zuerst muss ich meinen Kaffee austrinken." Als die alte Hebamme den besorgten Gesichtsausdruck Olgas gewahrte, fügte sie hinzu: „Nur keine Bange, mein Marjellchen. Beim ersten Kind geht es nicht so schnell."
Die Alte hatte Recht. Sie waren viel zu früh zur Stelle. Die Entbindung zog sich über Stunden hin. Dennoch war Olga beruhigt, dass die Weise Frau im Hause war. Sie ging ihr in jeder Weise zur Hand. Daneben versuchte sie, der Freundin so viel

Erleichterung zu schaffen, wie möglich. Sie tupfte ihr den Schweiß von der Stirn, sie redete ihr gut zu, sie massierte ihr den Rücken, sie hielt immer wieder ihre Hand. Gegen fünf Uhr abends war es endlich soweit. Ein kräftiger Schrei durchschnitt die Stille des Geburtszimmers. Ein strammer Junge hatte das Licht der Welt erblickt. Während Adusze ihn wusch, fragte sie: „Wie soll der Kleine denn heißen?"
Zum Glück fing Olga Malis verzweifelten Blick auf: „Das sagen wir dir morgen, Adusze. Wir sind uns noch nicht ganz einig."
Die Hebamme maß das Kerlchen und wog es. Sie zog ihm die Erstlingssachen an und legte es in den Arm seiner Mutter. Die wusste gar nicht so recht, wie sie darauf reagieren sollte. Sie lächelte aber matt. Das war sicher das mindeste, was man von einer jungen glücklichen Mutter erwartete. Olga dagegen strahlte. Sie konnte sich nicht satt sehen an dem blonden pausbäckigen Jungen. Bald nahm sie ihn Mali behutsam aus den Armen: „Du bist erschöpft", sagte sie. „Du brauchst Ruhe. Ich werde den Kleinen in die Wiege legen."
Adusze hatte sich in der Zwischenzeit mit dem bereitstehenden Schnaps gestärkt. Längst hatte man ihr die Geschichte von Arnos Heldentod erzählt. Ehe sie ging, sagte sie bedrückt: „Ja, ja. Es ist ein Jammer mit dem Krieg. Von mir sind im letzten Krieg zwei Söhne gefallen. Und dieser Krieg hat bereits diesem unschuldigen Kind den Vater gestohlen. Aber es ist immer noch besser dran als viele andere Kinder. Es hat wenigstens zwei Mütter."
Es hat sogar drei Mütter, dachte Mali. Und Alfred wird bestimmt ein wunderbarer Vater sein.
Da sich Olga für heute nicht mehr von Mutter und Kind trennen wollte, ließ sie die Hebamme von einem Knecht nach Hause fahren. Der sollte sie auch am nächsten Morgen wieder abholen, damit sie Wöchnerin und Säugling versorgen könne. Kaum hatte die alte Frau das Wochenzimmer verlassen, sagte Mali: „Danke, Olga, dass du mit dem Namen so schnell geschaltet hast. Es wäre für mich sicher blamabel gewesen, zu sagen: Darüber habe ich mir noch keine Gedanken gemacht."
„Allerdings, das wäre es."
„Aber ich habe mir wirklich noch keine Gedanken gemacht. Auf die Idee bin ich noch gar nicht gekommen."

„Ich schon."
„Warum hast du nie etwas gesagt?"
„Ich dachte, damit musst du schon selbst angefangen."
„Kannst du mir nicht wenigstens Vorschläge machen?"
„Willst du den Kleinen nicht nach seinem Vater benennen?"
„Nein!", rief Mali erschrocken aus. „Das würde mich zu sehr an diesen erinnern."
„Und wenn du ihn Alfred nennst, nach seinem vorgesehenen Adoptivvater?"
„Das wäre zu auffällig. Margarethe soll das Kind doch offiziell als ein ganz fremdes adoptieren. Da wäre es verdächtig, wenn es zufällig wie ihr Mann heißt. Aus diesem Grunde scheiden auch die Namen aus meiner Familie aus: Wilhelm, Friedrich oder Ewald. Ferdinand kann ich erst recht nicht nehmen, obwohl ich dem alten Herrn diese Ehre gern angetan hätte."
Es freute Olga, das von Mali zuhören. Sie hatte nämlich längst zwei Wunschnamen parat. Diese wollte sie aber erst nennen, wenn Mali wirklich keinen eigenen Namenswunsch hatte. Endlich rückte sie mit der Sprache heraus: „Ich hätte schon einen Vorschlag. Damit würdest du mir eine sehr große Freude machen. Es sind sogar zwei Namen."
„Die wären?"
„Bruno oder Michael. Wie du weißt, hießen meine verstorbenen Brüder so."
„Das ist eine gute Idee. Und wenn ich dir damit eine Freude mache, um so besser. Nehmen wir doch gleich beide Namen: Bruno Michael. Klingt gar nicht schlecht. Ja, Bruno Michael Jäger ist ein schöner Name."
Die Hebamme war am nächsten Morgen pünktlich zur Stelle. Sie legte den kleinen Bruno an und – oh Wunder – die Milch floss reichlich. Mali konnte es kaum glauben.
„Ein Glück, dass das funktioniert", sagte Adusze. „Das ist die beste Nahrung, die ein Kind haben kann."
Olga wollte Mutter und Kind vorerst nicht verlassen. Deshalb vertraute sie der alten Hebamme Malis Familienbuch an, mit der Bitte, sie möge an ihrer Stelle die Anmeldung auf dem Standesamt vornehmen. Mali dankte dem Himmel, dass Margarethe ihr voriges Jahr im Juni das Familienbuch zugesteckt hatte. Am Abend brachte Adusze das Buch wieder mit.

Darin stand es nun Schwarz auf Weiß: Bruno Michael Braun, geboren am 1. März 1940, Vater: Arno Heinrich Braun, Mutter: Viktoria Luise Amalie Braun, geborene Waldmann, wohnhaft in Mainz, zur Zeit in Eberswalde/Ostpreußen.
Nach acht Wochen begann Mali abzustillen mit der Erklärung: „Meine Figur kann sich wieder sehen lassen, und ich bin euch lange genug zur Last gefallen. Ich muss endlich wieder arbeiten, um Geld zu verdienen. Also wird es allmählich Zeit, dass ich nach Hause fahre."
Olga sah das ein, obwohl sie die Freundin mit Bedauern scheiden sah. Ihr einziger Trost war, dass Bruno noch eine Zeitlang bleiben würde. Es war besser, dass Mali erst mal allein gen Westen fuhr. So konnte sie mit Margarethe in aller Ruhe besprechen, wie die Adoption durchzuführen sei.
Bruno hatte sich prächtig entwickelt, obwohl Mali außer Stillen nicht viel zu seinem Gedeihen beigetragen hatte. Selbst wenn sie das gewollt hätte, sie wäre kaum dazugekommen. Olga war immer die erste an seinem Bettchen. Sie wickelte ihn. Sie badete ihn. Sie trug ihn im Zimmer herum. In der Zeit des Abstillens war sie es, welche die Zubereitung der Ergänzungsmahlzeiten übernahm. Von Adusze hatte sie sich sagen lassen, wie und womit man ein Fläschchen bereitet und wie viel Gramm bei einer Mahlzeit gegeben werden müssen. Sie erfuhr, ab wann man Brei und Gemüse füttert, welches die geeignetsten sind und wie man sie zubereitet.
Am Morgen des zehnten Mai warf Mali einen letzten Blick auf ihr schlafendes Kind. Dann verließ sie – den Wintermantel über dem Arm und den Koffer in der Hand – das Haus, das sie fast ein Jahr lang beherbergt hatte. Olga hatte bereits angespannt. Sie half Mali beim Verstauen des Koffers, setzte sich auf den Kutschbock und brachte die Freundin zur Bahn.

Achtes Kapitel

Erst am Abend des nächsten Tages kam Mali am Mainzer Hauptbahnhof an. Sie bestieg ein Taxi und ließ sich zur elterlichen Wohnung fahren. Die Überraschung war ihr gelungen. Glückselig schlossen die Eltern sie in die Arme. Sie waren so voller Freude über ihre glückliche Rückkehr, dass sie es völlig unterließen, ihr Vorwürfe zu machen. Nur wollten sie wissen, wo sie so lange gesteckt habe.

„Bei Olga war ich, in Ostpreußen."

„Oh mein Gott!", entsetzte sich die Mutter. „So nahe an Polen. Dort ist doch Krieg."

„Davon haben wir nichts mitbekommen. Im Gegenteil, da Polen jetzt wieder zum Deutschen Reich gehört, war es mit der Fahrt durch den Polnischen Korridor unproblematischer als bei meiner Hinreise."

„Gott sei Dank, dass du wieder da bist. Nun bleiben wir aber zusammen."

„In Sicherheit sind wir deswegen noch lange nicht" schaltete sich der Vater ein. „Seit gestern tobt der Krieg auch an der Westfront."

„Wie entsetzlich", sagte Mali. „Dann wird es noch viel Blutvergießen geben. Und wir sind auch in Gefahr. Mit Sicherheit werden die Großstädte bombardiert, wie im letzten Krieg."

Wie Recht sollte Mali mit dieser Prophezeiung haben! Noch am selben Tage ging die erste britische Bombe auf Mönchengladbach nieder. Auf das Stadtzentrum, auf brave Bürger. Auf Frauen, Kinder und Greise, nicht auf ein Industriegebiet oder eine militärische Anlage. Das war eine neue Dimension des Krieges. Das schürte die Panik unter den Menschen.

Deshalb ging ein Aufatmen durch die Bevölkerung, als nach dem Blitzsieg über Frankreich der Waffenstillstandsvertrag am 22. Juni 1940 unterzeichnet wurde. Wie vereinbart schwiegen bald darauf die Geschütze beiderseits der Kampflinie. Zum Entsetzen aller gingen jedoch die britischen Bombardements auf die Zivilbevölkerung ungehindert weiter. Mali schrieb folgenden Brief:

Mainz, den 5. Juli 1940

Liebe Olga!

Nach meiner Kurzmitteilung vom zwölften Mai über meine glückliche Heimkehr nun ein ausführlicher Bericht. Seit dem ersten Juni arbeite ich in Mainz auf dem Versorgungsamt. Dort habe ich mich unter anderem darum zu kümmern, dass die Neuzugezogenen ihre Lebensmittelkarten und sonstige Bezugsscheine kriegen. Wenn ich bedenke, dass ich dafür zehn Jahre Jura studiert habe! Aber sei's drum, ich verdiene wenigstens und kann mich selbst ernähren. Ja, in diesen Zeiten bin ich sogar froh, dass ich keine Urteile fällen muss. Sie würden ja doch alle revidiert. Näher will ich mich dazu nicht äußern. Meine Eltern nahmen mich wirklich gnädig auf. Sie machten mir zunächst keinerlei Vorhaltungen wegen der geplatzten Hochzeit. Nur vor ein paar Tagen, da konnte meine Mutter nicht mehr an sich halten: ‚Wie schade, dass du Arno vor der Hochzeit davongelaufen bist. Jetzt, wo der arme Kerl sowieso tot ist, hättest du ja deine Freiheit wieder.'
‚Das konnte ich ja vorher nicht wissen', entgegnete ich.
‚Wenn du aber die paar Wochen durchgehalten hättest, dann hätte Arno wenigstens die Chance gehabt, ein Kind zu zeugen. So hat er ohne Nachkommen sterben müssen. Das tut mir nicht nur um ihn leid, sondern auch um seine Eltern. Nora hat vier Kinder zur Welt gebracht, und davon ist ihr kein einziger Nachkomme geblieben. Dabei hatte sie sich immer so sehr Enkelkinder gewünscht. Ich hatte ihr sogar prophezeit: Du wirst Enkel haben.'
‚Deine Prophezeiung ist auf jeden Fall in Erfüllung gegangen', sagte ich ihr.
.Wie? Was?', fragte meine Mutter irritiert.
Dann berichtete ich ihr das, was mir Arno über die Produktion von arischem Nachwuchs erzählt hatte und dass er sich eifrig daran beteiligt hatte.
‚Oh mein Gott, Mali', äußerte sie bestürzt. ‚Stimmt das wirklich? So etwas hat er dir erzählt? Nun verstehe ich, dass du davongelaufen bist. Einen solchen Mann hätte ich auch nicht genommen.'
‚Auf jeden Fall haben Nora und Ferdinand auf diese Weise

genügend Enkel bekommen – die genaue Anzahl wird auf immer ein Geheimnis bleiben. Und ihr Sohn hat auf Erden – wenigstens in dieser Hinsicht – seine Pflicht erfüllt.'
Nun gab meine Mutter zu, dass sie schon immer irgend etwas an Arno gestört habe. Es sei ihr nur nicht greifbar gewesen. Sie habe dieses Gefühl stets damit verdrängt, dass sie sich die äußeren Vorzüge dieser Verbindung vergegenwärtigt habe. Nur, als er die kirchliche Trauung als überflüssig hatte abtun wollen, da habe er sich einige Sympathien bei ihr verscherzt.
Aber, Olga, stell Dir vor, was mir diese kurze gesetzliche Ehe eingebracht hat: Ich habe das schöne große Haus in Mainz-Gonsenheim geerbt. Meine erste Reaktion, als ich davon erfuhr, war, abzulehnen. Aus einer so kurzen papierenen Ehe wollte ich nicht Kapital schlagen. Schnell aber besann ich mich eines besseren. Da von Arno keine näheren Angehörigen bekannt sind, wäre das Haus an den Staat gefallen. An diesen Staat, für den er sein Leben gelassen hat. Nein, sagte ich mir. Das muss auch nicht sein. Schließlich hat er ein legitimes Kind, wenn er das auch nicht wusste. Diesem steht das Erbe zu. Also nahm ich es in dessen Interesse entgegen. Für Bruno werde ich es verwalten, bis er alt genug ist, es zu übernehmen. Da ich das Haus selbst nicht nutzen will, werde ich es vermieten. Ich werde weiterhin bei meinen Eltern wohnen, weil ich von dort zu Fuß zu meiner Dienststelle gehen kann. Die Mieteinnahmen lege ich auf die hohe Kante für Bruno. Ja, und damit komme ich zum eigentlichen Punkt meines Schreibens. Würdest Du ihn bitte noch eine Weile bei Dir behalten? Margarethe kann es eigentlich kaum erwarten, bis er zu ihr kommt. Aber jetzt im Krieg, wo man heute nicht weiß, was morgen sein wird, ist es sehr ungünstig für eine Adoption. Zudem arbeitet sie wieder als Fürsorgerin. Sie muss sich um Kriegswaisen und Kriegerwitwen kümmern. Abgesehen davon, ist das Kind bei Dir in größerer Sicherheit als bei uns. Du wirst ja auch aus dem Radio von den täglichen Schreckensmeldungen hören. Berlin, Hannover, Kiel, und Hamburg traf es bereits. Jeden Tag bangen wir, dass als nächstes Mainz dran sein könnte. Viele Keller sind als Luftschutzräume eingerichtet worden. Haltbare Lebensmittel sind dort deponiert und unsere Gasmasken hängen griffbereit. Wahrlich, in eine solche Umgebung sollte man nicht ohne Not

ein unschuldiges Kleinkind verbringen. Aber bitte, Olga, wenn Du mir antwortest, erwähne Bruno mit keiner Silbe. Man weiß nie, wem der Brief hier im Hause in die Hände fällt. Kleine versteckte Andeutungen genügen, um Margarethe und mich zu beruhigen. Noch einmal meinen ganz herzlichen Dank für die Zeit, die ich bei Dir verbringen durfte. Und tausend Dank dafür, dass Du Dich so liebevoll um Bruno kümmerst. Ewig kann dieser unselige Krieg ja auch nicht dauern. Sobald sich die Verhältnisse normalisieren, kann Margarethe ihren Kleinen bei Dir abholen. Für heute die herzlichsten Grüße, auch von meiner Familie,
Deine Mali."

Die Hoffnung auf einen baldigen Frieden erfüllte sich indes nicht. Im Gegenteil. Statt dass die kämpfenden Mächte einlenkten, wurden immer mehr Staaten in den Strudel des Krieges gezogen. An eine Normalisierung der Lage war auf lange Sicht nicht zu denken. Drei Wochen nach dem Abschicken ihres Briefes erhielt Mali folgende Antwort:

Eberswalde, den 22. Juli 1940

Liebe Mali!

Hab Dank für Dein ausführliches Schreiben. Es freut mich, dass Du Arbeit und Brot gefunden hast, obgleich wir es noch immer sehr bedauern, dass wir unseren tüchtigen Buchhalter verloren haben. Unser Heu haben wir bereits eingebracht, und wenn das schöne Wetter anhält, können wir bald an die Getreideernte gehen. Sonst gibt es von uns nicht viel zu berichten. Nur, dass auf einem Nachbargut eine liebe Freundin vor einigen Wochen einen Sohn bekommen hat. Ich freue mich daran, wie der Kleine wächst und gedeiht. Um sie zu entlasten, fahre ich ihn häufig spazieren. Das macht mir immer viel Freude. Er ist ein sehr herziges Kerlchen. Nun hoffe ich, wie Ihr alle, dass dieser schreckliche Krieg bald aufhört und man wieder ein Leben ohne Angst und Sorgen führen kann.
Viele liebe Grüße von uns allen, auch an Deine Angehörigen,
Deine Olga.

Dieser Brief beruhigte besonders Margarethe. Wie sehr sehnte sie den Frieden herbei, um endlich „ihr Kind" in die Arme schließen zu können. An Frieden war jedoch keineswegs zu denken. Statt dessen wurde die Lage für die Zivilbevölkerung immer bedrohlicher. Nicht nur an allen deutschen Grenzen tobte der Krieg, sondern auch mitten im Land. Nirgendwo war man sicher. Überall konnte man jederzeit in einen Bombenhagel geraten. Es gab immer mehr Städte, in denen zahlreiche Tote und ausgedehnte Zerstörungen zu beklagen waren. Lebensmittel und Gebrauchsgüter wurden immer knapper. Immer öfter wurde zu Spenden für die notleidenden Soldaten aufgerufen. Immer öfter musste man seine Zeit im Luftschutzkeller verbringen. Das öffentliche Leben kam zum Erliegen. Die Männer, die man zu den Waffen rief, wurden immer jünger, ja sie waren noch halbe Kinder.
Der Briefwechsel zwischen Olga und Mali wurde zusehends spärlicher. Denn auch die Postwege waren vom Krieg in Mitleidenschaft gezogen worden. Kurz vor Weihnachten 1943 erreichte Mali folgender Brief:

Eberswalde, den 28.11.1943

Liebe Mali!

Vielen Dank für Deinen lieben Brief vom 5. Oktober. Er ist erst gestern hier eingetroffen. Ich freue mich, dass Ihr alle wohlauf seid, was ich im großen und ganzen auch von uns berichten kann. Nur leiden wir alle darunter, dass nebst Erich – wie ich Dir bereits berichtet habe – auch noch zwei Knechte vor der Heuernte eingezogen wurden. Als Ersatz schickte man mir einige polnische Kriegsgefangene, aber das ist nicht dasselbe. Lustlos und mürrisch sind sie bei der Arbeit. Ist ja auch verständlich, nach dem, was man ihnen und ihrem Land angetan hat.
Eine erfreuliche Neuigkeit gibt es dennoch. Das heißt, ich weiß gar nicht, ob sie unter den gegebenen Umständen wirklich so erfreulich ist. Stell Dir vor: Ich erwarte ein Kind! Als Erich Anfang August seinen ersten Heimaturlaub bekam, um das Getreide einbringen zu können, ist es passiert. Was sagst Du dazu? Nun wird es mir zugute kommen, dass ich bereits bei

dem Nachbarkind, dem es prächtig geht, Erfahrungen sammeln konnte. Nun sehne ich den Frieden noch inniger herbei. Wie es wohl der Wunsch einer jeden Mutter ist, möchte ich mein Kind in eine friedliche Welt setzen. Meine alte Adusze hat mich untersucht und voller Stolz meine Vermutung bestätigt: ‚Dass ich den Tag noch erleben durfte, mein Marjellchen, dass du guter Hoffnung bist, dafür danke ich dem Herrgott', hat sie gesagt. Dennoch, ich kann es immer noch nicht so recht glauben.
Für heute grüßt Dich und alle im Hause recht herzlich,
Deine Olga.

Monate gingen ins Land. Der Frieden rückte in immer weitere Ferne. Nicht nur Europa war ein riesiger Kriegsschauplatz. Auch in Asien und Afrika gingen die Menschen mit den gefährlichsten Waffen, welche die Menschheitsgeschichte je hatte, aufeinander los. Es war, als habe die Hölle selbst Macht über die Erde bekommen. Immer mehr Städte lagen in Schutt und Asche. Immer mehr tote Zivilisten waren zu beklagen. Immer mehr junge und auch ältere Männer mussten den Heldentod sterben. Hunderttausende wurden verletzt und gerieten in Kriegsgefangenschaft. Dennoch, allen Greueltaten zum Trotz, geschah immer wieder das Wunder, dass neues Leben erwachte.

Ehrenwalde, den 1. Juli 1944

Liebe Mali!

Ich habe Dich lange Zeit ohne Nachricht gelassen. Aber Du wirst bald verstehen, warum. So viel hat sich in den letzten Monaten ereignet! Aber die gute Nachricht zuerst: Am sechzehnten Mai ist unsere kleine Tochter zur Welt gekommen. Es grenzt an ein Wunder, dass Mutter und Kind diese Entbindung überlebt haben. Als die Wehen bei mir einsetzten, waren alle im Feld. Nur die fünfzehnjährige Kätnerstochter Lene war im Hof. Sie spielte mit dem Nachbarskind, von dem ich Dir schon öfters berichtet habe. Ich rief sie herein und sagte ihr, dass meine schwere Stunde bevorstünde. Sie handelte wohlüberlegt. Zunächst brachte sie das vierjährige Kind in die Obhut ihrer alten Großmutter, die sich als einzige in der Kate befand. Dann

kam sie so schnell, wie es ihr möglich war, zurück. Zum Glück hatte ich selbst schon mal bei einer Entbindung zugesehen und wusste, wie ich mich zu verhalten hatte. Lene hatte insofern ein bisschen Erfahrung, als sie vor zwei Jahren die Geburt ihres jüngsten Bruders miterlebt hatte. Sie setzte Wasser auf und stand mir bei, so gut sie das konnte. Als sie nicht mehr weiter wusste, bat ich sie, mein Pferd zu nehmen und ins nächste Dorf zu reiten. Meine gute alte Adusze gab es leider nicht mehr. Sie hat den letzten Winter nicht überlebt. Eine neue Hebamme war noch nicht gefunden worden. Und einen Arzt gab es in der Gegend schon lange nicht mehr. Es gelang Lene jedoch, eine alte Frau aufzutreiben, die ein bisschen von Geburtshilfe verstand. Sie hatte selbst zwölf Kinder zur Welt gebracht und hatte schon einigen Frauen nach Aduszes Tod beigestanden. Lene kam mit ihr gerade rechtzeitig an. Frau Ruddat sagte mir, wann ich atmen und wann ich pressen sollte. Bald darauf bahnte sich das Kind seinen Weg. In dem Moment schrieen wir beide um die Wette, das Kind und ich. ‚Das ist immer gut, wenn es gleich schreit. So weiß man, dass die Atmung funktioniert', erklärte mir die Alte. Sie nabelte das Kind ab, wusch es und übergab es Lene mit den Worten: ‚Anziehen kannst du es. Du hast ja Übung darin.' Zu mir gewandt, sagte sie: ‚Ich kann natürlich nicht wiederkommen und mich um euch beide kümmern, aber du hast ja eine tüchtige Hilfe. Lene kennt sich mit allem aus.'
So war es dann auch. Ich weiß nicht, was ich ohne sie gemacht hätte. Lene war es auch, die das Telegramm an Erich aufgab. Er sollte doch möglichst bald erfahren, dass er Vater einer kleinen Erika (die weibliche Form von Erich!) geworden war. Nach acht Tagen war ich wieder auf den Beinen und konnte mich um alles selbst kümmern. Nach weiteren zwei Wochen erhielt ich eine Benachrichtigung von der Post, es liege eine Sendung für mich zur Abholung in Neunischken. Mich beschlich ein sehr ungutes Gefühl dabei.
‚Weinen Sie nicht und schreien Sie bitte nicht los', meinte der Postbeamte mich warnen zu müssen, als er mir eine kleine Stahlkassette überreichte. ‚Die deutsche Frau hat stark und diszipliniert zu sein.' Da war mir alles klar. Wie in Trance bestätigte ich den Empfang und verließ das Postamt. Woher ich die Kraft nahm, weiß ich nicht. Meine Gesichtszüge und meine Seele

waren wie erstarrt. Ich bestieg meine Kutsche und lenkte das Pferd so sicher nach Hause, als holte ich jeden Tag eine solche Kassette ab. Dabei war an diesem Tag mein ganzes Lebensgefüge zusammengebrochen. Erst als ich in meinem Zimmer allein war, brach sich meine ganze Traurigkeit Bahn. Ich warf mich auf mein Bett und weinte haltlos. Du wunderst Dich vielleicht darüber, da Du doch weißt, dass Erich nicht der Mann meines Herzens war, sondern der, den mir mein Vater ausgesucht hatte. Aber, ob Du es glaubst oder nicht, in diesen vielen Jahren sind wir eng zusammengewachsen. Er ist mir ein guter Kamerad geworden, auf den ich mich in jeder Situation verlassen konnte. Nun war unsere Ehe auch noch durch ein Kind gekrönt worden. Und er durfte es nicht einmal mehr zu sehen kriegen!
Ja, und der Hof? Wie soll ich ihn auf Dauer ohne Erich weiter bewirtschaften? Die Kassette enthielt neben den üblichen Dingen das Telegramm, das ihm die Geburt seiner Tochter angezeigt hatte. Dadurch weiß ich zumindest, dass er das noch erfahren hat. So ist er kurz vor seinem Tode wenigstens noch einmal glücklich gewesen. Denn auf das Kind hatte er sich sehr gefreut. Schließlich hatte er mit mir fünfzehn Jahre lang darauf gewartet!
Nun steht die Erntezeit vor der Tür, und ich muss sehen, wie ich über die Runden komme. Aber was klage ich? Ich bin nicht die einzige, der es so ergeht. Von allen Höfen ringsum sind die Söhne, Väter und Ehemänner im Feld. Fast täglich erreicht einen andern Hof eine Schreckensmeldung. Zu allem Überfluss haben wir alle auch noch Einquartierung. Auf ihrer Durchreise zur Front machen immer wieder deutsche Offiziere für einige Tage Station auf den Höfen. Es ist erschütternd, zu wissen dass die meisten von ihnen nicht mehr zurückkommen werden. Wie lange soll dieser Wahnsinn noch weitergehen?
Mali, für heute genug. Bleibe gesund und schreibe mir bald wieder. In alter Freundschaft,
Deine Olga."

Mainz, den 8. Juli 1944

Liebe Olga!

Was soll ich sagen? Ich bin erschüttert. Wie nah liegen doch Leben und Tod, Freud' und Leid beieinander. Jetzt hast Du endlich Dein Wunschkind, zu dem ich Dir sehr herzlich gratuliere, und nun hast Du den Verlust Deines Mannes zu beklagen. Dazu möchte ich Dir meine aufrichtige Teilnahme aussprechen. Wenn er auch nicht Deine große Liebe war, so habe ich mich doch davon überzeugen können, dass Ihr im Laufe der Jahre zu echten Kameraden zusammengewachsen seid. Deshalb verstehe ich sehr gut, dass dieser Verlust eine schmerzliche Lücke reißt, in jeder Hinsicht. Ich freue mich mit Dir, dass Erich wenigstens noch von der Geburt seiner Tochter erfahren durfte. Wie kommst Du nun mit allem zurecht, mit dem Hof, mit den beiden Kindern? Wenn Du Hilfe brauchst, werde ich kommen. Dass ich nicht viel an praktischen Dingen kann, bedauere ich nun sehr. Aber die Buchführung könnte ich wenigstens übernehmen und auf die Kinder aufpassen. Du brauchst mich nur als Erntehilfe anfordern, dann werde ich sicher von meiner Arbeit freigestellt und erhalte einen Beförderungsschein.
Für heute alle guten Wünsche und Grüße, Deine Mali.

Schon nach wenigen Tagen kam der Antwortbrief von Olga. Sie hatte ihn eigens als Eilbrief geschickt. Demnach musste er eine dringende Botschaft enthalten.

Eberswalde, den 12. 7. 1944

Liebe Mali!

Vielen Dank für Dein großmütiges Angebot. Aber ich muss darauf bestehen: Komm nicht! Es wäre viel zu riskant für dich. Abgesehen davon, dass eine zivile Person kaum noch eine Beförderungserlaubnis bekommt, ist eine so lange Bahnfahrt äußerst gefährlich. Man hört immer öfter davon, dass Züge bei ihrer Fahrt durch Polen überfallen, beschossen oder bombardiert werden. Ich hätte keine Ruhe, wenn ich wüsste, dass Du Dich auf eine so gefährliche Reise begibst. Im übrigen komme ich ganz gut zurecht. Lene, die bei mir als Geburtshelferin

gedient hat, ist ein sehr zuverlässiges Kindermädchen. Auch habe ich weiterhin meine polnischen Zwangsarbeiter, die sich an uns gewöhnt haben. Da ich sie stets ausgesucht freundlich behandle, arbeiten sie nun auch zufriedenstellend.
Außerdem ist meine Schwägerin Anna, die aus dem Memelland, vor zwei Tagen ganz überraschend bei uns angekommen. Am Vortag hatte sie ebenfalls eine kleine Stahlkassette in Empfang nehmen müssen. In ihrer Verzweiflung packte sie ihre wichtigsten Sachen auf eine Kutsche, spannte zwei Pferde davor und legte mutterseelenallein den ganzen Weg von Neustubbern bis Ehrenwalde zurück. Völlig aufgelöst kam sie hier an. Da wir beide den gleichen schweren Verlust erlitten haben, können wir einander gut verstehen und uns gegenseitig Trost zusprechen. Als ich merkte, dass Anna nicht mehr die Absicht hatte, zurückzukehren, sagte ich ihr: ‚Aber Anna, du kannst doch nicht dein Gut verlassen, das Gut, das seit Generationen in eurer Familie ist. Jetzt, wo Heinrich nicht mehr lebt, musst du erst recht durchhalten.' ‚Für wen?', fragte sie, ‚Wie du weißt, haben wir keine Nachkommen.'
Ich erinnerte sie daran, dass unser Schwager Otto drei Kinder hat. ‚Aber Olga' , sagte sie vorwurfsvoll. ‚In was für einer Welt lebst du denn? Merkst du nicht, dass alles, was uns einst etwas bedeutet hat, zerschlagen wird? Die Russen sitzen bereits in Litauen. Übermorgen sind sie vielleicht schon auf dem Hermannshof. Dann wird es nichts mehr geben, in das ich zurückkehren oder das ich vererben könnte.'
‚Siehst du das nicht ein bisschen zu schwarz?', fragte ich.
‚Keineswegs. Auch hier werden wir nicht mehr lange bleiben können. Wir sollten uns rechtzeitig aufmachen zu unserem Schwiegervater und zu meiner Schwester. Ob wir dort allerdings lange Zeit in Sicherheit sind, ist fraglich. Aber viel weiter können wir vor den Russen auch nicht fliehen, sonst laufen wir den Westmächten in die Arme.'
Langsam beginne ich daran zu glauben, dass Anna mit ihren düsteren Prognosen Recht hat. Das ist ein weiterer Grund dafür, dass Du keinesfalls hierher kommen darfst. Jetzt habe ich ja Anna hier, die mir hilft. Auf ihren Rat hin werde ich schon mal beim Schwiegervater anfragen, ob wir kommen dürfen.
Viele Grüße für heute, auch von Anna, Deine Olga.

Nach der Lektüre dieses Briefes war Mali überaus erleichtert. Denn ein bisschen Angst vor der Reise hatte sie schon gehabt. Auch sie hatte in der Zeitung von den Anschlägen auf die Züge gelesen. Sie hatte sich jedoch verpflichtet gefühlt, der Freundin dieses Angebot zu machen, da diese schon jahrelang ihren Sohn in Pflege hatte. Nun war sie froh, dass man auf Gut Ehrenwalde auch ohne sie zurechtkam.
Anfang Dezember setzte sich Olga ein letztes Mal an ihren Schreibtisch:

Ehrenwalde, den 8. 12. 1944

Liebe Mali!

Seit Monaten ziehen Flüchtlingsströme an uns vorbei. Manche bleiben auch ein paar Tage bei uns, um für den Weiterzug neue Kräfte zu sammeln. Viel Elend haben wir gesehen und haben mit den Hungernden geteilt, was uns die Behörden von der schlecht ausgefallenen Ernte übriggelassen haben. Nun haben wir selbst nicht mehr genug für den ganzen Winter. Wozu auch? Wir werden ihn hier nicht mehr erleben. Nachdem man uns ein Stück Vieh nach dem andern aus dem Stall geholt hat, nachdem man fast alle Pferde für die Wehrmacht requiriert hat, ist der Hof nicht mehr lebensfähig. Als die ersten Flüchtlinge aus Weißrußland kamen, habe ich noch nicht an Schlimmes gedacht. Nur wenige Monate später folgten die Litauer. Und genau, wie Anna es vorausgesagt hatte, trafen bald Memelländer bei uns ein. Es ist also nur noch eine Frage von Tagen, dass auch wir vertrieben werden. Rechtzeitig flüchten dürfen wir nämlich nicht. Schon jede Fluchtvorbereitung wird von der Gauleitung schwer geahndet. Das haben Gutsnachbarn von uns schmerzlich erfahren müssen. Wir fragen uns, wie die in Königsberg Wind von so etwas bekommen. Die haben wohl ihre Spitzel überall. Man darf niemandem mehr trauen. Vor allem traue ich unseren lieben anpassungsfähigen Zwangsarbeitern nicht. Offiziell werden wir also nicht flüchten. Ich werde lediglich mit meiner Schwägerin und unserem Nachwuchs eine Reise zu meinem Schwiegervater unternehmen. Ein Weihnachtsbesuch mit leichtem Gepäck ist bereits genehmigt. Schließlich hat der alte Mann ein Anrecht darauf,

sein neues Enkelkind mal zu sehen. Die Fahrkarten haben wir schon. Du brauchst also nicht mehr hierher zu schreiben. Ehrenwalde gibt es für uns nicht mehr. Ich könnte heulen, wenn ich dran denke, was aus diesem stolzen Gut werden wird, das so viele Generationen im Familienbesitz war. Meine Urahnen wurden vom Alten Fritz auf einem öden Stück Land angesiedelt. Und was hat der Fleiß von Generationen für ein ertragreiches Gut daraus gemacht! Wie vielen Menschen hat es Brot und Arbeit gegeben! Alles kaputt, alles zerstört. Wofür? Sobald es mir möglich ist, melde ich mich wieder.
Herzlich grüßt Dich Deine ziemlich mutlose Olga.

Am folgenden Tag, in aller Frühe bestiegen die beiden Frauen mit dem Säugling und Bruno die letzte Kutsche, die ihnen verblieben war. Von einem Polen, der geschickt war im Umgang mit Pferden, ließen sie sich zum Bahnhof nach Insterburg bringen. Zu Brunos großer Überraschung hatte ihm Olga vor der Abfahrt einen riesigen Teddybären in die Arme gedrückt: „Der ist vom Christkind", hatte sie ihm gesagt. „Da es nicht weiß, wo wir an Weihnachten sind, hat es den schon für dich abgegeben."
Seine blauen Augen strahlten. Fest drückte er den Teddy während der ganzen Fahrt an sich.
Auf dem zugigen Bahnsteig in Insterburg mussten sie lange warten, bis der Zug endlich einlief. Es gelang ihnen nur mit größter Mühe, sich samt den Kindern und dem Gepäck in eines der Abteile zu quetschen. Weitere Menschen drängten in den bereits überfüllten Zug.
Der fuhr mit großer Verspätung ab. Offensichtlich wollten viele einen der letzten Züge zu „Verwandtenbesuchen" im Westen nutzen. Nur verzweifelte, verhärmte Gesichter waren zu sehen. Da der Zug beschossen worden war, gab es keine Fensterscheiben mehr. Ungehindert pfiff der Fahrtwind in die Abteile. Wie alle anderen Mütter, drückte Olga ihren Säugling fest an sich, um ihn – so gut es ging – vor dem eisigen Wind zu schützen. Anna hielt Bruno auf dem Schoß, ebenfalls bemüht, die schärfste Kälte von ihm abzuhalten. Immer wieder blieb der Zug auf freier Strecke stehen. Immer wieder stieg die Angst in den Menschen hoch, weil man nicht wusste, welche Ursache das

hatte. Jedes Mal ging ein Aufatmen durch die Reihen, wenn der Zug wieder ruckelnd anfuhr. In Königsberg stiegen nur Vereinzelte aus. Dafür drängten aber um so mehr herein. Es wurde unerträglich eng. Endlich – es war bereits abends – erreichte man Marienburg. Gott sei Dank! Bisher hatte es keinen ernsten Zwischenfall gegeben und keine Kontrolle.
Am Bahnhof in Marienburg warf Olga den zuletzt geschriebenen Brief an Mali ein. Damit war die Möglichkeit ausgeschlossen, dass jemand auf ihrem Heimatpostamt ihn heimlich öffnete. Auch war er hier schon ein gutes Stück näher an Mainz. Außerdem würde Mali am Poststempel erkennen, dass Olga wenigstens ihr erstes Ziel erreicht hatte. Man stieg um in den Personenzug nach Braunswalde. Auch dieser war überfüllt, aber längst nicht so, wie der D-Zug nach Marienburg.
Am Bahnhof stand der Schwiegervater bereit. Aber nicht mit der Kutsche. Sein letztes, klappriges Pferd hatte er vor einen Leiterwagen gespannt. Darauf hatte er einige Decken gelegt. Da hinein hüllte er die Frauen und die Kinder, ehe sie auf der Pritsche neben den Koffern Platz nahmen. Zum Glück war der Weg nicht weit, und das Pferd kannte ihn. Denn die schmale Sichel des abnehmenden Mondes erhellte die Nacht nur spärlich.
Endlich trat man in die warme Stube. Die beiden Schwestern Gerda und Anna sahen sich nach langer Zeit wieder. Es gab eine heiße Suppe für alle und ein angewärmtes Bett für die durchgefrorenen Kinder. Die Erwachsenen saßen noch lange Zeit beisammen. Viel Trauriges gab es zu berichten. Auch in Friedewalde war das meiste Vieh beschlagnahmt worden, hatten große Teile der Ernte abgeliefert werden müssen. An der letzten Kutsche war schon vor Tagen ein Rad gebrochen. Im Dorf gab es niemanden mehr, der das hätte reparieren können. Alle Männer waren eingezogen worden. Selbst die Alten, die noch einigermaßen gesund waren, hatte man zum Volkssturm gerufen. Viele von ihnen waren bereits gefallen, vermisst oder in Kriegsgefangenschaft.
In den nächsten Tagen versuchte man, psychisch zu überleben. Ungeachtet der Kriegswirren, der Schreckensmeldungen, der durchziehenden Flüchtlinge, war man bemüht, der Kinder wegen, ein bisschen Adventsstimmung aufkommen zu lassen.

Am Tage backten die Frauen Plätzchen, am Abend sang man um den grünen Kranz versammelt Adventslieder. Gerdas Kinder, dreizehn, zwölf und zehn Jahre alt, kümmerten sich rührend um die beiden Kleinen.
Obwohl sich Lisbeth, Gerdas Älteste, die größte Mühe gab, schrie die kleine Erika immer wieder laut auf oder wimmerte leise vor sich hin.
„Mit dem Kind stimmt etwas nicht", vermutete Gerda, die erfahrene Mutter. Sie nahm es hoch und drückte ihre Lippen auf seine Stirn. „Dachte ich's mir doch, es hat Fieber."
Das herbeigeholte Thermometer bestätigte dies: die Kleine hatte 39,9 Grad Fieber.
„Was können wir tun?", fragte Olga ratlos.
„Jetzt in der Nacht werden wir keinen Arzt auftreiben", meinte Gerda.
„Es ist fraglich, ob wir überhaupt einen auftreiben können. Sie sind doch alle eingezogen worden", ergänzte der Schwiegervater.
„Nicht weit von hier wohnt eine alte Krankenschwester. Die werden wir morgen früh herholen", schlug Gerda vor. „Jetzt können wir nur eines machen: Wadenwickel, damit das Fieber nicht noch weiter steigt."
Es wurde eine unruhige Nacht für Olga. Immer wieder erneuerte sie die Wickel, immer wieder maß sie Fieber. Es sank nicht. Aber – gottlob – es stieg auch nicht. Das konnte man schon als Erfolg werten. Die Diagnose der Krankenschwester am nächsten Morgen: Lungenentzündung.
„Das ist kein Wunder", sagte Anna, „bei dem eisigen Wind, der durch die kaputten Abteilfenster pfiff."
Die Krankenschwester bestätigte die Vermutung des Schwiegervaters: In der Umgebung gab es weit und breit keinen Arzt mehr. Der nächste sei in Marienburg. Bis dorthin waren es nahezu fünfzehn Kilometer. Wie sollte man dahin gelangen – mit einem schwerkranken Kind? Selbst wenn, der könne auch nicht helfen, er habe so gut wie keine Medikamente mehr, meinte die Krankenschwester. Die würden ja alle für die Kriegsverletzten gebraucht.
In den nächsten Tagen kam die Schwester jeden Morgen und jeden Abend. Die wenigen Medikamente, die sie noch besaß,

waren nicht sehr wirkungsvoll und waren bald aufgebraucht. Es war eigentlich mehr ein moralischer Beistand, den sie Olga leistete. Die Therapie beschränkte sich in erster Linie auf die fiebersenkenden Wadenwickel.
So rang man tagelang um das Leben des Kindes. Die kleine Erika magerte zusehends ab. Sie quälte sich immer mehr mit dem Atmen. Das Rasseln der Lungen wurde immer lauter. Bald ging es über in ein Röcheln.
„Ehe wir zuschauen, wie das Kind erstickt, sollten wir eine Rosskur wagen", schlug die Schwester im Beisein der ganzen Familie vor. Alle Augen richteten sich gespannt auf sie, besonders die der besorgten Mutter: „Was ist das?"
„Wechselbäder. Erst tauchen wir das Kind für dreißig Sekunden in warmes Wasser und dann für ein paar Sekunden in kaltes Wasser."
„Um Gotteswillen! Wozu soll das gut sein?", entsetzte sich Olga.
„Durch den Schreck wird das Kind laut schreien. Dabei wird sich der Schleim von den Bronchien lösen. Danach kann es wieder besser atmen. – Hoffe ich", fügte die Schwester leise hinzu.
Das leuchtete allen ein. Also wurden die Wechselbäder durchgeführt. Mit der letzten ihm verbliebenen Kraft schrie das arme Kind markerschütternd los. Alle starrten wie gebannt auf das nackte Menschlein, das Olga anschließend in ein warmes Tuch hüllte. Diese Therapie schien tatsächlich zu helfen. Bald fiel Erika das Atmen leichter. Die Atemzüge wurden leiser und leiser. Endlich fiel die Kleine in einen erholsamen Schlaf. Nun konnte auch Olga wieder mal für ein paar Stunden die Augen zumachen.
Der nächste Tag brachte eine freudige Überraschung: Otto Friedewald, Gerdas Ehemann und des alten Friedewald einzig verbliebener Sohn, stand auf dem Hof. Völlig unerwartet hatte er Heimaturlaub bekommen. Wie glücklich war der alte Friedewald! Und Gerda erst! Und gar die Kinder! Von allen Seiten hingen sie an ihrem Vater und konnten nicht genug kriegen von seinen Erzählungen. Selbst der kleine Bruno drängte sich an ihn, als sei er ebenfalls eines von seinen Kindern.
Auch an diesem Tag schlief die kleine Erika viel und atmete ruhig. Man war sicher, sie schlafe ihrer Genesung entgegen.

Am folgenden Morgen wachte sie munter auf und schien guter Dinge. Sie lächelte sogar wieder ihre Familienmitglieder an, was sie seit Tagen nicht mehr getan hatte. Jeder glaubte, sie sei nun über den Berg. Als Olga die Kleine aus dem Bettchen nahm und diese den fremden Onkel erblickte, lächelte sie ihn an. Dieser war davon so angetan, dass er sein Nichtchen auf den Arm nahm und an sich drückte. Danach hielt er es stolz hoch und es juchzte vor Vergnügen. Darüber freute sich jeder, ganz besonders aber Olga. Es sah aus, als habe Erika es geschafft. Der Onkel reichte das Kind der Mutter zurück. Diese hielt es so, dass sein Gesichtchen über ihre linke Schulter nach hinten schaute. Bruno, der hinter ihr stand, versuchte mit allerlei Gesten und Grimassen die Kleine erneut zum Lachen zu bringen. Plötzlich ließ diese das Köpfchen sinken.
„Mama, Mama", rief Bruno aufgebracht. „Ist Erika jetzt tot?"
Es dauerte geraume Zeit, bis die Erwachsenen begriffen hatten, dass Erika den Kampf gegen ihre Krankheit verloren hatte. Am dreiundzwanzigsten Dezember, einen Tag vor Heiligabend, wurde das Kind in der Familiengruft der Friedewalds beigesetzt. Das einzige, was die junge Mutter in diesen Tagen aufrecht erhielt und ein wenig über ihren schweren Verlust hinwegtrösten konnte, war die Liebe und die Anhänglichkeit Brunos.
Niemandem der Erwachsenen war nach Feiern zumute. Aber mit Rücksicht auf die Kinder schmückte man den Baum. Am Abend, bei der Bescherung war man gerührt darüber, wie sie sich über ihre kleinen Geschenke freuten. Dennoch dachte jeder der Erwachsenen dabei: Das wird wohl unser letztes Weihnachten in diesem Hause sein. Liebevoll hielt Bruno seinen großen Teddy im Arm, während man die Weihnachtslieder sang. Dabei fiel Olga auf, dass sich der Kleine immer wieder mit der freien Hand ans rechte Ohr griff. Es sah aus, als wolle er dort etwas verscheuchen. Wenig später jammerte er: „Mama, mein Ohr tut weh."
„Wahrscheinlich hat er eine Mittelohrentzündung", befürchtete Gerda. „Ein Wunder wäre es nicht, nach eurer zugigen Bahnfahrt und den ganzen Strapazen der letzten Wochen."
Das einzige, was man für Bruno tun konnte, war, das Ohr warm halten. Einen anderen Rat konnte ihnen die alte Krankenschwester auch nicht geben. Dennoch weinte das Kind oft vor

Schmerzen. Selbst nachts wachte es nach kurzen Schlafphasen immer wieder auf.
Noch vor dem Jahreswechsel musste sich der Soldat Otto Friedewald von seiner Familie verabschieden. Diesmal fiel der Abschied besonders schwer. Am schlimmsten war es für den alten Vater. Er klammerte sich an seinen Sohn: „Du bist der Letzte, den mir der Krieg gelassen hat. Ob ich dich jemals wiedersehe, wenn du jetzt gehst?"
„Vater, wir stehen alle in Gottes Hand. Wenn Gott will, dass ich wieder heimkehre, dann tue ich das auch."
„Und wenn du einfach hier bleibst? Bei dem Chaos, das jetzt überall herrscht, wird das doch gar nicht auffallen."
„Oh doch, Vater. Und dann werde ich standrechtlich erschossen. Und ihr alle mit."
Diesem Risiko wollte der Alte seine Familie nicht aussetzen. So ließ er schweren Herzens seinen Ältesten ziehen.
Bei Bruno stieg unterdessen das Fieber bedrohlich an. Deshalb mussten die altbewährten Wadenwickel her. Als der Junge anfing zu phantasieren, war es mit Olgas Beherrschung vorbei: „Es muss etwas geschehen", sagte sie verzweifelt. „Ich will nicht noch ein Kind verlieren. Und schon gar nicht dieses, das mir anvertraut worden ist. Wie könnte ich sonst jemals wieder seiner Mutter und seiner Tante vor die Augen treten?"
„Was willst du tun?", fragte der alte Friedewald.
„Nach Marienburg will ich, zum Arzt."
„Wie willst du dort hinkommen?", fragte Gerda. „Es fährt kein Zug mehr. Und auf dem Leiterwagen kannst du das hochfiebrige Kind nicht transportieren. Es würde bei diesen Temperaturen erfroren sein, noch ehe du in Marienburg ankommst."
„Dann werde ich es tragen."
Sie packte Bruno in eine Decke, presste ihn an sich und marschierte los, trotz aller Warnungen. Ein eisiger Wind pfiff ihr entgegen, der Schnee knirschte unter ihren Füßen. Meter für Meter kämpfte sie sich vorwärts, selbst nicht wissend, woher sie die Kraft dazu nahm. Sie wusste nur, sie musste durchhalten, sie musste Bruno retten. Das Kind ängstlich an sich gedrückt, um es mit ihrem eigenen Körper zu wärmen, kam sie ihrem Ziele immer näher.
Endlich, nach über vier Stunden, hatte sie es geschafft. Die fast

fünfzehn Kilometer hatte sie ohne Pause zurückgelegt, trotz des schweren Kindes auf ihren Armen. Erschöpft sank sie in der Praxis des alten Mediziners auf einen Stuhl.
Aufgrund seines hohen Alters war er als einziger Arzt der Stadt nicht eingezogen worden. Obwohl sein Wartezimmer voller Patienten war, hatte jeder Verständnis dafür, dass Olga mit dem Kind vorgezogen wurde. Der Arzt leuchtete in das erkrankte Ohr des Jungen. Ohne viele Worte nahm er ein Gerät und stach das Trommelfell auf. Sogleich floss eine große Menge Blut und Eiter heraus.
„Mehr kann ich für Ihr Kind nicht tun", sagte der Arzt bedauernd. „Aber jetzt hat es eine Chance. Wären Sie ein oder zwei Stunden später gekommen, hätten wir es nicht mehr retten können."
Ehe der erfahrene Arzt der erschöpften Frau erlaubte, den Heimweg anzutreten, ließ er ihr von seiner Frau eine gute Tasse Kaffee reichen: „Damit Sie unterwegs nicht zusammenklappen."
Bei Einbruch der Dunkelheit erreichte Olga Gut Friedewalde. Bruno schlummerte in ihren Armen. Fürsorglich packte sie ihn in sein Bett und fiel daneben auf ihrem Lager selbst in einen todesähnlichen Schlaf.
Von Stund an ging es mit dem Jungen aufwärts. Trotz der Freude darüber bemächtigte sich aller im Haus lebenden die Angst vor den Russen. Die Flüchtlingsströme, die vorbeikamen, wurden häufiger und länger. Die Leute wussten nichts Gutes zu berichten. Deshalb begann Olga mit Fluchtvorbereitungen, von denen ihr Schwiegervater zunächst nichts wissen wollte. In der Stoffkiste der verstorbenen Schwiegermutter fand Olga einige Pelzreste. Daraus nähte sie Handschuhe für sich und den Jungen. Zusätzlich nähte sie für ihn eine Pelzkappe, die über die Ohren reichte und unter dem Kinn zu binden war.
Als der Schwiegervater endlich davon überzeugt war, dass die Russen auch nach Friedewalde kommen würden, stieg er hinab in den Keller. Mit einem Pickel schlug er einige Steine aus der Wand. Von dem Erdreich hinter dieser Öffnung stemmte er so viel heraus, bis eine ansehnliche Höhle entstanden war. Er ging wieder hinauf in die Wohnung und rief die Kinder zusammen. Dann stellte er eine große Blechkiste, die noch aus dem letzten

Krieg stammte, vor sie auf den Boden. Vor ihren staunenden Augen legte er alle seine Wertgegenstände hinein: das Tafelsilber, den Schmuck seiner Frau, die silbernen Leuchter, einen Beutel mit Goldmünzen und die alte Bibel. Er erklärte den Kindern, dass sie dies alles verstecken müssten, damit es den Russen nicht in die Hände falle. Das beeindruckte die Kinder dermaßen, dass sie ihre Lieblingsspielsachen herbeiholten und ebenfalls in die Kiste packten: die schönsten Puppen von Lisbeth und Klein-Gerda und die Zinnsoldatensammlung von Klein-Otto. Da legte auch Bruno seinen großen Teddy hinein. Gefolgt von den Kindern schleppte der Großvater die Kiste in den Keller. Tief beeindruckt schauten sie zu, wie er diese in die Wandhöhle schob und das Loch fachgerecht zumauerte. Die Fugen verstrich er sorgfältig mit Erde, so dass nicht zu erkennen war, dass hier jemals eine Öffnung existiert hatte.
„Merkt euch die Stelle gut, Kinder", mahnte der Alte. „Ich weiß nicht, ob ich lange genug lebe, um die Kiste wieder auszugraben."
Mit großem Ernst nickten seine drei Enkel, und der kleine Bruno nickte auch.
Zu diesem Zeitpunkt war der alte Friedewald noch der Meinung, er könne auf seinem Hof verbleiben, wenn die Russen kämen. Er meinte, wenn sie nichts Wertvolles fänden, würden sie bald weiterziehen. Die ganze Überredungskunst seiner drei Schwiegertöchter reichte nicht aus, ihn zur Flucht zu bewegen.
„Ihr könnt ja mit den Kindern gehen, aber ich bleibe."
Am achtzehnten Januar erhielt Gerda die Nachricht, dass ihr Mann am Dreikönigstag in Rußland gefallen war. Durch einen Lungensteckschuss. Wie es sich für eine deutsche Soldatenfrau geziemte, brach sie nicht in Jammern und Wehklagen aus. Sie teilte ihren Verlust nur ihren beiden Schwägerinnen mit, die das Gleiche durchgemacht hatten. Sie hielt die Nachricht schon aus dem Grund vor den Kindern geheim, damit der alte Vater nichts erfuhr. Sie wollte ihm den Kummer ersparen, dass er auch seinen letzten Sohn verloren hatte.
Drei Tage später blieb den Bewohnern von Gut Friedewalde keine Wahl mehr, ob sie bleiben oder fliehen wollten. Ein berittener Bote von der Kreisverwaltung eilte von Hof zu Hof mit

dem Befehl, bis Mitternacht müssten alle Höfe geräumt sein. Die drei Schwägerinnen holten gemeinsam das letzte Fuhrwerk aus der Scheune und luden die bereits gepackten Koffer und Rucksäcke darauf. Zusätzlich legte man noch vier Federbetten auf den Wagen. Auf diesen sollten später der Großvater und die Kinder sitzen. Dann zog man sich, den Großvater und die Kinder warm an, denn es herrschten Minustemperaturen von unter zwanzig Grad Celsius. Zuletzt setzte Olga Bruno die selbstgenähte Pelzkappe auf und stülpte darüber eine rote Teufelsmütze, wie sie damals bei Kindern sehr beliebt waren. Nach der soeben überstandenen Mittelohrentzündung wollte sie kein Risiko eingehen. Sie konnte nicht ahnen, dass der Junge diese Kopfbedeckung monatelang aufbehalten würde.
Man spannte den einzig verbliebenen Ackergaul vor und setzte sich in Richtung Marienburg in Bewegung. Die Frauen gingen zu Fuß, weil sie das altersschwache Pferd nicht überlasten wollten. Großvaters Hund Elli begleitete den traurigen Trupp. Er sprang immer wieder aufgeregt um das Gefährt herum. Man kam nur sehr langsam vorwärts. Für die Strecke, die man in guten Zeiten mit einer Kutsche in zwei Stunden zurückgelegt hatte, brauchte man heute sieben Stunden. Auf der glatten Fahrbahn rutschte das Gefährt immer wieder weg, der Wagen stellte sich quer oder man musste Schneewehen ausweichen. Schließlich umwickelte man die Hufe des Pferdes mit eigens mitgeführten Stoffstreifen. Zeitweilig ging es nun zügiger voran. Dann taten sich neue Hindernisse auf. An jeder Wegkreuzung mündeten weitere Flüchtlingstrecks in die Hauptstraße ein, mit Wagen, Schlitten, Handkarren und zu Fuß.
Bald war es ein unübersehbar langer Zug, der sich auf die Stadt Marienburg zu bewegte. Je näher man dem Bahnhof kam, desto mehr staute sich der Verkehr. Denn auch aus anderen Himmelsrichtungen kamen die Trecks. Jeder hoffte darauf, in Marienburg noch einen Zug nach Westen zu erwischen.
Es war längst Nacht, als man den Bahnhof erreichte. Der Wartesaal war bereits überfüllt. Deshalb drängte alles in die Bahnhofshalle. Jeder, der dort noch ein Fleckchen Boden erwischte, auf dem er wenigstens sitzen konnte, war glücklich. Wie gut, dass man die Federbetten dabei hatte. Die drei Schwägerinnen und ihr Schwiegervater setzten sich auf je eines

und zwar so, dass ihre Rücken gegeneinander lehnten. So konnten sie nicht umkippen und sich zudem gegenseitig wärmen. Jeder von ihnen nahm eines der Kinder zwischen die Beine. Diese schliefen bald fest ein. Auch die Erwachsenen dämmerten die eine oder andere Stunde dahin, obwohl es in der riesigen Halle nie ganz ruhig wurde.

Der nächste Morgen zerschlug die Hoffnung aller Wartenden. Von diesem Bahnhof ging kein Zug mehr ab. Enttäuscht begaben sich viele der Flüchtlinge zurück zu ihren Fuhrwerken. Sie setzten die Flucht auf die gleiche Weise fort, wie sie begonnen hatte.

„Das würden wir nicht lange durchhalten", sagte Olga. „Es muss eine andere Möglichkeit geben."

Sie ließ Bruno in der Obhut der Schwägerinnen zurück und begab sich in die Stadt. Mit Hilfe eines Schmuckstückes gelang es ihr tatsächlich, einen Lastwagen aufzutreiben. Der Fahrer war bereit, die drei Frauen, den alten Mann, die vier Kinder sowie den Hund mitzunehmen.

„Nein", sagte Otto Friedewald. „Das mache ich nicht mit. Das ist mir zu anstrengend und zu ungewiss. Lieber lasse ich mich in meinem eigenen Hause von den Russen erschlagen, als dass ich nach tagelangem Herumirren im Straßengraben erfriere. Ich kehre um."

Kein Zureden half und kein Bitten. Er nahm sein Pferd am Zügel und kehrte um. Sein Federbett und die der beiden Schwestern nahm er mit zurück. Es war ihnen zu beschwerlich, diese zusätzlich zu den Koffern und Rucksäcken zu schleppen. Nur Olga blieb eisern: „Man weiß nicht, welche Dienste es mir noch leisten kann. Ich nehme es mit."

Sie machte ein Bündel daraus und hängte es sich um. Der treue Hund Elli befand sich in einer Zwickmühle. Bei wem sollte er bleiben? Bei seinem alten Herrn oder bei seiner Herrin Gerda und den Kindern? Ständig lief er hin und her. Bald sprang er neben Großvaters Wagen her, bald sprang er um die Frauen und Kinder herum. Schließlich entschied er sich für die Flucht.

Nach kurzer Zeit war alles auf dem Lastwagen verstaut: die Frauen, die Kinder, das Gepäck, der Hund. Dichtgedrängt saß man auf Olgas Federbett. Zum Glück war der Wagen mit einer Plane überspannt. Sie hielt die ärgste Kälte ab.

Nicht lange, da war diese Fahrt zu Ende. Der Sprit war ausgegangen. An Tanken war nicht zu denken. Für private Fahrten gab es schon lange keinen Treibstoff mehr. Die Flucht ging also zu Fuß weiter, in einer völlig unbekannten Gegend. Jeder schleppte schwer an einer Last, nur der kleine Bruno nicht. Der Hund umrundete immer wieder den kleinen Trupp, wie ein Schäferhund, der seine Herde beisammen halten will. Bei allem hatten sie noch Glück. Es waren nur wenige Kilometer bis zum nächsten Dorf. Dort fanden sie neben vielen anderen Flüchtlingen einen Schlafplatz in der Schule. Leider wurden ihnen nur drei Matratzen zugeteilt. Auf eine bettete man die beiden älteren Kinder. Auf die beiden anderen legten sich die beiden Schwestern mit je einem der kleinen Kinder. Wieder erwies sich Olgas Federbett unentbehrlich. Sie lehnte es so gegen die Wand, dass sie es gleichzeitig als Sitzplatz und als Lehne benutzen konnte. Sie wollte die Nacht im Sitzen zubringen, weil sie dachte, dann werde sie nicht zu fest einschlafen. Sie hoffte, dadurch beim leisesten Geräusch aufzuwachen, um ihre Habe und ihre Familie besser schützen zu können. Denn in diesem Chaos konnte man nicht misstrauisch genug sein.
Anderntags machte sich Olga schon frühzeitig auf den Weg. Sie wollte erneut einen Lastwagen organisieren. Den Jungen ließ sie bei ihren Verwandten zurück. Bruno muss bald Sehnsucht nach der Mutter bekommen haben. Er machte sich ganz allein auf den Weg, um sie zu suchen. Sein Verschwinden wurde zunächst nicht bemerkt. Doch als Olga zurückkehrte, war ihre Familie bereits in heller Aufregung. Niemand wusste, wo der Kleine geblieben war. In allen Ecken und Winkeln der alten Schule hatte man vergeblich gesucht. Da hatte Olga die richtige Eingebung. Sie rief den Hund zu sich und befahl: „Elli such!" Sogleich lief dieser los. Er sprang mehr als er lief, denn er sackte immer wieder in dem kniehohen Schnee ein. Olga blieb ihm auf den Fersen. Immer wieder sah sie Stellen, an denen der Schnee platt getreten war. An diesen schnüffelte Elli herum und lief weiter. Endlich – es schien Olga, als sei inzwischen eine Ewigkeit vergangen – blieb das Tier vor einem dunklen Bündel im Schnee stehen. Es war das halberfrorene Kind. Olga nahm es auf die Arme und trug es zurück zur Schule. Dort massierte sie die Arme und Beine des Jungen. Zwischendurch drückte sie ihn

immer wieder an sich, um ihn mit ihrem eigenen Körper zu erwärmen. Einige Male löste Anna sie in ihrem Tun ab.
Und siehe da – es kam allen vor wie ein Wunder – Bruno regte sich. Er schlug die Augen auf und flüsterte: „Mama, ich hab dich so gesucht."
Olga presste ihn an sich. Sie lachte und weinte gleichzeitig und beschwor ihn: „Bruno, das darfst du nie wieder machen! Hörst du? Nie wieder! Das ist zu gefährlich. Beinahe wärst du erfroren. Mama läuft ja nicht weg. Ich habe nur nach einem Lastwagen gesucht und ich habe sogar zwei gefunden."
Um elf Uhr war Olga mit ihren Angehörigen an der verabredeten Stelle. Die Lastwagenfahrer überlegten, dass es Unsinn sei, mit beiden Wagen loszufahren. Denn jeder hatte nur noch wenig Treibstoff. Also pumpte man den Treibstoff aus dem einen Wagen in den anderen. Die „Passagiere" nahmen auf der Ladefläche Platz und beide Fahrer im Führerhaus. Trotzdem kam man auch diesmal nicht sehr weit. Man musste wieder in einer kalten Schule übernachten.
Erneut machte sich Olga am nächsten Morgen auf die Suche nach einem Lastwagen. Wieder wechselte eines ihrer Schmuckstücke den Besitzer. Auf dem Treffplatz wurden die beiden Schwestern mit Gerdas Kindern und dem Gepäck hinter der Ladung untergebracht, während Olga im Führerhaus mitfahren sollte. Als der Fahrer sah, dass zu Olga auch noch ein Hund gehörte, sagte er: „Sie müssen sich entscheiden, Hund oder Kind. Beide kann ich nicht mitnehmen. Das wird mir zu eng."
Olga war bestürzt. Was sollte sie tun? Dass das Kind mit musste, stand außer Frage. Aber wie konnte sie die gute Elli in der Kälte zurücklassen? Den treuen Hund, der noch am Tag zuvor Bruno das Leben gerettet hatte? Ein zweiter Lastwagenfahrer erkannte Olgas Verzweiflung und sagte: „Ich nehme den Hund mit, ich habe dieselbe Richtung."
Olga lächelte ihn dankbar an und bestieg mit Bruno den Lastwagen. Am Fahrtziel trafen die beiden Wagen kurz nacheinander ein. Freudig sprang Elli auf seine Leute zu. Wieder blieb man in einer verlassenen Schule und setzte die Fahrt am nächsten Tag mit denselben Lastwagen fort. Am Spätnachmittag erreichte Olgas Lastwagen zuerst die verabredete Stelle. Wenig später traf auch der zweite Lastwagen ein.

„Ich muss Ihnen eine traurige Mitteilung machen", gestand der Fahrer." Ihr Hund ist vom Wagen gesprungen und eine Weile nebenher gelaufen. Dabei ist er von einer Partisanenkugel getroffen worden."
Darüber war Olga zwar traurig, aber es war ihr allemal lieber, als wenn sie die arme Elli in dieser lebensfeindlichen Jahreszeit hätte aussetzen müssen. Nach weiteren Stationen, nach weiterem Organisieren von Lastwagen, nach weiteren Übernachtungen in Notquartieren, kam Olga mit einer Frau Westphal ins Gespräch. Diese hatte ihr Lager neben dem ihren aufgeschlagen. Sie stammte von einem Gutshof in der Nähe von Bärwalde. Mit ihrem zehnjährigen Sohn war sie auch schon seit Wochen auf der Flucht. Von ihr erfuhr Olga, dass seit einigen Tagen von Gotenhafen Schiffe ausliefen, die Flüchtlinge nach Westen brachten. Von Gotenhafen war man nicht mehr weit entfernt. Wenn man morgen zügig ausschritt, konnte man am Abend bereits in der Nähe der Hafenstadt sein. Seit sie keine Lastwagen mehr auftreiben konnte, hatte Olga ihr Gepäck reduziert. Sie hatte nur noch ihr Bettenbündel, von dem sie sich niemals trennte, und ihren Rucksack. Ihren Koffer hatte sie bereits bei der letzten Rast zurückgelassen. Die meisten Kleidungsstücke hatte sie angezogen und den Rest im Rucksack verstaut. Darin war genügend Platz, seit der Proviant fast aufgezehrt war.

Olga und ihre Angehörigen reihten sich am nächsten Morgen gemeinsam mit den Westphals in den langen Treck in Richtung Ostsee ein. Wenige Kilometer vor dem Ziel fanden sie einen Schlafplatz in einem verlassenen Bauernhof. Gemeinsam marschierte man am nächsten Morgen auf Gotenhafen zu. Als man die Stadt erreichte, brauchte man nicht lange nach dem Hafen zu suchen. Man brauchte sich nur vom allgemeinen Menschenstrom mitziehen lassen.
Endlich sahen sie ein riesiges Schiff vor sich. Es war das Passagierschiff „Wilhelm Gustloff". Eine endlos scheinende Menschenschlange wartete bereits vor ihnen auf Einlass. Olga und ihre Leute stellten sich hinten an. Hinter ihnen wuchs die Schlange schnell weiter. Nur im Schneckentempo schob man sich an das Schiff heran.

„Ob wir überhaupt noch mitkommen?", fragte Frau Westphal die vor ihr stehende Olga.
„Ach, ich denke schon. Das Schiff ist ja riesig."
Nach Stunden waren sie an der Reihe. Anna, Gerda und die Kinder betraten als erste den Landungssteg. Es folgte Olga mit Bruno. Danach passierte Frau Westphal mit ihrem Sohn die Sperre. Gottlob, das war geschafft! Jetzt kommen wir auf bequeme Art ein großes Stück voran, dachte Olga, während sie mit Bruno den Landungssteg hinauf schritt.
Der Matrose, der für ein geordnetes Belegen des Schiffes verantwortlich war, wies die Leute an abwechselnd die rechte und die linke Treppe hinaufzugehen. Olgas Familie schickte er nach links. Frau Westphal und einige nachfolgende Leute schickte er nach rechts. Gerade, als Olga hinter ihren Schwägerinnen die Treppe hinaufsteigen wollte, riss sich Bruno von ihrer Hand los. Er rannte zurück zum Schiffsausgang. Ehe Olga reagieren konnte, war er schon den halben Steg hinuntergelaufen.
„Ich komme gleich wieder", rief Olga dem ordnenden Matrosen zu. „Ich muss nur noch das Kind zurückholen."
Bruno war bereits auf der Uferstraße, bis sie sich mit ihrem Gepäck zu ihm durchgekämpft hatte. Eifrig suchte er zwischen den Beinen der wartenden Menschen herum.
„Aber Bruno, was fällt dir ein?", herrschte sie ihn an. „Warum läufst du einfach davon? Wir sind doch froh, dass wir es endlich geschafft haben." „Ich muss meinen Handschuh suchen. Hier habe ich ihn noch gehabt. Das weiß ich genau."
Sie packte das Kind am Arm und zerrte es zurück in Richtung Schiffszugang, während sie ihm zusprach: „Aber Bruno, den findest du nicht mehr. Den hat bestimmt schon jemand aufgehoben. Komm schnell, wir müssen zurück."
Aber es gab kein Zurück mehr. Man hatte das Schiff bereits dichtgemacht. Waren es Hunderte, oder gar Tausende, die ihm traurig nachblickten? Sie sahen sich ihrer letzten Fluchtmöglichkeit beraubt. Resignierend schlurfte einer nach dem anderen davon. Im ersten Moment war Olga entsetzt. Wie konnten die ihr einfach vor der Nase das Schiff zumachen? „Ich war schon drauf gewesen", erklärte sie dem Matrosen an der Sperre. „Ich bin doch nur noch mal runtergelaufen, um das Kind zurückzuholen."

„Ihr Pech, Madam", sagte der Diensttuende schulterzuckend. „Ich habe meine Vorschriften. Ich darf niemanden mehr auf das Schiff lassen."
„Was verlangen Sie?", fragte Olga, indem sie in ihre Manteltasche griff.
„Selbst wenn Sie mir eine Million bieten, ich kann Sie nicht mehr an Bord lassen. Der Kahn ist ohnehin schon hoffnungslos überladen. Jede weitere Person wäre eine Gefahr für die ganze Belegschaft. Vielleicht ist es sogar Ihr Glück, dass Sie nicht mehr mitkommen."
An diese Worte würde Olga noch sehr oft denken müssen. Aber zu diesem Zeitpunkt war es ihr kein Trost. Verzweiflung stieg in ihr auf. Was sollte sie in dieser Situation tun? Sie war nun völlig auf sich gestellt, mit ihrem Rucksack, ihrem Bettenbündel und dem Kind. Nur wildfremde, entmutigte Menschen um sie herum. Keine Schwägerin stand ihr mehr zur Seite.
Bald erkannte sie aber die Vorteile dieser Situation. Sie brauchte sich nur noch um die Unterbringung und das Weiterkommen von zwei Personen zu kümmern. Das war wesentlich einfacher, als für eine ganze Gruppe zu sorgen. Fest entschlossen, zu überleben, machte sie sich mit Bruno auf den Weg. Sie strebte in dieselbe Richtung wie die meisten Flüchtenden. Irgendwo wird es für uns heute Nacht ein Obdach geben. Und morgen wird es schon irgendwie weitergehen, waren ihre Gedanken. Noch vor Einbruch der Dunkelheit erreichte sie mit etwa zwanzig anderen Personen einen verlassenen Gutshof. Dort trafen sie auf Flüchtlinge, die vor ihnen angekommen waren. Diese hatten bereits alle Betten belegt. Den Neuankömmlingen blieb also nur der Boden des Wohnzimmers, um sich ein Lager zu errichten. Wie froh war Olga über ihr Bettzeug. Zu essen gab es auch. Endlich wieder satt zu essen. In den letzten Tagen war es immer kärglicher geworden, da der Reiseproviant zur Neige gegangen war. Diese Hausbewohner mussten auch sehr überstürzt aufgebrochen sein. Denn in Küche, Keller und Speisekammer fand man noch reichlich Vorräte. In der Räucherkammer hingen sogar noch Würste und Schinken.
Wie eine große Familie war man hier. Einige der Frauen holten Holz herein und machten im Herd ein Feuer. Andere schälten

Kartoffeln, wieder andere putzten Gemüse und einige schnitten den Speck in Würfel. Die gute heiße Suppe, von der es reichlich gab, tat allen wohl. Endlich mal wieder eine warme Mahlzeit, nach dem tagelangen Aus-dem-Rucksack-leben.
Niemand hatte Gewissensbisse, von den Vorräten zu nehmen. Es war doch besser, sie aßen diese, als dass sie den Russen in die Hände fielen.
Es gelang Olga, für die Weiterreise einen Handwagen aufzutreiben. Nun brauchte sie ihr Gepäck nicht mehr zu schleppen. Auch konnte das Kind von Zeit zu Zeit aufsitzen.
Am Abend erreichten sie wieder einen verlassenen Gutshof. Wieder gab es eine kräftige Suppe für alle. Wieder steckte man ein wenig von den Vorräten als Wegzehrung ein.

So ging die Flucht tagelang, wochenlang weiter. Es taten sich keinerlei Fahrgelegenheiten mehr auf. Der ganze Weg musste zu Fuß zurückgelegt werden. Aber stets zur rechten Zeit erreichte man ein verlassenes Gut oder einen Bauernhof, wo man ein, zwei oder gar drei Tage blieb. Lebensmittel fand man zum Glück überall vor. Auch Schreckensmeldungen erreichten einen überall. Die Russen seien unaufhaltsam auf dem Vormarsch. Tilsit sei schon eingenommen und Elbing auch. Die deutsche Ostfront sei völlig zusammengebrochen. In wilder Flucht bewege sich das deutsche Heer nach Westen. Die sowjetischen Streitkräfte stünden kurz vor Berlin. Also weiter, weiter nach Westen, solange man noch die Kraft zum Marschieren hatte.
Große Teile Berlins seien durch amerikanische Kampfflugzeuge völlig zerstört. Die deutsche Flugabwehr existiere nicht mehr. Dresden sei durch britische Bomberverbände dem Erdboden gleichgemacht worden. Unter den Zehntausenden von Todesopfern seien auch viele Flüchtlinge aus den ostdeutschen Gebieten gewesen. Dann erreichte Olga eine Nachricht, die sie ganz besonders erschütterte. Die „Wilhelm Gustloff" sei am dreißigsten Januar in der Danziger Bucht von einem sowjetischen U-Boot torpediert worden. Sie sei so schnell gesunken, dass man von den über 6000 Passagieren nur wenige habe retten können. Weit über 5000 Menschen seien in dem eisigen Wasser der Ostsee umgekommen.

Das kann doch nicht wahr sein, murmelte Olga immer wieder und schickte heiße Dankgebete zum Himmel. Dann riss sie Malis Sohn in ihre Arme, drückte ihn inbrünstig an sich und flüsterte: „Oh Bruno! Mein Goldjunge! Mein Schatz! Du hast uns das Leben gerettet! Wie kann ich dir nur danken?"
Bruno verstand nicht, was Olga so bewegte. Er legte zärtlich seine Ärmchen um ihren Hals und schmiegte seine Wange an die ihre. Olga musste an Anna, Gerda und die Kinder denken. Wahrscheinlich waren auch sie unter den Opfern.
Es blieb jedoch nicht viel Zeit für Trauer und Beschaulichkeit. Es hieß weiterflüchten. Der Russe rückte unaufhaltsam vor. Am achtzehnten März wurde die Stadt Kolberg an der pommerschen Ostseeküste, wo man noch vor wenigen Tagen Rast gemacht hatte, von den Sowjets besetzt. Man erfuhr, dass Ende März selbst Gotenhafen und Danzig eingenommen worden waren. In der Nähe von Stettin erfuhr Olga, dass Königsberg am neunten April kapituliert habe, die schöne alte Hauptstadt ihrer Heimat Ostpreußen. Noch ahnte sie nicht, dass diese fast dem Erdoden gleichgemacht war und sie diese nie mehr wiedersehen würde.
Bald hieß es, Berlin sei vollständig von sowjetischen Truppen eingeschlossen. Dann kam die Kunde, bei Torgau an der Elbe seien erstmalig US-amerikanische Truppen auf sowjetische Truppen getroffen.
Wo sollen wir jetzt noch hin?, fragten sich die Flüchtenden. Ob wir den Amerikanern in die Hände fallen oder den Russen, das bleibt sich gleich. Flüchtlinge, die in großen Scharen aus Berlin, Ostpreußen und Pommern kamen, belehrten sie jedoch eines besseren. Da sie von den Greueltaten der Russen berichteten, bestimmte das viele, die Wanderung nach Westen wieder aufzunehmen. So schlimm konnten die Amerikaner gar nicht sein. Sie waren doch Verwandte. Fast jeder hatte einen ausgewanderten Vorfahren drüben.
Mit vielen anderen Menschen trafen Olga und Bruno am fünften Mai in Schwerin ein. In einem Auffanglager an der Stadtgrenze wurden sie untergebracht. Wie die meisten anderen war Olga abgemagert, entkräftet, mutlos. Seit Tagen waren sie nur marschiert, hatten keine warme Mahlzeit mehr bekommen, lebten in der ständigen Angst vor dem Feind hinter ihnen.

Jetzt bekamen sie endlich wieder eine Suppe. Die war zwar sehr dünn, aber immerhin warm.
Anderntags sagte man ihnen, es sei zwecklos, weiter nach Westen zu flüchten. Britische Truppen hätten am siebenundzwanzigsten April Bremen besetzt und seien am dritten Mai in Hamburg einmarschiert. Da es von dort nur noch ein Katzensprung bis Schwerin sei, könne man stündlich mit ihrer Ankunft rechnen. Also fügte man sich in sein Schicksal. Man verfiel in Lethargie. Man genoss die warme Suppe am Mittag und am Abend und war froh, nicht mehr marschieren zu müssen.
Über den Sender Flensburg kam am neunten Mai die erlösende Nachricht: Der Krieg war aus. Deutschland hatte bedingungslos kapituliert. Ein Aufatmen ging durch die Reihen der Flüchtlinge. Wildfremde Menschen fielen sich in die Arme. „Der Krieg ist aus!," jubelte man.
Nach der ersten Euphorie tauchten für die meisten Menschen neue Probleme auf: Wohin? In den Flüchtlingslagern konnte und wollte man nicht länger bleiben. Aber welche Wahl hatte man? Ein Zurück gab es nicht mehr. Und ein Vorwärts gab es auch nicht. Selbst für Menschen wie Olga, die ein genaues Ziel angeben konnten, gab es keines. Es war nicht möglich, sich nach Mainz durchzuschlagen. Das Verkehrsnetz im Deutschen Reich war weitgehend zerstört. Außerdem gab es kaum noch Eisenbahnwagen oder verkehrstaugliche Lokomotiven. Nur wer im Umland Freunde oder Bekannte benennen konnte, wurde von Militärfahrzeugen dorthin befördert. Alle anderen Flüchtlinge mussten so lange im Lager bleiben, bis die Besatzungsmacht eine Unterkunft besorgt hatte. Das geschah meist auf recht unkonventionelle Weise. Ein Besatzungsangehöriger inspizierte unter Mithilfe einer ortskundigen Person sämtliche Häuser in den umliegenden Dörfern. Dort wurden dann je nach Anzahl der vorgefundenen Räume größere oder kleinere Flüchtlingsfamilien zwangsweise einquartiert. Zuerst brachte man alte Menschen unter oder Mütter mit Säuglingen. Bis Olga an die Reihe kam, war in der näheren Umgebung nichts mehr frei. So wurde sie mit Bruno auf einen alleingelegenen Bauernhof im Süden von Schleswig-Holstein verbracht.

Obwohl ihr nur eine winzige, spärlich möblierte Dachkammer zugewiesen wurde, war sie glücklich. Endlich brauchten sie nicht mehr in riesigen Räumen auf Stroh zu kampieren, wo es von Ungeziefer nur so wimmelte, und wo es nachts nie ganz ruhig wurde. Obwohl ihr nur noch das geblieben war, was sie auf dem Leib trug und ihr Federbett, kam sie sich reich vor. Sie war mit dem Leben davongekommen, sie war gesund – und sie hatte den Jungen.

Wie viele andere ließen sich auch Olgas „Gastgeber" anmerken, dass sie von der Einquartierung nicht begeistert waren. Das tat Olga weh, besonders Brunos wegen. Aber sie schickte sich drein. Man war wenigstens in Sicherheit. Man hatte ein Dach über dem Kopf und regelmäßig zu essen. Da die Heuernte anstand, bot sie ihre Hilfe an. Zunächst glaubte man nicht so recht, dass sie dabei wirklich zupacken könne. Nach kurzer Zeit hatte sie jedoch den Bauern überzeugt. Er wusste ihre Geschicklichkeit, ihre Kraft und Ausdauer zu schätzen. Ab da wurde man freundlicher zu ihr und dem Kind. Nun durfte es endlich mit den Kindern des Bauern im Hofe spielen. Auch bei der anschließenden Getreideernte zeigte sich Olga als vollwertige Arbeitskraft.

Als sie davon sprach, sie wolle so bald wie möglich nach Mainz, redete man ihr zu, sie solle bleiben. Hier sei sie gut unter, hier wisse sie, was sie habe. In Mainz gehe sie einer ungewissen Zukunft entgegen. Wie die meisten Großstädte sei auch Mainz bombardiert und schwer zerstört worden. Das leuchtete Olga ein. Deshalb wollte sie zunächst brieflich Kontakt mit Mali aufnehmen. Aber auch das war nicht möglich, die Postbeförderung funktionierte noch nicht. So war Olga noch immer unfreiwilliger Gast im Hause Johannsen, als die Rüben- und Kartoffelernte längst abgeschlossen war. Zwischendurch hatte sich Olga immer wieder auf dem Bahnhof erkundigt, ob das Schienennetz nach Süden wieder benutzbar sei.

Als es wieder einigermaßen hergestellt war, gab es noch immer keine freie Fahrt für Olga. Die Siegermächte hatten das Deutsche Reich in vier Zonen aufgeteilt, und es war den Besiegten weder gestattet in eine andere Zone zu reisen, noch innerhalb ihrer Zone. Nach einigen Monaten durfte man sich – nach einem umständlichen Genehmigungsverfahren – wenig-

stens innerhalb seiner Zone bewegen. Aber das nützte Olga nichts.
Ende Oktober las sie in der Zeitung, dass zwischen allen vier Besatzungszonen der Postverkehr wieder weitgehend aufgenommen werde. Damit hatte sie endlich die Möglichkeit, an Mali zuschreiben. Wochenlang wartete sie vergeblich auf Antwort. Der Brief kam aber auch nicht als unzustellbar zurück. Mit Frau Johannsen sprach sie manchmal darüber, welche Ursache das haben könne. Wenn diese meinte, Mali sei vielleicht bei einem Bombenangriff umgekommen, war es Olga, die sich selbst aufmunterte: „Ach was, der Brief ist wahrscheinlich auf der Kontrollstelle zwischen der britischen und der französischen Zone hängen geblieben. Die lesen doch jeden Brief durch, ehe sie ihn weiterleiten." Oder Olga sagte sich: „Vielleicht ist das Postnetz doch noch nicht ganz durchgängig. Man kann ja auch noch keine Pakete schicken."
Der Winter hielt Einzug, und Olga weilte mit dem Jungen noch immer auf Johannsens Bauernhof. Überall, wo es nötig war, packte sie an. Es zahlte sich aus, dass sie in ihrer Jugend alle Tätigkeiten innerhalb und außerhalb des Bauernhofes erlernt hatte. Das Verhältnis zu Johannsens war zwar nicht mehr gespannt, es wurde aber auch kein herzliches. Dazu waren diese Leute viel zu verschlossen. Olga dagegen erzählte gerne einiges aus ihrer Heimat und über ihre Familie. Sie erwähnte jedoch niemals, dass Bruno nicht ihr leibliches Kind sei. Dazu bestand auch keine Veranlassung. Er nannte sie Mama und damit hatte es sich. Sie dagegen sagte nie „mein Kind" oder „mein Sohn". Sie sprach immer nur von „Bruno" oder „dem Kind". Das fiel aber niemandem auf.
Im folgenden Frühjahr gab es wieder eine Lockerung von Seiten der Besatzungsmacht: Nun durfte man auf Antrag in andere Besatzungszonen reisen. Von dieser Möglichkeit wollte Olga sofort Gebrauch machen. Frau Johannsen, die ihre tüchtige Arbeitskraft nicht verlieren wollte, fragte: „Warum wollen Sie unbedingt nach Mainz? Hier haben Sie es doch so gut. Was Sie dort erwartet, das wissen Sie auch nicht."
„Das ist richtig, Frau Johannsen. Aber ich muss hin. Ich kann Ihnen das auch nicht erklären."
Darauf reagierte die Frau verärgert: „Eines sage ich Ihnen.

Wenn Sie jetzt abreisen, dann brauchen Sie zu uns nicht mehr kommen."
Das habe ich auch gar nicht vor, dachte Olga. Sie sagte aber nichts.

In den letzten Apriltagen des Jahres 1946 bestieg Olga mit Bruno einen Zug, der gen Süden ratterte. In Hamburg mussten sie umsteigen. Natürlich hatte sie wieder ihr Federbett dabei und ihren Rucksack. Darin befand sich Reiseproviant. Fast achtzehn Stunden waren sie unterwegs. Müde und erschöpft kamen sie am nächsten Vormittag in Mainz an. Anstelle des Bahnhofes fanden sie eine laienhaft zusammengenagelte Bretterbude vor. Nachdem Olga diese passiert hatte, schaute sie sich auf dem Bahnhofsvorplatz suchend um. In dem Menschengewimmel entdeckte sie endlich einen Schutzmann. Dieser war nur daran zu erkennen, dass er am linken Oberarm eine weiße Binde trug mit der Aufschrift „M.G. Police". Er war einer von den Männern, die man als „Notpolizei" eingesetzt hatte. Der Zusammenbruch der öffentlichen Ordnung unmittelbar nach Kriegsende hatte in vielen Städten zu chaotischen Verhältnissen geführt. Um der großen Flüchtlingsströme und der plündernden Banden Herr zu werden, hatte die Militärregierung unbescholtene deutsche Männer als Hilfspolizisten verpflichtet. Das waren solche, die bereits zu alt zum Kriegsdienst gewesen waren und von denen man annahm, dass sie keine Nazivergangenheit hatten.
„Entschuldigen Sie bitte", sagte Olga, als sie auf den Ordnungshüter zutrat. „Können Sie mir sagen, wie ich zur Löhrgasse komme?"
Mitleidig schaute dieser sie an: „Mei' lieb' Fraasche, was wollese dann do? Den Weesch könnese sisch grad spare. Do steht doch kaa Staa mehr uff em annern."
Verständnislos schaute Olga ihn an: „Verzeihung, ich habe Sie nicht verstanden."
„Ach, soo", sagte der freundliche Schutzmann. „Sie sinn wohl net von hier? Also, ich wollt' sagen, da wo sie hinwollen, da is' alles durch die Bomben zerstört. Da werden Sie niemand mehr finden."
Das wollte Olga einfach nicht glauben. Davon musste sie sich

mit eigenen Augen überzeugen. Jetzt, wo sie den weiten Weg bis Mainz endlich geschafft hatte, wollte sie nicht kurz vor dem Ziel umkehren.
„Ja, wenn Sie unbedingt wollen, dann kann ich Sie nicht dran hindern", sagte er. „Gehen Sie einfach in Richtung Dom. Den sieht man ja jetzt von überall. Aber gehen Sie nicht ganz bis hin. Halten Sie sich kurz vorher links. Am besten, Sie fragen den Kollegen dort."
Mit Bruno an der Hand schritt Olga tapfer in die angegebene Richtung. Rechts und links sah sie nur gespenstisch aufragende Mauerreste mit hohlen Fenstern. Ein solcher Anblick war ihr bisher erspart geblieben. Zwischen den Mauern nichts als Schutt und Trümmer. Dazwischen bewegten sich Frauen in zerlumpter Kleidung, abgemagert und verhärmt. Sie waren offensichtlich mit Aufräumungsarbeiten beschäftigt. Nun wurde ihr bewusst, wie gut sie es doch auf dem Bauernhof in Schleswig-Holstein angetroffen hatte. Wie ihr der Bahnhofspolizist empfohlen hatte, sprach sie kurz bevor sie an den Dom kam, in der Nähe einer stark beschädigten Kirche den nächsten Hilfspolizisten an: „Verzeihung, ist das vielleicht die Quintinskirche?"
Da dieser bejahte, dachte sie: Hier war es also, wo Mali vor ihrer Hochzeit geflohen ist. Dann fragte Olga nach Malis Adresse. In unverständlichem Mainzer Dialekt antwortete der Mann ihr: „Was – in die Löhrgasse wollen Sie? Ich kann Sie gern hinführen. Aber finden werden Sie da nix mehr."
Bald standen sie vor einem Trümmergrundstück.
„Hier, das ist die gesuchte Adresse," damit wies der Polizist auf einen Steinhaufen.
„Sind Sie sicher, dass dies die Löhrgasse ist?, fragte Olga ungläubig.
„Das ist die Löhrgasse", antwortete der Mann. „Das is' so sicher, wie ich Schambes heiß'. Und das da ist die Nummer 5."
„Wieso sind Sie da so sicher? Es gibt doch keine Straßenschilder und Hausnummern mehr."
„Hier sind Sie richtig. Das kann ich ihnen versichern. Ich habe doch selbst hier gewohnt. Gleich schräg gegenüber. Das da", damit deutete er auf den Trümmerhaufen direkt vor ihnen, „das war das Haus vom Landgerichtsrat Waldmann."
„Ja, genau zu denen wollte ich."

„Ei, da sind Sie ganz richtig. Die haben hier gewohnt, in der ersten und zweiten Etage. Und unten war ein Kolonialwarengeschäft drin."
„Stimmt", nickte Olga. „So hatte meine Freundin mir das beschrieben. Und wo finde ich die Bewohner jetzt?"
Da legte sich ein Schatten über das Gesicht des freundlichen alten Herrn: „Es tut mir leid, dass ich Ihnen das sagen muss: Aber aus dem Haus ist keiner mehr lebend 'rausgekommen."
Alles in Olga sträubte sich gegen diese Aussage: „Das glaube ich nicht, die sind bestimmt rechtzeitig in den Luftschutzkeller gegangen. Das haben sie immer so gemacht. Das hat meine Freundin mir geschrieben. Dort haben sie auch den Großangriff im Jahre 1942 überstanden."
„Jaa – damals", sagte der Mann gedehnt. „Da war der Flieger-Alarm auch rechtzeitig gekommen. Und sonst auch immer. Aber am siebenundzwanzigsten Februar, da kam der Alarm zu spät. Am hellichten Tag, um zwanzig nach vier haben die erst ‚Vor-Alarm' gegeben. Aber es ging sofort los: Hunderte von Bombern kamen von allen Seiten. Dann hat's nur noch gekracht. Überall hat's gebrannt. Bald hat man vor Rauch die Stadt nicht mehr gesehen."
In Olga wehrte sich noch immer alles dagegen, die Tatsachen zu akzeptieren. Der Erzählung des alten Mainzers lauschte sie, als handle es sich nur um eine schaurig-spannende Geschichte. Irgendwie hoffte sie immer noch, dem Schicksal eine andere Wendung geben zu können: „Aber Sie, wenn Sie auch in der Löhrgasse waren und das alles beobachten konnten, wieso haben Sie das überlebt?"
„Das will ich Ihnen sagen. An dem Tag war ich nicht daheim. Da war ich in Hechtsheim bei meinem Bruder. Von da aus haben wir das beobachtet."
Noch immer wollte sich Olga ihre Hoffnung nicht nehmen lassen: „Wenn Sie an diesem Tag nicht daheim waren, dann können Sie doch nicht wissen, ob die Waldmanns noch im Hause waren. Vielleicht sind sie doch noch rechtzeitig in den Keller gekommen."
„Gesehen hab ich's nicht. Da haben Sie Recht. Aber am übernächsten Tag, als das Brennen aufgehört und der Rauch sich verzogen hatte, war ich einer von denen, die zum Aufräumen

abkommandiert waren. Die müssen daheim gewesen sein. – Es tut mir furchtbar leid, was ich Ihnen sagen muss, aber sonst glauben Sie es ja nicht – aus dem Haus haben wir lauter verkohlte Leichen 'rausgeholt. Erkennen konnte man keinen mehr von denen, aber es waren zehn Personen. Weil der erste und zweite Stock aus Fachwerk bestanden hatte, hat das gebrannt wie Zunder. Alles war eingestürzt bis durch die Kellerdecke. Deshalb konnten wir nicht erkennen, wo es die Leute erwischt hatte. Ob in der zweiten Etage oder in der ersten, ob im Treppenhaus, im Parterre oder im Keller."
Olga gab sich noch nicht geschlagen: „Vielleicht hat ja Fräulein Waldmann überlebt. Zu der fraglichen Zeit könnte sie noch im Stadthaus gearbeitet haben."
„Das Stadthaus ist nicht weit von hier, das können Sie sich gern anschauen. Dann werden Sie erkennen, dass da auch niemand mehr lebend herausgekommen ist."
„Oh mein Gott", brach es aus Olga heraus. „Das ist ja schrecklich!" Sie schlug beide Hände vors Gesicht und weinte. Erschrocken schaute Bruno, der bisher wortlos dabeigestanden hatte, zu ihr auf: „Mama, Mama, nicht weinen." Dabei zupfte er sie am Ärmel. Sie schien es nicht zu bemerken. Die bis jetzt so aufrechte, tapfere Person sackte regelrecht in sich zusammen. Der Polizist, der sich selbst Schambes genannt hatte, befürchtete, sie könne umfallen. Deshalb packte er sie fürsorglich bei den Oberarmen, führte sie zu einem Steinhaufen und setzte sie darauf nieder. Bruno setzte sich neben sie und streichelte ihr die Knie, während Olga haltlos schluchzte. Der alte Mann, der in den letzten Monaten viel Leid gesehen hatte, ließ sie weinen. Er wusste, dass dies die beste Art war, mit dem Kummer fertig zu werden.
Aufmerksam schaute er in alle Richtungen, um zu sehen, ob nicht weitere Aufgaben seiner harrten. Als Olgas Tränen versiegt waren, kamen endlich Worte aus ihr heraus. Stoßweise sprach sie. Es schien, als spreche sie nur zu sich selbst: „Was soll ich jetzt machen? – Ich habe niemanden mehr. – Ich stehe völlig allein auf der Welt. – Zuerst habe ich den Mann verloren. – Dann die Heimat. – Meine Tochter ist gestorben. – Meine Verwandten sind vermutlich alle ertrunken. – Meine Freundin ist tot, ihre Familie ist tot. – Damit ist mir die letzte Zuflucht

genommen. Wo soll ich hin? Was soll aus uns werden? Ich habe kein Ziel und keine Hoffnung mehr."

Nachdem er die Frau eine Weile hatte schweigen lassen, ermunterte sie der Hilfspolizist: „Nun lassen Sie mal den Kopf nicht hängen. Das Leben geht weiter. Seien Sie froh, dass Sie gesund sind und dass Sie Ihren Bub noch haben. Ich bringe Sie jetzt in ein Flüchtlingslager. Da haben Sie erst mal ein Dach überm Kopf, kriegen eine warme Suppe und haben eine Matratze für die Nacht. Morgen sehen die dann weiter, was aus Ihnen wird."

Willenlos ließ sich Olga von dem selbstlosen Helfer zu einer Baracke führen, während er ihren Rucksack und ihr Bettzeug trug. Beim Abschied hatte sie schon wieder ein zaghaftes Lächeln auf den Zügen: „Vielen, vielen Dank, Herr Schambes, dass Sie so viel Geduld mit mir hatten. Sie haben Recht. Ich lebe und ich habe mein Kind." Dabei drückte sie Bruno fest an sich. „Außerdem habe ich zwei gesunde Hände und schrecke vor keiner Arbeit zurück. Da wird es schon irgendwie weitergehen."

In der geräumigen Baracke wimmelte es nur so von Flüchtlingen. Beim Einnehmen der Abendsuppe kam Olga mit einer Frau ins Gespräch, die aus Schlesien stammte. Diese war über Dresden geflüchtet und hatte dort den Bombenangriff vom vierzehnten Februar 1945 überlebt. Auf der anschließenden Flucht im langen Treck waren ihr im Schneegestöber ihre beiden Jüngsten, zwei und drei Jahre alt, abhanden gekommen. Nun saß sie seit ein paar Tagen mit ihrem sechsjährigen Peter hier. Forschend betrachtete sie alle Neuankommenden und befragte sie nach ihren Kindern. Jetzt war sich Olga erst recht bewusst, wie gut es ihr vergleichsweise ergangen war. Zärtlich und ängstlich zugleich drückte sie Bruno an sich.

Von dieser Frau erfuhr Olga auch, dass jeden Tag kleine Gruppen von Flüchtlingen zusammengestellt und in umliegende Orte gebracht würden. Sie selbst wolle jedoch noch einige Tage bleiben, weil sie hoffte, hier noch am ehesten ein Lebenszeichen von ihren Kindern zu bekommen.

Bereits nach drei Tagen in dieser Baracke hatte Olga das Glück, umgesiedelt zu werden. In einer kleinen Gruppe marschierte sie zum Bahnhof und bestieg einen Personenzug, der nach Süden fuhr. Nach etwa fünfzehn Kilometern Fahrt hieß es aussteigen in einem Ort namens Mommenheim. Die Flüchtlinge, alles Frauen und Kinder, wurden ins Rathaus geführt. Dort wurde jeder registriert, damit die Gemeindeverwaltung die notwendigen Lebensmittelkarten bereitstellen konnte. Dazu wurden die Personalpapiere benötigt. Olga erschrak. Die Papiere waren bei ihrem Schwiegervater. Bei der überstürzten Flucht aus Friedewalde hatte er sie in Verwahrung genommen. Bei dem Abschied in Marienburg hatte keine der Frauen daran gedacht, sich ihre Papiere aushändigen zulassen. Was mochte wohl aus dem Alten geworden sein? Nach all dem Schrecklichen, das Olga inzwischen über die Russen erfahren hatte, mochte sie nicht weiter darüber nachdenken. Die Papiere waren mit Sicherheit verloren. Wenn nicht, sie hatte bestimmt keine Möglichkeit, je wieder daran zu kommen. Ihre armen Schwägerinnen würden vermutlich nie wieder Papiere brauchen.

Sie aber, Olga, stand in der Warteschlange und würde bald nach diesen Papieren gefragt werden. Was dann? Würde sie keine Lebensmittelkarten bekommen? Wovon sollten sie dann leben?

Plötzlich horchte sie auf. Das Gespräch da vorne, wo registriert wurde, war für sie sehr aufschlussreich. Die junge Frau, die das Registrieren vornahm, unterhielt sich mit einer aufgebrachten Flüchtlingsfrau. So viel bekam Olga mit: Dieser Frau waren auf der Flucht ebenfalls die Papiere abhanden gekommen. Nun genügte es, dass diese ihre Personalien und die Namen ihrer Kinder angab. Dann musste sie an Eides statt erklären, dass die Angaben stimmten.

Olga fiel eine Zentnerlast vom Herzen. Während sie immer näher an den Schreibtisch der Angestellten herangeschoben wurde, reifte in ihr ein Entschluss.

Als sie endlich an die Reihe kam, erklärte sie wahrheitsgemäß, dass ihr Schwiegervater die Papiere wieder mit zurückgenommen habe nach Friedewalde.

„In Ordnung", sagte die Gemeindeangestellte. „Ihr Name?"

„Olga Friedewald, geborene Ehrenwald."

„Wann und wo sind Sie geboren?"

„Am 16. Juli 1906 auf Gut Ehrenwalde bei Insterburg/ Ostpreußen."

„Der Name Ihres Mannes?"
„Erich Friedewald, geboren am 2. September 1905 auf Gut Friedewalde bei Braunswalde/Westpreußen, gefallen am 19. Juni 1944 in Rußland"
„Wie viele Kinder haben Sie?"
„Eines."
„Name, Geburtsdatum und Geburtsort des Kindes?"
Hier schluckte Olga einmal kurz. Dann sagte sie mit klarer Stimme: „Bruno Michael, geboren am 1. 3. 1940 auf Gut Ehrenwalde."
Auch die eidesstattliche Erklärung gab sie ab, ohne mit der Wimper zu zucken. Es stimmte ja fast alles. Sie hatte auf Gut Ehrenwalde ein Kind geboren. Der Name und das Geburtsdatum von Bruno stimmten ebenfalls. Niemals hatte sie behauptet, er sei ihr Sohn und er heiße Friedewald. Außerdem – wer sollte ihr etwas wollen? Bruno war noch zu jung, um etwas über seine Herkunft zu wissen. Und von all denen, die ihr Geheimnis kannten, war niemand mehr am Leben.
Vater im Himmel, ich danke dir – sagte Olga in ihrem Innern. – Nicht nur für die Lebensmittelkarten, auch für die Eingebung auf der Gemeindeverwaltung. Jetzt habe ich endlich klare Verhältnisse. Und wieder eine Perspektive. Als sie das zugewiesene Quartier bezogen hatte, fiel endlich die ganze Anspannung von ihr. Sie drückte Bruno an sich, küsste ihn wieder und wieder und sagte: „Oh Bruno, mein Junge! Mein Goldkind! Mein Sohn! Mein Ein und Alles! Du bist das Einzige, das mir der Krieg gelassen hat. Wir wollen zusammen bleiben, so lange ich lebe. Ich war nicht nur bei deiner Geburt dabei, ich habe dich selbst wieder und wieder geboren. Du bist wirklich mein Kind und ich bin wirklich deine Mutter."
Sicher verstand der Kleine das meiste von dem nicht, was sie sagte. Aber so viel begriff er: Sie waren gerettet. Sie waren in Sicherheit. Seine Mama war glücklich. Deshalb war er es auch.

Neuntes Kapitel

Schrauben wir das Rad der Geschichte ein wenig zurück. Ende Dezember 1944 hatte Mali Olgas letzten Brief erhalten. Mit Beruhigung hatte sie zur Kenntnis genommen, dass er in Marienburg abgestempelt war. Demnach hatte ihre Flucht zumindest bis dorthin geklappt.
Vermittels Rundfunk und Tageszeitung verfolgten sie und ihre Familie das Vorrücken der feindlichen Truppen nach Westen. Inbrünstig hofften Mali und noch mehr Margarethe, dass Olga rechtzeitig aus dem nun auch bedrohten Westpreußen fliehen werde.
Abgesehen von dieser Sorge, hatten sie in Mainz eigene Sorgen. Die Bombenangriffe wurden immer häufiger. Immer länger mussten sie im benachbarten Luftschutzkeller ausharren. Der eigene Keller sei zu diesem Zwecke unzureichend, war ihnen von einem Nazi-Inspektor gesagt worden. Wenn das Haus bei einem Angriff wirklich getroffen werde, würde er dem einbrechenden Gebäude nicht standhalten. Zudem war es dort sehr unbequem. Neben Kohlen und Kartoffeln lagerten dort die Herings- und Krautfässer des Lebensmittelladens.
Jedes Mal, wenn es Alarm gab, hieß es, die gepackte Tasche schnappen, die Treppe hinunter laufen, hinaus auf die Straße und sich an drei Häusern entlang schleichen. Erst dann erreichte man über eine steile Treppe den zugeteilten Luftschutzkeller. Hier saß man dichtgedrängt mit mehr als vierzig Personen zusammen.
Dieses Unternehmen fiel Auguste von Mal zu Mal schwerer, besonders wenn der Alarm in der Nacht kam. Das lange Sitzen in dem engen feuchten Keller, mit den vielen weinenden und jammernden Menschen setzte ihr sehr zu.
„Lass uns zu meinem Bruder nach Gerolstein fahren“, bat sie immer wieder ihren Mann.
„Dort sind wir vor Bomben sicher und dort gibt es auch mehr zu essen.“
Der aber wollte davon nichts wissen: „Warum sollte ich mir das in meinem Alter noch antun? Ich verlasse mein Haus nicht. Meinst du, ich will es Plünderern überlassen? Außerdem – lange kann das nicht mehr dauern – der Krieg wird bald aus sein. Die

haben doch kein Material mehr und keine Menschen."
Da die Mutter gar keine Ruhe gab, und da zu befürchten war, dass sie durch die ganzen Strapazen krank würde, fassten die Töchter Margarethe und Mali einen Entschluss. Sie nahmen sich für ein paar Tage frei. Die Begründung, sie wollten ihre alte Mutter aus dem Gefahrenbereich bringen, reichte dafür aus, ebenso für die Bewilligung von Fahrscheinen.
Am fünfundzwanzigsten Februar reisten sie mit der Bahn nach Gerolstein. Als sie dort am achtundzwanzigsten Februar aus dem Radio von dem schweren Bombardement auf Mainz erfuhren, dankten sie dem Himmel, dass sie rechtzeitig abgereist waren. Dabei blieb ihnen natürlich die Sorge um den Vater, um Alfred und Grete. Es bestand weder die Möglichkeit Nachrichten nach Mainz zu übermitteln, noch dorthin zu gelangen. Ihre einzige Hoffnung war, dass es Charlotte, die seit einiger Zeit in Wiesbaden wohnte, möglich sein werde, nach dem Vater zu sehen. Es dauerte Wochen, bis die Kunde von ihr eintraf: „Haus zerstört. Vater und Grete tot. Alfred wohlauf, wohnt im Krankenhaus. Lasst Mutter in Gerolstein. Ihr könnt bei mir wohnen. Gruß Charlotte."
Zunächst scheuten sich Mali und Margarethe, der Mutter diese Nachricht zu überbringen. Sie fürchteten, sie werde zusammenbrechen. Aber sie nahm sie erstaunlich gelassen auf.
„Vater hat ein schönes Alter erreicht. Nun brauchte er sein Haus und sein geliebtes Mainz nicht mehr zu verlassen", war ihr Kommentar.
Erst nach der bedingungslosen Kapitulation Deutschlands schlugen sich Margarethe und Mali auf abenteuerliche Weise nach Mainz durch. Sie hatten Mühe, ihre Straße und das, was einmal ihr Elternhaus gewesen war, wieder zu finden. Nur am „Eisenturm", der seinen Namen dem früher vor ihm abgehaltenen Eisenmarkt verdankt, konnten sie sich orientieren. Auch von den Gebäuden, in denen sie bisher gearbeitet hatten, standen nur noch die Grundmauern.
Ihr nächster Weg führte sie zum städtischen Krankenhaus. Hier sah Margarethe endlich ihren geliebten Alfred wieder. Sie konnte sich davon überzeugen, dass es ihm gut ging, abgesehen von der vielen Arbeit und der kargen Verpflegung. Zusammen mit einem Kollegen bewohnte er im Krankenhaus ein winziges

Zimmer. Für Margarethe bestand dort keine Möglichkeit einzuziehen. Deshalb begaben sich die beiden Schwestern zu Fuß nach Mainz-Gonsenheim. Mali wollte sehen, wie es um ihr von Arno ererbtes Haus stehe und ob sie beide dort eine Bleibe finden könnten. Von diesem Haus war jedoch nicht viel mehr übriggeblieben als ein paar Wände und ein paar verkohlte Balken. Das, was noch an Inventar einigermaßen erhalten gewesen sein mochte, hatten Plünderer längst entwendet. Wie sie von Nachbarn erfuhren, waren die Mieter zum Glück rechtzeitig evakuiert worden.

Malis und Margarethes nächster Gang führte sie zur kürzlich errichteten Militärregierung von Mainz. Dort boten sie ihre Dienste an, weil sie davon überzeugt waren, dass jede Hand gebraucht werde. Auch sie wollten ihren Beitrag zum Wiederaufbau leisten. Man hätte die beiden Schwestern auch gerne angestellt, Arbeit gab es in Hülle und Fülle. Gerade für eine Fürsorgerin, gerade für jemand, der mit Verwaltungsarbeit vertraut war.

Aber es fand sich keine Unterbringungsmöglichkeit. Über neunzig Prozent der Wohnungen waren zerstört beziehungsweise stark beschädigt. Es blieb Margarethe und Mali nichts anderes übrig, als sich nach Wiesbaden zu begeben und Charlottes Angebot anzunehmen. Aus diesem Grunde nahmen sie auch eine Arbeit in Wiesbaden an. Es existierte nämlich keine regelmäßige Verkehrsverbindung nach Mainz.

Als Mitte Juli der Rhein zur Grenze zwischen der amerikanischen und der französischen Besatzungszone erklärt wurde, hätten sie ohnedies nicht mehr pendeln können.

Margarethe wurde in ihrem Beruf als Fürsorgerin eingesetzt und hatte zunächst für die Unterbringung von Flüchtlingen und Waisenkindern zu sorgen. Malis Aufgabe war es, die Flüchtlinge zu registrieren und Lebensmittelkarten auszugeben. In Charlottes Wohnung war es zwar etwas eng für die drei Schwestern, aber im Vergleich zu anderen ging es ihnen gut. Man hörte von Familien, die sich mit sieben oder acht Personen einen einzigen Raum teilen mussten.

Mit der Aufteilung Deutschlands in vier Besatzungszonen waren die Schwestern praktisch von allen ihren Verwandten abgeschnitten, ja, Margarethe sogar von ihrem Ehemann. Die

Versorgungslage blieb schlecht. Die Lebensmittelrationen wurden sogar noch knapper bemessen. Denn die Landwirtschaft lag – da sich die meisten Landwirte noch in Kriegsgefangenschaft befanden – weitgehend am Boden. Zudem strömten täglich Tausende von Flüchtlingen aus den Ostgebieten herein, die auch ernährt werden mussten. Als die Briten und Amerikaner Anfang Juli damit begannen, täglich Tausende von Kriegsgefangenen zu entlassen, wurde die Nahrungsmittelknappheit noch spürbarer.

Mali und Margarethe machten sich weiterhin Sorgen, was wohl aus Olga und Bruno geworden sein mochte. Es war jedoch an keinerlei Nachricht heranzukommen. Selbst wenn das Postwesen funktioniert hätte, man hätte nicht gewusst, in welcher Richtung man nachforschen sollte. Da Mali auf der Lebensmittelkarten-Ausgabestelle arbeitete, kam sie mit vielen Flüchtlingen in Berührung. Irgendwie erwartete sie immer, eines Tages werde Olga vor ihrem Schalter stehen. Zum mindesten hoffte sie, unter den Antragstellern wäre jemand aus Ostpreußen, der ihr eine Spur weisen könne. Margarethe, die noch beunruhigter war als Mali, befragte auch alle Menschen, mit denen sie zu tun hatte, nach Olga und dem Jungen. Dabei erfuhr sie, dass Flüchtlinge sich häufig an Pfarrämter wandten, um vermissten Angehörigen auf die Spur zu kommen. In dem allgemein herrschenden Chaos sah man in den Pfarrämtern das einzig beständige Element. Aus dieser Beobachtung heraus richteten die Kirchen eine Art Suchdienst ein. Deshalb schlug Margarethe ihrer Schwester vor, sich in Sachen Olga an den Pfarrer ihrer Gemeinde zu wenden. Das tat diese umgehend. Sie erhielt die Zusage, dass ihre Frage an alle Amtsbrüder – sowohl die evangelischen, als auch die katholischen – im ganzen Umkreis weitergeleitet werde. Mehr könne man im Moment nicht tun. Aber der Zufall – oder die Fügung – wolle es oft, dass sich an der richtigen Stelle jemand melde.

Anfang August war Mali noch immer mit dem Ausgeben von Lebensmittelkarten und Bezugsscheinen beschäftigt. Ihre Aussichten, in ihrem „erlernten" Beruf endlich Fuß fassen zu können, waren denkbar schlecht. Der alliierte Kontrollrat hatte selbstverständlich die Rechtsprechung in Deutschland selbst in die Hand genommen. Alle deutschen Richter waren zunächst entlassen worden, weil man ihnen eine Nazivergangenheit unterstellte. Erst nach Durchlaufen eines komplizierten Entnazifizierungsprozesses bestand für sie wieder die Möglichkeit einer Einstellung. Hier sah Mali für sich eine Chance. Dass sie von den Nazis seinerzeit nicht eingestellt worden war, musste doch ein Beweis dafür sein, dass sie keine Nazivergangenheit hatte. Noch überlegte sie, wie sie vorgehen solle, da ließ Anfang August eine Rundfunksendung sie aufhorchen. Der amerikanische Militärgouverneur, Dwight David Eisenhower, hielt eine Ansprache an die Deutschen. Von seiner langen Botschaft nahm Mali nur folgenden Satz in sich auf: „Sobald eure Gerichte und Schulen von Nazieinflüssen gereinigt sind, werden sie wieder geöffnet werden."

Ihr Herz begann schneller zu schlagen. Das war endlich mal eine gute Nachricht. Das war die Nachricht, auf die sie lange gewartet hatte. Nun sah sie sich ihrem Berufsziel zum Greifen nah. Woher aber sollte die Militärbehörde wissen, dass es da – versteckt im großen Wiesbaden – eine unbescholtene Juristin gab, die darauf wartete, ins Richteramt berufen zu werden?

Sie war es, die sich rühren musste. Das stand fest. Doch, so schnell wie sie gekommen war, fiel ihre ganze schöne Euphorie wieder in sich zusammen. Womit konnte sie beweisen, dass sie eine fertig ausgebildete Richterin war? Sie hatte nichts in Händen. All ihre Papiere waren verbrannt. All die schönen Zeugnisse, Diplome, Urkunden, Bescheinigungen hatten wohlverwahrt in Vaters Tresor gelegen. Und der war – wie alles andere auch – ein Raub der britischen Bomben geworden.

Aber Mali wäre nicht Mali gewesen, wenn sie nicht diesen Kampfgeist gehabt hätte. Egal wie, dachte sie, ich werde hingehen. Irgendwie wird es mir schon gelingen, den Regierenden klarzumachen, wer ich bin und was ich kann und dass ich nur darauf warte, berufen zu werden. Nun kam es ihr zugute, dass sie fließend Englisch sprach. Dadurch war es für sie kein Problem, sich bis zum höchsten Vertreter der örtlichen Militärregierung durchzukämpfen. Er zeigte sich zugänglicher als die angehende Richterin erwartet hatte. Er empfahl ihr, sich von den Hochschulen, an denen sie studiert hatte, neue Bestätigungen anfertigen zu lassen. Hilfreich seien vom Justizministerium ausgestellte Bescheinigungen über das abgelegte erste

und zweite Staatsexamen. Auch Bestätigungen über das abgeleistete Referendariat und die Assessorenzeit seien nützlich. Nicht zuletzt benötige sie eine Aussage über ihre politische Unbedenklichkeit.
Das höre sich alles sehr gut an, sagte Mali. Aber es gebe bestimmt Probleme. Was, wenn die entsprechenden Akten ebenfalls bei Bombenangriffen vernichtet worden waren?
Es sei sehr unwahrscheinlich, meinte der wohlwollende Regierungsvertreter, dass es gleich alle Institutionen dieser Art erwischt habe. Sie brauche ja nicht alle Papiere, einige davon würden genügen. Außerdem, so viel er erfahren habe, seien in Deutschland Akten überwiegend in bombensicheren Kellern gelagert worden.
„Das kann aber dauern, bis die wieder aus den Kellern hervorgeholt werden", gab Mali zu bedenken. „Und es wird noch länger dauern, bis man die richtigen Papiere herausgesucht hat. Sicher bin ich nicht die einzige, die ein solches Ansinnen stellt."
„Das ist kein Problem", beruhigte sie der Amerikaner. „Sie haben Zeit, viel Zeit. Vorerst bleibt die Rechtsprechung noch in unserer Hand. Es ist aber gut, dass sie rechtzeitig gekommen sind. So können Sie alles beisammen haben, bis wir Sie brauchen."
„Ich sehe eine weitere Schwierigkeit", wandte Mali ein. „Einige der Stellen, die ich anschreiben muss, liegen in der britischen, bzw. französischen Besatzungszone."
„Auch das ist kein Problem. Sie brauchen ja – wie gesagt – keinen lückenlosen Nachweis. Außerdem – lange wird es nicht mehr dauern, dann wird der Postverkehr zwischen den Zonen freigegeben."
Frohen Herzens trat Mali den Heimweg an. Ganz aufgeregt berichtete sie ihren Schwestern von dem Erfolg ihrer Mission. Trotz der beruhigenden Worte des Regierungsvertreters war Mali voller Ungeduld. Irgendwie musste es einen Weg geben, ihre Sache zu beschleunigen. Da kam ihr ein neues Zugeständnis der Alliierten zu Hilfe. Ab Mitte September war es möglich, ein Besuchervisum zu erhalten, um nahe Angehörige in anderen Besatzungszonen zu besuchen. Nun konnte sie nicht nur ihre Mutter in der Eifel wiedersehen, sondern von dort aus konnte sie auch Briefe aufgeben nach Freiburg, Ludwigshafen,

Speyer und Frankenthal. Die Antworten erbat sie sich nach Gerolstein. Die konnte sie sich abholen, wenn sie ihre Mutter das nächste Mal besuchte. Mutter blieb nämlich weiterhin dort. Abgesehen von der Enge in Charlottes Wohnung wäre es schwierig gewesen, für Mutter eine Zuzugsgenehmigung nach Wiesbaden zu erhalten. Auguste fühlte sich in der Eifel auch noch ganz wohl. Zumal es ihrer Schwägerin immer wieder gelang, beim Bauern etwas Zusätzliches an Lebensmitteln zu ergattern. Auch gab der kleine Garten einiges an Obst und Gemüse her, das sie in der Stadt nicht gehabt hätte.
Bereits Ende Oktober konnte Mali ganz legal ihre Anfragen an die Universitäten in Bonn und Düsseldorf richten. Kurz darauf kam Margarethe wieder mit einer aufregenden Neuigkeit von ihrer Dienststelle. In Hamburg habe das Deutsche Rote Kreuz einen Suchdienst eingerichtet, der helfe bei der Auffindung vermisster Personen mit.
„Dorthin solltest du sofort schreiben", empfahl sie ihrer Schwester.
„Davon verspreche ich mir nicht viel", entgegnete diese. „Wieso sollte Olga ausgerechnet in Hamburg sein?"
„Du verstehst mich nicht", ereiferte sich Margarethe. „So, wie ich in Wiesbaden von dieser Einrichtung erfahren habe, könnte doch auch Olga davon hören, wo immer sie sich aufhält. Vielleicht kommt sie ebenfalls auf die Idee, dorthin zu schreiben und deinen Aufenthaltsort zu ermitteln."
„Und dann?"
„Mensch, Mali! Heute bist du aber schwer von Begriff. In Hamburg werden alle Suchmeldungen abgeglichen, dann kann man euch eventuell zusammenführen."
Endlich hatte Mali verstanden. Sie setzte sich sofort hin und schrieb nach Hamburg.

Im Dezember betrat eine abgemagerte Frau von Anfang Vierzig das behelfsmäßige Büro des Deutschen Roten Kreuzes, das sich „Zonenzentrale Hamburg" nannte. In ihrer Begleitung war ein hoch aufgeschossener blasser Junge von etwa elf Jahren. Da noch eine lange Schlange Suchender vor ihr stand, betrachtete die Frau aufmerksam die Suchmeldungen, die an der Holzwand angebracht waren. Vielleicht war ja der Gesuchte bereits darunter. Vielleicht weilte ihr Mann bereits in der Stadt, suchte seinerseits nach ihr und dem Jungen. Die meisten der Zettel brauchte sie nur zu überfliegen, um zu erkennen, dass der gesuchte Namen nicht darauf stand. Plötzlich stutzte sie. Ihre Augen blieben an einem Namen hängen, den sie vor noch nicht allzu langer Zeit vernommen hatte:

Gesucht!
Olga Friedewald, geb. Ehrenwald,
geb. am 16.7.1906 auf Gut Ehrenwalde
bei Insterburg/Ostpreußen.
Letzter bekannter Aufenthaltsort (Dezember 1944):
Gut Friedewalde bei Braunswalde/Westpreußen

Wortlos nahm die Frau den Zettel von der Wand. Als sie endlich an die Reihe kam, legte sie ihn der Sachbearbeiterin auf den Tisch. Noch ehe sie ihr eigenes Anliegen vorbrachte, sagte sie: „Ich habe diese Frau gekannt."
Nachdem sie der Angestellten ihre Geschichte erzählt hatte, schrieb ihr diese die Adresse von Viktoria Waldmann auf einen Zettel. Die Frau hatte sich erboten, der Suchenden selbst zu antworten. Sie dachte, wenn sie das Schreiben ausführlich und ein wenig persönlich abfasste, könne das der Empfängerin ein Trost sein. Die Rote Kreuz Mitarbeiter hatten bestimmt keine Zeit für lange Berichte.

Kurz vor Weihnachten erreichte Mali folgender Brief:

Hamburg, den 9. 12. 1945

Sehr geehrte Frau Waldmann!

In der „Zonenzentrale" des DRK habe ich Ihre Suchanzeige gelesen. Es tut mir furchtbar leid, dass ich Ihnen vermutlich nur eine negative Mitteilung machen kann. Ende Januar dieses Jahres lernte ich auf meiner Flucht nach Westen in einer Notunterkunft drei Frauen mit dem Namen Friedewald kennen. Soweit ich mich erinnere, nannten sie sich gegenseitig Anna, Gerda und Olga. Letztgenannte war in Begleitung ihres etwa fünfjährigen Sohnes, den sie Bruno nannte. Sie erzählte mir, dass sie von einem Gut in der Nähe von Insterburg stamme. Zunächst sei sie zu ihrem Schwiegervater auf ein Gut bei Braunswalde geflüchtet. Nun versuche sie, sich bis zu einer Freundin in Mainz durchzuschlagen. Daher nehme ich an, dass es sich um die von Ihnen gesuchte Person handelt. Die beiden anderen Frauen waren vermutlich ihre Schwägerinnen, von denen eine drei Kinder bei sich hatte. Diese schätzte ich auf etwa neun, elf und dreizehn Jahre. Zwei Tage unserer Flucht legten wir gemeinsam zurück. In Gotenhafen (Gdingen) gingen wir am 30. Januar an Bord des Schiffes „Wilhelm Gustloff". Mit eigenen Augen habe ich gesehen, dass die drei Damen Friedewald mit ihren vier Kindern vor mir das Schiff betraten. Wie Sie sicher erfahren haben, wurde das Schiff noch am selben Tag von sowjetischen U-Booten versenkt. Nur wenige Menschen konnten von den herbeieilenden deutschen Marineschiffen aus dem eisigen Wasser geborgen werden. Meinen Sohn glaubte ich zunächst auch verloren. Als ich aber die Liste der Geretteten durchging, entdeckte ich seinen Namen, und wir konnten glücklich wieder zusammengeführt werden. Das war für mich wie ein Wunder.

Mit den Damen Friedewald hatte ich mich während der zwei Tage, die wir gemeinsam zu Fuß unterwegs waren, ein wenig angefreundet. Deshalb suchte ich die Liste der Geretteten sehr sorgfältig nach diesem Namen durch. Zu meinem größten Bedauern war er nicht ein einziges Mal verzeichnet. Demnach ist die ganze Familie ein Opfer dieser grauenhaften Katastrophe geworden. Ich bedauere es aufrichtig, dass ich Ihnen keine bessere Auskunft geben kann. Aber ich denke, es ist für Sie besser, die Wahrheit zu kennen, als ständig in Ungewissheit zu leben. Dieses zermürbende Gefühl kenne ich aus eigener Erfahrung. Seit über einem Jahr habe ich kein Lebenszeichen mehr von meinem Mann erhalten. Aus diesem Grunde hatte ich mich zur Suchdienstzentrale begeben. Leider konnten auch die mir keine Auskunft über seinen Verbleib geben. Ich ließ aber meine Adresse dort, in der Hoffnung, dass er sich eines Tages – von wo auch immer – ebenfalls an das DRK Hamburg wendet.

Hiermit möchte ich Sie meines tiefsten Mitgefühls versichern und wünsche Ihnen alles Gute für die Zukunft. Herzliche Grüße unbekannterweise, Ingeborg Westphal.

Erschüttert ließ Mali den Brief sinken. Aus, dachte sie. Aus und vorbei. Ach, meine arme treue Olga. Jetzt kann ich dir noch nicht mal mehr danken für all das, was du an mir und Bruno getan hast.
Wenig später kam Margarethe nach Hause. An Malis Gesicht konnte sie schon ablesen, dass diese eine erschütternde Nachricht erhalten hatte. Sie nahm den Brief auf und las ihn langsam durch. Dann sagte sie: „Armer kleiner Kerl. So elendiglich hat er ertrinken müssen. Und ich hatte mich so auf ihn gefreut."
„Ja, Margarethe, auch für dich tut es mir leid."
„Was ich nicht verstehe", sagte Margarethe nach geraumer Zeit mit einem Anflug von Hoffnung, „Frau Westphal hat mit keiner Silbe Olgas Tochter erwähnt. Auch vermisse ich unter den Flüchtenden den Schwiegervater. Könnte es nicht doch sein, dass es sich um eine andere Frau gleichen Namens handelt?"
„Darüber habe ich mir auch Gedanken gemacht. Aber ich halte das für ausgeschlossen", antwortete Mali. „So viele Übereinstimmungen kann es nicht noch einmal geben: der fünfjährige Bruno; die beiden Schwägerinnen namens Anna und Gerda; das Gut bei Insterburg; die Flucht zum Schwiegervater bei Braunswalde; die Freundin in Mainz. Auch das Alter von Gerdas Kindern ist annähernd richtig angegeben. Nein, Margarethe. Es ist aus. Wir müssen uns mit den Tatsachen abfinden. Auch Olga und Bruno sind Opfer des Krieges geworden."
Lange Zeit war es still im Raum. Dann nahm Margarethe ihren Gedanken wieder auf: „Aber die kleine Erika und der alte Mann..."
„Was weiß ich? Es gibt hundert Möglichkeiten, warum sie nicht dabei waren. Die beiden waren vermutlich vorher schon den Strapazen der Flucht erlegen. Das hat man doch so oft gehört, dass es die Alten und die Säuglinge als erstes hinwegrafft."
Bevor Charlotte nach Hause kam, barg Mali diesen Brief in dem Geheimfach ihrer Handtasche. Dort verwahrte sie auch seit über sechs Jahren das Familienbuch auf. Dann setzte sie sich hin und schrieb Frau Westphal einen Dankbrief.
Während Margarethe noch wochenlang um ein Kind trauerte, das sie gar nicht gekannt hatte, wurde Mali von den Problemen um ihren beruflichen Einstieg in Anspruch genommen.

Nach und nach gingen bei ihr Bestätigungen über ihre juristische Ausbildung ein. Diese sammelte sie, um sie gebündelt an die amerikanische Militärregierung weiterzureichen. Über das Schreiben ihres pensionierten Chefs in Frankenthal freute sie sich am meisten:

Frankenthal, den 17.12.1945

An die amerikanische Militärbehörde in Wiesbaden

Hiermit bestätige ich, dass Fräulein Viktoria Luise Amalie Waldmann, geboren am 2. April 1908 in Straßburg, von April 1934 bis April 1937 ihre Zeit als Assessorin am hiesigen Amtsgericht verbracht hat.
Ausdrücklich bemerken möchte ich: Das nationalsozialistische System war nicht nur ihrem äußerst aufrechten Charakter zuwider, sie hatte auch persönlich darunter zu leiden. Denn trotz ihrer glänzenden Zeugnisse und ihrer außerordentlichen juristischen Befähigung verweigerte man ihr die Anstellung als Richterin – auf Grund der Tatsache, dass sie eine Frau war.
Hochachtungsvoll, Peter Neuhauser, Amtsgerichtsdirektor a. D.

Anfang 1946 war endlich Malis großer Tag. Sie wurde an das Amtsgericht Wiesbaden zur Richterin berufen. Was für ein erhebendes Gefühl! Endlich hatte sich ihr jahrelanger Traum erfüllt. Nach einer kurzen Zeit der Einarbeitung fieberte sie dem Tag entgegen, an dem sie zum erstenmal in einer Gerichtsverhandlung den Vorsitz führen durfte.
Im März war es so weit. Allerdings hatte sie sich diesen Tag während ihrer Studienzeit ganz anders ausgemalt. Sie hatte sich vorgestellt, in einer funkelnagelneuen Robe, eigens für sie in einer Gewandmacherei angefertigt, ihrer ersten Gerichtsverhandlung vorzusitzen. Stattdessen musste sie froh sein, dass sie eine alte abgewetzte Vorkriegsrobe von einem pensionierten Kollegen geliehen bekam. Aber egal, auf das Äußere kam es nicht an. Hauptsache, sie war endlich in dem Amt, das sie immer angestrebt hatte!
Sie musste an ihren Vater denken. Wenn der sie so sehen könnte! Jetzt wäre er bestimmt stolz auf sie. Auch an Arno musste

sie denken. Was würde der wohl sagen, wenn er sähe, dass sie in allen Punkten Recht behalten hatte! Das „Tausendjährige Reich" war nach zwölf Jahren dahin, sie aber saß – wie sie ihm prophezeit hatte – auf ihrem Richterstuhl.
Bei ihrem Amtsantritt zählte Mali bereits achtunddreißig Lenze. Sie war aber noch immer eine attraktive Person, die Männerblicke auf sich zog. Zumal sie in ihrem Kollegium das einzige weibliche Wesen war, sah sich so mancher bemüßigt, ihr schöne Augen oder Komplimente oder gar einen eindeutigen Antrag zu machen. Dabei spielte es keine Rolle, ob der entsprechende Herr verheiratet war oder nicht. Mali zeigte jedoch allen die kalte Schulter und sah ihnen ihr Verhalten großzügig nach. Ihr war klar, dass der Anblick einer weiblichen Person in diesem Amt für die Herren noch so ungewohnt war, dass sie in ihr mehr die Frau sahen als die Richterin. Bald aber hatte es sich herumgesprochen, dass Mali weder seriösen noch unseriösen Anträgen zugänglich war. Man lernte sie als tüchtige, kompetente Juristin kennen und schätzte sie entsprechend.

Allmählich normalisierte sich das Leben in Deutschland wieder. Die Brief- und Paketzustellung klappten weitgehend, und die Reisebeschränkungen zwischen den Zonen, zumindest den drei westlichen, waren aufgehoben.
Je mehr Kriegsgefangene entlassen wurden, desto mehr wurde produziert. Überall regte sich eine emsige Bautätigkeit. Deshalb konnte Mali allmählich daran denken, wieder in ihre Heimatstadt Mainz zurückzukehren. Nicht nur in ihrem Interesse dachte sie daran, sondern in erster Linie im Interesse ihrer Mutter. Die alte Dame wollte der Familie ihres Bruder nicht auf Dauer zur Last fallen. Außerdem hatte sie als Mainzer Bürgerin ein Anrecht darauf, wieder in ihre Stadt zurückzukehren. Mali streckte also ihre Fühler aus nach einer neuen Wohnung.
Kurz nach der Währungsreform wurde das Trümmergrundstück, auf dem ihr Elternhaus gestanden hatte, von der Stadt angekauft. Den Erlös daraus verteilte Auguste unter ihre vier Kinder – als Startkapital beim Wiederaufbau ihrer Zukunft. Mali steckte ihren Anteil als Baukostenzuschuss in eine kleine Wohnung, die in der Mainzer Neustadt entstand und bat

gleichzeitig um Versetzung an das Amtsgericht in Mainz. Auguste freute sich, als sie endlich in die neue Wohnung einziehen konnte.
Jahrelang hatte Auguste es darauf angelegt, Mali zu verheiraten, und es war ihr stets ein Dorn im Auge gewesen war, dass diese stattdessen Jura studierte. Nun war sie unglaublich stolz darauf, dass ihre Jüngste Richterin war. Sie ließ es sich nicht nehmen, sich in eine öffentliche Gerichtsverhandlung zu setzen, um ihre Tochter in Ausübung ihres Amtes zu erleben.
Im übrigen arrangierten sich die beiden Damen vortrefflich. Die berufstätige Mali genoss es, sich mittags und abends an den gedeckten Tisch zu setzen. Auguste besorgte – obwohl sie über achtzig war – souverän den Haushalt. In früheren Jahren hätte sie sich nicht träumen lassen, dass sie mal selbstständig am Herd stehen würde. Ihr kam zugute, dass sie bei ihrer tüchtigen Köchin Bertha öfter mal über die Schulter geschaut hatte. Auch, dass sie ihrem Dienstmädchen Grete in den letzten Jahren häufig zur Hand gegangen war, zahlte sich nun aus. Darüber hinaus hatte sie von ihrer Schwägerin in Gerolstein in der Nachkriegszeit die Kunst erlernt, wie man aus fast nichts noch eine schmackhafte Mahlzeit zaubert.
Kurz nachdem Mali aus Charlottes Wohnung ausgezogen war, machte Alfred eine unerwartete Erbschaft. Eine Tante, Schwester seiner Mutter, von deren Existenz er nicht mal eine Ahnung gehabt hatte, war gestorben. Die kinderlose Arztwitwe hinterließ ein Haus in Bad Ems. Der Nachlassverwalter hatte in den Aufzeichnungen der Tante entdeckt, dass es einen Neffen namens Alfred Jäger gab. Mit detektivischem Spürsinn hatte er diesen im städtischen Krankenhaus zu Mainz aufgestöbert. Sobald sein Dienst es erlaubte, machte sich das Ehepaar Jäger auf den Weg nach Bad Ems. Bevor sie das Erbe antraten, wollten sie das Haus erst mal anschauen. Sie staunten nicht schlecht. Unter der angegebenen Adresse fanden sie nicht einfach ein Haus. Sie standen vor einer stattlichen Villa in bester Lage. Zunächst glaubten sie, sie hätten sich in der Adresse geirrt.
Im Parterre befand sich eine komplett eingerichtete Arztpraxis. Der Mediziner, der diese nach des Onkels Tod übernommen hatte, war mittlerweile auch in dem Alter, wo er daran dachte,

sich zur Ruhe zu setzen. Er war bereit, noch ein, zwei Jahre weiterzumachen, um Alfred einzuarbeiten. Danach würde er ihm die Praxis samt einem festen Patientenstamm überlassen. Die erste Etage war seit Kriegsende an eine Flüchtlingsfamilie vermietet. In der zweiten Etage hatte die Tante zuletzt allein gelebt. Dort würden Margarethe und Alfred einziehen. Unterm Dach waren zwei kleine Mansardenwohnungen ausgebaut worden, in denen ebenfalls Flüchtlinge untergebracht waren.
Alfred gab alsbald seine Stelle im Krankenhaus auf. Er war überglücklich, dass er sich endlich selbständig machen konnte. Dass er jemals so vermögend sein würde, um das zu realisieren, hatte er noch nicht einmal zu träumen gewagt. Margarethe kündigte ebenfalls ihre Stelle beim Fürsorgeamt. In Zukunft wollte sie ihrem Mann in der Praxis helfen. Auf diese Weise konnten sie den ganzen Tag zusammen sein. Durch die letzten drei Jahre, die sie unfreiwillig getrennt gelebt hatten, war in beiden ein großes Nachholbedürfnis für Gemeinsamkeit entstanden.
Nun hatte Charlotte ihre Wohnung wieder für sich allein.

Als Mali sich etwas Geld zusammengespart hatte, erlaubte sie sich den Luxus, einen zweiten Anlauf zum Führerschein zu nehmen. Aber auch diesmal ging es nicht ohne Tücken ab. Mit einem jungen Kollegen besuchte sie gemeinsam den theoretischen Unterricht. Selbst die Übungsstunden absolvierten sie gemeinsam. Einer von ihnen saß immer im Fond des Wagens, während der andere chauffierte. Anfangs hatte Mali große Schwierigkeiten, rückwärts in eine Parklücke zu fahren. Der Fahrlehrer übte das unermüdlich mit ihr – bis es fehlerfrei klappte. Auch am Tag vor der Prüfung parkte sie wunderbar ein. Am Prüfungstag selbst jedoch kriegte sie das Auto vor lauter Nervosität nicht richtig in die Lücke.
„Das verstehe ich nicht, Frau Richterin", sagte der Fahrlehrer kopfschüttelnd, „gestern haben Sie das doch noch prima geschafft."
Da drückte der Prüfer beide Augen zu. War es das Wort „Richterin", das ihn beeindruckt hatte? Egal. Mali jedenfalls jubelte auf. Endlich hatte sie den heißbegehrten Schein. Vor lauter Freude fiel sie dem jungen Kollegen, der gleichfalls

bestanden hatte, um den Hals. Der guckte völlig irritiert. Deshalb sah Mali sich genötigt, ihn aufzuklären: „Ja, wissen Sie, ich bin schon seit zehn Jahren damit beschäftigt, den Führerschein zu machen."
Einige Monate später konnte Mali einen alten Opel P4 auftreiben. Sie kaufte ihn einem alten Herrn ab, der nicht mehr fahren wollte. Endlich war sie mobil! Nun konnte sie selbst dorthin fahren, wo es keine Schienen gab. Manchmal besuchte sie mit ihrer Mutter Charlotte, und manchmal fuhren sie sogar bis Bad Ems.

Im Sommer 1951 äußerte die Mutter den Wunsch, nach Trier zu fahren. Sie wollte ihre Schwestern Helma und Henny im Böhmerklösterchen besuchen. Aber auch Trier wollte sie wiedersehen, die Stadt, die ihr und ihrer Familie so lange Heimat gewesen war. Vieles hatte sich verändert. Lieb vertraute Gebäude waren durch die Bomben zerstört worden, neue wuchsen aus den Ruinen. Aber die Porta Nigra, die war noch wie immer. Lange konnte sich die alte Dame von diesem Anblick nicht losreißen: „Lass mich noch ein wenig schauen, Mali. Es ist das letzte Mal, dass ich dieses alte Tor sehe."
„Ach, Mutter, sag doch so etwas nicht! Wenn du willst, werden wir im nächsten Jahr wieder hierher fahren."
„Nein, nein", wehrte sie ab. „Das ist nicht nötig. Ich bin dreiundachtzig, da bleibt mir keine Zeit mehr, alles mehrmals anzuschauen. Ich nehme jetzt Abschied von Trier. Damit wollen wir es gut sein lassen."
Trotz ihrer sechsundachtzig und siebenundachtzig Jahre waren Helma und Henny noch erstaunlich rüstig. Sie freuten sich über den Besuch von Schwester und Nichte. Sie berichteten ihnen, wie sie den Krieg verbracht hatten. Ihre Zufluchtsstätte, in der sie sich ein ruhiges Alter erhofft hatten, war bereits 1941 bombardiert worden. Deshalb waren alle Bewohnerinnen nach Bad Neuenahr und Maria Laach evakuiert worden. Das war ihr Glück gewesen. Denn bei einem erneuten Angriff, 1944, wurde das Gebäude total zerstört. Erst 1946, nachdem das Haus notdürftig wieder aufgebaut war, waren die beiden Schwestern dorthin zurückgekehrt.
Am folgenden Tag ging Mutters „Abschiedstournee" weiter.

Mali musste sie nach Neuerburg chauffieren. Dieses Städtchen wiederzusehen, war Auguste ein besonderes Bedürfnis. Hier hatte sie eine glückliche Kindheit verbracht und eine unbeschwerte Jugend. Hier hatte sie ihren Mann kennen gelernt, der damals immer wieder eine Tante in Neuerburg besucht hatte. Ihm hatte die muntere Auguste, des Apothekers Jüngste, auf Anhieb gefallen.
Jetzt, als sie mit der Tochter vor dem altvertrauten Hause stand, das den Krieg offensichtlich unbeschadet überstanden hatte, wurde sie gesprächig: „Dein Vater kam immer wieder vorbei und machte mir den Hof. Gut erzogen, wie ich war, zeigte ich große Zurückhaltung. Dennoch machte er mir eines Tages einen Heiratsantrag. Ich wusste gar nicht recht, wie ich darauf reagieren sollte. Um mir zu imponieren und wohl auch, um mir zu zeigen, dass er meiner würdig sei, sagte er voller Stolz: ‚Ich bin Assessor am Amtsgericht in Daun.' Darauf antwortete ich: ‚Dann werden sie erst mal Richter, damit sie eine Familie ernähren können.'
Das wurde er dann auch bald und hat seine Familie dreiundfünfzig Jahre lang ernährt. Das heißt, eigentlich noch länger. Denn die Pension, die ich beziehe, hat er mir auch erdient."
In dem Garten, in dem Mali früher so oft unbeschwert herumgetollt hatte, tummelten sich nun fünf muntere Kinder im Alter von etwa fünf bis fünfzehn Jahren.
„Das wären wohl meine Kinder", mutmaßte Mali, „wenn ich damals den Amtsrichter erhört hätte."
„Und?", wollte die Mutter wissen, „bedauerst du nun, dass du ihn nicht genommen hast?"
„Was für eine Frage, Mutter! Ich bin mit meinem Beruf glücklich. Ich wünsche mir nichts anderes."
Im Jahre darauf unternahm Mali mit ihrer Mutter wieder eine Reise in die Vergangenheit. Diesmal war Straßburg an der Reihe. Auch hier war so viel Vertrautes verschwunden, dass Auguste bald auf die Abreise drängte. Nach Bad Dürkheim ging es nun, zu ihrem Sohn Wilhelm. Durch die Kriegsereignisse hatte man lange Zeit keinen Kontakt gehabt. Seitdem sich die Lage einigermaßen normalisiert hatte, stand man in regelmäßigem Briefwechsel. Daher wusste man voneinander, dass es gut geht. Damit war man zufrieden. In diesem Sommer aber konn-

te man sich seit Jahren mal wieder in die Arme schließen.
Wilhelms Arztpraxis lief so ausgezeichnet, dass er kaum Zeit für die Mutter hatte. Seine Frau bemühte sich zwar sehr um die Schwiegermutter, war ihr im Grunde aber eine fremde Person. Auch die beiden Töchter, mittlerweile muntere Teenager von vierzehn und siebzehn Jahren, standen ihrer Großmutter ziemlich fremd gegenüber. Mali hatte für ihre Nichten kleine Geschenke mitgebracht. Das Geschenk für die Jüngere war dabei etwas üppiger ausgefallen, da sie ihr Patenkind war. Dennoch kam keine Vertrautheit auf.
„Dort brauchen wir nicht mehr hinfahren", stellte Auguste auf der Heimreise fest. „Sie sind mir alle so fremd geworden."

Nach kurzem Krankenlager verstarb Auguste im Juni 1953. Das war für Mali ein schwerer Schlag. Sie war sich zwar immer dessen bewusst gewesen, dass ihre Mutter auf die Fünfundachtzig zuging. Dennoch hatte sie sich nicht vorstellen können, dass Mutter eines Tages nicht mehr da sein würde. Abgesehen von der gefühlsmäßigen Lücke, die Mutters Tod bei Mali hinterließ – sie hatte nun keine Köchin mehr. Sie selbst hatte das Kochen nie gelernt. Und auch jetzt sah sie keine Veranlassung dazu. Nicht nur, dass sie diese Tätigkeit für unter ihrer Würde hielt, sie fand sich auch zu unbegabt dazu. Von nun an speiste sie mittags in der Kantine und begnügte sich abends mit einem Butterbrot. Das ersparte ihr nicht nur mühsames Kochen, sondern auch umfangreiche Einkäufe sowie den lästigen Abwasch.
Eines Abends fand Mali in ihrem Briefkasten ein Schreiben ihres Vermieters vor. Sie kannte ihn nicht persönlich, aber der Name war ihr vertraut. Sie stutzte. Was wollte denn der von ihr? Wollte er etwa kündigen? Hastig riss sie den Umschlag auf und überflog die wenigen Zeilen. Nein, eine Kündigung war das nicht. Aber es kam einer Kündigung gleich, sofern sie nicht... das nötige Kleingeld aufbrachte, diese Wohnung zu erwerben. Er wolle alle Wohnungen in Eigentumswohnungen umwandeln, schrieb er und diese einzeln verkaufen. Ihr, als derzeitiger Wohnungsinhaberin, lasse er – wie auch den anderen Mietparteien – beim Kauf den Vortritt.
Was tun? Die Wohnung gefiel ihr, die Lage auch. Nur ungern würde sie hier ausziehen. Im Geiste überschlug sie die Summe

ihrer Ersparnisse. Nein, es war nicht daran zu denken, damit diese Sache anzugehen. Sie dachte fieberhaft nach. Dann kam ihr eine Idee.
Sie setzte sich ins Auto und fuhr hinaus nach Gonsenheim. Dort besichtigte sie Arnos Grundstück von allen Seiten. Viel hatte sich daran nicht verändert. Nur die Balken waren verschwunden. Die hatten mit Sicherheit im Winter 1945/46 als Brennholz gedient. Auch die Steine waren weniger geworden. Von denen hatte sicher so manch einer genommen, um an seinem Haus die Bombenschäden auszubessern. Ja, und Unkraut wuchs überall in der Ruine.
Mali schritt das Grundstück auf zwei Seiten ab und machte sich Notizen. Sie würde niemals so viel Geld zusammenbringen, um das Haus wiederaufbauen zu lassen. Außerdem – was wollte sie in Gonsenheim? Also war es das Beste, sich von dem Grundstück zu trennen.
Schon am folgenden Tag gab sie eine Annonce auf in der Allgemeinen Zeitung:

Trümmergrundstück zu verkaufen, ca 900 qm,
beste Lage Mz-Go.
Kaufpreis Verhandlungssache. Chiffre...

Innerhalb kurzer Zeit meldeten sich mehrere ernsthafte Interessenten. So konnte sie einen guten Kaufpreis erzielen. Wenig später saß sie mit ihrem Käufer beim Notar. Die Formalitäten gingen schnell über die Bühne. In dem Kaufvertrag war ihr Name mit Viktoria Luise Braun angegeben, weil das Grundstück unter diesem Namen im Grundbuch eingetragen war. So unterschrieb sie auch. Das war das einzige Mal, dass sie den Namen Braun als Unterschrift benutzte, außer natürlich damals auf dem Standesamt. Vor dem Notar hatte sie sich mit ihrem Familienbuch ausgewiesen. Dann verwahrte sie es wieder an seinem angestammten Platz.
Nachdem die Kaufsumme überwiesen war, suchte sie zum zweitenmal einen Notar auf, aber einen anderen. Diesmal war sie auf dem Vertrag als Käufer eingetragen und zwar unter dem Namen Viktoria Luise Waldmann. Mit diesem Namen unterzeichnete sie den Kaufvertrag für ihre Eigentumswohnung,

ohne die geringsten Skrupel: Ihr Vorkriegspersonalausweis hatte noch auf den Namen Waldmann gelautet. Daher war ihr neuer Ausweis nach dem Kriege ebenfalls auf diesen Namen ausgestellt worden. Mali hatte es zu keiner Zeit für nötig erachtet, die kurze Episode ihrer Ehe irgendwo zu erwähnen. Wozu auch? Bei ihrer Bewerbung um das Richteramt hatte sie ohnedies nur Bescheinigungen mit ihrem Mädchennamen vorzuweisen. Unter diesem Namen war sie in den Universitäten, den Gerichten und den Kanzleien eingetragen gewesen.
Nun war auch ihr Wohnungsproblem endgültig gelöst. Niemand mehr konnte sie auf die Straße setzen. Sie war Herrin in ihren eigenen vier Wänden. Endlich lief alles in geordneten Bahnen. Das Leben war so schön. Auch wenn es manchmal von traurigen Ereignissen überschattet wurde. Nachrichten über Krankheiten oder Todesfälle in der Familie blieben nicht aus. Dass die Tanten und Onkel der Reihe nach starben, war normal. Sie hatten alle, wie man so schön sagt, ein gesegnetes Alter erreicht. Nur als Tante Amalie starb, war sie wirklich betroffen. Als der Tod damit begann, in Malis Generation Ernte zu halten, war es immer wieder ihr Beruf, der sie ablenkte und aufrecht hielt. Er war ihr ganzer Lebensinhalt geworden und gab ihr jene Befriedigung, die sie sich von ihm erhofft hatte. Lediglich zu Beginn ihrer Mainzer Tätigkeit hatte es einige Problemchen gegeben. Wie bereits in Wiesbaden hatte der eine oder andere Kollege versucht, ein Techtelmechtel mit ihr anzufangen. Aber auch hier hatte sie alle Versuche dieser Art ignoriert. Deshalb galt sie bald als unnahbar. Die einen legten ihr das als Hochnäsigkeit aus, die anderen als Tugendhaftigkeit. Was nun die Kollegen im einzelnen dachten, war ihr völlig gleichgültig. Hauptsache, man ließ sie ungehindert ihren Beruf ausüben und zweifelte nicht an ihrer Kompetenz. Als mit zunehmendem Alter das Interesse an ihrer Person nachließ, war ihr das gerade recht. Schließlich wollte sie als Richterin anerkannt werden, nicht als Frau.
Hatte man sie zu Beginn ihrer Mainzer Tätigkeit mit verschiedenartigen Aufgaben betraut, so überließ man ihr immer mehr Fälle, wo es um elterliche Gewalt und ums Besuchsrecht ging. Für solche Fälle zeigte sie eine besonders glückliche Hand, wohl deswegen, weil sie eine ausgezeichnete Menschenkenntnis

besaß. Erstaunlicherweise hatte sie – obwohl ihr an Kindern nichts lag – einen klaren Blick dafür, welcher der Elternteile für das Wohl des Kindes der geeignetere war.
Nur einmal, Mali hatte die Mitte der Fünfzig bereits weit überschritten, fühlte sie sich mit einem derartigen Fall überfordert. Völlig aufgelöst kam sie in die Kantine gestürmt, wo bereits einige Kollegen auf ihr Essen warteten.
„Nein, so was!", rief sie mehrmals. „Das ist die Höhe! So etwas ist mir in meiner ganzen Laufbahn noch nicht passiert. Das mache ich nicht mehr mit. Den Fall führe ich nicht weiter. Der wird mir zu schlüpfrig! Den gebe ich ab!"
„Nun beruhigen Sie sich doch erst mal", versuchte ein junger Kollege sie zu beschwichtigen. Dabei stellte er eine Tasse Kaffee vor sie hin.
„Was? Mit Kaffee soll ich mich beruhigen? Der regt mich ja noch mehr auf. Was ich jetzt brauche, ist ein Cognac."
Wie von Geisterhand serviert stand plötzlich ein Cognac vor ihr. Mit einem Schluck kippte sie ihn hinunter: „So, jetzt geht es mir schon etwas besser."
Nach dem zweiten Cognac war sie endlich in der Lage, den staunenden Kollegen den Vorfall zu schildern: „Stellen Sie sich vor, was wir heute passiert ist", sagte sie in der ihr eigenen akzentuierten Sprechweise. „Eine Mutter wollte verhindern, dass ihr Ex-Ehemann ein Besuchsrecht bei den gemeinsamen Kindern bekommt."
„Das ist doch nichts Außergewöhnliches", warf ein Kollege ein, der etwa in Malis Alter war.
„Das nicht. Aber ihre Begründung war ungewöhnlich. Sie sagte: ‚Mein Ex-Mann zeigt sich immer wieder nackt vor unserer zehnjährigen Tochter.'"
„So außergewöhnlich ist das auch wieder nicht", unterbrach sie ein anderer Kollege. „Ein solcher Fall ist mir auch schon mal vorgekommen."
„Warten Sie nur ab", sagte Mali. „Es kommt noch heftiger. Als ich zur Tür ging, um den Ehemann in den Sitzungssaal zu bitten, drängte sich die Frau an mir vorbei. Zwischen Tür und Angel trat sie dicht auf ihren Mann zu und schrie laut: ‚Du Schwein!'"
Die Kollegen rundum schmunzelten, und einer wagte zu sagen:

„Nun ja, eine feine Ausdrucksweise ist das gerade nicht. Aber es ist doch kein Grund, sich so aufzuregen."
„Diese Bemerkung nicht", gab die aufgeregte Richterin zu. „Aber die Begründung, die sie mir anschließend im Sitzungssaal gegeben hat."
Erwartungsvoll schauten die Kollegen sie an.
„Nun", berichtete Mali weiter, „auf mein Befragen hin, was diese Äußerung bedeuten solle, erklärte mir die Frau: ‚Als sich mein Mann in der Türöffnung an mir vorbeidrängen wollte, habe ich ihm blitzschnell zwischen die Beine gegriffen. Ich wollte sehen, ob er einen Steifen hat'." Bei diesen Worten schoss Mali die Schamröte ins Gesicht. Aber sie zitierte die Frau mutig weiter: „‚Natürlich hatte er einen. Das war doch klar. Er hat doch die ganze Zeit auf dem Gang neben seiner Tochter gesessen. So einem Schwein können Sie doch kein Besuchsrecht einräumen'." Mali schnappte nach Luft. „Das hatte ich auch gar nicht vor. Aber noch ehe ich zu dem Fall etwas sagen konnte, sprudelte die Frau munter weiter und beschimpfte mich."
„Wieso das?", fragten die Kollegen gespannt.
„Sie unterstellte mir ein Verhältnis mit ihrem Mann. Stellen Sie sich eine solche Ungeheuerlichkeit vor! Sie habe vor einigen Tagen genau beobachtet, wie ich mich angeregt mit ihm unterhalten habe."
„Und – haben Sie sich mit ihm unterhalten?", wollte man nun wissen.
„Natürlich habe ich das. Er kam hinzu, als ich in mein Auto einsteigen wollte. Da sprach er mich an: ‚Ach, Sie fahren einen Opel Olympia? Wie sind Sie damit zufrieden? Ich fahre einen Opel Kapitän'. Daraus hatte sich ein kurzes Gespräch über die Vor- und Nachteile einzelner Autotypen ergeben. Und nun macht diese Xanthippe ein Verhältnis daraus! Ein Verhältnis! Mit dem! Da wüsste ich, weiß Gott, was Besseres."
Da mussten die Kollegen herzlich lachen. Dennoch verstanden sie die Aufregung Malis sehr gut. Ja, sie waren entsetzt, dass so etwas überhaupt vorkam und noch dazu, dass dies der einzigen Richterin im Hause passieren musste. Ihr Vorgesetzter, der ebenfalls zugegen war, sagte: „Regen Sie sich nicht weiter auf, Frau Waldmann. Natürlich brauchen Sie diesen Fall nicht zu Ende führen. Wer ist bereit, ihn zu übernehmen?"

Es meldete sich der junge Kollege, der ihr den Kaffee hingestellt hatte. Er meinte wohl, er müsse dazu noch einen bedeutenden Kommentar abgeben. Mit süffisantem Lächeln sagte er: „Dass ausgerechnet Ihnen das passieren muss! Wo sie doch so tugendsam sind."
„Halten Sie Ihren vorlauten Mund", fauchte Mali ihn an. „Sonst verdonnere ich Sie wegen Beleidigung einer Amtsperson zu drei Wochen bei Wasser und Brot."

Dieses Vorkommnis, aber auch die überraschenden Todesfälle, die es in letzter Zeit in ihrer Familie gegeben hatte, veranlassten Mali, sich über ihr Dasein Gedanken zu machen. Das Leben konnte so schnell aus sein, und sie hatte noch kaum etwas von der Welt gesehen. Das kann nicht alles gewesen sein, sich über anderer Leute Besuchsrecht herumzustreiten und sich obendrein noch Frechheiten machen zu lassen, dachte sie.
Gewiss, sie hatte ihren Beruf selbst erwählt, sie hatte sich ihre Anstellung erkämpft und sie hatte Erfüllung in ihm gefunden. Sie hatte Höhen und Tiefen erlebt und hätte ihn mit keinem anderen Beruf auf der Welt eintauschen wollen. Aber irgendwie reichte es ihr nun. Ihr Sinnen und Trachten richtete sich nun auf andere Ziele. Es musste herrlich sein, frei von beruflichen Verpflichtungen, endlich die Welt bereisen zu können. Ihr Entschluss stand fest: bis fünfundsechzig mache ich das nicht mehr mit. Ich werde mich mit sechzig pensionieren lassen. Ab diesem Zeitpunkt genoss sie ihr berufliches Wirken noch bewusster als vorher. Bei allem, was sie tat, sagte sie zu sich: Du musst deine Sache gut machen, denn bald lebst du nur noch von der Erinnerung daran.
Frühzeitig begann sie damit, die notwendigen Unterlagen zusammen zu suchen. Sie reichte alles so rechtzeitig bei ihrer Rentenstelle ein, dass nach menschlichem Ermessen gar nichts schief gehen konnte. Daher war sie etwas beunruhigt, als sie in einem höflich gehaltenen Schreiben gebeten wurde, in ihrer Ruhegehaltsangelegenheit bei ihrem zuständigen Sachbearbeiter vorzusprechen.
„Gibt es irgendwelche Probleme?", fragte sie ohne Umschweife, als sie vor dem freundlichen Herrn saß.
„Direkte Probleme sehe ich keine", antwortete der ihr. „Aber

Sie haben Ausfälle in ihren Versicherungszeiten."
„Das heißt, ich kann nicht mit sechzig pensioniert werden?"
„Doch, das könnten Sie, wenn Sie unbedingt wollen. Aber ihr Ruhegehalt würde dann sehr gekürzt ausfallen. Das wollte ich Ihnen zu bedenken geben."
„Soviel kann das doch nicht ausmachen", sagte sie leichthin. Ihre Ansicht änderte sich jedoch schnell, als er ihr die Zahlen nannte und ergänzend hinzufügte: „Wenn man davon ausgeht, dass sie noch fünfundzwanzig bis dreißig Jahre lang ihre Pension kassieren wollen, dann macht das eine hübsche Summe aus."
„Ja, wenn das so ist, dann sollte ich wirklich noch ein bisschen länger arbeiten. Um wie viel Jahre geht es denn?"
„Genaugenommen sind es einundzwanzig Monate. Nach dem Abitur hatten Sie sechs Monate Pause eingelegt."
„Stimmt", gab Mali zu.
„Außerdem haben Sie vom ersten Juli 1939 bis zum ersten Juni 1940 in keinem Arbeitsverhältnis gestanden."
„Stimmt auch", sagte Mali verschämt.
„Dann fehlen noch die vier Monate vom ersten März bis zum ersten Juli 1945."
„Dafür kann ich aber wirklich nichts", begehrte die Richterin auf. „Nach der Zerstörung von Mainz gab es wochenlang keine Möglichkeit, dorthin zurückzukehren. Abgesehen davon, wo hätte ich wohnen und arbeiten sollen? Mein Elternhaus war zerstört und das Stadthaus auch."
„Nun regen Sie sich nicht auf, liebe Frau Waldmann. Das ging doch damals fast allen so. Deshalb wird Ihnen ja die Gelegenheit gegeben, diese Monate nachzuarbeiten."
„In Ordnung", lenkte Mali besänftigt ein. „Was muss ich also tun?"
„Sie ziehen Ihren Antrag einfach wieder zurück. Dann hängen Sie die einundzwanzig Monate noch an und stellen rechtzeitig einen neuen Antrag."
Mali bedankte sich bei dem Sachbearbeiter herzlich für seine Aufmerksamkeit. Damit hatte er ihr eine erhebliche finanzielle Einbuße erspart. So schlecht fand sie den Gedanken schließlich gar nicht, noch einige Monate arbeiten zu müssen. Ob sie mit sechzig auf Weltreise ging oder mit zweiundsechzig, was mach-

te das schon aus? So groß war der Unterschied wirklich nicht. Aber dann würde ihr eine wesentlich größere Summe Geldes zur Verfügung stehen. Das machte schon was aus.
Jedem Kollegen, der sie nach dem ersten Mai ansprach: „Ach, Sie sind ja noch da? Ich dachte Sie sind längst im Ruhestand“, antwortete sie: „Ja, es fiel mir schwer, mich von Ihnen zu trennen.“
Der Betreffende lachte dann nur, und sie ersparte sich umfangreiche Erklärungen.
Die zusätzlichen Arbeitsmonate flogen schneller dahin, als Mali erwartet hatte. Je näher der Termin ihrer Verabschiedung rückte, desto dankbarer betrat sie das Justizgebäude.
Der letzte Monat ihrer Amtszeit war angebrochen. Gut gelaunt betrat sie das Gerichtsgebäude. In ihrem Dienstzimmer ging sie noch mal kurz die Akten ihrer heute anstehenden Fälle durch. Dann legte sie ihre Robe an und setzte vor dem Spiegel sorgfältig den Richterhut auf.
Nachdem die geladenen Personen ihre Plätze eingenommen hatten, betrat Richterin Waldmann – wie üblich – nach Ankündigung durch den Gerichtsdiener als letzte den Saal. Wie immer schritt sie hoheitsvoll zu ihrem Platz. Sie ließ sich darauf nieder und klappte die Akte auf. Routinemäßig begann sie mit ihrer angenehmen dunklen Stimme zu lesen: „Zur Verhandlung kommt die Besuchsrechtsregelung Müller. Frau Müller, Sie sind vertreten durch ihren Rechtsbeistand Frau Dr. Wohlfahrt.“ Mali blickte kurz über ihre Brille, um sich davon zu überzeugen, dass die Genannten wirklich anwesend waren. Dann fuhr sie fort: „Herr Müller ist vertreten durch die Kanzlei Binder, Helbing & Partner.“ Wieder schaute die Richterin auf. Sie wollte sehen, ob Herr Müller erschienen war und welcher der Herren aus der genannten Kanzlei ihn vertrete. Der junge Anwalt, der neben Herr Müller saß, erhob sich, um sich vorzustellen. Noch ehe er seinen Namen nennen konnte, geschah etwas Unerwartetes: Als die Richterin ihn erblickte, wich alle Farbe aus ihrem Gesicht. Mit weit geöffneten Augen und offenem Mund starrte sie ihn an. Sie fasste sich ans Herz und sackte zusammen.
Es entstand ein regelrechter Tumult im Saal. Einige sprangen auf, einer rief nach einem Arzt, andere stürmten zum Richtertisch. Die Gerichtsschreiberin war als erste bei ihr und

fühlte den Puls. Zwei beherzte Referendare trugen die Bewusstlose vorsichtig in ihr Dienstzimmer. Dort bettete man sie auf eine Liege. Im Gerichtssaal verkündete unterdessen der Gerichtsdiener, die Verhandlung werde abgebrochen und auf unbestimmte Zeit vertagt.
Während jemand von Malis Schreibtisch aus einen Arzt anrief, bemühten sich die anderen auf unterschiedliche Weise, die Ohnmächtige ins Bewusstsein zurückzuholen. Die Gerichtsschreiberin öffnete die Robe sowie die obersten Knöpfe von Malis Kleid und lockerte ihren Gürtel. Die Rechtsanwältin hielt Mali ein Fläschchen Eau de Cologne unter die Nase. Einer der Helfer patschte ihr abwechselnd mehrmals auf beide Wangen. Ein Assessor gar versuchte, ihr etwas Cognac einzuflößen.
Wie aus weiter Ferne hörte Mali, wie jemand sagte: „Wahrscheinlich hatte sie sich doch zu viel zugemutet. Sie hätte vor zwei Jahren bei ihrem Entschluss bleiben und aufhören sollen."
„Ach, Unsinn", ertönte es da von der Liege. „Einen kleinen Schwächeanfall kann doch jeder mal haben."
Verblüfft starrten alle sie an. Noch ehe jemand etwas sagen konnte, setzte sie sich senkrecht auf. Zusehends kehrte die Farbe in ihr Gesicht zurück.
„Sie haben uns vielleicht einen Schrecken eingejagt", ergriff Frau Dr. Wohlfahrt das Wort.
„Das war nicht meine Absicht", sagte Mali „Ich bitte um Entschuldigung. Dann bitte ich noch, dass alle das Zimmer verlassen, damit ich mich ungestört mit Ihnen unterhalten kann."
Noch ehe die Helfer dieser Aufforderung nachkommen konnten, betrat der Arzt den Raum. „Na, wenn das die Patientin ist," sagte er, auf die Frau in der Robe deutend, „nach einem Herzinfarkt sieht die aber nicht aus."
„Natürlich nicht", sagte die Patientin. „Wer hat denn solch einen Quatsch behauptet?"
Als alle – bis auf Frau Dr. Wohlfahrt – das Zimmer verlassen hatten, griff der Arzt nach Malis linkem Handgelenk, um den Puls zu fühlen.
„Was soll das?", fragte sie und entzog ihm die Hand. „Sind Sie etwa Arzt? Ich habe keinen bestellt."
„Sie nicht, Verehrteste, aber ihre besorgten Mitmenschen. Sie seien im Gerichtssaal zusammengebrochen, hieß es."

Ach so, ja. Jetzt dämmerte es ihr wieder. Das Letzte, an das sie sich erinnerte, war dieser blonde junge Mann. Bei seinem Anblick war es ihr gewesen, als setze ihr Herz aus.
„Na, ja, zusammengebrochen ist vielleicht zuviel gesagt. Es wurde mir ein bisschen schwarz vor Augen. Aber wenn sie schon extra meinetwegen hergekommen sind, dann fühlen Sie ruhig meinen Puls. Ihr Ärzte wollt ja auch leben."
Der Arzt lachte und machte sich ans Werk: „Der Puls ist schon wieder ganz normal. Dürfte ich der Gnädigsten zur Sicherheit noch den Blutdruck messen?"
„Meinetwegen. Wenn Sie das beruhigt."
Mali entledigte sich ihrer Robe und streifte ihren linken Ärmel hoch.
„Der Blutdruck ist noch ein bisschen niedrig. Wenn Sie Lust haben, können Sie diesen Cognac trinken." Damit reichte er ihr das auf dem Tisch stehende Glas, nachdem er daran gerochen hatte. Mali konnte es kaum erwarten, bis der Arzt endlich verschwand. Sie brannte darauf, mit Frau Dr. Wohlfahrt allein zu sein. Diese war etwa fünfzehn Jahre jünger als sie und machte auf Mali einen vertrauenerweckenden Eindruck. Sie hatte schon in mehreren Verhandlungen mit ihr zu tun gehabt.
„Wer ist dieser junge Mann?", platzte Mali heraus, kaum dass der Arzt die Türe hinter sich zugezogen hatte. Die Rechtsanwältin blickte Mali fragend an.
„Ich meine den Rechtsbeistand dieses Herrn Müller, den Vertreter der Kanzlei Binder& Co".
„Ach – so, der... Das ist ein gewisser Dr. Friedewald. Bruno Friedewald. Er soll ein fähiger Kopf sein, heißt es. Er hat erst vor kurzem bei Binder, Helbing & Partner angefangen. Das will etwas heißen. Die nehmen nicht jeden. Gleich nach der Assessorenzeit..." Frau Dr. Wohlfahrt hielt in ihrem Redeschwall inne. Ihr war, als sei die Richterin bei der Nennung des Namens Bruno Friedewald erneut erblasst.
„Was ist Ihnen? Soll ich den Arzt zurückrufen?"
„Nein, nein. Es geht schon wieder. Ich brauche noch einen Cognac."
Zum Glück hatte der hilfreiche Assessor die Flasche in Reichweite stehen lassen.
„Frau Dr. Wohlfahrt", begann Mali nun. „Ich muss Ihnen das

erklären. Aber bitte, das muss unter uns bleiben. Ich möchte nicht, dass es an die große Glocke gehängt wird." Frau Wohlfahrt versprach es. Die Richterin holte weit aus. Sie erzählte von ihrer Zeit in Weimar, von ihrer Freundschaft mit Olga und vom Untergang der „Wilhelm Gustloff." Sie erzählte von dem Brief der Frau Westphal und davon, dass sie seit fünfundzwanzig Jahren glaubte, Olga und Bruno seien tot. Nur die Tatsache, dass sie Brunos Mutter war, ließ sie unerwähnt.
„Können Sie sich mein Erschrecken vorstellen, als ich ihn plötzlich vor mir sehe? Ich dachte, ich sehe einen Geist."
„Ja", antwortete Frau Wohlfahrt bedächtig. „Nun verstehe ich, dass es Sie umgehauen hat. – Was ich aber nicht verstehe: Wie konnten Sie ihn wiedererkennen? Vor fünfundzwanzig Jahren muss er noch ein kleines Kind gewesen sein."
Mali schluckte. Hatte sie sich doch verplappert? Dann erklärte sie mit Seelenruhe: „Nein, nicht das Kind glaubte ich vor mir zu sehen, sondern seinen Vater, seinen Vater, der im Krieg gefallen ist. Er gleicht ihm wie aus dem Gesicht geschnitten."
„Vielleicht handelt es sich nur um eine zufällige Ähnlichkeit?"
„Das dachte ich auch, nachdem ich wieder zu mir gekommen war. Aber dann nannten sie den Namen. – Nein, nein. Da gibt es keinen Zweifel. Das muss der Totgeglaubte sein. Jetzt interessiert mich nur, ob meine Freundin auch noch lebt."
„Das ist doch nun einfach herauszufinden. Rufen Sie bei Binder & Helbing an und verlangen Sie nach Herrn Friedewald."
„Das werde ich machen, Frau Dr. Wohlfahrt. Vielen Dank, dass Sie sich meiner angenommen haben und vielen Dank fürs Zuhören. Es hat mir gut getan, dass ich jemandem erzählen konnte, was mich so bewegt hat."
„Kann ich Sie jetzt wirklich allein lassen?", erkundigte sich Frau Wohlfahrt besorgt, ehe sie sich verabschiedete.
„Natürlich. Es geht mir gut. Das sehen Sie ja. Ich war nur ein bisschen aus dem seelischen Gleichgewicht. Aber jetzt bin ich wieder stabil."

Bevor Mali ihren Heimweg antrat, begab sie sich zu ihrem Chef. Der hatte längst Kunde von dem Zwischenfall erhalten und erwartete eine Erklärung. Mali erzählte ihm, in dem jungen Rechtsanwalt von der Kanzlei Binder habe sie den tot geglaub-

ten Sohn ihrer besten Freundin wiedererkannt. Deshalb bat sie, keine Fälle mehr übernehmen zu müssen, in denen Herr Dr. Friedewald auftrete. Dafür zeigte der Chef volles Verständnis.
An diesem Tag brachte Mali es noch nicht fertig, in der Kanzlei Binder anzurufen. Von dem Erlebten was sie noch zu aufgewühlt. Am Tag darauf aber fasste sie sich ein Herz. Sie wurde umgehend mit dem gewünschten Teilnehmer verbunden.
„Guten Tag, Herr Dr. Friedewald. Ich bin Viktoria Waldmann, die Richterin, die gestern so plötzlich abgegangen ist", stellte sie sich vor.
„Guten Tag, Frau Waldmann. Es freut mich, dass Sie sich melden. Demnach scheint es Ihnen wieder besser zu gehen. Ich hatte mir schon Sorgen gemacht. Mein erster Tag bei Gericht – und dann so was!"
„Ja, tut mir leid. Aber jetzt geht es mir wirklich wieder gut. Nun bin ich Ihnen eine Erklärung schuldig."
„Sie brauchen mir nicht viel zu erklären. Es geht Ihnen wieder gut, das ist die Hauptsache. Wie käme ich, ein unbedeutender Anfänger dazu, von Ihnen, einer erfahrenen Richterin, Erklärungen über Ihren Gesundheitszustand zu verlangen?"
„Doch, doch", beharrte die Richterin. „Gerade Ihnen gegenüber fühle ich mich verpflichtet, alles zu erklären. Deshalb möchte ich Sie gerne treffen."
„Wenn Sie unbedingt darauf bestehen. Irgendwann werden wir uns ja wieder bei Gericht begegnen."
„Das werden wir nicht. Erstens werde ich in drei Wochen pensioniert und zweitens habe ich darum gebeten, keinen Fall mehr übernehmen zu müssen, in dem Sie auftreten."
Der junge Anwalt war irritiert: „Wieso? Was haben Sie gegen mich? Sie kennen mich doch gar nicht."
„Direkt kennen, wäre zu viel gesagt. Aber ich weiß mehr über Sie als Sie denken."
Das irritierte ihn noch mehr: „Das macht mich nun doch neugierig. Wann wollen Sie mich sehen?"
„Am liebsten heute noch. Wie wäre es um 17:15 Uhr im Café Janson?"
„Abgemacht."
Bis Mali das Café betrat war sie noch ganz mutig gewesen. Als sie aber an dem kleinen runden Tisch auf ihren Gast wartete,

wurde sie von Minute zu Minute nervöser. Sie wusste noch immer nicht, was sie ihm sagen sollte. Als er auf sie zukam, klopfte ihr das Herz bis zum Halse.
„Guten Tag, Frau Waldmann", begrüßte er sie freundlich und streckte ihr die Hand entgegen. „Sie haben mich vielleicht neugierig gemacht!"
„Das musste ich ja wohl. Sonst wären Sie bestimmt nicht so schnell gekommen. Welcher junge Mann trifft sich schon gern mit einer alten Schachtel? Ja, wenn ich vierzig Jahre jünger wäre, dann sähe das etwas anders aus."
„Aber Frau Waldmann, das mit der alten Schachtel will ich überhört haben. Sie sind noch immer eine stattliche Erscheinung."
„Ja, ja, so stattlich, dass sie in Ohnmacht fällt, wenn sie einen gutaussehenden jungen Mann erblickt."
Beide lachten. Die Bedienung trat an ihren Tisch.
„Sie nehmen doch auch Kaffee?", fragte Mali ihren Gast. Dieser nickte: „Zwei Kännchen Kaffee und zwei Cognac. – Für alle Fälle. Man weiß nie, wann man eine Stärkung braucht", erläuterte sie mit schelmischem Lächeln zu Herrn Friedewald gewandt.
„Woher kennen Sie mich?", fragte dieser nun voller Ungeduld.
„Jaa, das ist eine lange Geschichte. Zunächst aber mal eine Frage: Wann sind Sie geboren?"
„Am ersten März 1940."
„Wo?"
„Ehrenwalde bei Insterburg in Ostpreußen."
„Wie heißt Ihr Vater?"
„Erich Friedewald. Aber..."
„Und Ihre Mutter?"
„Olga Friedewald."
„Geborene Ehrenwald?"
„Richtig. Aber..."
„Lebt sie noch?"
„Ja, sicher. Aber..."
„Wo wohnt sie?"
„In Mainz, in der Boppstraße."
„Was macht sie?"
„Sie arbeitet in der Uniklinik als Sekretärin. Aber..."

Malis Fragen prasselten so dicht nacheinander auf den jungen Mann herab, dass ihm gar keine Zeit blieb für Erklärungen oder gar eigene Fragen. Als Mali doch mal eine Atempause einlegte, nutzte er seine Chance: „Moment mal, Frau Richterin. Ich komme mir vor wie in einem Kreuzverhör. Aber auf eine Erklärung warte ich bisher vergeblich."
„Oh, verzeihen Sie mir, Herr Dr. Friedewald. Da ist wieder mal mein Temperament mit mir durchgegangen. Die Erklärung sollen Sie haben: Als ich Sie gestern im Gerichtssaal so unerwartet vor mir sah, da dachte ich, ich sähe Ihren Vater vor mir. Sie sehen ihm verblüffend ähnlich. Als er in Ihrem Alter war, sah er so aus, wie Sie jetzt."
„Wirklich? Sie haben meinen Vater gekannt? Ich kann mich nicht an ihn erinnern. Ihr gestriges Erschrecken kann ich jetzt verstehen. Jetzt brauche ich selbst einen Cognac." Damit griff er nach dem Glas und lehrte es in einem Zug: „Und weiter?"
„Was weiter?"
„Sie haben mir angekündigt, das sei eine lange Geschichte. Die möchte ich nun hören."
„Ach, wissen Sie, Herr Dr. Friedewald, die soll Ihnen Ihre Mutter erzählen."
Bruno schaute die Richterin an, als habe er sie nicht verstanden. Deshalb fügte sie hinzu: „Sagen Sie ihr einen schönen Gruß von Mali, und sie möchte mich bitte unter dieser Nummer anrufen." Damit überreichte sie dem jungen Anwalt ihre Karte.
Als Bruno an diesem Abend nach Hause kam, begrüßte er seine Mutter herzlich wie immer, mit einem Kuss auf beide Wangen.
„Na, mein Junge, hast du einen anstrengenden Tag gehabt?"
„Ach, nichts Besonderes. Aber ich soll dir einen schönen Gruß von Mali bestellen."
„Von wem?", fragte sie haltsuchend und ließ sich auf die Couch sinken.
„Von Mali."
Sie spürte, wie ihr die Sinne schwanden und legte sich, ehe sie umfallen konnte, zur Seite. Bruno, der sie nicht aus den Augen gelassen hatte, stürzte hinzu. Mit der flachen Hand patschte er immer wieder auf ihre Wangen und rief: „Mutter, was ist dir? Wach auf!"
Hilflos lief er in die Küche und kam mit einem Glas Wasser

zurück. Gerade als er es ihr an die Lippen setzte, öffnete sie die Augen. Sie setzte sich auf und nahm einen großen Schluck. Sie schaute sich verwundert um. Es sah aus, als käme sie von weither zurück.
Erleichtert sagte Bruno: „Gott sei Dank, dass du wieder bei dir bist. Es scheint um sich zu greifen, dass Damen in meiner Gegenwart umkippen."
„Du hast Mali gesehen?", fragte die Mutter nun, um sich zu vergewissern, dass sie das Ganze nicht geträumt hatte.
„Ich weiß es nicht", antwortete er. „Ich habe mit dieser Dame gesprochen. Du sollst sie anrufen." Dabei entnahm er seiner Brieftasche eine Visitenkarte und reichte sie Olga. Diese las halblaut: „Viktoria Luise Waldmann, Richterin. – Dann lebt Mali also doch noch. – Und sie hat es geschafft."
„Was hat sie geschafft?", wunderte sich Bruno.
„Sie hat sich ihren Traum erfüllt. Wo hast du sie gesehen? Was hat sie dir erzählt?"
Bruno verstand immer noch nichts. Er berichtete jedoch von dem gestrigen Zwischenfall im Gerichtssaal, von Malis heutigem Anruf und dem Treffen im Café: „Sie muss mich für den Geist meines Vaters gehalten haben. Sie sagte, meine frappierende Ähnlichkeit mit ihm sei es gewesen, die sie umgehauen hat. Sonst erzählte sie eigentlich nichts. Den Rest der langen Geschichte würdest du mir erzählen."
Sie hat sich geschickt aus der Affäre gezogen, ging es Olga durch den Kopf. Zu Bruno aber sagte sie: „Das werde ich auch, mein Junge. Das werde ich. Aber nicht heute. Ich bin zu aufgewühlt. Mali lebt! Und ich dachte fünfundzwanzig Jahre lang, sie sei tot. Ich muss sie sofort anrufen."
Mali meldete sich so, als ob sie diesen Anruf heute noch erwartet habe: „Olga, wie schön, dass du dich gleich meldest."
„Mali, bist du es wirklich? Mali Waldmann?"
„Ja, Olga. In alter Frische. Wie geht es dir?"
„Jetzt wieder besser. Aber erst hat es mich umgehauen."
„Das kann ich verstehen. Mir ist es nicht anders ergangen."
„Wie schön, Mali, deine Stimme zu hören. Ich kann es immer noch nicht glauben. Wann können wir uns sehen?"
„Morgen ist Samstag. Da hast du sicher auch frei. Wie wäre es um zehn Uhr – bei mir? Oder ist dir das zu früh?"

„Keineswegs." Am liebsten wäre Olga heute noch zu ihr geeilt. „Warum nennst du sie eigentlich immer Mali, wo sie doch Viktoria Luise heißt?", fragte Bruno, der das Gespräch mit angehört hatte.
„Das ist ebenfalls eine lange Geschichte. Auch die sollst du bald erfahren."
Olga konnte es kaum noch erwarten, Mali wiederzusehen. Bereits kurz vor zehn läutete sie anderntags an deren Wohnungstür. Kurz darauf fielen sich die Freundinnen nach fast dreißig Jahren der Trennung in die Arme. Beide weinten vor Freude. Erst danach bat Mali ihren Gast ins Wohnzimmer. Dort betrachteten sie sich gegenseitig von oben bis unten.
„Du hast dich kaum verändert", konstatierte Mali.
„Du auch nicht", gab die Freundin zurück.
Auf gegenüberstehenden Sesseln nahmen sie am Couchtisch Platz. Dort standen Tassen bereit und eine Warmhaltekanne mit Kaffee. Mit zitternden Händen schenkte Mali ein.
Es gab so vieles über das sie reden wollten, reden mussten, reden sollten. Dennoch wollte kein richtiges Gespräch in Gang kommen. Eigentlich machten sie nur Konversation.
„Dein Kaffee ist gut", bemerkte Olga, nachdem sie vorsichtig an dem heißen Trank genippt hatte.
„Ja, Kaffeekochen ist die einzige Kochkunst, die ich beherrsche. Aber auch nur, weil ich eine Kaffeemaschine besitze", gestand Mali.
Das eigentliche Thema, das beide brennend interessierte, umgingen sie, wie die Katze den heißen Brei. Sie redeten von ihrer beruflichen Situation, von ihren Kriegs- und Fluchterlebnissen und davon, dass eine die andere seit fünfundzwanzig Jahren für tot gehalten hatte. Bei allem war es, als stünde eine unsichtbare Wand zwischen ihnen.
„Wieso hast du geglaubt, wir seien nicht mehr am Leben?", fragte Olga.
Mali kramte den Brief von Frau Westphal hervor und reichte ihn Olga. Erschüttert las sie ihn. Dann berichtete sie von ihrer wundersamen Rettung durch Bruno.
„Bruno hält dich wohl für seine Mutter?", fragte Mali endlich.
„Ja, Mali", nickte die Angesprochene schuldbewusst. „Lass dir erklären..."

„Du brauchst mir nichts zu erklären", rief Mali erfreut aus, sprang auf und lief auf die Freundin zu. Sie umarmte Olga stürmisch und sagte überschwänglich: „Das ist ja großartig!"
Ungläubig schaute Olga sie an. Deshalb fügte Mali erklärend hinzu: „Nun, da Bruno davon überzeugt ist, dass du seine Mutter bist, wird er gar nicht erst auf die Idee kommen, das könnte jemand anderes sein."
„Oh Mali!", bekannte Olga nun ihrerseits, „ich bin ja so erleichtert. Das kannst du dir gar nicht vorstellen."
„Doch, das kann ich. Ich bin ja ebenso erleichtert."
Nun war der Bann gebrochen. Die alte Vertrautheit war wieder da. Endlich konnten sich die beiden Frauen ihre Ängste und Nöte von der Seele reden.
„Gestern, als Bruno mir deinen Gruß ausrichtete, hat es mich genauso umgehauen, wie vorgestern dich bei seinem Anblick..."
„Ja, das war ein Schock für mich. Ich dachte, ich sehe Arno leibhaftig vor mir. Dann wurde ich bewusstlos. Das ist mir in meinem ganzen Leben noch nicht passiert. – Aber erzähl weiter, ich habe dich unterbrochen."
„Trotz der Freude darüber, dass du noch lebst, dachte ich sofort: Jetzt ist es aus. Jetzt kommt dein Schwindel ans Tageslicht. Jetzt kommst du wegen falscher eidesstattlicher Aussage vor Gericht. Und außerdem verlierst du noch den Jungen." Sie atmete tief durch. „Da habe ich also ganz umsonst eine schlaflose Nacht gehabt. Ach, Mali, wie kann ich dir nur danken?"
„Was heißt, mir danken? Natürlich bin ich es, die dir danken muss. Du glaubst gar nicht, wie erleichtert ich erst bin. Auch ich hatte eine schlaflose Nacht. Ständig dachte ich darüber nach, wie ich dich dazu bewegen könnte, Bruno nicht zu verraten, dass ich seine Mutter bin."
Erleichtert lachte Olga auf: „Und ich habe mir das Hirn zermartert, wie ich dich dazu bringe, Bruno nicht zu verraten, dass ich nicht seine Mutter bin."
„Da ergänzen sich unsere Wünsche ja in idealer Weise. Stell dir vor, meine Kollegen würden erfahren, dass ich einen Sohn habe – nicht auszudenken! Das würde eine Katastrophe für mich. Wie würden die sich die Mäuler zerreißen: Die Waldmann – die

ach so tugendhafte – hat einen Sohn!"
„Diese deine Besorgnisse verstehe ich allerdings nicht. Wir leben doch nicht mehr im Mittelalter. Außerdem hattest du doch einen rechtmäßig angetrauten Ehemann."
„Oh, erinnere mich nicht an dieses dunkle Kapitel meiner Geschichte! Den habe ich natürlich aus gutem Grund unterschlagen. Wenn ich mich unter dem Namen Braun um eine Richterstelle beworben hätte, wäre mit Sicherheit seine Nazivergangenheit beleuchtet worden. Dann hätte ich meinen Richterhut an den Nagel hängen können, ohne ihn jemals getragen zu haben."
„Wenn das so ist", sagte Olga nachdenklich, „können wir uns problemlos das Versprechen geben, dass keine von uns Bruno die Wahrheit sagt, so lange die andere lebt."
„Dieses Versprechen kann ich dir ohne Einschränkung geben."
Zur Besiegelung dieses Versprechens reichten sie sich die rechte Hand.
„Aber jetzt erzähl mal", forderte Mali ihre Freundin auf. „Seit wann hält Bruno dich für seine Mutter?"
„Eigentlich schon immer. Daran war Erich schuld. Er war so vernarrt in den Jungen, dass er ihm, kaum dass der zu sprechen begann, die Wörter Mama und Papa beibrachte. ‚Das kannst du doch nicht machen', hatte ich ihn getadelt. ‚Gewöhne dem Kind doch nichts Falsches an. Es ist ja sonst völlig verwirrt, wenn es zu seinen Adoptiveltern kommt.' ‚Das kann noch lange dauern', hatte Erich gesagt. ‚Wir haben Krieg. Wer weiß, ob der Junge jemals abgeholt werden kann. Außerdem, wie soll er uns sonst nennen? Herr und Frau Friedewald? Ist das nicht zuviel verlangt? Selbst Tante Olga und Onkel Erich ist für einen Einjährigen zu kompliziert.' Das leuchtete mir ein. Außerdem genoss ich die Anrede ‚Mama' bald. Dennoch behielt ich im Hinterkopf immer das Wissen: Du hast das Kind nur leihweise. Wenn dieser unselige Krieg vorbei ist, musst du es abgeben. Du weißt, wie glücklich ich deshalb über die Geburt meiner Tochter war. Da ich nun ein eigenes Kind hatte, würde es mir leichter fallen, Bruno herzugeben.
Nachdem Erich und Erika gestorben waren, klammerte ich mich natürlich noch mehr an den Jungen. Aber auch in dieser Zeit war ich mir stets bewusst, bald musst du ihn abgeben. Ich

hegte allerdings die stille Hoffnung, dass ich nach dem Krieg in eurer Nähe ein neues Leben beginnen könnte, um so die Gelegenheit zu haben, Bruno immer wieder zu sehen. Erst als mir vor den Trümmern deines Vaterhauses ein Polizist versicherte, da sei niemand mehr lebend herausgekommen, habe ich Bruno gefühlsmäßig adoptiert."

„Das war das Vernünftigste, was du tun konntest. Wie verlief euer Leben danach weiter?"

Olga berichtete nun von ihrer falschen Aussage bei der Gemeindeverwaltung in Mommenheim und rechtfertigte sich so: „Nach meiner Kenntnis gab es nun niemanden mehr auf der Welt, der wusste, dass Bruno nicht mein Kind war. Also bestand für mich nicht die geringste Gefahr, dass dieser Schwindel aufgedeckt werden könnte. – Da fällt mir ein, was ist mit Margarethe? Haben sie und ihr Mann und deine anderen Geschwister den Krieg auch überlebt?"

„Den Krieg ja. Aber mittlerweile lebt nur noch Margarethe. Ihr Mann starb 1958. Er war ein spätes Opfer des Ersten Weltkrieges. Ich hatte dir ja von seiner Verwundung erzählt. Eines Tages ist das Befürchtete tatsächlich eingetreten. Es ging ganz schnell. Alfred starb ohne zu leiden. Zurück blieb eine trostlose Margarethe mit einem viel zu großen Haus und einer Arztpraxis, die niemand übernehmen wollte. Deshalb ließ sie diese in eine Wohnung umwandeln. Die Wohnung konnte sie gut vermieten und damit ihre Rente aufbessern.

Drei Jahre später erlag unser Bruder ganz plötzlich einem Herzinfarkt. Zu seiner Familie habe ich nur noch losen Kontakt. Zwei Jahre nach ihm starb Charlotte an Magenkrebs."

„Das tut mir leid. Da hast du viel durchgemacht. Aber meinst du nicht, Margarethe wird Anspruch auf Bruno erheben?"

„Wo denkst du hin? Sie ist jetzt zweiundsiebzig. In jungen Jahren wollte sie ein Kind aufziehen, dazu ist es jetzt zu spät."

„Und du befürchtest nicht, sie könnte unser Geheimnis verraten?"

„Sei unbesorgt. Sie würde niemals etwas tun, was mir schadet. Aber erzähle weiter, wie ist es euch in der Nachkriegszeit ergangen?"

„Bei allem Schlimmen, das wir durchgemacht haben, hatten wir Glück mit unserer Unterbringung. In der kleinen Weinbau-

gemeinde lebten wir uns schnell ein. Die Menschen dort waren aufgeschlossen und hilfsbereit, vor allem unsere Quartiergeber. Als diese erfuhren, dass ich aus der Landwirtschaft komme, nahmen sie uns mit offenen Armen auf. Bald lernte ich auch noch, wie man Reben schneidet, wie man sie pflanzt, wie man Trauben erntet und wie man Wein daraus macht. Im September wurde Bruno eingeschult. Unter den Dorfkindern fühlte er sich so heimisch, als sei er dort aufgewachsen. In den ersten Jahren nach dem Krieg hatte ich nur für ein Dach über dem Kopf gearbeitet und für das tägliche Brot. Nach der Währungsreform wurde es jedoch Zeit, dass ich richtige Arbeit annahm. Ich musste bares Geld verdienen und mir für später eine Rente sichern. Immerhin war ich schon zweiundvierzig. Da wurde es höchste Zeit, an die Altersversorgung zu denken. Denn das bisschen Kriegerwitwenrente reichte nicht zum Leben und nicht zum Sterben. Ich hatte Glück. Die wiedereröffnete Universität in Mainz benötigte Haus- und Küchenpersonal. Sie stellten mich sofort ein. Das bedeutete aber, dass ich schon morgens um 5:30 Uhr am Bahnhof sein musste, um rechtzeitig an meiner Arbeitsstelle zu sein. Meine Hauswirtin bot mir an, den Jungen pünktlich zur Schule zu schicken und mittags zu beköstigen. Im Gegenzug dafür musste ich bei der Ernte mithelfen. Das klappte ganz gut. Als Bruno aufs Gymnasium nach Mainz wechselte, fuhren wir gemeinsam um 5:30 Uhr los. Bis sein Unterricht begann, blieb er im Wartesaal des Bahnhofes sitzen, wo er seine Hausaufgaben erledigte. Auf die Dauer sagte mir meine Arbeit nicht zu, zumal der Verdienst sehr gering war. Da hörte ich von einer privaten Abendschule, wo man Maschineschreiben und Stenografie lernen konnte. Sollte ich das in meinem Alter noch wagen? Und würde ich danach eine entsprechende Anstellung finden?
Auf dem Arbeitsamt bestärkte man mich in meinem Vorhaben. Sekretärinnen seien sehr gesucht. Wohin aber mit Bruno? Ich konnte ihn doch nicht bis spät abends sich selbst überlassen. Wieder hatte ich Glück. Die Mutter eines Klassenkameraden bot uns an, Bruno für ein geringes Entgelt an den zwei betreffenden Tagen in der Woche zu betreuen. Nach einem halben Jahr hatte ich mein Zeugnis in der Tasche. Beim Arbeitsamt bekam ich zehn Adressen, bei denen ich mich bewerben könne.

Als erstes stellte ich mich bei der Uniklinik, die früher Städtisches Krankenhaus war, vor und wurde sofort eingestellt. 1954 erfuhr ich zufällig von einer freien Wohnung in der Boppstraße. Ich griff sofort zu. Sie war zwar teurer als unsere bisherige. Dafür fiel aber das frühe Aufstehen weg und wir sparten die Bahnfahrt. Bruno konnte nun zu Fuß zur Schule gehen und ich zur Klinik."

„Das gibt es ja gar nicht!", fiel ihr Mali ins Wort. „Seit 1953 wohne ich in der Feldbergstraße, und in all den Jahren sind wir uns kein einziges Mal über den Weg gelaufen."

„Ja, sonderbar ist das schon. Demnach waren unsere Wohnungen doch so weit auseinander, dass wir unterschiedliche Geschäfte und unterschiedliche Friseure besuchten."

„Na ja, die Chance, uns ausgerechnet beim Friseur zu begegnen, war äußerst gering", konstatierte Mali. „Deiner Frisur nach zu urteilen, besuchst du den auch höchstens einmal im Jahr." Lachend tasteten beide nach ihrer Frisur.

Bald wurde Olga wieder ernst: „In all den Jahren hatte ich immer wieder Gewissensbisse, weil ich dem Jungem den falschen Namen gegeben hatte. Jedes mal beruhigte ich mich damit, dass es wohl Gottes Fügung sei, dass ich an diesem Waisenkind Mutterstelle vertrete. Was hätte ich denn sonst tun sollen? Erzählen, dass dies das Kind einer Freundin ist? Dass diese bei einem Bombenangriff umgekommen sei und die vorgesehene Adoptivmutter ebenfalls? Was hätten sie dann mit ihm gemacht? Womöglich hätten sie ihn mir weggenommen und in ein Heim gestreckt. Wie grausam wäre das für Bruno gewesen! Er war doch so an mich gewöhnt. Er glaubte doch, ich sei seine Mutter. Was für ein Schock wäre das für ihn gewesen, wenn man ihn von mir gerissen hätte! Und ich selbst? Ich konnte mir mein Leben ohne ihn nicht mehr vorstellen. In den fast sechs Jahren seines Daseins waren wir so miteinander verwachsen, wie es inniger nicht sein konnte bei einem leiblichen Mutter-Kind-Verhältnis. Zusammen waren wir durch Dick und Dünn gegangen. Zweimal hatte ich ihm das Leben gerettet und einmal hatte er unser beider Leben gerettet. Wie konnte ich ihn danach hergeben? Er war doch ein Teil von mir. Außerdem war er bei mir viel besser aufgehoben als in jedem Heim."

„Der Ansicht bin ich auch", pflichtete Mali ihr bei. „Er hätte es

nirgendwo besser treffen können als bei dir. Heute denke ich mir, es sollte nicht sein, dass Margarethe das Kind aufzieht. Seine große Ähnlichkeit mit Arno hätte mich bestimmt bei meinen Eltern und Verwandten verraten."
„Da könntest du Recht haben. Übrigens, Mali, bis jetzt hast du noch kein Wort darüber verloren, wie du Bruno findest", sagte Olga herausfordernd.
„Er ist groß geworden, seit ich ihn das letzte Mal gesehen habe." Beide lachten. Ernst werdend fuhr Mali fort: „Viel kann ich noch nicht sagen. Ich kenne ihn ja noch kaum. Aber du scheinst ihn gut erzogen zu haben. Von seinem ausgezeichneten Benehmen konnte ich mich schon überzeugen. Und von einer Anwältin hörte ich, dass er trotz seiner Jugend bereits ein tüchtiger Anwalt sei."
Voller Mutterstolz lächelte Olga, fügte aber bescheiden hinzu: „Von wem er das wohl hat? Schon als Zehnjähriger interessierte er sich für die Juristerei und mit fünfzehn stand sein Berufswunsch bereits fest."
„Es muss für dich nicht einfach gewesen sein, ihn in den schlechten Jahren durchzubringen. Ihm außerdem den Besuch des Gymnasiums zu ermöglichen und das Jurastudium, das war eine beachtliche Leistung. Ich stehe schwer in deiner Schuld. Das kann ich im ganzen Leben nicht wiedergutmachen, was du an ihm getan hast."
„Aber Mali, was redest du da? Ich habe das doch nicht für dich getan, sondern für mich. In all den Jahren war er doch mein Kind. Er war der einzige Mensch, der mir geblieben war. Außerdem habe ich alles, was ich ihm an Liebe gegeben habe, hundertfältig zurückerhalten. Nein, nein du schuldest mir gar nichts."
„Vielleicht gibt es doch mal etwas, das ich für dich tun kann. Dann lass es mich wissen."
„Hm, eine Bitte hätte ich jetzt schon. Gib mir die Adresse von Frau Westphal. Ich möchte ihr von unserer glücklichen Rettung berichten. Außerdem interessiert es mich, was aus ihr geworden ist und ob sie ihren Mann wiedergefunden hat."
An diesem Tag wurden zwischen den Freundinnen noch viele Worte gewechselt. Beim Abschied sagte Mali: „Margarethe wird vielleicht Augen machen, wenn sie von Bruno hört."

Das machte sie in der Tat. Schon am nächsten Tag war Mali in Bad Ems, um ihrer Schwester die ganze Geschichte zu erzählen. „Gott sei Dank", wiederholte diese immer wieder. „Dass ich den Tag noch erleben durfte! So hat der arme kleine Kerl doch nicht ertrinken müssen. Wann darf ich ihn mal sehen?"
„Am nächsten Samstag schon. Lade uns drei einfach zum Kaffee ein."
Diese Einladung nahmen Olga und ihr Sohn gerne an. Es wurde ein angeregter Nachmittag. Margarethe und Olga, die sich in jungen Jahren nur mal kurz begegnet waren, empfanden auf Anhieb große Sympathie füreinander. Auch Bruno verstand sich mit Margarethe bestens. Diese schaute ihn immer wieder verstohlen an.
Ehe sich ihre Gäste verabschiedeten, wagte Margarethe einen Vorschlag zu machen: „Wie ich heraushörte, wohnen Sie in Mainz sehr beengt. Dann sagten Sie mir noch, Sie würden nächstes Jahr aus dem Berufsleben ausscheiden. Zufällig wollen meine Mieter aus der Parterrewohnung im nächsten Jahr ausziehen. Sie bauen gerade ein eigenes Haus. Wie wäre es? Könnten Sie sich vorstellen, in Bad Ems zu wohnen?"
„Das könnte ich schon", sagte Olga mit strahlenden Augen." Aber sicher möchte Mali die Wohnung beziehen, wenn sie jetzt pensioniert wird."
„Ich? Oh nein", wehrte sie entschieden ab. „Ich trete ja deshalb vorzeitig in den Ruhestand, weil ich auf Reisen gehen möchte. Zum Leerstehen reicht meine kleine Wohnung in Mainz."
Diese Aussage beruhigte Olga sehr. Dennoch hatte sie Bedenken: „Ob ich mir eine so große Wohnung leisten kann?"
„Das ist das geringste Problem", versicherte Mali ihr. „Hier auf dem Lande sind die Mieten doch viel niedriger als in der Stadt. Ich könnte mir vorstellen", hierbei warf sie ihrer Schwester einen beschwörenden Blick zu, „dass man in Bad Ems für eine große Wohnung nicht mehr Miete zahlt als in Mainz für eine kleine. „Margarethe deutete diesen Blick richtig und sagte: „Damit hat Mali vermutlich Recht."
So wurde man sich ganz schnell einig. Olga würde im nächsten Jahr hier einziehen.
„Was aber ist mit Ihnen, Herr Dr. Friedewald? ," erkundigte sich Mali.

„Selbstverständlich ziehe ich mit ein. Meine Mutter kann mich doch nicht mutterseelenallein in Mainz zurücklassen! Außerdem ist die Wohnung für eine einzige Person viel zu groß. Davon abgesehen, es gefällt mir in Bad Ems ausgezeichnet."
„Wird Ihnen die Fahrerei bis Mainz auf die Dauer nicht zu viel?"
„Da sehe ich kein Problem. Im nächsten Jahr beabsichtige ich ohnehin, zu einer großen Kanzlei nach Wiesbaden zu wechseln. Dort habe ich die Möglichkeit, mich auf Verwaltungsrecht zu spezialisieren. Über die Autobahn ist es von Bad Ems nach Wiesbaden doch nur ein Klacks."
So wurde das Leben dieser vier schicksalhaft miteinander verbundenen Menschen neu geordnet. Während Mali glücklich durch die Welt reiste, waren sich Margarethe und Olga bald gegenseitig Stütze in jeder Hinsicht. Vor allem kannten sie weder Einsamkeit noch Langeweile. Beide hatten ihre Freude an Bruno und wurden nicht müde, sich über ihn zu unterhalten. Er machte unterdessen Karriere. Nachdem er fünf Jahre lang in Wiesbaden erfolgreich tätig gewesen war, wagte er den Sprung nach Bonn. Er wurde Jurist im Wirtschaftsministerium mit dem Titel Regierungsrat. Das erfüllte beide Frauen mit Stolz.
Allerdings war es nun nötig, dass er sich eine kleine Wohnung in Bonn nahm. Die tägliche Fahrerei wäre doch zu aufreibend gewesen. Nun war er besonders froh, dass seine Mutter in Margarethe eine treue Freundin gefunden hatte und ihn während der Woche nicht zu sehr vermisste.
Damit sie sich jedoch von ihm nicht ganz verlassen fühlte, kehrte er jeden Freitagabend in die mütterliche Wohnung zurück. Bis Sonntagabend ließ er sich dort verwöhnen und nahm seine frisch gewaschene und gebügelte Wäsche wieder mit nach Bonn. Bei seinen Wochenendbesuchen vernachlässigte er auch Margarethe nicht. Er suchte ihre Nähe aber nicht nur aus bloßer Dankbarkeit für die Überlassung der schönen Wohnung zu einem günstigen Mietpreis, sondern vor allem deshalb, weil er sich überaus gut mit ihr verstand.
Weilte Mali für ein paar Tage auf Besuch, dann teilte Bruno seine Aufmerksamkeit unter den drei Damen auf.
Als Bruno Oberregierungsrat wurde und noch später gar Ministerialdirigent, war schwer auszumachen, welche von den dreien am stolzesten auf ihn war.

Eines Dienstags im April meinte es die Sonne schon so gut, dass Mali ihr Frühstück auf dem Balkon einnahm. Anschließend vertiefte sie sich in die Tageszeitung, wurde aber vom Klingeln des Telefons hochgeschreckt.
„Hier ist Olga", meldete sich eine belegte Stimme.
„Nein, du, Olga? So früh am Morgen? Ist was passiert?"
„Ja, Margarethe ist tot."
„Das kann doch nicht wahr sein", sagte Mali bestürzt. „Am Sonntag war sie doch noch frisch und munter."
„Ja, auch gestern noch. Es waren keinerlei Krankheitsanzeichen zu erkennen", bestätigte Olga. „Und heute morgen hat ihre Putzfrau sie tot im Bad aufgefunden."
„Wie schrecklich, Olga. Ich komme sofort."
Es war klar, dass sie die Beerdigungsformalitäten in die Hand nehmen musste, obwohl sie selbst bereits fünfundsiebzig war. Als nächste Angehörige war sie dazu verpflichtet. Ihren Nichten, die beide berufstätig waren und Familie hatten, wollte sie das weder zumuten noch überlassen. Zwei Stunden später traf sie in Bad Ems ein. Die betagten Freundinnen umarmten sich und trösteten sich gegenseitig. Beide hatten einen schweren Verlust erlitten.
Nachdem der Arzt und das Bestattungsinstitut ihre Aufgaben erledigt hatten, rief Mali im Pfarrhaus an. Sie wollte mit dem Pfarrer den Beerdigungstermin festlegen. Sie erreichte aber nur die Sekretärin: „Herr Pfarrer weilt gerade zur Kur in Bad Wörrishofen. In drei Wochen wird er wieder zurück sein."
„Ach, das ist aber schade. Wissen Sie, meine Schwester, Margarethe Jäger, ist gestorben. Da sie sich mit Pfarrer Molitor immer so gut verstanden hat, wäre es mir sehr lieb gewesen, wenn er sie selbst beerdigt hätte."
„Das kann ich gut verstehen. Aber wir können es leider nicht ändern. Der Kollege von der Nachbarpfarrei muss eben diese Aufgabe übernehmen."
Mit Rücksicht auf die Berufstätigen der Familie legte man die Beerdigung auf Samstagvormittag. Nun erst benachrichtigte Mali ihre Nichten und deren Mutter, ihre Cousinen und Cousins beziehungsweise deren Nachkommen. Dass Olga Bruno selbst benachrichtigte, lag auf der Hand.

Natürlich konnten oder wollten nicht alle zur Beerdigung kommen. Bei Mali gingen die unterschiedlichsten Ausreden ein. Daher war es eine ganz kleine Trauergemeinde, die sich am Tag der Beerdigung vor dem Haus der lieben Verstorbenen versammelte. Von dort aus bewegte man sich gemeinsam zum Friedhof. Anschließend begab man sich in das nahe gelegene Gasthaus zum Leichenschmaus.
Wie von ungefähr kam man aufs Erben zu sprechen. Es erhob sich die Frage, ob die Tante wohl ein Testament hinterlassen habe.
„Mir ist nicht bekannt, dass sie eines gemacht hätte", sagte Mali. „In diesem Falle tritt die gesetzliche Erbfolge ein."
„Was heißt das, Tante Mali?", fragte Nichte Katharina.
„Das heißt, da meine Schwester weder Ehemann noch Kinder hinterlässt, fällt das Erbe an ihre Eltern und deren Abkömmlinge."
„Das sind wir", riefen beide Nichten begeistert aus.
„Und du natürlich auch, Tante Mali", ergänzte Renate.
„Bedeutet das, dass jeder von uns ein Drittel des Nachlasses erhält?", erkundigte sich Katharina lauernd.
„Nein, so ist es nicht. Das Erbe wird theoretisch unter eurem Vater und mir aufgeteilt, also bekämen wir je die Hälfte. Da euer Vater aber nicht mehr lebt, wird seine Hälfte unter euch beiden aufgeteilt."
Katharina machte ein langes Gesicht, schob aber gleich eine Frage nach: „Wie soll das praktisch vor sich gehen? Wie es um Tantes Barschaft steht, weiß ich nicht. Damit wäre es ja kein Problem. Mit dem Hausrat werden wir sicher auch einig. Aber was ist mit der Villa?"
„Da gibt es zwei Möglichkeiten", erläuterte Mali. „Entweder übernimmt eine von uns dreien sie und zahlt die beiden andern aus..."
„Oder?", hakte Katharina ein.
„Oder wir verkaufen sie und teilen den Erlös entsprechend auf", ergänzte Tante Mali.
„Das scheint mir das Vernünftigste zu sein", erklärte Katharina. „Denn mit dem Auszahlen, das ist so eine Sache. Man wird doch nicht genau ermitteln können, was das Objekt wert ist. Außerdem, wer von uns dreien hätte so viel Geld, um die beiden andern auszuzahlen? Abgesehen davon, wer von uns will

schon in Bad Ems leben?"
„Ich zum Beispiel. Ich würde sehr gerne in Bad Ems wohnen", gestand Mali. „Nachdem ich die weite Welt gesehen habe, würde ich gerne hier sesshaft werden. Dann wäre ich in der Nähe von Margarethes und Alfreds Grab und hätte zudem meine liebe Freundin Olga um mich. Außerdem ist Bad Ems ein hübsches Städtchen."
„Ja, würdest du denn die Hälfte des Wertes der Villa aufbringen können – abgesehen von der Schwierigkeit, diesen zu ermitteln?", äußerte sich die ältere Nichte besorgt.
„Vielleicht – wenn ich meine Eigentumswohnung verkaufe – könnte es klappen." Sie zog das tatsächlich in Erwägung. Denn außer den genannten Gründen wollte sie ihrer Freundin und Bruno ihr Zuhause erhalten.
„Ach, bis du die verkauft hast, das kann noch eine Ewigkeit dauern", äußerte Katharina unwillig. Deshalb konnte sich Mali nicht enthalten zu fragen: „Hast du es denn so eilig, liebes Kind?"
„Nun ja, ich wüsste schon, was ich mit dem Geld anfange", war deren Antwort.
„So ist das aber beim Erben", erklärte Mali. „Da braucht man Geduld. Erst müssen wir beim Nachlassgericht einen Erbschein beantragen und die potentiellen Erben benennen. Dann wird das Gericht schon eine gewisse Zeit brauchen, um die Erbberechtigung der einzelnen zu überprüfen. Darüber hinaus muss eine Aufstellung gemacht werden über alles, was zur Erbmasse gehört. Das wird auch eine Weile dauern. Um aber die Sache zu beschleunigen, werde ich sie ab Montag in die Hand nehmen."
Damit waren die Nichten einverstanden.
„Da wir gerade hier sind, könnten wir doch schon mal einiges aufteilen", schlug Katharina vor. „Es muss doch sicher nicht jeder Gegenstand über das Gericht gehen – wenn wir uns einig sind."
Mali hatte keine Einwände. Nun konnten die beiden Nichten nicht schnell genug von der Tafel aufstehen, um sich zum Trauerhaus zu begeben.
„Wie die Geier", stellte Olga fest, die ihnen mit Mali und Bruno folgte, während der Rest der Verwandtschaft abreiste. Vor Margarethes Wohnungstür mussten die beiden Schwestern

dann doch warten, weil Mali den Schlüssel hatte.
Wie unterschiedlich diese drei Frauen doch die Wohnung durchschritten! Mali wurde durch jeden Gegenstand an ihre Schwester erinnert und wischte sich immer wieder verstohlen die Tränen weg. Renate war beklommen zumute, als sie alle Zimmer so respektlos betraten und alles anfassten, was der Tante einst lieb und teuer gewesen war. Katharina kannte solche Probleme nicht. Mit gierigem Blick durchmaß sie alle Räume und taxierte, was sie brauchen könnte. Dann überlegte sie, mit welchen Argumenten sie diese Dinge Tante Mali beziehungsweise ihrer Schwester abschwatzen könne.
Nachdem sie alles besichtigt hatten, setzten sich Tante und Nichten im Wohnzimmer zusammen. Jede durfte ihre Wünsche äußern, die Mali auf ein großes Blatt schrieb. Bei den meisten Gegenständen gab es keine Probleme. Nur bei zwei Perserbrücken und einem kleinen Biedermeierschränkchen entbrannte eine heiße Diskussion zwischen den Schwestern. Renate war der Ansicht, jede von ihnen solle eine der beiden Brücken bekommen. Katharina hielt dagegen, die beiden Brücken gehörten zusammen. Man solle sie nicht auseinanderreißen. Erst in ihrer Zusammengehörigkeit komme ihre Schönheit voll zur Geltung.
„Gut", schlichtete die Tante den Streit. „Die eine nimmt die beiden Teppiche, dafür kriegt die andere das Biedermeierschränkchen." Damit waren sie einverstanden.
Nachdem alle Großteile theoretisch aufgeteilt waren, wurde es Zeit für die Heimfahrt. Deshalb schlug Mali vor: „Wir sollten uns bald wieder hier treffen, um den Inhalt der Schränke aufzuteilen. Ihr könnt dann Koffer und Kisten mitbringen, um einen Teil der Sachen schon abzutransportieren. Dann ist das nachher mit den Möbeln einfacher."
Aus lauter Sorge, die Perserbrücken könnten ihr eventuell abhanden kommen, nahm Katharina sie gleich mit. Zum Ausgleich dafür lud Renate umgehend das Schränkchen ein.
Man verabredete sich für den kommenden Samstag zum großen Ausräumen.
Kurz vor zehn Uhr erschienen die beiden Schwestern im Trauerhaus, wo Mali sie bereits erwartete. Zunächst ging man ins Schlafzimmer. Die Kleider und die Leibwäsche überließen die

Nichten großzügig der Tante.
„Da passen wir doch nicht hinein. Weder vom Alter her, noch von der Figur", war ihr Kommentar.
Bei der Bett- und Tischwäsche ging es schon genauer zu. Beide Nichten achteten darauf, dass sie vor allem von der neuwertigen bekamen. Hier zeigte sich die Tante großzügig: „Davon brauche ich nicht viel für meinen Einpersonenhaushalt."
Dieser Ansicht waren die Nichten auch.
„Die Küchensachen und das gute Porzellan sollten wir vielleicht erst beim nächsten Mal aufteilen", schlug Mali vor. „Jetzt habt ihr ja nicht die richtigen Behältnisse dabei."
Das leuchtete den Schwestern ein. Man begab sich ins Wohnzimmer.
„Wenn es euch recht ist, würde ich gerne den Schreibtisch selbst ausräumen. Sicherlich finde ich dort noch Briefe von mir und Charlotte vor. Die dürften für euch nicht so von Interesse sein." Mali war nämlich siedend heiß eingefallen, im Schreibtisch ihrer Schwester könne sich etwas befinden, das einen Hinweis darauf gab, dass Bruno ihr Sohn sei. Vielleicht hatte Margarethe Tagebuch geführt oder Bruno in irgendeiner Weise bedacht. Ihr so sorgfältig gehütetes Geheimnis sollte nicht durch einen so dummen Zufall ans Tageslicht gezerrt werden. Leider war ihr das nicht eher eingefallen, sonst hätte sie in den letzten Tagen bereits danach suchen können.
„Gut, Tante Mali. Wir suchen uns schon mal Bücher heraus,", sagte ihr Patenkind.
„Das ist eine gute Idee. Aber lasst mir auch noch ein paar übrig."
„Damit sind sie so beschäftigt, dass sie nicht darauf achten können, was ich im Schreibtisch finde, dachte Mali.
Da die Interessen der beiden Schwestern weit auseinander gingen, gab es mit dem Aufteilen der Bücher keine Probleme. Fleißig packten sie in ihre mitgebrachten Kartons ein. Dabei fiel Renate ein sehr abgegriffenes Buch in die Hand. Darin musste Tante Margarethe oft gelesen haben. Der Titel war nicht mehr zu erkennen, weder auf der Vorderseite, noch auf dem Buchrücken. Deshalb schlug Renate das Buch auf: „Altes und Neues Testament" stand darin. Dies war eine wirklich alte Ausgabe. Selbst wenn man kein Interesse für religiöse Inhalte aufbrachte, war dieses Buch ob seines materiellen Wertes inter-

essant. Ein Liebhaber alter Bücher würde womöglich einige Hunderter dafür hinblättern. Abschätzend ließ Renate die vergilbten Blätter durch ihre Finger gleiten. Dabei fiel ihr ein Brief entgegen. Sie nahm ihn auf und stellte fest, dass er noch verschlossen war. Neugierig schaute sie auf Adresse und Absender. Eigenartig. Er war von Margarethe Jäger und ging an Viktoria Luise Waldmann.

Ohne langes Überlegen rief sie: „Tante Mali, hier ist ein Brief für dich, von der Tante."

Erschrocken hielt Mali mit dem Durchsuchen des Schreibtisches inne. War das vielleicht der Brief, der sie kompromittieren konnte? Auch Katharina wurde aufmerksam und kam heran.

Mali nahm den Brief entgegen, ergriff Margarethes Brieföffner und schlitzte ihn mit zitternden Fingern auf. Nach dem Lesen der ersten Zeilen war sie so überwältigt, dass sie sich setzen musste. Besorgt fragte Renate: „Was ist dir Tante? Geht es dir nicht gut?"

„Was ist das für ein Brief? Eine schlechte Nachricht?", wollte Katharina wissen.

„Wie man's nimmt", antwortete die Tante mit verhaltenem Lächeln." Für mich ist es eine gute Nachricht. Für euch wird es eine schlechte Nachricht sein."

Verdutzt schauten beide Nichten ihre Tante an. Die las ihr Schreiben noch zu Ende, ehe sie erklärte: „Dies ist das Testament meiner Schwester Margarethe. Demnach bin ich die Alleinerbin. Nur für ihre Pfarrkirche hat sie ein Legat ausgesetzt."

„Das kann doch nicht wahr sein", entsetzten sich die beiden Schwestern.

„Lass sehen", forderte die Ältere.

„Du kannst es dir ruhig anschauen. Alles stimmt. Es ist ordnungsgemäß von Hand geschrieben und mit Datum und Unterschrift versehen."

Katharina setzte sich auf einen Sessel und nahm das Testament zur Hand. Während sie es las, wurde sie blass, dann ließ sie es sinken. Mali konnte es gerade noch auffangen.

„Das heißt also", konstatierte Katharina, nachdem sie sich etwas gefangen hatte, „dass wir beide leer ausgehen."

„Richtig. Ihr könnt also gleich aufhören mit Einpacken. Das,

was Ihr schon in den Kisten habt, dürft Ihr selbstverständlich mitnehmen. Auch die bereits mitgenommenen Sachen könnt Ihr behalten. Was aber den Rest anbetrifft, so müsst Ihr euch noch gedulden, bis ich das Zeitliche segne."
„Wie schön für dich", sagte Renate gegen ihre Überzeugung. Ihre Schwester dagegen brachte vor lauter Wut und Enttäuschung kein Wort heraus. Die beiden verhinderten Erbinnen trugen ihre Kisten bis zur Wohnungstür. Dann öffneten sie diese und schoben die Kisten hinaus auf den Treppenabsatz. Von da aus konnten sie die Sachen hinunter tragen und würden nicht jedes mal die Wohnung betreten müssen.
Mali war während dieser Tätigkeit im Wohnzimmer geblieben. Sie hatte sich entschlossen, diese Nacht in ihrem neuen Hause zu verbringen. Erst als sie die Tür ins Schloss fallen hörte, verließ sie den Raum, um die Toilette aufzusuchen. Da hörte sie, wie Katharina im Treppenhaus ihre Schwester anherrschte: „Du blöde Kuh! Was musstest du ihr auch das Testament aushändigen?"
„Ich wusste doch nicht, dass der Brief das Testament enthielt", verteidigte sich Renate.
Um noch mehr von dem aufschlussreichen Gespräch mitzubekommen, legte Mali, ganz gegen ihre Gewohnheit, ihr Ohr an die Korridortür.
„Das hättest du dir doch denken können! Absender Margarethe! Empfänger Viktoria! Zudem verschlossen! Das lag doch auf der Hand, dass der Umschlag das Testament enthielt. Noch dazu, wo du es im ‚Alten Testament' gefunden hast", giftete sich Katharina.
„Was hätte ich denn sonst damit machen sollen?"
„Wie kann man so dämlich fragen! Du hättest den Brief doch nur in das Buch zurücklegen brauchen und dieses in deiner Kiste verstauen sollen. Das wäre der Tante gar nicht aufgefallen. Dazu war sie viel zu beschäftigt."
„Ich kann doch nicht fremde Post unterschlagen."
Anscheinend war Katharina zu empört, um Bücherkisten hinunterschleppen zu können. Sie musste sich erst ihren Ärger von der Seele reden: „In dem Falle wäre es das Vernünftigste gewesen."

„Und dann?"
„Wir hätten den Brief erst mal geöffnet, wenn wir unter uns gewesen wären und hätten ihn anschließend verschwinden lassen."
„Und wenn er was anderes enthalten hätte? Eine wichtige Botschaft an Tante Mali?"
„Dann hätten wir immer noch so tun können, als hätten wir ihn ohne Umschlag in einem der Bücher gefunden."
„Nein, nein. Das wäre nicht richtig gewesen."
„Nicht richtig! Nicht richtig! Ohrfeigen könnte ich dich. Durch deine Zimperlichkeit ist uns nun das schöne Erbe durch die Lappen gegangen."
„So kannst du das auch nicht sehen. Wenn Tante Mali stirbt, erben wir es ja doch."
„Da kannst du lange warten. Die ist zäh wie Leder. Die bringt es fertig und wird hundert."
„Jetzt mach aber mal einen Punkt. Schließlich war es Margarethes letzter Wille, dass Tante Mali alles bekommt. Das sollten wir respektieren. Gönnen wir der guten Tante doch, dass sie sich noch ein paar schöne Jahre machen kann."
„Mit dem halben Haus hätte sie mehr als genug. In ihrem Alter braucht man nicht mehr viel. Außerdem hat sie eine schöne Rente. Wir könnten unsern Anteil jetzt notwendig brauchen."
„Du musst gerade jammern! Du bist auch nicht gerade am Verhungern. Als Zahnarzt verdient dein Mann bestimmt nicht schlecht."
„Ach, mit dir kann man ja nicht reden. Du bist zu sehr Idealistin."
Das Gespräch verstummte. Man hörte nur noch Schritte auf der Treppe. Als alle Kisten in ihren Autos verstaut waren, setzten sich die Schwestern ans Steuer, die eine wütend, die andere betrübt und brausten in verschiedene Richtungen davon.
Nach dem soeben Gehörten, musste sich Mali erst mal setzen. So sah das also aus! Nun wusste sie, wie sie ihre Nichten einzuschätzen hatte. Gleichzeitig wurde ihr klar, dass sie ihr eigenes Testament rechtzeitig aufsetzen und so hinterlegen musste, dass es nicht in unbefugte Hände fiel. Bevor sie jedoch diesbezügliche Schritte unternehmen konnte, musste sie erst mal ihr eigenes Erbe antreten. Dazu war es notwendig, dieses Testa-

ment beim Nachlassgericht vorzulegen.
Wenige Tage danach erhielt sie einen Anruf von Pfarrer Molitor: „Mein aufrichtiges Beileid, Frau Waldmann. Soeben komme ich aus der Kur zurück und erfahre von meiner Sekretärin vom Tode Ihrer Schwester. Das ist ja sehr überraschend gekommen. Kurz vor meiner Abreise wirkte sie noch sehr lebendig."
„Ja, Herr Pfarrer, für uns alle kam das sehr überraschend. Margarethe ist nie krank gewesen. Es ist sehr nett von Ihnen, dass Sie mir eigens ihre Anteilnahme aussprechen. Vielen Dank."
„Ja, es hat mir sehr leid getan, dass ich die Beerdigung nicht selbst übernehmen konnte."
„Ja, mir auch. Aber es ist gut, dass Sie anrufen. Sonst hätte ich mich bei Ihnen gemeldet. Meine Schwester hat Ihre Kirche in ihrem Testament bedacht."
„Ich weiß, deshalb rufe ich ja an. Ihre Schwester hat mir vor längerer Zeit ihr Testament anvertraut mit der Auflage, es sofort nach ihrem Ableben zu öffnen. Außerdem gab sie mir noch einen versiegelten Brief an Sie."
„Das ist ja hochinteressant. Wann darf ich mir diesen bei Ihnen abholen?"
„Würde es Ihnen morgen Nachmittag passen?"
Zur ausgemachten Zeit erschien Mali im Pfarrhof. Der Pfarrer zeigte ihr sogleich das Testament. Es war am selben Tag verfasst worden wie ihr Exemplar und war im Wortlaut identisch. Kluge Margarethe, dachte sie. Du hast vorgebeugt. Da hätte der Katharina ein Verschwindenlassen des Testamentes nichts genützt. Das muss ich ihr gelegentlich unter die Nase reiben. Allein schon deshalb, um die brave Renate zu rehabilitieren. Dann machte sie bei einer Tasse Kaffee brav Konversation mit dem Pfarrer, obwohl sie es kaum erwarten konnte, den Inhalt des versiegelten Briefes zu erfahren. Kaum zurück in Margarethes Haus, öffnete sie voller Spannung das Couvert:

Bad Ems, den 6. Juli 1974

Liebe Mali!
Wenn Du diesen Brief in Händen hältst, lebe ich nicht mehr. Aber Du sollst wissen, dass ich sehr beruhigt bin, dass ich alles so vortrefflich geregelt habe. Ich habe mich sehr gefreut, dass

ich Deinen Sohn noch kennen lernen durfte. Er ist ein Prachtbursche geworden, obwohl Du nicht viel dazu beigetragen hast – oder gerade deswegen? Gerne hätte ich ihn selbst großgezogen. Aber Gott hat es anders gefügt. Ich denke jedoch, wir beide sind sehr zufrieden mit seiner Wahl in puncto ‚Mutter'. Weil Bruno in dem Falle, dass ich ihn adoptiert hätte, mein Erbe geworden wäre, überschreibe ich meine ganze Habe Dir – mit Ausnahme des kleinen Legates an meine Pfarrkirche – mit dem Hintergedanken, dass Du sie Deinem Sohn zu gegebener Zeit doch zukommen lässt. Mit Rücksicht auf Dich und Olga habe ich es ihm nicht selbst verfügt. Ich fürchte, das könnte unnötig Staub aufwirbeln und Euch beide in Verlegenheit bringen. In Liebe, Deine Schwester Margarethe.

Danke Margarethe. Danke für deine Rücksichtnahme, danke für das Vermögen, murmelte Mali vor sich hin. Dann schritt sie noch mal durch die ganze Wohnung und sagte zu sich: Ich werde hier einziehen und zwar schon bald. Dann bin ich in der Nähe meines Sohnes, kann seinen weiteren Lebensweg verfolgen und habe im Notfall jemanden, der mir beisteht.

Zehntes Kapitel

Mali und Olga verstanden es, ihren Lebensabend angenehm zu gestalten. Sie konnten zusammen sein, wann immer sie wollten, und sie konnten sich in ihre vier Wände zurückziehen, wenn ihnen danach war. Sie machten gemeinsame Spaziergänge, sie besuchten die Gräber, sie gingen zusammen einkaufen. Was Mali besonders an dieser wiederbelebten Freundschaft genoss: Olga war eine ausgezeichnete Köchin, und Mali durfte sich an den gedeckten Tisch setzen.

Dennoch beschränkte sich ihr gesellschaftlicher Verkehr nicht nur auf sie beide. Sie hielten Kontakt zu den übrigen Hausbewohnerinnen und zu einigen alten Damen, die sie durch ihr Engagement im kirchlichen Bereich kennen gelernt hatten. So waren sie bald ein nettes Damenkränzchen, das sich einmal in der Woche reihum zum Kaffeeklatsch traf.

„Wir können nicht immer nur zusammensitzen und die Mitmenschen durchhecheln", sagte Mali eines Tages. „Wir sollten etwas richtig Gutes tun. Schließlich sind wir nicht mehr die Jüngsten und bald wird es für gute Werke zu spät sein. Wir sind alle nicht arm und mitnehmen können wir auch nichts. Was haltet Ihr davon, wenn jede nach ihren Möglichkeiten einen Beitrag in eine gemeinsame Kasse zahlt?"

Alle waren dafür und hießen die Idee gut. Es wurden verschiedene Vorschläge gemacht, wer von dem Geld unterstützt werden sollte. Einige davon waren sehr vernünftig, andere eher sonderbar. Schließlich einigte man sich darauf, mittellosen angehenden Medizinern das Studium zu finanzieren. Bei Mali spielte hierbei sicherlich der Gedanke an Alfred, in dessen Haus sie wohnte, eine Rolle. Frau Sauer, eine von Malis Mieterinnen, mit ihren siebenundfünfzig Jahren die Jüngste in dem erlauchten Kreise, wurde zur Kassiererin gewählt. Bruno wurde beauftragt, sich mit einer Universität in Verbindung zu setzen, damit man würdige Empfänger für das so gesammelte Geld finde. Das machte er zur vollsten Zufriedenheit aller Beteiligten.

Natürlich hatten Olga und Mali auch sonst viel Freude an ihm. Die Wochenenden mit ihm und seine Berichte aus der großen Welt genossen sie sichtlich. Er war ein Kavalier vom Scheitel bis zur Sohle und verehrte seine Mutter regelrecht. Mali war aber

kein bisschen eifersüchtig. Denn auch zu ihr war er immer sehr liebenswürdig.
Als Olga auf die Fünfundachtzig zu ging, schaffte sie es nicht mehr, bis in den zweiten Stock hinaufzusteigen.
„Das macht gar nichts", meinte Mali, „halten wir den Kaffeeklatsch eben nur noch bei dir."
Aber auch damit war es bald vorbei. Olga konnte das Bett nicht mehr verlassen. Mali, selbst bereits dreiundachtzig, war mit der Pflege überfordert. Abgesehen davon hatte sie es nie gelernt und zeigte kein Geschick in solchen Dingen. Selbst die zweimal wöchentlich erscheinende Putzfrau bedeutete keine ausreichende Pflege. Und Bruno kam nur zu den Wochenenden heim. Ihm bereitete es große Sorge, dass die Mutter immer hinfälliger wurde. Zum Glück wusste Frau Sauer Rat. Da sie in einer Klinik arbeitete, hatte sie zahlreiche Kontakte zu Krankenschwestern, auch zu pensionierten. Innerhalb kurzer Zeit konnte sie eine zuverlässige Pflegekraft für Frau Friedewald anwerben.
Für Mali gab es noch ein anderes Problem: Sie stand wieder mal ohne Köchin da. Und nur von Broten leben konnte sie auch nicht. Abgesehen davon musste ja auch die Patientin ihr Essen haben. Die Lösung hieß: Essen auf Rädern.
Als Olga ihr Ende herannahen fühlte, sagte sie zu Mali: „Ich brauche dir sicher nicht zu sagen, kümmere dich um Bruno, wenn ich nicht mehr da bin. Er war mir immer ein guter Sohn. Ich danke dir, dass du ihn mir nicht weggenommen hast."
Dann bat sie Bruno zu sich ans Lager: „Mein Junge", sagte sie mit matter Stimme. „Wenn ich nicht mehr da bin, kümmere dich ein bisschen um Frau Waldmann. Sie steht völlig allein auf der Welt..."
„Sie hat doch noch ihre Nichten", entgegnete Bruno.
„Die sind weit weg und haben ihre eigenen Probleme. Außerdem weißt du ja, wie sie sind. Du hast sie ja nach der Beerdigung von Margarethe kennen gelernt."
„Ja, das habe ich", sagte er mit ironischem Unterton. „Du hast Recht, Mutter. Ich verspreche dir, ich werde mich um deine Freundin kümmern, so lange sie lebt."
„Du bist ein guter Junge. Danke."
Nach diesem Gespräch schloss sie beruhigt die Augen. Bruno

wollte sich davonschleichen, weil er dachte, sie sei eingeschlafen. Da hörte er einen kräftigen Atemzug von ihr und wandte sich noch mal um.
„Frau Randers, Frau Randers", rief er besorgt. Die Krankenschwester schaute Frau Friedewald nur kurz an: „Mein Beileid, Herr Dr. Friedewald. Ihre Mutter ist erlöst."
Da brach er in Tränen aus.
Bei den Beerdigungsformalitäten stand Mali ihm ebenso zur Seite, wie er ihr bei der Beisetzung ihrer Schwester zur Seite gestanden hatte. Außer dem Priester standen nur sie beide am Grab. Die Kränzchendamen hatten alle abgesagt. Sie fühlten sich für diesen Gang alle zu gebrechlich und Frau Sauer hatte Dienst. Deshalb hatte Bruno kein Beerdigungsmahl bestellt. Er lud Mali in ein Restaurant ein, wo sie à la Carte aßen.
„Was haben Sie nun vor, Herr Dr. Friedewald", fragte Mali. „Werden Sie nun ganz nach Bonn ziehen? Oder wollen Sie die Wohnung beibehalten?"
„Ich werde sie natürlich beibehalten – vorausgesetzt, es ist Ihnen recht."
„Das ist mir sogar sehr recht, wo sie doch mein liebster Mieter sind."
Einige Tage nach der Beerdigung machte sich Bruno daran, im Schreibtisch seiner Mutter nach Papieren zu suchen, weil noch einige Formalitäten zu regeln waren. In der obersten Schublade fand er einen Brief, der an ihn adressiert war.

Bad Ems, den 1. Januar 1988

Bruno, mein geliebter Sohn!

So will ich Dich noch einmal nennen, obwohl ich eigentlich kein Recht dazu habe. Oder nur das Recht der Liebe. Ich hoffe, ich bin Dir immer eine gute Mutter gewesen. Du jedenfalls warst mir immer ein guter Sohn. Dafür danke ich Dir. Trotz aller Schwierigkeiten und Gefahren, die wir beide durchgestanden haben, bist Du ein ordentlicher und tüchtiger Mensch geworden. Deshalb war ich immer sehr stolz auf dich. Wenn Du diese Zeilen liest, bin ich nicht mehr unter den Lebenden und kann endlich mein Schweigen brechen, ohne dass es für mich

Nachteile hätte: Ich bin nicht Deine leibliche Mutter. Ich habe Dir das nie gesagt, weil ich Angst hatte, sonst Deine Kindesliebe zu verlieren. Diese war mir sehr wichtig und hat mich in all der schweren Zeit während des Krieges und danach aufrecht gehalten. Sie war mir auch Ersatz für all die Verluste an Menschen, an Heimat und an Besitz, die ich hinnehmen musste. Du warst das Einzige, das mir geblieben war. Deshalb habe ich es nie gewagt, dies aufs Spiel zu setzen. Aber jetzt, wo ich abberufen bin und vor meinen Herrgott trete, will ich doch Klarheit schaffen.

Es waren jedoch nicht nur eigene, egoistische Motive, die mir über all die Jahrzehnte den Mund verschlossen haben. Es geht auch noch um einen anderen, von mir sehr geschätzten Menschen, dem ich mein Versprechen gegeben habe, nie etwas über Deine Herkunft verlauten zu lassen. Auch jetzt habe ich noch nicht das Recht, Dir zu sagen, wer Deine wirkliche Mutter ist. Es gibt aber einen Menschen, der Dir die Wahrheit sagen kann. Das ist Frau Waldmann. Wenn Du also Antworten suchst, so frage sie. Sie ist zwar nicht verpflichtet, Dir Auskunft zu geben, aber sie ist berechtigt. Sollte sie Dir nicht gleich Deine Fragen beantworten, so dringe nicht in sie. Respektiere in diesem Falle, dass sie ihre Gründe hat, damit noch zu warten. Es ist dann an dir, Geduld aufzubringen, bis sie den richtigen Zeitpunkt für gekommen sieht. Verlasse sie niemals, kümmere dich um sie, wenn sie Hilfe braucht. Wir haben ihr viel zu verdanken.

Und nun hab Dank für all die Sohnesliebe, die Du mir entgegengebracht hast und für all die Freude, die ich an Dir erleben durfte. Hab Dank dafür, dass ich Dein Wachsen und Werden beobachten und die Illusion haben durfte, doch ein Kind zu haben, nachdem mir das Schicksal meine kleine Erika nach wenigen Monaten entrissen hatte.

Alle guten Wünsche für Deinen weiteren Lebensweg. In Liebe,
Deine Pflegemutter Olga Friedewald, geborene Ehrenwald.

Was Bruno dort gelesen hatte, wollte ihm nicht in den Kopf. Wie erstarrt saß er da und ließ den Brief fallen. Als sich nach geraumer Zeit die Starre löste, dachte er, das sei nur ein Traum gewesen. Aber da lag ein Brief auf dem Boden. Er hob ihn auf und las ihn ein zweites Mal. Diesmal las er ganz bedächtig. Das war doch nicht möglich! Olga nicht seine Mutter? Das konnte doch nicht sein! So weit er zurückdenken konnte, war sie immer bei ihm gewesen: in der Flüchtlingswohnung in Mommenheim, in dem Flüchtlingslager in Mainz, auf dem großen Bauernhof in Norddeutschland, auf den vielen verschiedenen Fahrzeugen, auf dem Treck, bei dem Großvater in Westpreußen. Ja, auch in Ostpreußen – selbst an diese Zeit erinnerte er sich noch, wenn auch nur schemenhaft – hatte er schon diese Mutter gehabt. Auf der Kommode hatte ein Bild gestanden mit einem Mann in Uniform. Eines Tages hieß es, er sei in Rußland gefallen. Jedes Mal, wenn Mutter es angeschaut hatte, hatte sie geweint. Bruno war ganz sicher, dass dieses Bild seinen Vater gezeigt hatte. Auch später hieß es immer, sein Vater sei in Rußland gefallen.

Es bestand höchstens die Möglichkeit, dass er als ganz kleines Kind oder als Säugling zu seiner Mutter gekommen war. Aber woher? Zwar war schon Krieg, aber angeblich waren die Verhältnisse noch weitgehend in Ordnung.

Er war zu nervös, um still zu sitzen. Er war zu aufgewühlt, um mit jemandem zu reden. Er warf sich eine Jacke über und stürmte hinaus in die Dunkelheit. Gehen, nur gehen und sich den Wind um die Ohren wehen lassen.

Viele Bilder aus der Vergangenheit stiegen in ihm auf. Stets war darin seine Mutter die Hauptperson. Undenkbar, dass sie nicht seine Mutter sein sollte. Aber wenn sie das in ihrem Abschiedsbrief behauptete, dann musste es wohl stimmen. Seine Gedanken drehten sich ständig im Kreise herum. Wenn Olga nicht seine Mutter war, dann gab es eine andere Frau, die ihn geboren hatte. Wer mochte das sein? Warum war er nicht bei ihr aufgewachsen? Warum hatte sie ihn weggegeben? Er war 1940 geboren. Zu der Zeit gab es doch... Ein wilder Verdacht stieg in ihm auf. Sollte er vielleicht das Kind einer Lebensbornmutter sein?

Im Laufe seines Studiums hatte er von dieser Institution gehört. Er war empört gewesen, dass man Menschen so etwas angetan hatte. Es hatte ihn berührt, als er von dem traurigen Schicksal von so manchem dieser Kinder erfahren hatte. Sollte er nun selbst ein solches Kind sein? Wenn ja, hatte er ein Riesenglück

gehabt, dass er an eine solche Ersatzmutter geraten war. Sie hatte ihm ein ganz normales Leben ermöglicht. Auch hatte sie es ihm bisher erspart, sich danach zu sehnen, seine Wurzeln zu suchen. Er war ja stets sicher gewesen, sie zu kennen. Ihm waren Neugier, Spott und Kränkungen durch seine Mitschüler erspart geblieben. Aufgrund der Tatsache, dass sie seine „Mutter" kannten, hatte jeder angenommen, er stamme aus „ordentlichen" Verhältnissen. Hatte sie ihm deshalb seine Herkunft verschwiegen? Oder hatte sie das aus Rücksicht auf seine leibliche Mutter getan? Hatte sie ihr damit Verachtung und Demütigungen ersparen wollen? Lebte sie vielleicht noch? Auf jeden Fall, darüber wurde er sich klar, hatte seine Pflegemutter Großes an ihm getan.
Dafür würde er ihr für den Rest seines Lebens Dank schulden. Immer neue Gedanken drängten sich ihm auf: Hatte seine Pflegemutter womöglich das Kind einer Magd aufgezogen? Ein Kind, dessen Vater ihr Mann gewesen war? Deshalb vielleicht die zarte Zurückhaltung ; sie wollte sein Andenken nicht in den Schmutz ziehen. Sie hatte nie viel über ihn gesprochen. Und er Bruno, hatte nie nach ihm gefragt. Jetzt allerdings, jetzt hätte er Fragen, viele Fragen – nun war es zu spät.
Vielleicht war alles auch ganz anders. War er vielleicht das Kind einer Magd mit einem Knecht? Hatte Mutter in ihrer edlen Art die Magd vor Elend und Schande bewahren wollen? Hatte sie deshalb deren Kind zu sich genommen und für ihr eigenes ausgegeben?
Als er wieder zu Hause ankam, war er merklich ruhiger geworden. Er las den Brief noch einmal forschend durch. Vielleicht konnte er ihm noch Informationen entnehmen, die er im ersten Schock übersehen hatte. Aber nichts Neues offenbarte sich ihm. Er fand nicht den geringsten Anhaltspunkt dafür, wer seine Mutter, geschweige denn, wer sein Vater gewesen sein könnte.
Nachdem er erneut die Stelle las, wo Mutter für all das dankte, das sie an ihm erleben durfte, kamen ihm vor Rührung die Tränen. Obwohl er noch aus einer Generation stammte, „in der ein Mann nicht weint", ließ er ihnen freien Lauf. Vieles von dem Schweren der letzten Tage wurde hinweggeschwemmt. Heute hatte er seine Mutter zum zweitenmal verloren.

Beim Erwachen am nächsten Morgen sah Bruno den Brief auf seinem Nachttisch. Da stürzte die Realität wieder über ihn herein. Noch einmal las er das Abschiedsschreiben seiner Mutter sorgfältig durch. Vielleicht ließen sich zwischen den Zeilen Antworten entdecken. Aber nein. Es blieb für ihn ein Buch mit sieben Siegeln. Da stand jedoch, Frau Waldmann könne ihm Auskunft geben, vorausgesetzt, sie war dazu bereit.
Inwiefern mochte sie in diese Sache verwickelt sein? Hatte seine Mutter – gefühlsmäßig blieb sie das für ihn – Frau Waldmann in ihrer Eigenschaft als Freundin oder als Juristin mit dieser Aufgabe betraut? War sie als Juristin in diese Sache hineingezogen worden, so hatte sie auch seiner leiblichen Mutter gegenüber eine Verpflichtung. Diese hatte ja wohl um Verschwiegenheit gebeten, damit ihr nicht irgendwelche Nachteile entstehen würden. Vielleicht durfte Frau Waldmann erst dann über die Sache reden, wenn sie Kenntnis vom Ableben seiner wirklichen Mutter hatte. Der Brief war vor über drei Jahren geschrieben worden. In dieser Zeit konnte sich viel verändert haben. Ein eigenartiges Gefühl. Vor wenigen Tagen hatte er seine Mutter zu Grabe getragen, und nun hatte er womöglich doch noch eine Mutter. Wieder überflog er suchend die Zeilen, die letzte Mitteilung seiner Mutter an ihn. An dem Satz: „Es geht auch noch um einen anderen, von mir sehr geschätzten Menschen...“ blieb er hängen. Deutete das nicht auf seinen Vater hin?
„Sehr geschätzten Menschen“? Warum schrieb sie nicht „geliebten Menschen“? Den Vater hatte sie doch mal geliebt? Hatte er sich ihre Liebe durch ein Abenteuer – bei dem er entstanden war – verscherzt? Fragen über Fragen.
Er machte sich daran, den Nachlass seiner Mutter zu ordnen. Aber immer wieder hielt er inne, weil ihm so viele Fragen durch den Kopf gingen. Sollte er jetzt nicht einfach zu Frau Waldmann gehen und sie fragen? Was brachte das? Wenn sie den Zeitpunkt – mit Rücksicht auf die andere Person – für noch nicht gekommen hielt, war er genauso weit wie vorher.
Sollte er dagegen erfahren, dass er sein Leben einem Fehltritt seines Vaters verdankte, was war dann? War er dann glücklicher? Oder wenn er erfuhr, dass er ein Lebensbornkind war, das seine Eltern adoptiert hatten? Würde ihn dieses Wissen

belasten oder beruhigen? Diese Lebensbornmutter lebte vielleicht noch und er konnte nach ihr suchen und sich ihr vorstellen: Ich bin dein Sohn. Vielleicht sollte aber gerade das vermieden werden. Vielleicht wollte sie sich davor schützen, an diese entsetzliche Zeit und ihr Fehlverhalten erinnert zu werden.
Andererseits, war es nicht möglich, dass sie arm und verlassen ihr Dasein in einem Altenheim fristete? Wäre es da nicht eine Freude für sie, plötzlich einen wohlgeratenen Sohn vor sich zu sehen, der Licht und Liebe in ihrer alten Tage brachte? Denn lieben wollte er sie, das nahm er sich fest vor. Egal, was geschehen war. Wenn sie seine Mutter war, hatte sie Anspruch auf seine Liebe. Denn man musste ihr zugute halten, dass damals eine schlimme Zeit gewesen war. In dieser Zeit hatten sich viele Menschen verblenden lassen. Die massive Propaganda hatte viele davon überzeugt, dass sie das Rechte taten, und wenn es noch so abartig war.
Den ganzen Tag grübelte er so dahin. Er konnte sich überhaupt nicht aufs Aufräumen konzentrieren. Ach was, sagte er sich. Jetzt will ich es wissen. Egal, was dabei herauskommt.
Schon war er an der Tür, fest entschlossen, Frau Waldmann zu fragen. Im letzten Moment hielt er inne. Wie sollte er beginnen? Einfach fragen: Wer ist meine Mutter? Würde er sie damit nicht in eine unangenehme Lage bringen? Sie war ihm stets wohlgesonnen gewesen, dessen war er sicher. Bestimmt würde sie ihm gerne helfen wollen. Auf der anderen Seite hatte sie auch eine Verantwortung seiner unbekannten Mutter gegenüber. Wusste sie überhaupt, dass seine Mutter – Olga – ihr diese Aufgabe der Aufklärung zugeschoben hatte? In dem Brief war das mit keinem Wort erwähnt.
Ihm kam eine rettende Idee. Er steckte den Brief zu sich und stieg die beiden Treppen hinauf.
„Ach, Herr Dr. Friedewald, das freut mich aber, dass Sie mich besuchen," empfing sie ihn an der Wohnungstür, noch ehe er ein Wort sagen konnte. „Kommen Sie herein."
„Guten Abend, Frau Waldmann. Ich störe doch hoffentlich nicht?"
„Aber Sie doch nie. Das wissen Sie doch. Noch dazu jetzt, wo Sie Ihre Mutter verloren haben und ich meine beste Freundin. Da müssen wir uns gegenseitig ein wenig trösten."

Sie wirkte völlig unbefangen. Das erhärtete seinen Verdacht, sie wisse nichts über den Brief und die Aufgabe, die ihr Olga zugedacht hatte. Nachdem sie eine Flasche Bier und zwei Gläser geholt hatte, nahm sie ihm gegenüber in ihrem bequemen Lehnstuhl Platz: „Wie ist es Ihnen gestern und heute ergangen, so allein in der großen Wohnung? Ich hatte schon viel eher mit Ihnen gerechnet."

„Ich hatte viel zu tun. Die ganze Zeit war ich damit beschäftigt, Mutters Nachlass zu ordnen. Denn nächste Woche habe ich keine Zeit. Da muss ich wieder nach Bonn."

„Ja, ja, das kenne ich. Nach einer Beerdigung gibt es immer viel zu erledigen und aufzuräumen. Wenn ich noch dran denke, was bei meiner Schwester alles im Schreibtisch war! Lieber Himmel!" Dabei drehte sie die Augen nach oben und klatschte mit hoch erhobenen Armen in die Hände.

„Bei meiner Mutter hat sich auch sehr viel angesammelt. Dabei ist mir ein Brief in die Hände gefallen, der meine besondere Aufmerksamkeit erregt hat."

Er nahm den Brief aus der Innentasche seiner Jacke und reichte ihn Mali. Ihm war es, als sei sie dabei ein wenig zusammengezuckt.

„Da muss ich gleich mal meine Brille aufsetzen", sagte sie so ruhig wie möglich. Ihm kam es dennoch so vor, als zittere ihre Stimme ein wenig. Die Brille lag griffbereit neben ihr. Auf dem Umschlag las sie: An meinen Sohn, Dr. Bruno Friedewald. Nach meinem Tode nur von ihm persönlich zu öffnen.

Zitterte nicht ihre Hand, als sie nun die Seiten aus dem Umschlag zog? Verstärkte sich nicht dieses Zittern, während sie den Brief eingehend studierte? Anscheinend hatte sie von dem Brief nichts gewusst. Offensichtlich überrumpelte er sie.

Sie las sehr bedächtig. Manchmal war es ihr, als tanzten die Buchstaben vor ihren Augen. Da hatte ihr die Freundin ja eine schöne Aufgabe zugeschoben. Nach deren Tod hatte Mali geglaubt, sie habe es nun ganz allein in der Hand, etwas zu gestehen oder es zu unterlassen. Aber Recht hatte Olga. Wie sonst hätte sie ruhig sterben können? Auch sie machte sich seit langem Gedanken darüber, wie sie sich von diesem Geheimnis befreien könne. Bruno gegenüber war es unverantwortlich, wenn sie es mit ins Grab nahm. Der Freundin war sie sehr

dankbar, dass diese sie nicht verraten hatte. Aber sie war auch nicht gerade begeistert davon, dass Bruno nun wusste, dass die Wahrheit bei ihr zu suchen war.
Aber vielleicht war es besser so. Wenigstens war Olga so anständig gewesen, ihr noch ein Hintertürchen offen zu lassen, indem sie schrieb: „Sie ist zwar nicht verpflichtet", und „respektiere dann, dass sie ihre Gründe hat".
Sie fand es rührend, dass Olga sie geradezu ihrem Sohn vermacht hatte, indem sie schrieb: „Verlasse sie niemals".
Diese Sätze las sie mehrmals aufmerksam durch, bis sie sich fest eingeprägt hatten. Langsam ließ sie den Brief sinken. Sie zitterte nun wirklich am ganzen Leib. Sie wagte es nicht, den Mund aufzumachen, weil sie sicher war, ihre Stimme würde auch zittern. Ihre Kehle war völlig trocken. Ein Schluck Bier würde ihr jetzt gut tun. Sie wagte jedoch nicht, nach dem Glas zugreifen. Sie befürchtete, es vor lauter Zittern nicht zum Mund führen zu können. Deshalb war sie Bruno dankbar, dass er sich ganz still verhielt. Das gab ihr Gelegenheit, sich zu sammeln und zu überlegen, was sie ihm antworten sollte. Noch war sie nicht bereit, ihm die Wahrheit zu gestehen. Ja, sie war sich nicht mal sicher, ob sie das überhaupt noch tun sollte. Olga hatte ihr ja nun einen Weg gewiesen, den sie auch gehen konnte.
Bruno seinerseits beobachtete sie unauffällig. Auch er war stark aufgewühlt. Nun würde die Wahrheit kommen – oder auch nicht. Auf beides musste er gefasst sein und die Beweggründe Frau Waldmanns respektieren.
Endlich – ihm schien eine Ewigkeit vergangen – räusperte sie sich. Dann sagte sie – bemüht, ihrer Stimme Festigkeit zu verleihen: „Wir sollten erst mal einen Schluck Bier trinken. Das lockert die Zunge." Schon griff sie mit beiden Händen nach ihrem Glas.
„Auf Ihr Wohl", sagte Bruno und stieß mit ihr an.
Das lockert die Zunge, dachte er. Das hörte sich verheißungsvoll an. Ob er jetzt sofort die ganze Wahrheit erfuhr?
„Mein lieber Herr Dr. Friedewald", eröffnete Mali ihre Ausführungen. „Da hat mir Olga einen schwierigen Part zugedacht. Gewiss, Sie sollen alles erfahren. Aber im Moment sehe ich mich dazu noch nicht in der Lage. Noch habe ich Rücksichten zu nehmen."

„Das verstehe ich sehr gut. Aber eines können Sie mir sicher schon verraten: Lebt meine leibliche Mutter noch?"
Mali zögerte einen Moment: „Auch das kann ich Ihnen nicht sagen. Sie würden sonst sehr beunruhigt sein und sie sehen wollen."
„Das ist wahr", gab er nach kurzem Nachdenken zu. „Nur fürchte ich, wenn Sie noch lange warten, könnte es zu spät werden. Denn Sie sind – verzeihen Sie, dass ich darauf anspiele – auch nicht mehr die Jüngste."
Mali lachte herzhaft: „Das ist richtig, mein lieber Herr Dr. Friedewald. Gut, dass Sie mich an mein Alter erinnern. Sie sollen auf jeden Fall Antworten auf all Ihre Fragen bekommen. Und wenn ich es wie Olga machen muss. Ich werde mich schon bald hinsetzen und alles aufschreiben. Versprochen."
Ihr Testament hatte sie auch längst aufsetzen wollen. Aber immer waren andere – ihr wichtig erscheinende – Dinge dazwischen gekommen. Nun duldete die Sache keinen Aufschub mehr. Sie hatte an ihrem Bruder, sie hatte an Margarethe erlebt, wie überraschend das Ende da sein konnte. Noch am selben Abend setzte sie sich hin und schrieb ihr Testament. Danach begann sie einen sehr ausführlichen Brief an Bruno. Er begann mit den Worten: „Mein lieber Sohn!"
Der Brief wurde so umfangreich, dass sie ihn erst am nächsten Morgen vollenden konnte. Anschließend rief sie bei Frau Dr. Wohlfarth an und erbat sich einen Termin. Schon am nächsten Abend durfte Mali sie in ihrer Wohnung besuchen.
„Wie schön, Sie mal wieder zu sehen", empfing Frau Dr. Wohlfarth ihren Gast. „Wie lange ist es her, dass wir uns das letzte Mal gesehen haben? Das müssen fast zwanzig Jahre sein."
„Es sind schon über einundzwanzig Jahre", sagte Mali.
„Mein Gott, wie die Zeit vergeht. Was darf ich Ihnen anbieten?"
„Nur ein Glas Wasser. Ich will heute noch nach Hause fahren."
Die pensionierte Richterin kam schnell auf den Grund ihres Besuches zu sprechen. Sie überreichte der Anwältin zwei Briefumschläge. Auf dem dünneren stand „Testament von Viktoria Luise Amalie Waldmann, geboren am 2. April 1908. Im Falle meines Todes sofort von Frau Dr. Wohlfarth zu öffnen". Unterschrift und Adresse.

Der zweite Brief, auffallend dick, war versiegelt und trug die Aufschrift „Herrn Ministerialdirigent Bruno Michael Friedewald, geboren am 1. März 1940, sofort nach meinem Hinscheiden zu übergeben." Es folgte Malis Unterschrift und Brunos Anschrift.
„Ihren Auftrag erledige ich herzlich gern, liebe Frau Waldmann. Nur müssen Sie dabei bedenken, dass ich auch schon siebenundsechzig bin."
„Da sind Sie ja noch ein junges Ding gegen mich, Frau Dr. Wohlfarth."
„Dennoch, Frau Waldmann. Es ist nicht gesagt, dass ich Sie überlebe. Außerdem will ich mich nächstes Jahr aus der Kanzlei zurückziehen und sie meinem Sozius überlassen."
„Das macht gar nichts. Diese Hinterlegung soll sowieso mehr privater Natur sein. Ich kenne nicht mehr viele Menschen, aber von denen scheinen Sie mir der Zuverlässigste zu sein."
„Oh, vielen Dank. Ich habe folgenden Vorschlag, zu Ihrer Sicherheit und zu meiner Beruhigung. Sie hinterlegen doch in Ihrer Wohnung bestimmt ein Schriftstück so, dass es gleich nach Ihrem Tode gefunden wird? Vermerken Sie darauf außer meiner Adresse und Telefonnummer auch noch die meiner Kanzlei. Dann kann gar nichts schief gehen."
Diese Idee gefiel Mali außerordentlich gut. So konnte sie beruhigt ihre Heimfahrt antreten: Sie sonnte sich in dem Gefühl, ihr Haus bestens bestellt zu haben.

Wenige Wochen nach Malis fünfundachtzigstem Geburtstag erhielt Mali eine andere Geburtstagseinladung. Frau Sauer, nicht nur Mieterin, sondern auch Mitglied des kleiner gewordenen Damenkränzchens, gab sich die Ehre, zu ihrem sechzigsten Geburtstag einzuladen. Für das Abendessen hatte sie einen Saal in einem der nobelsten Restaurants der Stadt reservieren lassen. Mali sagte begeistert zu. Sie freute sich auf die Abwechslung in ihrem immer einsamer werdenden Alltag.
Da Frau Sauer Chefsekretärin an einer der Kurkliniken war, befanden sich außer ihren Verwandten, Freunden und Hausbewohnern natürlich auch Mitarbeiter der Klinik unter ihren Gästen. Mali fühlte sich durch ihre Platzierung sehr geehrt. Links von ihr saß der katholische Klinikgeistliche, den sie seit langem kannte. Mit ihm lieferte sie sich immer scherzhafte

Wortgefechte. Zu ihrer Rechten saß Frau Prof. Dr. Hantel-Schönborn. Sie war nicht nur Frau Sauers Chefin, sondern Direktorin der Klinik.
„Ach, Frau Waldmann, ich freue mich, Sie endlich kennen zu lernen. Meine Mitarbeiterin, unser liebes Geburtstagskind, hat mir schon Vieles von Ihnen erzählt."
„Na, hoffentlich nichts Nachteiliges."
„Nein, ganz im Gegenteil. Sie ist total begeistert von Ihnen und fühlt sich in Ihrem Haus äußerst wohl."
„Es freut mich, das zu hören."
Die Vorspeise wurde gereicht, ein Krabbencocktail. Schlagartig wurde es still im Raum. Alle waren beschäftigt. Zwischen der klaren Ochsenschwanzsuppe und dem Kalbsragout schaute Frau Professor ihre Nachbarin mit großer Aufmerksam an. Scheinbar voller Besorgnis fragte sie: „Sagen Sie mal, meine liebe Frau Waldmann, wie fühlen Sie sich?"
„Eigentlich gut. Bis jetzt habe ich noch kaum einen Arzt gebraucht. Nur ab und zu lasse ich mich mal bei meiner Hausärztin blicken, wenn ich eine Erkältung habe. Im übrigen war sie immer sehr zufrieden mit mir."
„Sie Glückliche. Aber jetzt gefällt mir Ihr Aussehen gar nicht. Im Gegenteil, es gibt mir Anlass zu ernster Besorgnis."
„Wie? Was?", fragte Mali bestürzt. „Was soll mit mir sein?"
„Nun ja, auf den ersten Blick lässt sich nichts mit Sicherheit sagen. Sie müssten gründlich untersucht werden. Am besten von einem Facharzt. Ich fürchte, es ist das Herz."
„Wie kommen Sie darauf?", fragte Mali beunruhigt.
„Ihre Lippen, liebe Frau Waldmann und Ihre Augen. Sie zeigen typische Symptome für eine Herzinsuffizienz."
„Bis jetzt hatte ich keinerlei Probleme damit. Ich steige noch ohne abzusetzen in meine Wohnung hinauf, im zweiten Stock."
„Das ist erfreulich. Aber in Ihrem Alter kann es schnell aus sein. Sie sollten das nicht auf die leichte Schulter nehmen."
„Und wen sollte ich Ihrer Meinung nach konsultieren?"
„Nun, eigentlich bin ich ausgelastet. Aber in Ihrem Fall würde ich eine Ausnahme machen, weil Sie die Hauswirtin meiner treuen Frau Sauer sind. Und weil Frau Sauer sehr große Stücke auf Sie hält. Am besten machen Sie morgen schon mit ihr einen

Termin aus. Sie wissen ja, sie ist meine rechte Hand. Ich werde ihr sagen, dass wir Sie noch dazwischen schieben."
Was für ein Glück habe ich doch, dachte Mali. Ausgerechnet jetzt, wo es mit meiner Gesundheit ernst wird, komme ich neben diese sehr nette und zudem sehr kompetente Ärztin zu sitzen. Der Rest des Abends war ihr allerdings verleidet. Lustlos stocherte sie in ihrem Kalbsragout im Reisrand herum und nahm davon höchstens zwei bis drei Gäbelchen voll zu sich. Da Frau Professor zu ihrer Rechten in ein Gespräch vertieft war, hatte der Pfarrer wieder eine Chance, Mali in ein Gespräch zu verwickeln: „Nanu, so ernst auf einmal, Verehrteste?"
„Kein Wunder, nach dieser Diagnose!"
„Wieso? Vor dem Essen waren Sie doch noch putzmunter. Wann hat man Ihnen eine Diagnose gestellt?"
„Gerade eben. Zwischen Suppe und erstem Hauptgang erfuhr ich, dass ich herzkrank bin."
„Ach, hat die Professorin Ihnen so ganz nebenbei und kostenlos eine Diagnose gestellt? Das wundert mich. Denn sonst sind ihre Rechnungen immer sehr gesalzen. Aber unter uns, liebe Frau Waldmann, so ernst sollten Sie das nicht nehmen. Sie konnte Sie hier weder abhören, noch röntgen, noch ein EKG machen. Vom bloßen Anschauen kann auch eine Professorin keine Herzkrankheit feststellen."
Schlagartig kehrte Malis alter Optimismus zurück: „Sie haben Recht, Herr Pfarrer. So lange nichts bewiesen ist, beschließe ich, gesund zu sein."
„Und nach der Untersuchung werden Sie es erst recht sein."
Trotzdem aß Mali von den Rehmedaillons und den Kroketten nur wenig. Auch beim Dessert – Vanilleeis mit heißen Himbeeren – hielt sie sich zurück. Auf dem Heimweg sprach Frau Waldmann ihre Mieterin auf einen Termin an. Diese versprach, gleich am nächsten Morgen in ihrem Terminkalender nachzuschauen und sich bei ihr zu melden.
„Sie haben Glück, Frau Waldmann, am Donnerstag um 11:30 Uhr kann ich Sie noch dazwischen schieben."
„Vielen, vielen Dank, Frau Sauer. Wenn ich Sie nicht hätte!"
Am Donnerstag, zur vereinbarten Zeit ließ die Sprechstundenhilfe Frau Waldmann ins Sprechzimmer von Frau Professor eintreten. Es dauerte nicht lange, da kam diese mit

wehendem weißen Kittel aus dem anderen Sprechzimmer herein gerauscht.
„Meine liebe Frau Waldmann!“, rief sie in überschwänglichem Ton. „Wie schön, dass Sie da sind! Dann wollen wir doch gleich mal sehen, was Ihr Herz macht. Machen Sie bitte den Oberkörper frei.“
Mit größter Sorgfalt horchte die Professorin ihre neue Patientin ab, von vorne und von hinten. Sie klopfte hier, sie klopfte da. Sie fühlte den Puls und maß den Blutdruck. Sie schaute ihr in die Augen, in den Mund und in die Ohren. Und mit einem Hämmerchen schlug sie ihr aufs Knie. Dann hieß sie die Patientin, sich auf eine Bahre legen und betastete sorgfältig den ganzen Bauchraum. Schließlich machte sie ein sehr bedenkliches Gesicht: „Wenn Sie wieder angezogen sind, nehmen Sie doch bitte vor meinem Schreibtisch Platz. Ich muss wieder hinüber ins andere Sprechzimmer.“
Träge flossen die Minuten bangen Wartens dahin. Das Gesicht von Frau Professor hatte Bände gesprochen. Mali hatte zwischendurch nicht zu fragen gewagt. Würde diese ihr nun ihr Todesurteil verkünden? Um sich abzulenken, ließ Mali ihre Blicke über die Regale schweifen. Jede Menge dicker Wälzer standen da. Es sieht ähnlich aus, wie es in meinem Amtszimmer ausgesehen hatte, dachte sie. Nur, dass es bei mir um Paragraphen ging und hier um Diagnosen. Was war der Unterschied? Beides konnte den Menschen in den Abgrund stürzen.
Endlich betrat die Professorin wieder den Raum: „Ja, meine liebe Frau Waldmann. Es sieht nicht gut aus.“
„Ja, was habe ich denn? Nun reden Sie schon!“
Ohne ihr erst eine Diagnose zu stellen, sagte die Professorin: „Ich rate Ihnen dringend zu einem Herzschrittmacher.“
Entsetzt schaute Mali sie an und fasste sich ans Herz: „Muss man gleich zu einer so drastischen Maßnahme greifen? Würden es vorerst nicht herzstärkende Mittel tun, zum Beispiel Tabletten oder ein Tee? Meinetwegen auch Spritzen?“
Die Professorin schaute ihre Patientin mitleidig an und schüttelte dabei leicht ihr gepflegtes Haupt: „Nein, nein, das würde nichts nützen. Solche Mittel setzt man nur bei einer normalen Herzschwäche ein. Bei Ihnen aber sieht die Sache schon ernster

aus. Nach dem, was ich hören konnte, haben Sie starke Herzrhythmusstörungen."
„Das habe ich noch gar nicht bemerkt. Sollte man nicht erst mal ein EKG machen?"
„Das wage ich gar nicht", antwortete die Ärztin mit äußerst besorgter Stimme. „Das könnte für Ihr geschwächtes Herz schon zu viel sein."
„Ja, sind denn Herzrhythmusstörungen wirklich so gefährlich?"
„Und ob! Sie können zur Folge haben, dass alle Ihre Organe unterversorgt werden. Das heißt, Sie bekommen zu wenig Sauerstoff und zu wenig Nährstoffe. Dadurch werden die Organe mit der Zeit immer schwächer in der Leistung."
„Und was bedeutet das für mich?"
„Es tut mir leid, Ihnen das sagen zu müssen, aber das beeinträchtigt Ihre Lebenserwartung gewaltig."
„Nun, ich bin fünfundachtzig, da ist ohnehin nicht mehr viel zu erwarten."
„Sagen Sie das nicht. Noch sind Ihre anderen Organe gesund. Davon konnte ich mich zum Beispiel beim Abhören der Lunge überzeugen. In Ihren Augen sah ich keinerlei Anhaltspunkte für eine Lebererkrankung. Das fand ich auch beim Abtasten bestätigt. Da sie bisher keine Probleme mit dem Wasserlassen haben, scheinen auch die Nieren noch einwandfrei zu arbeiten."
„Dann ist ja alles in Ordnung. Lassen wir doch alles, wie es ist. Wenn mein Herz es bis jetzt geschafft hat, wird es wohl noch ein paar Jahre durchhalten. Das reicht mir."
„Aber Frau Waldmann, Sie sollten nicht nur an sich denken. Sie haben auch Verpflichtungen anderen Menschen gegenüber. Schauen Sie, zum Beispiel Frau Sauer, die wohnt so gerne bei Ihnen. Schon oft hat sie betont, wie wohl sie sich in Ihrem Hause fühlt. Erst vor wenigen Tagen sagte sie mir, es wäre schrecklich für sie, daran zu denken, dass sie ausziehen muss, sobald Sie, Frau Waldmann, nicht mehr da sind."
„Hat sie das wirklich gesagt?"
„Ja, Frau Waldmann. Allein schon wegen Frau Sauer sollten Sie die Operation machen lassen, damit Sie ihr noch viele Jahre erhalten bleiben."
Unter diesem psychischen Druck erklärte Mali sich schließlich zu diesem Eingriff bereit.

„Natürlich müssen wir erst noch Ihre Blutwerte feststellen und Ihre Organe überprüfen lassen, ehe wir die Operation vornehmen. Dazu müssen Sie zu Ihrer Hausärztin. Beim Hinausgehen machen Sie am besten gleich mit Frau Sauer einen Termin aus, wann Sie wieder zu uns kommen. So in etwa vierzehn Tagen denke ich."

Bereits am nächsten Tag erschien die Richterin bei ihrer Hausärztin, Frau Dr. Geier.

„Was kann ich für Sie tun, Frau Waldmann?"

„Ich brauche eine gründliche Untersuchung: Herz, Nieren, Leber, Lunge, Blutbild."

„Ja, wo brennt's denn? Sie sind doch sonst immer gegen alle überflüssigen Untersuchungen, wie Sie das nennen."

„Frau Professor Hantel-Schönborn meint, ich brauche einen Herzschrittmacher. Deshalb benötigt sie meine Werte."

„Wenn das so ist, dann wollen wir mal. Aber ich glaube kaum, dass es so ernst um Sie steht. Dafür sind Sie noch viel zu agil und sehen noch viel zu rosig aus. Es ist jedoch vernünftig, wenn man sich in Ihrem Alter mal durchchecken lässt, damit man vorbeugen kann."

Während die Ärztin mit den Untersuchungen begann, sagte Mali: „Sie können alles mit mir machen. Nur einen Schlauch schlucke ich nicht. Mein Magen und mein Darm sind sowieso völlig in Ordnung. Mir schmeckt noch alles und die Verdauung klappt vorzüglich."

„Nein, nein, einen Schlauch brauchen Sie nicht zu schlucken. Wir machen einen kleinen Piekser und nehmen Ihnen ein bisschen Blut ab. Dann brauche ich noch etwas Urin von Ihnen. Und nachher legen Sie sich auf diese Liege für ein EKG."

„Ist das nicht zu gefährlich?", fragte Mali, völlig eingeschüchtert. „Frau Professor war besorgt, das könnte für mein schwaches Herz zu viel sein."

„Sie meinte bestimmt ein Belastungs-EKG. Das machen wir natürlich nicht. Sie werden sehen, es ist alles ganz harmlos. Wir befestigen nur ein paar kleine Kontakte an Ihrem Oberkörper, die sind mit diesem Gerät verbunden. Das zeichnet Ihre Herzströme auf. Davon merken Sie gar nichts."

„Das klingt ja sehr beruhigend."

„Um ganz sicher zu gehen, lassen wir noch eine Röntgen-

aufnahme Ihrer Lunge machen. Dazu müssen Sie aber zu einem Facharzt gehen. Die Adresse bekommen Sie nachher an der Rezeption."
Zum vereinbarten Termin erschien Mali wieder in der Sprechstunde von Frau Professor.
„Na, wie fühlen Sie sich?", fragte diese mit freundlich besorgtem Gesicht.
„Eigentlich ganz gut."
„Dann wollen wir mal sehen."
Wieder musste Mali den Oberkörper freimachen. Wieder horchte Frau Dr. Hantel-Schönborn gewissenhaft ab. Wieder schaute sie Mali tief in die Augen. Wieder wurden Puls und Blutdruck kontrolliert. Wieder musste sich die Patientin auf die Bahre legen. Wieder wurde der Bauchraum von oben bis unten abgetastet.
„Tja", sagte Frau Professor nach der Untersuchung. „Es wird höchste Zeit für Ihre Operation. Sie haben Glück. Ab Montag haben wir ein Bett frei. Melden Sie sich um 9:00 Uhr in meiner Klinik bei der Aufnahme."
Irritiert schaute Mali die Ärztin an. Ihr ging das alles ein bisschen zu schnell. Deshalb fragte sie: „Jetzt schon? Ich muss doch erst bei meiner Hausärztin die Ergebnisse erfragen."
„Nicht nötig. Darum kümmern wir uns. Mit solchen Dingen brauchen Sie sich nicht zu belasten."
Für Malis Alter verlief die Operation erstaunlich gut. Als sie einige Wochen danach mal wieder bei ihrer Hausärztin hereinschaute, sagte diese: „Das ist doch sicher sehr erfreulich für Sie, dass Sie die Herzoperation nicht machen lassen brauchen."
„Wie kommen Sie darauf?", fragte Mali konsterniert.
„Nun, nach Ihrer gründlichen Untersuchung konnten wir Ihrer Professorin nur gute Werte durchgeben. Auch das EKG war für ihr Alter ausgezeichnet."
„Sind Sie da ganz sicher?"
„Natürlich. Hier, sehen Sie selbst."
„Aha", sagte Mali. „So ist das also. Mir hat die Professorin gesagt, mein Herz sei so schlecht, dass größte Eile geboten sei."
Jetzt war es an der Hausärztin, konsterniert zu schauen: „Sie wollen sich doch nicht etwa operieren lassen?"
„Nein, ganz bestimmt nicht. Die Operation ist bereits vor fünf

Wochen erfolgt. Hier, sehen Sie", – damit deutete Mali mit der linken Hand auf eine Stelle unterhalb des rechten Schlüsselbeins – „hier tickt mein Schrittmacher."
Frau Dr. Geier konnte es nicht fassen. Sie hielt sich aber mit allem zurück, was sie eigentlich dazu hätte sagen wollen. Eine Krähe hackt bekanntlich einer anderen kein Auge aus.
Die Sache mit Malis Herzschrittmacher war jedoch nicht die einzige Aufregung, die Bruno ihretwegen durchmachte. Kaum ein Jahr später kam er eines Freitagabends nach Hause, da fand er sie unten im Hausflur liegend.
„Gut, dass Sie kommen Herr Dr. Friedewald", begrüßte sie ihn.
„Aber Frau Waldmann, was machen Sie denn da auf dem Boden?", fragte er bestürzt.
„Ich weiß auch nicht. Ich bin hingefallen. Womöglich habe ich mir etwas gebrochen."
Durch eine Röntgenaufnahme stellte man sehr schnell einen Oberschenkelhalsbruch fest. Das bedeutete für Mali wochenlanges Liegen. Es wurde ihr jedoch keineswegs langweilig. Die restlichen Kränzchendamen besuchten sie abwechselnd und jeden Samstag und Sonntag saß Bruno treu an ihrem Lager. Zusätzlich rief er noch jeden Tag zweimal bei ihr an.
Am Anfang hatte er gewagt, nachzufragen, ob sie nicht allmählich den Zeitpunkt für gekommen hielte, ihm die Wahrheit über seine Mutter zu sagen. Da hatte sie geantwortet: „Mein lieber Herr Dr. Friedewald, nur weil ich mit einem gebrochenen Bein im Bett liege, sterbe ich noch lange nicht. Nein, nein, gedulden Sie sich nur. Alles zu seiner Zeit. Noch habe ich Rücksichten zu nehmen."
Sie kam tatsächlich wieder auf die Beine. Fortan benötigte sie aber eine Gehhilfe, um sich in ihrer Wohnung bewegen zu können. Da sie ohnehin „Essen auf Rädern" bekam, gab es für sie keinen Grund, sich außer Haus zu begeben. Das bisschen, das sie außerdem brauchte, kaufte Frau Diehl, ihre zuverlässige Putzfrau, für sie ein. Die Putzfrau hatte sie ebenfalls von ihrer Schwester „geerbt". Sie kam dreimal in der Woche mit dem Bus aus einem Nachbardorf herüber. Dort wohnte sie in ihrem eigenen Haus, in dem auch ihr Sohn mit Familie lebte. Außer Putzen und Aufräumen erledigte Frau Diehl auch alle anderen hausfraulichen Tätigkeiten in Malis Wohnung. Nach wie vor

kam Bruno jeden Samstag und jeden Sonntag für einige Stunden in den zweiten Stock, um sich mit Mali zu unterhalten. Eines Morgens, als Frau Diehl die Wohnung betrat, fand sie die Richterin halb bewusstlos auf dem Wohnzimmerboden vor: „Mein Gott, Frau Waldmann, was ist Ihnen? Hier, trinken Sie erst mal ein großes Glas Wasser."
Danach fühlte sich die Patientin tatsächlich schon wohler. Mit Frau Diehls Hilfe kam sie wieder auf die Beine und wollte zur Tagesordnung übergehen.
„Nichts da", entschied die Putzfrau. „Sie müssen ins Krankenhaus. Sie haben bestimmt Zucker. Mir fällt schon lange auf, dass Sie so viel trinken."
Trotz Malis Gegenwehr setzte Frau Diehl per Telefon die ganze Apparatur in Gang: Ärztin, Krankenwagen, Krankenhaus, Sozialstation, Nichte, Dr. Friedewald.

Die Diagnose der Putzfrau wurde im Krankenhaus bestätigt. Es dauerte viele Tage, bis Mali richtig „eingestellt" war. In dieser Zeit saß der treue Dr. Friedewald immer wieder an ihrem Krankenbett. Noch ehe er überhaupt etwas gesagt hatte, kam ihm Mali zuvor: „Noch keine Chance, Herr Dr. Friedewald. Sie müssen sich noch etwas gedulden. Keine Angst, es ist noch Zeit genug. Die da oben wollen mich noch nicht haben."
Enttäuscht zog er von dannen.
Nach einigen Wochen Krankenhausaufenthalt wurde es Mali zu dumm.
„Was soll ich hier noch?", fragte sie die Schwester. „Ich bin doch längst richtig eingestellt. Ich liege hier nur sinnlos herum. Das kann ich auch zu Hause tun."
„Zu Hause haben Sie keine Pflege", antwortete die Schwester.
„Doch, habe ich. Meine Putzfrau hat alles bestens organisiert. Sobald ich daheim bin, kommt das Pflegepersonal von der Sozialstation. Und das „Essen auf Rädern" hat sie auch schon umgestellt auf Diabetikeressen."
„Über dieses Thema sollten Sie sich mit dem Oberarzt unterhalten."
Dieser hörte sich Malis Argumente geduldig an. Bedächtig wiegte er seinen ergrauten Kopf hin und her und sagte: „Das hört sich alles gut an. Dennoch habe ich Bedenken. Ich sähe es

lieber, wenn Sie in ein Pflegeheim gingen. Dort würden Sie rund um die Uhr betreut."
„Ich – in ein Pflegeheim? Das kommt überhaupt nicht in Frage. Ich habe mein eigenes Haus, darin möchte ich auch wohnen. Und Betreuung rund um die Uhr, die habe ich da auch. Außer den genannten Pflegepersonen habe ich noch sehr aufmerksame Mieterinnen, die sich um mich kümmern."
„Na, meinetwegen. Des Menschen Wille ist sein Himmelreich. Aber wenn sich Ihr Zustand verschlechtert, müssen Sie sofort kommen."
„Das verspreche ich Ihnen."
Schmunzelnd ließ er die eigenwillige alte Dame ziehen.
Zu Hause spielte sich alles vortrefflich ein. Die Putzfrau, der Essensdienst und das Pflegepersonal arbeiteten Hand in Hand. Es mangelte Mali an nichts. Sie genoss es, in ihren eigenen vier Wänden zu sein und tun und lassen zu können, was ihr beliebte. Zu Beginn dieser Phase schaute unerwartet ihre Nichte Katharina herein. Angeblich wollte sie sich vergewissern, ob die Tante auch wirklich gut versorgt würde. Eine ihrer ersten besorgten Fragen war: „Tante Mali, jetzt wo du nicht mehr aus dem Haus gehst, kannst du doch deine finanziellen Angelegenheiten nicht mehr selbst regeln? Ich wäre bereit, das für dich zu übernehmen."
„Mach dir darum keine Sorgen, Kind", sagte Tante sehr gütig und doch mit leiser Ironie. „Für diese Sachen habe ich eine treue zuverlässige Mitarbeiterin von meiner Bank. Seit ich in diesem Hause wohne, erledigt sie schon meine Geldgeschäfte. Sie kennt sich damit besser aus als jeder andere. Wenn irgend etwas anfällt, rufe ich sie an, dann kommt sie her."
„Da bin ich aber beruhigt, Tante Mali", sagte Katharina scheinbar erleichtert. „Es gibt aber auch noch einiges andere zu bedenken. Es könnte dich ein plötzlicher Tod treffen, wie meinen Vater oder Tante Margarethe."
„Wie zartfühlend von dir, Katharina."
Diese schien Malis Ironie nicht zu bemerken. Zielstrebig fuhr sie fort: „Nun ja, ich mache mir eben Sorgen. Hast du für diesen Fall irgendwelche Verfügungen getroffen?"
„Ein Testament? Wenn du das meinst, das liegt wohlverwahrt bei meiner Anwältin."

„Das meine ich“, antwortete Katharina. Gleichzeitig arbeitete sie sich weiter vor: „Ein Testament allein genügt nicht. Du solltest auch Vorkehrungen treffen für den Fall, dass du geistig nicht mehr da bist. Oder für den Fall, dass du nicht mehr in der Lage bist, zu schreiben. Entschuldige bitte, dass ich das so sage, aber solche Fälle kommen häufiger vor, als man glaubt.“
„Ich weiß, meine Liebe. Ich war lange genug beim Amtsgericht. Das Einrichten von Gebrechlichkeitspflegschaften gehörte zu meinem täglichen Brot.“
„Na also, dann weißt du ja, wie notwendig es ist, rechtzeitig einen Bevollmächtigten zu benennen. Ich, als deine nächste Verwandte, wäre bereit, das zu übernehmen.“
„Wie rührend von dir, liebes Kind. Aber auch für diesen Fall habe ich Vorsorge getroffen. Es ist bereits amtlicherseits eine Vertrauensperson benannt. Diese wird im Falle von Hilflosigkeit meinerseits die Pflegschaft übernehmen.“
Katharina konnte ihre Enttäuschung nur schwer verbergen. Dennoch wagte sie einen letzten Vorstoß: „Aber Tante Mali, einen wildfremden Menschen hast du dazu bestimmt? Wäre das nicht in erster Linie Sache der Familienangehörigen? Dazu ist Familie doch da, dass sie in Notzeiten zusammenhält.“
Wie wahr, Katharina, dachte die Tante. Leider habe ich in Notzeiten nichts davon gemerkt.
Laut aber sagte sie: „Da magst du Recht haben, Kind. Aber was sollte ich machen? Du und Deine Schwester, Ihr wohnt so weit weg. Außerdem habt Ihr Familie und seid beide berufstätig. Wenn ich wirklich Hilfe brauche, seid Ihr nicht greifbar. Deshalb blieb mir nichts anderes übrig, als eine Vertrauensperson auszuwählen aus meinem Umfeld.“
„Aber Tante, wie erfahren wir denn, wenn es dir schlecht geht oder du gar…“
„Mach dir darüber keine Sorgen. Du wirst umgehend benachrichtigt. Jeder meiner Betreuer weiß, wo die richtigen Adressen sind, sollte man mich eines Tages hilflos oder tot auffinden.“
„Die Vertrauensperson ist bestimmt dieser Typ Friedewald“, giftete Katharina am Telefon, als sie abends ihrer Schwester von dem Besuch bei der Tante berichtete.“ Das gefällt mir schon lange nicht, dass er ständig um sie ’rumschwänzelt. Der meint wohl, weil seine Mutter mit Tante Mali befreundet war, könne

er jetzt die Hände nach dem Erbe ausstrecken."
„Nun beruhige dich doch, Katharina. Mir gefällt das auch nicht, dass er gar so vertraut mit ihr tut. Wir müssen halt jetzt noch versuchen zu retten, was zu retten ist, indem wir sie recht oft besuchen."
„Ohne mich. Du kannst das ja machen, wenn dir danach ist. Aber versprich dir nicht zu viel davon. Ihr Testament liegt wohlverwahrt bei ihrer Anwältin." Bei diesem Satz ahmte sie den akzentuierten Tonfall ihrer Tante nach.
„Das heißt noch gar nichts, Katharina. Ein Testament kann man jederzeit ändern. Ich werde jedenfalls die Tante jetzt ab und an besuchen."
„Von mir aus. Ich investiere nichts mehr in sie, weder Zeit noch Geld."

„So eine treulose, so eine undankbare Person!", schimpfte Mali, als Bruno wieder mal zu einem Wochenendschwätzchen erschien.
„Wer – ich?", fragte er befremdet.
„Aber Sie doch nicht, Herr Dr. Friedewald", sagte sie in ihrer akzentuierten Sprechweise, die sie im Umgang mit ihm besonders pflegte. „Sie kommen mir aber gerade recht. Ich muss mir das von der Seele reden."
„Dann schießen Sie mal los! Ich bin ganz Ohr."
„Stellen Sie sich vor, Frau Sauer, meine Mieterin, eine meiner letzten Kränzchendamen!"
„Was ist mit ihr?"
„Sie hat heute – mir nichts, dir nichts – die Wohnung gekündigt."
„Und was ist daran so aufregend?"
„Na, hören Sie mal! Erst hat sie mir schön getan. Immer wieder hat sie betont, wie gerne sie hier wohnt und wie gut es ihr bei mir gefällt. Und nun zieht sie einfach aus."
„Hat sie einen Grund genannt?"
„Einen Grund? Ja. Einen Grund hat sie. Der Grund ist Witwer und siebenundsechzig Jahre alt. Den hat sie in der Klinik kennen gelernt. Mit dem zieht sie jetzt nach Wiesbaden."
„Das ist doch ein sehr triftiger Grund und ein sehr schöner dazu. Deswegen brauchen Sie sich doch nicht zu echauffieren.

Es geht doch nicht gegen Sie und hat auch nichts mit Ihrer Wohnung zu tun."

„Doch", beharrte Mali. „Es hat mit mir zu tun. Ich habe mich darauf verlassen, dass sie bei mir wohnen bleibt und sich ein wenig um mich kümmert, jetzt wo sie pensioniert ist."

„Aber Frau Waldmann! Sie ist doch nur eine Mieterin. Sie kann hinziehen, wohin sie will. Sie konnten von ihr nicht erwarten, dass sie hier bleibt und Sie im Alter pflegt."

„Doch, das konnte ich. Extra wegen ihr habe ich mir einen Herzschrittmacher einsetzen lassen. Damit ich ihr als Vermieterin ja recht lange erhalten bleibe! Der hat mich ein Schweinegeld gekostet. Dabei hätte ich ihn überhaupt nicht gebraucht. Nun sitze ich hier mit meinem Schrittmacher – und sie ist weg."

Bruno lachte schallend auf. Dann schaute er ganz zerknirscht: „Entschuldigen Sie bitte, dass ich lache, Frau Waldmann. Aber das haben Sie so drollig gesagt. Und ihr Gesichtsausdruck war köstlich! Ich konnte nicht anders."

Von seinem Lachen wurde sie angesteckt: „Sie haben ja Recht, Herr Dr. Friedewald. Was jammere ich hier herum? Ich habe ja noch Sie. Das ist mir mehr wert als alle Sauers zusammen."

Einige Monate waren ins Land gegangen. Nach dem Mittagessen blieb Mali noch eine Weile am Tisch sitzen, während Frau Diehl abräumte und spülte. Als sie fertig war, zog sie sich einen Stuhl heran und nahm Mali gegenüber Platz.

„Haben Sie was auf dem Herzen?", fragte diese. Denn normalerweise pflegte Frau Diehl nach Beendigung dieser Tätigkeiten abzurauschen.

„Und ob! Seit ich meinem Sohn das Haus überschrieben habe, machen er und seine Frau mir das Leben zur Hölle."

„Das tut mir aber leid für Sie", sagte Mali teilnahmsvoll.

„Ja, ich bin immer froh, wenn ich bei Ihnen sein kann. Denn zu Hause habe ich nur Scherereien."

„Das ist ja schrecklich", war Malis Kommentar.

„Ja, ich habe mir überlegt, das beste ist, ich ziehe bei denen aus."

„Wo wollen Sie denn noch hin, in Ihrem Alter?"

„Ei, bei Ihnen unterm Dach ist doch eine Wohnung frei. Die von der Frau Sauer."

Mali schluckte: „Ach, Frau Diehl, die wollte ich eigentlich nicht mehr vermieten."
„Dann machen Sie halt eine Ausnahme. Wenn ich hier einziehen würde, bräuchte ich mir das Gekeife meiner Schwiegertochter nicht mehr anhören und auch nicht die Frechheiten von meinen Sohn. Und die lästige Fahrt würde ich mir auch ersparen."
Mali kam gar nicht dazu, Einwände zu machen, da zählte Frau Diehl bereits die Vorteile auf, die Mali haben würde: „Die Wohnung wäre wieder bewohnt – was für die auf jeden Fall besser wäre – und Sie hätten jemanden im Haus, der sich ständig um sie kümmert. Sie bräuchten dann kein „Essen auf Rädern" mehr und keine Sozialstation."
„Frau Diehl, das muss ich mir reiflich überlegen. Schließlich sind Sie auch schon achtzig."
„Das ist doch kein Problem. Damit bin ich immerhin zehn Jahre jünger als Sie."
„Ich sehe darin schon ein Problem ab. Der Unterschied besteht darin, dass ich gepflegt werde und sie pflegen wollen. Wer weiß, wie lange Sie das noch durchhalten können."
„Ach was, Frau Waldmann. Ich bin noch topfit. Das sehen Sie ja. Jetzt arbeite ich schon über dreißig Jahre lang in diesem Haus. Ihre Schwester war immer sehr zufrieden mit mir. Und Sie doch auch. Oder können Sie sich etwa beklagen?"
„Das nicht, Frau Diehl. Aber Sie werden auch nicht jünger. Es könnte sein, dass Sie bald mit der Pflege überfordert sind."
„Ein paar Jährchen könnten Sie es doch mit mir versuchen."
„Mal sehen, Frau Diehl. Eine so schwerwiegende Entscheidung möchte ich nicht allein treffen. Am Wochenende werde ich das mit Herrn Dr. Friedewald besprechen."
Damit war Frau Diehl einverstanden. Auf den Doktor hielt sie große Stücke. Auch seine Wohnung putzte sie schon seit dem Tage, da er mit seiner Mutter hier eingezogen war.
Die Entscheidung wurde ihnen abgenommen. Gerade als Frau Waldmann am Samstag Herrn Friedewald dieses Problem vorgetragen hatte, läutete bei ihr das Telefon. Frau Diehls Sohn war am Apparat: „Ich möchte Ihnen mitteilen, dass meine Mutter gestorben ist."
„Ach, du lieber Himmel! So unerwartet! Das tut mir aber leid. Nehmen Sie bitte meine aufrichtige Anteilnahme entgegen.

Wie kam denn das so plötzlich?"
„Heute morgen habe ich sie tot im Bett gefunden. Herzversagen, vermutet der Arzt."
Bestürzt diskutierten nun Mali und Bruno darüber, wie schnell so etwas gehen kann. Dabei sah er sie vorwurfsvoll an.
„Ja, ja, ich weiß schon, was Sie sagen wollen. Aber Sie wissen doch, meine Rücksichten. Sie brauchen mich gar nicht so anzuschauen! Für den Ernstfall habe ich vorgesorgt. Es liegt alles schriftlich bei meinem Anwalt. Schauen Sie, in dieser Schublade liegt alles Wichtige. Jede von meinen Pflegepersonen weiß das. Egal, wer von denen mich finden sollte, er öffnet diese Schublade und ruft Sie an."
Damit musste er sich wieder mal zufrieden geben.

In Bonn taten sich große Dinge. Nach und nach zogen alle Ministerien um in die neue – alte – Bundeshauptstadt Berlin. Bruno zögerte seinen Umzug so lange hinaus, wie nur möglich. Wenn er erst in Berlin war, konnte er nicht mehr jedes Wochenende in Bad Ems verbringen. Schließlich hatte er seiner Mutter versprochen, er werde sich um Mali kümmern bis an ihr Lebensende. Und auch Bonn würde er in Berlin sehr vermissen. Noch ehe für ihn der Tag des Umzugs gekommen war, musste er nach Köln zu einer wichtigen Tagung. Diese erstreckte sich über mehrere Tage. Die Tagungsteilnehmer waren in verschiedenen Hotels untergebracht. Als Dr. Friedewald am dritten Tag nicht pünktlich zur Sitzung erschien, machten sich einige der Kollegen Sorgen, denn er war allen als gewissenhaft und pünktlich bekannt. Einer der Teilnehmer fragte in Friedewalds Hotel nach. Nein, sie habe ihn nicht weggehen sehen, sagte die Dame an der Rezeption. Sein Schlüssel hänge auch nicht am üblichen Platz. Auf Bitten des Anrufers läutete die Dame im Zimmer des Doktors an. Nach zweimaligem Klingeln meldete er sich. Er sagte, er käme sofort herunter. Mit diesen Bescheid gab sich der Kollege zufrieden. Wenige Minuten später erschien Dr. Friedewald tatsächlich an der Rezeption. Aber er machte auf die Empfangsdame einen merkwürdigen Eindruck: Sein Gang war schleppend. Er trug kein Jackett. Das Hemd war falsch zugeknöpft. Die Hose stand offen. Die Krawatte war nur locker umgehängt.

„Bitte ein Taxi, ich muss zu einer Tagung", lallte er. Frau Hofer, die Rezeptionistin, konnte nur mit Mühe verstehen, was er wollte. Man könnte meinen, er habe zu viel getrunken, ging es ihr durch den Kopf. Zum Glück schaltete sie aber richtig: „Bitte nehmen Sie hier Platz. Ich rufe das Taxi sofort."
Sie wählte eine Nummer, aber nicht die eines Taxiunternehmens, sondern die des nächstliegenden Krankenhauses: „Bitte sofort einen Krankenwagen. Ein Notfall. Hotel Silberadler."
Sieben Minuten später war der Wagen da. Zwei Sanitäter legten Dr. Friedewald auf eine Bahre. Das ließ er widerstandslos geschehen. Mit heulender Sirene und Blaulicht raste der Wagen davon. Frau Hofer rief ein Zimmermädchen herbei und schickt es in Dr. Friedewalds Zimmer, damit es seine Sachen zusammenpacke. Aufgeregt kam es zurück: „Frau Hofer, das sieht ja fürchterlich aus! Überall liegen seine Sachen verstreut und alles ist vollgekotzt. Und das hier, das habe ich auf dem Nachttisch gefunden." Damit legte das Mädchen ein Handy auf den Tresen. Frau Hofer nahm es auf und schaute es prüfend an. Auf dem Display war noch die zuletzt angerufene Nummer gespeichert. Wenn sie Glück hatte, war dies die Nummer eines Angehörigen von Dr. Friedewald.
Frau Hofer drückte die Wiederholungstaste. Es dauerte lange, bis sich jemand meldete.
„Hotel Silberadler. Wir hatten hier einen Gast, Dr. Friedewald."
„Ja, was ist mit ihm?", fragte eine alt klingende Stimme.
„Wir haben ihn ins Krankenhaus bringen lassen."
„Um Himmels Willen, was ist denn passiert?"
„Das wissen wir noch nicht. Möglicherweise ein Schlaganfall."
Dann schilderte sie, was sie an ihm beobachtet hatte.
„Können Sie mir die Telefonnummer des Krankenhauses geben?"
„Selbstverständlich – einen Moment..."
Frau Hofer diktierte die Telefonnummer. „Weshalb ich eigentlich anrufe: Wir haben noch seine Sachen hier. Sollen wir die zu Ihnen oder ins Krankenhaus schicken?"
„Das Beste wird sein, Sie schicken sie ins Krankenhaus. Er wird sie ja benötigen. Geben Sie mir bitte auch Ihre Telefonnummer und notieren Sie die meine, falls noch Rückfragen sind. Ich bin

seine Vermieterin."
Mali vermochte gerade noch zu danken und den Hörer aufzulegen. Dann ließ sie sich wie erschlagen in ihrem Lehnstuhl zurücksinken. Oh mein Gott, dachte sie. Wenn Bruno jetzt stirbt, wird er nie mehr erfahren, wer seine Mutter war. Das habe ich nicht gewollt. Ich habe es ihm doch versprochen. Und mein Versprechen will ich halten. Bitte, lieber Gott, lass meinen Sohn nicht sterben, bevor ich ihm mein Geständnis gemacht habe. Bitte, bitte nicht. Ich verspreche dir, wenn Bruno wieder gesund wird, werde ich ihm sofort alles erzählen.
Sie brauchte lange, bis sie sich wieder so weit gefasst hatte, dass sie die Nummer des Krankenhauses wählen konnte. Auf ihre Frage nach dem Patienten Dr. Friedewald, verband man sie mit dem diensthabenden Arzt der Notfallstation: „Ja, bitte?"
„Mein Name ist Waldmann. Richterin Waldmann." Von ihrer Berufsbezeichnung machte sie seit ihrer Pensionierung selten Gebrauch. Sie tat es nur in solchen Fällen, wo sie sich eine zuvorkommendere Behandlung erhoffte. „Wie geht es dem Patienten Dr. Friedewald? Dr. Bruno Friedewald?"
„Rufen Sie in Ihrer Eigenschaft als Richterin an oder sind Sie eine Angehörige des Patienten? Ihnen ist sicher bekannt, dass wir nur Angehörigen gegenüber Auskunft geben dürfen."
„Natürlich, das ist mir bekannt. Ich bin seine einzige Angehörige. Ich mache mir große Sorgen, seit man mich vom Hotel aus angerufen hat."
„Sind Sie die Ehefrau des Patienten oder die Mutter?"
„Nein, Ehefrau hat er keine. Ich bin – eine Tante. Sie können ganz offen mit mehr sprechen, ich verkrafte das schon."
„Ja, Frau Waldmann, die Untersuchung hat ergeben, dass er im Gehirn ein Aneurysma hat."
„Und was bedeutet das?"
„Das ist eine krankhafte Erweiterung einer Schlagader. An dieser Stelle war die Ader so dünn, dass sie geplatzt ist. Das ins Gehirn ausgelaufene Blut hatte einige Ausfallerscheinungen verursacht. Mehr kann ich noch nicht sagen. Ihr Neffe ist noch im Operationssaal."
„Und" – fragte Mali mit zitternder Stimme. „Wie sind seine Aussichten?"
„Das ist natürlich eine sehr ernstzunehmende Sache. Nach

unseren Erfahrungen hat er aber nicht nur gute Chancen durchzukommen, sondern – vorausgesetzt er wurde rechtzeitig gefunden – sogar völlig rehabilitiert zu werden."
„Herr Doktor, vielen Dank. Wann darf ich mich nach dem Operationsergebnis erkundigen?"
„Rufen Sie doch morgen früh nach acht wieder an."
Vor Aufregung konnte Mali an diesem Abend lange nicht einschlafen. Immer wieder schickte sie heiße Gebete gen Himmel.
Mit zitternden Fingern wählte sie am nächsten Morgen die Nummer des Kölner Krankenhauses: „Gestern ist bei Ihnen der Patient Dr. Bruno Friedewald eingeliefert worden, mit einem Aneurysma. Ich bin seine Tante, seine einzige Angehörige."
„Moment bitte, ich verbinde sie mit Dr. Fischer."
„Guten Tag, Herr Dr. Fischer. Mein Name ist Waldmann, Richterin Waldmann. Ich bin die Tante des Patienten Dr. Bruno Friedewald. Sind Sie das, der ihn operiert hat?"
„Nein, das war Kollege Tanner. Er operiert noch. Können wir Sie zurückrufen?"
„Liebend gern. Meine Nummer ist..."
Die Minuten des Wartens rannen träge dahin, wie Sand in einem Stundenglas. Etwa eine Viertelstunde lang saß Mali mit gefalteten Händen in ihrem Lehnstuhl neben dem Telefon.
Ach was, sagte sie sich endlich. Was sitze ich hier herum? Eine Operation kann Stunden dauern. Mühsam erhob sie die steif gewordenen Glieder und begann auf und ab zu gehen.
Es war das erste Mal in ihrem Leben, dass sie echte Muttergefühle empfand. Wenn nur alles gut geht. Wenn dem Kind nur nichts passiert. Wenn er seinen Verstand wenigstens so weit wieder bekommt, dass er auffassen kann, was ich ihm zu sagen habe. Dann dachte sie darüber nach, dass sie sich in dieser Notlage als seine Tante ausgegeben hatte. Mehr als Tantengefühle hatte sie auch nie für ihn gehabt. Selbst damals nicht in seinen ersten Lebenswochen. Die Hauptarbeit hatte sie damals schon Olga überlassen. Außer, dass sie ihn gestillt hatte, hatte sie nichts für ihn getan. Ihr sechzig Jahre lang gehütetes Geheimnis hatte sie jetzt vor Fremden auch nicht preisgeben wollen. Wenn sie es schon lüftete, dann nur vor ihrem Sohn.
Mitten in ihre Gedanken hinein schrillte das Telefon. Es war Dr. Tanner.

„Guten Tag, Frau Waldmann. Ich habe gestern ihren Neffen, Dr. Bruno Friedewald, operiert. Es scheint alles soweit gut verlaufen zu sein. Zum jetzigen Zeitpunkt kann man noch keine endgültige Aussage machen. Aber wir müssen ihn, sobald er transportfähig ist, nach Essen in eine Spezialklinik verlegen."
„Wieso denn das?"
„Es ist eine weitere Operation nötig, die bei uns nicht durchgeführt werden kann. Wie Sie wissen, hat Ihr Neffe ein Aneurysma. Diese Schwachstelle in der Ader könnte jederzeit wieder platzen. In Essen versteht man sich nun auf ein spezielles Verfahren. Von der Hüfte aus führt man mit Hilfe einer Sonde durch eine Vene eine zierliche Spirale aus Edelstahl bis ins Gehirn."
„Und wozu soll das gut sein?"
„Damit verschließt man die schwache Ader, um die Blutzufuhr zu verhindern. Wenn kein Blut mehr durch diese Ader fließt, kann sie auch nicht mehr platzen."
„Das leuchtet mir ein", sagte Mali. „Das klingt aber sehr gefährlich."
„Machen Sie sich deswegen keine Sorgen. In Essen hat man ausreichend Erfahrung mit dieser Methode und sehr gute Erfolge. Ihr Neffe wird dort in besten Händen sein."
„Ich danke Ihnen, Herr Dr. Tanner, für die ausführliche Information. Das beruhigt mich sehr. „Sie ließ sich noch die Nummer der Essener Klinik geben.
Nach diesem Gespräch schickte Mali heiße Dankgebete zum Himmel und versprach noch einmal, dass sie Bruno umgehend die Wahrheit sagen werde, wenn es auch noch so peinlich sei. Bei ihren bisherigen Überlegungen, wann und in welcher Form sie Bruno die Wahrheit sagen sollte, hatte sie nie die Möglichkeit in Erwägung gezogen, dass er vor ihr sterben könnte. Deshalb hatte sie es für die eleganteste Lösung gehalten, ihm nach ihrem Tode ein diesbezügliches Schriftstück zu hinterlassen.
Gott muss Malis Gebete erhört haben. Außerdem muss er ihr die Kraft gegeben haben, die bangen Wochen gut zu überstehen. Das Schlimmste in dieser Zeit war es gewesen, dass es nicht einen einzigen Menschen gab, mit dem sie darüber hätte reden können.
Unmittelbar nach seiner Entlassung aus dem Krankenhaus

schickte man Bruno für viele Wochen in eine Reha-Klinik. Erst danach durfte er nach Hause.
Mali schaute dem Tag seiner Entlassung mit gemischten Gefühlen entgegen. Einerseits konnte sie es kaum erwarten, ihn wohlbehalten vor sich zu sehen, andererseits war sie sehr nervös, weil die Stunde der Wahrheit nahte. Jetzt galt es, ihr Versprechen einzulösen. Sie wusste aber immer noch nicht, wie sie es ihm beibringen sollte.
„Wie sag ich's meinem Kinde?", murmelte sie immer wieder vor sich hin.
Dann war es auf einmal ganz einfach. Gleich nach seiner Heimkehr begab sich Bruno zu Mali, um ihr seine Aufwartung zu machen. Als sie ihn vor sich sah, offenbar gesund und wieder völlig hergestellt, durchströmte sie ein Gefühl von heißer Dankbarkeit: „Willkommen daheim, mein lieber Sohn! Komm her und umarme mich."
Verwundert trat Bruno auf ihren Lehnstuhl zu und kam ihrer Aufforderung nach.
Was ist nur mit Frau Waldmann los, dachte er irritiert, so hat sie mich ja noch nie angesprochen. Offenbar ist ihr meine Erkrankung sehr nahe gegangen.
„Guck nicht so verstört, Bruno! Ich bin deine Mutter. So, nun weißt du es."
„Jetzt muss ich mich erst mal setzen. Nun bin ich derjenige, den es umhaut. Sie... Du bist... ist das wirklich wahr?"
„Ja, Bruno.
Sie erzählte die Geschichte, wie sie vom Altar weggelaufen und nach Ostpreußen geflüchtet war und wie sie ihn in Olgas Haus zur Welt gebracht hatte. Schweigend hörte er zu. Erst als sie eine Verschnaufpause einlegte, fragte er: „Wenn Sie... wenn du meine Mutter bist, wer ist dann mein Vater?"
„Das ist ein trauriges Kapitel. Aber ich werde nicht umhin können, es dir zu erzählen. Erinnerst du dich an unsere erste Begegnung vor dreißig Jahren?"
„Und ob! Das war, als Sie... als du bei meinem Anblick ohnmächtig wurdest."
„Und weißt du noch, was ich dir am nächsten Tag erklärt habe?"
„Natürlich", sagte er. „Du sprachst von der großen Ähnlichkeit mit meinem Vater."

„Stimmt. Dabei ließ ich dich bewusst in dem Glauben, es handle sich um Olgas Mann, Erich Friedewald. In Wirklichkeit hat mich dein Anblick so erschüttert, weil ich dachte, Arno Braun, dein wirklicher Vater, sei auferstanden."
Bruno überlegte einen Moment: „Wenn du logisch gedacht hättest, wäre dir klar gewesen, dass er das nicht sein konnte. Er musste ja inzwischen wesentlich älter aussehen."
„Klar. Aber zum logischen Denken kam ich nicht mehr. Da umfing mich schon die Nacht. Als ich wieder zu mir kam, nahm ich an, ich hätte einen deiner möglichen Brüder gesehen."
In diesem Moment blickte Bruno sie noch verständnisloser an. Deshalb erzählte sie ihm von Arnos ausgeprägtem Sendungsbewusstsein, dem Führer viele arische Kinder zu schenken.
„Mit Sicherheit laufen eine ganze Reihe Brüder und Schwestern von dir herum, von denen keines eine Ahnung hat, dass überhaupt Geschwister existieren."
„Das wird ja immer schöner! Und wie kamst du darauf, dass ich dein Sohn sei?"
„Als Frau Dr. Wohlfarth deinen Namen nannte. Das kann kein Zufall sein, dachte ich. Deshalb stellte ich am nächsten Tag das Kreuzverhör mit dir an. Da wurde mir klar, dass du und Olga den Schiffsuntergang überlebt hattet."
„Jetzt wird mir so manches klar." Wieder dachte Bruno eine Weile nach, dann fragte er: „Hast du kein Foto von meinem Vater ?"
„Leider nein. Beim Bombenangriff auf Mainz ist alles verlorengegangen. Aber du brauchst nur in den Spiegel zu schauen, dann weißt du, wie dein Vater mit sechzig ausgesehen hätte.
„Hast du ihn geliebt?"
„Nein, ich glaube nicht. Er war ein gutaussehender Mann – wie dir deine Jugendfotos bestätigen werden. Er muss mich – auf seine Weise – geliebt haben. Aber ich – ich habe ihn nicht wirklich geliebt. Mir waren mein Beruf und meine Freiheit wesentlich wichtiger."
„Aber wieso kam ich zustande, wenn du ihn nicht geliebt hast?"
Schonungslos erzählte Mali nun die ganze lange Geschichte, inklusive Arnos Gläubigkeit an die Nazi-Ideologien und ihrer eigenen Abneigung derselben. Bruno zeigte volles Verständnis

für ihre Haltung. Er sagte: „Donnerwetter! Du hattest aber ganz schön Courage! Das gesicherte Nest einer bürgerlichen Ehe einfach zu verschmähen, nur weil dir die Gesinnung dieses Mannes nicht gefiel. Es war doch ein großes Risiko, sich für deine Freiheit und einen Beruf zu entscheiden, für den damals nicht die geringste Aussicht auf Ausübung bestand."
„Ich vertraute eben darauf, dass das Gute siegen und ich mein Ziel eines Tages erreichen würde. Diesen Entschluss habe ich nie bereut. In meinem Beruf war ich sehr glücklich."
„Ich kann es nicht fassen", sinnierte Bruno. „Ich habe also zwei Mütter gehabt."
„Eigentlich hattest du sogar drei", korrigierte ihn Mali. „Ist dir nie aufgefallen, wie sehr Margarethe dir zugetan war?"
„Ja, das stimmt."
„Sie hatte sich so darauf gefreut, dich zu adoptieren. Leider hat das Schicksal anders entschieden."
„Interessant", bemerkte Bruno. „Ich hatte also eine Pflegemutter, eine designierte Adoptivmutter und eine leibliche Mutter. Wer kann das schon aufweisen?"
„Ja, wäre der Krieg nicht ausgebrochen, wäre dein Schicksal sicher ganz anders verlaufen", sagte Mali nachdenklich.
„Glauben kann ich das alles immer noch nicht. Dazu werde ich sicher einige Wochen brauchen. Aber da du es sagst, wird es wohl stimmen. Aber jetzt etwas anderes: Dass du dich als junge Frau geschämt hast, vor deiner Familie dieses Kind zuzugeben, das verstehe ich. Und dass du später Olga zuliebe geschwiegen hast, verstehe ich auch noch. Was ich aber nicht verstehe, dass du dich danach noch so viele Jahre geziert hast, mir die Wahrheit zu sagen."
„Ich verstehe es eigentlich selbst nicht mehr. Jetzt tut es mir aufrichtig leid, dass ich so lange geschwiegen habe. Was hätten wir für ein schönes Mutter-Sohn-Verhältnis haben können! Aber weißt du, die damalige Zeit und meine Erziehung haben mich stark geprägt. Einen Fehltritt durfte man einfach nicht zugeben."
„Und warum hast du dich mit einem Male anders besonnen?"
„Das liegt doch auf der Hand. Als du plötzlich lebensgefährlich erkrankt warst, befürchtete ich, es könnte für ein Bekenntnis zu spät werden."

„Dann hat meine Erkrankung wenigstens ein Gutes gehabt."
„So könnte man das auch sehen. Jetzt macht mir allerdings noch eines Kummer."
„Und das wäre?"
„Dass ich dich bald allein zurücklassen muss. Du hast jetzt selbst erlebt, wie schnell etwas kommen kann und dass man dann jemand braucht, der sich um einen kümmert. Warum hast du eigentlich nie geheiratet? Ich wäre so gerne noch Schwiegermutter geworden."
„Nun ja", druckste er herum, „So etwas Ähnliches wie eine Schwiegermutter bist du schon."
Nun war es an Mali, verblüfft auszusehen: „Wie meinst du das?
„Seit vierundzwanzig Jahren lebe ich in Bonn mit einer festen Partnerin zusammen."
„Das haut doch dem Fass den Boden aus! Wieso hast du sie nicht geheiratet?"
„Das konnte ich nicht", sagte er schelmisch. „Ich hatte ja keine Geburtsurkunde."
„Oh, du Schlitzohr! Du hättest bestimmt Mittel und Wege gewusst, um an Heiratspapiere zu kommen."
„Ehrlich gesagt – wahrscheinlich bin ich dir sehr ähnlich – genau wie du, hatte ich Bindungsängste."
„Und deine Mutter, ich meine Olga, hat sie von dieser Frau gewusst?"
„Nein, bewahre. Das durfte ich ihr nicht antun. Sie hätte es nicht verkraftet, dass ich außer ihr noch eine Frau liebe."
„Ja, das glaube ich auch. Olga hat sehr an dir gehangen. Du warst für sie der Lebensinhalt."
Eine Weile war es still zwischen diesen beiden Menschen. Jeder hing seinen Gedanken nach.
„Schade, sehr schade", sagte Mali in die Stille hinein. „Ich wäre auch gerne Großmutter geworden. Jetzt ist es wohl zu spät dazu?"
„Diesen Wunsch habe ich dir längst erfüllt. Großmutter bist du bereits seit dreiundzwanzig Jahren."
„Das gibt es doch nicht! Du Lausebengel bist Vater? Du hast ein uneheliches Kind und schämst dich nicht? Warum hast du mir das nie erzählt?"
„Vielleicht habe ich mich ja doch geschämt", sagte er mit gespielt reuevollem Blick.

„Du erwartest doch nicht, dass ich dir das glaube?"
„Nein", lachte er. „Es scheint in der Familie zu liegen, dass jeder seine Geheimnisse hat."
„Ja, ja, der Apfel fällt nicht weit vom Pferd", bemerkte die frischgebackene Großmutter geistreich „Was ist es denn?"
„Eine Erika. Ich habe sie nach meiner verstorbenen Schwester benannt. Ach, sie war ja gar nicht meine Schwester", nachdenklich hielt er inne. Dann fuhr er fort: „Dann war der Großvater, der meinen Teddy eingemauert hat, ja auch nicht mein Großvater. Ja, ich muss anfangen, umzudenken. Das wird schwer sein."
Nun musste er Mali die Geschichte von dem eingemauerten Teddy erzählen.
„Dass du dich daran noch erinnerst! Du bist tatsächlich der einzige überlebende Zeuge dieser Tat. Und du gehörst noch nicht mal zur Familie."
„Ja, es ist traurig. So nach und nach verliere ich sämtliche Familienangehörige, die ohnedies schon tot sind. Was für ein Glück, dass ich rechtzeitig für Ersatz gesorgt habe."
„Was willst du damit andeuten?"
„Nun, da wir schon bei Geständnissen sind, will ich dir noch eines machen."
„Jetzt bin ich aber neugierig."
„Du bist nicht nur Großmutter; seit einem Jahr bis du auch Urgroßmutter."
„Ist das wirklich wahr?"
„Ja, ich bin Großvater einer kleinen Olga."
„Eine kleine Olga!", sagte Mali andächtig. „Wie schön! Wenn Olga das noch erlebt hätte!".
„Meine Tochter ist allerdings aus der Art geschlagen. Sie ist anständig verheiratet! Daher habe ich einen sehr netten Schwiegersohn. Der ist übrigens ebenfalls Jurist."
„Nein, nein, dass ich das alles noch erleben darf! Wer wird schon Großmutter und Urgroßmutter innerhalb einer Stunde!" Vor Rührung liefen ihr ein paar Tränen über die Wangen. Schnell fasste sie sich wieder und sagte: „Jetzt habe ich noch einen Wunsch: Zu gerne würde ich deine Familie kennen lernen."
„Dieser Wunsch soll dir bald erfüllt werden", versprach Bruno.

Bis zum nächsten Wochenende hatte er alles organisiert. Am Samstag nach dem Mittagessen packte Bruno seine Mutter ins Auto und fuhr mit ihr nach Bonn. Für alle wurde es ein beglückender Nachmittag. Mali fand Gisela, Brunos Lebensgefährtin, sehr sympathisch. Auch mit ihrer Enkelin und deren Mann verstand sie sich prächtig. Für ein Familienfoto durfte sie sogar die kleine Olga auf dem Schoß halten. Da war ihr Glück vollkommen.

„Mein Urenkelkind", sagte sie bewegt.

Unter anderem unterhielt man sich auch darüber, dass Bruno aufgrund seiner Erkrankung vorzeitig pensioniert werde. Das erspare ihm die Übersiedlung nach Berlin. Gisela signalisierte die Bereitschaft, zu Bruno nach Bad Ems zu ziehen, falls dies Mali recht sei.

„Das ist mir sogar sehr recht", sagte sie.

Am Abend, als sie aufbrechen wollten, erlitt Mali einen Schwächeanfall.

„Das war wohl alles ein bisschen zu viel für dich", sagte Bruno, während er sie mit Gisela auf die Couch bettete. „Erika, schnell ruf einen Krankenwagen!"

„Nein, bitte nicht!", wehrte sich Mali mit letzter Kraft. „Die bringen mich sonst nur in ein Krankenhaus, damit ich da sterbe. Das will ich aber nicht. Ich wurde in einer Villa geboren, ich will auch in einer Villa sterben. Bitte bring mich nach Hause."

„Auch in diesem Punkt sollst du deinen Willen haben", versicherte ihr Sohn. Dankbar drückte sie ihm die Hand.

Nach einer Weile behauptete sie, es gehe ihr wieder besser. Bruno und sein Schwiegersohn hakten die alte Dame rechts und links ein und führten sie zum Auto. Von unterwegs aus rief Bruno bei Malis Sozialstation an. Er bat, man möge zwei Pfleger bei ihrer Ankunft bereit halten.

Diese trugen Mali hinauf in den zweiten Stock. Als sie endlich in ihrem Bette lag, hielt sie noch lange die Hand ihres Sohnes und sagte mit matter Stimme:

„Ich danke dir Bruno, dass ich deine Familie noch sehen durfte. Beruhigt kann ich nun die Augen schließen, da ich dich gut versorgt weiß. Ich freue mich, dass du mit deiner Familie hier einziehen willst. Das würde auch Margarethe sehr glücklich machen. Nun kann ich zufrieden von dieser Bühne abtreten.

Mein Leben war ein langes und ausgefülltes. Es hat viele Höhen und Tiefen gehabt. Das Beste aber, was ich erleben durfte, war die Begegnung mit dir."

„Danke, Mutter", sagte er. Dieses Wort kam ihm auf einmal so selbstverständlich über die Lippen, als habe er sie nie anders genannt. Dieses Wort zauberte ein glückliches Lächeln auf Malis Gesicht.

Am nächsten Morgen betrat eine der Krankenschwestern Malis Wohnung, um ihr die notwendige Insulinspritze zu geben.

„Frau Waldmann, ich bin's", rief sie wie üblich schon an der Wohnungstür.

Da keine Antwort erfolgte, klopfte sie an die Schlafzimmertür. Wieder blieb alles still. Beklommen drückte sie die Klinke nieder. Ihr erfahrenes Auge erkannte sofort, da war keine Hilfe mehr möglich. Dr. Friedewald kam umgehend herauf. Seine Mutter hatte noch immer das glückliche Lächeln auf ihren Zügen. Demnach musste sie kurz nach seinem Weggang gestorben sein. „Mutter", sagte er so leise, dass ihn die Schwester nicht hören konnte „Du bist gestorben, als du glücklich warst. Das ist gut so."

Nachspiel

Malis Beerdigungsgesellschaft fiel sehr klein aus. Bei der Testamentseröffnung aber hatte Mali erstaunlich viele Verwandte. Der Notar verlas das Testament:

„Hiermit setze ich meinen legitimen Sohn, Bruno Michael Braun, bekannt unter dem Namen Dr. Bruno Friedewald, geboren am ersten März 1940 in Ehrenwalde/Ostpreußen zum Alleinerben meines gesamten Vermögens ein.
Ausgenommen davon ist meine Eigentumswohnung in Mainz in der Feldbergstraße. Diese soll meiner Nichte Renate zufallen, da sie so ehrlich war und mir das Testament meiner Schwester Margarethe nicht unterschlagen hat.
Bad Ems, den 23. Juni 1988.
Unterschrift: Viktoria Luise Amalie Braun, geborene Waldmann.

Nachdem der Notar geendet hatte, herrschte Totenstille im Zimmer. Die Verwandten verharrten in einer Art Schockzustand. Mit einem Male aber wandten sich ruckartig alle Köpfe nach Bruno um. Der saß mit einem wissenden Lächeln ganz still in der letzten Reihe.
Dann aber erhob sich ein Geschnatter, als befinde sich eine Schar Gänse in dem Raum.
– „Das geht doch nicht!"
– „So ein Dahergelaufener!"
– „Er will plötzlich Tante Malis Sohn sein!"
– „So eine Unverfrorenheit!"
– „Wir kennen doch seine Mutter!"
– „Wie kommt er nur auf so eine Idee!"
– „Herr Notar, nun sagen Sie doch mal was!"
– „Das Testament muss man anfechten!"
– „Den Schwindler muss man entlarven."
Es dauerte lange, bis der Notar eine Atempause der anderen nutzen konnte: „Ich würde ja gerne was sagen, aber man lässt mich nicht zu Wort kommen. Herr Dr. Friedewald – oder sollte ich Herr Dr. Braun sagen? Am besten reden Sie nun selbst."
„Meine lieben Verwandten! Bis vor zwei Wochen wusste ich es selbst noch nicht. Viktoria Luise Amalie Braun, geborene

Waldmann, ist meine leibliche Mutter. Niemand war überraschter als ich, als sie mir dieses eröffnete. Aber hier ist ihr Familienbuch mit dem Heiratseintrag und meiner Geburtsurkunde, nebst einem Brief der Verstorbenen, der alles belegt."
Ein Raunen ging durch den Raum. Alle waren wie erschlagen. Selbst Katharina hatte begriffen, dass es zwecklos war, gegen diese Beweise anzugehen. Zumindest aber musste sie eine gehässige Bemerkung loswerden: „Schau an! Diese tugendsame Tante! Einen Sohn hatte sie also."
„Was willst du, sie ist doch anständig verheiratet gewesen", verteidigte Renate, die sich als erste gefasst hatte, die Tante. Sie trat auf Bruno zu, reichte ihm die Hand und sagte: „Willkommen in der Familie, lieber Cousin."

Weitere Romane im Bergtor Verlag:

Bisher erschienen:

Ehemann ade – aber wie?

Monika Melcher ist glücklich: Endlich ist sie verheiratet, endlich hat sie einen Menschen gefunden, der sie liebt und dem sie ihre Liebe schenken kann, nachdem ihr ganzes vorheriges Leben eine emotionale Wüste war.
Doch ihre Ehe entpuppt sich als Hölle – eine komfortable, gut bürgerliche und sehr private Hölle. Konditioniert durch Erziehung, gesellschaftliche Forderungen und Lebensumstände ist sie außerstande, sich dieser Tortur zu entziehen, zumal sie darum fürchten muss, bei einer Trennung von ihrem Mann umgebracht zu werden. Zwei Mordversuche an ihr haben sie von der Ausweglosigkeit ihrer Ehe überzeugt.
Die Geburt ihres Sohnes könnte der Beginn einer neuen Beziehung zwischen Mann und Frau sein. Werden Monikas Erwartungen erfüllt?
Taschenbuch, 400 Seiten · ISBN 3-9806815-2-1 · € 8.90

Demnächst:

Roswitha Gruber: „Die entflohene Nonne".